国家社会科学基金重点项目（12AZD012）
"十三五"国家重点出版物出版规划项目

新时期 40 年
文学理论与批评发展史

鲁枢元　刘锋杰　等著

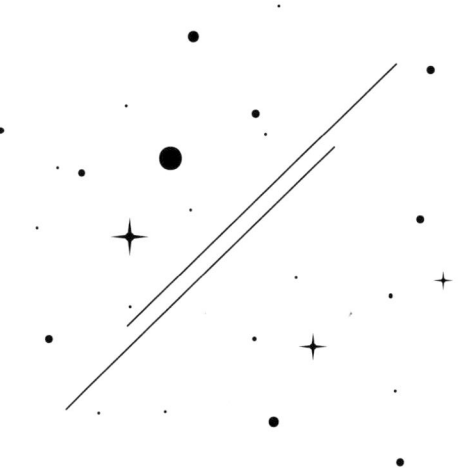

A HISTORY OF
LITERARY THEORY AND CRITICISM
OF THE NEW ERA

浙江出版联合集团
浙江文艺出版社

项 目 名 称：新时期40年文学理论与批评发展史
项 目 代 号：12AZD012
项 目 类 别：国家社会科学基金重点项目
成 果 形 式：专著
项目主持人：鲁枢元
项目组成员：刘锋杰　李　勇　徐国源　陈　霖　王　耘
　　　　　　马治军　薛　雯　常如瑜　李映冰　荀　洁
　　　　　　齐　红
课 题 助 理：岳　芬　胡艳秋

目　录

绪　论　时代长河的文学倒影 / 1

第一章　新时期文学理论与文学批评的发展分期、
　　　　基本特征与历史定位 / 14
　　第一节　何谓"新时期"的文学与文论？/ 14
　　　　一、从"新时期"到"新时期文学" / 15
　　　　二、从"后新时期文学"到"新世纪文学" / 19
　　　　三、"新世纪文论"与"文学理论三十年" / 29
　　　　四、关于"时期"问题的辨析 / 35
　　第二节　新时期文学理论与文学批评的三个阶段 / 39
　　　　一、拨乱与反正(1976—1989年)：重释文学的特性 / 40
　　　　二、受困与固本(1990年代)：文论话题的重建 / 63
　　　　三、分途与坚守(2000年后)：再询文学的意义 / 88
　　第三节　新时期文学理论与文学批评的基本特征 / 105

第二章　新时期文学理论与文学批评的范式转型 / 116
　　第一节　新时期文学理论与文学批评的三种范式 / 117
　　　　一、社会政治范式 / 118

　　　　二、审美范式 / 123

　　　　三、文化研究范式 / 127

　第二节　从社会政治范式到审美范式的转型 / 132

　　　　一、文学理论与批评中的范式转型 / 133

　　　　二、社会政治范式的危机 / 137

　　　　三、审美范式的建立 / 153

　第三节　从审美范式到文化研究范式的转型 / 161

　　　　一、审美范式的危机 / 162

　　　　二、文化研究范式的建立 / 176

　第四节　范式转型的原因 / 185

　　　　一、1980年代的思想背景：审美范式兴起的原因 / 185

　　　　二、1990年代的知识状况：文化研究范式兴起的原因
　　　　　　/ 192

第三章　文学性质的多维认知 / 198

　第一节　反思阶段：文学性质论争 / 199

　　　　一、"写本质"与"写真实"之争 / 201

　　　　二、《论文学的主体性》与文学性质问题 / 215

　　　　三、《历史无可避讳》和文学性质论争 / 234

　第二节　建构阶段：多维度尝试 / 244

　　　　一、"系统论"与文学的基本性质 / 245

　　　　二、"向内转"同文学性质的认知 / 255

　　　　三、新时期教材中的文学基本性质 / 271

　第三节　调适阶段：关系主义与文化研究 / 280

　　　　一、观念的调适 / 282

　　　　二、关系主义的提出 / 290

　　　　三、文学本质的多维认知 / 295

小结 / 299

第四章　马克思主义文论的中国化 / 301

第一节　马克思主义文论的再出发 / 303
一、简单的历史回顾 / 303
二、译介与研究情况综述 / 306
三、教学与教材情况概观 / 311

第二节　从"阶级论"到"人性论"的文学观 / 314
一、阶级性与人性 / 315
二、马克思主义与人道主义 / 318
三、人学基础上的马克思主义文论 / 322

第三节　文学审美意识形态论 / 326
一、意识形态 / 327
二、文学与意识形态关系论争 / 332
三、文学审美意识形态 / 337

第四节　文学生产 / 343
一、发生与创构 / 344
二、深化与细化 / 348
三、成绩与问题 / 353

第五节　实践存在论 / 355
一、实践及实践美学 / 356
二、实践存在论美学 / 359
三、对文学观念的启示 / 366

第六节　存在的主要问题 / 370
一、马克思主义文论体系的建构 / 371
二、中国化路径的探索 / 373
三、现实主义问题的深化 / 377

四、与中国古代文论的结合 / 381

五、与西方马克思主义的关系 / 385

六、与形式主义文论的结合 / 388

第五章　古代文论之现代转换 / 397

第一节　古代文论之现代转换的意义 / 398

一、古代文论之现代价值 / 398

二、西方理论的意义 / 406

三、从比较到"打通" / 413

四、内容与形式 / 423

第二节　古代文论之现代转换的定位 / 428

一、主体性的崛起 / 428

二、承载意义之"舟" / 433

三、文化研究 / 437

第三节　古代文论之现代转换的出路 / 443

一、从建构到解构 / 443

二、多元、跨学科与对话 / 450

第六章　新时期文学的跨学科研究 / 465

第一节　跨学科研究的内涵和文学跨学科研究的范畴 / 466

一、跨学科与跨学科研究的内涵 / 467

二、文学跨学科研究的范畴 / 472

三、新时期文学跨学科研究的动力分析 / 476

第二节　新时期文学跨学科研究的发展进程和主要形态 / 482

一、文艺心理学："人学"旗帜下的文艺学跨界 / 483

二、文艺学的科学主义探索：科学新方法论的借鉴与拓展 / 501

三、文学人类学：文学研究的人类学视野 / 526

　　　　四、生态批评：全球生态危机的文艺学思考 / 551
　第三节　文学跨学科研究的争议与辨析 / 574
　　　　一、文学跨学科研究的合法性和可能性问题 / 575
　　　　二、文学跨学科研究的范式与文学本位问题 / 578
　　　　三、中国文学跨学科研究过程中的困难及其修正方略
　　　　　／581

第七章　新时期的文学批评实践 / 586
　第一节　文学批评主体的自觉 / 587
　　　　一、方法论与主体意识的觉醒 / 587
　　　　二、关注艺术形式的意味 / 592
　　　　三、开掘批评理论的资源 / 595
　第二节　大众传播对批评空间的重构 / 599
　　　　一、传媒力量楔入批评空间 / 599
　　　　二、批评空间的多层结构 / 602
　　　　三、传媒规则制导批评实践 / 605
　　　　四、批评功能的转换与迷失 / 615
　第三节　大众文化的批评话语 / 623
　　　　一、新闻对批评的僭越 / 623
　　　　二、面对大众文化的两难 / 628
　　　　三、文化研究的兴起 / 632
　第四节　女性主义批评 / 636
　　　　一、女性主义浮出地表 / 636
　　　　二、对女性批评的批评 / 641
　　　　三、女性主义批评的理性趋向 / 643
　第五节　1990 年代文学现象批评 / 645
　　　　一、王朔现象折射的批评主体情境 / 645

二、围绕"现实主义冲击波"的争议 / 651

　　三、"另类"写作对批评的挑战 / 658

第八章　大众文化的兴起与文艺批评领域拓展 / 665

　第一节　大众文化的兴起 / 666

　　一、众说纷纭的"大众文化" / 667

　　二、"范式"转型与重编"文化地图" / 671

　　三、"典范"转移与大众审美文化崛起 / 677

　第二节　文化消费的流行 / 687

　　一、"文化"商品化及其价值偏向 / 688

　　二、经典在"延异"中解构 / 695

　　三、知识传媒化与"趣味性"讲评 / 698

　　四、"媚俗化"：知识意义的消解 / 702

　第三节　日常生活的审美化 / 705

　　一、后现代议程与审美文化转向 / 705

　　二、审美日常化的话语困境及人文批判 / 717

　第四节　大众文化崛起与文艺批评的维度拓展 / 728

　　一、文艺发展的多样性 / 728

　　二、文艺批评领域的维度拓展 / 731

　第五节　大众文化的价值重估与重建 / 769

　　一、描摹大众文化价值的实然图景 / 770

　　二、规划大众文化价值的应然愿景 / 781

后　记 / 790

主要参考文献 / 792

　中文参考文献 / 792

　外国(文)参考文献 / 795

绪 论
时代长河的文学倒影

由 20 世纪 70 年代末开启的中国社会的新时期,不但在中华人民共和国建立之后六十余年的历史中拥有重大转折意义与开拓意义,即使在辛亥革命以来的百年社会变革中也应是最富成效的历史阶段。而文学艺术则又是这个历史阶段中一个异常活跃、异常敏感而又复杂多变的领域。这一时期的文学艺术,对于中国民众的思想解放、中国社会的改革开放,对于中国新的政治局面的形成与拓展以及对于中国与世界各国文化交流的加强,均产生了积极推动作用。仅就新时期的文艺理论建设与文艺批评实践来说,无论从文化史还是思想史,学术史还是心态史的哪一方面讲,都拥有与"五四时期"同样重要的地位与意义。随着时代的发展,这一时期的影响必将持续下去。

如今,世界多极化、经济全球化深入发展,各种思想的交流、交锋更加频繁,文化在综合国力竞争中的地位更加凸显,增强国家文化软实力的需求更加紧迫,文化越来越成为民族凝聚力和创造力的重要源泉,丰富精神文化生活也越来越成为我国人民的热切愿望。在这一宏大战略布局中,文学艺术作为时代精神与民族情感的象征,其重要意义不容忽视。而文艺理论建设、文艺批评研究作为哲学社会科学战线的一个重要组成部分,无疑也应当深入贯彻落实"认识世界、传承文明、创新理论、咨政育人、服务社会"的文化战略方针,认真梳理新时期四十年来积淀下的实践与文献,深入总结其经验与不足,从而为转型期的中国社会的健康发展提供历史参照。

关于新时期文学理论建设与文学批评研究,已经有许多成果发表出版,这无疑为我们的课题研究提供了方便。但同时,至少就目前的态势而言,留给我们深化与创新的空间也就不是很多。况且,新时期的文学理论与批评由于处在开放多元的时代,新论层出、新潮迭起,各种观点错综交织,充满复杂性,许多问题至今仍未尘埃落定,如何总结这段当代文论史,难免见仁见智。尽管如此,我们还是希望尽量站在我们自己的观察视角,立足自己的学术立场,发挥我们自身的某些优势,对这个非常时代的文学理论、文学批评走过的道路做些清理,对其取得的成就、存在的不足做出评价。

新时期文学理论与批评是新时期以来政治、经济、文化发展的伴随物,经济基础决定上层建筑的理论在中国并没有过时,它仍然发挥着整体的作用。所以必须在清晰认识新时期政治、经济、文化整体发展与运行的情况下,才能清晰地认识新时期文学理论与批评的一系列论争,揭示它的动力系统、变迁原因与内在规律特征。脱离时代现实的文论是不存在的,单一的、封闭性的研究,将无法解读文学在这一伟大时代的历史倒影。但也要避免过去的简单化倾向,即将文学理论与批评的问题全部还原为政治、经济的问题,同样需要确认文论发展可能出现与政治、经济发展不完全对应的问题,文论的阶段划分与性质分析仍然具有文论的学科增长特性,并体现出对于政治、经济的某种程度的独立性与超越性。如1990年代初期出现的人文精神讨论与其时市场经济的启动之间,1990年代末期开始兴起的生态批评与21世纪以来的经济快速增长之间,就体现了审美现代性与经济现代性之间的不对称,证明了文艺理论的发展具有积极介入政治、经济发展的某种纠正力量。

在这一课题研究过程中,我们的核心思路是:坚持马克思主义文艺思想的基本原则,联系当前社会发展的现实问题,回顾新时期文学理论与批评的历史轨迹,探究文学的内涵与属性,发掘新时期文学发展的规律与范式,梳理中国当代文学理论批评与中华民族文学传统,与西方现代文学思潮之间的复杂关系,从而提升文化产品质量,改善文化消费趣味,推进社会主义文学艺术的繁荣,以满足人民群众日益增长的精神需求,为构建和谐社会提供丰富的精神食粮。

我们对新时期文学理论建设、文学批评实践的研究的最后成果,集中体现在以下八个方面的论述中。这里不妨将其戏称为"三纲五常"。

所谓"三纲",即新时期文学理论批评贯穿始末的动向与态势。

一、新时期文学的发展分期与历史定位

"新时期"其实是一个很一般的语汇,20世纪70年代末,"文革"结束后,却被赋予很重大、很特殊的内涵,四十年来在中国当代人的话语表述中一直居高不下。

据我们考证,作为当代中国社会生活中的这一专有语汇,"新时期"是由当时的国家主席华国锋在1978年2月26日提出来的,起点于清算"文革",核心内容是由无产阶级专政下的继续革命转向社会主义的经济建设。

而"新时期文学"这一概念则是由周扬在1979年第11期《文艺报》发表的《继往开来,繁荣社会主义新时期的文艺》一文率先提出的。四十年过去,文学理论界对于"新时期"这一概念的表述越来越众说纷纭,也越来越模糊不清。我们倾向于将新时期文学划分为三个阶段:1978年至1989年为崛起期;20世纪90年代为转型期;21世纪以来为

综合期。

新时期是中国当代社会发展史上一个特殊时期,是在一场文化浩劫之后的痛定思痛,是对一种长期以来占据统治地位的错误政治路线的拨乱反正,是中华民族大病初愈后迎来的新生。这一时期是由一场政治巨变、即位居中央最高层的"四人帮"的倒台拉开序幕,其来也突然,其兴也突然,刚刚崛起即达到高峰。于是,20世纪80年代的中国文学也就成了整个新时期文学运动的核心,其历史地位堪与现代文学史中的"30年代文学"相比肩。此后,经由90年代的"转型期"、新世纪最初十年的"综合期",中国社会渐渐转入"常态",文学曾经焕发出的"新"的色彩渐渐隐退,即使再有新的东西涌现出来,也已经不再是原先的那个"新"了。

二、新时期文学理论批评范式的转换

文学是什么以及为文学定性,差不多总是以往文学理论无可回避的首要问题。这个问题,也是新时期文学思潮与文学论争中绕不开的问题。机械的"本质主义"渐渐为人们抛弃,"关系主义"的解释盛行一时,文学的视野也由此扩展。新时期此起彼伏的文学论争,促使文学理论范式的转型,从社会政治范式到审美范式、再到文化研究范式的转型,为中国当代文学理论批评的进一步发展提供理论上的借鉴。也为文艺理论批评研究者全面了解本学科当前的学术动态提供了线索。

范式转型是库恩对科学史演进方式的表述。在库恩看来,科学的进步并不全是以连续积累的方式展开的,在更多情形下是以断裂与跳跃的方式完成的,即范式的转型。范式转型是在新旧范式的既相依赖又相对抗的张力关系中完成的。新范式是可以被人们理解的新的看待世界的方式,新的研究方法,以及对所应该研究的问题的新的预设。它是对旧范式无法解答的问题提出的更有说服力的解释。范式转型是立足于传统旧范式,又突破传统建立新范式的过程。

借助库恩的范式理论,可以看出中国当代文学理论与批评的知识系统在新时期里经历了两次重大的转型,表现"政治范式""审美范式""文化研究范式"三种范式的轮替。一次发生在20世纪80年代初,中国当代文学理论与批评由社会政治范式转型为审美范式;另一次发生在20世纪90年代初至新世纪的最初十年,中国当代文学理论与批评从审美范式转型为文化研究范式。两次范式转型带来文学理论与批评内在的理论观念和研究方法的变革。

在更宏观的层面上,文学批评与理论总是表达着特定时代人们的精神观念,渗透着那个时代的精神状况,这种时代精神也可以看成认知范式。中共十七届六中全会的文化决议指出:"没有文化的积极引领,没有人民精神世界的极大丰富,没有全民族精神力量的充分发挥,一个国家、一个民族不可能屹立于世界民族之林。"这里强调的"精神世界"与"精神力量",也是文学艺术的更高层面。文学的社会作用更多时候发生在人的感觉、意向、情绪、想象中,它是"柔弱"的,却可以对一个民族的健康成长产生持续的、不可替代的作用,因而它又是"恢宏"的,一种"恢宏的弱效应"。对于新时期文学理论、批评实践经验的分析整理,应加强精神向度的开掘,从而让文学为营造国民健全的文化精神生态做出贡献。

三、新时期文学基本性质的多维认知

新时期开始阶段,文学界就以"为文学正名"的方式对以往的文学概论教科书中关于文学本质的判断进行了颠覆,这就再次证明所谓固定的、唯一的、共同的文学本质其实是不存在的。在生机勃勃、丰富活跃的新时期文学创作实践面前,超越表象与本质的对立,更多地注视多元因素对于文学的影响,成为观察、阐释文学基本属性的新的思维模式。

新的理论视角、新的批评方法以及新的思想潮流淹没了旧的思维模式，层出不穷的新理论让批评界应接不暇。理论的突破和观念的创新促进文学研究从自闭走向开放、从单一走向多元。理论批评的预设不再指向"本质"这个唯一的焦点，相对地说，它更多地关注多元因素之间形成的关系网络。相对于"本质主义"的命名，这种理论预设可以称为"关系主义"。文学的性质、特征、功能必须在包括历史学、哲学、经济学、政治学、人类学以及宗教学、心理学、生态学等社会文化的关系网络之中谨慎定位。关系只能是历史的产物，是某个历史时期的文化相对物，文学理论关于文学基本属性的研究从本质主义到关系主义，经历了复杂的探索阶段：1980年代的勇气、1990年代的沉思以及21世纪的调适，观念的变化和思想的绵延组成了文学性质的认知史。

在相对宽容的学术氛围里，1980年代的创作界和理论界暂时摆脱压抑，精神走向自由。相比而言，1990年代更像一个过渡期——从狂欢走向沉思。21世纪之初文化研究兴起，其产生的综合效应以混沌的气势试图囊括文学理论面临的所有问题，以至于有人担心文学的精义将在文化研究的"乱炖"中日益变得稀薄、模糊。令人欣慰的是，文学理论研究视野的开拓，文学批评思维模式的转换，同时为文学的跨学科研究提供了多种渠道。已经迈进自由天地的中国当代文学艺术，已经很难再被关进狭隘、封闭的人造空间了。

我们之所以把以上三点看作新时期文学理论建设与文学批评实践的"三纲"，因为这三个方面的问题就像是三条线索，始终贯穿在新时期的始末，成为新时期文学坐标上的时间性的纵轴。仔细看一看，三条线索中的各个"层级"又是紧密相互映衬、相互呼应的：时间上的"崛起期"与理论形态上的"政治范式"，与思维方式上的"本质主义"；时间上的"转型期"与理论形态上的"审美范式"，与思维方式上的"关系主义";时间上的"综合期"与理论形态上的"文化研究范式",与思维方式上的"文化历史主义"。这样,三条线就拧成了一股绳,成为在新时期海洋里打捞文学奥秘之网的"纲"。

所谓"五常",这里是指新时期文学理论批评界长期活跃、成绩突显的五个领域。

一、新时期马克思主义文论的中国化

"马克思主义的中国化",是中国无产阶级革命实践中长期遵循的思想政治路线。新时期以来,中国面临新的现实问题,新的发展机遇,只有结合中国实际对马克思主义的经典学说不断做出新的阐释,才能推进社会政治经济的向前发展。文学理论界在新时期伊始提出马克思主义文论的中国化或马克思主义文论的再出发,就有着历史的必然性。新时期的马克思主义文论研究对"文革"中以及"文革"前的文艺思想拨乱反正,在四个方面取得了切实的成绩,即:由马克思主义关于人性的阐述厘清文学属性与人道主义的关系,坐实了"文学是人学"的命题;从文学与意识形态的关系入手厘清文学与政治的关系,突出文学的审美意识形态属性;运用马克思主义的实践观考察人类审美活动,促使审美实践论文学观诞生;立足于马克思主义艺术生产理论,深入探讨文学艺术生产与现代社会政治经济的关系,突显文学艺术产品的特殊性。

通过对四十年来马克思主义文论中国化的梳理和研究可以发现:中国学者注重从马克思主义文艺理论的整体性及其同马克思主义学说其他部分的关联性上来研究问题,把文艺理论和文艺问题纳入广阔的现实生活空间和理论思维空间来考虑,逐步兴起并发展出一些马克思主义文艺理论新兴的、分支性的、交叉性的、边缘性的学科。当代中国马克思主义文论中国化的进程体现在回归传统的同时也在走向世界。回归传统,是指中国的马克思主义文论要吸收中国古代、近现代文论的优秀研究成果,在中国的国土上深扎根;走向世界,是指中国的马克思主义文论建设要继续坚持对国外文论的学习、引介和研究,让中国文论在马克思主义指引下进一步融入世界。

二、中国古代文论之现代转换

在新时期文学理论批评的发展过程中,古代文论作为文学理论的"发源地""资源库""生长点",作为文艺批评的"元素""对象""参照系",无疑有着极为重大的理论价值和实践意义。当然,实现这样一种价值和意义,无论是从逻辑上还是从历史上讲,都无法回避一个前提:即古代文论之"现代转换"。未经历"现代转换"的古代文论是无法直接介入新时期文学理论的建构与文艺批评的实践活动的。

古代文论之现代转换,与其说是一则命题,不如说是一种场域,一种在历时性上时间与时间对话,是当代学者与古代文人相互寻思乃至质疑的场域;也是本土话语与西方话语相互磨合乃至渗透、交融的场域。在这样一种场域里,文学正在向文化开放,后现代主义者正在解构曾经的建构企图,而多元的、跨学科的思维形态正在敞开一个新的世界。只有在这样一种愿景中,古代文论之现代转换才不仅是必要的,而且是可行的。

三、新时期文学的跨学科研究

新时期文艺理论建设与文艺批评实践的繁荣,其存在形式上的主要表现,是理论形态的多元性和研究方法的多样化。1984年作为"方法年",实际上启动了新时期文学理论新学科建设的里程,也为文艺学的学科跨界研究拉开序幕。

作为《文艺新学科建设丛书》主编的刘再复,曾将这一时期的文学思潮归结为"科学流向"和"人文流向"两个方面,前者以系统科学的研究方法为核心,在人文研究中引入自然科学的方法以实现文学观念的丰富和文学研究的转变;后者则是从文学的主观性、直觉性等特征出发,探索人的复杂心理世界同文学的关系。作为一个宏观的多元概念,文学可以是社会生活的反映,可以是作家或人物心理世界的展现;文学表达离不开语言支撑,文学意蕴不可能摆脱一定的哲学思想、政治观念和道德意识等的渗入;文学叙事难以回避全球化生态危机等世界难题,文学素材的取舍也总会跨越国家与民族的界限;凡此种种,决定了对其进行文学社会学、文艺心理学、文学语言学、文学政治学、文学伦理学、文学生态学、文学人类学等等跨学科研究的前提与可能,并且业已取得了初步的成效。

中国新时期的跨学科研究在许多领域至今也还是比较粗糙的、生涩的、脆弱的。一门新学科的建立往往需要一个较长的时间段,乃至有待于今后数代人的持续努力。

四、新时期的文学批评实践

新时期的文学批评,大致也经历了三个阶段:1980年代的"方法热";1990年代的"后学热";世纪之交时兴起的"文化热"。近四十年的批评实践收获了丰富的批评理论和批评方法的成果,也将中国的文学理论批评带入世界,形成跨文化对话的一个重要组成部分。1990年代之后,大众传播以其巨大的能量楔入文学批评的空间,从而形成的文学批评的新格局。相对于学院批评的曲高和寡,"传媒批评",在现代科学技术与商业市场支撑下对那种刻板的、学究式的批评不失为一种有力的反拨,它使文学批评通过大众传媒走出象牙塔而直接面对大众成为可能;它促使批评对文学现实迅速地做出反应。但是,对大众传媒要求的通俗活泼的语言方式的顺应,可能导致文学批评在产生快感的同时将快感作为目的,文学批评可能成为即时消费、即用即弃的"广而告之"。文学评论如果仅仅作为"时评"而放弃对恒久精神价值的关注,将造成美学感受的迟钝及对于终极价值追求的丧失。

20世纪80年代之后,中国在国际市场的地位迅速提升,物质生产成为社会发展的核心动力,经济发展成为举国上下的重中之重,新时期伊始呈现的众声喧哗的多种取向、多种渠道已经渐渐收拢到"过日子""过好日子"的单一选择中,消费性的"大众文化"时代降临,在迅速改变着文学批评的整体局面。

五、大众文化兴起与文学批评的危机

自1990年代中后期以来,影视剧、通俗文学、网络文学等成为文学、艺术表现的主要载体,当代社会审美表现出强烈的消费性、视觉性和可复制性的特征。"大众文化"的浪潮很快席卷中国大地。大众文化迎合了人们释放本能快感的需求,但也放弃了文学艺术对于人类精神"救赎"和"提升"的功能。大众文化的兴起确实拓展了文学艺术批评实践的范围,丰富了文学艺术批评的渠道。随着通俗文学、网络文学、影视作品、城市景观建设成为当代社会审美和文化表达的重要方式,文化研究,尤其是媒介文化研究已经内化为当代中国文学研究的基本视角。文学文本的首要意义已不仅指向"美的艺术"本身,而且指向更为广阔的社会文化领域。文学批评也不只是简单地揭示审美对象的艺术特征,而是涉及社会文化生产、文化消费与政治经济之间的复杂互动。

大众文化的兴起导致了"文学""艺术"定义的变化,为文学批评带来新的机遇,但同时带来新的危机。文学审美价值体系的重估和重建成为亟待解决的问题。面对大众文化的崛起,我们仍有必要做出深入思考:如何立足于中国自身的文学批评传统,结合西方文化理论和当下大众文化的状况,创造性地建构中国文学艺术理论批评的法则与体

系,已成为急需解决的现实问题。

我们始终认为对于所谓新时期的文学思潮而言,20世纪80年代不但是崛起阶段,同时也代表了整个新时期文学的精神与情感、气质与风范,是新时期的精神内核。

"80年代"成名的杰出诗人北岛说:80年代是中国20世纪的文化高潮,让人看到一个古老民族的生命力,究其未来的潜能,究其美学的意义,都是值得我们骄傲的。①

"80年代"享誉中国文坛的文学理论家刘再复说:"80年代乃是心灵解放的年代,是面对生命的困惑提出各种叩问的年代。""80年代也正是建国以后文艺批评的真正辉煌期。""80年代是有钙质的时代,是有勇气提出新思想的时代。"②

"80年代"活跃的思想家金观涛指出:80年代"是中国第二次伟大的启蒙运动……它与体制内的思想解放运动相呼应,为中国的改革开放奠定了思想基础。"③

由20世纪80年代启动的中国当代文学新时期,尽管留下种种不足与遗憾,但注定将成为中国文学史上厚重的一页。

"新时期"既然指涉的是一个时期,而且是"新"时期,那么就一定会有时间的限定,不可能无限期地延续下去,更不可能一直新下去。

综上所述,"新时期文学"就其文学理论建设与文学批评实践体现的主要精神内涵与社会价值可以概括为以下五个方面:

一、拨乱反正,清算长期以来极左路线下的文化专制;

---

① 查建英:《八十年代访谈录》,生活·读书·新知三联书店,2006年,第80—81页。
② 马国川:《我与八十年代》,生活·读书·新知三联书店,2011年,第124,135,136页。
③ 同上,第173页。

二、解放思想,总结历史教训,破除对领袖的个人崇拜;

三、向世界开放,不惮于引进西方的理论、观念与方法;

四、正视现实生活中的矛盾冲突、尊重文学艺术自身的内在规律,尊重作家艺术家的个性,各具风格的优秀文学艺术作品呈井喷状诞生;

五、文学艺术,甚至包括诗歌在内,对当下的政治、经济生活往往能够产生重大影响,文学在民众心目中拥有崇高地位。

"千里搭长棚,没有不散的宴席"。我们认为自1978年至今延续近四十年的"新时期文学",作为一种思潮,已经结束,已经成为历史的一页。这一页已经被翻过去。从进入20世纪90年代之后,"新时期文学"作为一个"思潮"已经开始退潮,新世纪开启十年之后,"新时期文学"以上五点主要内涵,有的已经淡化,有的已经转移,有的已经渐渐消失。新时期文学已经成为历史。仍旧沿用"新时期文学"已经失去现实的根据。

我们也不必为此惋惜,轰轰烈烈的"五四新文学运动",又持续了多久?不到二十年吧?

文学理论界的许多人其实也看到这一现实,只不过仍不甘心,试图以"后新时期文学""新世纪文学"替代"新时期文学"的提法,而且执意要保留那个"新"字。

历史还在继续。至于当下我们所处的"文学时期"叫什么?且不必过早下结论。有许多历史阶段,是在过后许多年才可能被历史确认的。"新时期文学"的命名是侥幸的,它一开始就被命名,而且的确是"新",的确名副其实,并没有像以往命名的"大跃进"时代、"文化大革命"时代那样虚妄与倒错。

我们承担的这个国家社会科学基金研究课题,希望就此为"新时期"的文学理论建设、文学批评实践做一番盘点,作为其四十周年的纪念。就"新时期"文学运动的汪洋恣肆、浩瀚宏阔而言,我们的这些识见与判断实在不过是以蠡测海,种种遗漏自不待言,误解误判也在所不免。书中的文字只能看作我们自己对于这段历史的一种阐释,或许这才正是本书存在的意义。关于"历史的书写",好在新的历史学正有此一说:

> 我们所感兴趣的不仅在于认识性地描述它,而且在于建立对于它的一种感情、一种同情和一种热情——歌德曾正确地看到这是历史观察的最好的成果。一个真正有感受的历史学家能够将自己奉献于他的研究对象,并使自己投入到一种反映整个精神世界的普遍性之中。①

我们仅仅祈望,我们的这本书能够成为众多的对于新时期文学理论批评的历史言说的一种,提供给大家参照、交流,并予以批评指导。

---

① 〔德〕狄尔泰:《人文科学导论》(赵稀方译),华夏出版社,2004年,第82—83页。

第一章
新时期文学理论与文学批评的发展分期、基本特征与历史定位

新时期文学理论与文学批评的发展,虽然只有短短的近四十年,但由于这个近四十年在中国当代史上的重要转型作用,因而变得十分重要。关于它的研究,大体上分为两个阶段,一个是在20世纪末,展开了关于百年中国文论的研究,其中涉及了对于新时期文学理论与文艺批评的评价;一个是2007年前后,正值新时期文学理论与文学批评发展三十年,在纪念改革开放的整体思路下专门讨论了它的得与失。这两种研究虽然提出了诸多有益的评价意见,但起因都源于时间意义上的纪念性质而难免不够深入。今天,我们再接着来评价这段文论史,意在借助于它的转型特性,探讨其生成、转型与发展的规律,深化对于文论与批评自身的认识。鉴于此,本文将对这一文论史现象做出整体的评估。

第一节 何谓"新时期"的文学与文论?

人们为什么要将近四十年来的文学理论与文学批评发展命名为

"新时期"的文论与批评？原因在于肯定"新时期"所代表的正面价值，否定"旧时期"所代表的负面价值。这仍然延续了"五四"以来讨论中国文化变迁时的一个基本思维框架，即通过"新旧对立"来达到"除旧布新"的目的。同时，这也是一种政治思维方式的产物，与"新中国"与"旧中国"的社会对立相对应，体现了对于新的政治格局的向往，对于旧的政治格局的抛弃。所以，认识新时期文论与批评的发展，离不开认识新时期以来政治、经济与文化的整体发展。

一、从"新时期"到"新时期文学"

"新时期"是相对于"旧时期"而言的。但何时启用"新时期"呢？从知网搜寻可知，始于1949年3月5日—13日召开的中共七届二中全会，会上强调"过去工作重点在乡村的时期已经结束，从今以后开始了党的工作重点在城市，而又兼顾乡村的新时期。"此后"新时期"一词开始流行起来，用关键词"新时期"检索"全文"，在1950年就多达23篇，这些文章与中共会议精神一致，主要是谈经济工作重心的转移。这是中共在取得全国政权后，欲将权力的中心由农村转移到城市，实现由农业经济到工业经济的跨越式发展。

再次较多地使用"新时期"一词是在中共八大二中全会以后，这次会议认为中国已经取得了经济战线、政治战线和思想战线上的社会主义革命的决定性胜利，提出了"鼓足干劲、力争上游、多快好省地建设社会主义的总路线"，强调中国正进入以技术革命和文化革命为中心的社会主义建设的"新时期"，此时的"新时期"一词仍然偏向指称经济建设进入了新时期。1958年、1959年、1960年使用"新时期"的频率较高，与此次会议精神相关。但开始有学者将其使用在电影批评上，出现了王阑西的《迎接电影事业的新时期》（1958）一文，该文认为："在我国社会主义建设飞跃发展的形势下，电影事业也应该相适应地发展，四个月来的事实也同样地可以证明：鼓足干劲、力争上游、多快好省地办电影事业是完全可能的，最近的情况不是说明以同样的人力、物力或者更少的人力、物力可以做出更多的事吗？"该文预言："实现这些措施，中国人民电影事业，就将要进入一个新的时期，在已有的基础上，更大规模地遍地开花地发展起来。"①在此后的一个较长时期里，却较少使用"新时期"一词。原因可能是这是一个偏重强调经济建设的词语，而此后的重点一直在强调阶级斗争与无产阶级专政下的继续革命，这个词语的含义已经不再符合时代需要了。

到了1978年，"新时期"的使用呈现井喷状态，这与1978年2月26日—3月5日在北京召开的全国人大会议有关，在会上，华国锋做了《团结起来，为建设社会主义的现代化强国而奋斗——一九七八年二月二十六日在第五届全国人民代表大会第一次会议上的政府工作报告》，报告指出：粉碎"四人帮"，结束了"文革"，"我国社会主义革命和社会主义建设进入了新的发展时期"，并明确提出了"三年来的斗争和新时期的总任务"，强调把揭批"四人帮"的斗争进行到底，加快社会主义经济建设，繁荣社会主义科学教育文化事业，加强政权建设，加强各族人民的大团结等。② 报告所提到的核心问题是：坚决贯彻执行党的十一大路线，坚持无产阶级专政下的继续革命，深入开展阶级斗争、生产斗争和科学实验三大革命运动，在21世纪内把我国建设成为农业、工业、国防和科学技术现代化的伟大的社会主义强国。可以说，此时提出的"新时期"，是为了实现四个现代化。

历经"文革"的中国人从报告中看到了生活的新希望，所以"新时期"迅速成为人民群众所向往的新生活，一时间，"新时期"成为流行词语。查知网可知，是年涉及"新时期"的文章高达700多篇，出现了诸

---

① 王阑西：《迎接电影事业的新时期》，《中国电影》1958年第7期。
② 《人民日报》1978年3月7日。

如贺敬之的《戏剧创作要为新时期的总任务服务》(1978)等文,表明这一概念不仅指称经济建设,同时也指称文化建设。贺敬之指出:"打倒了'四人帮',我们的国家进入了一个新的发展时期,我们的文艺工作,也进入了无产阶级文艺发展史的新时期。在新的历史条件下,为社会主义新时期的总任务服务,这就是为工农兵服务、为无产阶级政治服务的具体的体现。这是当前文艺工作的出发点,是方针问题,路线问题。"①可见"新时期"作为政治术语,包含了对于"文革"的否定,对于过去极左的政治路线、经济方针与文化政策的否定。由于"新时期"与实现"四个现代化"相关联,预示着一个新的经济建设时代的到来。但不可否认,刚刚使用"新时期"时,还与"旧时期"的话语相粘连,所以,既强调文学艺术进入了新的发展时期,又继续提出"专政""文学为政治服务"等过去的口号,显示这是一个交替的时代,人们的思想也处于交替之中。

那么,何时开始使用"新时期文学"这一概念呢?周扬在《继往开来,繁荣社会主义新时期的文艺》(《文艺报》1979年第11期)就使用了"新时期的文艺"一词,包括了文学,但不止于文学,还包括了各艺术门类。此外,据知网查寻,直接与文学相关的有浦伯良《正是山花烂漫时——学习新时期散文札记》(1980)、缪俊杰的《新时期社会主义文艺的方向——对"文艺为人民服务,为社会主义服务"的一点理解》(1980)、马威《试论新时期戏剧文学中的人物塑造》(1981)等,涉及"新时期文学"的命名,但还不是正式命名。到了1982年,"新时期文学"才正式成为一些重要论文的题名,其中有刘锡诚的《谈新时期文学中的人道主义问题》(1982)、刘伟林、谢中征《论新时期文学英雄人物的塑造问题》(1982)、马畏安《文艺批评与新时期文艺的发展》(1982)、贺

---

① 贺敬之:《戏剧创作要为新时期的总任务服务》,《人民戏剧》1978年第9期。

兴安《新时期文学三题漫谈》(1983)、刘梦溪《新时期文学存在着,发展着……》(1883)、张炯《新时期文学的历史特色》(1983)等,可见"新时期文学"已经获得批评界较为一致的认可。

刘锡诚是在"近几年"的时间长度上使用"新时期"的,他从人道主义的角度肯定了"新时期文学"的成就:"新时期文学对一切反人道的封建法西斯暴行的揭露与批判,正是基于这样的一种人道主义思想。新时期文学中人的主题的确立和形成,对人的尊严、人的人格、人的个性、人的价值等的探索,正是马克思主义人道主义的活力得以恢复的一个标志。"①该文认为恢复文学中的人道主义与马克思主义的人道观的重新确认相一致是有事实根据的,但未及讨论西方文艺复兴以来人道主义的思想传统,显然受制于当时的语境而有所不能言,这使文中的人道主义概念缺乏饱满的内涵。合理的解释应当是,重新认识马克思主义的人道主义思想,激活了整个西方及中国古代人道主义思想传统,使得人道主义传统成为创作的思想源泉,促成新时期文学能够重新从人道主义出发来观察人生,进行创作。

刘梦溪则结合时代背景揭示了"新时期文学"的发展特点,认为:"新时期文学是在百花凋零的荒凉园地里起步的,长期泛滥的极左思潮一个时期还像梦魇一样纠缠着人们的头脑,作家重新握笔固然需要准备的时间,广大读者的文学兴趣和欣赏习惯也有待恢复。大家记得,光是打碎套在作家、艺术家身上的所谓'文艺黑线专政'的枷锁,就经过多少曲折和艰辛!'四人帮'粉碎后相当一段时间,林彪和江青合伙炮制的'纪要',还俨然是一个不可逾越的禁区,后来'文艺黑线专政论'虽然被否定了,有人仍然强调'黑线'还是有的,文艺工作者的艺术创造力继续被束缚着。1978年5月开始的关于实践是检验真理的标

---

① 刘锡诚:《谈新时期文学中的人道主义问题》,《文学评论》1982年第4期。

准问题的讨论,启迪了作家的心灵,创作上出现了一批立意大胆、手法新颖的敢于突破禁区的作品;特别是党的十一届三中全会的召开,真理之光点燃了智慧之火,精神生产者的精神获得了解放,文学创作的洪流奔突起来了。一时间,作品大量涌现,文学期刊竞相出版,创作队伍不断扩大,真个是:'忽如一夜春风来,千树万树梨花开'。文学的百花园开始呈现出欣欣向荣的初步繁荣的景象。"①

张炯主要分析了"新时期六年文学"的特点,分别称"这是从长期'左'倾所带来的思想僵化走向思想解放的六年","这是破除个人崇拜和打碎文化专制主义的桎梏,使人民民主得到发扬,艺术中人为的'禁区'被不断突破的六年","这也是文学从历史迷误里走出,阔步迈向未来光辉大道的六年"。②张炯不吝用"在世界文坛上也是罕见的"加以评价,可见当时的人们对于"新时期文学"寄寓了多么大的希望。

到1999年,知网上运用"新时期文学"的文章已达万篇。到2013年,运用的已经达到四万篇以上。可见"新时期文学"已经成为四十年来用于描述文学发展的一个具有共识的概念,这是我们在本书中同样使用这个概念的理由。

二、从"后新时期文学"到"新世纪文学"

在"新时期文学"一词使用的过程中也出现过两个相关概念,一个是"后新时期文学",一个是"新世纪文学"。"后新时期文学"集中出现于1992年,是年《文艺争鸣》刊发一组文章,编者的意图是学界普遍使用"后"做前缀来表明对当前文化的看法,出现了诸如"后现代主义""后结构主义""后弗洛伊德主义""后哲学文化""后工业社会""后新

---

① 刘梦溪:《新时期文学存在着,发展着……》,《文艺研究》1983年第5期。
② 张炯:《新时期文学的历史特色》,《文学评论》1983年第6期。

潮"等,那么,再用"后新时期文学"来命名正在出现的文学创作,也就顺理成章。其中张颐武将"新时期文学"与"后新时期文学"区分开来看,可谓对于"新时期文学"的再认识。他指出:"'新时期'是一个始终以'人'为中心进行文学的思考和探讨的时期,一个充满着激情和热力,一个不断变革和不断破坏与重建的时期。从'伤痕文学'到'实验文学'和'后新诗潮',我们可以看到从确立'人'的话语中心的位置到对这一位置的深刻质疑的过程,一个由重建价值到从语言的角度对之加以消解的过程,一个探索'现代性'以及'个人性'的过程。在这里,'走向世界'的梦想与第三世界文化的语境构成了惊心动魄的精神寻求的深刻矛盾与分裂。在这里,文学仍然充满着使命感,或是对政治与文化的使命,或是对艺术与语言的使命,构成了文化空间的基础。因此,'新时期'是一个文学不断自我更新的时期,一个不断奔涌的活跃的时期。"而"后新时期文学"则相反,"它由一种对日常生活的激进性的批判与诘问,一种对市民文化的反抗性的描述突然转变为温和而驯良的认同与屈从,一种从琐碎而平庸的日常生活中掘发趣味的市民文学。……'后新时期'的文学是一种'回返'性的文学,文学开始重新尊重法则和伦理,不仅尊重叙事的法则,也尊重现实的法则。文学不再扮演社会先锋的角色,而越来越多地与现实的话语与文化机器保持和谐和一致。文学成了梦的满足,成了安乐而舒适的躺椅,成了大众文化的一个组成部分。""'后新时期'是文学转型的时刻,是整体性和秩序复归的时刻,是大众文化终于固定化的时刻。"①

由此观照下的"新时期文学"与"后新时期文学"区别在于:一者是以人为中心的、启蒙式的、充满对于社会现实的批判激情与重新设计的文学,一者是与现实相妥协、失去先锋批判意识、与大众文化相结合

---

① 张颐武:《后新时期文学:新的文化空间》,《文艺争鸣》1992年第6期。

的文学。所以,"后新时期文学"既是一种文学转型,也是对于"新时期文学"的解构,代表着另一种文化精神与文学类型。

谢冕表达的观点与张颐武接近,他揭示了"新时期文学"的产生背景与特性,又说明了"后新时期文学"代表转型的到来。他说:"当初人们起用'新时期文学'这个概念的时候,怀有弃旧图新的兴奋。这个概念的背后有一个明确的含意,即与我们所指称的新时期相对,存在着一个旧的文学时期。一个文学形态发展到了极限,原有的一些朝气和新意的基本丧失,'五四文学'的传统性受到极大损害。文学发展停滞甚至倒退,这就是与新时期相对的那个文学时代的特征。事实上,封闭性,固化状态,和畸形的大一统,已经宣告了一个文学时代的终结。新时期文学的诞生,是对旧文学的形态的反动。开放的、充满创造精神的文学,实现了中国作家自五四以来痛苦以求的梦想。多元格局的形成,标志着这个新的文学时代所达到的最为激动人心的高度。中国文学的想象力和创造性,在这个十年中发挥到了极致。多种多样的试验和引进,惊心动魄的论争和批判;刊物如林,作者如潮;'主义'盛行,名家辈出。创作、理论批评、评介和出版均有长足的发展。这十多年,文学在几乎所有的方面都超过了'文革'结束以前的数十年,取得了自有新文学以来的最好成就。郑伯奇先生早年形容'五四'最初十年的情景,如今重现在我们的面前:'西欧两个世纪所经过了的文学的种种动向,都在中国很匆促地而又很杂乱地出现过来。'新时期文学的十年是当之无愧的可与五四初期十年相比拟的又一个'伟大的十年间',文学挣脱禁锢之后以有限的自由所创造的业绩堪称现今中国最重大的一件事件。"谢冕也探讨了"新时期文学"衰落的原因:新时期文学的"疯长"状态导致创新失控,作家主体意识的过度张扬把创作和批评推向无节制,文学的严肃氛围因太多的随意性而受到损害,依附于权力意愿使新时期文学面对重大威胁等。所转向的"后新时期文学"所具有的新质是:"后新诗潮以反对崇高和优雅为目标的向着新诗潮的挑战;先锋小说对于传统艺术方式的强刺激;后现代主义思潮对创作的渗透;以及通俗文学对纯文学的大步进逼。更为重要的是,新时期文学发展的事实,已证实它有必要通过自身的调节和应变以适应继续前行的需要。不仅是外部的条件,更重要的是文学内部的因素,诸如对文学自身的失度和误区的调整,以及对文学增生的新品质和新形态的确认和支持,当然也有中国近期社会变动施加的压力,驱使新时期文学由'前'向'后'进行转型期的更迭,这种更迭不仅进一步巩固中国'文革'之后文学新旧交替的成果,也确认了1980年代经历巨大挫折之后冷静而沉稳的过渡十年的推进,而且为业已到临的世纪之交的文学交替提供机会和可能。"①注意,该文系作者在北京大学中国语言文学研究所及《作家报》联合举办的《后新时期:走出八十年代的中国文学》研讨会上的发言,可见,作者意识到新时期文学的发展变迁已经成为批评界的又一话题,所以出现"后新时期文学"这一概念,正是基于社会整体文化氛围变迁所发生的一个自然而然的文学现象。"歌谣文理,与世推移。"从"新时期文学"发展到"后新时期文学",正是这一规律的反映。谢冕指出文学发展因受到"八十年代巨大挫折"而使之然,可见外在的社会政治状态对新时期文学发展总是产生巨大的规范作用,这是新时期文学发展所面临的不可回避的挑战。这说明,无论是"新时期文学"的兴起,还是它的变迁,都是政治的有形干预与隐形干预的产物。这是中国文学未能独立发展的一种表征。顺带地要指出,在谢冕这里,所谓的"新时期文学"是指1978年到1989年间的文学,也是好多学者当年的用法。不过随着时间往后推移,"新时期文学"的时间含义模糊了,大体上可以指称近四十年来的文学;若用"新时期以来的文学"一词,则包括了

---

① 谢冕:《新时期文学的转型——关于"后新时期文学"》,《文学自由谈》1992年第4期。

从 1978 年起到今天的文学。

尽管阐释"后新时期文学"的批评者强调了"后新时期文学"是对"新时期文学"的"反拨",相信"找到了'后新时期文学'这样一个贯通历史、调谐情理的名字,我想历史是会承认这个名称的。"①但斗转星移,时至今日,这个概念仍然没有斗过"新时期文学"这个概念而流行开来,原因是"后新时期文学"所指时段太短,所欲概括的文学新特质并不明确,且所谓的新特质又没有一如既往地发展下去,所以用它来概括不断增长的文学变化也就难免失效。徐贲在反思这个概念时曾说:"'后新时期'论者总是想在历史时期和文学作品样式之间建立某种一一对应的关系,用'特殊'的文学样式来证明历史时期的特殊性。"②结果,随着"特殊的文学样式"的变迁与淡出,如被提到的"新写实""新市井""新历史""新改革"等小说样式失去原有的创作魅力,不再流行,"后新时期文学"的批评定义失去了基础,当然也就土崩瓦解了。所以,一个新的文学史概念的出现,绝非仅仅与某一种特殊的文学样式相关联,它应该是深刻的历史变动、重要的文化转型与全新的文学意识的综合呈现。

进入 21 世纪,批评界又提出了"新世纪文学"这个概念,试图概括 21 世纪初期文学创作的特质,但时间上的新世纪,未必就是文学性质上的新世纪,这与"后新时期文学"命名一样,将会遭遇定义的失效。这样的概括遇到了同样的问题,即概括性的不强与文学创作变化的不稳定,使得这个概念同样成为一个过渡性极强的概念,不足以从整体上切割出一块所谓的"新世纪文学",因而最终还是让位于"新时期(以来)文学"这一命名方式。

"新世纪文学"命名大体上出现于 1993 年,吴野指出:"如果说文

---

① 宋遂良:《漂流的文学》,《当代作家评论》1992 年第 6 期。
② 徐贲:《从"后新时期"概念谈文学讨论的历史意识》,《文学评论》1996 年第 6 期。

学是社会最敏感的一条神经,那么,最近十几年来,中国社会在现代化建设道路上的疾奔迅跑以及由此引发的种种深刻变化,难道不会在文学的存在形态和走向上留下某种印痕?如果说本着民族悠长的文化传统,无论遭遇什么变故,始终不能忘情于现实人生的中国文学一直在激动地伴随着历史向20世纪最深处走去,那么,文学在自己的延伸中难道没有显示出某些特征?没有对它在本世纪末和下世纪初的存在形态做出某种暗示?"吴野在1993年当然不可能预言新世纪文学的发展方向及其特征,所以,他的预测是相当模糊的,认为:"时代在呼唤新型的文学,时代在呼唤新的作家群。"但这是一种什么样的文学、什么样的作家群,吴野的回答是相当简单的,大体上认为这种文学将以表现现代城市文明为特征,"出现在这些作品里的是一种崭新的生活场景,一种在探索、竞争、创新、拼搏中酿成的新的心境心态与人际关系。从这些作品里向我们走来的,是意气风发的创作者,是富于进取精神的改革者。他们在高科技领域,在企业管理与商业竞争中,在国际间的交流与竞赛中,叱咤风云,历经艰苦,竭力拓开在社会主义制度下使物质和精神生活都更加充实的人生之路。用时新的说法,你可以称他们为男女'强人',用传统的文学语言,你可以称他们为正朝下一个世纪大步跨去的'当代英雄'。这些作品是新型的文学。它们的出现使那些单纯谱写改革措施、改革过程,传达某种教谕性题旨的所谓改革题材作品黯然失色。它们毫不在意地跨过昔日改革题材作品已形成的种种模式,不拘一格地展现了世纪之交中国大地上出现的一种崭新的文明,一种在三千年农业社会中从来不曾有过的现代城市文明。以数量而言,目前这类作品尚不很多。但是,它的出现却是一个不容易忽视的信号,一个预示着中国文学的未来——新世纪文学正在形成的征兆。"[①]在吴野

[①] 吴野:《呼之欲出的新世纪文学》,《当代文坛》1993年第1期。

这里,之所以要提出"新世纪文学"的理由是时代将进入新世纪,所以必然有"新世纪文学";"新世纪文学"等于"城市文学",因为中国的现代化所要完成的即是从乡村文明到城市文明的转变;其命名的灵感来自俄国十九世纪文学的变迁,所以才使用了屠格涅夫的"当代英雄"一词。除此之外,吴野的"新世纪文学"没有其他可以明确说明的地方。吴野的模糊倒也反映了他的诚实,连他自己也承认要预测一种文学发展,将是不可能成功的,但又不知为什么,他还是预测了。随后,冯牧也发表了《新世纪对文学的呼唤——〈世纪印象〉引发的一些感想》(《文艺争鸣》1993年第2期),荒煤发表了《新世纪的文学要真正站起来》(《文艺争鸣》1993年第2期)表现了对于"新世纪文学"的极大期望。

1998年以后,关于"新世纪文学"的使用明显地多了起来,至2005年,才真正开始了对于"新世纪文学"的命名探讨与界定,这大体符合文学发展阶段,即经过新世纪不长的五年发展,毕竟给研究者提供了一定的文本样式。

雷达等人是率先较为全面探讨"新世纪文学"命名的论者,请看他们的理由:

> 怎样看待2000年以来正在行进中的中国文学?还要不要把已经使用了二十七八年时间的"新时期文学"(几乎接近现代文学的长度)的概念无休止地叫下去,这是一个值得深思的问题。诚然,这里提出的"新世纪文学",并非严格的科学的命名,但也并非无稽之谈。因为,几乎所有的人都注意到了,进入新世纪以来的中国文学,已有五六年,若加上性质相近的上世纪最后五六年,也有十年左右的光景了,这段时间所呈现出来的大量新质素,已不容忽视。例如,关于日益成熟的市场运作究竟是镣铐还是翅膀,关于全球化视界下的本土立场究竟包含哪些要素,关于高科技对文学广

泛的、潜在的控制,关于新的文学生产机制的形成,关于多媒体时代更为多元的审美意识,关于汉文化价值伦理的重构和思想的渗透,也即新世纪文学的精神资源问题等等,都以前所未有的尖锐提到了我们面前。所以,我们有必要发问:是不是一个新的文学时段已经来临?①

雷达等人说明了"新世纪文学"命名的文学史意义,即意在解构从政治角度界定文学的原有文学史命名方式,"然而,我们暂时提不出比'新世纪文学'更合理更需要的概念了,只是必须做出如下'特别理解':这是借'新世纪'这个在人类发展史上有重大意味的时间概念,来对2000年之后中国当下文学实践做出的笼统概括,它把对文学阶段的指称从对重大的政治、经济或社会事件的依赖变成对时间的依赖,从而潜意识地解构了新文学以来难以承受的意识形态之重,充分地展示新世纪文学在自律与他律的和谐中构筑未来的发展蓝图。"②其后,他们从"市场神话""民族书写与世界意义""科学技术""政治、世俗、人性"等角度探讨了"新世纪文学"的发展状态,但却没有一个明确的预测,只是给出了如下一段抽象性描述:"新世纪文学将呈现同心圆式的图景:处在圆心的是审美含量很高的纯文学,它是轴心;处在最外层的是粗具文学性的各式各样的大众文学产品,构成宽泛背景;而位于两者之间的是文学与其他众学科嫁接所形成的各类新文体,它变动不居,常写常新,它应是新世纪文学的普遍存在形态。"③雷达等人勾画的"新世纪文学"图景有一个特点不容忽视,那就是将"纯文学"设置为文学发展的核心,可见在他们这里,还保有"新时期文学"所具有的"文学基因",只是将这个"文学基因"与更广泛的文学活动相关联,从而赋予它以更

---

①②③ 雷达、任东华:《新世纪文学初论——新世纪以来中国文学的走向》,《文艺争鸣》2005年第3期。

为强劲的发展动力。这与新世纪里受文化研究影响而不断解构"纯文学"的反本质主义思潮的大流行是有重要区别的。

程光炜则分别讨论了"新世纪文学"与其他当代文学概念的区别,如与"新时期文学""十七年文学""文革文学"等等在环境、体制、作家身份和生存方式上出现了哪些变化,这一概念将对"当代文学"的文学史构成产生什么样的影响等。他的观点之一,意在回避意识形态的叙史方式,所以指出:"'新时期文学'那种浓烈的意识形态色彩,在'新世纪文学'中似乎变成了一个渐行渐远的踪影,一个无足轻重的历史档案。在当前,它很自然成为文学评论家建构'新世纪文学'概念的一个重要理论出发点。""'新世纪文学'在对文学松绑的过程中,它乐意回到'寻常百姓家',写一些家长里短,'闲聊'些乡村女界秘闻,或将大'秦腔'分散为一些无足轻重和琐碎的个人记忆,并称之为'边缘性写作'。"①程光炜的定义是乏力的,根据一个极短时段内所表现出来的文学倾向是无法确定新世纪文学性质的,因为新世纪文学是一个太长的期许。可我们发现,主张新世纪文学的批评者,大都用只有五年左右的时间来界定新世纪文学的性质,这除了标示要走出新时期文学的命名冲动外,几乎毫无文学史的批评价值,因为已来的新世纪将会延续一百年,一百年的文学又如何命名与定性呢?

张颐武的论述则将他原本提倡的"后新时期文学"转换成了"新世纪文学",如其所说:"'新世纪文学'的展开所不得不处理的正是1990年代的'后新时期'文学面对的'结果'的变化。新时代的作家不得不放弃原有的历史框架和话语框架。'现代性'在1990年代的'后现代'中仍然支配人们头脑的东西现在不得不被抛弃。于是,我们发现一种新的历史意识的出现和一种新的社会观念的出现变成了'新世纪文

---

① 程光炜:《"新世纪文学"与当代文学史》,《文艺争鸣》2005年第6期。

学'的题中应有之义。"所以,"20世纪的结束从一个文学史的角度观察,也是'新文学'的终结。'新世纪文学'的崛起提供了新的历史的分期的表述,也提供了新的可能性的展开。"①张颐武表达了什么明确的东西吗? 同样没有,他只是再次强调了新世纪文学的到来,像其他批评家一样,模糊地说明一下搪塞了事。这个命题只是建立在批评家的冲动之上,而非真正建立在创作界的实绩之上。

结果是,无论是"后新时期文学"的提倡,还是"新世纪文学"的提倡,都好像没有取代"新时期文学"而取得正统地位,原因有这样几点:其一,"后新时期文学"与"新世纪文学"所指称的时段太短,没有什么重大的文学现象可以作为划界的区别点,必然难以取代新时期文学的清晰划界与实绩积累。其二,虽然体现了要走出以政治来划分文学史段的理论冲动,但因为事实上的政治连续性并没有中断,所以在政治力量仍然非常强大的情况下,硬性地寻找可以超出政治力量的划界标志是困难的。其三,四十年来的文学本来就具有连续性,到目前为止,虽然可以看到在这个连续性上存在着不同的区分,尤其是文学样式与文学风格的急速变化为区分提供了依据,可仍然看不到有哪些重大的文学事件可以来将新时期文学的整体性加以颠覆,如以讨论中较多涉及的文学与政治关系而言,近年来莫言、阎连科等人介入现实的创作就体现了1980年代的创作激情,非"后新时期文学"等命名可以说明,这恰恰表明了这些新的命名的无效性。

但是,我们也要指出,正是通过这些重新命名,更加清晰地揭示了新时期以来四十年文学发展的基本特性,它所经历的变化,所包含的多元性,所可能具有的发展趋向等。

---

① 张颐武:《新世纪文学:跨出新文学之后的思考》,《文艺争鸣》2005年第4期。

三、"新世纪文论"与"文学理论三十年"

文论界同样包含了这类总结性的命名活动,试图通过命名来探讨文论发展的必要性与可能性。早在 1994 年,钱中文就在分析了中西文论发展的不同后,认为未来的文论发展应当是:"从欧美文学理论家与我们对未来文学理论的发展的预见中看到,未来的文学理论更新过程将是一个有着许多共同点的过程,在理论导向、甚至方法上将是比过去任何时候更为接近的过程。例如,双方都主张多学科的研究,摆脱形式主义的研究,跨学科的研究,新型理论的探索研究等等。当然,除了上述研究,双方还各有自己传统理论问题的探讨与更新。在这一过程中,进行对话,不断综合、融合将是十分重要的。"① 该文较少受到后现代文化观的影响,关于未来文论发展的设想,偏重于方法与策略的讨论,而未正面触及文化精神状态的变化与文论研究的新取向等关键问题。

林兴宅随后的说明触及了新世纪可能具有的新的文化特质与文学特质,即考虑未来文论发展的背后的制约因素,强调"首先要弄清我们所处的现实境遇和所面临的社会——文化结构的深刻变化,这是我们展望文艺学未来发展趋势的出发点。"共提出三个方面作为认识的出发点与思考中心:"一是基本国策从以阶级斗争为纲转为以经济建设为中心,社会舞台的主角发生变化;二是经济运行机制从计划经济转为市场经济,社会运行的规则发生变化;三是精神领域由传统的人文精神转向现代商业精神,旧的价值体系瓦解。"正是这三个方面的变化引起了文化领域的变化,"一是文化的角色移位,即政治文化曾经扮演主流文化的角色,如今不得不让位给消费文化,少数人操纵的殿堂文化变为人们自主选择的大众文化,文化产品从充当阶级斗争的工具变为满足人

---

① 钱中文:《面向新世纪的文学理论》,《学习与探索》1994 年第 3 期。

们即时消费的文化快餐;二是文化的功能转换,在市场经济条件下,文化被迫进入市场流通,文化工业兴起,于是文化的功能由审美型向享乐型转化,由精神价值向消费价值转化;三是文化的构素重组,由于新的文化传媒兴盛,传统的文化构成发生重大变异,电视文化、广告文化、流行音乐等抢占了文化的中心位置。"①由这些文化变化所引起的文艺学的变化,也必然是沿着这三个方面向前发展的,所以引起了文艺学的如下变化:其一,因为文艺学被边缘化,恰恰获得了独立而自足发展的空间。其二,文艺学应当是反抗文化工业逻辑,批判低俗倾向的武器,重建价值体系,重塑民族人格,开展情感教育,弘扬人文精神。其三,文艺学应当是本土文论与外来文论双向建构、古今文论创造性综合的过程,这将产生多质建构的文艺学新范式。林兴宅已经考虑到了文化类型与精神取向的变化对于文论研究的影响,但关于到底应该如何发展的说明仍然是抽象化、原则化的。

不过,这些关于新世纪文论发展的猜想,要到新世纪真正到来才会引起学者的深入思考。2004年,赵勇与张颐武发表的讨论文章,可以说稍微揭开了新世纪文论的理论盖头。赵勇首先揭示了文论研究所面临的文学现实是什么,再从这个文学现实出发去界定文论研究的对象与内涵。今天的文学现实是:"第一,由于种种因素的干扰、渗透与裹胁(这其中起码应该包括商业化因素、功利化因素和与电子或数字媒介相匹配的阅读与写作等等),传统意义上的写作(比如让人想到生命体验的倾吐)已无处藏身,传统意义上的阅读(比如让人想到修身养性、心灵净化)也已土崩瓦解。这意味着所谓的'纯'文学已变得不再纯粹,或者高雅文学已丧失了其高雅的资格与条件。第二,大众文化的勃兴首先把种种文化产品变成了泛文学的作品,它们一经出现就既改

---

① 林兴宅:《新世纪中国文艺学的发展趋势展望》,《天中学刊》1996年第4期。

变了文学的既定结构,也形成了一种新的生产与消费模式,还把许多人对文学的理解引导到了大众文化的思路当中。这不仅意味着文学的生产已规模化与批量化,而且意味着文学受众接受文学的渠道与途径也发生了很大的变化。种种迹象表明,这两种趋向正在逐渐靠拢甚至有可能合二为一,它们主宰了文学的现实空间。"既然文学现实都已经变化了,文论研究要适应这个现实,就得改弦更张,研究这个"大众文化"的崛起,而非仅仅局限于传统的文学经典之中,所以他指出:"只有把自己的视线延伸到大众文化领域或许才不失为一种自救的办法",只有"以对象本身特有的方式去把握对象,很可能才是文学理论面向大众文化发言的一种比较好的解决办法"。① 像赵勇这样将文论研究的出路全部寄托在介入大众文化,未必周全,因为大众文化虽然成为当代文学的新现象,但这也仅仅只是当代的一时的现象,绝不能够取代全部文学史的已有经验形态,文论研究的对象是全部文学史及其当代发展,而非只是当代文学现象,所以,文论研究在适应接纳大众文化的同时,如何继续深入研究全部文学史所呈现出来的文学特质与规律,仍然是文论研究的基本问题。此外,当代文学大众化的发展,是意味着文学性质的彻底改变还是意味着文学性质的局部调整与补充,现在就下结论还为时过早。上文中雷达等人提到的"同心圆"问题就值得重视,它表明文学样式可以发展变化,但文学性是存在的,就如同人的生活状态是可以发展变化的,但人性的某些核心部分是相对稳定的,否则,文学就不再是文学,人性就不再是人性了。从古代到今天,人类的住宅发生了多大的变化啊,从最初的依树而居或入洞而居,再到建筑出简便住宅,再发展到今天建筑出高层住宅,形式的发展是惊人的,可是住宅的基本功能即为人遮风挡雨、吃住休息的这一点并没有变。今天,若有某个建

---

① 赵勇:《新世纪文学理论的生长点在哪里?》,《文艺争鸣》2004 年第 3 期。

筑师设计出一套不具遮风挡雨、吃住休息功能的房子时,大家一定不会叫它"住宅",因为它不具有住宅的功能。所以,尽管当代文学的发展超乎人们的想象,可当代文学的内核仍然是那个文学性的问题,只是关于它的创造方式出现了新情况。只要是文学创作,无论是网上还是网下的,都需要情感,需要想象,需要故事,这些仍然是不变的基点。文论研究关注的正是不变基点与时代新变之间的统一性,而非只见不变基点,不见时代新变,或者是只见时代新变,不见不变基点。这样一来,才能既避免保守主义,也避免反本质主义。

王岳川提出了他对新世纪文论如何发展的设想,但又止于设想,不是具体问题的深入探讨,我们从其论文的摘要可看出这一点:"当代中国文艺理论是在与西方文论互动中进行前沿思想对话的。在全球化语境中,西方文论对当代中国文论的影响是明显的,但这并不等于中国文论界不能提出自己的新问题和新思想。从生态美学上看,这种对西方文论播撒脉络的考察,是中西文论和文化的一场跨世纪的对话,正是在这种对话中,中国当代文论的真实状态和前沿问题呈现出来。本文从以下几个方面清理当代中国文论的前沿问题:传统与现代的'中西之争'与'古今之争';新世纪文化价值生态意识与话语空间;全球化语境中的中国文论精神自觉;西方文论播撒中的中国文论处境;在后现代多元化和边缘性中坚持'文化互动';后殖民理论对重释中国的方法论意义;传媒文化与中国思想传播;多极时代中国身份的'重新书写'。"①王岳川的论文涉及了诸多重要问题,可见新世纪文论的发展离不开思考这些问题。新世纪文论将会比新时期文论所包含的内涵要丰富得多,复杂得多,这是可以预期的,但到底怎么发展,还得看新世纪的政治、社会、经济、文化与文学的怎么发展,才能落实下来。

---

① 王岳川:《新世纪中国文艺理论的前沿问题》,《社会科学战线》2004年第2期。

"文学理论三十年"是另一命名,这借助于"改革开放"的政治话语而展开。2007年在华中师范大学召开过"文学理论三十年——从新时期到新世纪"学术研讨会,钱中文认为:"当代文学理论从新时期到新世纪,已经走过了三十年的历程。古人云,人三十而立,当代文学理论当亦如此,进入而立之年了。"并且给出了评价:"是否可以这样说,后三十年的文学理论在原创性上,可能逊色于20世纪前二十多年的文学理论,但在探讨问题的深度与广度上,学术视野的宽阔与论及问题的广泛性方面,后三十年却是胜于前二十余年的。"这其实是将新时期文论三十年与民国文论三十年相比较,得出了创新性后不如前的结论,却也认为后三十年"已经初步形成了一种具有中国特色的当代文学理论新形态。"[①]童庆炳认为:"这三十年文艺学界发生的事情,发表的文章和著作,提出的各种各样的观点,掀起的波浪,可谓纷繁复杂,百态纷呈",但其走过的路线是"由外而内、由内而外两个阶段之后,正在实现某种延伸与超越。"[②]这里的"超越"指的就是超越文学研究的内与外之分别而实现内与外的整合研究,而其中的"由外而内"指的是1980年代的文论取向,"由内而外"指的是1990年代的文论取向。实现文论研究中的"内外融合"一直是文论界的一个期望,但至目前,都没有特别好的方案与重要实绩。不过,文学叙事学、文学修辞学及伦理叙事、政治修辞这些概念的出现,表明了文论界并没有放弃这个努力,并且还有一些收获。鲁枢元也使用了这样的命名,他用"三十年河东,三十年河西"来喻指共和国六十年的文论,与钱中文、童庆炳等人的命名旨意相一致。鲁枢元带着反思来看,分别描述了三十年中的三个十年,第一

---

① 钱中文:《文学理论三十年:成就、格局与问题》,《华中师范大学学报》2007年第5期。
② 童庆炳:《延伸与超越——"新时期文艺学三十年"之我见》,《文艺争鸣》2007年第5期。

个十年"所做的工作只不过是力挽某些常识与良知的回归,将文学从政治斗争的营垒中解脱放生",第二个十年则是"文学理论视野的开拓与文学研究方法的更新",第三个十年大体上是文化研究的一统天下。他对铁定的"文学真理""产生了愈来愈深重的疑虑",①这大概是受到文化研究的影响所致。

董学文同样使用了这个概念,但对三十年文论方向的改变与趋向,做了自己的评价:"如果用一句来概括我国三十年文学理论的总体进程的话,那就是:在剧烈的转型中,在学科意识觉醒、观念与理路复杂的情况下,我国文学理论艰难地但又是不以人的意志为转移地朝着马克思主义文学理论的当代形态迈进。这是历史的真实,也是历史和现实给予它的最为可行的选择之路。"②此外,赖大仁发表了《新时期三十年文论研究》(《文学评论》2008 年第 5 期),邢建昌发表《文学理论三十年的知识演进》(《文艺报》2008 年 10 月 18 日),方国武发表《近三十年文学理论中的政治存在与变迁》(《合肥师范学院学报》2009 年第 4 期)等文章,均以"文学理论三十年"作为对象,从不同角度揭示其内在运行规律与呈现的时期特性。

"文学理论三十年"的命名体现了人们对于时间意识的敏感,尤其是借用了"三十而立"的比喻,反映了文论界期望快速成长,饱含发展焦虑。其间关于三十年的评价不尽相同,表现为三种类型:一种强调文论发展是向着审美方向的,一种强调文论发展是向着马克思主义文论的当代形态的,一种强调文论发展是向着文化研究的。但很显然,三十年仅仅是个时间概念,中国当代文论还要向后延续下去,很快就会出现四十年、五十年、六十年的说法,所以,时间性的命名只是命名中的权宜之计,不能体

---

① 鲁枢元:《河东,河西——也谈文学理论三十年》,《文艺争鸣》2007 年第 9 期。

② 董学文:《近三十年中国文学理论的趋势》,《文艺争鸣》2007 年第 7 期。

现被命名对象的独特性。当然,这不是说这一命名毫无价值,通过"文学理论三十年"与共和国的前三十年,再与民国时期的三十年相比较,是有可能找出这三个被政治所分割的三十年是各有自己的发展特色的,这个发展特色充分体现了不同政治时期的文化发展状态。这是"文学理论三十年"命名所可能收获的一种特殊的理论果实。

四、关于"时期"问题的辨析

总之,上述关于"新时期文学""后新时期文学""新世纪文学""新世纪文学理论""三十年文学理论"等命名,帮助揭示了四十年来文学创作与文学理论的内在性质及其演变,使人们更深入地理解了这四十年。由于"后新时期文学"与"新世纪文学"等不足以从四十年文学中出走并另立门户,所以当人们回顾与反思这四十年的文学与文论发展时,还是自然而然地回到"新时期文学"或"新时期文学理论"的命名中来,仍然以1978年开始的改革开放作为概括这段文学史的起点,人们仍然没有能力打破这个带有浓厚意识形态色彩的"术语魔咒",因为它确实代表了一个新的时期的开始,而最为关键的是,人们并不知道它的终点在哪里,所以就一直姑且使用着它。在我们看来,要想终结"新时期文学"的命名,必然要有一场迥异于1978年改革开放那样的事件来结束这个新时期,才足以中断新时期的历史,开辟新境。"五四"新文学运动的结束,是以"革命文学"论争开始的,因为后者彻底颠覆了前者,才将前者送进了历史。要结束"新时期文学",就必然要有结束"新时期文学"的新的政治运动或新的文学运动的兴起才能实现这一意图,才能进行新的命名,这样的命名才能被接受。就目前而言,我们还看不到这种取代的机缘、力量、方式与实践,我们将沿用"新时期文学"来概括四十年来的文学实践及其理论研究与批评。我们提出的新时期的文学理论与文艺批评,是在"新时期文学"的命名中寻找定位的,我们将 1980 年代以后的文论与批评的种种变化,视为新时期的适时延续与发展丰富,而非将 1990 年代、2000 年以后视为对于 1980 年代的全面颠覆。理由是:借助于政治文化的宽松环境,经济文化发展的不断拓展,对文学性质认识的多质深入,新时期文学理论与文艺批评仍然体现了新时期以来中国人的基本文学诉求,这个诉求的内在特性就是满足民众的不断增长的审美需要,至于这个审美诉求的某些类型的变化,是丰富了新时期文论与批评的内涵,而非呈现了另一个时段的后新时期的完全不同的诉求形态。所以,我们会在新时期文学理论与文艺批评的整体框架中来处理与认识不断出现的文论与批评的新思潮、新方法与新实践。

通过以上关于"新时期"及相关概念的使用情况说明,所谓的"新时期"原从 1949 年开始,它是随着共和国建立而产生的一个新概念,包含了新期望,而这个新期望就是国强民富。但是,由于历年的政治运动乃至发生了"文化大革命",导致这个期望一再落空。只有到了 1978 年的改革开放,这一新期望才有了新的开端,所以真正的"新时期"应当以 1978 年为开端,"新时期文论与批评"也应当以 1978 年为起点。但在考察时,又不妨将时间稍微上移到 1976 年粉碎"四人帮",因为正是这一重大事件的发生,为"新时期"的到来提供了可能性。而 1978 年 2—3 月召开的五届全国人大一次会议,则明确提出了"新时期"的概念,并确定"四个现代化"是今后发展的基本内容,表明一个经济与文化建设的新的时代即将开始。当然,真正赋予"新时期"以全新内涵的是 1978 年 12 月召开的中国共产党十一届三中全会,会议实现了思想、政治与组织上的"拨乱反正",并强调经济建设与文化建设上的改革开放,从而开启了整个社会的新进程。因此,我们可以说"新时期"的发生是从 1976 年到 1978 年完成的,是经过不断斗争而获得的一个巨大"时间"成果,1978 年的十一届三中全会是其开始的标志。

文论界是如何看待"新时期"以来四十年文论与批评的发展分期呢？童庆炳认为"新时期"文论"终于实现文学理论的转型"，表现为"从一家'专政'式的独语，转变为'百家争鸣'式的对话；从政治话语转变为学科的学术话语；从非常态的中心话语转变为自主发展的常态话语。"并经历了三个发展时期：反思时期（1978—1984）、追求文学理论自主性时期（1985—1990）、综合创新时期（1991—2005）。① 因为此文写在2005年，又将1980年代分开叙述，所以在童庆炳这里还未有"新时期三十年"与三个十年的说法。曾繁仁明确称"新时期近三十年"，但在划分各阶段时也是打破1980年代，提出了三个阶段：突破（1978—1986）、发展（1987—1996）、建构（1997—2007），突破是指突破"左"的文艺学理论体系，发展是指各种新说的纷纷涌现，建构是指文艺学开始逐步走上独立自主发展道路。尤其强调"这三个阶段又不是截然分开，而是互有交叉重叠"，②看到了阶段划分不具绝对性，这为我们在后文进行阶段划分提供了方法论。董学文围绕"转型"，将新时期文论划分为三个阶段，分别是复苏（1978—1980年代中期）、探索（1985—1990年代中期）、建构（1990年代中期—2008），认为"其整体特征是，在多元的背景下多样化地走向马克思主义文学理论中国化之途"。③ 董学文与童庆炳、曾繁仁的不同之处在于，他特别强调中国当代文论形态其实是马克思主义文论形态，而非多元化的文论形态。赖大仁用"破、引、建"来描述三十年的文论发展："一是'破'，即在拨乱反正、改革开放和思想解放的时代背景下，致力于破除过去各种极左僵化

---

① 参见童庆炳：《新时期文学理论转型概说》，《江西社会科学》2005年第5期。
② 参见曾繁仁：《新时期西方文论影响下的中国文艺学发展历程》，《文学评论》2007年第3期。
③ 董学文：《近三十年我国文学理论的"转型"问题》，《吉林大学社会科学学报》2008年第4期。

的文学观念与模式,由此带来文学理论与批评范式的大革新。二是'引',即在对外开放的时代条件下,积极引进西方现代文学理论与批评的各种新学说、新观念、新方法、新话语,从现代主义到后现代主义,乃至西方最新潮的各种理论批评学说,几乎都被全方位引进,从而使我国当代文学理论批评的面貌焕然一新。三是'建',即在上述变革发展中,力图回应社会和文学的现实发展要求,寻求当代文论的重新建构,如关于文学审美反映论、审美意识形态论、文学主体论、新理性文学精神论等问题的探讨,都取得了一定的理论成果。在这三十年的变革发展进程中,'破''引''建'三者彼此呼应互动,形成了新时期生机勃发的繁荣景象,显示出当今时代人们求变求新的冲动与激情。"①赖大仁没有刻意划分具体时段,应该是意识到了短短的三十年难以清晰划分阶段而又能避免相互间的交结。钱中文也将新时期文论发展划分为三个阶段:"第一阶段是从1978年到1989年之间,文学理论从拨乱反正走向独立自主阶段。""第二个阶段是在经过了80年代大讨论、90年代初的沉静的反思,特别在1992年之后,我国继续坚持解放思想、改革开放,市场经济的确立,全球化思潮的不断激荡,使得人的思想包括审美意识进一步发生激变,文学创作、市场需求,需要重新布局。""第三个阶段大体可以从新世纪算起,呈现了文学理论多样化的形态和中国化特色的继续追求。"其中关于新时期以来文论发展的潜在态势与趋势的预测,与董学文的"马克思主义文学理论中国化之途"相近,如其指出:"这后三十年,文学理论获得了前所未有的思想活力和学术发展的空间,建设有中国特色的文学理论,已成为我国文学理论界的共识。'有中国特色的当代文学理论新形态,是一种以马克思主义为指导,以现代性的追求为动力,在全球化的语境中充分立足于本土,在现代文论

---

① 赖大仁:《新时期三十年文论研究》,《文学评论》2008年第5期。

传统的基础上,不断地自我反思与批判,广采博取中外古今思想资料中的有用成分,鉴别创新,形成了一种具有科学的和人文精神的、开放的、动态的、形式复合多样的形态。'"①强调"以马克思主义为指导"就表明这个当代文论形态是马克思主义性质的。王元骧就认为他们所共同认定的"审美意识形态应该是一个非中立的、肯定性的概念,在今天,我们主要是作为界定我国社会主义文学的性质的概念来使用的。"②由此可证,钱中文、王元骧与董学文之间,从思想立场与出发点的角度看是一致的,所得出的结论也是相近的,只是在具体内涵方面有所增减而已。

上述关于新时期文论的阶段划分及特性描述是富有启发性的,但也存在一些问题:其一,一些阶段划分打破1980年代的整体性,可能与学界的整体观感有差别,所以也有学者力图保持1980年代的完整性。其二,用不同的定性词语来描述不同阶段,看似区分明确,可困难在于各时段非常短促,根本不足以让某一特性在此一阶段发育完成。如认为某一阶段是反思的,难道下一阶段就不在反思了?所以,曾繁仁、赖大仁等人另辟蹊径,试图从新时期文论发展的逻辑层面上概括其特性,是值得尝试的方法。其三,将极为丰富的四十年的文论发展视为某种定向的发展过程是不明智的,因为多元化已经形成,何以要用一元化的思维来加以限制呢?

第二节　新时期文学理论与文学批评的三个阶段

鉴于此,我们将从两个角度来进行划分,一方面仍然保留阶段的划

---

① 钱中文:《三十年间》,《文学评论》2009年第4期。
② 王元骧:《"文学意识形态论"的理论疑点和难点》,《高校理论战线》2010年第10期。

分,这个划分将以不同阶段的主要特性来加以描述;另一方面又要认识到每个阶段中都有引进、发展、建构,所以不再用代表了学科发展特性的词语来描述这些不同阶段。我们认为,新时期文论与批评围绕着文学的生与死,大体经历了三个论证阶段,而这三个阶段也是文学在一个特定时期内的一种自我完成与文论批评在一个时期内的自我确证,因此,我们把这三个阶段看作是对外在影响的挑战而形成的内在接受的逻辑过程,依次表现为第一阶段的拨乱与反正(1976—1989),努力证明文学应当、如何才能从极左政治的重压下活过来,形成了文学审美论。第二阶段是受压与固本(1990年代),文学受到经济发展的压迫,从而使文学开始失去社会的轰动效应,但文论与批评又在极力证明文学的不可或缺,因而固守自己的专业领域而期望有所拓展与创构,从而揭示文学的更深层的特性品格。第三阶段是边缘与守位(2000年以后),即文学实际已经处身边缘,却坚守自己的位置而寻求文论的突破。由于建构在不同阶段中体现为不同的内容,我们不专立建构一节加以讨论。

四十年来,受制于文学的生与死,文论与批评走过了一条论证文学是什么、文学如何作用于社会的艰难探索之路。

一、拨乱与反正(1976—1989年):重释文学的特性

第一阶段即"拨乱与反正"阶段:从1976年起至整个1980年代。划分的理由是粉碎"四人帮"毕竟是新时期得以开启的关键,所以尽管到1978年才提出改革开放、解放思想等核心口号,仍然要从1976年算起。而将反正阶段的下限放在1989年,是因为是年发生重大事件,引起文论界的极大变化,正好体现了历史的断裂与新启,若跨越此界限而讨论文论发展,缺乏事实上的说服力。

拨乱反正阶段包括了一个前奏即从1976年到1978年的拨乱,拨

"四人帮"极左文论思想加诸文学身上的种种不实诬陷之乱,为1979年以后的反正提供基础。

（一）

1976年10月6日粉碎"四人帮"后,1976年11月12日《人民日报》发表了杜书瀛等人的《围绕电影〈创业〉展开的一场严重斗争》,开始涉及"文革"中"四人帮"控制文艺的罪行。同年12月30日,《人民日报》再发《无产阶级文艺的新春》一文,揭批"四人帮"的文艺罪行,并预言文艺新春的到来。1977年2月13日,《人民日报》发表《还历史以本来面目——揭露江青掠夺革命样板戏成果的罪行》,开始将革命文艺与江青等人切割开来。尽管此时还未彻底纠正"文革"错误,但已经开始迈出了与"四人帮"为代表的极左路线相区别的步伐。

1978年5月11日《光明日报》发表《实践是检验真理的唯一标准》一文,代表了思想解放的号角已经吹响,一大批知识分子的冤假错案开始平反。1978年12月18—22日召开的十一届三中全会,则从根本上冲破了长期以来形成的极左思想路线,开创了改革开放与思想解放的新时期,结束了新时期的拨乱时段而预示着进入新时期的反正时段。

在1976年至1978年间,文论界主要破除"四人帮"所推行的"文艺黑线专政论",批判他们的"阴谋文艺论",维护"文革"以前形成的革命文艺路线。同时,也有少量文章开始反思"文革"前的文艺观点,显示了新的文论思想的潜滋默长。

如一篇论文指出:"'四人帮'罪恶累累,罄竹难书。他们是地地道道的党内资产阶级的典型代表,是不肯改悔的正在走的走资派。他们窃据文坛,以'太上皇'自居,肆意践踏毛主席的革命文艺路线和政策,对抗周恩来总理的一系列正确指示。'四人帮'利用他们控制的舆论工具大肆吹捧他们的头目江青,给她树碑立传,捞取政治资本,为他们篡党夺权大造反革命舆论。他们肉麻地吹捧江青是什么'披荆斩棘'

的'文艺革命的英勇旗手',文艺革命是江青'亲自领导的',革命样板戏是江青'呕心沥血'、'精心培育'的。卖国贼林彪,出于其篡党夺权、复辟资本主义的反革命需要,也往江青脸上贴金,说什么江青'政治上很强,艺术上也是内行'。果真是这样吗?不!让我们用铁的事实戳穿这些弥天大谎。"①将"四人帮"的文艺思想与毛泽东、周恩来的文艺思想对立起来,文章的论述仍然以大批判的方式进行,建立在二元对立的思维基础上,划分为敌我来进行评价,缺乏说理内容,却表现了反对"四人帮"的正确政治立场。再如一篇文章集中批判"四人帮"的"阴谋文艺",认为它具有这样几个特征:"首先,从理论上到创作上都完全颠倒敌我关系,把我们伟大光荣正确的党,把我们党的各级领导干部当成斗争对象,打击对象。""第二,恶毒地歪曲和丑化社会主义制度,把社会主义社会描绘得一团漆黑。""第三,无耻地美化'四人帮'及其死党、余党、亲信、干将,为这一伙大大小小的阴谋家、野心家树碑立传,为他们篡党夺权张目。"得出了这样的结论:"'四人帮'尽管耍尽阴谋,终归未能逃脱历史的惩罚;随着'四人帮'的垮台,喧嚣一时的阴谋文艺,也被扫进了历史的垃圾堆。"②

严云受在反驳"文艺黑线专政"论时为《林海雪原》《青春之歌》《红旗谱》《创业史》《李自成》等进行辩护,认为它们是经过"事实证明,为广大人民群众所喜爱的优秀作品",从政治性、真实性与艺术性三个角度分析文学创作,显示出了实事求是的研究态度,代表着那个时期文学研究所能达到的水平。③ 另一文驳斥"四人帮"的一个观点即

---

① 广西师范学院中文系大批判组:《江青是破坏文艺革命的罪魁祸首》,《广西师范学院学报》1976年第12期。
② 北京师范学院中文系文艺理论教研室:《彻底批判"四人帮"的阴谋文艺》,《北京师范学院学报》1977年第6期。
③ 严云受:《漫谈十七年的长篇小说——驳"文艺黑线专政"论》,《安徽师范大学学报》1977年第6期。

"塑造无产阶级英雄典型,是社会主义文艺的根本任务",认为它篡改了文艺为工农兵服务的方向,离开了无产阶级的政治和经济的根本任务来侈谈文艺的根本任务,把毛泽东所说的"创造出各种各样的人物"篡改为只能"塑造无产阶级英雄典型",把许多革命文艺工作者和革命文艺作品划到剥削阶级一边去了。① 其辨析有些道理,但却极不充分,原因在于从概念的确切内涵来看,"根本任务"并未否定"其他任务",只是突出了"根本任务"或者说"主要任务"而已。"根本任务"论的根本错误在于它虚构生活本质,从而要求创造一批虚假的人物形象,从根本上违背了艺术真实的宗旨。只有当"实践是检验真理的唯一标准"等思考开始后,才出现了新的批判眼光,与文学的审美规律更加接近了。刘建军关于"现实主义"的分析,提供了更为可靠的结论,他认为:"准确地说,要为恢复文艺的现实主义传统而斗争。因为,'四人帮'控制文坛这些年中,不仅在舆论上给现实主义泼了许多污水,而且在文艺创作实践上把现实主义传统在不少地方已经摧毁得荡然无存,'瞒和骗'的阴谋文艺应运而生。不恢复现实主义传统,'瞒和骗'的文艺的流毒就不能彻底肃清,社会主义文艺便不会生机蓬勃。"刘建军强调创作方法是多种多样的,但"全面衡量,比较其利弊,给予历史和现实的评价,我们还是要首推现实主义。"刘建军相当全面地分析与概括了现实主义的一般特点,如勇于正视现实,真实地描写现实,重视细节的真实,政治和思想倾向是从作品的场面和情节中自然而然地流露出来等,这是通过对现实主义历史的研究来为现实主义恢复荣誉,恢复文学的创作活力,这是文学理论与批评开始向着正确的方向发展。②

---

① 梁仲华:《驳"四人帮"的"根本任务"论》,《北京师范大学学报》1978年第2期。
② 刘建军:《为什么必须重视现实主义传统》,《西北大学学报》1978年第4期。

当然,到了刘叔成来集中分析"四人帮"的反对"写真实",研究也趋于更加深入了。刘叔成认为"四人帮"搞乱了这个决定艺术价值的根本问题,以至人们谈真实色变,而强调"写真实"是马克思主义的要求,"艺术要成为人们生活中不可或缺的精神食粮,要发挥它促使人们惊醒起来、感奋起来,走向团结和斗争的战斗作用,就要对广阔的社会生活进行集中概括,追求艺术的真实,创造出逼真的形象来。逼真,才有生气;逼真,才会感人;逼真,才有力量;逼真,才为人民所需要。艺术的生命就在于真实。一切革命的文学艺术,都应当从实际生活出发,努力创造出逼真的艺术形象。说得更简洁些,凡革命的文学艺术,都应当'写真实'。"①其他如罗晓舟探讨"题材决定论"与"阴谋文艺"的关系,肯定题材的多样化。② 荒煤探讨"两个口号论争"的历史问题,反对"四人帮"对"国防文学"口号的不实诬陷,认为它是一个正确的革命口号。③ 牧原探讨题材问题,评论涉及《班主任》《于无声处》《丹心谱》《伤痕》《神圣的使命》《杨开慧》《东进,东进》《西安事变》《陈毅出山》等,得出了"我们在大力提倡多样化的同时,虽然必须同时提倡重大题材的写作,但对重大题材的理解,我们必须克服那种不符合创作实际的种种片面观点,要充分地看到:重大题材本身也应该是多样化的。"④已经对题材问题持较为开放的态度。朱寨发表《把"文艺黑线"专政论提到实践法庭上》(《文学评论》1978年第6期),蔡仪发表《实践也是检验艺术美的唯一标准》(《文学评论》1978年第6期),可见"实践是检验真理的唯一标准的讨论"在文论界产生了直接的理论作用。这一切表明对于"四人帮"极左文艺思潮的批判面越来越宽,开始结合具体创

---

① 刘叔成:《为"写真实"一辩》,《上海师范大学学报》1979年第2期。
② 罗晓舟:《题材决定论与阴谋文艺》,《人民文学》1978年第2期。
③ 荒煤:《关于两个口号的论争问题》,《文学评论》1978年第5期。
④ 牧原:《题材问题浅谈》,《文学评论》1978年第6期。

作问题,显示了必然深入的一面。

1978年初,王朝闻发表的《艺术创作有特殊规律》一文极为重要,此文结合毛泽东的"要作今诗,则要用形象思维方法",①批判"四人帮"的诸种谬论,明确提出了文艺的特殊规律问题,划开了与极左文艺思潮的重要区别。王朝闻认为:"在文艺创作里,没有作者在感受上的特殊点,没有以生活经验为基础的创造性的想象,没有艺术的夸张,没有比、兴,或者说没有形象思维,实际上也就取消了正确意义上的文艺创作。"②注意,王朝闻此处所提到的这个创作上的"特殊规律",虽然不像后来的"审美论""审美反映论"或"主体论"那样明确而令人耳目一新,但对特殊创作心理的重视是与后来的理论观点相通的。王朝闻所肯定的形象思维、想象、情感、体验等重要性,正构成了艺术规律的基本面。王朝闻的形象思维论显示了1978年所能达到的思考高度。

整体看来,从1976年到1978年间,文论界的思考显然带有辩诬的特点,所以主要是"拨乱",涉及形象思维讨论时才开始显示了"反正"讯息,但也仅仅只是开端,并没有从根本上撼动"四人帮"所推行的极左文艺思想的理论基础。从这两年所使用的关键词来看,多为无产阶级、资产阶级、修正主义、反党分子、阴谋文艺、革命路线、篡党夺权、危害、暴露、谎话、骗人、黑货、罪恶的黑手、白骨精、野心家、阴谋家、扼杀、抵制、革命的两结合方法、工农兵方向、为革命斗争服务、革命的现实主义、文艺革命的红旗等,我们发现:其一,就词语性质而言,基本上是政治性的,缺少具有文论学科自身属性的词语。其二,就思维特征而言,体现了二元对立,非好即坏,非红即黑。其三,不少评价是自我矛盾的,

---

① 毛泽东:《毛主席给陈毅同志谈诗的一封信》,《人民日报》1977年12月31日。
② 王朝闻:《艺术创作有特殊规律》,《文学评论》1978年第1期。

一会儿说"四人帮"是资产阶级的,一会儿又说"四人帮"是修正主义的,这两个概念显然不属于同一个阵营或同一个意识形态范畴。这表明还没有理论能力去追问产生极左文艺思潮的思想原因与现实原因,无法透过极左文艺思潮的现象看其本质,所以也就不能从根本上否定极左文艺思潮的思想系统。此期对于"四人帮"文艺路线的批判,维护的仍然是文学与政治关系的流行观点。如林思草既驳斥了"四人帮"歪曲文艺与政治的关系,又维护了文艺与政治的关系,认为"文艺在革命中的地位是摆好了的"。这个"摆好了"指的就是《讲话》关于文学与政治的论述:"毛泽东同志又指出:文艺与政治的关系,是确定了的,摆好了的:第一,文艺从属于政治,是整个革命事业的一部分,是齿轮和螺丝钉,和别的更重要的部分比较起来,自然有轻重缓急、第一第二之分。第二,文艺是整个革命事业不可缺少的一部分,它反转来给予伟大的影响于政治,如果连最广义最普通的文学艺术也没有,那革命运动就不能进行,就不能胜利。"文章的分析认为,"四人帮"不懂文艺为政治服务,无产阶级要与这种极左货色划清界限,"只有无产阶级才真正懂得怎样利用文艺武器为本阶级的政治服务。"① 林思草反对的是"四人帮"所实践的文艺为政治服务,主张的是无产阶级的文艺为政治服务。这篇文章,批判了"四人帮",却没有反思文艺为政治服务的局限性,所以齿轮、螺丝钉、工具、武器、战线、服务等仍然是其话语形式,与"文革"前没有丝毫差别,这样的话语方式构成不了新的论述空间,当然也产生不了新的思想观点。

(二)

"为文艺正名"的反正阶段终于到来。上海《戏剧艺术》1979年第1期发表《工具论还是反映论——关于文艺与政治的关系》一文,作者

---

① 林思草:《文艺在革命中的地位是摆好了的——兼驳"四人帮"歪曲文艺与政治关系的谬论》,《山东师院学报》1979年第2期。

尖锐地指出：为了革命的需要是否就可以不顾艺术的特殊规律，把文艺的反映论变成工具论？陈恭敏的回答是否定的，他认为把文艺直接当作阶级斗争的工具，是一种简单化、机械化的观点。他的理由是：文艺的形式是多种多样的，不可能一切文艺的形式都适合于反映阶级斗争；文艺为政治服务是要通过形象的，形象没有了，文艺本身都不存在，还谈什么服务；过去文艺为工农兵和广大劳动者服务，今天应当包括为广大知识分子服务。陈文明确地强调描写家庭、爱情、道德和日常生活情趣、风俗人情，尤其是不直接表现政治内容的声乐器乐作品及童话、寓言等，都很难用"工具论"加以囊括。陈文最为明确的一点是认为针对以上的这种复杂性，过去常用"直接服务"或"间接服务""有益""无害""有害"来加以解释，这实际上还是坚持"工具论"，"不能真正从艺术的规律性上做出科学的解释"。这表明陈文已经超越"十七年"的限制而有所反思。但陈文坚持的还是反映论的文艺观，没有看到作家主体地位的重要性，与"文革"前的轻视作家与创作心理特征等观点没有多大出入。值得注意的是：在陈文中，审美的、表现的词语还没有以独立意涵出现，突破文学"工具论"并非一个轻松的理论冲刺。

《上海文学》1979年第4期发表本刊评论员文章《为文艺正名——驳"文艺是阶级斗争的工具"说》（以下简称为《正名》——引者注）一文，则开始正本清源，主张彻底否定文艺的阶级斗争说。《正名》直接将长期以来文学创作中的公式化与概念化的主要原因归结为"作者忽略了文学艺术自身的特征"。与陈文相比，这里有了变化，陈文强调研究文学艺术的"特殊规律"，《正名》则变成了肯定文学艺术的"自身特征"，"自身"远比"特殊"更加强调区别性，开始显示文学的自律意识。《正名》的"拨乱"不仅是拨"四人帮"之乱，也是拨一切将文艺作为阶级斗争工具之乱。由此来看，"反正"就不是要"反正"到文学反映论那里去，而是要"反正"到文学艺术的自身规律那里去，反正到"用具有审美意义的艺术形象去反映社会生活"那里去。虽然《正名》一文使用的"反映"与"艺术形象"等字眼并不新鲜,可加上"审美意义"限定,显然突出了"审美"对于文学艺术性质说明的支配作用。1984年童庆炳提出"文学是社会生活的审美反映",①1986年钱中文明确"审美反映论"的具体内涵,②标志"审美反映论"的正式形成,可《正名》将"审美"与"反映"连用,应当是童说与钱说的滥觞,是对于文学艺术特点的一种新观照、新思考。

《正名》公开宣称"文艺是阶级斗争的工具"是一个"不科学的口号":

> "文艺是阶级斗争的工具"这个提法,如果仅仅限制在指某一部分文艺作品(对象)所具有的某一种社会功能这个范围内,那么,它是合理的。如果把对象扩大,说全部文艺作品都是阶级斗争的工具,说文艺作品的全部功能就是阶级斗争的工具,那么,原来合理就变成了歪理。"四人帮"的鬼把戏正在于:他们把一部分文艺作品所具有的某一种社会功能——"阶级斗争工具",作为全部文艺的唯一功能来加以宣扬,从而把"文艺是阶级斗争的工具"歪曲成了文艺的定义和全部本质,这就从根本上取消了文学艺术的特征。

这是从逻辑上论证"文艺是阶级斗争的工具"这一观点是不能成立的,工具论者犯了以部分代全部的错误。《正名》还是肯定有一部分文学作品可以成为阶级斗争的工具,这是说得通的。但对此说也要加以限定才合理,即那些成为工具的作品,首先必须成为艺术品。否则自

---

① 童庆炳:《文学概论》,红旗出版社,1984年。
② 钱中文:《最具体的和最主观的是最丰富的——审美反映的创造性本质》,《文艺理论研究》1986年第4期。

身都还不是美的艺术品，则根本不能够成为有效的工具。所以，文学成为工具只是它的功能性质，而非它的本体性质。

《正名》还试图解决长期以来泛化文学与政治关系的弊端，认为"解决文艺与生活的关系，主要是为了求得真的价值；解决文艺与政治的关系，主要是求得善的价值。在真和善的基础上，还要解决文艺的内容和形式关系，这是为了求得美的价值。"既然文艺的真善美是各司其职的，这就为从审美角度观察文学艺术的特性提供了新的理论视角，其后产生的"审美反映论"，应该是"正名"所拟定的从审美角度看文学的再深化。

有两点值得注意：其一，这篇文章与关于社会转型的认识是一致的，即认为大规模的疾风暴雨式的阶级斗争不再是社会的基本矛盾所在。它获得了社会转型理论的支援，从而显得理直气壮。其二，由于只将审美限定在内容与形式的范围里去理解，限制了其理论意义，没有看到审美既是形式的问题，同时更是生命价值的问题。《正名》只是对文学工具论的初步纠正，"驳"的是将文学与政治等同，为文学回归"自身"提供了最初的理论说明。

(三)

1980年代有五个方面的讨论值得重视，它们显示了文论与批评的推进与深化。

现代派文学的引进。早在1980年，由袁可嘉等人编选的《外国现代派作品选》就开始由上海文艺出版社出版，范围为"第一次世界大战以来欧美、日本、印度等国属于现代派文学范围内有国际影响的十个重要流派的代表作品"，包括象征主义、表现主义、未来主义、意识流、超现实主义、存在主义、荒诞文学、新小说、垮掉的一代、黑色幽默等属于广义现代派的作品，为全面认识现代派文学提供了基本材料。该书评论已经摆脱了单一的批判眼光，基本上能从学术角度评价现代派文学，

写于1979年底的《前言》认为:

> 对于西方现代派文学,我们必须坚持一分为二、实事求是的精神。它在思想上和艺术上都有两重性:它有曲折地反映现实矛盾现象的一面,也有掩盖这种矛盾实质的一面;它常常把具体社会制度下的矛盾扩大化、抽象化为普遍而永恒的人的存在问题或人性问题;它把不公正的社会制度、不合理的社会关系所造成的痛苦和悲剧说成是不可改变的"生之痛苦"。它在揭露资本主义社会矛盾的同时总要散布一些错误的思想,诸如虚无主义、悲观主义、个人中心、和平主义、色情主义等等。在艺术方法上,现代派文学有所创新,有所成就,也有所破坏,有所危害。这种两重性归结起来也还是统一的,统一于现代派作家所处的社会历史条件和他们的资产阶级世界观。我们今天有选择地介绍现代派文学的代表作品,目的不是要对它瞎吹胡捧,生搬硬套,而是首先要把它有选择地拿过来,了解它,认识它,然后科学地分析它,恰当地批判它,指出它的危害所在,同时也不放过可资参考的东西。①

虽然这一评论带有那个时代的某些印痕,但还是较为公允的,时至今日,也有参考价值。

从1980年到1982年间,《外国文学研究》发起了西方现代派的讨论,引起很大的反响,其中徐迟的《现代化与现代派》成为争论的焦点之一。1982年出版高行健的《现代小说技巧初探》,让人们得以一窥现代派文学的形式特色。1983年徐敬亚发表《崛起的诗群》,扩大了对于现代派如何实践的认识。现代派的引进开始超越单一的现实主义论,

---

① 袁可嘉等主编:《外国现代派作品选(第一册上)》,上海文艺出版社,1980年,第26页。

预示着艺术创作的多方面发展。

方法论的讨论。方法论讨论兴起于1984年前后,1985年被称为"方法论年",说明了方法论在当时所引起的轰动效应。方法论的讨论涉及自然科学与社会科学的多学科交叉,其中系统论、信息论、控制论的影响最大,被称为"老三论",产生了相应的批评成果。其他则有模糊数学、耗散结构、测不准定理、心理学、结构主义、接受美学等。应当承认,引进其他学科的方法丰富了文论与批评。但依据所引进学科的属性不同,对于文论与批评的实际效果也有所不同。首先,属于自然科学的,多为借鉴作用,并不能对于文学研究产生真正的革新作用。其次,是社会科学的,则与文学研究的结合度紧密一些。再次,具有人文性的心理学、结构主义哲学、接受美学等,则明显地有益于拓展与加深文学研究,诸如文艺心理学、叙事学、读者研究等,就是这方面的成果。

以"老三论"中的系统论来看,它在当时可谓出尽风头,人们论述最多,实践也最多,至今能够留下的成果也最多,但也同样暴露了它作为一种科学方法与文学研究之间存在的差别。当时对于系统论的评价是:"将系统方法运用于文艺研究,不是趋时骛奇,而是文艺对象的构成特性与文艺科学研究进展的必然结果。无论是宏观一个时代一个民族的文学抑或微观一个作家乃至一部作品,都应把对象看成一个其内部相互联系的完整世界。"[①]既强调运用系统论是文艺性质构成的,又强调是文艺科学的性质决定的,好像不从系统观角度研究文艺就将不能明白文艺属性似的,可实际未必如此。将系统观运用于文学研究,收获的未必是关于文艺性质的新见解,而有可能是关于文艺性质的老见解的重新梳理与整合。

---

① 韦实编著:《新十年文艺理论讨论概观》,漓江出版社,1988年,第311页。

如肖君和对文艺活动进行了系统考察,认为文艺系统具有十个纵向层次:

(1)人对艺术的需要是包括审美需要与认识需要的统一。

(2)由需要决定的艺术构成途径体现为人的本质的对象化和对社会生活进行反映的相统一。

(3)艺术的根本特征或"细胞"是意象,是意与象的统一。

(4)作为意象展开形式的艺术形象,表现为主观和客观、倾向性和真实性的统一。

(5)艺术形象具有情意性与形象性两大特征。

(6)与情意性和形象性相关联形成两类艺术产品:意境和典型。

(7)由此形成中国的意境理论和西方的典型理论。

(8)与两种艺术理论相连的是两种艺术精神:浪漫主义精神和现实主义精神。

(9)与艺术精神相关而形成了表现说与再现说。

(10)与两种艺术精神相连形成多种多样的创作方法。①

即使我们承认这样的系统分析是有效的,但也仅仅只是对文学活动的相关要素进行了一定的逻辑排列,并没有什么新发现。此文的排列与推论,完全建立在原有研究基础上,只是作者进行了一定程度上的整合,就称为系统研究。

"老三论"中的控制论和信息论也被运用于文学研究,但研究成果相对较少。朱丰顺指出:"以研究具有一般性意义的信息和控制规律

---

① 肖君和:《关于艺术系统的分析和思考》,《当代文艺思潮》1984年第6期。

为对象的控制论方法,也可以一般地用来研究文艺学中的诸如文艺创作、艺术表演、文艺批评和文艺欣赏等控制的问题。从控制论观点来看,艺术创作、表演、批评、欣赏等都是人们自觉地有目的地进行控制的过程。……文艺创作作为一个相对独立的控制系统,它包括信息源——社会生活和其他一切知识的获取;决策机构——大脑对有关信息的利用和加工;执行机构——运用艺术语言将所构思过的艺术意象或艺术意境物化为作品;反馈线路——读者和评论者的反映及作者的反复推敲与修改。"接下来借助控制论,作者对文艺创作过程作出如下结论:"作者对社会生活和其他知识的掌握,即对各种信息源的获取是十分重要的。……作者大脑对于社会生活和其他知识的选择、加工、想象、组合等能动的构思过程是个非常重要的阶段……运用艺术语言、手段、方法和技巧对大脑所构思过的或正在构思的意态形象物化为具体可感的物态艺术作品,乃是更为重要的写作实践的第二个飞跃。……广大读者或鉴赏者以及评论工作者是衡量艺术性高低优拙的重要检验者,他们的意见反映到作者那里,引起作者思索和研究。"通过运用控制论,朱丰顺还指出文艺的本质是一定的社会生活和作者主观能动性的统一。我们认为,作者的以上论断很难说得上是运用控制论的独到发现,而仅仅是印证了一些文学基本规律而已。正如文章最后所坦白的,"运用控制论方法研究文艺学也是有很大局限性的,它仅仅是从一般的控制功能的规律上来说明一些文艺问题,而不能解决文艺学的特殊问题……文艺特殊性问题只能用文艺学自身所规定了的方法加以研究和解决。"①

鲁萌试图将信息论运用于诗歌研究,认为诗歌研究存在严重问题:"长期以来,诗歌理论家们把注意力往往分散于诗、诗人这两个单方

---

① 朱丰顺:《试论控制论及其在文艺学中的运用》,《天津社会科学》1987年第2期。

面,而忽视了读者的重要性。结构主义批评家们似乎力图改变这种情况,却走向另一极端;不是就作品论作品,就是偏偏鼓吹读者的'阅读态度'。"那么如何纠正这种偏颇呢? 显然,作者从信息理论那里找到了解决问题的突破口:"事实上,诗人、诗作、读者三方面正好组成一个完整的信息系统。……诗歌的信息系统同样具备了这样三个要素:信息源——诗人、信息储存器——诗作,信息接收者——读者。"文章主体部分即是对作为信息源的诗人、作为信息储存器的诗作和作为信息接收者的读者的分别论述。既然前人研究诗歌理论忽视了读者的地位,那么我们重点分析鲁萌使用信息论是否解决了这一问题。作者认为:"作为诗歌信息接收者的读者,又不是简单、全被动地接收信息的。"原因在于:"同一般的物体信息接收者不一样,诗歌的信息接收者是作为有思维能力的高级动物的人……人同其他动物的根本区别之一,是人有运用大脑进行高级(复杂)思维的能力。人的思维过程实质上是人认识外界事物的过程,而人的认识过程则是一个认识结构的形成和不断建构的过程。"①接下来作者很自然地引入皮亚杰的认知理论,将诗歌接收者的信息接收分成两个方面:同化和调节,并着力对这两个方面展开了论述。我们发现,作者对读者的诗歌接受过程确实进行了较为详尽不乏深入的描述,但除了一些信息论的术语外并没让我们觉得新鲜,因为它们无非是皮亚杰认知理论的文学翻版罢了;在运用皮亚杰理论的时候,作者把文学接受过程直接比附为认知过程,而前者显然要比后者更为复杂;最严重的是,作者对诗歌接受过程的分析是在引入皮亚杰的认知理论后才得以展开的,也就是说单单凭借信息论并不能够解决文章开头提出的问题。

方法论热显然扩大了文学研究的视野,增加了研究手段,但这些往

---

① 鲁萌:《诗歌的信息系统概论》,《当代文艺思潮》1984 年第 4 期。

往与文学的外部研究相关联,而非与文学的内部研究相关联。尤其是这类方法大多是科学方法,可强化文学研究的操作功能而非增加其价值评判功能。操作性功能是一种技术化路线与方法,价值评判功能才是一种人文性路线与方法。操作功能可以改变研究的方式方法,如可能对多种要素构成进行新的综合与描述,改变观察的角度等,却难以区别性去审问这些要素到底是否具有价值评判上的认知新特性,提供对于人生、宇宙与文学的新理解。所以,文学研究方法的更新,仍然有待于价值论上的突破。只有对人与文学的价值关怀发生了根本变化,才能更新关于文学的认识,得出不同以往的结论。这就是心理学等方法的优势了。日后的文学跨学科研究所走的不应是这条操作性的功能之路,而应走的是价值论的功能道路。如性别批评、政治批评、伦理批评、生态批评的崛起,就从不同角度重新理解了人类与文学,但这已经是新世纪的成就了。

  文学主体论的论争。这一论争为文学重返"人学"视域提供了新基础。刘再复通过人是"主体"的概念提出了对于文学也是对于人的总体认识纲领:"所谓主体,在文学艺术中,包括作为创作主体的作家,作为对象主体的人物,作为接受主体的读者。所谓主体性,就是人之所以成为人的那种特性,它既包括人的主观需求,也包括人通过实践活动对客观世界的理解和把握。……我相信,作为作家笔下的人物,只有当它获得主体性的地位时,它才是活生生的充满着血肉的形象。应当把人当作人,不应当把人降低为物,降低为工具和傀儡,这种物本主义只会造成人物的枯死。也不应把人变成神,这实际上又把人变成理念的化身,这种神本主义必然剥夺人的丰富性。我相信,物本主义和神本主义只能把文学艺术引向末路。"[①]这段评述绝非泛泛之谈,具有强烈的

---

① 刘再复:《性格组合论》,上海文艺出版社,1986年,第8页。

批判意识,反对极左思潮对于人的僵化而硬性的规定。刘再复的针对性在如下一段评述中尽现:

> 解放后一个时期,人们又把社会现实仅仅规定为阶级和阶级斗争的现实,这样,社会现实在很大程度上就变成一种被缩小的片面的现实。以阶级和阶级斗争为纲来规定文学活动,就要求文学只能反映阶级矛盾和阶级斗争的现实,认为文学的价值就在反映和认识这个现实。按照这种理论,所有的对象主体(人),都被规定为阶级观念的符号,被规定为阶级机器的螺丝钉。这种理论要求人完全适应阶级斗争,服从阶级斗争,一切个性消融于阶级和阶级斗争之中。这样,就发生了一种奇特的现象:人完全丧失主体性,丧失人之所以成为人的东西。①

他的主张是,作家的主体地位不容否定,人物形象与读者的主体地位不容否定。是人,他(她)的主体性就不能否定。人作为主体,无论是在实践层面还是在精神层面,都应按照自己的方式行动,按照自己的方式思考、认识。也就是说,人只有作为主体存在才是人。

文学主体论同样引起了激烈论争。参与的学者有董子竹、陈涌、敏泽、郑伯农、杨炳、何西来、徐俊西、王春元、杨春时、陆梅林、杜书瀛、王善忠、涂武生等人。后至1990年代初重评主体性问题时,参与的学者还有陆贵山、王元骧、汤龙发、周忠厚、董学文、狄其骢等人。这场论争,实际上分为前后两个时段进行,第一个时段是主体性问题的发生期,后一个时段是主体性问题的结束期。如果说在发生期双方的分歧主要是用什么样的哲学思想观点来分析人,那么,在结束期则主要是以什么样

---

① 刘再复:《性格组合论》,上海文艺出版社,1986年,第5页。

的政治立场来对待人,所以这场论争经历了一个从哲学的论争到政治的论争的发展过程。论争主要集中于文学的内部规律与外部规律、反映论与实践论、历史唯物主义或人本主义等问题之上,表现出不同的认识倾向与评价结果。

围绕文学主体论所展开的论争表明,主张主体论的大都反思了文学反映论,要在文学与政治之间进行区别,从而重新界定文学与政治关系,反对工具论;反对主体论的大都维护文学的反映论,坚持不能脱离社会政治现实来认识文学的性质,只是有限度地批判了工具论。有关文学主体论的论争反映了各派对文学与政治关系的不同回答,实质上也就是对于文学本质的不同理解。随着文学主体论的得势,它在推动文学的去政治化进程上发挥了巨大作用,将1950年代提出的"文学是人学"的去政治化功能发挥到了另一种高峰状态。

审美反映论的生成。探索与确认文艺自身的审美属性成为另一重点,由此出现了审美反映论或审美意识形态论。王若望在1980年就提出了"美学的反映"这个命题:"文学艺术是社会现实在人们头脑中的反映,是遵循美学的特殊规律进行反映的,而不能解释为只是政治的反映。"[①]孔智光在1982年提出了"审美意识形态"概念:"在我们看来,艺术的本质是审美的意识形态。"[②]周波在1983年回答马克思主义"美学观点和历史观点"之所以是文学批评的客观标准时,也提到了文学"作为审美意识形态和形象性的艺术特点"的字样。[③]

将审美反映或审美意识形态提升为一种理论的当是钱中文、童庆炳与王元骧。钱中文于1982年提出了"文学审美反映生活的完整和丰

---

① 王若望:《文艺与政治不是从属关系》,《文艺研究》1980年第1期。
② 孔智光:《试论艺术时空》,《文史哲》1982年第6期。
③ 周波:《试谈文学批评标准的客观性》,《山东师范大学学报(人文社会科学版)》1983年第6期。

富"问题,并同时提出"文艺是一种具有审美特征的意识形态"。① 出发点是在文学与政治、道德之间或者说在文学的美学分析与历史、社会分析之间寻找平衡点。其后,钱中文于1986年充分论证了审美反映的内涵,如具有强烈的情感色彩,与语言、符号、形式相关,通过想象和幻想保持主体的主观性等。② 童庆炳基于过去"把文学看成是政治的附庸和传声筒,忽视文学本身的独特的规律和审美特征",又担心有人肯定文学是"自我表现",否定文学与政治的关系,提倡抽象的人性论,所以是两面作战,既反左也防右,既强调文学作为一般意识形态的特点,也强调文学是一种特殊的意识形态。③ 他于1984年明确提出并界定了"审美反映":"以人们的整体的、具有审美属性的社会生活作为反映的独特对象和内容,以艺术形象、特别是典型形象作为反映的独特的形式,而无论是文学独特对象、内容,还是由这种独特对象、内容所决定的反映的形式,都具有审美的特性,因此,对生活的审美反映是文学的基本特征。"④童庆炳的"审美反映"论包括两个要点:其一,所反映的对象具有审美的独特性;其二,所反映的形式是审美的形象。童庆炳后来的一段补充说明揭示了审美反映实是一种情感评价:"随着上世纪70年代末和80年代初开始的改革开放和思想解放运动,我们批判了'文革'时期的文艺极端政治化和工具化的做法,并冲破了'文艺从属于政治'的思想束缚,也从长期以来就规定的文学的特性是'形象'的单一理解中解放出来,特别是80年代初掀起的'美学热'的滚滚浪潮,使大家在讨论中逐渐形成了文学的特性是审美的共识。这就是说,审美是

---

① 钱中文:《论人性的共同形态描写及其评价问题》,《文学评论》1982年第6期。
② 钱中文:《最具体的和最主观的也是最丰富的——论审美反映的创造性本质》,《文艺理论研究》1986年第4期。
③ 童庆炳:《文学概论》(上),红旗出版社,1984年,第3页。
④ 同上,第65页。

区别文学与非文学的根本特征。那么什么是审美呢？审美，最简明的概括，就是情感的评价。"①不过，由于这段说明较为靠后，他们当时在理解审美概念时还未能充分揭示其情感特性，而此点却由刘再复的主体论承担了，这是主体论在当时的名声要高过审美反映论的原因。

王元骧也进一步解说了审美反映论，他在1988年的论文《艺术的认识性与审美性》中论证了审美反映的各个层面，从对象、目的和形式三个方面对一般反映（认识）和审美反映加以区别，并"继童庆炳在1984年的《文学概论》教材中提出'审美反映'论之后，王元骧在《文学原理》（浙江教育出版社，1989年版；广西师范大学出版社，2002年修订版）中明确提出文学是一种审美意识形态，这是在文学理论教材中第一次提出文学是'审美意识形态'。"②随后，在1992年，童庆炳主编的《文学理论教程》把审美意识形态作为对文学的本质规定。这套教材发行广，影响大，通过其传播，审美意识形态论更加深入人心。此后，全国大多数文学理论教材采用了审美意识形态论的观点，使其成为文学本质阐释的权威理论。

文学语言论的初现。1980年代初，"为文艺正名"开始转换成"为语言正名"，学者们开始对"语言的阶级性"及"语言是阶级斗争的工具"观点提出质疑。徐荣强率先批判用阶级分析法来研究语言的错误做法，主张用马克思主义作为方法论来指导语言研究，并认为应该借鉴索绪尔的现代语言学观念建立符号语言学体系。③李行健彻底批判了"语言是阶级斗争的工具"论，认为要正本清源，论证语言是交际的工

---

① 童庆炳：《谈谈文学性》，《语文建设》2009年第3期。
② 王元骧：《我对"审美意识形态论"的理解》，《文艺研究》2006年第8期。又见《审美超越与艺术精神》，浙江大学出版社，2006年。
③ 徐荣强：《语言研究必须解放思想》，《江汉论坛》1980年第1期。

具,社会性、全民性才是语言的本质属性。① 虽然将"语言是阶级斗争的工具"还原为"语言是人类交际和思维的工具"并没有改变语言的工具属性,但对新时期的语言学研究和文学研究来说却是一个了不起的进步,它从根本上斩断了阶级分析对语言研究和文学研究的干预和钳制,使两者获得了学科的独立和自由。"为语言正名"为文学批评提供了新的空间与依据。此后,经历了由工具论语言观向本体论语言观的转变,确立了文学语言的本体地位。

滕云曾言:"尽管人们惯于援引高尔基的说法'文学的第一要素是语言',但在文学研究、批评文章和文学史专著中,这个'文学的第一要素'却往往只能排到附于作家作品研究骥尾的地位。真的,我们对作家作品的文学语言的研究,与文学语言在作家、作品艺术生命中所占有的特殊重要地位颇不相称。"②但这一现象在1980—1984年间开始发生变化,文学语言在创作上的地位、文学语言的特点、功能等问题获得了研究。孙宜君认为"老舍的长篇小说《骆驼祥子》之所以赢得国内外广大读者的赞誉,在中国现代文学史上占有显要的位置,与它的语言成就是分不开的。"又指出《骆驼祥子》的语言有四大特色:一是通俗、明白、新鲜、活泼、口语化;二是遣词造句严格,用字精当传神;三是平易、幽默、轻松、诙谐;四是人物语言个性鲜明独特。③ 庄森认为"茅盾是中国现代一位伟大的语言艺术大师,在他的小说创作中,形成了独特的语言风格,这一份宝贵的文化财富,理应得到重视和研究。"④郑春元认为:"《聊斋》是我国古代文言短篇小说的珍品,在语言艺术上取得了杰

---

① 李行健:《关于语言社会本质的一个问题——"语言是阶级斗争的工具"论质疑》,《天津师院学报》1981年第5期。
② 滕云:《〈红楼梦〉文学语言论》,《红楼梦学刊》1981年第1期。
③ 孙宜君:《〈骆驼祥子〉的语言艺术》,《扬州师院学报》1981年第3期。
④ 庄森:《茅盾小说的语言艺术浅谈》,《学术研究》1982年第4期。

出的成就。"①李保均认为"《红旗谱》在语言艺术方面最突出的一个特点,是它的人物语言极富于个性色彩。"②也有学者开始将文学语言称作是艺术的语言、美的语言,是一种形式的美。③

如果说1980年代初的文学语言分析还是在语言学领域内打转,并没有向美学和文艺学延伸,那么在1985年以后,受海德格尔、维特根斯坦的本体论语言观与俄国形式主义语言观等影响,文论界形成了一股强劲的语言批评热潮,从关注文学语言开始,继而扩展到文体、结构及叙事方面。与创作界"写小说就是写语言"相呼应,批评界也在"语言就是小说的一切"④的启示下"由语言而悟小说"。⑤ 1985年,黄子平率先对"文学是语言的艺术"进行重新审读,对"得意忘言"式的文学批评进行批判,指出:"文学是语言的艺术。我们的文学批评和研究却是忘却语言的'艺术'……语言被当作文学创作的'副产品'放到'最后'来说,更多的时候连这'最后'也没有。"黄子平认为文学评论走出内容与形式二分窘境的出路只有一条,"即在于对作品语言作透彻的、有机的结构分析。""把诗(文学作品)看作自足的符号体系。诗的审美价值是以其自身的语言结构来实现的。"基于此,黄子平倡导建立"文学语言学","不仅研究'语言的文学性',更注重研究'文学的语言性'。"⑥紧随其后,吴方从文体学角度阐述文学语言的意义,"文体——文学语言本身也不再仅仅具有修辞意义,它成为艺术生命的活力源泉之一",并

---

① 郑春元:《传神入化情趣盎然——〈聊斋〉语言艺术摭谈》,《锦州师院学报》1984年第3期。
② 李保均:《〈红旗谱〉的语言艺术》,《四川大学学报》1980年第3期。
③ 参见王畅:《"雕饰"与"朴素"——浅谈文学语言的美与真》,《河北大学学报》1980年第4期。
④ 崔道怡、朱伟:《语言——小说的一切》,《希望》1988年第4期。
⑤ 李国涛:《由语言而悟小说》,《上海文论》1988年第2期。
⑥ 黄子平:《得意莫忘言》,《上海文学》1985年第11期。

预言"文学语言学的研究将日益受到重视"。① 李劼强调了文学语言的本体价值:"如果人们能够承认文学作品如同人一样是一个自我生成的自足体的话,那么我就可以直截了当地说,这种生成在其本质上是文学语言的生成,或者说,所谓文学,在其本体意义上,首先是文学语言的创作,然后才可能带来其他别的什么。由于文学语言之于文学的这种本质性,形式结构的构成也就具有了本体性的意义。"②李劼认为内容融合在形式之中,与形式水乳交融在一起,这是语言形式本体论的要旨所在。随后,程德培、唐跃、谭学纯、夏中义、郜元宝等学者以本体论语言观为基础从事语言批评,关注文学语言自身的意义和价值,将其视为"符号"加以探讨;强调文学语言的多功能性,文学语言不再只是单纯的表现工具,而具有美学功能、呈现和发现功能、语象造型功能等;更新文学语言的研究方法,以语言分析为基础,但又不止于语言学,而向文艺美学层面提升,关注语言的审美价值和文化意义。③ 至此,文学批评完全突破了以工具论语言观为基础的语言分析,走向以本体论语言观为基础的语言审美批评,完成了从文学的政治性向文学的语言性的艰难转变。

从拨乱到反正,清晰地表明了1980年代的文论与批评是急切地走向文学的自身独立与审美建构。引进现代派文学,既加深了对于人与社会的理解,同时也引进了新的艺术技巧,从而使得文学得以用新的方式来表现对于生活的观察与认识。方法论讨论扩大了研究文学的方

---

① 吴方:《小说文体实验功能及其评价》,《文艺报》1986年5月24日。
② 李劼:《试论文学形式的本体意味》,《上海文学》1987年第3期。
③ 程德培:《当前小说创作中的新因素》(《黄河》1985年第8期),唐跃、谭学纯:《语言功能:表现+呈现+发现——对"语言是文学的表现工具"的质疑》(《文艺争鸣》1987年第5期),夏中义:《媒介的语象造型功能与文本结构》(《批评家》1987年第1期),郜元宝:《对小说的文体批评》(《批评家》1988年第1期),徐岱:《文学的文体学研究》(《学术月刊》1988年第9期)。

法,也使人们可以重新认识文学活动。文学主体论的讨论终于使得创作成为一种主体活动,作家的独立也就是文学的独立,而文学的独立才能创造出具有自由品质与审美价值的作品。审美反映论的出现意味着哲学反映论文学观已经不再能够独霸文坛,文学的审美属性得到更加充分的肯定。新的语言批评的崛起,证明了语言在创作中具有本体的价值,这当然是从根本上强化了文学的自身特性。在1980年代,文学的"自身""自足""固有属性""内部规律""语言""审美""表现""情感"等词语的流行,说明了这个"反正"是从极左文学观反正到了文学审美论上来了。不过,这一反正也构成后来论争的焦点,围绕着对于它的肯定或否定而展示了不同的文论追求。

二、受困与固本(1990年代):文论话题的重建

在第二阶段中,文论界开始遭遇文学生存困境并产生了认识上的分化,但继续探索仍然构成了文论发展的大趋势。受1989年事件的影响,1990年代初相对沉寂,文论界的声音趋向单一化。但受1992年邓小平"南巡讲话"的影响,这一沉寂状态瞬间打破,文论界再趋活跃。但毕竟受内外多重原因的影响,1990年代的活跃已非1980年代的活跃,其中最为鲜明的区别就是社会背景发生了极大变化,"社会主义市场经济"的确立,带来了商品经济的大发展,从而导致了人文活动的边缘化,也连带影响了文学的地位,引起关于文学性质与功能的再思考。

(一)

与1980年代相对统一的忙于"拨乱反正"的文论界相比,1990年代的文论界发生了如何"反正"的分化,第一种分化是带有政治倾向的分化,第二种分化是因为大众文化的兴起所引起的分化。

先看第一种分化,文论界再次响起了批判文学主体论的声音,这与当时的总体形势一致。程代熙强调刘再复误把马克思主义的反映论等

同于"机械反映论",并进而认为反映论"忽视了人的主观能动性","没有解决实现能动反映的内在机制","没有解决实现能动反映的多向可能性","不能解决人的价值选择和情感意志的动向","在强调客体的客观性时,忽略了客体的主观性,而在说明人的时候,又只注意了主体的主观性,忽视了主体的客观性"等,指出这"全都不是事实"。程代熙得出了与刘再复不同的结论,认为"列宁把整个认识亦即思维过程分为两个步骤：先是印象的浮起,接着是主体对直接的现象——客观世界的材料,进行'分出''研究'和'思索',也就是在主体的头脑里根据它们的特征、属性、标示等等进行加工,最后达到认识'同一'和'差别',亦即把事物的本质——'根据'揭示出来。在整个的过程中,我们看到认识是主体和客体的辩证统一；主体在整个的认识过程中始终起着积极的、能动的作用。"从程代熙的概括中,看不到对刘再复所提问题的直接回答,仍然只是关于主观能动性的抽象说明。如什么是主体、主体的内涵是什么、主体的作用等都没有说明清楚。但程代熙接受审美反映论,在分析文学本质时区分了哲学反映论与审美反映论的不同,如他所说,可以用哲学反映论来阐释"文艺的本质——文艺是社会生活的反映。但哲学原理与文学原理不是也不应是一回事。哲学式的反映是一种论理式的运动,而文学对社会生活的反映则属于审美反映的范畴。审美反映是比哲学式反映还要复杂得多的一种反映形式,亦即是现实在审美意识和艺术中的反映形式。"①程代熙接受审美反映论充分地说明了审美反映论与哲学反映论的内在渊源关系,决定了这个观点必须依附于哲学反映论才能建立自己的合法性,它与文学主体论具有深刻的区别,后者完全从审美视角研究文学性质。

1990年代初期批判主体论则加大了意识形态的火力,集中发掘文

---

① 程代熙：《再评刘再复的"文学主体性"理论——关于反映论问题》,《文艺理论与批评》1987年第2期。

学主体论的"错误"。这是一定的学理分析与鲜明的政治判断相结合，学理分析转化为政治判断的理论资源，最后推出政治上的评价。比较而言，他们的观点与1980年代基本相同，只是评价的结论带有时代色彩，更加突出文学主体论与马克思主义、社会主义之间的巨大距离。在分析文学主体论的思想来源与理论特色时，质疑者多指出它与马克思主义的重要区别，从而将其视为西方康德、存在主义、异化、人本主义思想在中国的传播与转化，因而文学主体论思想不属于马克思主义的思想范畴。

如涂途认为主体论是脱离社会关系的一种唯心主义理论，"公开地提倡什么'以人为中心、为目的''把人当成人''尊重人的主体价值''以人为本'等等主张，妄图将马克思主义的历史唯物主义，拉回到以费尔巴哈为代表的人本主义的框架内。"①王元骧也表示主体论"实际上是以'我'为中心"，宣扬了唯心主义的世界观、个人主义的人生观、价值观和道德观，与今天所提倡、弘扬的集体主义、共产主义、社会主义的精神文明是格格不入的，并强调"不能等闲而视！"②刘玉山强调在仍然存在激烈阶级斗争的情况下，决不能接受主体论的观点，"当前国际上政治斗争、阶级斗争依然存在，社会主义意识形态和资本主义意识形态的斗争仍很尖锐激烈。西方反动势力还在用和平演变手段对社会主义国家进行渗透和瓦解，人权、人道主义是他们经常挥舞的武器。国内的阶级斗争还在一定范围内存在，有时还很激烈。不从历史唯物论，不从人民的根本利益出发，而是用抽象的人道主义对待、评价这些斗争，极易迷失方向。用这种人道主义来指导创作，从事创作，特别是那些反映和表现历史上现实中重大政治斗争、阶级斗争、军事斗争题材的作品的时候，很容易滑入历史唯心主义的迷魂阵，形成创作思想和历史真

---

① 涂途：《评"文学的主体性"观点》，《湖北社会科学》1990年第2期。
② 王元骧：《评〈文学的主体性〉》，《高校理论战线》1991年第1期。

实、事实的本质的真实的无法调和的矛盾和甚至导致政治上出问题,从根本上背离了社会主义文艺的方向。"①郭正元则认为主体论是弗洛伊德心理学思想的反映,滑入了非理性的泥坑,是把弗洛伊德的"潜意识"当作自己的"深层结构"内涵,成为诱人堕落、野蛮的"鸦片",是一帖腐蚀社会主义文学的销蚀剂。②郭正元指导中山大学中文系部分师生召开了"现代文艺思潮研讨会",全面否定弗洛伊德精神分析的有效性,主张消除弗洛伊德的消极影响,③参加的大都是学生,没有从事过心理学研究,发言带有极大的被动性。这是极左思潮流行时群众大批判的重现,希望借助群众力量来形成统一舆论,表明这些学者已将主体论的争论上升到意识形态对决的高度加以定性。

总之,主体论的批判者认为存在两种主体性,一种是马克思主义的主体性,一种是非(反)马克思主义的主体性,前者是真实的主体论,后者是虚假的主体论。他们认为刘再复的主体论属于后者,是抽象的、不具体的、脱离了社会实践的空想的主体论,并且用这种虚假的主体论来反对马克思主义建立在社会实践基础上的主体论,其危害是严重的,应当予以清除,从而回归马克思主义主体论。

如果说第一种分化体现了政治与审美的强烈冲突,那么第二种分化则是关于商品经济、大众文化与审美的冲突。张永清认为这一分化发生在1985年前后,"1985年之后,逐渐形成了政治文化、审美文化、商业文化三大形态并存的文学与文化格局。"指出:"在1985年之前,文学作为政治文化的精神特质表现得十分突出,其突出性不仅表现在理论与批评层面,更为重要的是表现在不断涌动的文学思潮中。1985

---

① 刘玉山:《创作主体问题琐谈》,《文艺理论与批评》1991年第1期。
② 郭正元:《两种文学主体性理论的根本分歧——评刘再复的文学主体性理论》,《中山大学学报(社会科学版)》1991年第3期。
③ 新泉、鲁强:《弗洛伊德精神分析学说与文学——中山大学中文系部分师生"现代文艺思潮研讨会"发言》,《文艺理论与批评》1991年第3期。

年之后,理论与批评界将聚焦点转移到了审美文化与商业文化上,先锋文学、大众文化等文学现象备受关注,但对政治文化没有给予足够的重视。"①我们则认为 1985 年是发端,1990 年代才真正开始了审美文化与商品经济、大众文化之间的冲突,并开始由此形成新的文论观。

人文精神讨论是对审美文化与大众文化相冲突的早期预警,也因此产生了文论界的再分化,而这次再分化的标志就是 80 年代培养的新潮文论界发生了内部的分裂,一派还在坚持 1980 年代的审美立场,另一派则高举文化研究大旗。

1993 年第 6 期《上海文学》发表王晓明等人的文章《旷野上的废墟——文学和人文精神的危机》,试图探讨"危机"的原因并寻求重建方法。《读书》《东方》《哲学研究》等杂志参与讨论了这一问题。这虽然没有直接引爆文学具有何种性质的再讨论,但所包含的文化焦虑与引发的思考,却最终与文学性质的讨论不无关联,对稍后的文学再政治化产生了重要影响。

王晓明等人看到当前人文精神的问题所在,他的发问多少有些雅斯贝尔斯的风味,极度不满当前生活中的精神状态:

> 今天,文学的危机已经非常明显,文学杂志纷纷转向,新作品的质量普遍下降,有鉴赏力的读者日益减少,作家和批评家当中发现自己选错了行当,于是踊跃"下海"的人,倒越来越多。我过去认为,文学在我们的生活中占有非常重要的地位,现在明白了,这是个错觉。即使在文学最有"轰动效应"的那些时候,公众真正关注的也非文学,而是裹在文学外衣里面的那些非文学的东西。可惜我们被那些"轰动"迷住了眼,直到这一股极富中国特色的"商

---

① 张永清:《政治·革命·文学——对改革开放 30 年文学与政治关系的反思》,《西北大学学报》2009 年第 6 期。

品化"潮水几乎将文学界连根拔起,才猛然发觉,这个社会的大多数人,早已经对文学失去兴趣了。

照我的理解,爱好文学、音乐或美术,是现代文明人的一项基本品质。一个人除了吃饱喝足、建家立业,总还有些审美的欲望吧?他对自己的生存状况,也总会有些理不大清楚的感受需要品味,有些无以名状的疑惑想要探究?在某些特别事情的刺激下,他的精神潜力是不是还会突然勃发,就像老话说的神灵附体那样,眼睛变得特别明亮,思绪一下子伸到很远很远,甚至陶醉在对人生的全新感受之中,久久不愿意"清醒"过来?假如我们确实如此,那就会从心底里需要文学、需要艺术,它正是我们从直觉上把握生存境遇的基本方式,是每个个人达到精神的自由状态的基本途径。正是在这个意义上,文学自有它不可亵渎的神圣性。尤其在20世纪的中国,大多数人对哲学、史学以至音乐、美术等等的兴趣,都明显弱于对文学的兴趣,文学就更成为我们发展自己精神生活的主要方式了。

因此,今天的文学危机是一个触目的标志,不但标志了公众文化素养的普遍下降,更标志着整整几代人精神素质的持续恶化。文学的危机实际上暴露了当代中国人人文精神的危机,整个社会对文学的冷淡,正从一个侧面证实了,我们已经对发展自己的精神生活丧失了兴趣。①

文学的危机到底是什么?回答是商业化大潮的到来使得文学不那么重要了。这发生在1990年代初期不是巧合,当时爆发过"搞导弹的不如卖茶叶蛋的"的讨论,人们纷纷涌向深圳、海南,作家、批评家、大

---

① 王晓明等:《旷野上的废墟——文学和人文精神的危机》,《上海文学》1993年第6期。

学教授纷纷下海。而与商品化大潮紧密相连的王朔等人"玩文学"却大行其道,使得传统的"严肃文学"没有了市场与地位。

更多的学者参与了人文精神讨论,如张汝伦、袁进、蔡翔、王一川、王岳川、张宏等人,就他们讨论的内容而言,主要是对人文精神何以失去,人文精神如何定义,为何与如何重建人文精神等进行深入探究。整体地来看,这是一场人文学者发起的人文精神的保卫战,他们看到了人文精神在商品化大潮面前的无能为力,又不甘心放弃人文学者在过去某些时日里形成的某种主导地位。这与 1980 年代知识分子的选择形成了一个巨大偏差,如果说那时的知识分子呼唤自由,连带地也会呼唤商品化的市场,期望商品化带来思想上的进一步解放;可这时他们却发现自己陷入了商品化的旋涡,没有一点力量可以自保。他们自觉承担的建构人的精神生活的历史使命不被重视,他们从事的文学工作已经开始商业化,他们的地位已经从社会关注的中心滑向社会边缘。

结果,人文精神的讨论从反击商品化开始,意在回归知识分子与审美论的统一,却以很大一部分人的认同政治化结束,而这个认同却与文化的商品化与大众化分不开,其间的转换就是文化研究乘势而起,它的那套政治化的思维方式促成了中国当代文论研究的再政治化。

《文艺研究》于 1999 年 5 月 28 日至 30 日在北京召开"世纪之交:中国文艺理论研讨会"是一清晰体现。从会后报道看,共有五个议题:文艺与政治的关系,全球化理论与民族文化的发展,跨文化与中西比较文化研究,中国古代文论的现代转化,美学艺术学的发展及学科定位。在文艺与政治关系问题上,陆贵山、陶东风、王杰、郑恩波、柏柳发表了各自观点,尽管其中存在着理解上的差异,但却出现了某些共同点,认为文学与政治的关系问题是重要的,其中"重提"成为世纪之末重新认识文学与政治关系的一个关键词。如果说陆贵山等人代表了老一代学者对于文学政治化的坚守,认为"可怕的政治运动和政治风暴造成了十分严重的政治恶果,很大程度上引发和酿成了作家和群众的政治神经的脆弱和麻痹,政治意识的模糊和退化,政治良知和政治责任的消解和隐匿。一种厌恶和漠视政治的非理性和情绪化的心态不可遏制地弥漫开来。"他强调:"不管在什么样的历史条件下,都应该既反对文艺即政治的观点,也反对文艺非政治的观点。文艺是不可能脱离政治的。文艺总是存在着与政治相联系的一面。"①明确提出应当强调文艺与政治有关联,"政治是社会、历史和人生乃至审美的思想内涵中的不可或缺的重要内容",文艺的存在形态、制度形态与观念形态都无法超越和躲避政治。陆贵山的"重提"文学与政治关系,意味着对于文坛倾向的不满与纠正。最为引人注目的应属陶东风等中青年学者的加入,说明了文学政治化的再次来袭。如陶东风发表《关于文学与政治关系的再思考》,从象征意义上讲,这是审美自律论遭受的内在挑战,表明审美论占主导地位的日子已经结束。随后,发生了文艺学边界、日常生活审美化、文学是否死亡、反本质主义等争论,其中的关键问题都是讨论文学在这个社会中还有多大的存在价值,将会以什么样的方式延续它的价值。这表明再用审美自律来界定文学特性,维护文学存在,理由已经不充足。

（二）

但就文论研究而言,仍然有不少人执着于文学特性的探索,文论失语症的提出,从表层意义上看是中国学者想争夺文论的话语权,可从深层上看,也是试图用中国式的智慧来揭示文学之所以是文学的特别之处。古代文论的现代转换则具有民族文论的自信,着意在通过民族文化资源来建构文学研究的格局,并楔入民族文学精神,以刷新文学的境界。而文学本体论与叙事学的研究范式的建立,则在揭示文学的根本

---

① 陆贵山:《应当重视文艺与政治的关系问题》,《文艺研究》1999年第4期。

特性与形式特性时,起到了举足轻重的作用,使得人们对于文学属性的理解,又比1980年代高了一层(如文学本体论)与深了一层(如叙事学)。这意味着由1980年代建立起来的文论与批评的实绩,仍然得到了一定程度的丰富与提升,这是在"反正"基础上所进行的"固本"之举。

"文论失语症"讨论。文论失语症是指在中西方的交流过程中,中国学者失去了在文论界发出自己声音的能力。1995年,曹顺庆提出了这个问题:"长期以来,人们几乎习惯了用西方文论话语来阐释中国古代文学,例如用现实主义阐释杜甫、白居易,用浪漫主义阐释屈原与李白。有人将这种以西律中式的套用称之为中国文论的失语症"。并进而强调:"中国现当代文论基本上是借用西文的理论话语,而没有自己的话语,或者说没有属于自己的一套文化(包括哲学、文学理论、历史理论等等)表达、沟通(交流)和解读的理论和方法。"[①]后于1996年正式指出,在世界文论交流中,中国学者无法发出自己的声音、无法建构自己的理论话语、无法贡献自己的理论创造力等问题,形成了"文论失语症"讨论。曹顺庆认为:"长期以来,中国现当代文艺理论基本上是借用西方的一整套话语,长期处于文论表达、沟通和解读的'失语'状态。自'五四''打倒孔家店'(传统文化)以来,中国传统文论就基本上被遗弃了,只在少数学者的案头作为'秦砖汉瓦'来研究,而参与现代文学大厦建构的,是五光十色的西方文论;建国后,我们又一头扑在俄苏文论的怀中,自新时期(1980年代)以来,各种各样的新老西方文论纷纷涌入,在中国文坛大显身手,几乎令饥不择食的中国当代文坛'消化不良'。"[②]在曹顺庆看来,原因是我们彻底否定了传统文化,当然也

---

① 曹顺庆:《21世纪中国文化发展战略与重建中国文论话语》,《东方丛刊》1995年第3辑。
② 曹顺庆:《文论失语症与文化病态》,《文艺争鸣》1996年第2期。

就连带地否定了传统文论，使得传统文论仅在少数学者的案头成为研究对象，而非作为一种资源参与当代文论建设，从而导致中国学者没有自己的传统、自己的创新基础来与西方对话，向世界贡献中国文论智慧。曹顺庆强调要"试图在传统话语系统的发掘、复苏，中西诗学对话，中国文论话语的当代有效性等方面，寻求一条切实可行的、有可操作性的重建中国文论话语的路径。"①曹顺庆提出了"文论失语症"问题，也提到了"重建中国文论话语"的问题，如果说前者只是提出问题，那么后者才是解决问题，只有解决了后者才算正确回应了前者。为此，曹顺庆此后一直撰文讨论"文论失语症"问题，相继发表《重建中国文论话语的基本路径及其方法》(《文艺研究》1996年第2期)、《再论重建中国文论话语》(《文学评论》1997年第4期)、《从"失语症""话语重建"到"异质性"》(《文艺研究》1999年第4期)、《中国文论的"异质性"笔谈——为什么要研究中国文论的异质性》(《文学评论》2000年第6期)、《再说"失语症"》(《浙江大学学报(社会科学版)》2006年第1期)、《失语症：从文学到艺术》(《文艺研究》2013年第6期)，并开设中西文论原典阅读课程，试图以个人之力来推动中国文论话语重建。由于"文论失语症"是百年中国文论的软肋，所以迅速引起了广泛讨论，成为文论如何创新、如何更好地从中国经验出发理解文学的新问题。表面地看，"文论失语症"是对于文论创新的关心，实质上也是对于如何更好地理解文学的继续追问。

代迅不认同"失语症"提法，认为拒绝世界文论，不可能带来中国文论的重建。他指出："以中国文论在当今世界文论格局中所处的地位来衡量近百年中国文论的成就，这种价值标准本身并不完善。它只是横向的而没有包括纵向的，只具备共时性而缺乏历时性，因而这种比

---

① 曹顺庆：《文论失语症与文化病态》，《文艺争鸣》1996年第2期。

较本身尚存在着缺陷,并不足以准确和科学地阐明近百年中国文论的状况与成就。"如果此说成立,那就意味着百年中国文论形成了自己的传统,也在完成着自己的历史任务,即实现中国文论与世界文论的对接,这是一条正确的道路。代迅认为,民族文论并非当然地具有意义,"必须澄清这样一种认识误区,即把民族特征视为一个民族对世界的独特贡献,事实上,民族特征并不总是必然地和优秀的民族文论或文化传统相联系,也并非必然地代表着该民族的文论成就,相反,它有可能夹杂和混合着陈腐、僵死的东西。"既然如此,像"文论失语症"那样要求回到文论传统去进行创新也就不具有天然的合理性。代迅提出了用共性代替个性的文论发展设想:"真正优秀的东西不仅是属于过去的,更是属于现在和将来的,不仅是属于民族的,更是属于世界和全人类的。真正优秀的民族文论必然是超越了民族文学经验的狭隘范围而具有普遍的世界意义。因而当我们评价近百年中国文论乃至任何民族国家及时代的文论时,首先应当使用的标准不是民族特色,而应当是在世界文学经验及其理论中具有共同和普遍意义的东西,这些东西不仅是在中国本土文论的基础上,更应当是在世界文论已有资源的基础上,在创新中保持有效的衔接,在历史连续性的基础上继续深化和延伸,质言之,就是文论知识的有序增长。"正确的文论发展方式应当是在中国古代文论传统、现当代中国文论传统和西方文论传统的交互影响中,承认"近百年中国文论的发展走向是它自身选择的结果,也是此前中国文论自身发展逻辑的必然延伸","跨世纪的中国文论不可避免地要走向更为充分的世界化"。① 在代迅这里,"文论失语症"并非真正的理论问题,而是受西方思维影响所产生的一种文论创新的焦虑,中国文论没有失语,而人们所言的失语状态,只是中国文论走向世界的一个自然

---

① 代迅:《困惑与选择:比较文论视野中的中国文论》,《文艺评论》1999年第1期。

步骤。

参与这一讨论的学者还很多,包括了季羡林、钱中文、蒋寅、敏泽、董学文、夏中义、周宪、高小康等人,大体形成了赞成一派与反对一派,赞成派主张回到中国古代寻找理论资源与创新灵感,反对一派认为只有尊重现当代文论的创造并继续借助于中西文论交流才能解决中国文论的创新问题。应当承认,提出"文论失语症"问题是有意义的,至少让中国学者开始反思自身所处理论位置,激活了发展中国文论的自觉意识,这对文论研究来说是有推动作用的。但是,到目前为止,既没有综合性的探讨中国文论如何失语的研究宏著,也没有重建如《人间词话》这般精辟隽永的个案力作。可见"文论失语症"只是一个有助文论反思的引导性话题,而非文论研究中的具体问题,在此话题上过多地浪费精力,并不利于文论的具体展开。

古代文论的现代转换。与"文论失语症"相比较,这一问题的提出略早一些,可我们将其放置在后面来讨论,原因是文论界在认识到了文论失语以后才更加关注古代文论作为资源的价值问题。实际上,"文论失语症"与"古代文论的现代转换"是一个问题的两副面孔,都是因为当代文论创新不足而引起的一种反思。

明确提出"古代文论的现代转换"的是彭会资,他在1995年的文章中指出:"当今的中国文艺思想,是从古代的文艺思想发展而来的,尽管在现当代曾经有过几乎中断的现象,似乎就要被外国文艺思想所取代,但历史的发展过程毕竟是无法割断的,这已为事实所雄辩地说明。至于中国古代文艺思想是怎样实现现代转换的呢?或者说,中国现当代的文艺思想是怎样由古代文艺思想转换或承传发展而来呢?这是一个很值得深入探讨的问题,而探讨这个问题,必将有助于具有中国特色的当代文艺学体系的建设。"此处的"古代文艺思想的现代转换"正是后来"古代文论的现代转换"之所本。彭会资提供了关于现代转换的一些思考：

（1）当代文艺学体系的建设，应当是有助于表现人民和塑造及培养社会主义新人的文艺实践。把握住了这个核心目标，就会具有新时代的民族特色。

（2）过去我们按马克思主义的哲学观，将整个社会分为经济基础和上层建筑两个部分，对属于上层建筑的文学艺术进行历史的、具体的、辩证的研究，引起了文艺领域的深刻革命，这无疑是对的，仍要坚持；但是作为当代文艺学体系的建设，仍不妨吸取前面论及的包举天地人三才的圆览审美法、元气分合流变的精微审美法、道分阴阳变化的系统整体审美法的精髓和具有生命力的古典艺术辩证法的范畴及命题，并借鉴其理论体系的有价值部分，以增强传统的民族特色。

（3）凡是具有普遍意义的艺术原理和范畴，不管是哪个民族首先发现和铸就，都不会带有民族色彩，但在表述和理解上会有民族的差异性。对于外来的艺术原理和范畴，无论过去、现在和将来，只要拿过来化成中国当代文艺学体系的血与肉，也就变成本民族的东西了。

（4）中国有一种很特殊的文艺现象以及相应的一整套理论，是无法取代的。那就是由形音意俱全的汉字而造成形美、音美、意美的文学作品，又由于汉字象形会意的特点而造成"诗中有画，画中有诗"和"书画本相通"的现象。"诗言志""钟鼓以道志""写字者写志也""笔性墨情"等这些提法，都说明诗、乐、书、画等不同类型的艺术都有抒情言志的共同特点。"不著一字，尽得风流""无画处皆成妙境""此时无声胜有声"等这些提法，又说明诗、乐、画等不同类型的艺术是辩证沟通的，都可采用"虚实相生"的艺术表现手法,都可追求含蓄美、无言之美。而"象""韵""味""意象""意境"等包容性很大的文艺美学范畴,都可以在各个不同门类的艺术领域中畅通无阻。这种特有的文艺现象及其相应的理论,无疑更具有鲜明的民族特色。①

此处有三点值得注意,其一,彭会资认为中国现当代文论不只是横移而来的舶来品,也是中国古代文论的自然发展与延伸,这与后来的"古代文论的现代转换"论者是有所区别的。其二,他强调的现代转换指的是继承传统,没有论及古代文论与现当代文论之间的隔阂、分裂,因而关于转换的理解显得较为简单,只提出了转换问题,未能很好地分析这个问题。其三,彭会资在建设具有中国民族特色的文学理论的框架下来理解现代转换,与后来论者相一致,这会带来一个逻辑上的困难,既强调民族特色,又强调影响世界,其间又将如何转换呢?后来论述"古代文论的现代转换"的多数文章均不提及彭会资,囿于门户之见。

1996年10月17日在陕西师范大学召开"中国古代文论的现代转换"会议,引起广泛关注。会议背景是在十几年来西方文论思潮大举进入中国之际,中国学者无以应对,转而向传统文论寻求解围资源。会议涉及为什么转换、如何转换、转换指什么、转换之难等问题,提出了从当代需要出发进行转换、通过共同话题进行良性对话来转换、要保持对于转换的民族主义警觉、强调中西方文论的互补性、要开出"问题清单"、建构如何转换的基本思路、形成新的理论形态等。② 这次会议的

---

① 彭会资:《中国古代文艺思想的现代转换》,《文艺理论研究》1995年第6期。
② 屈雅君:《变则通,通则久——"中国古代文论的现代转换"研讨会综述》,《文学评论》1997年第1期。

召开将多年来关于中国文论创新不足、要求文论建设具有民族特色、寻求与西方文论平等对话、古代文论如何为当代所用等思考集中了起来,形成核心命题,体现了文论学者的集体用心,而凝聚为一句话,可用钱中文的发言题目为代表:"建设有中国特色的当代文论"。① 对西方,可谓自立门户;对传统,可谓继承无愧;对个人,可谓创新自傲;对文论,可谓有中国特色。

也有学者质疑"古代文论的现代转换"命题。一种是对转换必要性的质疑,如罗宗强认为,不能过狭地理解古代文论的研究目的,它只是一种基础研究,不求立竿见影式的当世之用,所以应当"以一颗平常心对待古文论研究,求识历史之真,以祈更好地了解传统,更正确地吸收传统的精华。通过对古文论的研究,增加我们的知识面,提高我们传统的文化素养;而不汲汲于'用'。具备深厚的传统文化的根基,才有条件去建立有中国特色的文学理论,这或者才是不用之用,是更为有益的。"② 蒋寅亦持相近态度,"在我看来,所谓'转换'与'失语'说一样,也属于对理论前提未加反思就率尔提出的一个虚假命题。""我实在很难理解所谓'转换'的实质意义究竟何在"。他的理由是:古代文学理论是关于古代文学的理论,21 世纪的文学理论是关于 21 世纪文学的理论。没有一种文学理论能够概括从古到今的文学,一个民族文学的古今差异远甚于同一时代文学的民族差异,文学理论体系总是反映一种共时性的认知结果。如果搞出一种涵盖古今文学的文学理论,那是奇怪的,也是令人怀疑的。所以,无视哲学基础的更新,脱离中国当下文学经验,是形成不了所谓当代中国文学理论体系的,无论你是贩卖西方现代文论,还是一头扎进古代文论。他认为,研究古代文论的唯一正

---

① 钱中文:《建设有中国特色的当代文论——"中国古代文论的现代转换"学术研讨会开幕词》,《陕西师范大学学报》1997 年第 1 期。
② 罗宗强:《古文论研究杂识》,《文艺研究》1999 年第 3 期。

确途径是通过文献的、个别的、特殊的和本土的呈示,既可以拯救当代文论的有所缺失,也可恢复对一切文学的经验,展示中国古典的精华,保护地方性和本土性,抵制西方的模式延伸到中国。因此,他强调:古代文论研究"首先是以历史研究的形态存在的",并在这种历史存在的呈现中展现其理论的全部内涵。①

提出"古代文论的现代转换"之初衷是期望创造具有中国特色的文论体系,从而能够在与西方交流的状态下,发出自己的声音,彰显自身的魅力,占据文学阐释一定份额。本意是不错的,这对于理解文学的特性也是有价值的。但何为转换,转换的实绩在哪里等是值得追问的,因此有人提出诘难也就显得不无重要性了。与其围绕着这个话题继续争论下去,不如实在地研究某些文论命题,更加有可能沟通古今,既能做实古代文论研究,又能利于当代文论建设。

文学本体论的讨论。文学本体论的研究起源于1980年代中期,但因为它在1990年代还引起争议,所以在此处讨论这个问题。本体论是一个哲学概念,本体指最后的实在,本体论是指研究存在的本质问题。文学作为一种存在,当然具有本体论的问题。1984年,张隆溪在介绍新批评时谈到了"文学本体论":"在理论上把作品本文视为批评的出发点和归宿,认为文学研究的对象只应当是诗的'本体即诗的存在的现实'。这种把作品看成独立存在的实体的文学本体论,可以说就是新批评最根本的特点。"②这里所强调的文学本体指作品与形式,文学批评应当研究它们,而非大谈作者和作品内容。张隆溪引进了形式本体论,与1980年代文学的走向审美是一致的。孙绍振指出:"即使坚持反映论也不能离开本体论的研究。不研究事物本身的结构,内在特殊

---

① 蒋寅:《如何面对古典诗学的遗产》,《粤海风》2002年第1期。
② 张隆溪:《作品本体的崇拜——论英美新批评》,《读书》1983年第7期。

矛盾,就不能获得更深刻的认识。"①孙绍振强调要进行文学自身特性的研究,就得开展本体论层面上的研究。盛宁提醒人们,思考文学的本体问题比寻求新的研究方法更重要:"文学观的问题,而尤其是文学本体论的研究,是一个比方法论更为重要的问题。""出路还在文学本体论的研究。只有在这方面取得新的、突破性的认识,文学批评方法论的改革才会真正出现新的局面。"②盛宁认为只有突出文学本体的思考,才能更好地认识文学的其他特征问题。

从1980年代中期起到1990年代中期止,形成了如下几种本体论文学观:

语言、符号与形式本体论。李劼认为,人们总是关心作品写了什么,而不关心作品是怎么写的。"内容之于形式,永远居于决定者的宝座,从而随心所欲地向形式发号施令,仿佛形式生来就是内容的侍从一样。"李劼强调,如果承认文学作品如同人一样,是一个自我生成的自足体,那么它在"本质上是文学语言的生成。或者说,所谓文学,在其本体意义上,首先是文学语言的创造,然后才可能带来其他别的什么。由于文学语言之于文学的这种本质性,形式结构的构成也就具有了本体性的意义。"李劼在新批评的作品本体论基础上,加上俄国形式主义的语言论,构成了他的语言本体论。这不是否定了文学的内容,而是强调在形式与语言中包括内容,"作品的语言形式构成其基本功能,从而显示文学的本体性:作品的语言形式所呈示的物象和意象构成其转换功能,从而生发出作品的历史内容、美学内容以及文化心理内容等等的

---

① 孙绍振:《形象的三维结构和作家的内在自由》,《文学评论》1985年第4期。
② 盛宁:《文学本体论与文学批评的方法论——关于西方当代文学批评理论的两点思考》,《外国文学评论》1987年第3期。

审美功能。"①赵宪章强调审美符号区别于一般符号的"非特指性"是其本体特征,只要具有这个特征,就具有了审美性与本体地位。既然如此,判断一种文学到底是不是真的文学,只要验以"非特指性"就可判明,如"文革文学"是特指的,所以它是非文学的;新时期的文学是非特指的,所以它是真正的文学。"如果说新时期文学最重要、最具全局性和普遍意义的观念变革是什么,那么,我们可以毫不犹豫地回答:符号的转换,从非文学性向文学性的转换。这一转换便是文学从他律(以他律取胜)向自律的转换、从功利观向审美本体观的转换。"②赵宪章认为,新时期的文学符号大体上经历了由"工具论"到"认识论"再到"本体论"这样三次转换,渐次实现了从"从属性"到"真实性"再到"审美本性"的三次飞跃,这证明要反对文学的工具性与认识性,就要走符号本体论的思考之路。此一认知,符合事实。

人类学本体论或生命本体论。王一川认为,作品本体论虽然可以避免文学的功利论、效用论,但他强调,只有从人类学角度思考文学,以人的体验来构成艺术本体,才能真正超越认识论。"从本体反思出发,艺术不仅仅或不主要是反映,而从根本上说,它是体验,从人的存在这一本根深层生起的体验——这是存在的体验,生命的体验,真正人的体验。它关注的不仅是认识生活,而且更重要的是全面地、深刻地显现生活的本体、奥秘——即体验生活。艺术被当作认识的工具、教育的工具,其生命意味、存在意味却必然地失落了。"王一川认为,本体的缺失,会导致"主体迷失""感性迷失""形式迷失""意义迷失"。③ 王岳川

---

① 李劼:《试论文学形式的本体意味》,《上海文学》1987年第3期。
② 赵宪章:《符号的转换——新时期文学本体观描述》,《学术月刊》1992年第1期。
③ 王一川:《本体反思与重建——人类学文艺学论纲》,《当代电影》1987年第1期。

也强调艺术论应当建立在"生命本体论"上,认为人的价值存在、超越性生成、终极意义的显现是世界的本原。在论及转向生命本体论的意义时说,这种高扬生命活力、生命意志的思想,代表了本体论的一场"革命","涤荡了以往本体论的非人化倾向,确立了生命本体论的地位"。还说:"本体论是自我相关的。由于本体是终极存在的大全,描述着本体的人本身,必然也包含在他描述的对象中。"①王一川、王岳川同受胡经之体验论美学的影响,所以从人的生命存在的角度提出了体验本体论。生命本体论突破了将文学视为认识生活的工具这一思维定式,通过强调与恢复文学与生命的本然关联,揭示文学的生命特征,肯定文学创作是表征生命精神的,这符合创作实际,可极大地激发作家的创作热情,从而引发读者的阅读热情。

审美精神本体论强调人的审美精神是艺术的本体。黎山峣指出:"人的生命活动的自由趋向必然存在于人的一切生命活动之中,存在于生产活动、日常活动、政治活动、伦理活动、文化活动等等人的一切生命活动之中。人的这种种现实的生命活动虽然存在着不同形式的自由趋向,但由于受着活动本身的功利目的的限制,因而在整体上来说,还只是一种较低层次的自由,尚未进入更高层次的自由即审美的自由。但是人的活动既然是有意识有目的的活动,人的本质既然是自由本质,所以人总是力求将非审美的自由活动发展提高为审美的自由活动,即既以功利活动为基础,又力求超出功利活动的限制,追求人的全面自由的发展,追求人的自由本质和理想人性的全面实现。"他将这种由非审美到审美的全面自由发展,视为"有别于其他意识形式本体的独特的艺术本体"。② 黎山峣的这一本体观的创新性并不强,它是"美是自由的"这一观点的沿用,其中折中地包括了实践本体、生命本体、自由本

---

① 王岳川:《当代美学核心:艺术本体论》,《文学评论》1989年第5期。
② 黎山峣:《艺术本体的哲学审视》,《武汉大学学报》1988年第2期。

体、审美本体的多重混合,但因为将关注点落实在"审美精神自由"上,体现了对于文学认识论缺失主体、缺失审美的某种纠正。

陆学明从艺术与社会、人文、审美的系统关系角度考察艺术本体,得出了审美属性是艺术本体的观点:"我们说艺术的本质是多维的规定,并不是说这些规定都是平均分布,没有主次的。艺术本质的深层结构或曰核心质是审美属性。审美,是人所具有的一种特殊能力。人通过自己的独特感觉器官(亦即区别于动物的感觉器官)可以感觉到周围事物在形式、色彩、声音方面的美丑,辨别和体验悲与喜、爱与死、崇高与卑下等各种情感。正是基于这一前提,人在创造性的实践活动中总是按照美的规律造型,以满足自身的审美需求,从而使产品(无论是物质的还是精神的)具备了审美属性。物质生产的产品,审美属性是从属于实用的、技术的属性的。在精神产品中,哲学社会科学的审美属性是从属于科学性、严密性和系统性原则的。艺术则不同。艺术中的审美属性是艺术诸种属性扇面的圆心,规定着艺术本质的重要方面。"①陈传才不满于再现本体观忽略文艺与其他意识形式的区别,也不满意于表现本体论忽略文艺与社会现实的广泛联系,还不满意于形式本体观割裂了作品与现实的关联,提出了整合的主张,要在人的感性存在及审美实践活动基础上形成文艺本体论。他的主张虽然不够清晰,但对其他本体观的批判却是清楚的,所以才会强调"唯有多维度、多层次地认识和把握文艺本体,才能完整而深刻地揭示文艺在于使人追求生命的意义,感到生命活力和人生理想的勃发状态,赞美人创造美和塑造自我、完善自身的双重肯定,从而不断向着美好事物和人生理想境界探询、趋赴的真谛。由此而构建的文艺本体论,才能更接近文艺的

---

① 陆学明:《社会·人文·审美——关于艺术本体论的思考》,《学习与探索》1988 年第 5 期。

本质特性,具有整体、综合和动态的理论特色。"①其实,陈传才与陆学明一样,都是将艺术本质的讨论直接转换成为关于艺术本体的讨论,除了肯定了文学的审美本质的重要性外,似乎没有形成真正的艺术本体观。

就上述思考来看,最有哲学本体论意味的是人类学或生命本体论,而作品与形式的本体是就事物存在而言,是实体本体论的一种翻版。最没有哲学本体论意味的是审美精神的本体论,它属于文学属性的说明,是将文学本质论视同文学本体论,由于它主张用审美自由来超越文学认识论,在坚持文学的审美自律与创造本性方面,与语言本体论与人类学本体论是相通的。

叙事学的发展。叙事学是1960年代在法国兴起的,经过一段时间的消沉,到1990年代又重新崛起,并打破纯粹文本分析的藩篱,使文本分析与精神分析、读者反映批评、女权主义、电影理论等关联起来,开拓了叙事学研究的新局面。1983年,张隆溪介绍了结构主义叙事学,但也指出了其局限:"忽略决定每部作品艺术价值的具体成分,不可能对作品做出审美的价值判断。""把作品的基本结构看成自足的系统,不考虑或很少考虑它与社会历史的关系,而叙事文学,尤其是小说,本身就是一种思想交际活动,即一种社会的活动。""这种追寻基本故事的努力使结构主义叙事学显然趋于简单化和抽象化,离文学的具体性越来越远,也就逐渐脱离文学中丰富的内容,使结构主义文论显得虚玄而枯燥,缺乏生动的魅力。"②而中国叙事学的发展则不一样,由于保持了与广泛的文化问题的对话与交流,突破了结构主义叙事学的框架,而容纳了更充分的社会文化内容。1985年,黄子平的叙事批评受结构主义

---

① 陈传才:《文艺本体论论纲》,《理论与创作》1990年第1期。
② 张隆溪:《故事下面的故事——论结构主义叙事学》,《读书》1983年第11期。

叙事学的影响,却又保持了某种警惕与校正,如其所说:"作为一个叙事模式的抽样分析,结构上的'异中之同'成为我们立论的依据和起点,然而,当我们展开论述的时候,却发现由历史发展造成的'同中之异'里蕴含着更富启发性的内容。"①孟悦、季红真的叙事研究涉及叙事过程、作家与叙事的关系、叙事人的种种表现、叙事视角、叙事语调等问题,其中将"叙事方法"视作一种"形式化了的小说审美特性"。② 陈平原的博士论文《中国小说叙事模式的转变》(1988)开始从叙事理论角度来研究中国小说叙事模式的现代转变,此书成为作者迄今为止的最重要的代表作,也成为中国叙事批评的一个里程碑式的成果。孟繁华则写了一本介绍性的著作《叙事的艺术》(1989),将西方叙事理论用自己的语言说出来,并援引中国小说的例证加以简要分析。1990年以前,叙事学在中国的运用已经有了相当大的成绩,一开始就与文学审美论相伴随。

进入1990年代,出现了更多的叙事理论著述,仅专著就有徐岱《小说叙事学》(1992)、傅修延《讲故事的奥秘——文学叙述论》(1993)、胡亚敏《叙事学》(1994)、罗钢《叙事学导论》(1994)、陈顺馨《中国当代文学的叙事与性别》(1995)、王彬《红楼梦叙事》(1998)、赵毅衡《当说者被说的时候——比较叙述学导论》(1998)、刘世剑《小说叙事艺术》(1999)、张世君《〈红楼梦〉的空间叙事》(1999)、李显杰《电影叙事学——理论和实例》(2000)、吴文薇《话语与故事——叙事本文研究》(2000)、谭君强《叙述的力量——鲁迅小说叙事研究》(2000)、郑铁生《〈三国演义〉叙事艺术》(2000)、董小英《叙述学》(2001)、王平《中国

---

① 黄子平:《同是天涯沦落人——一个"叙事模式"的抽样分析》,《中国现代文学研究丛刊》1985年第3期。
② 孟悦、季红真:《叙事方法——形式化了的小说审美特性》,《上海文学》1985年第10期。

古代小说叙事研究》(2001)、谭君强《叙事理论与审美文化》(2002)、杨新敏《电视剧叙事研究》(2003)等;再加上大量的专题论文看,可以看出对西方叙事理论的运用已经成为中国文论的一个基本研究内容。

中国学者体现了自己的创新性。申丹强调不少西方叙事学家从二元论立场出发,认为故事是独立于话语的结构,但她却通过具体分析尤其是关于现代派小说的分析指出,不应一味强调故事与话语的区分,它们之间有时也会发生重合现象,这样才能避免偏激和分析中的盲目性。① 申丹认为热奈特将叙事视角分为三类:其一,"零聚焦"或"无聚焦",即无固定视角的全知叙述,叙述者说出来的比任何一个人物知道的都多;其二,"内聚焦",叙述者仅说出某个人物知道的情况,"叙述者=人物";其三,外聚焦,叙述者说出来的比人物知道的少,"叙述者<人物"。她自己则通过分析给出了四种类型:其一,零视角(即传统的全知叙述);其二,内视角;其三,第一人称外视角;其四,第三人称外视角。她强调四分法"既避免了弗里德曼(提出八分法,引者注)的偏误与烦琐,又弥补了热奈特的疏漏,同时纠正了叙事学界对于第一人称叙述中叙事视角的分类的片面性。"② 她在1998年出版的《叙述学与小说文体学研究》中对叙事话语、叙事情节和叙事视角等问题都进行了深入探讨,对西方的相关理论提出质疑,对西方理论界概念上的模糊和分类上的混乱做了清理。

董乃斌早在1987年就认为"史贵于文"是中国的叙事特征,体现在三个方面:其一,我国叙事文学"史"的质素和色彩极为浓重;其二,批评观念中极为强调"诗史"的批评标准;其三,中国叙事文学较普遍地存在着过于求实而"虚化"即幻想程度不足的情况。作者是在贬抑

---

① 申丹:《论西方叙事理论中"故事"与"话语"的区分》,《外国文学评论》1991年第4期。
② 申丹:《对叙事视角分类的再认识》,《国外文学》1994年第2期。

态度下评价这一现象的,所以表达了否定的看法:"我们大家恐怕都需要适当地抑制一下头脑中的'史贵于文'的观念,改变一下把文学(主要是叙事文学)与'史'贴得太近的习惯做法,让文学多研究一点'文',让文学插上幻想的翅膀,在无垠的思维空间自由翱翔,从而让文学回到它自身。对于叙事文学来说,古代作家的成功范例固然需要重视,然而中国自古及今无比丰饶瑰美的民间文学(特别是其中的传说和故事)以及西方近世以来小说、戏剧、电影方面的创作经验和有关叙事学的理论等等,则是更加值得借鉴的。说来十分有趣,对于'史诗式作品'的渴盼,本身就隐现着'史贵于文'观念的影子,但为了获得这种作品,却需要适当淡化'史贵于文'的社会心理,使文学与'史'保持一定距离而表现出更多的独特性和自主性,也就是说必须以暂时的疏远去求得永久的契合。"①

对中国叙事学建构做出重要贡献的是杨义和傅修延。杨义认为,中西叙事的区别在哪里呢? 在于西方的是结构主义叙事学,中国的是评点派的叙事学,西方从微向巨,中国从巨向微。他说:"中国叙事文学基于圆形思维的深层文化心理结构,与西方叙事文学在观念、结构、表现方式诸方面有许多不同,这种潜隐的圆形结构对应着中国人的审美理想,具有广泛丰富的适应性和包罗万象的生活涵容力。以这个动态的圆为逻辑起点,中国叙事文学或截取图形运行的片段,或捕捉众圆的交叉点,为正文叙事提供丰富的参数叙事。阴阳两极是圆形结构运转和破毁的内在驱动力,它们的空间位置有相离相对、相接相间、相含相蕴、相聚相斥四种形式,为叙事操作输入对立、冲突、中和、转化的活力,同时,圆形结构和阴阳互动的方式,决定了中国叙事作品采取流动

---

① 董乃斌:《论中国叙事文学的演变轨迹》,《文学遗产》1987年第5期。

的视角,并具有流动多端和层面超越的特点。"① 杨义于 1997 年出版《中国叙事学》,认为西方从语言学领域进入叙事分析的方法不适合中国的叙事研究。全书沿着"还原—参照—贯通—融合"的思路,力图"建立具有中国特色的、又充分现代化的叙事学体系",以期与"现代世界进行充实的、有深度的对话"②,极少搬用西方术语,有自成一家之气势。书中"结构篇"从"道与技的双构性思维"来探讨叙事结构,与西方纯形式主义的结构分析形成鲜明对比;"意象篇"和"评点家篇"更是中国叙事的特色所在,为历来西方叙事理论所无。傅修延于 1999 年出版《先秦叙事研究》,从叙事工具的探寻、叙事载体的纷纭、口舌传事的流行、史传运事的兴盛、诸子言事的繁荣等方面对中国先秦叙事展开全方位的寻根溯源工作,得出结论:"中国古代文明基本上是在中国区域内独自发生与成长起来的。叙事传统作为中国古代文明的重要组成部分,大背景决定了它应该有独属于自身的规律与特点。"③该书的用意很明显,就是要建设中国自己的叙事学。但和杨义不同,它不是从总体上对中国的叙事特点进行概括,而是从具体叙事作品入手探求中国叙事的源头,在此基础上分析中国叙事的具体情形。作者认为:"本书的讨论对象虽然属于先秦,其作用力却是指向现在"④,突出地表明了建设中国叙事学的雄心。

此外,从 1990 年代开始,戴锦华的电影叙事研究、江守义的叙事伦理研究、龙迪勇的空间叙事研究及一大批广告叙事、电视叙事、新闻叙事、戏剧叙事研究成果,说明了两个问题:一个是叙事向着文化研究开放,叙事变成了一个文化事件,而非结构主义的自足体;一个

---

① 杨义:《中国叙事学:逻辑起点和操作程式》,《中国社会科学》1994 年第 1 期。
② 杨义:《中国叙事学》,人民出版社,1997 年,第 33 页。
③④ 傅修延:《先秦叙事研究》,东方出版社,1999 年,第 318 页。

是叙事超越了小说叙事研究,向着众多学科辐射,证明了它的跨学科特性。①

三、分途与坚守(2000年后):再询文学的意义

应该说从1980年代开始,西方的文化研究就开始渗入中国文论界,但还没有对文论与批评产生巨大影响。到了1990年代,文化研究与中国现实生活的消费化开始结盟,从而导致文论研究发生重要变化,其中之一就是文学在经过审美化的论证以后,开始转向文学与文化政治关系的论证。比较而言,文论失语的讨论、古代文论的现代转换的探索、文学本体论的持续争议与叙事学的发展等,都还处于学科边界之内,使得文论得以在自身学科之内获得开拓,所凝成的多为审美共识。但2000年后文化研究的强劲发展,开始挤压甚至排斥文学研究,文学研究则处于被文化研究所整合、所取代的危机之中。

(一)

从1990年代后期开始,文化批评成为中国文学批评中的一种重要范式,并且与西方文化批评相对接,形成各种批评方法与批评主题并行不悖的多元化格局,在一定程度上显示了中国特色,出现传统、现代与后现代(文化传统层面上),主流、精英与大众(社会现实层面上)、左派、右派与中间派(政治意识形态层面上)共存的局面,告别了你死我活的斗争阶段,呈现出多重文化之间既斗争又包容的发展格局。

文化批评呈现强劲趋势有两个原因:其一,目前的文化生产和创造正处于巨大的历史转型时期,新与旧的斗争、过去和未来的矛盾、全球化与地域性的冲突,搅动文化主体对置身其中的文化现实表达自己

---

① 关于叙事学的部分,参考了江守义的相关论文。

的感受和意见,研究这样的现状实为理论的一种迫切任务。其二,与传统的伦理批评、政治批评、社会批评、历史批评、审美批评等方法相比,文化批评的跨学科性、开放性、批判性、实践性等具有理论观念与技术方法上的优势。

就文学而言,尽管每个国家的转型原因、转型表现和转型趋势不尽相同,但总体上差不多,即现代技术、媒介、观念和生活方式的巨大变革推动文学由少数人主导的审美活动领域向大众审美活动领域的转变,文学的生产与接受、生存环境和存在方式都发生了巨大变化,从而导致建立在过去文学活动经验之上的文学理解和文学观念的坍塌与解体。在此情形下,传统的文学批评难以解答文学正在发生的一切,唯有在批评标准、方法和思路方面进行较大的变革,才能适应文学的变化。中国当代之所以自觉地选择文化批评,也是因为市场经济和现代传媒的双重压力令新时期以来的"纯文学"产生了深刻的危机,正如李陀的反思:

> 由于对"纯文学"的坚持,作家和批评家们没有及时调整自己的写作,没有和九十年代急遽变化的社会找到一种更适应的关系。很多人看不到,随着社会和文学观念的变化与发展,"纯文学"这个概念原来所指向、所反对的那些对立物已经不存在了,因而使得"纯文学"观念产生意义的条件也不存在了,它不再具有抗议性和批判性,而这应当是文学最根本、最重要的一个性质。虽然"纯文学"在抵制商业化对文学的侵蚀方面起到了一定作用,但是更重要的是,它使得文学很难适应今天社会环境的巨大变化,不能建立文学和社会的新的关系,以致1990年代的严肃文学(或非商业性文学)越来越不能被社会所关注,更不必说在有效地抵抗商业文化和大众文化的侵蚀的同时,还能对社会发言,对百姓说话,以文

学独有的方式对正在进行的巨大社会变革进行干预。①

当然,文化批评的目的并不是为了改变所谓"纯文学"的命运,而是要重建文学和社会、日常生活之间的有效联系。也就是说,文化批评并不为少数人服务,也不是为少数的作家服务,而是为底层的大众或边缘的群体服务,它通过扩展文学批评的内容,不断更新文学批评的方法,通过顺应人们日常生活和观念世界变迁的需求,打通文学想象和社会现实之间的隔阂,唤起人们对总体性的文学艺术的重新关注和热爱。文化批评的基本逻辑如雷蒙·威廉斯所描述:"如果艺术是社会的一部分,那么在艺术之外,就没有一个坚实完整的我们以问题的形式承认其优先权的整体了。艺术作为一种活动,同生产、贸易、政治、养家糊口一样,就在那里存在着。为了充分地研究它们之间的各种关系,我们必须积极地去研究它们,把所有的活动当作人类能力特定的同时代的形式来看待。"②如果说传统的文学批评方法,在一定程度上通过批评把人们的想象和理解引向玲珑剔透的审美领域,那么文化批评正相反,它把人们的想象与理解引向嘈杂的纷乱的现实。

正是在文化批评的强劲发展面前,文论研究产生了一系列问题:传统的文学批评还有效吗？人们眼中的文学经典还存在吗？文学面对影视的挑战是否开始衰亡？是面对今天的文化事实做出判断,还是按照传统的审美观念做出判断？文论界经历了痛苦反思,如下问题见证了人们的探索与成绩。

日常生活的审美化的讨论是其中之一。这次讨论由陶东风的文章

---

① 李陀、李静:《漫说"纯文学"——李陀访谈录》,《上海文学》2001 年第 3 期。
② 〔英〕雷蒙·威廉斯:《文化分析》,见罗钢、刘象愚:《文化研究读本》,中国社会科学出版社,2000 年,第 129 页。

引起,他指出:"文艺学知识生产的突出问题之一,表现在不能积极有效地介入当下的社会文化与审美/艺术活动,不能令人满意地解释改革开放以来(特别是 1990 年代以来)的文学艺术活动,尤其是大众的日常文化/艺术生产与消费活动所发生的深刻变化。"基于这一认识,陶东风认为,当社会生活发生重要变化,文艺学若不能适时而变,就必然落后于文艺实践尤其是社会生活实践。"不管我们是否承认,在今天,审美活动已经超出所谓纯艺术/文学的范围,渗透到大众的日常生活中。占据大众文化生活中心的已经不是小说、诗歌、散文、戏剧、绘画、雕塑等经典的艺术门类,而是一些新兴的泛审美/艺术门类或审美、艺术活动,如广告、流行歌曲、时装、电视连续剧乃至环境设计、城市规划、居室装修等。艺术活动的场所也已经远远逸出与大众的日常生活严重隔离的高雅艺术场馆(如北京的中国美术观、北京音乐厅、首都剧场等),深入到大众的日常生活空间。可以说,今天的审美/艺术活动更多地发生在城市广场、购物中心、超级市场、街心花园等与其他社会活动没有严格界限的社会空间与生活场所。在这些场所中,文化活动、审美活动、商业活动、社交活动之间不存在严格的界限。"陶东风比较了西方的文化研究与国内的文艺学,认为前者成功地研究了文化现象,而后者则在这些新的文化现象面前止步不前,原因是后者往往"采取消极回避或情绪化拒斥的态度,唯独不能也不想在学理上做出令人信服的解释。"坚持的是一种"封闭的自律论文艺学","拒绝研究日常生活中的审美现象与文化现象(比如流行歌曲、广告、时尚等),把它们排挤出文艺学的研究范围(西方的文化研究与此形成巨大的反差,广告、流行歌曲乃至随身听等都已是西方文化研究研究的重要对象)。"①陶东风的论述涉及这样几个问题:首先,文艺学研究不适应文艺与日常生

---

① 陶东风:《日常生活的审美化与文化研究的兴起——兼论文艺学的学科反思》,《浙江社会科学》2002 年第 1 期。

活发展的现状,到了必须改弦易辙的时候。其次,日常生活已经发生了翻天覆地的变化,传统的审美领域大大地扩张了,只有文化研究才是出路。再次,中国的文艺学之所以陷入这个困境,内在原因是坚持了自律论的本质主义路线,所以只有放弃这个本质主义,才有可能适应并研究日益变化的文艺与审美现实。日常生活审美化的讨论,就学科层面言,包含了文艺学的边界、功能、立场等问题;就思维层面言,包括了要不要本质、要什么样的本质、审美论是否应该退场等问题;就文艺学对于文学的判断言,则表征为文学是不是已经死亡等问题。文艺学在2000年后遭遇它的最大理论危机就是从日常生活的审美化开始的。

一种观点认为,随着日常生活审美化的发展,文艺学理应调整自身,接纳并研究大众文化。李春青认为:"既然社会的审美趣味由少数人的文化空间向着社会普及了,文艺学和美学的研究范围自然也应随之扩大了。文学与审美活动已经走出了象牙塔而面向社会大众,文艺学与美学自是应该随之而行。"① 王德胜认为:"也许人们对于'日常生活审美化'话题可以莫衷一是。但是,经过'日常生活审美化'问题的讨论,既有文艺理论话语和文艺理论学科显然已无法再保持其固有的格局,话语转型与学科重构已是无可避免的事情。"② 一种观点坚持从中国语境出发,强调文学的审美属性。朱国华认为这"不是一个普遍性命题",应该审慎对待,不要"将少数人的话语操作在学术研究的合法名义下潜在地偷换为普遍性话语,不仅仅有可能使我们的话语场成为西方话语的跑马场,而且会有可能使我们成为中国小资的同路人:因为通过谈论他们的文化,我们与他们建立了一种同谋关系,我们的这

---

① 李春青:《"日常生活审美化"与文学理论的新课题》,见北京师范大学、北京市社会科学界联合会主编:《小康社会:文化生态与全面发展》,北京师范大学出版社,2004年,第341—343页。
② 王德胜:《在文学"边界"之争与"日常生活审美化"之间》,《贵州社会科学》2007年第9期。

种研究本身甚至也可能成为小资文化的一部分,成为一种时髦、有趣的文化消费品。"①这表明,在中西方文化发展还未处在同一水平情况下,应当从中国事实出发去制订中国理论的发展策略,而非人云亦云。

童庆炳明确质疑通过日常生活的审美化来扩容文艺学的做法,指出:"有的青年学者要把文艺学的研究领域扩大到'日常生活的审美化',如去研究广告、美容、美发、模特走步、街心花园、高尔夫球场、城市规划、网吧、迪厅、房屋装修、美女图……甚至有以'日常生活的审美化'的研究置换原来的文艺学研究对象的倾向。有的人走得更远,认为日常生活的审美化是新的美学原则的崛起,什么审美无功利,这种带有精神超越的美学,统统过了时;审美就是欲望的满足,就是感官的享乐,就是高潮的激动,就是眼球的美学,等等。'日常生活的审美化''学派'走到这一步,几乎要颠覆原有的文艺学和美学,这就不能不引起不少文艺学和美学研究者的关切,而且提出质疑:这些人到底要干什么?"童庆炳坚持认为文学不会消亡,"我从来不相信文学会终结。文学永远不会终结。因为文学作为一种语言艺术,有它独特的审美场域,语言艺术的心像、内视特点是任何艺术也无法取代的。图像给予读者是确定的东西,而作为语言艺术的文学则往往是与个人体验相联系的内觉。"其结论是:"文学既然顽固存在着,文艺学的对象就是文学事实、文学问题和文学活动。文艺学可能随着这些事实、问题和活动的变化而变化,但无论如何变,都不会把文学抛弃掉,而去钟情什么'日常生活的审美化'。"②童庆炳后来在讨论文艺学边界时重申了这类观点。

---

① 朱国华:《中国人也在诗意地栖居吗?——略论日常生活审美化的语境条件》,《文艺争鸣》2003年第6期。

② 童庆炳:《"日常生活审美化"与文艺学》,《中华读书报》2005年1月26日。

在我们看来,随着学科的不断分化与融合,学科增长了,文艺学的存在却是必然的,但不是文艺学研究对象的盲目扩张,而应是调整到恰当范围之内。所以,文艺学不是面临终结的厄运,而是面临如何调整、如何研究好属于自己分内的事情,如何在这种调整中创新性地研究问题。文艺学自身的问题研究好了,它自有两方面的作用,一方面是弄清了属于自己的问题,另一方面则是通过跨学科的方式辐射到其他学科之中,成为其他学科研究的一种有效参照,像今天的叙事学大举进入大众文化研究之中那样,甚至也能进入到法学、政治学等领域。当然,如果带着文艺学的理论底子去进行文化研究,那也不妨,这是扩大了文艺学研究方法的适用面,属于跨学科研究的一类,也是值得肯定的。

(二)

如果说,关于日常生活的审美化的争论还是着眼于事实部分的话,由文艺学扩容者所携带的那个思考问题的思维方式更能突出对于传统文艺学研究的挑战,那就是举起的反本质主义的旗帜,试图颠覆文学审美论,其旗下集中了关于文学性质的新认知。

陶东风对本质主义进行了强烈质疑:"此处我们所说的'本质主义',乃指一种僵化、封闭、独断的思维方式与知识生产模式。在本体论上,本质主义不是假定事物具有一定的本质而是假定事物具有超历史的、普遍的永恒本质(绝对实在、普遍人性、本真自我等),这个本质不因时空条件的变化而变化;在知识论上,本质主义设置了以现象/本质为核心的一系列二元对立,坚信绝对的真理,热衷于建构'大写的哲学'(罗蒂)、'元叙事'或'宏伟叙事'(利奥塔)以及'绝对的主体',认为这个'主体'只要掌握了普遍的认识方法,就可以获得超历史的、绝对正确的对'本质'的认识,创造出普遍有效的知识。"说到文论上的"本质主义"时,他更是认为"总是把文学视作一种具有'普遍规律''固定本质'的实体,它不是在特定的语境中提出并讨论文学理论的具体问题,而是先验地假定了'问题'及其'答案'。并相信只要掌握了正确、科学的方法,就可以把握这种'普遍规律''固有本质',从而生产出普遍有效的文艺学'绝对真理'。"结果,在这种"本质主义的文艺学"中到处充满了"一般规律""永恒本质""绝对真理"的确认。因此,从反本质主义观点看文学审美论,同样不能确认它能揭示出什么文学的"固有本质",它只是权力的一种建构,本身代表着权力,成为新的意识形态,并拒绝被反思。陶东风意在表明,审美自律论没有什么高深之处,是时代需要它,它才出现了;若时代不需要它,它就不会出现,不会被建构出来。这种建构观,用于肯定"工具论",也是挺合适的,是时代需要"工具论",也就出现了"工具论","它表现为主流意识形态规定文学只能为特定的政治(阶级斗争)服务"。这样一来,中国当代文艺学从"工具论"演变成"审美论"是被建构出来的,其间没有什么审美上的根据。通过这样的论述策略,打开了迎回"工具论"的理论空间,为文学的再政治化提供了相当充分的理由。

反本质主义同样成为一批学者的理解方式。旷新年从反本质主义的立场出发,认为"纯文学"只是一种历史建构,而非揭示了文学的某些本质属性。"80年代以来,我们毫不犹豫地将纯文学观念作为'现代''正确'的文学观念加以拥戴,不耐烦政治的纠缠,发誓要一刀切断文学与政治的联系,要挥手将政治的影响彻底打发掉。一句话,我们要让'文学回到自身'。与此同时,我们逐渐地建构了一个纯文学的知识制度。然而,实际上文学并不是先验地存在的。纯文学的概念,它必须,并且也只有在一个知识的网络之中才能被表述出来。文学实际上是一个在历史中不断分析和建构的过程,它是在与其他知识的不断区分之中被表述出来的。纯文学的观念只有在科学、道德、艺术分治的现代知识图景之中才能建立和凸显出来。实际上,在这些区分的后面,隐含着一整套现代知识的建制。在纯文学的背后,包含了复杂的现代知识分化的过程。"①旷新年强调文学的定义是不断建构的过程,这说明没有"纯文学"的正确性,也没有文学政治化的不恰当。其他如蔡翔强调"纯文学"是特定时代意识形态斗争的结果,孟繁华强调文学对于政治文化的依赖性,南帆将文学理解视为关系主义的产物,无不都沿着反本质主义的理论之弧而展开,如此一来,文学本质不再是本质而只是一种设定。这使南帆甚至认同伊格尔顿的一个颇为极端的观点,即认为有一天莎士比亚可以不再是"文学的"莎士比亚,南帆说:"根据谱系学的眼光,如果将文学牢牢地拴在某种'本质'之上,这肯定遗忘了变动不居的历史。历史不断地修正人们的各种观点,包括什么叫作'文学'。精确地说,现今人们对于'文学'的认识就与古代大异其趣。伊格尔顿甚至认为,说不定哪一天莎士比亚将被逐出文学之列,而一张便条或者街头的涂鸦又可能获得文学的资格。这种理论图景之中,所谓的'本质'又在哪里?"②

陶东风等人在反掉了审美自律论以后指向了哪里呢?指向了文学的社会本质论。因为人是社会关系的总和,所以文学也必须是社会关系的总和。他们或强调场域的作用,或强调政治文化的作用,或强调关系主义的作用,或强调知识谱系的作用,就是不强调审美的作用。反本质主义完成了传统的文学社会本质论所未能完成的任务,即通过大量新潮的、外来的术语概念,坚持与丰富了文学的社会化、政治化内涵。

(三)

这里不能不说及生态批评,它在1980年代萌发,在2000年以后成为显学,是一种重要的文化现象,也是一种重要的文艺学现象。

早在1980年代,生态批评就在中国出现了。鲍昌主编的《文学艺

---

① 旷新年:《文学的重新定义》,《中国现代文学研究丛刊》2000年第3期。
② 南帆:《文学研究:本质主义,抑或关系主义》,《文艺研究》2007年第8期。

术新术语词典》(1987)和古远清的《文艺新学科手册》(1988)均列出"文艺生态学"条目,但没有引起关注,因为中国社会的发展还没有达到大规模破坏生态环境的境地,生态问题还未能成为一个社会问题。郭因在1980年代中后期就开始了绿色文化与绿色美学的研究,提出了自己的独到看法:"古往今来,人们都在千方百计挣脱各种各样的枷锁而去追求自由。或者是为了生存而去追求有限的自由;或者是为了贪欲而去追求无限的自由。当人们为求无限的自由而致力征服自然从而伤害了自然时,人与自然失和,从大地沙化到大气污染,这便带来了生态危机。当人们为求无限的自由而致力征服别人从而伤害了别人时,人与人失和,从互相攻讦到原子战争,这便带来了人态危机。当人们为求无限的自由而一个劲地贪求物质的占有与感官的享受时,人自身失和,这便带来了心态危机。要想挽救危机,就应该每个人从热爱自然、热爱人类、热爱自己出发,按照自然的规律、社会的规律、人自身的规律,努力协调人与自然的关系、人与人的关系、人自身中的生理与心理的关系、心理结构中的各种因素的关系,争取逐步实现人与自然、人与人、人自身的和谐,从而实现自然、社会、人自身的真理化、善化与美化。"①郭因提倡"绿色文化"与"绿色美学"与当今的生态批评目标一致。

1996年,鲁枢元发表《文学艺术与生态学时代——兼谈"地球精神圈"》(《学术月刊》1996年第5期)标志着生态批评的自觉。鲁枢元认为,现代生态学是一种新型的包括生命与环境、人类与自然、社会与地球、精神与物质的完整思考的世界观,人不仅是物质性、经济性、政治性和社会性的存在,也是情感性、宗教性、艺术性和精神性的存在,精神的进化将成为人类追求的目标。他后来出版的《生态文艺学》与曾永成

---

① 郭因:《我的绿色观——一个提纲》,《学术界》1989年第3期。

出版的《文艺的绿色之思——文艺生态学引论》是生态批评成熟的标志。2002年,王诺系统介绍了西方生态批评的思想,其中关于西方生态批评的发展及其思想背景的说明,成为诸多相关论文争相引用的来源。他指出:"把生态批评定义为研究文学乃至整个文化与自然的关系的批评,揭示了这种批评最为关键的特征。作为一种文学和文化批评,生态批评有着显示其本体特征和独特价值的主要任务,那就是通过文学来重审人类文化,来进行文化批判——探索人类思想、文化、社会发展模式如何影响甚至决定人类对自然的态度和行为,如何导致环境的恶化和生态的危机。"①鲁枢元也认为生态学的迅速发展,使新的生物学原则进一步在人类社会生活的各个领域发生效用,生态学已经逸出原先的"科学"藩篱在人文领域生根开花,"生态批评继后殖民批评、女性批评的兴起,意味着基于'人类文明知识系统'大转移之上的'文学批评的时代性转移',这种转移有可能为文学艺术提供'重建宏大叙事,再造深度模式'的机遇,进一步把生态批评理论建构推向深入。"②自此,生态批评在中国拉开了大幕,引起了全面的反响与实践,而基本观点不外乎要用生态思想来校正人类偏离生态文明发展之路的巨大偏颇。

曾繁仁的生态美学研究使其成新时期以来生态批评的又一重要代表人物。他曾发表《老庄道家古典生态存在论审美观新说》(《文史哲》2003年第6期)、《试论〈周易〉'生生为易'之生态审美智慧》(《文学评论》2008年第6期)等论文,出版《生态美学导论》(商务印书馆2010年)、《生态存在论美学论稿》(吉林人民出版社2003年)、《转型期的中国美学》(商务印书馆2007年)等著作,主张生态整体主义,提出并详论了诗意栖居、四方游戏、家园意识、生态崇高、生态美育等专门问题;

---

① 王诺:《生态批评:发展与渊源》,《文艺研究》2002年第3期。
② 鲁枢元:《生态批评的知识空间》,《文艺研究》2002年第5期。

试图突破西方理性主义认识传统,与存在论美学、现象学美学、阐释学美学等展开广泛且深入的对话;特别是基于中国文化的认同,从《老子》《庄子》等中国典籍中寻找思想资源;并强调马克思主义生态思想的指导意义,开辟了一条建构生态美学的思维空间广阔的综合创新的独特道路。

生态批评在经过了普遍化的发展之后,也引起了一些学者的反思。如刘文良认为:"如果坚持'生态中心主义'论,否定人类在地球上的中心作用,其所推导出的结果将是非常荒谬的。"①作者认为,应当抛弃的不是"人类中心主义"而是"人类沙文主义",应当推行的是温和的、理智的"相对人类中心主义",这才是生态批评的理论立足点。生态批评的一切向后看,一切向自然看,显然是不切实际的。高旭国认为生态批评的实绩不够丰厚,制约了生态批评的发展。他说:"国内的生态批评之所以在理论建构上步履维艰,还有一个重要的原因是缺乏对于文学文本的精读、细读和令人信服的分析阐释。"目前存在的问题是"把生态理念生硬地嵌入文本当中,生态理念与文本呈游离状态,或只对文本作浮光掠影的'生态'点评,根本不去触碰文本内部的主题、结构、思想内涵和审美表现。"②近两年,张江在提出"强制阐释"问题时,也曾以"生态批评"作为例证,认为它有"强制阐释"之错。张江说:"这原本是一部恐怖小说(爱伦·坡《厄舍老屋的倒塌》——引者注)。但在这篇小说出版100多年后,生态批评理论对其进行了另外的阐释:首先是话语置换。小说原本讲的是人和事,无关生态与环境,但批评者却把原来仅作为背景的环境描写置换成主题,将小说变成一个生态学文本。"张江提出了一个相当原则性的问题,那就是能否用今天的生态理论来

---

① 刘文良:《质疑生态中心主义——兼谈生态批评的理论立足点》,《广西社会科学》2006年第11期。
② 高旭国:《生态批评的若干问题》,《中国文学研究》2009年第4期。

评及过往作品,他的答案是否定的。"小说诞生时,还没有出现生态理论,生态批评者却用当下的认识对前生的文本进行强制规整。这就是溯及既往。这种脱离文学经验,直接从其他学科截取和征用现成理论的做法,其直接后果是:文学理论无关文学。文学充当了其他理论的佐证工具,文学学科特性被消解,由此,我们当然质疑,文学理论存在的必要性和可能性。"①张江提出的问题是有意义的,但若所有的文学批评都不能"溯及既往",那显然也无法用女性批评、精神分析的方法来研究过去时代的作品了。实际上只是在运用这些思想方法时保持对于文学特性的尊重,努力回到文本的事实之中,就能正常且富有成效地实现批评目的。

总的看来,中国的生态批评表征了文学研究的活力。与其说它是一种批评模式,不如说它是一种文化思潮,它正在建构自己的批评范本与批评概念,极大地丰富了文学研究。

(四)

必须看到,尽管文化研究一路高歌,审美反思论者并没有停止脚步,他们试图寻求文学研究与文化研究的结合,而非用后者取代前者。

第一种是童庆炳等人的"文化诗学"与胡亚敏的"文化—形式批评"。童庆炳认为,当代中国社会现实中确实存在着一些人文知识分子亟须关心的问题,如拜金主义、拜物主义、个人主义、享乐主义、消费主义等,这是专注于"内部研究"的文学理论所难以批判的。西方的文化批评属于"外部研究",其优势是扩展了文论介入社会现实的功能,但缺陷是过于政治化,具有"反诗意性"的特点,脱离了文学本身。童庆炳设想的"文化诗学"则将文学的"内部研究"和"外部研究"结合起来,一方面强调文学的"诗情画意",另一方面肯定文学是文化的,"诗

---

① 张江:《当代文论重建路径——由"强制阐释"到"本体阐释"》,《中国社会科学报》2014年6月16日。

情画意的文学本身包含了神话、宗教、历史、科学、伦理、道德、政治、哲学等文化蕴含"。"文化诗学"把文学理解为语言、审美和文化的三维结合,从文本的语言切入,揭示文本的诗情画意,挖掘出某种文化精神,用以回应现实文化的挑战或弥补现实文化精神的缺失或纠正现实文化的失范。① 这显然是对文化批评只重文学的政治评价的一个有力矫正。田忠辉以为:"文学消亡论者们的问题在于,他们遮蔽了文学精神的领悟,文学不仅是说诗和讲故事,文学的精神实质是人的需要,只要人类不灭,文学就不会消亡。所谓文学的边缘化是经典文学形式的边缘化,同时,因为过去文学越界担负了非文学的任务,人们就试图以放逐文学来做出摆脱某种意识形态控制的努力,这是源于对昔日阴影的恐惧而来的过分反应,乃是缺乏对文学精神的真正理解。"② 田忠辉肯定文化诗学将是既保持对于文艺学的学科尊重又能不局限于审美自身的一种新的批评实践。

胡亚敏提出了"文化—形式批评"的构想,意图在更广阔的层面上对文学批评话语进行改造与提升。首先,"文化—形式批评"坚持意识形态的批判立场,"它始终对批评丧失自我意识和被主导意识形态同化保持极高的警惕,努力以一种政治解读的方式从事文化批评,矛头所向直指文本中意识形态话语的矛盾交织处,探讨文学作品中暗藏的社会压迫、意识形态中遏制以及性别歧视等问题,展示文学文本在社会中的颠覆和抗争作用。"其次,文学不仅仅是政治的、意识形态的,而且更是审美的载体。有充分的理由相信,一味地进行政治批评和文化批评仍是有局限性的,完全忽视作品的艺术规律和特征的做法必将给文学研究带来灾难性的后果。因此,如果说文学批评从文本走向文化是现实的呼唤的话,那么从文化回到具体的审美则是文学批评本身存在和

---

① 童庆炳:《文化诗学:文学理论的新格局》,《东方丛刊》2006 年第 1 期。
② 田忠辉:《文化诗学的三个问题》,《文艺争鸣》2004 年第 6 期。

发展的需要,是人类精神发展的需求。"文化—形式批评"应被设计成一个抛物线,从文本中揭示文化,在形式中体验审美。① 胡亚敏的文化—形式批评是对弗雷德里克·杰姆逊的借用,但她更加突出了审美的地位及其对文学的规定性,所以又是一种活学活用。

第二种是吴炫和曹文轩的"文学性的文化批评"。吴炫指出:"我们一直误以为文学的表达和载体是属于文学性的,而文学的内容则是属于文化性的,却没有想到,所有文学中的文化内容,其实都是文学性的,关键在于如何找到一个视角和方法,让它们被文学性所统摄。"因此,应该对文学以外的"文化内涵"和文学之中的"文化性内涵"加以区分,"文学中的文化内容与文学以外的文化内容,其性质和意味均是不同的",前者的不同之处在于它"从属于文学性质而不是脱离这种性质"。吴炫认为,坚持"文学性"优先原则的"文学性的文化批评"区别于单纯的社会学、政治学、伦理学等文化批评的关键在于"必须从作品某材料与作品整体意蕴的关系出发,在作品的文学场中来阐发某材料的文化意义",要认识到"作品的形式与技巧,只是文学内在世界派生出来的。"②曹文轩也认为:"文学性怎么是形式呢?不仅仅是。还包括主题啊。文学的主题和一般的社会学家关注的主题是不一样的,处理主题的方式也是不一样的。"③曹文轩强调,文学研究固然不能完全排除对文本所展现的伦理的、宗教的、政治的或某种主义的研究,但是,它更重要的使命是对文学的艺术问题进行研究,关注诸如"文学是如何实现主题的""文学所关心的主题应该是哪一种精神层次上的主题"之

---

① 胡亚敏:《詹姆逊·新马克思主义·后现代主义——兼论中国文学批评的建设》,华中师范大学博士学位论文,2002年,第111—113页。
② 吴炫:《非文学性的文化批评》,《社会科学战线》2003年第2期。
③ 曹文轩:《坚守文学性——曹文轩教授访谈》,《北京大学研究生学志》2005年第2期。

类的具有文学性的问题。① 曹文轩的提问相当重要,文学所描写的生老病死绝对与医院病房里的生老病死有所不同,文学所描写的战场搏斗绝对与发生在战场上的生死搏斗有所不同,文学中所描写的爱情也与现实中的爱情有别,文学世界里所描写的一切都是极度人性化、人情化、故事化的,正是通过对于人性、人情与故事的描写,才能构成一个与现实世界相关却又与现实世界有别的文学世界。

第三种是赵宪章的"通过形式阐发意义"。赵宪章认为被热炒的文化研究往往大而无当,说白了只是"政治情绪的死灰复燃,是既往本学科庸俗社会学的遗风",将审美与意识形态结合在一起的界定与研究,其实只是传统的"文以载道的现代演绎"。② 他对文学研究的"向外转"持激进的批评态度,抨击道:"我们的文艺学更多的还是热衷于谈论'意识形态'或'审美文化'之类的热门话题,形式研究一直没有得到足够的重视,文学形式一直没能成为独立的研究对象。于是,传统的主题学和思想史方法仍然雄踞霸主地位,文学理论批评家们仍然满足于充任'思想的警察',且乐此不疲。"在他看来,专业的文学理论批评同政治的、社会的、伦理的或思想史的等非本专业的理论批评之间的重要区别是,"前者最大的特点在于它是通过形式阐发意义,而不是超越形式直奔主题"。③ 为此,他强调回归文学"内部研究"的重要性:"从80年代到90年代,再到新世纪,再到今天,文学'内部研究'呈现逐步升温的好势头。特别是在文学语言、文学叙事和文体学等领域,可以说已经取得不可小视的成绩。但是,文学'内部研究'并未赢得足够的关注度,既没有像'审美意识形态'问题那样引起上层的关注,更不像文化

---

① 曹文轩:《质疑"大文化批评"》,《天涯》2003年第5期。
② 赵宪章、曾军:《新时期文艺学的学科建设与反思》,《甘肃社会科学》2007年第4期。
③ 赵宪章:《形式美学与文学形式研究》,《中南大学学报》2005年第2期。

研究那样激起整个学界的骚动,为什么呢? 原因很简单,所谓'内部研究'其实就是'形式研究',大凡在这个领域里耕耘的学者必须脚踏实地,因为它过去不是、现在不是、以后也不会是'学术时尚'。这就是不事张扬的'韦勒克风格'。在浮躁学风盛行的今天,我们的文艺学需要提倡这种沉静的治学风格!"赵宪章强调我们要回到"文学是语言的艺术"这样一个古老而平实的命题上去,因为"无论是可以言说的还是不能言说的,文学的意义不是我们另外加进去的,而是蕴藉在它的语言形式中;没有'形式'作为文学的现实和存在,'意义'就没有存活之所。"所以,只要从文学形式与语言的角度界定文学就行了,只要研究文学形式尤其是文学语言就行了,因为"'语言形式'应当是文学研究最直接的'现实',不仅是文学研究不可逾越的'存在',进一步说,它就是文学本身。通过文学语言形式的研究,就可以发现我们希望从中得到的一切。"①在赵宪章这里,他提出的"通过形式阐发意义"的解决方案,典型地反映了保持文学特性的学者所具有的鲜明文学立场,从而与一切"向外转"的理论倾向处于对立状态。

我们认为,上述的反思与架构,其实寻找的就是在受到其他学科的巨大影响与侵蚀下,文学研究如何保持自己的学科性质,不坚持这一点,将威胁到文学研究的学科自立。2000年以来的文论界,仍然拥有关于文学审美的坚守与拓展,但更多的是贯穿于与文化研究相交结的诸多命题的研究之中,产生了一个典型的交叉现象:即从事文学研究者不再回避大众文化,但如何在文学研究与大众文化问题之间找到合理的交结并保持文学研究的独立性,成为一个难题。也许人们对于"文学性"的再阐释,体现了这样一种努力方向,一方面,将"文学性"视为文学所不可剥夺之特性,以此守住文学的独立性;另一方面,追踪

---

① 赵宪章、曾军:《新时期文艺学的学科建设与反思——赵宪章教授访谈录》,《甘肃社会科学》2007年第4期。

"文学性"向大众文化的弥散,既拓展自己的论述视野,又揭示文学对于其他领域的影响,否定"文学消亡论"且能证明文学继续发挥其社会影响力。

第三节　新时期文学理论与文学批评的基本特征

关于新时期以来文论与批评的整体性描述,可以有多种方式,学界已经提供了诸多阐释,此处将从以下四点来看它的基本特征,并在这些基本特征的描述中揭示所存在的问题,并试图给予某些解答。

第一,打破一元论,形成多元化的发展格局。所谓的一元论是指在长期的文论与批评实践中形成的反映论文艺观。它由如下几个环节构成:(1)基于哲学反映论的理论,强调文学是对现实生活的反映;(2)文学反映生活的目的是认识生活,所以揭示生活的发展规律与本质成为创作的最高追求;(3)作家同样成为运用文学方式认识与揭示生活本质的工具,而非拥有独立的、甚至高于生活的主体地位;(4)文学的社会作用就是通过文学的认识生活功能来教育人、引导人、改造人,尽管也提及文学的审美作用,但这种作用类似于"寓教于乐",审美作用只是助成教育作用的工具与手段。所以,在文学反映论那里,文学的功能类似一种科学认识活动,其目标是认识生活,其他创作中的构成要素都是工具与手段。除此之外,文学反映论还与特定的生活本质预设论相结合,在生活本质已经被理论所规定的情况下来演绎理论的正确性,因而使得反映论文学观笼罩下的文学创作只是理论的证明而已,毫无作家的独立思考与追求。文学反映论统治文坛几十年,它的表征就是所谓的现实主义一派独大,非此族类,成为异己受到批判。

但是新时期在思想解放的引导下,却开始了对于这个从苏联流传进来的一元论的反思,关于文学性质的理解多元化了,因而开始了一个文学性质理解的解放时期,包括了思想方法的多样化、哲学与美学的多样化与文学性质描述的多样化。文论界为动摇文学反映论的哲学基础及其对于文学的解释力,进行了持续的努力:首先,朱光潜率先反思,他在1979年通过重新解释恩格斯的"意识形态高浮"问题,拉开了意识形态与上层建筑的距离,接着拉开了意识形态与经济基础的距离,从而证明意识形态的相对独立性,为文学这一意识形态活动方式具有一定的自由与灵活的特性,提供了经典方面的理论依据。即使此时没有消解文学反映论,但也弱化了文学反映论。其次,提出的主体论将反映论中被压抑的作家主体释放出来,从而确认创作不仅是一种认识生活的方式,更是一种表现主体情志的方式,正是后者使得文学创作不再只是认识活动,同时还要充分表现主体情感,这使得文学性质的认知发生重要变化,文学成为主体、情感、生命的象征。李泽厚的哲学主体论、刘再复的文学主体论、钱中文与童庆炳等人的审美反映论,都可视为围绕作家主体所进行的多方面的论证,从而使得文学不再是认识,而强调了文学是情感的表现。再次,文学本体论的出现则进一步强化了文学的非认识性。文学本体论不是文学本源论,本源论说的是文学的生活来源。但生活与文学不是一回事,一个拥有广泛生活的作家,未必比一个生活圈子狭小的作家更能创作出好作品。能否创作出好作品,更与作家的精神状态与艺术水准相关。所以,文学反映论强调生活来源,自有一定的道理,但却离真正的创作相当遥远。可到了本体论,情况则不相同了。本体论讨论的是类似文学的母体问题,如将文学视为树上的花朵,那么本体指的是整棵树,而本源指的是树周围的环境。由于形成的主要是人类学的文学本体论,重视生命、情感、体验等在文学创作中的直接决定,所以也就从文学认识论转向了表现论、自由论、审美论。紧跟着文学本体论而兴起的文化论,虽然回到了文学与外部社会关系的研究,由于文化研究内涵的复杂性,受到当代阐释学、现象学等哲学思想的影响,其中缺乏坚持纯粹认识论的,所以文化论并没有促进文学反映论的再发展。

所以,原本统一的文学反映论已经由多元化的各色文学本质论所取代,有继续坚持文学反映论的,但也加强了文学是能动反映的说明。有主张文学生命说的,强调文学是一种生命活动,文学的活的生命的有机特征获得了肯定。有认为文学是审美的,这个审美又界定为情感活动,当然就以强调表现为主,而非以强调认识生活为主。有的说文学是一种文化,基于文化研究与精神分析、语言符号、社会意识的广泛关联,同样未能成为重建文学反映论的资源。到目前为止,文学研究与批评中已经形成的多学科交叉与多方法现象,足以证明文学性质的多样化认知,如出现文学社会学、文学伦理学、文学政治学、文学语言学、文学人类学、文化心理学、文学文化学、文艺美学、文艺生态学等,出现了后现代批评、女性批评、后殖民批评等。马克思主义文论仍然是新时期文论发展中的一个重要方面,其中以不间断的、多层次的与交叉研究等所搭建的平台,赋予它以人学基础,是激活它的根本所在。由于下文将有专章论述,这里不表。这一切都表明,只从某一个角度来重建文学认知的一元化格局已经是难以做到了,尽管有些学者还有这样的意图。

第二,文学的艺术特征受到重视。长期以来,我们承认文学是一种艺术,但却不能明确突出这一点,结果使得文学的创作问题演变成为生活来源、意识形态等政治问题,好像只要解决了生活来源与思想立场,就解决了创作好作品的问题。可事与愿违,公式化、概念化一直困扰创作界,形成了所谓的"思想进步,艺术退步"的普遍现象,即好像思想上很进步,很正确(其实不是进步与正确,往往是退步与错误),可艺术上却越来越粗糙,艺术水准越来越低。关键何在? 就在于轻视文学的艺术性。新时期的文论与批评可谓展开了对这一问题的专门探索。这集中体现在对于统治文坛甚久的"政治标准第一,艺术标准第二"的再研讨,推进如下:首先,重提恩格斯的"美学的与历史的批评"标准,将审美置于批评的核心位置之上加以肯定,为大胆肯定文学的艺术性提供了经典话语的支持力量。其次,引进韦勒克文学研究上的"内部规律"与"外部规律"划分,在承认"外部规律"研究重要性的同时,强调只有研究了文学的"内部规律"才能真正搞清文学是什么,文学作品的本体地位才能得到确认,与此相关,文学创作的技巧研究受到高度重视。再次,继反对"文学是阶级斗争的工具"说而"为文学正名"以后,又反对"语言是思想的工具"说,"为文学再正名",文学作为语言艺术的这一命题,真正成为文学的第一层级原理。试问,如果一个人连最起码的语言表达与组织能力都没有,连最起码的艺术技巧都不掌握,他们能成为作家吗?我们曾经塑造出罗广斌、杨益言和高玉宝等作家,他们有过特别的生活经验,可事实上他们并不具有作家的创作资质或资质较低,他们的作家身份是政治需要所包装出来的。否定文学的艺术性,使得我们的创作一直在低水平上徘徊着。当然,提高文学的艺术水平,也受到大众文化的影响,出现了"写手码字"取代"作家写作"的现象,但我们认为这不是指不再需要提高艺术水平,而只是表明在互联网时代,由于文学创作活动的门槛降低或没有门槛,激发了大众的创作冲动。"写手码字"式创作是大众文化现象,"作家写作"是一种在大众文化时代里的职业工作,它仍然需要寻求艺术上的精益求精。当代创作界如贾平凹、莫言、阎连科、陈忠实、王安忆等人的创作,仍然体现了艺术上的精益求精。他们所代表的艺术水准,已经超过共和国前三十年所达到的水平,一些杰出的作品已经跻身中国文学乃至世界文学的一流之列。

  第三,从精英文学到大众文化的拓展与转变。1980年代的"拨乱反正",从某种意义上,是拨对于精英文学的否定之乱,而反正到精英文学的历史主体地位,这是从蒙昧状态到启蒙状态,是启蒙的再出发。1980年代的文学取向与"五四"新文学的取向高度一致,代表了审美自由与个性解放。这时候产生的一些作品也印证了这一点,如从"伤痕文学""改革文学"到"寻根小说""先锋文学"等,就体现了这一转变。作家作为知识分子,作为反思历史与文化的主体,作为引导大众"向前看"的引导者,其作品是教育民众的工具。其时文学的"轰动效应"可谓一个证明。可是到了1990年代,随着市场经济的确立,商品消费时代的到来,也随着互联网的发达,人们表达意见的渠道大大拓宽,社会监督功能主要由大众传媒承担起来了,文学作为启蒙工具的社会批判角色开始淡化,作家作为精神生产的知识分子不再成为社会大众关注的中心,滑向了社会边缘。这正是引发1990年代初"人文精神讨论"的原因。自此,作家不再是社会的宠儿,时代的骄傲,国民精神的灯塔了。这是文学之幸还是不幸呢?应当是文学之幸。幸在文学所期望的民众觉醒已经到来,至少是部分地到来了,所以大众才不是如愚人那般继续需要作家去启蒙。今天的大众已经今非昔比,他们的信息拥有量、思考社会问题的深刻性、敢于发表意见的尖锐性,都与作家没有什么大的区别了。此时,作家不再比读者高明多少,文学不再受到往日的重视,自是当然。但并不因此社会就要取消作家这个职业,作家作为社会公民,仍然具有思考社会问题与进行审美创造的权利与独特性。社会还需要作家与文学,只是作家与文学已经没有往日的辉煌。

那么,大众的主要需求是什么呢?需要娱乐。这正是影视文化、广告文化、网络文化等通俗文化大行其道的需求原因。消费时代到来了,消费文化也就随之而起,于是,传统的经典文学地位受到挑战,传统的精英创作方式不再成为主流。这是一个好现象,文化普及了。但同时也不可忽略大众需求的物质化造成了某种程度上的精神匮乏,冲击精英文化的发展。这也证明了在今天维护精英文化传统,发展充满活力的精英文化仍然是一个迫切任务。

其实,在任何时代都有大众文化与精英文化的并存现象。《诗经》时的"颂""雅"与"国风"并存,就是庙堂文学、精英文学与大众文学的并存。唐代诗歌与唐代传奇的并存,是又一个例证。至宋代,诗词与戏曲的并存,至清代,诗词与戏曲小说的并存,都可以说是这种现象。区别在于,今天的大众文化已经掌握了话语主导权,形成了对于精英文化的压迫与强制,迫使精英文化向大众文化看齐,这就造成了精英文化的发展受阻。这并不可怕,如果是自然形成的,精英知识分子作为反思者,可以调整自己的发展路径,坚持精英文化的基本价值立场,保持对于大众文化的参与、批判与引导。那种认为精英文化已经过时,经典已经被消解的观点并非事实,也不可取。诚如一些学者所说,文学自有其与影视作品相并列的自身独特性,只要这个独特性不消失,文学就不会消失。文学是一种叙述人性的故事,只要人性不灭,人类需要故事来满足自己的想象,需要情感来慰藉自己的心灵,文学就不会消失。文学还是一种语言的艺术,只要语言这个媒介不消失,用这个媒介说故事,表达情感,就不会消失。在精英文化占统治地位的时代里,大众文化不会消失;在大众文化占统治地位的时代里,精英文化也同样不会消失。在精英文化与大众文化的冲突中,只有看到它们的互补性,才能正确评价整体文化的发展,才能正确评估精英文学与大众通俗文学之间的不同价值。在精英文化占统治地位的时代里,最需要警惕的是对于大众文化及其所代表的大众意愿的轻视。在大众文化时代里,最需要警惕的是文化上的民粹主义,它们与政治民粹主义、经济民粹主义一样,否定精英文化的重要性,在将社会精神活动抹平的情况下,抑制了文化发展不同形态之间的活力差异性,危害社会文化的整体协调发展。

第四,文学理论与批评的重建与危机同在。新时期一开始,文论界与批评界要急切地解放思想,引进外援,目的就是重建文学理论与批评理论,从而能够正常地建设文学理论学科,正常地开展文学批评。由于这个目标与当时的政治目标相一致,得到政治的庇护,这个目标能够在一个较短的时间得以实现。文学理论与批评体现了这样几个学科特性:其一,能够自由地从事文论研究,开始批评实践,不再受到政策变化的影响,文论与批评成为一种自觉的科学研究活动。其二,开始构建自身的科学体系,大批文学理论与批评教材相继出版。此时的文论与批评教材与"文革"前相比,主要表现为核心命题的转换,出现了从体验出发的体系、从主体出发的体系、从象征出发的体系、从审美意识形态出发的体系。其三,相关跨学科研究取得重要实绩,出现了文学心理学、文学语言学、文学社会学等自成体系的专著。

但学科的自立问题并没有完全解决,主要是:其一,文艺学是不是一门独立的学科?它从苏联引进,在西方找不到相对应的学科设置,使其身份暧昧。以致有学者发生怀疑,要取消这一学科设置。其二,在整个的文学教育中,文学理论的教学不尽如人意,特别是大众文化流行以后,学生对理论的爱好不足,使得文艺学这门中文基础课程的吸引力下降,教学效果也不佳。其三,受文化研究的影响,文学理论失去了往日在人文学科中的优势地位,如何重振雄风,摆在了研究者的面前。其四,如果说既往的文论发展中还有重量级的作家发表自己的文论观,今天的作家与理论家兼备的例子不再显明,加深了作家对于理论的怀疑。既然文学理论不能引导文学创作,那么是否需要文学理论也就成为一个问题。

文论界对此进行了相关研究,如提出了"理论何为"的问题,强调理论的自足性。这派认为,文学理论不必对引导文学创作负责,文学理论也引导不了创作,这不是它的过错,而是它的理论特征。这样的思考,将文学理论视为一种理论的知识建构,而非直接文学经验的有效升华。这样的观点不免令人生疑。如果文学理论不与文学创作相结合,那么,政治理论也可以不与政治活动相结合,经济理论也可以不与经济活动相结合,如此下去,所有的理论都可以不与实践相结合,这些理论岂不成为无稽之谈?又有人提出了"理论的批评化"问题,着意于解决理论不能联系实践这一弊端,认为唯有将理论化身在批评实践中,激活理论,才能借助于与创作的对话,丰富理论创造。

当代文论与批评的建构应着力解决的关键问题如下:

其一,缺乏对于文学要素研究的热情,过分追逐热点话题。文学的要素研究是指研究文学的各构成要素,加强对文学规律的认识。童庆炳提出的"文学五十元"就是文学的五十个要素,分别包括:一级性质:生命性、文化性、承继性、意识性、艺术性。二级性质:再现性、表现性、情感性、社会性、价值性、道德性、娱乐性、符号性。三级性质:(1)与再现性对应:形象性、典型性、真实性、认识性、假定性;(2)与表现性对应:个性、诚挚性、想象性、意向性;(3)与情感性对应:体验性、宣泄性、补偿性、疏导性、感染性;(4)与社会性对应:人性、民族性、人民性、阶级性、党性、古典性、现代性、地域性、原型性;(5)与价值性对应:人文性、历史性、审美性;(6)与道德性对应:净化性、劝谕性、塑灵性、感召性;(7)与娱乐性对应:消闲性、调节性、自由性;(8)与符号性对应:交际性、象征性、结构性、装饰性。①

在我们看来,若各人凭各人的兴趣与力量,选择五十元中之一元来做深入的整理与分析,也许文艺学将会因为研究这一元一元的累积而蔚为壮观。

研究文学的这些要素,其意义不因内外而有别,关键是看有没有创新,有没有揭示某些本质性与规律性的东西,只要揭示了,即使只是有关文学与外部社会历史文化的关联得到深刻阐释,也是文学研究。抓

---

① 童庆炳:《维纳斯的腰带》,上海文艺出版社,2001年,第57页。

住要素的任何一面深入研究都有可能是经典的,原因就在于这样的研究揭示了文学的本质或规律,如英加登认为文学的艺术作品有四个层次:语词声音层次或语音层次,意群层次或语义层次,由事态、句子的意向性关联物投射的客体层次,以及这些客体借以呈现的作品中的图式化外观层次。这样的研究,揭示了文学作为一种存在形态的结构特征,令人信服。刘勰的文体特性研究、钟嵘的诗品研究、王国维的境界研究、普洛普民间故事形态、弗莱的原型研究、新批评的细读研究等,都是从某个具体问题上获得关于文学的真知灼见的。注意,即使上述学者的研究结论会被后人修正,或遭遇反驳,但并不意味着他们的研究没有揭示出某些基本的东西,因为后人无法彻底否定前人的这些观察、分析或结论。这表明,关于文学作品要素的研究,其实是大有可为的,并可以有所突破与创新。正是文艺学界的大部分精力不是放在文学要素研究上,才造成了今天的技不如其他学科的尴尬局面。比如前文提到的"日常生活审美化"讨论,一时间非常热闹,但却不是一个文学理论问题,讨论之后能够留给文论的成果当然匮乏。将文学理论等同于文化研究,将应由文化研究承担的工作转包给文学理论,这是不能产生文论成果的直接原因。可惜的是,我们的文论学者在讨论这类非文学的问题时仍然说得头头是道,承担不该承担的任务。

其二,缺少对于个案的精深研究,往往流于一般的宏观描述。以夏中义的研究来看,他虽然介入过一些热点讨论,但却在大多数时间里处于话题讨论之外,做自己的文论史个案研究,先后研究过王国维、朱光潜、李泽厚、刘再复、王元化、鲁枢元、刘小枫等人。他曾说自己的研究是"抓两头,带中间","两头"指的是20世纪初期与20世纪的末期,"中间"指的是朱光潜、胡风、茅盾、林语堂、李长之、周扬等人。形成了属于自己的研究方法即"文献发生学"。他和他的学生一起在走这条路。夏中义陈述了他之所以钟情于"个案"的心得:"本人所以情系个案,除谨防学风浮躁、恐亵渎百年文论遗产外,另一根由是确认百年文论实是一叠多卷本的陈年老账,本由诸多分账合成,故若一笔笔细账不理清,便贸然纵笔春秋,其后果,除了将通史搅成一派混账或让通史濒临空白(所谓'开天窗',又曰'避席畏闻文字狱')外,第三条路便只能是人云亦云,甚至起邪念,伸手剽窃了。所以,还不如平常心做个案,挨个做,虽慢,但坚实,较靠得住。"①其实,这是强调做个案符合科学实验的精神,那种动不动就建一个宏观体系的做法,其实是极不科学的研究方法。罗钢也是集中于个案研究的学者,他从事了叙事学、中西文论比较研究等,近年从事王国维诗学研究,在这个学术积累十分深厚的领域内,连续发表十多篇长文阐述自己的观点,试图通过个案探索中国文论如何发展的大问题。试想,如果这样的个案研究能成为文论界的研究重点,何愁文论研究的不能深入?其实,要寻找中国文论如何发展的经验,从已有的文论史寻找答案,远比宏观的瞭望,寻找什么宇宙文艺观要切实得多,可靠得多。可是,文论界的跟风研究将大量的精力放置在个人没有学术积累的命题上,只能产生应景之作,无法切实推动文论发展。

其三,缺少文学问题的专题研究。专题研究是指就文学上的某一个问题进行专门的深入研究,由此建构相关的理论体系,从而丰富整体的文学理论。此一方面当然也出现了一些力作,如傅修延的叙事研究,一直跟踪当代叙事学理论前沿,层层深入,就目前来看,他开始研究声音的叙事功能。赵炎秋的文学形象研究,是对一个被不断削弱的命题的起死回生,形成了他的"形象诗学"体系,证明了文学问题无新旧,只要严肃对待,都能丰富文学理论。欧阳友权的"网络文学"研究更为专题提供了成功例证,他不仅自己从事这一方面的研究,还组成相关研究

---

① 夏中义:《百年学案典藏书系·总序》,见《王国维:世纪苦魂》,北京大学出版社,2006年,第3页。

团体。曾永成的"文艺政治学"与"文艺生态学"专题研究，具有开拓性，不仅起步早，而且研究深入，拓展了学科领域。王先霈的批评学研究、曾繁仁的生态美学研究、陈炎的审美文化史研究、张炯的社会主义文艺研究、董学文的文艺学当代形态研究、陆贵山的宏观文艺学、赵宪章的语图关系研究、陶东风的大众文化研究、王一川的修辞论研究、王岳川的文学本体论研究、姚文放的文学理论转型研究等，均能给人耳目一新之感。

文艺学的专题研究是最能促进文论整体水平提高的一种研究方式，一方面，专题研究集中了问题，可以往深处挖掘；另一方面，专题研究可关联性地认识文学理论全貌，回答文学理论的基本问题，从而实实在在地推动理论的进步。

不可低估新时期以来四十年的文论与批评成就，它的历史地位与"五四"相仿，能够全方位地与古今中外文论对话，构成了创新的良好基础，开始有创新性成果出现。主要表现在四个方面：文艺理论学科具有一定的规模与理论生产能力，"马克思主义文论中国化"获得了持续关注与研究，审美意识形态论成为新时期相对成熟的理论形态备受瞩目，生态批评与生态美学调动了中国传统文论的资源而具有后发优势。但困难仍然存在，首先，多年的反传统使得文化传统断裂，从而使得理论的"中国化"难以接上传统文脉。其次，中国问题与世界问题相交融形成的复杂化局面，使得如何既避免封闭思维又能突出自我变得难以确定。

如何开创更好的文论与批评的发展局面，成为今天的文论学者与批评家们的一致任务。

第二章
新时期文学理论与文学批评的范式转型

新时期的文学理论与文学批评的知识状况是什么样子的？从范式理论的角度看，中国当代文学理论与批评的知识系统经历了两次重大的范式转型，即中国当代文学理论与批评范式出现过两次断裂，或范式革命。一次发生在20世纪80年代初，中国当代文学理论与批评由社会政治范式转型为审美范式，另一次发生在20世纪90年代初至新世纪的最初十年，中国当代文学理论与批评从审美范式转型为文化研究范式。这两次范式转型除了带来文学理论与批评内在的理论观念和研究方法的变革之外，还与社会文化的转型密切相关。文学理论与批评的范式转型是社会文化转型的组成部分，从总的趋势看，中国当代文学理论与批评的发展并不是线性向前的，而是各种因素错综交织曲折演变的。

在从社会政治范式向审美范式转变的过程中，以李泽厚、刘再复为代表提倡的主体论文学理论，以金开诚、陆一帆、鲁枢元为代表提倡的文艺心理学、文学言语学，以林兴宅、杨春时为代表提倡的系统论文艺学等新的文学理论与批评思潮，从不同的角度以不同的方式推动了这次划时代的文学理论范式转型。在从审美范式到文化研究范式转型的过程中,周宪、陶东风等人提倡的大众文化与视觉文化研究,徐岱等人提倡的伦理美学,朱立元提倡的存在论实践美学,鲁枢元、曾繁仁提倡的生态文艺学与生态美学都推动着理论从审美的王国走向社会文化乃至生态系统,走向更广阔的领域。如果说1980年代从社会政治范式到审美范式的转型是从审美领域之外向内转,那么1990年代从审美范式向文化研究范式的转型则是从审美领域向外转。不过这两个"外"又是不同的,1990年代,文学理论与批评所研究的文化领域远比1980年代之前的社会政治领域宽广,而不是对社会政治的简单回归。所以,我们可以把1980年代之前的社会政治范式所关注的领域概括为"政治",而1990年代之后的文化研究范式所关注的领域却是"文化"(包括生态文化)。文化远比政治复杂、丰富、广阔。当然,文化研究范式也比社会政治范式更多地依靠学理规范。文化研究是以学术的方式讨论文化政治的,而不是像社会政治范式那样在行政意义上的讨论掌控国家执政权力的现实政治。中国当代文学理论与批评的范式转型就是以这种错综复杂的方式进行的。

第一节　新时期文学理论与文学批评的三种范式

中国新时期的文学批评与文学理论中是否存在范式?存在哪些范式?范式理论虽然是库恩在研究自然科学的历史时提出来的,但是它本身却是一个哲学范畴,是人认知对象的一种方式或途径。"范式"概念的建构主义特点打破了自然科学中的"客观性"观念,不把科学理论看成对对象的客观真实的反应。相反,范式只是一种研究的方法或范例构成的研究模式,它是科学共同体共同采用的一些信条或方法手段。这样,范式理论就具有了人文科学性的特性,将范式理论应用于人文学科中的文艺学也就有坚实的基础。范式理论作为一种建构主义认知理论也是可以涵盖文艺学的。文学批评与理论中的范式也具有科学范式的基本特征,它也是文学批评与理论领域中以范例为存在方式研究文学理论问题的方法/模式,包括对象、思维方式、基本的理论前提以及具体的分析方法等。文学批评与理论研究中对其他学科知识的借鉴利用使得这个领域具有鲜明的跨学科特征,从而形成特定的研究范式。当然,在更宏观的层面上,文学批评与理论总是表达着特定时代人们的精神观念,渗透着那个时代的精神状况,这种时代精神也可以看成认知范式。

新时期中国文学批评与理论中有三种范式,即社会政治范式、审美范式、文化研究范式。社会政治范式是从1949年以前的左翼文艺思潮延续、演变而来的文学理论与批评模式,审美范式是在新时期复兴的一种具有悠久传统的批评理论范式,文化研究范式是1990年代以来在西方的文化研究思潮影响下出现的新的研究范式。这些范式作为文学理论与批评范例中所体现出来的知识模式,其特征可以从使用这种范式的共同体、范式所依赖的理论观念、所选择的研究对象、研究方法还有所使用的话语等方面得到分析,它们的特点也可以从这些方面得到解释。

一、社会政治范式

社会政治范式作为新时期文学理论与批评中一种独特的知识形式,从其建立过程中已经体现出了奇特的品质/特征。从文学理论与批评共同体角度看,使用社会政治范式的共同体的首要特征是这个共同体具有强制加入的特征,凡是从1949至1979这三十年间,在中国大陆从事文学理论与批评的研究者,无一例外地要进入这个社会政治范式共同体。个别持有与此范式不同观念的研究者也都在被批判之后,不得不加入这个范式。即使像胡风这样在被批判之后仍坚持自己意见的研究者也以另一种方式在这个共同体中进行研究,胡风文艺思想其实仍然是社会政治范式的个体化的表达。对胡风的批判实际上说明了社会政治范式已以一种不可抗拒的方式建立起来,一统文学理论与批评领域,结果,在当代中国文学理论与批评领域中形成了一个单一性的超级规模的知识共同体。

中国当代文学理论与批评社会政治范式共同体又具有严密的组织性,其组织的严密程度超过了一般意义上的学术共同体。就研究者的社会身份看,他们已经体制化,隶属于各种单位,而这些单位都是国家管理下的机构,当国家把文学理论与批评领域的成员组织成社会政治范式共同体时,每一个身在体制中的研究者都难以超越进入这个共同体的命运。社会政治范式共同体的严密组织性还在共同体内部的不同成员关系方面表现出来,在这个共同体中存在着明显的等级关系。最高权威是毛泽东,其次是身居要职、能直接与最高权威接触、及时掌握最高权威思想动态并阐释最高权威思想的人,他们是这个共同体的直接掌控者,当然为了占据这样的位置,不同的宗派集团之间也有矛盾和斗争。

社会政治范式共同体还具有强烈的排他性,为了维护社会政治范式的权威地位而对于非社会政治范式的研究者进行激烈的排挤,并对社会政治范式内持有异议的成员进行批判、打击,强迫其臣服社会政治范式。作为一个学术共同体,这种排他性是以大规模的群众运动或集体批判方式完成的。随着社会政治范式权威地位的确立与巩固,这个共同体也变得越来越单一化、同质化。实际上它也变得更加封闭、僵化了。

就社会政治范式所依赖的理论体系来看,社会政治范式的特点主要有如下几个方面:首先是高度的政治化,社会政治范式之所以会成为一个独特的文学理论与批评范式,主要原因在于这种范式所遵循的理论观念的高度政治化。社会政治范式的政治性,从其所遵循的理论系统来看,主要有两个特征:其一是就理论的内容本身来看,毛泽东《在延安文艺座谈会上的讲话》是其核心的理论资源,这个理论支柱的根本特征是从政治角度来解答文艺问题。其二,理论活动本身就具有政治性,社会政治范式中的文艺运动其实都是政治活动,文学理论与批评的观点是政治观点,讨论的方式也是政治斗争的方式。其次,理论的教条化。这是指社会政治范式所遵循的理论本身在对经典/权威文本的阐释与运用中存在着对最高权威的盲目崇拜,把权威文本作为超越历史的真理进行阐释与重述。最后,社会政治范式在理论方面的特征还表现为理论的功利性。这里的功利性主要是指这种范式所使用的理论观念随着现实政治的需要而不断变更。因此,社会政治范式所遵循的理论就出现了一方面是极端的教条主义,唯毛泽东文艺思想是从的倾向性,另一方面又随时根据现实政治需要变换理论观点,呈现出极端的实用主义倾向。这个看似矛盾的现象其实质就是功利性。

社会政治范式所关注的对象也是复杂而独特的。首先,这种理论与批评范式是以当代文学中新创作出来的作品或文学现象为主要研究对象。这个特点产生的原因主要是:其一,文学理论与批评本身被划入思想工作领域,文学理论与批评讨论的对象都应该是思想立场方面的问题,而所谓的思想问题又是研究者此时此刻的政治立场问题。研究者必须随时就文艺界新出现的问题表明立场,这就必然导致社会政治范式的研究对象被限定在当代文学创作问题中。其二,理论联系实际也被认为是一种(也是唯一的一种)正确的理论方法。而所谓的实际也就是当代文学的实际,是当时作家的创作以及由创作构成的各种文学现象,这些创作与文学现象无法摆脱政治的影响而独立存在,只能是政治的组成部分。其次,社会政治范式的研究对象以体现文艺政策的作品为主,与当时的政策不相符的作品则受到批判。这使得社会政治范式在对象选择上具有明显的倾向性,社会政治范式所遵守的理论原则规定了这个共同体成员的视野,决定了什么样的对象可以成为这个范式研究的对象。对于社会政治范式共同体来说题材问题是方向问题、立场问题,思想主题与人物形象都是政治立场的直接呈现。因此,社会政治范式在研究对象的选择上更钟情于描写工农兵英雄人物的作品,更注重研究社会主义新人形象,对于符合文艺方向、文艺政策的作品研究得也更充分。

  社会政治范式所采用的方法是其理论观念体系在实际研究中的实施,也是这个范式共同体展开理论活动的具体方式。社会政治范式在方法方面的突出特点主要有三个方面:首先,二元对立的思维方式。这是指社会政治范式在讨论问题或创作现象时,总是以非此即彼的对立观念对理论问题或创作现象进行政治定性。先要确定这个对象是革命还是反革命的,是无产阶级还是资产阶级的,是为工农兵服务还是为知识分子服务的等等。二元对立的思维方式把社会政治范式锁闭在这种非此即彼的世界之中。其次,社会政治范式在展开研究的过程中,总是采取大规模运动的方式,即由众多的共同体成员集体参与,最终由权威人士做总结性论述,提供决定性判断。社会政治范式的发展历史贯穿着集体性的"运动",不管是对"错误"思想的批判,还是对"正确"思想的阐发,都是以集体的方式完成的,其中隐含的是个体性的丧失与集体性兴盛,集体淹没个体的研究方式。再次,社会政治范式在研究方法方面还有过度阐释的特点。这是在社会政治范式研究具体文本时表现出来的分析方法上的特点。所谓过度阐释,是指对文本进行超出了作者原意或一般读者共同理解的意义的阐释,得出了超出一般读者所正常理解的结论,赋予文本过多的含义。面对权威文本时,过度阐释表现为对文本的微言大义的挖掘与阐发,把最高权威的一个指示或谈话发挥成一个理论体系,而最高权威本人对自己的观点则没有明确解释;面对被批判的文本时,过度阐释又变成了另一种形态,那就是对文本的断章取义的刻意曲解,从被批判者的表述中寻找罪证。

　　就话语形式看,社会政治范式的总特征是强势话语。这种研究范式依仗着政治权力的支持而采用一种独霸天下的话语姿态,从而形成了命令语式,独白的语态和异口同声的语调。命令语式是指社会政治范式的话语形式中存在着一个居高临下的表达方式,说话者以真理在握者自居,对听者进行教训、指控。这种语式的典型形态是社论,社会政治范式由于与现实社会政治的紧密联系而把文艺问题当成思想立场问题、政治问题,从而大量使用社论。独白语态是指社会政治范式中使用唯一一套话语模式,没有不同的话语模式的竞争,形成了社会政治范式自说自话、拒绝对话的局面。这种独白语态有两种表现:一是以代言的方式激活权威话语。独白语态是权威话语的具体表现,而这种独白语态又要由具体的作者/说话人来表达,这些说话人就成为权威话语的代言人。二是以忏悔的方式臣服于权威话语,形成独白语态。在忏悔者话语中我们听到的还是独白,是权威话语的独白。与代权威话语立言不同的只是忏悔者将权威话语用来批判自己而不是批判他人、命令他人。异口同声的语调是指社会政治范式用高度模式化的语调表达着一种群体的话语。一方面这种话语是高度一致的,几乎所有使用社会政治范式的人都要学会这种表达方式,不仅仅是用几个必须要用的词语,还要运用这种话语表达自己的立场(实际上是表明自己的忠诚态度),另一方面,这个共同体中的成员也总是以群体的方式称呼自己,成员们总是用"我们"来表明自己的身份,从而使这个范式中的成员显得声势浩大,其效果是异口同声。社会政治范式的话语形式其实是充满语言暴力的。无论是命令、独白还是异口同声都体现出只能有一种话语独霸天下的奇观。个体话语被淹没在强势的群体整齐划一的标准化语句中。

二、审美范式

新时期文学理论与批评中的审美范式在1979年到1985年这几年的时间内形成。直到1990年代以后更新的文化研究范式形成,审美范式才逐渐走向转型。因此,我们所讨论的审美范式的特征既包括了形成阶段的多种属于审美范式的理论所具有的特征,也包括了审美范式建立起来之后,在这个范式之中所形成的理论成果所具有的特征。这些理论的时间跨度从1979年直到1990年代。

审美范式的研究对象,从宏观看就是要研究文学中的审美问题。具体而言包括三个方面:首先是审美范式研究文学问题的基本前提是确认文学本身具有独立性,而不是依附于政治/政策的宣传工具。新时期审美范式中对文学理论与批评对象的论述至少包括以下具有代表性的观点:其一是情感心理说,即把文艺的本质规定为情感,因而文学理论与批评的对象为文学中的情感问题,情感成为文学的核心问题。其二是在系统论为代表的科学主义文学理论与批评实践中,文学研究的对象被规定为文艺本身的独特性。其三是在形式论中,文学理论与批评的对象是语言形式。形式论以形式为核心来建立文学理论与批评的体系,一方面研究形式本身的审美规律,另一方面也研究形式与历史的关系。

其次,审美范式在文学理论与批评对象的设定上从主客体之间的反映关系,转变为以主体为核心的审美机制问题。在审美范式中,文学理论与批评的对象由社会政治范式中过分强调客体对主体的决定作用的反映论,转变为主体如何进行文学活动这个以主体为核心的问题,这个问题的实质就是审美活动的内在机制问题。具有代表性的理论论述包括:主体性文艺学突出强调主体而不是客体,强调主体的活动,而不是主客体关系;以系统论等科学方法为基础建立起来的文艺学,如林兴宅先生以系统论为方法建立的象征论文艺学理论体系对社会政治范式的反映论的超越,它的研究对象是人与艺术之间的审美关系,其核心范畴是象征。

再次,在对社会政治范式中的对象的处理上,审美范式也实现了转变。中国当代文学理论与批评共同体把原来的反映论改为审美反映论,把原来的意识形态论改为审美意识形态论。审美反映论的基本理念主要有三方面:一是仍然坚持反映论,坚持认为文学是对社会生活的反映,仍然在主客体关系中来讨论文学本质。二是承认反映是能动的反映,主体在反映中占有着重要地位,从而使反映论中的主体性色彩加重了。三是承认文学对社会生活的反映是以审美的方式进行的,这种审美反映与其他的反映方式不同。

审美范式研究方法的特点也与社会政治范式不同,主要有以下几个方面:首先是思辨性。审美范式把文艺的本质特征归结为审美活动,而审美活动本是美学的研究对象,因此,将文学的本质特性归结为审美活动的审美范式就把哲学美学中的理论观念运用于文学理论与批评,为文学理论与批评提供了哲学美学的研究方法,形成文艺学研究方法的思辨性。第二是科学性。这是指审美范式吸收了大量的自然科学与社会人文学科的方法,从而使审美范式的研究方法带有明显的科学主义色彩。科学方法的引入一方面改变了社会政治范式中将文学问题泛化为政治问题的简单化方法,使文学理论与批评的研究方法回归到文学研究本身;另一方面为揭示文学的审美机制提供了有效的理论框架。新时期采用科学方法研究文艺的审美问题的理论有系统论、控制论、信息论文艺学,文艺心理学,形式理论等。第三是综合性。这是指审美范式中的文学研究大都同时使用了几种方法,而较少采用单一的研究方法。虽然有些研究者以某种研究方法著称,但他们几乎无一例外地同时使用了其他的研究方法,从而形成了研究方法上的综合性。

审美范式中最具有代表性是以系统论为代表的自然科学方法、以心理学为代表的文艺心理学方法和以语言学为代表的形式方法,这三种方法都不是单一的,而是同时吸收其他方法建构起来的综合方法。

审美范式在文学观念方面的鲜明特征则可以从如下几个方面概括:首要特征是多样性,即同样是在审美范式中,却存在着各不相同、各具特色的文学观念,对文学的审美本质的具体解释有着明显的差异。甚至共同受到李泽厚的实践美学(人类学本体论美学)影响的理论家,也形成了不同的文学观。比如刘再复在李泽厚的影响下建立起了主体性文学观,而林兴宅却建立起了象征论文学观。在以审美来改造社会政治文艺观念的过程中也同样出现了不同的文学观念,其中具有代表性的是审美反映论和审美意识形态论。

审美范式中文学观念的多样性还表现在由于多种文学研究方法的引进而形成的对文学本质的各具特色的理解上。20世纪80年代中国文学理论与批评对新方法的引进是在思想语境尚不明朗的情况下,以方法为探路石而进行观念变革的尝试,方法变成了观念的缓冲地带,随着思想解放的步伐加快,文学理论与批评突破观念禁区的速度也加快了。一个个新的文学观念随之从方法的背后走向前台,方法热之后便出现了观念热,从而形成了多元化的文学观念。

新时期文学理论与批评审美范式中的文学观念的第二个特征是开放性。这是指这些文学观念打破已有的文学观念所造成的禁区,不断开拓新的理论领域。对已有的社会政治文学观的批评与突破,是1980年代审美范式各种新文学观的共同目标,在主体性文艺学中表现得较充分,引起的反响也较大。主要表现在主体性文艺学对社会政治范式的直接批判上,其以更开放的观念、更灵活的思维方式触及了社会政治文艺学中封闭的底线。社会政治范式是以主体反映客体,存在决定意识作为基本原理和理论前提的,而主体性文艺学却强调主体的地位,把文学看成是主体的活动,在主体的活动中又突出精神主体的重要性。审美范式文学观念在开放性的另一个具体表现是这些文学观念可以灵活地吸收不同的观念与方法。审美范式所要研究的问题是文学自身的内在规律或审美特性,这个学术问题得以在学术范围内进行讨论,是因为不同文学观念之间的关系已不再是政治问题,而是不同学术观念、流派、方法之间取长补短、借鉴利用的关系,审美范式在这样的语境中形成必然具有开放性。文学观念的交融性是文艺学审美范式中的文学观念的第三个特点。交融性是指审美范式中的各种文学观念都同时整合了多种不同的理论方法,吸纳利用了多种不同的文学理论观点,所以我们很难找到某一种"纯粹"的文学观念。交融性形成的原因除了文学观念本身的开放性之外,也与文学的审美特性自身的复杂性有关。

审美范式的话语特征是以学术话语为基本形态的多种话语开放、交融的对话式话语。审美范式话语模式的特点有两个具体表现:第一是众声喧哗,即多种不同的话语形式可以自由地表达,形成多种话语同时存在的格局。我们至少可以在审美范式中找到人文主义话语、科学主义话语和意识形态话语这三种不同的话语模式。人文主义话语以人的主体性为中心议题的话语模式,围绕这个中心展开对文学的审美特性的论述;科学主义话语所要论述的对象仍然是文学的审美价值和审美规律,但是它使用了大量的自然科学以及其他社会科学中的话语要素,呈现出了科学化的独特形态;审美范式的意识形态话语也承认文学的审美特征,并有一套术语、表述方式以及观念来对审美规律进行系统阐述,包括审美反映论、审美意识形态论等不同的理论观念。审美范式中话语模式特点的第二个表现是对话与交融。审美范式中的众多不同话语系统并非各说各话,而是处在对话关系中。不同话语之间的应答形成了话语空间的交融/交织,使得审美范式充满生机与活力,保持着动态性与开放性。这种对话与交融的特点呈现为两种主要形态;其一是人文主义话语与科学主义话语之间相互吸收借鉴。中国20世纪80年代的文学理论与批评中,人文主义与科学主义是互相支持、相互借鉴的,科学主义的基本前提是承认文学的人文性,然后才用科学的理论与方法来解释作为人的一项重要精神活动的文学的审美特性得以形成的内在机制;人文主义话语也借用科学主义话语来说明人的活动的复杂性、丰富性。其二,审美范式中各话语系统之间也存在着争论、对话与批评。这是审美范式中各种话语系统之间的差异性的表现。论争与对话的总体格局是人文主义/科学主义与意识形态话语之间的论争。人文主义与科学主义之间以及科学主义内部、人文主义内部也都存在着对话与论辩,这使得审美范式内部各种不同的理论话语呈现出充沛的生命力。

三、文化研究范式

1990年代以来中国文学理论与批评领域出现了一种与审美范式和社会政治范式都不同的文化研究范式。文化研究范式与审美范式相比具有明显的优越性。它面对现实问题进行开放的跨学科研究,显得更加灵活,更具有现实针对性。

文化研究范式的对象具有现实性和宽泛性两个特征。现实性是指文化研究范式以中国当代文学/文化现实中的特定现象为研究对象,这些对象与西方文化研究的不同之处在于它们是中国的,而与审美范式研究中关注的历史上经过时间检验的经典相比则是当代的、当下的、尚未经典化的文化产品。

这种现实性首先表现在对中国现实问题的特殊性的关注,反对将西方理论简单照搬到中国,反对把西方理论讨论的产生于西方现实中的问题不加分辨地照搬到中国。其次,这种现实性还表现在面对现实,针对现实出现的问题进行理论探讨。中国的文化研究关注的是中国当代(1990年代以来)的现实,这些对象属于中国文化研究所独有。

宽泛性是指中国文化研究的对象范围广泛。我们至少可以在文化研究的对象中发现三个领域：一是传统意义上的文学（包括各种文学现象）；二是日常生活领域的大众文化现象；三是思想领域的公共议题。

就现实性这个特点而言，其形成原因有两个：一是中国当代文化状况的复杂性，特别是大众文化的繁荣给文化格局带来的冲击，使新时期的文学理论与批评无法忽视这个问题。在复杂的文化状况激发之下，中国的文化研究才迅速发展起来。二是中国当代文学理论与批评对于文艺学学科远离现实，封闭在僵化的知识教条中深感不满。这导致研究者直接到现实中去发现问题，以更加开放的研究方法处理现实问题，从而把现实性引入文学理论与批评之中，形成文化研究范式。

就文化研究范式对象的宽泛性而言，其形成原因主要有如下几个方面：首先是现实文化现象的复杂性，使文化研究在关注现实问题时把不同类型、不同范围的问题都纳入自己的研究对象之中。其次，中国的文化研究者具有精英与大众的双重立场，导致文化研究的对象跨越精英文化与大众文化两个不同的领域，形成了研究对象的宽泛性。再次，文化研究对现实问题的参与热情也使他们的兴趣点和兴奋点异常之多。不管这种关心是否"过多"，文化研究的对象范围都比审美范式的研究对象更宽泛了。

文化研究范式在理论观念方面的特点为开放性、具体性和政治性。开放性是指文化研究的理论观念突破封闭的理论体系，采用灵活的态度，吸收各种不同理论系统中的思想观念，剖析现实中的文化现象。这并不是说文化研究没有自己的理论观念，而是说文化研究不能故步自封。开放性主要表现在：一是跨越并积极介入各种不同学科、不同理论领域或理论体系。二是向现实开放，所谓现实是一个尚未被"理论体系"归化的未被规训的存在。向现实开放意味着文化研究放弃了理论体系的成见，以一种没有理论预设的态度来面对现实，再针对具体的问题借用不同的理论加以讨论。三是在价值立场上的开放性,文化研究者不再像审美范式那样排斥大众文化,而是对大众的趣味表现出同情与理解。文化研究者没有摒弃高雅的精英趣味,而是认为这些精英趣味的形成具有历史性,要做历史的分析。

具体性是指文化研究的理论观念是建立在具体的案例分析之上,是在对具体的文化现象进行分析的过程中探索理论问题的。在中国当代文化研究中,理论观念的具体性主要表现在:一是地方化,指中国文化研究拒绝照搬西方理论观念,充分考虑到对象的特殊性、地方性经验与西方理论之间的差异性,拒绝以西方理论遮蔽本土的特殊问题。二是历史化,指文化研究的理论观念始终将文化现象放在历史进程中进行历时性分析,以变化的动态眼光看待文化现象。三是语境化,指文化研究的理论观念总是把研究的对象和问题放在特定的语境中来讨论。

政治性在此不是指社会关系中通过政治权力的运作而完成的社会行为所具有的那种社会/法律属性,而是指文化现象中各种因素之间不平等的关系以及由此形成的矛盾。文化研究理论观念中的政治性即文化研究所具有的批判性。文化研究总是倾向于在文化实践中质疑那些占主导地位的力量所具有的权威性,剖析弱者在文化实践中是如何被欺骗、被压迫的。中国文化研究理论观念的政治性首先表现在对中国当代社会公共性议题的关注。公共性议题是指当代中国社会普遍关心的有关社会公平正义的重大问题。其次,表现在对占统治地位的思想观念的批判性,这种批判是站在弱者或被压迫者立场上的抗争。

文化研究范式在研究方法上的特点以跨学科最为突出,此外,民族志方法也在中国文化研究中得到了不同程度的应用。跨学科是指文化研究打破文学理论与批评的学科界限,吸收其他学科的研究方法,对文化现象进行分析与阐释。文化研究的跨学科特点首先表现在对学科体制的反思上,跨学科不仅是一种研究手段,更是一种打破学科体制中知识生产的话语霸权的抵抗行为。其次,表现在具体研究中对不同学科理念与方法的接合(articulation),即不是简单地对文艺学之外的其他学科理论的搬用,而是对其他学科理论方法的灵活运用,在探讨对象的复杂性时不得不用多种学科的理论方法进行论述。

中国当代文学理论与批评中的文化研究范式在研究方法上还采用民族志的研究方法。首先是以自己的切身经历为研究的起点,然后将自己的经历与更大范围的文化现象与社会生活联系起来,进行跨学科的综合研究。其次是把当代生活中的日常生活的材料当成文化文本进行分析,这些常见的材料正是当代中国人生活现实的组成部分。在民族志方法中除了作者的直接观察所得外,生活在这个特定时代的人们特有的无法用实证材料说明的"情感结构"也被纳入研究者的论述之中。这种更具隐蔽性的民族志方法在中国的文化研究中得到更普遍的使用。

就跨学科方法而言,其形成原因主要在于两个方面:一是文化研究的学术目标是关注现实中的文化政治问题,抵抗权势集团对话语权的控制,揭露由于话语权力的不平等而造成的社会不公。文化研究必须跨出文艺学边界,利用其他学科的理论观念与方法,才能有效地展开文化批判。二是中国当代文化状况的复杂性也使文化研究选择用跨学科方法进行研究。面对复杂的文化状况,文化研究不可能用单一的研究方法进行阐释。跨学科既可以说是中国文化研究者借鉴西方文化研究方法后进行的本土化探索,也可以说是面对复杂现实时的无奈选择。三是从文学理论与批评自身发展的历史线索看,文化研究为了与社会政治范式进行区分,也必须选择跨学科的方法。社会政治范式也强调文学的政治性,把文学当成政策的图解、阶级斗争的工具,而文化研究中深刻、细致扎实的文本分析则以跨学科的研究方法为支撑,从文本中解读出不同学科关心的问题,而不是某个政党或某位领导人关心的问题。

民族志方法形成的原因则又有所不同。首先是因为文化研究对于现实问题的关注,导致了研究者采用田野调查的方式来从事文化研究。其次,民族志方法也是文化研究者表达其学术个性的必然选择。文化研究者把文化现象当成文化文本来解读,其解读的方式是以文学式感悟为基础的,民族志方法就是文化研究者以文学化的方式介入现实生活的具体途径。文化研究者像阅读文学作品一样捕捉生活文化中的生动细节进行跨学科的解读,在现实生活的细微之处揭露权势集团对弱者的统治。因此,民族志方法成为文化研究的学术个性,也是有力的武器。

文化研究范式在话语模式方面具有两个明显的特点:多声部的表达方式以及个体化的表达风格。多声部的表达方式是指文化研究话语模式由多种不同的话语系统交织而成,是一个多种话语系统交织而成的话语空间。文化研究的个案分析其实是由针对一个对象的不同言说共同完成的,这种多声部的表述方式主要表现在不同学科话语之间的协作。在文化研究的文本中,对具体对象的分析总是由不同学科话语接合完成的,呈现出协作的状态。不同学科的话语分别表达着对象的不同意义,展示问题的不同侧面。

个体化的表达风格具体表现在两个方面:首先是对个人经历的叙述,使文化研究在论述之中夹杂着叙述的成分,具有个性化特征。其次,还表现在研究者对研究对象的独特感受和体验的描述中。研究者并不一定是事件的亲历者,而是一个旁观者,但由于这些事件就发生在自己生活的环境中,也可以说研究者本人参与了这些事件,此时,研究者不是中立的看客,而是带着立场的观察者,他/她的叙述因此带上个人化的色彩。

就多声部的表达方式而言,其形成原因其实是与文化研究作为一种学术研究实践的特殊性密切相关的。主要体现在两个方面:一,文化研究是一种跨学科的学术实践,关注的是现实生活的各个方面,必然要包容多种话语系统,从不同的学科话语对具体对象进行立体式透视。因此文化研究话语实践中的表述总是游移于不同学科的话语系统之间,形成多声部的话语特征。二,文化研究以揭露文化现象中隐含的不平等关系、被遮蔽的文化意义为己任,让被压抑的群体发出声音,表达自己的利益与诉求。因此,文化研究就需要把具体对象上已存在的各种话语言说的多种意义都展示出来之后,再去挖掘更隐蔽的意义,让沉默的意义言说。这样做的结果就是文化研究中存在着多种不同声音。

就个人化表达风格而言,其形成原因与文化研究的民族志研究方法直接相关,主要原因在于:一,文化研究倡导通过田野调查从事研究,调查工作中获取的一手材料往往具有鲜活的细节,研究者对其记述时,就不可避免地加入个人化的叙述成分。二,文化研究的一个基本理念是把当代人的情感结构作为重要议题,这种情感结构比官方文件和学科话语更能准确地表征当代文化的脉搏。因此文化研究者也不拒绝在学术话语中融入个人心理感受。那些无法用具体材料加以证实的"文化代码"以个人化的方式在分析文化现象时被主观地表述出来,从而形成个人化的表达风格。

文化研究的对象、观念、方法和话语模式都不同于审美范式,也不同于社会政治范式。这些特点是文化研究者进行学术实践时展现出来的,文化研究者正是在这些独具特色的研究活动中解谜的。

第二节 从社会政治范式到审美范式的转型

新时期文学理论与批评中的三种主要范式并非同时出现,三足鼎立的,三种范式之间通过两次范式转型联系起来。两次范式转型是从社会政治范式到审美范式的转型和从审美范式到文化研究范式的转型。梳理中国新时期文学理论与批评的范式转型,必须首先理清这两次范式转型的历史过程,而要说清这个历史过程,还要先从理论上说明范式转型的含义与性质。

一、文学理论与批评中的范式转型

什么是范式转型?范式转型就是从一个范式转换到另一个范式。这个看似同义反复的解释却包含着革命的意义。范式转型是科学革命的基本方式。科学中所发生的革命性事件都是以范式转型的方式完成的,就是说科学共同体放弃了原来占统治地位的研究范式,转而采用另一种新的范式。在自然科学中,范式转型就是放弃旧范式,采用新范式的过程。通过对库恩的范式转型理论的概括性描述,我们可以得出以下结论:首先,范式转型是库恩对科学史的演变方式的叙述。它构建出了一套不同于连续积累进步的科学史叙述话语。在库恩看来当一种新范式出现并取得了统治地位之后,旧的范式就中止了。科学史的演变方式是断裂与跳跃式的,而不是积累、连续式的。其次,科学研究中的范式转型并不是对科学真理的接近。新范式并不比旧范式更接近真理,它只是从某些方面较好地解释了某些现象。库恩也认为科学研究中是存在着进步的,新范式比老范式有改进,更优越。但这种进步主要是指对现象的解释更合理,解谜的手法更有效。再次,范式转型是在新旧范式的既相依赖又相对抗的张力关系中完成的。新范式是可以被人们理解的新的看待世界的方式,新的研究方法,以及对所应该研究的问题的新的预设。它是对旧范式无法解答的问题提出的更有说服力的解释,其基础是对旧范式中存在的问题有深入的研究。范式转型(或科学革命)是立足于传统旧范式,又突破传统建立新范式的过程。

既然文学理论与批评中也像自然科学中一样存在着范式问题,我们也必然要考察文艺学领域中的范式转型问题。

文学理论与批评中的范式转型是文学理论与批评中学术共同体从研究观念、方法到研究对象与话语模式的全方位改变。文学理论与批评中的范式转型与自然科学范式转型至少在以下几个方面是一致的。其一是范式转型意味着对象的改变,包括关注对象的不同侧面,改变研究对象的边界/范围等等,使在旧范式中不被注意、不受重视的对象变成研究的核心。其二是方法的改变,包括对对象的分析的角度的变化,提出问题时所依据的理论背景的变化,分析的程序的变化等等。其三是观念的变化,即对文学本体的理解与旧范式有了根本不同,并因此而形成了对文学活动中相关环节的本体属性的理解出现实质性改变,使得文学理论与批评的内在结构也发生了变化。其四是话语模式的改变,即用来表述文学理论与批评问题的关键概念、术语和表达方式发生了变化,新的术语概念支撑起来的话语系统取代了旧范式中的术语、概念,旧范式中的相关问题也在新范式中被规避或被重写。

文学理论与批评中的范式转型与自然科学中的范式转型又有不同,其特殊性表现在:首先,文学理论与批评中的范式转型在性质上并不是对旧范式的否定,而是对旧范式的取代或置换。置换性质的转型有如下两种具体表现形态:其一是将旧范式放置在历史之中,由时间的推移来实现新旧交替,但旧的范式并没有从此消失,而是作为一种历史遗产等待着将来被重新利用。其二是旧范式中的某些思想观念,可以在新范式中等到重新表述,而不是被抛弃。

其次,文学理论与批评中的范式转型的特殊性还呈现出迅速多变的特征。原因主要有三方面:其一,文学理论与批评的对象是人的文学活动,文学活动本身的多变性是推动文学理论与批评范式迅速转型的直接原因。其二,文学理论与批评中的观念和方法的变化也是迅速的,正是这些观念和方法的改变推动文学理论与批评研究者去重新思考自己的研究对象,不断地发现新问题,建构新理论。其三,文学理论与批评研究中对反常现象的发现也是以研究者感受与体验为基础的。这使得文学理论与批评研究中反常现象的出现频率远远高于自然科学中,文学理论与批评范式转型也就随之而变得更加频繁。

再次,文学理论与批评范式转型的特殊性还表现在它不仅仅是一种学术共同体的研究活动,还受到意识形态语境或现实生活中的实际功利关系的影响。这使得文学理论与批评范式转型具有更复杂的特性,因为人文学科本身就具有意识形态属性,这使得文学理论与批评研究不可能摆脱意识形态的影响,文学理论与批评范式转型也难以与意识形态划清界限,以至于我们总是可以在文艺学范式转型的背后解读出意识形态的背景。

自然科学中的范式转型是通过反常——危机——革命这样三个基本环节完成的。在库恩看来范式转型是一种彻底的断裂或跳跃,它不是一个连续发展的过程,而是一种非连续性的重构。在文学理论与批评中,新范式取代旧范式也是通过对旧范式中的研究对象、思想观念、研究方法、话语模式等方面的全面重构完成的。

就具体的步骤和途径而言,文学理论与批评中的范式转型也遵循反常——危机——革命的模式。首先是在文学理论与批评中有个别理论家发现了现有范式对某些文学现象难以解释或解释得不够充分,从而对这些"反常现象"进行深入探讨,或者发现了现有范式忽视的某些问题(比如读者反应文论中对读者的发现),现有范式就受到了冲击。其次,当这些对反常问题、反常现象的讨论越来越多,在文学理论与批评领域中引起普遍关注的时候,对现有范式的怀疑就导致范式危机。再次,文学理论与批评范式转型也是在革命中完成的。文学理论与批评范式转型也是新范式对旧范式的取代或替换。它有两个具体环节,其一,不同的新理论之间的竞争,最终有一种新理论赢得胜利;其二,文艺学研究者认可了某种新范式的合理性,接受这种新理论并以此为前提进行更进一步的探索,这种对新理论的认可与应用就是范式转型的完成。

但是文学理论与批评中的范式转型与自然科学中的范式转型仍然存在着差异。文学理论与批评中范式转型的特殊性至少有如下几个方面:首先,文学理论与批评范式转型的革命性并不像自然科学中那样彻底。文学理论与批评范式转型无法完全抛弃旧范式,只是转换一个角度对已有的问题进行新的论述,或者说从新的角度重构对象,或研究旧范式忽略的对象。

其次,文学理论与批评中范式转型的方式又是具有突变性或偶然性的。与自然科学中的范式转型要经过常规科学的长期积累之后才出现对反常现象的关注,并逐渐地完成范式转型不同,文学理论与批评中的范式转型往往是突发性的。一种新范式的出现带有更多的偶然性,也呈现出更多的戏剧性。

再次,文学理论与批评范式转型的方式的特殊性还表现在其灵活性上。这是指文学理论与批评范式转型的方式是多种多样的,而且不同范式之间也存在着多种转换的可能性。这与自然科学中按照常规科学的研究方法来完成科学革命的范式转型的基本路线有所不同。

最后,文学理论与批评范式转型中新旧范式之间的对立关系也是与自然科学之中不同的。自然科学新旧范式之间对抗更激烈,旧范式有强大的力量来对抗新范式,致使许多本要突破旧范式的新理论结果以失败告终。但旧范式一旦被新范式打败,将会失去其存在的价值,从此退出历史舞台。但在文学理论与批评中,新范式可以相对容易地取得胜利,旧范式的守卫战似乎很难成功,以至于文学理论与批评中几乎所有的新理论都获得了支持者,几乎没有失败的新理论。然而,这种轻易取得的胜利的代价是旧理论没有彻底失败,随时都可能卷土重来。

那么,新时期文学理论与批评范式转型的过程是怎样的?两次范式转型是如何发生的？又是如何完成的？

二、社会政治范式的危机

虽然中国当代文学理论与批评中的社会政治范式发展变化的过程可以以 1958 年"两结合"理论的提出作为分界点，划分为前后两个时期，可是社会政治范式的转型发生的过程却并不是 1958 年之后的事，更不是在"文革"结束之后突然转型的。中国当代文学理论与批评中的社会政治范式的转型本身也是一个连续的变化过程。我们可以按照库恩的范式转型理论将这个转型过程划分为反常时期、危机时期和革命时期。

所谓反常时期是指中国当代文学理论与批评的社会政治范式形成之后出现了一些无法按这个范式进行解释的现象。这种反常现象出现于何时？1949 年当第一次文代会在北京召开之后，上海就出现了对这个范式的质疑之声，这也是 1949 年以后第一次文艺批判运动，即关于可不可以写知识分子的论争。当时陈白尘参加第一次文代会之后，在上海传达会议精神，提出了文学创作以写工农兵为主的要求，小资产阶级只能作为配角，或干脆不写，于是引起了一些文艺工作者的疑虑。这次争论之所以重要主要在于它是 1949 年以后中国文学理论与批评的社会政治范式形成过程中出现的第一次质疑，是对社会政治范式可能存在的问题的疑虑。这个疑虑揭示出了社会政治范式中存在的关于题材问题的反常现象。同时，它也是对社会政治范式权威地位的第一次质疑，暗示着社会政治范式之外的不同声音的存在。正是这种不同的声音成为不断干扰社会政治范式的力量，最终推动着社会政治范式转型。

当然这个最初的反常现象被社会政治范式借用政治力量化解了。提出这个问题的冼群做了自我批评，主持讨论的唐弢也做了检讨。社会政治范式仍然保持强劲的发展势头。但是，反常现象并没有消失，新的反常现象反而不断出现。与能不能写知识分子问题讨论几乎同时的是关于倾向性问题的讨论。阿垅在1950年2月在天津的《文艺学习》创刊号上发表了《论倾向性》一文，对文艺与政治的关系提出了自己的见解。他也强调文艺与政治的统一，但是不是要文艺服从于政治，而是强调艺术性就是政治性，因此实际上是在强调艺术性。这样的论点当然也是在一片讨伐声中被批倒。阿垅也因此做了自我批评，承认错误。社会政治范式再次取得胜利，但是阿垅提出的问题再次证明了中国当代文学理论与批评社会政治范式的建设过程中已出现了反常现象。

为什么要把1949年"可不可以写小资产阶级"的讨论与1950年的"倾向性"讨论作为中国当代文艺学社会政治范式反常现象的起点来看？原因有以下几点：首先，这两个讨论都是在中国"当代"这个历史阶段的起点上，时间之早使它们在历史上获得了优先性。其次，作为中国当代文艺学中遇到的新问题，它们也是具有代表性的。一个是关于题材与人物形象问题，一个是关于文艺与政治的关系问题，都是中国当代文艺学中的核心问题。在中国当代文学理论与批评前三十年的理论发展中，这两个问题具有重要意义。这两个问题被提出来之后，也在以后的理论发展中被多次讨论。第三，这两个问题与当代中国文学理论与批评的社会政治范式建设过程中所遇到的其他问题相比，具有明显的时代特征。与1951年展开的对《武训传》的批判、对萧也牧的批判和1952年开始的对胡风的批判不同，这些批判都是社会政治范式主动出击，批判历史上遗留下来的封建主义（《武训传》）、小资产阶级（萧也牧《我们夫妇之间》）以及党内反马克思主义（胡风）思想。可是"可不可以写小资产阶级"，以及"倾向性"（文艺与政治的关系）这是1949年以后在新的形势下提出来的新问题。尽管这些问题在延安时期也出现过，可是在新的历史条件下再次提出来就具有新的内涵，变成社会政治范式必须面对的问题。它们成为对社会政治范式权威性的考验（尽管提出问题的冼群和阿垅并不是一定有这样的意图，但在效果上是如此)。它们的存在说明社会政治范式并没有因为支持它的政治力量的胜利就变得无懈可击了,也并不意味着社会政治范式只要批倒以前的老对手就可以独霸天下了。冼群和阿垅提出的问题表明社会政治范式在新的时代里还是存在着可疑之处的。这个范式从一开始就有反常情况存在。

反常情况还不仅仅表现在这些怀疑者所提出的问题上。文学理论与批评的社会政治范式共同体内的成员、社会政治范式的建立者们也感到这个范式中存在着内在矛盾,这就比质疑者提出的疑虑要严重得多。这个内在矛盾的主要表现就是社会政治范式的理论主张以及对这些主张的强行贯彻,导致了文学创作领域中的概念化、公式化问题。在社会政治范式指导下的创作艺术性不高,不能产生感人至深的艺术效果,这个问题长期以来困扰着社会政治范式,成为这种范式最为严重的问题。早在1953年,周扬就已对概念化、公式化问题焦虑不安:"我们的文学作品直到现在还没有能够把中国人民在长期斗争中所积累的各方面的丰富经验在艺术上加以综合和概括,还没有能够创造出卓越的正面人物的典型形象,许多作品都还不免于概念化、公式化的缺陷,这就表现了我们的文学艺术中现实主义薄弱的方面。主观主义的创作方法是严重存在的。有些作家在进行创作时,不从生活出发,而从概念出发,这些概念大多只是书面的政策、指示和决定中得来的,并没有通过作家个人对群众生活的亲自体验、观察和研究,从而得到深刻的感受,变成作家的真正的灵感源泉和创作基础。这些作家不是严格地按照生活本身的发展规律,而是主观地按照预先设定的公式来描写生活……这就形成了产生概念化、公式化的最普遍最主要的原因。"[①]同一年,冯雪峰也提出了同样的问题:"概念化走的路线,是从概念上的生活和斗

---

① 周扬:《周扬文集(第2卷)》,人民文学出版社,1985年,第241页。

争出发,而不是从实际的、具体的生活和斗争出发,也不用具体的分析方法去研究事物和事物的相互复杂的联系,并且总不愿意根据实际生活的规律去从根本上打破自己主观的愿望和预先的安排,所以结果总是写不出真实的生活和斗争来。"①周扬和冯雪峰在此指责的"主观"其实就是作家们所接受的一套政策、方针或思想观念,这也正是社会政治范式得以建立的思想基础和政治保障。但在实际运用于创作实践时,这套思想观念并不能保证作家创作出优秀作品,反而导致了概念化、公式化。这种社会政治范式内部存在的问题已非不同范式的成员刻意非难,也不是范式之间的竞争问题,而是范式中的反常现象,或者说是范式本身的缺陷。

面对这样严重的内在矛盾,该如何解决?这是中国当代文学理论与批评的社会政治范式所面临的一大难题,也是这个范式能否持久地占据文学理论与批评领域主导地位的关键之所在。然而,周扬等社会政治范式共同体内的主要成员在解决这个问题时所采用的方法仍然是强化政治的主导作用。虽然他们已经意识到概念化、公式化是因为政治观念过多地干涉,束缚了艺术创作所致,但他们仍要求加强正确的思想观念在创作中的指导作用,希望以此来帮助作家认清生活的本质。换言之,政治上的要求是不能放松的。虽然他们也要求作家深入生活,但不是让作家用自己的眼睛去观察生活,而是要用执政党规定的正确观念来认识生活。这等于进一步强化了概念化、公式化存在的原因,结果根本无法解决概念化、公式化的问题,反而使问题变得更加严重。

对概念化、公式化问题找不出合适的解决办法是中国当代文学理论与批评的社会政治范式中的反常现象转化为范式危机的一个转折点。孟繁华在论述中国当代文艺学学术史时指出了社会政治范式所面

---

① 冯雪峰:《关于创作和批评》,见《冯雪峰论文集(下)》,人民文学出版社,1981年,第40页。

临的这种危机状况:"一方面,他们有反对教条主义,克服公式化、概念化的真实愿望;另一方面,他们又难以找出教条主义、公式化、概念化产生的真实原因。他们既要反对教条主义,又要维护文艺生产的新规范,维护政策、方针、路线的合理性;既要文艺能够为政治服务,又要文艺有感人的艺术魅力。因此,当他们试图解决这一问题时,都只能责怪作家方面存在的问题,作家或是存在着主观主义的问题,或是对生活了解、观察得不够,但他们从来没有从政策方面考虑是不是出了问题,或为什么理想的、期待的文学总是迟迟不临。"① 对于社会政治范式共同体成员而言,"从政策方面考虑是不是出了问题"就等于放弃了这个范式,从政策出发来指导创作和文学研究是社会政治范式的核心。他们不会轻易考虑这个问题,教条主义、概念化、公式化在创作中大量存在,在理论上无法得到合理的解释,也找不出解决的办法。这个困境只能说明社会政治范式陷入了危机。影响到这个范式生死存亡的矛盾因素被揭示出来是范式危机的标志。

中国当代文学理论与批评中的社会政治范式危机,还远不止这个教条主义、概念化、公式化问题。这个问题在社会政治范式中是以指责作家不去深入生活的方式解决的。更大的危机来自对这个范式的批评。1955 年,清算了"胡风集团"之后文艺政策有所调整②,1956—1957 年出现了短暂的"百花时代",这个时期的文艺政策由强调文艺为政治服务,转变为"百花齐放、百家争鸣"。在鸣与放的宽松气氛中,不少作家、批评家、理论家大胆地对社会政治范式进行了批评,导致了中国当代文学理论与批评中社会政治范式的危机。

---

① 孟繁华:《中国 20 世纪文艺学学术史(第三部)》,上海文艺出版社,2001 年,第 230 页。
② 胡风也从自己的理论立场分析了概念化、公式化问题。他试图以主观战斗精神和恢复现实主义的真实性来克服概念化、公式化,但由于胡风的问题是一个历史遗留问题和话语权问题,他对概念化、公式化的批评在此存而不论。

这些后来被定性为右派言论的观点主要有以下四个方面：首先是对现实主义的新理解，认为现实主义应该是由作家深入生活，用自己的眼睛观察生活，而不应该先由政治观念控制之后，再到现实中去找材料。这种观点当然是针对教条主义、概念化、公式化问题提出的，并且也的确是对这个问题的切中要害的批评。比如刘绍棠就明确指出："公式化、概念化的根源，就在于教条主义者机械地、守旧地、片面地、夸大地执行和阐发了毛主席指导当时的文艺运动的策略性理论。"[①]言下之意是毛泽东的《在延安文艺座谈会上的讲话》是在特定的历史背景下发表的，在今天的历史条件下应随时代背景的变化而变化，现在反而对其进行过度的阐发和执行，这是导致概念化、公式化的根源。刘绍棠当然不敢直接批评毛泽东的讲话，但是对于那些执行文艺政策的官员（社会政治范式共同体的领导者）的做法，已十分不满。他批评"单方面强调作品的政治化，而抹杀作品的艺术功能；漠视复杂多彩的生活真实，闭着眼睛质问作家'难道我们的生活是这样的吗？'机械地规定正面人物，反面人物，以及在正面人物之上更高一层的理想人物；为了教育意义，写英雄不应该写缺点等等"[②]。在刘绍棠看来，让作家自己去深入生活，自己判断生活的本质是什么才是最好的解决概念化、公式化的办法。黄秋耘也持这种看法，他认为："教条主义理论指导思想对于创作的桎梏，强使作家接受一种认为文学作品只应歌颂光明面，不应揭露阴暗面（或者换一种说法：只谈成绩，不谈困难和弱点）的观点，粉饰现实的作品受到不应有的赞扬，真实反映生活的作品受到不应有的责难和打击，仍然是问题的症结所在。"[③]黄秋耘在此批评的教条主义

---

① 刘绍棠：《我对当前文艺问题的一些浅见》，《文艺学习》1957 年第 5 期。
② 刘绍棠：《现实主义在社会主义时代的发展》，《北京文学》1957 年第 4 期。
③ 黄秋耘：《刺在哪里？》，《文艺学习》1957 年第 6 期。

其实还是关于真实的问题,是作家自己判断什么是真实的生活,还是按照"指导思想"去判断什么是真实的生活。他不满的是作家没有判断真实的权力。在这种情况下,即使作家深入生活,也只能为"指导"思想找几条来自生活的注释材料,不可能生动。而一旦作家想按自己所看到的去写,则立即会招致批判。

这些批评者所提出的问题其实已触及社会政治范式的核心问题,也触及了概念化、公式化的症结所在,但是这些观点不久之后就被当成右派言论受到猛烈批判。这些观点对社会政治范式所造成的危机也得到了暂时的化解。

关于现实主义的新解释,影响最大的是秦兆阳的观点。1956年他以何直为笔名发表的《现实主义——广阔的道路》一文不仅代表了当时讨论这个问题的最高水平,也是招致批判最多的一篇论文。由于秦兆阳关注概念化、公式化问题已久,他对问题的把握也更能切中要害,他把这个问题上升到世界观与创作方法的关系这个理论高度上来讨论,认为现实主义不是世界观,而是在"文学艺术实践中所形成,所遵循的一种法则。它以严格忠实于现实,艺术地真实地反映现实,并反转来影响现实为自己服务"①。如此一来,现实主义就不能用世界观如何来衡量,而只能用反映现实生活的真实性程度来衡量,这个标准"就是当它反映客观现实的时候,它所达到的艺术性和真实性,以及在此基础上所表现的思想性的高度"②。而这个思想性在秦兆阳看来,就是渗透在艺术性和真实性之中的,而不是另外加上去的。他说:"现实主义文学的思想性倾向性是生存于它的真实性和艺术性的血肉之中的。"③秦兆阳的这些言论在两个方面对中国当代文学理论与批评中的社会政治范式提出了挑战:其一是把现实主义定位为创作方法,排除世界观的

---

①②③ 何直:《现实主义——广阔的道路》,《人民文学》1956年9月号。

重要性，这就为解决公式化、概念化问题的根源——政治思想对文学的"指导"，提供了理论依据。其二，把现实主义作为一种艺术手法，突出艺术自身衡量标准，将思想性与倾向性纳入艺术性之中，这又回到阿垅论倾向性时的观点，其实是对艺术与政治关系的新解释。实质仍然是要让作家有独立观察现实生活的权力，有艺术创作的自由。这些言论对于社会政治范式而言，当然是异己的。秦兆阳招致批判，从社会政治范式自身运作的逻辑来看，也是情理之中的事。

其次是关于艺术性问题。对中国当代文学理论与批评中的社会政治范式提出批评的右派还从艺术特征方面对概念化、公式化现象提出批评，并试图以对艺术的独特性的强调来解决概念化、公式化问题。比如陈涌在1956年就写出了《关于文学艺术特征的一些问题》，认为"艺术家需要通过人，从人的思想感情上、道德上——总之是从人的精神上的变化来表现现实生活的这个变化"，并且认为"科学和艺术、逻辑的思维和形象的思维，是有密切关系的，真正的科学的逻辑思维大有助于一个艺术家的构思，对于一个艺术家来说，科学的思维和艺术的思维往往互相启发，互相渗透，互相转化，构成了一个艺术家的复杂的思考过程"。[①] 陈涌本来是社会政治范式共同体中的成员，在1950年3月12日发表在《人民日报》上的《论文艺与政治的关系》一文中还坚持文艺是为政治服务的，强调文艺的阶级性。但在面对概念化、公式化问题时，他也从社会政治范式内部进行了反思，提出文艺创作是"复杂的思考过程"的观点，突出了文艺本身的独特性。这可以说是一个具有突破性的变化，是中国当代文学理论与批评中的社会政治范式危机的一个重要指标。当然这个问题又与现实主义问题相关联。那些主张作家应该有权独立地进行观察判断生活

---

① 陈涌：《关于文学艺术特征的一些问题》，《文艺报》1956年第9期。

本质的现实主义理论家、批评家也都承认文艺具有独立性,有自己独有的特征,不应变成政治的附庸。这两个问题都是对社会政治范式的挑战与突破,只不过角度不同而已。

第三,典型人物塑造问题,也成为中国当代文学理论与批评中的社会政治范式自我调整内部危机的一个重要突破口。在社会政治范式中,典型人物的塑造是核心问题之一,但是这个范式中主导性的观点是要求典型人物应该反映社会历史的本质,特别是要塑造出新时代的英雄人物的典型形象。但是由于教条主义的影响,人物形象的概念化、公式化现象普遍存在,而社会政治范式所期待的典型人物却迟迟没有出现。到1956年,随着"百花时代"的到来,对于典型问题的反思也变得更加自由。1956年第8号《文艺报》上发表了一组讨论典型问题的文章,"编者按"中说明了"典型问题"讨论的背景:"在最近举行的中国作家协会第二次理事会会议(扩大)上,强调提出了要克服创作中的公式化、概念化和自然主义倾向和文艺理念、批评、研究中的庸俗社会学倾向。这种种倾向的来源,当然有其多方面的、复杂的原因;不过对典型问题的简单化、片面的、错误的理解,对马克思列宁主义美学缺少认真的、系统的研究,应该说是主要原因之一。"这个"编者按"所透露出来的信息是承认了社会政治范式中存在着庸俗社会学倾向,承认了对典型问题的理解存在着简单化、片面化,甚至错误,也承认了对马克思列宁主义美学的研究不够认真、系统。这就意味着对典型问题可以有更宽松的讨论环境,社会政治范式也将由此承受危机与挑战。1956年8月10日,社会政治范式共同体的主要成员周扬在中国作家协会文学讲习所发表的《关于当前文艺创作上的几个问题》的讲话中,甚至说出了这样的话:"对于典型问题(这里说的典型,当然是社会主义现实主义里面的典型)也同样存在着教条。……在讨论时,不要去引用苏联的条文。……不必去考虑定义,中国的典型不一定同外国的典型完全一样,我们要解放一下,我们要独立去研究,不要钻在定义里面……"①这是社会政治范式中自觉调整范式内在矛盾的确凿证据,也可以说是一种倡议。如果不是这个范式陷入危机,周扬是不会有这样的言论的。

可是,范式危机一旦出现,调整就可能会带来更大的危机。因为共同体成员一旦放开思路去反思这个范式存在的问题,就有可能失去控制,走出范式的边界。在典型问题上,同样是社会政治范式共同体中的重要成员的何其芳就对典型的阶级性提出质疑,他在分析阿Q性格的著名论文《论阿Q》中写道:"困难是从这里产生的:许多评论者的心目中好像都有这样一个想法,以为典型性就等于阶级性。然而在实际的生活中,在文学的现象中,人物的性格和阶级性之间都不能划一个数学上的全等号。道理是容易理解的。如果典型性完全等于阶级性,那么从每个阶级就只能写出一种典型人物,而且在阶级消灭以后,就再也写不出典型人物了。"②他提出的典型定义是:"一个虚构的人物,不仅活在书本上,而且流行在生活中,成为人们用来称呼某些人物的共名,成为人们愿望效仿或者不愿意效仿的榜样,这是作品中的人物所能达到的最高成功的标志。"③如此一来,典型就摆脱了阶级划分的影响回到现实生活中,代表的是现实生活中某些类型人物的特点。比如阿Q是"精神胜利法"的共名,林黛玉是"多愁善感"的共名等等。更大胆的是李幼苏对个性的直接提倡,他认为:"典型乃是概括性与个性的有机融合;同时,概括性、一般性是通过个性、特殊性来表现的。在艺术中一定阶级或集团的同一类特征,不可能脱离个性人物的特殊的命运而单独存在。"④这种观点把社会政治范式中强调本质/一

---

① 周扬:《周扬文集(第2卷)》,人民文学出版社,1985年,第415—416页。
② 何其芳:《何其芳选集(第2卷)》,四川人民出版社,1979年,第340页。
③ 同上,第329页。
④ 李幼苏:《艺术中的个别和一般》,《文艺报》1956年第9期。

般的理论颠倒过来,改成强调个性。在强调阶级本质和集体主义的思想背景下,这样的言论是极其具有挑战性的。对于社会政治范式而言,也已经跨出了内部调整的边界线,带有突破范式基本原则的意味,招致社会政治范式维护者的反弹也是情理之中的事。何其芳就被李希凡指责为"把典型论引向永恒不变的人性论的旧陷阱"①。这样的批评其实恰恰说明社会政治范式的危机已经加重,共同体出现了分裂的迹象。

第四,对人性问题的讨论,导致中国当代文学理论与批评中的社会政治范式的危机达到高潮。如果说对于现实主义真实性问题的重新认识,对于艺术特征的强调,对于典型问题的新阐释还都是对社会政治范式的修补,那么人性问题的讨论则是对社会政治范式的全面挑战。它其实是推动社会政治范式转型的力量,只不过在政治权力的干预之下,转型的时间被推迟了二十年。在提倡人性论与人道主义的理论家中,巴人和钱谷融是最具影响力的。巴人在写于1939年至1940年的《文学读本》(1953年改写成《文学论稿》)中就已有提倡人性、人情的观点。在"百花时代",他的观点更加明确。在集中论述人情论的《遵命集》(北京出版社,1957年)中批评了当时的作品"政治气味太浓,人情味太少",并提出"我们对待一切工作……人是相互始终的主体"的观点。② 他所说的一切工作也包括阶级斗争。在著名的《论人情》一文中他认为"阶级斗争也就是人性解放的斗争"③。而在《典型问题随感》中,他更认为"艺术的最大使命是要把人类的灵魂从阶级束缚中解放出来"④。可见,他是把人性放在阶级性之上的。在他看来,人除了阶级性之外,还有共同本性,这些共同性是超越阶级性的更加根本的人

---

① 李希凡:《典型新论质疑》,《新港——关于阿Q典型问题的商榷》1956年12月。
② 巴人:《遵命集》,北京出版社,1957年,后记。
③ 巴人:《论人情》,《新港》1957年第1期。
④ 巴人:《典型问题随感》,《文艺报》1956年第9期。

性。《论人情》中有一段著名的表述:"饮食男女,这是人所共同要求的。花香鸟语,这是人所共同喜爱的。一要生存,二要温饱,三要发展,这是普通的共同的希望。"①巴人的这些言论已经公开对社会政治范式的核心观念阶级论提出了挑战。与巴人的著作一起提倡人性的还有徐懋庸的《过了时的纪念》(《文汇报》1957 年 6 月 7 日)、王淑明的《论人情与人性》(《新港》1957 年 7 月)、蒋孔阳的《文学的基本知识》(中国青年出版社,1957 年)等。巴人直接以人性论取代阶级论的观点,对于社会政治范式而言是一次揭示这个范式危机程度的重大理论事件。王淑明在回应巴人的人性论时,也十分明确地批评当代占主流地位的社会政治范式将人性与阶级性对立起来的观点,他批评道:"将人性与阶级性对立起来,将作品的政治性与人情味割裂开来;说教为人性既带有阶级性,就不应有相对的普遍性,作品要政治性,就可以不要人情味,这些庸俗社会学的论调,客观上自然也助长了作品的公式化概念化的发展。我以为这些都是要不得的。"②这种"要不得的"立场,就是对社会政治范式的公开否定,社会政治范式中内在的矛盾在这样的批评中呈现出来的不是局部调整、修补可以解决的,而是要靠彻底否定来解决,这当然是社会政治范式陷入危机的表征。

用人道主义思想取代阶级论,论述最系统最深刻的是钱谷融先生的《论"文学是人学"》一文,钱先生的观点很鲜明,"反对把反映现实当作文学的直接的首要的任务;尤其反对把描写人仅仅当作反映现实的一种工具,一种手段",主张把写人"当作理解一切文学问题的一把总钥匙,谁要想深入文学的堂奥,不管他是创作家也好,理论家也好,就非得掌握这钥匙不可"③。钱先生之所以说得如此肯定,是因为在他看

---

① 巴人:《论人情》,《新港》1957 年第 1 期。
② 王淑明:《论人性与人情》,《新港》1957 年第 7 期。
③ 钱谷融:《论"文学是人学"》,《文艺周报》1957 年第 5 期。

来:"虽然随着时代、社会等等条件的不同,人道主义的内容也时时有所变动,有所损益,但我们还是可以从其中找出一点共同的东西来的。那就是:把人当作人。把人当作人,对自己来说,就意味着要维护自己的独立自主的权力。对别人来说,又意味着人与人之间要互相承认互相尊重。所以,所谓人道主义精神,在积极方面,就是要争取自由,争取平等、争取民主。在消极方面说,就是要反对一切人压迫人,人剥削人的不合理现象;就是要反对不把劳动人民当作人的专制与奴役制度。"①钱先生对人道主义的系统阐述提出了一种与社会政治范式完全不同的文学理论与批评范式,对社会政治范式的挑战也达到了高潮,当然引起了社会政治范式的强烈批判。不过,当时对钱先生的批判多是从政治上展开的,比如王智量就写出了《钱谷融〈论"文学是人学"〉一文的右派思想实质》一文②,对钱谷融的文章进行上纲上线的政治批判,发表《论"文学是人学"》的刊物《文艺月报》在1958年3月也发表了《批判〈论"文学是人学"〉,展开文艺思想大辩论》的报道。钱谷融先生的理论也被定性为修正主义,或右派言论。其实钱谷融先生在政治上并没有被划为右派。这些政治上的混乱定性,也可以理解为社会政治范式无法从学理上对人道主义理论进行回应与反驳的表现。80年代中国文学理论与批评再次进行人道主义与主体性问题的讨论,也证明钱先生的理论已经推动着社会政治范式由危机向转型发展了。

面对着"百花时代"来自各个方面对社会政治范式的挑战与冲击,社会政治范式的危机已毋庸置疑。在中国当代文学理论与批评发展史上,这是一次推动社会政治范式转型的时机,在人道主义与人性论文学理论

---

① 钱谷融:《论"文学是人学"》,《文艺周报》1957年第5期。
② 王智量:《钱谷融〈论"文学是人学"〉一文的右派思想实质》,《人民文学》,1957年第9期。

的建构中已经出现了范式竞争的态势。然而在当时的政治环境中,这种对社会政治范式的挑战不可能成功。因为社会政治范式与政治权力是联系在一起的,它是政治权力在文学研究中的理论表述,也可以称之为意识形态话语,对社会政治范式的挑战都被理解为对政治权力的挑战。当社会政治范式在学理上无法应对其他理论的批评而陷入危机时,政治权力的干预就出现了。政治权力通过对批评者进行政治定性的方式,将学术问题提升为政治问题,从而化解社会政治范式所面临的危机。其结果就是社会政治范式内部出现更加极端的政治话语,将文学理论问题与政治话语直接对应起来。这样的发展虽然缓解了社会政治范式的危机,推迟了范式转型到来的时间,但这个范式的僵化与过度的政治化也暴露无遗。社会政治范式已由文学理论与批评中的一种研究范式蜕变为一种政治斗争的工具,它的转型也在这个蜕变的过程中到来了。

　　社会政治范式的全面危机是从对人性论的批判开始的。在此之前对社会政治范式的批评其实还是从学理的层面上来检讨社会政治范式的不足,但是这些批评在1957年的反右运动中遭到了强烈的政治批判。反右运动中的政治批判从表面上看维护了社会政治范式的权威地位,但是实际上使这种范式陷入更深重的危机。因为从反右开始,社会政治范式的文学理论与批评逐渐丧失了其学术意义,而仅仅具有政治意义。虽然它还以学术的面目出现在理论和批评领域中,但是它已完全变成政治斗争的工具了。尽管反右运动之后在1961年至1962年有短暂的文艺政策调整,文艺领域中有回归学术讨论的迹象,但是随后毛泽东关于文艺的两个批示和阶级斗争要年年讲、月月讲、天天讲以及千万不要忘记阶级斗争的指示的公布,文学理论与批评领域中的政治斗争也完全代替了学术讨论。

　　从时间范围来看,社会政治范式的全面危机是从1957年反右运动到1970年代中期毛泽东的另外两个指示为止。这两个指示一是"百花齐放都没有了"①,"缺少诗歌、缺少小说;缺少散文,缺少文艺","党的文艺政策应该调整一下"②。另一个是关于电影《创业》的批示:"此片无大错,建议通过发行。不要求全责备,而且罪名有十条之多,太过分了。不利调整党的文艺政策。"③在毛泽东去世之前不久两次谈到要调整党的文艺政策,表明他已看到"文革"之中文艺政策所带来的严重后果,也等于承认了社会政治范式中政治取代文艺(学术)所带来的危机。当然,在1957年反右运动中毛泽东还没有预料到结果会是这样。洪子诚先生在分析中国当代文学发展史时把1958年看成一个重要的年份,认为:"1958年开展的文学运动,可以看作是走向'文革'文学的重要步骤。文艺界反右派斗争结束时,发表由周扬署名的总结性文章《文艺战线上的一场大辩论》。毛泽东在审阅时加上了一段文字,把1957年的反右运动,称为'一次最彻底的思想战线上和政治战线上的社会主义革命',说它'给资产阶级反动思想以致命的打击,解放文学艺术界及其后备军的生产力,解放旧社会给他们带上的脚镣手铐,免除反动空气的威胁,替无产阶级文学艺术开辟了一条广泛发展的道路'。"④可见,从1957年反右运动到"文革文学"是一个完整的段落,文学理论与批评的发展也是如此。

  正是由于在社会政治范式全面危机时期的混乱导致了文艺创作的凋敝。毛泽东在1975年又对文艺界的状况表示不满,提出文艺政策要调整,这个讲话也成为社会政治范式走向转型的起点。中国当代文学理论与批评中社会政治范式的转型时期是从1975年毛泽东的讲话到1979年邓小平在第四次文代会上的讲话。毛泽东希望调整文艺政策

---

① 《建国以来毛泽东文稿(第十三册)》,中央文献出版社,1998年,第443页。
② 同上,第446页。
③ 同上,第450页。
④ 洪子诚:《中国当代文学史》,北京大学出版社,1999年,第178页。

的愿望是在邓小平领导下完成的。这个转型时期主要由如下几个历史事件构成：首先是1976年"四人帮"垮台，文艺界的领导权变更。"四人帮"在文艺界所推行的政策、对文艺的干预也随之结束。中国当代文学理论与批评中社会政治范式之所以会陷入全面危机，主要原因是江青、姚文元等人揣测毛泽东的心理而在文艺界推行错误的政策所致。文学理论与批评中的学术问题被政治问题取代，用政治手段解决。但是推行这种政策的人也逃脱不了政治上失败的命运。依靠政治权力的支撑而获得话语权的社会政治范式也必然因这种政治支撑力量的消失而回归到学术领域，接受学术领域的竞争，从而走向转型。其次是"实践是检验真理的唯一标准"讨论引发的思想解放浪潮，使得"两个凡是"论对毛泽东的个人崇拜被纠正，在意识形态上把"文革"时期的政治/政策干预文艺与学术的思想根源否定了，这才使得学术讨论回归学术领域成为可能。也正是在这样的背景下，1978年10月31日《文学评论》编辑召开了"实践是检验真理的唯一标准"座谈会，向文学理论与批评领域中社会政治范式的转型时期迈出了关键的一步。第三，1979年5月3日，中共中央批准了当时的解放军总政治部的请求，正式撤销《林彪同志委托江青同志召开的部队文艺工作座谈会纪要》，"文革"中被批判的"黑八论"得到平反，同时也正式宣告社会政治范式从危机走向转型，江青等人对文艺界的干预结束。第四是1979年4月《上海文学》发表了由李子云、周介人执笔的评论员文章《为文艺正名——驳"文艺是阶级斗争的工具"说》，对文艺与政治的关系进行了阐述，呼吁恢复文艺的独立地位，摆脱政治附庸和工具的地位。这是文学理论与批评领域中对这个问题最早引起热烈回应的论述，也是文学理论与批评领域推动社会政治范式转型的理论反思。它把文学理论与批评领域的学术讨论带回到学术领域之中，成为文学理论与批评领域自觉地进行范式转型思考的标志。第五，在1979年10月召开的第四次文代会上,邓小平发表了祝词。在祝词中邓小平明确提出:"在文艺创作、文艺批评领域的行政命令必须废止。如果把这类东西看作是坚持党的领导,其结果,只能走向事情的反面。要坚持辩证唯物主义的思想路线,从三十年来文艺发展的历史中,分析正反两方面的经验,摆脱各种条条框框的束缚,根据我国历史新时期的特点,研究新情况,解决新问题。林彪'四人帮'那一套荒谬做法,破坏了党对文艺工作的领导,扼杀了文艺的生机。文艺这种复杂的精神劳动,非常需要文艺家发挥个人的创造精神。写什么和怎样写,只能由文艺家在艺术实践中去探索和逐步求得解决。在这方面,不要横加干涉。"①邓小平的讲话一方面批判了林彪"四人帮"的错误做法,另一方面宣布了新的政策,为文艺界的发展定下了总的指导思想。文学理论与批评领域中"为文艺正名"的呼声在政策上得到了肯定,从而使社会政治范式作为一个理论问题可以得到学理上的讨论,社会政治范式回到与其他理论观念竞争的正常状态。由于几十年来这个范式中的各种缺点已充分暴露,它在范式竞争之中走向转型已是历史的必然了。

三、审美范式的建立

审美范式的建立从文学理论与批评中出现新的问题开始。在审美范式建立的初始阶段,有两个重要的问题被文学理论研究者提出来:一是1979年的"为文艺正名"的问题,二是1979年李泽厚的《批判哲学的批判——康德述评》一书中提出的"人是目的"的主体性理论问题。这两个问题的出现为审美范式的建立奠定了基础。就前者而言,为文艺正名提出了文艺的独立地位问题,其直接目标是让文艺摆脱政治附庸、为政治服务的地位。如果文艺具有独立的地位,那么接下来的问题

---

① 邓小平:《在中国文学艺术工作者第四次代表大会上的祝词》,见《邓小平文选(第二卷)》,人民出版社,1983年,第185页。

就必然是对文艺本体的研究。就后者而言,对于主体性的强调也要为主体找到超越政治意识形态的人格理想,其中审美的人格成为最高的人生境界,最完美的人生理想。从主体性哲学的路径上也实现了对审美范式的建构,从而为文学理论与批评从社会政治范式转向审美范式提供了哲学理论上的依据。

"为文艺正名"问题的提出到审美范式的建立有几个关键性的事件,可以看成是审美范式建立过程中的里程碑。首先是1979年陈恭敏在《戏剧艺术》1979年第1期上发表了《工具论还是反映论》一文,对文艺是阶级斗争的工具的观点提出质疑。同年4月,由李子云、周介人执笔,以本刊评论员名义在《上海文学》1979年第4期上发表《为文艺正名——驳"文艺是阶级斗争的工具"说》,更明确地提出文艺的独立地位问题,也是在1979年,10月30日至11月16日,中国文学艺术工作者第四次代表大会在北京召开。邓小平代表中共中央和国务院致祝词,明确指出:"文艺这种复杂的精神劳动,非常需要文艺家发挥个人的创造精神。写什么和怎么写,只能由文艺家在艺术实践中去探索,和逐步求得解决。在这方面,不要横加干涉。"①这些文章在1979年的出现造成了文学理论与批评的巨大变化。文学的独立地位不仅成为理论界探讨的问题,也成为官方确认的一个政策。其次,1979年,研究文学自身问题的理论成果也已出现。其中包括复旦大学中文系编的《形象思维参考资料(二)》(上海文艺出版社,1979年),钱钟书《旧文四篇》(上海古籍出版社,1979年),王元化《〈文心雕龙〉创作论》(上海古籍出版社,1979年)等,这些论著展现出了摆脱社会政治范式之后的新范式的面貌,是审美范式建立时期最初的成果,其意义在于为审美范式提供了范例。审美范式所要进行的文学理论研究是对文艺本体特性的研

---

① 邓小平:《在中国文学艺术工作者第四次代表大会上的祝词》,见《邓小平文选》,人民出版社,1983年,第185页。

究,这些最初的成果无疑为接下来的审美范式常规研究树立了榜样。第三,1981年孙绍振在《诗刊》(1981年第3期)上发表《新的美学原则在崛起》,用美学观点评价朦胧诗,这是审美范式的研究实践。同年,周来祥在《文史哲》(1981年第3期)上发表《审美情感与艺术本质》,明确提出在文学理论研究中用审美来确定文学的本质,是文学理论中审美范式的建立过程中的标志性文献。同年,鲁枢元也在《上海文学》(1981年第6期)上发表了《文学,美的领域——兼论文学艺术家的"感情积累"》,也将文学的本体特征定位为审美活动,并以文学创作为例探讨了审美活动展开的内部机制。再加上李泽厚的《美的历程》和王朝闻主编的《美学概论》也在1981年出版,文学理论领域中的审美研究已经逐渐成为主流。第四,1984年林兴宅在《鲁迅研究》(1984年第7期)上发表《论阿Q性格系统》,并在《中国社会科学》(1984年第4期)上发表《论文学艺术的魅力》,1984年第6期《文学评论》也发表了刘再复、林兴宅等人的《文学研究方法创新笔谈》。这标志着新方法在文学理论研究中为审美范式增加了新的因素。新方法为以审美角度解决文学本体提供了新的思路,它证明了文学理论与批评在摆脱社会政治范式而独立之后完全可以建立起探究文学自身特性的新范式。林兴宅用系统来解答文学艺术的魅力形成的内在机制,在审美范式建立的过程中具有里程碑意义,他提供了审美范式的新的范例。第五,1984年刘再复在《文学评论》(1984年第3期)发表《论人物性格的模糊性与明确性》,在《读书》(1984年第11期)上发表了《关于"人物性格二重组合原理"答问》等一系列文章,对典型人物性格问题进行了全新的探索,这些讨论代表了审美范式中的另一条发展线索,即对原有的理论问题进行审美研究,这是突破社会政治范式之后,用审美范式对老问题进行新探索,使文艺自身的特点得到揭示。第六,1985年刘再复在《读书》第2期和第3期上发表《文学研究思维空间的开拓》，对用新方法解决文艺自身特性问题的研究进行了全面总结，标志着文学理论领域中以审美为文学本体特征的审美范式正式建立起来。与此同时，也是在1985年，由《上海文学》编辑部、《文学评论》编辑部、厦门大学中文系等单位联合在厦门大学召开文学评论方法研讨会（3月17日至22日），由扬州大学主办的文艺学与方法论问题研讨会于4月14日至22日在扬州召开，由华中师范大学主办的全国文艺学研究方法论学术讨论会在武汉召开（10月14日至20日）。这些学术会议的意义在于它们形成了审美范式研究的学术共同体。在新方法论的推动下，文学理论与批评由原来的社会政治范式转向了审美范式。由讨论文学中的政治倾向问题转向了研究文学中的审美特性形成机制问题。

从主体性问题的提出到审美范式的建立也有几个关键性的事件，可以看成是审美范式建立过程中的里程碑。首先是1979年李泽厚的《批判哲学的批判——康德述评》出版，标志着从德国古典哲学中借用主体性概念来呼唤对人的尊重的开始，同时也是从主体性角度来理解马克思列宁主义的开始。李泽厚虽然对康德的主体理论进行了历史唯物论的批判，但是对人、对主体的哲学论述本身所具有的开创性（相对于"文革"之后的新时期而言）已经成为一个重要的起点。也正是在这本书中，李泽厚将主体问题与美学问题联系起来，奠定了从主体性角度讨论审美问题的基础。其次，1982年3月12日《文学评论》编辑部召开人性与人道主义问题座谈会；同年8月2日至8日，全国马列文艺论著研究会在哈尔滨召开年会，以马克思《1844年经济学哲学手稿》中的美学思想为主要议题；同年，高尔泰的《论美》由甘肃人民出版社出版，都是从主体性研究中引发出审美研究的重要事件。马克思的手稿为人本主义和美的实践性问题建立起了关键性联系，而高尔泰将美看成是自由的象征更是建立起了一种主体性的美学观念，为摆脱了社会政治范式之后正在寻找新的理论系统的中国文学理论研究提供了新的研究空间。第三,1983年3月16日,《人民日报》发表了周扬为纪念马克思逝世一百周年而写的《关于马克思主义的几个理论问题的探讨》一文,肯定了马克思主义中的人道主义精神。尽管这篇文章引起了黄楠森的批评,胡乔木也在1984年发表了《关于人道主义和异化问题》(《人民日报》1984年1月27日)对周扬的观点进行批评,周扬也在1983年11月5日在对新华社记者的谈话中做了检讨,但这些政治上的表态已无法挽回在文学艺术界的影响。文学研究领域中的主体性问题的讨论已成为热点话题。第四,1985年李泽厚发表了《关于主体性的补充说明》(《中国社会科学院研究生院学报》,1985年7月8日),刘再复发表了《论文学的主体性》(《文学评论》1985年第6期)。至此,主体性理论与文学理论完全合而为一,中国当代文学理论与批评中确立了一个得到普遍认同的观念:文学既是审美活动也是主体的活动,是主体实现自我主体性的活动。

回顾中国当代文学理论与批评中社会政治范式从建立到转型的历史,我们可以分析出这个范式转型的主要原因。概括起来看,主要有以下几个方面:首先是社会政治范式无法解决自身的矛盾。这个矛盾是对文艺的政治要求及其产生的概念化、公式化问题之间的矛盾。社会政治范式要求文学艺术为政治服务,要写工农兵的生活,要歌颂英雄人物,发展到后来形成三突出理论,可是这样的要求却导致了人物形象概念化、公式化,人物类型单一,缺少个性特征。当共同体内的成员提出克服概念化、公式化的办法时,又被批评为反党反社会主义。这个内在矛盾背后涉及的是文艺与政治关系的问题,是谁有权来解释生活的本质的问题,而这个问题又是社会政治范式的根本问题。一旦在这个问题上让步,社会政治范式本身就会瓦解。这个无法化解的内在矛盾是社会政治范式走向转型的根本原因。其次,为了解决社会政治范式的内在矛盾,同时也为了强化社会政治范式中文艺为政治服务的基本理念,社会政治范式借助于政治力量来解决学术问题。这个范式的领导者虽然对概念化、公式化不满,却又借助政治的方式,用文艺政策来苛求作家,既要保证思想上政治上的正确,又要深入生活,提高创作水平。这种先束缚住作家的思想,再让他们提高艺术水平的做法无法真正解决问题。同时,对于提出不同意见的理论家如阿垅、秦兆阳、刘绍棠、巴人、钱谷融等人则运用政治手段进行批判。这样的政治批判当然也解决不了学术问题,反而使社会政治范式陷入更深的危机,丧失了其学术品质,沦为政治工具。第三,过于频繁的批判与斗争使得社会政治范式表面上看占主导地位,其实自身也处于不稳定状态。古远清在论述中国当代文学理论批评发展的总体特征时做了这样的概括:"中国当代文学理论批评,从来没有直线前进过。如果用一个公式来概括,大致在大批判-调整-否定-反思的摆动中前进。如1950年代前期的《武训传》批判、《红楼梦》研究批判、反胡风运动,把当代文学理论批评的发展驱赶进一个死胡同。为了从绝路上解脱出来,便有1956年'百花齐放,百家争鸣'方针的提出。文学理论批评在这一时期的确很活跃过一阵,但很快又由'放'到'收':开展大规模的反右斗争,把冯雪峰、秦兆阳、陈涌、刘绍棠等人的声音压了下去。当压到要万籁无声时,又来一阵松动,提出'文艺要为广大人民服务'的新主张。随之又将此主张打成修正主义文艺观点,接着而来的是'文革'对文学理论批评发展的全面颠覆,以后又猛批'文艺黑线专政论'。"[①]其实在这种动荡的历史发展过程中还有一个重要的特点就是社会政治范式共同体内部的斗争。先前批判别人的人,不久又被其他人批判。比如冯雪峰、陈涌等人都是批判胡风等运动中言辞激烈的批判者,但到反右运动中也成了被批判者。

---

① 古远清:《中国当代文学理论批评史(1949—1989 大陆部分)》,山东文艺出版社,2005年,第2页。

周扬在"文革"以前长期领导批判运动,但在"文革"中也被批倒。社会政治范式内部的斗争使得这个范式的稳定性出现了危机,没有人可以用这种范式连续地进行研究,必须不断紧跟政策,稍有不慎就会受到批判。这个范式因此变成了一个高危险的范式。对社会政治范式内部的不稳定性,孟繁华做了这样的描述:"在不断的批判和讨伐的过程中,我们也发现了其中隐含的观念同一性问题。也就是说,曾经是被批判的对象,往往也使用批判者的方法和武器去批判自己的对象。这一现象对学术传统和学术品格具有极大的破坏力。学者既没有自己敢于坚持的学术立场和方法,也不尊重对方的立场和方法。它是压力下的一种屈从,也是压力下的一种无奈。但它都造成了一种不健全的学术品格,一种不古不今,不中不西,没有确定性,只有实用即时性的'研究'越演越烈。主流话语陷入了一个怪圈,文艺实践在追逐一个永难企及的神话。也就是说,当文艺实践的政治性达不到要求时,文艺政策就要强化它的政治性;当为了图解政策而又暴露了公式化、概念化问题时,文艺政策又要求反对公式化、概念化。但究竟有没有可能找到一条既有鲜明的政治倾向性,又有完美的艺术形式相结合的道路,没有人能说清楚。但政策却可以随时提出这样的要求,然后便有大量的文章去阐发那个永远难以解决的'问题'。这也是 1950 年代文艺学研究的一大特色。"①这种动荡不安的状态当然不仅是 1950 年代文学理论与批评的特色,也是 1949—1979 这三十年文学理论与批评的特色。这种动荡给社会政治范式带来的危害就是它使得这个研究范式共同体内部失去了稳定性。它本来在与其他理论观念的竞争中借助于政治力量而占据着优势地位,但由于内部的动荡而陷入岌岌可危的状态,最终只得走向转型。第四是不同于社会政治范式的其他理论观念的存在,是推动这

---

① 孟繁华:《20 世纪中国文艺学学术史(第三部)》,上海文艺出版社,2001 年,第 226 页。

种范式转型的潜在力量。从冼群对能不能写小资产阶级的疑问开始，到1979《为文艺正名》一文发表，三十年中与社会政治范式不同的理论探究断断续续地存在着。这还不包括像胡风这样原本属于社会政治范式而受到排斥与批判的理论家的理论。单就1949年以后提出来的对社会政治范式提出质疑或批评的就有阿垅的倾向性问题，秦兆阳、刘绍棠等人的现实主义深化问题，以及美学大讨论中朱光潜、吕荧、高尔泰等人的主客观统一或主观论美学问题，以及形象思维问题，巴人和钱谷融等人的人性论文学理论问题等等。即使是在"文革"时期，仍然有人敢于对江青、姚文元等人提出批评。其中公开发表的正式论文如遇罗克《和机械唯物论进行斗争的时候到了》（《文汇报》1966年2月13日）、李振宇《〈海瑞罢官〉是一出较好的历史剧》（《北京日报》1965年12月9日）、姚全兴《不能用形而上学代替辩证法》（《光明日报》1965年12月15日）等，这些论文都对姚文元的《评新编历史剧〈海瑞罢官〉》进行了批评。另外还有一些无法公开发表的"地下文学评论"，主要是读者自发地给杂志、报纸写的信，提出自己对作品的不合主流观点的看法。这些读者来信当然很难在当权者控制的媒体上发表，只能以"地下"的方式存在。古远清在界定"地下文学评论"时指出"这里讲的'地下文学评论'，是指'"文革"那种特殊年代，由普通读者或评论工作者写作的与文化激进派的主张相抗衡的文艺评论。'无论是以大字报形式或以笔记形式还是以学习经典作家的论述形式出现，无论是否留下了'左'倾烙印，只要其写作动机和基本论点与'文革'时期的主流文艺评论唱反调，均可视为地下文学评论。像赵云龙、桑伟川的文学评论与初澜、江天、丁学雷、梁效、任犊、方泽生等以主流面目出现的文学评论对峙，本质上是两种话语的对峙"①。这些地下评论的存在也是文学

---

① 古远清：《中国当代文学理论批评史（1949—1979大陆部分）》，山东文艺出版社，2005年，第328页。

理论与批评领域中社会政治范式之外仍有不同的理论声音的证据。除此之外,钱钟书这样的老学者在"文革"中秘密进行《管锥编》的写作,李泽厚这样在1949年之后成长起来的学者在"文革"中秘密研究康德哲学与美学的活动,也为社会政治范式的转型打下了基础。否则,当社会政治范式崩溃之后,中国文学理论与批评界将没有新范式可以取代它,这些秘密研究已是新范式的萌芽。

总之,中国当代文学理论与批评中的社会政治范式的转型经历了一个曲折复杂的过程。从建立之时起这个范式就存在着内在矛盾,在受到批评时,这个范式又借助政治力量的干预来巩固自己的地位,打击正常的学术竞争。这种政治力量的借用导致这个范式陷入全面危机,最终只能随着政治格局的改变而失去它的存在合理性。中国当代文学理论与批评的发展沿着那些被社会政治范式排斥、批判的文艺理论的思路向前推进。在范式之间的竞争中,社会政治范式逐渐被新的范式取代。

第三节　从审美范式到文化研究范式的转型

审美范式在20世纪80年代以一种轰动的方式建立起来,得到了文学理论与批评共同体的普遍认同。但是如同其他范式一样,审美范式也是在特定的文化/历史语境中建构起来的。随着文化/历史语境的改变,这种范式中内在的矛盾也显现出来。对审美范式的挑战也在新的文化历史语境中出现了,审美范式因此不可避免地陷入危机。

虽然审美范式从建立到危机距离现在只有短短的三十多年时间,但是我们也仍然难以准确地考证出这个范式产生危机的确切时间。因为范式的危机按照库恩的说法是从一些没有被明确意识到的反常现象的出现开始的,而一旦我们明确地找到某一篇文献中确切地提出对已有范式的挑战,那已经是人们对现有范式怀疑已久的结果了。托马斯·库恩说:"造成危机的每个问题的解,在相应的科学中危机还未出现时,至少已经部分地被预见过;而在没有危机的情况下,这些预见被忽视了。"①因此,他认为:"所有危机都始于范式变得模糊,随之而使常规研究的规则松弛"②。那些被忽视了的反常情况难以被准确地确定是什么时候被发现的。范式变得模糊是始于何时也难以确定一个确切日期。但是这种范式危机中普遍存在的现象并不妨碍我们对于范式危机发展线索的探究,因为从反常的出现到全面危机的到来还是有一个清晰的发展过程的。我们无法确定危机发生的时间表,但是可以描述危机的过程和状况。

一、审美范式的危机

审美范式的危机是如何发生的?从审美范式到文化研究范式的转型经历了怎样的过程?从这次范式转型的演变轨迹看,它经历了反常阶段、新范式的出现以及全面危机的形成和范式革命这样几个阶段。

反常阶段是审美范式的基本理念无法解释文学实践活动中的某些现象的阶段。从理论层面上看,这种反常现象的出现其实也是理论家对审美范式产生怀疑的开始。

审美范式中的反常现象在审美范式建立之初就已出现。如果我们把审美范式的主要特征界定为对文学的审美价值的内在机制进行研究,那么在审美范式建立之初的 1985 年前后就已经出现了一些文学创作现象正在摆脱单纯的审美追求,而进行着更为广泛的文化主题的探索。其中影响较大的是 1985 年"文化寻根"热中的作品。我们当然仍

---

① 〔美〕托马斯·库恩:《科学革命的结构》(金吾伦、胡新和译),北京大学出版社,2003 年,第 69 页。

② 同上,第 77 页。

然可以对这些作品进行审美研究,分析这些作品的审美特性及其审美价值形成的机制,但是这些作品所探讨的问题已超出审美范畴,也是一个公认的"事实"。寻根派作家们自己也很清楚地表明了他们的立场。韩少功《文学的"根"》、李杭育《理一理我们的"根"》、阿城《文化制约着人类》、郑义《跨越文化断裂带》、郑万隆《我的根》等等重要的文献探讨的是两个主题:其一是文化哲学主题,由对"文革文学"、十七年文学的社会政治反思上升为文化哲学反思,把文学的根扎到中国传统文化之中,希望从儒道思想中汲取营养,为文学带来更厚重的文化意味,这当然是作家们对文化的自觉反省,是为当代中国的社会文化发展寻找更坚定基础的一种努力;其二是对地域文化的自觉,作家们在被"文革"破坏相对较弱的边缘和底层去寻找精神的世外桃源,希望在塞北大漠或湖湘深山中发现精神得以寄托的朴素文化环境,回归纯朴又纯真的原始人性。这些努力当然都不是单纯意义上的审美活动,作家们对"根"的寻找也不是为了增加作品的审美价值,而是承担一种文化的道义感。说到底仍然是一种对现实生活的主动介入,而不是割断现实利害关系躲进审美世界中的孤芳自赏。有学者在分析寻根文学产生的原因时对其超越审美而在主题方面寻求突破的特征,进行过论述:"寻根文学思潮突出地表现了1980年代文学那种反思与寻找意识的躁动……表现在文学主题的推移与深化,对于'文革'以至'大跃进'以来的极左历史,1980年代作家不再满足于对政治决策、方针路线等政治层面的剖析。《黑骏马》《远村》《桑树坪纪事》《拂晓前的葬礼》等小说相继涌现,标明文学的反思主题由政治转向文化的层面,探寻民族性、国民性和农民性,必然促使文学反思几千年的民族传统文化问题,于是以寻求民族文化之根的寻根文学也就应运而生了。"[①]在这里我们看到

---

① 朱寨、张炯主编:《当代文学新潮》,人民文学出版社,1997年,第277页。

寻根文学的主要特点是对文化问题的探索,而不是审美特性上的创新。对于刚刚建立起来的文学理论与批评的审美范式而言,这种新的文学现象便是一种反常现象。如何用审美范式去研究这种文化寻根文学,是一个难题,也是一种挑战。

审美范式遭遇到的第二个反常现象是1987年兴起的新写实小说。新写实小说一反传统文学审美观念中对文学的要求,淡化文学审美超越特性,反而对于现实生活采用精密的实录式描写。细节的真实之外,不再进行所谓的艺术概括以达到现实主义审美理念中的典型化,也不再像现代主义那样刻意去揭示生活的荒诞感,从而以审美方式重新审视现实生活,以达到对现实的审美超越与审美抵抗。新写实小说津津乐道于生活的本原样子,执着于现实生活的深重与无奈。正如有的学者所分析的那样:"新写实小说'除细节的真实外',放弃了'真实地再现典型环境中的典型人物'这一现实主义创作原则。它出自回避伪现实主义那种假大空和虚假的理想,企求更真实更现实些,但因新写实轻轻地丢弃了文学典型化原则和艺术的概括力,所以,文学家向来为艺术形象灌注的人文的和审美的理想,也从新写实作品中消失了。""新写实小说由'彼岸'回到'此岸',强化形而下的生活具象时,连同形而上的艺术和哲学的思考精神也白白地加以丢弃,有些作品缺乏耐人寻味的深沉和深刻的东西。"①这些专注于现实生活的细枝末节,表现人的灰色生存状态的作品消解了审美范式中对于审美价值的信仰,以平面化的展示代替了纵深的思考与形而上的审美升华。作家们也毫不掩饰自己的作品对平庸的兴趣。新写实小说的代表作家池莉就认为:"为了维持日常生活而必须要做到的事情却偏偏做不到;这就是悲剧。"②

---

① 朱寨、张炯主编:《当代文学新潮》,人民文学出版社,1997年,第293—294页。

② 池莉:《我的〈烦恼人生〉》,《小说选刊》1988年第2期。

这样的悲剧观念与传统美学中所说的那种具有崇高风格和命运冲突的悲剧已大相径庭。这种把关注点全部集中在日常生活,而不再做更深挖掘的创作拆解了审美范式中对审美的乌托邦期待,用审美范式已难以解释这种新写实小说。

审美范式所遇到的第三个反常现象是通俗文学与大众文化在1980年代的崛起。也是在1985年前后,中国当代通俗文学形成了繁荣的局面,《通俗文学》《通俗文学选刊》《今古传奇》《传奇文学选刊》《啄木鸟》《故事会》之类的通俗文学刊物都拥有大量的读者。《故事会》每一期印数高达700多万份,《今古传奇》第一期也印了140万份。这种通俗文学现象又是审美范式难以解释的,因为审美范式是以纯文学或精英文学为研究对象建立起来的。审美范式中的美学观念、评价标准以及对审美活动内在机制进行分析的理论都是针对纯文学的。面对通俗文学,审美范式几乎失去了解释能力。刘再复在当时就对通俗文学做出了这样的评价:"如果把传奇文学放在整个文学的审美价值系统中,就应当承认,它是处于比较低级的价值层次中的。传奇文学,总是以故事情节为中心,缺乏丰富的人的内心世界,只能给人一种刺激性的满足,带有明显的原始思维的特点,就是把人写得很离奇,很简单,艺术趣味很低。"①在审美范式中,通俗文学受到的这种贬抑正好证明了审美范式对通俗文学现象难以解释。这种审美价值很低的文学在审美范式中也被认为是没有什么研究价值的。即使像滕云那样对通俗文学"给人以短暂的休息与消遣的价值"表示同情的学者,也认为:"完全贬斥某些通俗文学作品的'片刻'欣赏价值,未免狭隘,但通俗文学从整体看,却不应当满足于只向人们提供片刻欣赏价值,作为文学的一

---

① 刘再复:《作家使命感之所在》,《读书》1985年第5期,这是《读书》杂志题为"谈谈俗文学"座谈会上的发言。

支,也还应当提出争取长远的审美价值的问题。"①可见,审美范式在遇到不是以审美价值为追求目标,而是以消遣娱乐为追求目标的通俗文学时,其解释能力就出现了问题。在审美范式中,审美是一种精神活动,而消遣娱乐则是一种快感,一种享乐。它是除了社会政治意识形态之外审美要抵制的另一种有害文化/心理现象。但是,通俗文学的繁荣却又是一种文化发展的趋势。面对来势汹汹的通俗文学以及其后的大众流行文化狂潮,审美范式显得曲高和寡之外,也有些与现实脱节。审美范式的合法性在此也出现了危机。

审美范式的危机不仅表现在反常现象的出现对审美范式解释力的挑战。其实对于这些反常现象,文学理论与批评研究者仍然可以用审美范式来进行分析。这些反常的作品也仍然是具有审美价值的,只不过用审美范式来分析这些作品,作品中所要讨论的主题可能会受到贬抑或被边缘化,作品所具有的功能(比如通俗文学的娱乐功能)可能会被批判。如此一来,这些反常作品的价值可能得不到应有的认可,而这些作品引起的反响也得不到合理的解释。但是,无论如何审美范式仍然可以坚持自己的研究规范,维持审美范式的常规研究。

审美范式危机的第二个阶段是文学理论与批评研究中出现了不同的研究视角以处理反常现象,从而形成不同于审美范式的新的研究方法与观念。这些不同的研究方法已开始在审美范式之外寻找途径,来解释审美范式解释不了的反常现象。虽然我们从范式危机的过程这个线索把这些不同的研究方法看成是审美范式危机的第二个阶段,其实这些不同的研究方法出现的时间与审美范式建立的时间也几乎是同步的,只不过当审美范式成为主流范式为文学研究共同体普遍接受与运用的时候,这些不同的研究方法只能作为可供选择的不同研究路径,与审美范式共

---

① 滕云:《通俗文学需要提高》,《人民日报》1985年3月11日。

存于文学理论与批评领域中,其影响力被审美范式的光环遮蔽了。

这种不同的研究方法,我们首先可以列举出社会文化批评来做例子。1985年季红真在《中国社会科学》第3—4期发表了《文明与愚昧的冲突——论新时期小说的基本主题》一文,在对新时期各种文学思潮或流派进行了宏观梳理的基础上得出一个结论:"这些诸多分散主题之间存在着一种内在联系,即作品以不同的标准在对各种文化思想的摄取中面临一个基本矛盾:文明与愚昧的冲突。"[①]这种对文学主题的探讨已经超越了对作品审美价值形成的内在机制进行分析的审美范式所讨论的问题范畴,而归属于社会文化批评。作者在分析这个宏观主题时,也是从作品的"内容"入手的,把新时期文学的主题发展线索描述为从社会政治批判演变到对民族文化的思考。而作者讨论这个问题的基本框架则是把文学主题与新时期社会文化发展的时代主题联系起来,文明与愚昧的冲突不仅是文学的主题,也是整个1980年代社会发展的主题。中国正在进行现代化建设,从愚昧走向文明也是民族历史的发展趋势。季红真对新时期文学主题的概括是否准确姑且不论,她所采用的研究方法对于当时已占主流地位的审美范式而言,提供了另一种思路,为文学理论与批评研究带来了另一种选择,就此而言,这种社会文化批评已经对审美范式提出了挑战。文学理论与批评并非只有审美问题可以研究,我们完全可以不谈审美而对文学进行深入的讨论。

在关于"寻根文学"这种反常现象的研究中,也出现了超越审美范式的探索。既然寻根文学以文学反思为使命,那么批评家和文艺理论家当然无法再以审美话语自说自话。从文化角度来评价这些寻根文学作品便成为顺理成章的事。这对于文学理论审美范式而言则意味着审美范式不能一统天下,作为文学研究共同体唯一信仰的研究范式了。

---

① 季红真:《文明与愚昧的冲突——论新时期小说的基本主题》,《中国社会科学》1985年第3—4期。

比如有论者在分析寻根文学的历史贡献时就指出:"寻根文学的功绩在于启迪了思想界对民族文化的思索,它的衰弱虽然与自身的不足和文坛上一哄而起的时髦病有关,但是它的热情换来了文化反思的进一步冷静地思考。哲学、史学、民俗学、社会学、宗教学各个学科正在深入研究文化问题,关于原始图腾、神话模式、道禅学说等问题的研究都取得了一定成果,研究领域也在不断扩大,比较文化、文化史、文化人类学、文化社会学都形成了一定的规模,出现了反传统派、'五四'运动派、现代儒学派、早期启蒙派、回归原典派等较为成熟的理论观点。'文化反思'正在以客观的科学的冷静眼光和态度向纵深开掘着。应该说,'文化反思'的火炬由'寻根文学'点燃,已交给了真正的执掌者。"①这里列举了多个研究领域都受到寻根文学的影响,但唯独没有美学,作者没有对寻根文学的审美价值进行论述,不是因为寻根文学没有审美价值,而是在于研究的角度已经不在审美问题上。在论者这里,寻根文学给创作领域带来观念的变化,也在文学研究领域引起了对审美范式的挑战,这种挑战推动了审美范式走向危机。

另外,国外文学理论的介绍与运用,也对审美范式产生了冲击。其中神话原型理论和文学社会学理论都是与审美范式不同的理论范式,对于审美范式构成了直接的挑战。如果说从社会文化角度对中国当代文学进行阐释还是针对具体对象所做的探索性研究,还是对反常现象的应急处理,带有特殊性与偶然性,那么神话原型理论和文学社会学理论则完全是两个不同的理论系统,它们也是两种可以与审美范式相抗衡的研究范式。1987年叶舒宪选编的《神话——原型批评》由陕西师范大学出版社出版,1991年叶舒宪的专著《英雄与太阳——中国上古史诗的原型重构》由上海社会科学院出版社出版,同年,罗强烈的《原

---

① 陆贵山、王先霈主编:《中国当代文艺思潮概论》,中国人民大学出版社,1989年,第176页。

型的意义群》由百花文艺出版社出版。神话原型理论由理论方法的介绍到在中国文学研究中的运用，为文学研究提供了超越审美范式的新范例。这种理论不再以文学的审美价值及其形成机制为核心问题，而是把隐藏在文学作品中的神话原型或原始意象作为分析的目标。它的基本理念是认为各民族的文学都是这个民族原始先民们对世界的原始想象的重写。它也解释人们对于一些伟大的作品为何会产生共鸣，但是它所找到的原因不是什么审美心理的机制，而是人的内心世界潜在的集体无意识，是那些作品表现了这个民族（乃至全人类）的集体无意识，才使得人们对它如醉如痴地喜爱。这种神话原型理论具有从文学观念到研究方法再到具体实践（范例）的一套研究架构。它在审美范式之外建立起了解释文学现象的另一个范式，一个可以替代审美范式的范式。

文学社会学本是中国当代文学研究中的主导范式，但是由于其过度的政治化而产生了僵化思维，被审美范式取代。但是，文学社会学本身并没有因此而消失。作为对文学现象具有强大解释效力的文学理论与批评范式，在政治色彩淡化、学术性回归之后，仍然具有其强大的生命力。1987年安徽文艺出版社出版了一套文艺社会学译评丛书，译介了大量西方文学社会学理论，给这个中国文学理论研究者本来就十分熟悉的研究范式注入了新的活力。在与政治/政策保持距离的情况下，文学社会学仍然可以用来解释文学现象，这种学术化的文学社会学就形成了对审美范式的挑战。与此同时，中国学者的文学社会学研究也取得了新成果。同样是由安徽文艺出版社出版的徐启华的《小说社会学的初探》（1987）和花建的《现代生产艺术论》（1988）代表了在审美范式之外建立文学社会学新范式的努力。说是"新范式"，其实是学术化的文学社会学的回归。1988年上海译文出版社也推出了法国学者罗贝尔·埃斯卡尔皮的《文学社会学》中文版。这本小册子在中国当代文学社会学研究中产生了积极的影响。作者说:"文学社会学应该尊重文学现象的特殊性。文学社会学应该帮助传统的(不论是历史的还是批判的)文学完成它本身的各项任务,应该既对从事图书工作的专业人员来说是一件好事,也对读者来说是一件好事。传统文学的任务同样也是文学社会学要关心的间接内容,文学社会学的作用仅在于要从社会的角度来理解这些任务。"①这种从社会的角度来理解文学的研究范式有三个主要特征:其一是从作品所由产生的种族、环境、时代、宗教、风俗等一般文化状况研究作品。把每一部作品都看成是由文化影响而产生的,本身也是一件复杂的文化物品。其二,从作品所由产生的社会结构(以生产力、经济基础为根本)来研究作品。这是马克思主义文学理论的基本观点。文学是由社会存在决定的,因此必须在社会存在的结构之中才能理解文学。其三,从作品所包含的道德意义研究作品,这就要求文学作品发展社会教育功能,为建立和谐的社会秩序发挥作用。② 总之,"社会历史方法善于透过作品而试图窥见其所得以产生的宏大的社会历史背景,并根据这一背景去解释作品。因而这种方法的主要魅力便在于探索作品背后的社会历史背景,这是其他方法所无法比拟的"③。可见,文学社会学无论如何都是一种建立在文学外部的研究范式,而不是像审美范式那样是对文学内部规律的研究。当过度政治化的社会政治范式陷入困境之后,文学社会学在进行了观念与方法的调整之后,仍然具有对文学现象的解释力,对于审美范式而言构成了来自外部的挑战。

除了神话原型理论和文学社会学理论之外,后现代主义理论也是

---

① 〔法〕罗贝尔·埃斯卡尔皮:《文学社会学》(符锦勇译),上海译文出版社,1988年,第14—15页。

② 胡经之,王岳川主编:《文艺学美学方法论》,北京大学出版社,1994年,第37—38页。

③ 同上,第43页。

对审美范式形成挑战的一种西方理论,而且后来的文学理论与批评的演变历程证明,后现代主义理论对于审美范式的冲击甚至比神话原型理论和文学社会学理论的冲击更大也更彻底。1985年美国学者弗雷德里克·杰姆逊(詹明信)到北京大学演讲,其后他的讲稿以《后现代主义与文化理论》为题结集出版,给中国文学理论与批评带来了巨大的影响;1991年佛克马和伯顿斯编的《走向后现代主义》由北京大学出版社出版;1992年王岳川和尚水编辑的《后现代主义文化与美学》由北京大学出版社出版,也对中国文学理论与批评研究者了解后现代主义发挥了推动作用。可以说自从杰姆逊来中国讲演之后,中国文学理论与批评领域中一场革命就悄然发生了。审美范式在这股后现代主义潮流中已被蛀蚀了根基。王岳川在总结后现代主义的特点时指出:"丧失了信念的后现代人失却了深度,而专注意表面(平面),使得后现代主义精神成为反解释的:没有本文的原意,没有定于一尊的权威意见,没有中心辐射般的所谓终极意义,一切都有可能,每一种意义都有道理。表面的形式是重要的,因为这究极而言,是诗人或评论家所采用的一种方式:即以表达破碎世界的形式来取得某种'意义',以抵抗生活中意义的毁灭的方式。这种形式上的张力指涉出作家与世界的关系,因为在世界成为碎片的世界之时,诗人为了不成为失去回忆意义的断片,就只能通过形式的变幻而使自己置身于一个相对完整的形式框架中,如果在丧失内容(意义、深度)之后,再失去形式(表面),那么,诗人还剩下些什么呢?"①可见,后现代主义对现代主义和古典主义的美学理论与艺术实践进行了全面的消解。它对审美范式的冲击至少有三个方面:其一是以意义不确定性质疑审美本质。如果文学文本中意义是多元的或虚无的,那么审美范式对文学审美本质的确认就是难以成立

---

① 王岳川:《后现代主义文化逻辑(代序)》,见王岳川、尚水编《后现代主义文化与美学》,北京大学出版社,1992年,第42页。

的。其二,以瞬间的感受消解审美价值。审美范式相信,文学艺术具有永恒的艺术魅力与审美价值,但后现代主义却更相信瞬间的碎片化的感受而拒绝任何永恒不变的价值。其三,以混杂与拼贴跨越文学与其他文化活动的边界。在审美范式中文学与非文学的区分是其理论的前提,但后现代主义不仅打破高雅与通俗,经典与流行的界限,甚至打破了文学与生活的界限,从而使文学变成了不可限定的活动。在这样的条件下讨论文学的本质、文学的审美机制已变得不可能了。

  上述这些与审美范式同时存在的研究范式只是为文学理论与批评提供了不同的思考路径,还没有对审美范式产生致命的破坏。在1980年代中后期,审美范式仍然是中国文学理论与批评中的主导范式,然而进入1990年代以后,审美范式受到的冲击越来越大。文学理论与批评中新的理论方法不断出现,审美范式也陷入全面危机之中。1990年徐岱的《艺术文化论》一书由人民文学出版社出版,对1980年代的文艺理论进行了系统总结和反思。其中引人注目的地方是在这本书所讨论的各种理论方法中,"艺术的审美学研究"只是全书十章中的一章而已,而徐岱最先论述的恰恰是艺术的人类学研究(第一章)、艺术的文化学研究(第二章)、艺术的社会学研究(第三章)。第八章艺术的发生学研究也是"外部研究"。相比较而言,可以划入审美范式的则有艺术的心理学研究、艺术的符号学研究、艺术的审美学研究以及艺术的形态学研究和艺术的文体学研究。从总体结构来看,《艺术文化论》中审美范式内的论题仅占一半。实际上,如果我们再仔细去分析,审美范式可以把心理学、符号学、形态学、文体学包括进来,说到底都是审美研究。而人类学、社会学、文化学、发生学,则都是与审美范式平等的研究方法。因此,也可以说审美范式其实只占五分之一(第十章"艺术的批评学研究"可以算是一种理论层面的反思)。就文学理论体系建设的目标而言,徐岱强调了三种意义,颇值得玩味。首先是"宽容意识",即对已往存在诸多弊端的理论不要彻底抛弃,而要吸收其中合理的因素。他指出:"任何一种新体系的重建都需要有一种对旧体系的宽容意识,在我们超越历史的时候,别忘了首先应该给予历史以应有的尊重。历史事实上早已对此做出了裁决。如果说曾经在文艺学领域里称雄一时的文艺社会学,在本世纪初一度显得声名狼藉且饱受冷遇,这可以看作历史对传统文艺学那种不适当地将自己出租给社会学,沦为社会学的一种翻版的失误所做出的惩罚,那么这门学科近几年来在西方文坛上重整旗鼓东山再起的现象,则同样可以视为历史在经过必要的反思之后对传统文艺学中那些合理因素的重新认可。因为事实说明,不管人们承认与否,文学固然不是真实世界的微观缩影,但无疑是人们社会生活中的一个重要组成部分,其中渗透着人类的社会经验,并相应地具有各种或大或小或直接或间接的社会功能。因而,对文学现象从社会学的角度加以研究不仅过去需要,现在和将来同样未必可以缺少。正是在这里,传统文艺学表现出了它所仍然具有的理论价值和潜在的生命力,它不仅具有历史的成绩,同样还具有一定的当代性。"[1]其二是互补意识,即对同时代其他理论观点的吸收利用。徐岱认为"正如生活中不可能存在可以独挽狂澜,拯救世界于危急之中的超级英雄,文艺学领域同样也不可能创造出一种可以包打天下,涵盖一切的理论体系。因此,新文艺学构架的重建工作不仅需要对传统历时态文艺学遗产的宽容意识,而且还需要一种对当代共时态文艺学财富的互补意识","具体讲,当文艺社会学在揭示文艺作品的社会功能方面显示出它的长处时,文艺心理学,文艺符号学,文艺现象学等学科也相应地在剖析文艺的创作——消费机制和文艺的形态——对象特征以及文艺的本体性质等方面显示出各自的理论优势。"[2]其三是"媒介意识",即承认文学是

---

[1] 徐岱:《艺术文化论》,人民文学出版社,1990年,第18页。
[2] 同上,第20页。

一种语言的艺术。"我们认为当务之急应该是在语言文体意识中重建我国新时期的文艺学体系。事实将会证明,文艺文体学这门方兴未艾的学科不仅能在实践上为广大的文学作者与文学读者提供一种行之有效的审美参照,而且也能在理论上恰如其分地填补经过文艺社会学和文艺心理学的思辨性覆盖后所遗留下来的逻辑盲点。"①徐岱所提倡的这三种意识都已经超越了单纯的审美范式,这种新的文艺学体系涵盖了审美范式中的基本问题,但是又吸收、容纳了文艺社会学以及其他相关学科的内容,建立一个超越审美范式的文艺学体系的意图已十分明显。在此,审美范式已走到了它的临界点,等待着被突破了。

如果说徐岱对新的文艺学体系的建构还为审美范式保留了相当重要的地位,还没有明确提出要突破审美范式,那么1997年周宪的《超越文学》的出版则已更进一步把审美范式推入全面危机的状态。周宪在《超越文学》自序中明确地说出了自己的学术理念:"本书所采用的心理学、语言学、史学和哲学四重视野,不妨可以看作文学这个'房子'里所打开的'四扇窗户',所见到的不同景观综合起来,更能反映出文学的复杂本质。"②他所追求的是对文学进行综合性的研究,而不是仅仅做审美的研究,这种综合性在所采用的分析视角上就已超越了审美的单一视角,对于审美范式而言这种综合研究无疑是一种挑战。尽管周宪自己说在人文学科中知识是积累式的,而不像自然科学中是取代式的,但是我们也不得不承认,人文学科也存在着从简单到复杂的发展趋势。审美范式的单一视角相对于文化哲学的综合视角其局限还是十分明显的。另一方面,在《超越文学》中,周宪对文学的本体也有一种综合的规定,他说:"不同视野朝向一个目标,它们的内在联系不只是思

---

① 徐岱:《艺术文化论》,人民文学出版社,1990年,第21页。
② 周宪:《超越文学——文学的文化哲学思考》,上海三联书店,1997年,第5页。

考的焦点最终集中到同一论题上,而且是内在地统一的。贯串其中的是一个反复论证的基本主题:文学是一种文化反思和批判。"①也就是说周宪在这本书中通过四种不同的角度反复论证的核心观点就是"文学是一种文化反思和批判"。这个对文学本体的规定已完全不同于把文学作为一种审美活动的审美范式的文学本体观。审美范式在其核心观点上遭遇了替代性挑战,尽管周宪没有直接批判审美范式,但是当这种文化哲学文学观建立起来之后,审美范式的单薄和浅显已在对比之中显现出来,其全面危机的时刻业已到来。

与此同时,进入1990年代以后,以法国思想家福柯的话语理论为核心的西方文学理论的大量引进,也是导致审美范式进入全面危机的一种标志(也是导致审美范式陷入全面危机的原因之一)。对审美范式产生巨大冲击的当然不止有福柯的话语理论,还有在这种理论影响下的以萨义德为代表的后殖民理论和波伏娃、伍尔夫、肖瓦尔特等人的女性主义理论等等。福柯的话语理论以及后殖民批评、女性主义对审美范式的冲击主要表现在两个方面:一是对话语与权力关系的认定打破了审美范式中对审美话语的美感价值的封闭式追求,从而使文学被纳入一个更大的社会关系/权力关系架构中来认知,文学话语从此向社会开放。二是对文学文本的政治解读使文学不再是无功利的审美活动,反而处处被政治话语渗透。比如萨义德从简·奥斯汀的小说《曼斯菲尔德庄园》中读出了帝国主义的意识形态,审美范式中那种在审美鉴赏基础上对文学的审美分析方法在此被置换了,或者说发生了质的变化。女性主义也打破了审美价值的神话而更进一步追问谁的审美价值,从而揭露文学话语中隐含的性别关系的不平等。文学被放置到性别关系(社会关

---

① 周宪:《超越文学——文学的文化哲学思考》,上海三联书店,1997年,第5页。

系)中来考察,而不再作无性别的超历史的审美沉思了。①

二、文化研究范式的建立

当然,真正把审美范式推入危机深渊、从而导致文化研究范式正式出场的是三场争论。一是发生在 2000 年前后的关于文学终结以及由此而引出的文艺学边界问题的争论。争论的导火线是美国学者 J·希利斯·米勒 2000 年在北京语言大学所做的演讲《全球化时代文学研究还会继续存在吗?》,该演讲文稿在《文学评论》2001 第 1 期发表后,引发

---

① 《疯狂与文明》中文版 1990 年即由浙江人民出版社出版。福柯的话语理论起初由赵一凡、盛宁等学者于 1994 年《读书》《外国文学评论》杂志介绍,《知识考古学》中文版于 1999 年由生活·读书·新知三联书店出版;《规训与惩罚》(生活·读书·新知三联书店,1999 年)、《性经验史》(上海人民出版社,2000 年)相继出版,给中国当代文艺学提供了具有强大生命力的理论资源。后殖民理论进入中国的时间与福柯的理论进入中国的时间大致相同,也是始于 80 年代末 90 年代初,1993 年《读书》第 9 期上发表了张宽的《欧美人眼中的"非我族类"》、钱俊的《谈赛义德谈文化》、潘少梅的《一种新的批评倾向》、李长莉的《学术的趋向:世界性》四篇文章在中国文艺学乃至人文社会科学领域都引起了较大的反响,成为中国当代文艺学后殖民理论正式出现的标志。1994 年《读书》和《文艺争鸣》等杂志都继续就后殖民话题展开讨论。张法、张颐武、王一川合写的《从"现代性"到"中华性"》一文在《文艺争鸣》1994 年第 2 期发表后,引起了较大的反响。此后,萨义德的《东方学》中文版于 1999 年由生活·读书·新知三联书店出版,罗钢、刘象愚主编的《后殖民主义文化理论》1999 年由中国社会科学出版社出版,《文化与帝国主义》中文版 2003 年由生活·读书·新知三联书店出版,使中国当代文艺学中文化批评初步成型。女性主义在中国的介绍和研究的情况比较复杂。早在 1981 年朱虹就在《〈美国女作家作品选〉序》(《世界文学》1981 年第 4 期)中介绍女权主义和女性文学。此后,每年都有与女性主义相关的评介。直到 1986 年西蒙·波娃的《第二性(第 2 卷)》由湖南文艺出版社出版,伍尔夫的《一间自己的屋子》于 1989 年由生活·读书·新知三联书店出版,女性主义的关注程度才大大提高,而真正为女性主义在中国文艺学中提供理论资源的是 1989 年由湖南文艺出版社出版的玛丽·伊格尔顿的《女权主义文学理论》,1992 年由张京媛主编的《当代女性主义文学批评》和 1992 年由时代文艺出版社出版的陶丽·莫依的《性与文本的政治》。这三本书构建了西方女性主义文学理论的清晰轮廓。

了中国文学理论研究者的强烈反应。陶东风、余虹等学者积极呼应,而童庆炳、李衍柱等学者则提出不同看法。争论的焦点有两个,一是文学在信息化时代会不会终结,二是文艺学研究的边界是否应该扩大。其实争论的核心应该是文学研究的范式要不要做调整或转型。因为在米勒的演讲中"文学研究"特指那种以审美鉴赏为基础的对文学作品进行审美价值评判的研究。米勒明确地说:"在西方,文学这个概念不可避免地要与笛卡尔的自我观念,印刷技术,西方式的民主和民族独立国家概念,以及在这些民主框架下言论自由的权利联系在一起。从这个意义上说,'文学'只是最近的事情,开始于17世纪末、18世纪初的西欧。它可能会走向终结,但这绝对不会是文明的终结。事实上,如果德里达是对的(而且我相信他是对的),那么,新的电信时代正在通过改变文学存在的前提和共生因素(concomitants)而把它引向终结。"①

很明显,米勒所说的文学研究的终结是17—18世纪在西方形成的文学观念的终结,是指这种文学观念在新的电信时代将要发生变化。并非指文学作为人类文化的一种形式从此消失了。米勒的这种观念给中国当代审美范式带来的致命挑战在于两个方面:其一是它把"文学研究"历史化了。"文学"观念如果是17—18世纪才在西方形成的,它也必将随着社会文化的转型也出现改变,而中国当代文学理论审美范式中的文学观念恰恰来自西方的这种近代文学观念。它以德国古典美学、启蒙思想以及现代主义为基础,以审美为文学的本体特征。其二,米勒的文学终结论还为新的文学研究提供了设想,那就是改变对文学活动的态度,开放文学的边界,从而使文学研究有更广阔的空间。米勒在文章的结尾处写道:"文学研究的时代已经过去,但是,它会继续存在,就像它一如既往的那样,作为理性盛宴上一个使人难堪,或者令人警

---

① 〔美〕J.希利斯·米勒:《全球化时代文学研究还会继续存在吗?》(国荣译),《文学评论》2001年第1期。

醒的浪荡的魂灵。文学是信息高速公路上的沟沟坎坎,因特网之神秘星系上的黑洞。虽然从来生不逢时,虽然永远不会独领风骚,但不管我们设立怎样新的电信王国,文学——信息高速路上的坑坑洼洼、因特网之星系上的黑洞——作为幸存者,仍然急需我们去'研究',就是在这里,现在。"①在此,米勒是把文学放在"信息高速路上"来研究的,在这样一个电信时代,"文学"的本体特征、它存在的语境都变化了,作者、读者也都不同于以往了。所以文学研究的范式也不再是审美范式了。

另外的两次争论则直指审美范式的核心观念,使得审美范式走到了被取代的境地,这两次争论也可以看成是从审美范式向文化研究范式转型的转折点。其一是关于"审美意识形态"的争论。审美意识形态理论是王元骧、童庆炳、钱中文等学者吸收了 1980 年代新出现的文学审美本质论和以往延续下来的文学意识形态论两种文学观念而建立起来的综合性的文学本质论。它本身是审美范式中的一种具有广泛影响力的理论观念,同时,也是一个妥协调和的产物。1980 年代激进的审美主义者希望摆脱政治/政策对文学的干涉/干扰,而提出了彰显文学独立性的审美本质观,相应地,坚持文学意识形态本质的学者则对此提出了批评,认为审美是不可能脱离现实生活的,必定受到经济基础的制约。对立双方的观念在审美意识形态论中都得到吸收采纳,使得审美范式形成了一种相对稳定的局面。然而这种综合对立双方观念的审美意识形态论到了 2000 年以后受到了质疑。排除童庆炳先生把审美意识形态论说成文学理论的"第一原理"②而引起的意气之争外,这个理论本身的合理性也受到了挑战。董学文先生认为文学不是审美意识

---

① 〔美〕J.希利斯·米勒:《全球化时代文学研究还会继续存在吗?》(国荣译),《文学评论》2001 年第 1 期。
② 童庆炳:《审美意识形态论作为文艺学的第一原理》,《学术研究》2000 年第 1 期。

形态,而只是审美意识形式。文学不是什么审美意识形态,它本身就是意识形态。只不过是以审美的形式出现的意识形态,他认为不存在什么特殊的"审美意识形态","文学是可以具有意识形态性的审美意识形式"①。而单小曦则从童庆炳主编的《文学理论教程》等教材对审美意识形态的论述中发现了逻辑和论述上的不一致,指出,"童先生的'审美意识形态论'存在的主要问题体现在两个层面中:一是不同版本的论著对'审美意识形态论'具有不同版本的解释,各种解说之间不仅各不相同,甚至相矛盾。二是不同解说自身也有诸多不尽合理和值得商榷的地方。"②这些"不尽合理和值得商榷的地方"包括:"童先生并没有准确把握到文学与审美价值之间的必然联系的关键之点",意识形态与审美"两者'复杂组合'而成的审美意识形态的内涵应是什么呢?我们找不到明确的答案","童庆炳先生一向坚持文学活动论,即认为文学是世界、作家、作品、读者四要素循环往复的动态过程,而审美欣赏不过存在于读者——作品的环节之中,说文学是一种狭义的审美活动,实质上等于说文学仅是一种读者对作品的鉴赏活动了",等等。单小曦最后得出的结论是:"审美意识作为独立的意识类型不过是一定社会意识形态的表现者,不能单独成为一种新意识形态。文学与意识形态不同质,文学是'一种意识形态'或'一种审美意识形态'的说法不能成立。"③这些对审美意识形态的质疑是否有道理是仁者见仁、智者见智的事,但是从这些质疑中引发出了对审美范式的合法性的进一步思考才是这些论争的意义和价值所在。重要的是,这些质疑之声动摇了审美范式的合法性基础,这似乎成为新的范式即将登场之前的清场活

---

① 董学文、李志宏:《文学是可以具有意识形态性的审美意识形式——兼析所谓"文艺学的第一原理"》,《广西师范大学学报(哲学社会科学版)》2006 年第 3 期。

②③ 单小曦:《文学的"审美意识形态论"质疑》,《文艺争鸣》2003 年第 1 期。

动了。一位青年学者在对这场争论进行总结时指出:"关于'文学是一种审美意识形态'的争论暴露了以'审美意识形态'作为文学本质规定的局限性,因此关键是要抛弃在定义文学时企图找到一个绝对的、普遍的、放之四海而皆准的规定性这种本质主义思维。"①这种对本质主义思维方式的态度,其实已从根本上放弃了审美范式,因为审美范式恰恰是在本质主义的基础上建立起来的,把文学的本质规定为"审美"的一种本质主义理论。

与对"审美意识形态"论进行质疑的同时,另一场关于"日常生活审美化"的论争也以更大的规模展开。从范式转型的角度看,"审美意识形态"问题的争论还是对审美范式合法性的挑战,是对审美范式的颠覆与摧毁,而日常生活审美化的争论则是建立文化研究范式的一场建设性争论,是代表着中国当代文学理论与批评从审美范式向文化研究范式转型的一场仪式化表演。当然在这场争论中对审美范式的取代意味就更浓,审美范式的危机也更深。因为,审美范式中的研究对象、基本理论、思维方式等方面都被新的文化研究范式重新设定了。因此,审美范式也基本上"终结"了。从论争的过程来看,参与者众多,我们只能从论争的起点以及涉及的基本问题做简短的回顾,以此来说明论争给审美范式带来了什么样的冲击。

陶东风在《浙江社会科学》2002 年第 1 期上发表了《日常生活的审美化与文化研究的兴起——兼论文艺学的学科反思》一文在国内最先提出日常生活审美化问题,并有意识地从文艺学的学科发展的高度来讨论这个问题。实际上他已经清晰地意识到了日常生活审美化问题是关乎文艺学范式转型的重大问题。随后,2003 年的《文艺争鸣》第 6 期发表了陶东风的《日常生活审美化与新文化媒介人的兴起》、王德胜的

---

① 许娇娜:《审美意识形态:走出文学本质论》,《文艺争鸣》2008 年第 3 期。

《视像与快感——我们时代日常生活的美学快感》、金元浦的《别了,蛋糕上的酥皮——寻找当下审美性、文学性变革问题的答案》、朱国华的《中国人也在诗意地栖居吗?——略论日常生活审美化的语境条件》等一组文章,正式拉开了争论的序幕,并产生了巨大的影响。支持"日常生活审美化"的论者主要在三个方面对审美范式提出了替代性的论述:首先是在审美的性质上,审美不再是孤立的无功利的精神沉思,而是一种日常生活中的感性活动。王德胜认为:"这一由人的视觉表达与满足所构筑的日常生活的美学现实,一方面是对康德式理性主义美学的理想世界的一种现实颠覆,另一方面却又在营造着另一种更具官能诱惑力的实用的美学理想——对于日常生活的感官享乐追求的合法化。"①这种以官能快感为核心内涵的审美理念与以精神愉悦为核心内涵的古典美学理念已属于两种不同范式了。其次,日常生活审美化理论中对美学/文艺学研究的对象范围也进行了重新划界。美学/文艺学已不仅研究精英的/经典的纯文学艺术活动,而是将范围扩大到大众流行文化。陶东风明确指出:"日常生活的审美化以及审美的日常生活化,它对于传统文学艺术与审美活动的最大冲击是消解了审美/文艺活动与日常生活之间的界限,审美与艺术活动不再是少数精英阶层的专利,也不再局限于音乐厅、美术馆、博物馆等传统的审美活动场所,它借助现代传媒,特别是电视普及化、民主化了。走进了人们的日常生活空间。我们甚至可以说,如果非艺术专业的城市居民有什么审美活动的话,那么它也发生在如百货商场、街心公园、主题乐园、度假胜地、美容院、健身房之类的场所(而不是专门的音乐厅、美术馆等)以及购物、家居装修、看电视、早晚的散步锻炼以及对自己的身体进行美化、塑造、修理等行为(而不是阅读经典文学艺术名著)之中。艺术活动与审美活

---

① 王德胜:《视像与快感——我们时代日常生活的美学现实》,《文艺争鸣》2003 年第 6 期。

动在很大程度上已经转移到了工业设计、广告和相关的符号与影像的生产工业之中。任何日常生活都可能以审美的方式来呈现,更遑论什么高雅艺术与大众文化之间的界限了。"①当审美活动与生活的界限、高雅艺术与大众文化的界限都被打破了之后,美学/文艺学研究的对象也就不能再固守高雅艺术或精神性的审美沉思了,而应该相应地扩大到日常生活领域,把以往的美学/文艺学中排斥在外的审美活动纳入研究范围。随着研究对象的改变,审美范式的合法性就被动摇了。再次是在元理论的层面上,日常生活审美化研究者清醒地把他们对日常生活审美化研究的倡导作为范式转型活动看待。应该说这是一场目标明确的研究活动,目的就是要建立文艺学新的研究范式。金元浦对这个问题的论述十分清晰。他指出:"经过1980年代以来我国文艺学范式由社会历史批评等外部批评向文学本体的转变,在很长一段时间里,审美性和文学性作为文学艺术的本质特征,已成为我国文艺学界的共识。但是进入新世纪,世界文学艺术与美学理论发生了重大的变化。一时间,文化的转向、视觉图像的转向、美学的转向、后现代转向以至身体的转向纷至沓来,不绝于耳。处在这种全球化背景下的我国文艺学也发生了巨大的变化。其中一个突出的变化就是审美的日常生活化和日常生活的审美化。"②这种清醒地推动文艺学/美学范式转型的学术追求,当然是对审美范式的直接挑战,这等于是宣布放弃范式转而寻找新的范式。这种新的范式其实已经成型,它的对象是日常生活的审美活动,它的研究方法是跨学科的文化研究,它的基本观念是把审美/文学艺术活动看成是特定文化语境中的感性活动,而它的理论基础则是反本质主义。所有这些特点,在"日常生活审美化"研究中均已形成。因此,

---

① 陶东风:《审美化与新文化媒介人的兴起》,《文艺争鸣》2003年第6期。
② 金元浦:《别了,蛋糕上的酥皮——寻找当下审美性、文学性变革问题的答案》,《文艺争鸣》2003年第6期。

它已有条件、有能力去取代审美范式,对于审美范式而言,这次冲击是致命的。有意思的是鲁枢元先生从生态文艺学的立场对这种"日常生活审美化"理论中存在的放纵欲望的隐患提出了批评,①但是鲁先生自己的生态文艺学也是从审美研究中出走之后与生态学融合而成的,从范式转型的角度看鲁枢元、曾繁仁等生态文艺学与生态美学的倡导者也是广义的文化研究者。

文化研究在中国文学理论与批评中的出现,几乎与学者们从法兰克福学派理论来批判大众文化同时进行。具体时间应该是在1990年代初,中国学者批判大众文化的理论资源——阿多诺的《文化工业:欺骗群众的启蒙精神》和《电视与大众文化模式》的中文版本分别出现在1990年和1992年。② 而中国学者自觉运用法兰克福学派理论的文章较早的有陶东风在1993年第6期《文艺争鸣》上发表的《欲望与沉沦——当代大众文化批判》、金元浦在1994年第2期《文艺理论研究》上发表的《试论当代的文化工业》以及张汝伦在1994年第3期《复旦大学学报》上发表的《论大众文化》。但也是在1993年戴锦华已开始对大众文化问题进行新的思考,她的立场已转向文化研究。她在回顾自己的学术道路时说:"进入1990年代以后,我始终处于相当茫然的状态。这种茫然到1992、1993年之交达到了极致。这主要是因为商业大潮不期而至。就个人经验而言,我经历了真正的'失落'……在我看来,1993年这次转型的考验可能更大一些,因为你必然在很多方面再做抉择,重新开始。大约在这个时候,我停下来重新读书,重新思考一

---

① 鲁枢元:《评所谓"新的美学原则"的崛起——"审美日常生活化"的价值取向析疑》,《文艺争鸣》2004年第3期。
② 《文化工业:欺骗大众的启蒙精神》是霍克海默和阿多诺合著的《启蒙辩证法》中的一部分,该书1990年由重庆出版社出版了中文译本,译者为洪佩郁、蔺月峰。《电视与大众文化模式》是阿多诺的一篇论文,中文译本刊载于《外国美学》第9辑,商务印书馆1992年出版。

些问题。其中最重要的是反省,一个是对西方理论的反省,对自己不假思索地使用西方理论的态度的反省,包括从'后殖民'的角度重新思考自己的理论话语和个人立场。另一个是对自己的精英文化立场的反省。当然反省不等于完全的改变和放弃。到现在为止,你仍可以说精英文化趣味是我的尾巴,很难根除……但是,如果我仍关心中国文化的现实,我就不能无视大众文化,因为 1990 年代以来,它无疑比精英文化更为有力地参与着对中国社会的构造过程。简单的拒绝或否定它,就意味着放弃了你对中国社会文化现实的重要部分的关注。具体到电影,比如第四代、第五代电影也在不同程度上经由不同途径被商业化。一个显而易见的事实是跨国资本的介入和影响。这显然不是由电影自身或仅仅借助电影理论所可能讨论清楚的,也不是在封闭的文本意义上可能得到阐释的,必须把它放入具体的历史情境中来,放入具体的政治、经济和文化语境中来。所以在这段颇为痛苦的反省和重新思考结束之后,我开始将主要注意力转移到大众文化研究上来。"[1]戴锦华的这个学术转变过程代表了后来从事文化研究的中国学者的集体转变历程。从事文化研究的中国学者大多数都是从精英立场转到大众立场的。戴锦华是笔者所知最早的转变者。陶东风和金元浦最初关注大众文化时也是从批判理念立场来否定大众文化的,后来都转变为中国的文化研究的代表人物。

从审美范式危机与转型阶段的几次争论可以看出,2000 年以后,审美范式的危机不断加深,对审美范式的质疑也从含蓄的补充和包容式的新探索,发展到直接的批判,以至用新的范式来取而代之。在这样的冲击之下,审美范式似乎已无法应对现实中新出现的文学/美学问题了,文化研究范式在面对这些新的文学艺术现象时似乎更有解释的功

---

[1] 戴锦华:《犹在镜中:戴锦华访谈录》,知识出版社,1999 年,第 5—6 页。

效。从审美范式到文化研究范式的转型也波澜壮阔地完成了。

第四节 范式转型的原因

新时期文学理论与批评中的两次范式转型都有各自的具体原因。从转型的文化背景和具体语境以及文学理论发展的内在逻辑看,两次转型又有相似之处,它们都与中国当代文化思想状况密切相关,实践上也是文学理论与批评表达社会关切的一种方式。仔细分析两次转型的原因,对于把握新时期文学理论与批评的发展脉络具有重要意义。

一、1980年代的思想背景:审美范式兴起的原因

由社会政治范式向审美范式转型从时间上说是发生在20世纪70年代末80年代初,审美范式建立的时间段是1979年至1985年。这段时间中国的文化思想状况是这次范式转型的思想史原因,也是转型的具体背景。1979—1985这几年处在"文革"以后中国思想解放的初始阶段。思想解放的主题是人性的回归。这正是对"文革"中人性沦丧的状况的自觉反思和纠正,也是人在突破思想禁锢之后对自由的热切向往。在美学研究中,这个阶段的美学有两个基本命题构成美学研究的基础。一是审美的无功利性,二是审美的主体性。无功利性使审美摆脱了政治的干扰,这正是走出社会政治范式的核心问题;审美的主体性强调审美是人的活动,而审美主体是独立的、自由的、高尚的,主体即所谓大写的人,摆脱了个体在现实中的束缚和禁锢。在文学理论与批评中,构成文学研究的主题之一是以为文艺正名为口号对文学的独立地位的确认,这正好与审美的无功利性相一致,使文学研究在追求独立地位时找到了理论依据,文学理论与批评也就必然向美学靠拢。另一

个主题是对文学是人学的再次肯定,这也是对"文革"中反人性现象的批判性反思所得出的必然结论。而这里所说的"人",也是大写的人,是独立的、自由的、高尚的人。"文学是人学"就意味着对这个大写的人的歌颂与呼唤。这又与美学中对审美主体的讨论相一致。李劼在《文学是人学新论》中清晰地表述了文学与"人"之间的这种统一的、互动的关系:"这是一个双向的过程,一是文学向人的生成,一是人向文学的生成。前者具有文学的人本性,后者具有人学的文本性,它们构成文学与人的双向性,即人在文学创造活动中创造了自身,而文学又在人的自我创造过程获得了存在。相对于人的存在,文学作为一种语言艺术显示了它的规定性,而相对于文学的规定性,人作为文学的创造主体在一个非人化的世界面前得以确立了自身。文学与人之间这种相应的创造性构成了彼此的同构性,即人通过对语言艺术的创造而创造自身,语言艺术通过人的自我创造而体现自身的文学性。前者构成文学的审美性质,后者构成文学的审美样式。"①李劼的这个论述是对 1980 年代中国文学理论与批评共同体中对于文学与人之间关系的新认识的总结。值得注意的是文学与人的互相生成关系最终落实到了"审美"上。文学、审美与人三者是统一的。这种统一在 1985 年刘再复的《论文学的主体性》《文学研究应以人为思维中心》《文学研究思维空间的开拓》等一系列论文中已完成,文学、审美、人三者在刘再复为代表的中国当代文学理论与批评共同体中得到了有效的融合。

从文学理论与批评自身发展逻辑看,新时期的文学理论与批评为什么会在社会政治范式全面危机之后,转向审美范式?首先,从中国当代文学理论与批评的内在结构来看,文学与政治的关系问题一直是核心问题。在社会政治范式中占主导地位的观念是文学要为政治服务,

---

① 李劼:《文学是人学新论》,《艺术广角》1987 年第 1—2 期。

文学是阶级斗争的工具。这个观念排斥了强调文学具有自己的独立性的观念,把所有不关心政治,只关心文学自身特点的观念批判为资产阶级观念,连赞同文学为政治服务但应以文学特有的方式来为政治服务也被批判。关于写中间人物的问题,关于现实主义深化的问题,其实都是希望在文学为政治服务的前提下提高作品的艺术价值,克服公式化、概念化的缺陷,但是这些为文学争取自己的"服务方式"的观点也被排斥了。可是问题仍然有它的两面性。从逻辑关系上说,强调文学为政治服务,文学是阶级斗争的工具仍然包含着一个"文学"与"政治"二分的逻辑前提。在最僵化的"文革"文学理论中,文学理论变成政治权力的操弄对象的情况下,"文学"在逻辑上仍然与"政治"是不同的两种事物,这种二分的逻辑思维仍然存在。因此,当1978年改革开放以后,中国文学理论界首先提出来的问题是"为文艺正名","文学"这个概念是存在的,文学与政治的关系是分离还是继续让文学为政治服务,就成为一个顺理成章的理论问题被提出来。换言之,文学为政治服务了几十年,却没有消失。当社会政治发生重大变化的时候,文学争取独立自由也就成为理所当然的事。文学与政治的关系也因此发生了改变,可以说文学的独立性是从文学与政治的关系问题中延伸出来的。从这个意义上说,对文学自身问题的关注,对文学自身特性的强调,是文学与政治关系问题的发展,只不过针对这个问题,答案已不同了。从强调文学为政治服务,改变为提倡文学有自身的特点和规律。

其次,从中国当代文学理论研究的对象来看,文学自身特性的研究也成为对社会政治范式过度强调政治性、压制文学性的一种反弹。社会政治范式中僵化的理论教条无法解释的理论问题,需要新的范式来解答。文学性的问题不是不存在,而是在社会政治范式中被压抑了,处在无法讨论、无法深入研究的状态。当社会政治范式失去其解释能力,不再被研究者信服,也得不到政治力量支持的情况下,被压抑的文学性问题就获得了论述的空间,成为新范式讨论的对象。新范式也以解答那些社会政治范式无法解答的文学自身特性的问题为己任,发展出自己的理论观念,把文学作为审美活动,完成审美范式的建构。

再次,对文学自身特性的追问也必然导致文学理论与批评向审美范式转变。因为对文学自身特性的追问中隐含的理论前提是摆脱文学对政治的从属地位,而将文学作为独立的对象进行研究,审美活动恰恰是以无功利性为其根本特性的,这无疑为文学摆脱政治的操控提供了有力的理论支持。同时,美学本身也将包括文学在内的艺术活动作为自己主要的研究对象。这使得文学理论与批评在摆脱了社会政治范式之后找到了一个学科上的归属。另外,美学作为一种哲学研究的分支学科,其深刻性和纯学术的话语特征,也对长期以来对政论式文学理论的僵化空洞的论述心存不满的文学理论研究者找到了一个具有学术归属感的言说方式。

最后,美学理论的发展也为文学理论与批评的范式转型提供了理论上的支持。在1979年到1985年这几年中,美学研究中建立起来的实践美学理论是文学理论与批评审美范式的理论基础。实践美学是朱光潜、李泽厚、蒋孔阳等人在1980年代初建立起来的美学理论,尽管他们在一些具体问题上的理解有所不同,但是他们都从马克思《1844年经济学哲学手稿》得到理论启发,以实践为出发点来讨论审美活动中的主客体关系问题,其理论要点主要有如下几个方面:首先是以"自然的人化"为立足点解释了审美对象并不是纯粹的客观对象,而是打上了人的烙印的对象。其次是以人在实践中改造自身为理论支撑点解决了人的主观性/主体性的唯物主义来源问题,回应了把人的主体性说成是唯心主义的指责。再次,以人的本质力量对象化来说明审美活动的本质,解答了审美活动是主体的创造问题。最后,以人按照美的规律来创造,解答了审美活动的独立性问题,从而使审美活动摆脱了社会政治范式,也摆脱了机械的反映论模式。实践美学以自身的逻辑性、理论的深刻性建立起了一种学术话语,为文学理论与批评范式转型提供了理论动力。一方面,"美的规律"概念成为文学独立性的理论支柱,并把文学理论引入审美范式,另一方面,"本质力量对象化"的理论又为"文学是人学"问题提供了哲学上的支撑,文学活动因此变成了主体的审美创造活动,主体的本质力量在文学中得到肯定。这两个方面的理论观念已足以引导文学理论与批评从社会政治范式转向审美范式。因为这两个问题正好是文学理论与批评摆脱社会政治范式之后所面临的主要问题,对这两个问题的解答是建立新范式的关键所在。

从社会政治范式到审美范式的转型还有一个特殊的原因是对新方法的借用。文学理论与批评由社会政治思维转向科学思维。由于有了思维方式的转变,文学观念也发生了根本的变化。以审美为核心的文学观念在科学思维的支持之下,得以巩固,成为文学理论与批评范式转型的推动力量。思维方式的转变主要是以系统论、信息论、控制论为理论依据完成的,其中系统论是核心,在文学理论与批评中的影响也最大。钱学森甚至认为"三论"其实只有一论,就是系统论[①]。系统论这种科学的思维方法的主要观念包括了五个方面:一是整体性原则,即把研究对象作为一个整体来考察。二是结构性原则,即把对象看成各个部分按照一定的方式组织起来的整体结构。三是层次性原则,即把整个世界看成由不同等级的系统按特定的层次交织起来的网络结构,对对象的认知也要放在这个复杂的系统网络之中才能完成。四是动态性原则,即任何系统都是动态的,生成的,按照其内在机制在运转。五是相关性原则,就是指一个系统与其周围的其他系统之间有关联,一个

---

① 钱学森:《关于马克思主义哲学和文艺学美学方法论的几个问题》,《文艺研究》1986年第1期。

子系统与更高层次的系统有内在联系。① 这种科学思维在中国当代文学理论观念转变方面所起到的作用主要是三个方面：其一是在思维方式层面上，打破了社会政治范式的机械反映论的单一思维，文学的问题不再仅仅用存在与意识这种单一的机械思维方式来研究，而是用系统的复杂的思维方式来研究，这就从方法论的层面上为文学观念的转变提供了依据，实际上也是找到了突破口。其二是在文学观念的建构上，系统论为代表的科学思维关注的是文学自身的复杂性问题。按照林兴宅先生的解释，运用系统论的科学思维是为了解决文学艺术自身的本体性问题，是为了揭示文学艺术的魅力产生的机制。因此，他把文学艺术本身看成是一个复杂的系统。从宏观的角度看，文学也是人把握世界的方式，属于人与自然关系这个大的系统。但是文学作为一个子系统又有它自身的特性，不能简单地把文学看成是对生活的反映。相反，文学艺术有它自身的复杂特征。艺术魅力是文学艺术的本体特征，它实际上是作品复杂的功能系统所产生的综合心理效应：作品中美的信息对欣赏者进行的刺激与欣赏者审美心理结构中的历史积淀相呼应形成了合力，艺术的魅力才会出现。② 由此可见，科学所带来的观念变革是摆脱社会政治范式的文学观，科学思维方法所建立起来的文学观念是以文学自身的艺术本体性为核心的，是为了解释文学自身的审美奥秘。其三，科学思维方式把文学理论由原来的外部研究引向了内部研究。科学思维主要的任务就是解答文艺的自身奥秘，而不是关心文学是否反映现实以及文学的社会政治效果问题。这就使文学理论研究的对象发生了根本改变，也可以说改变了社会政治范式无法有效解释文艺自身特性和内在规律的格局。比如林兴宅先生分析艺术魅力形成的

---

① 林兴宅：《系统科学方法在文学研究中的运用问题》，《文学研究动态》1984年第10期。
② 林兴宅：《论文学艺术的魅力》，《中国社会科学》1984年第4期。

原因时有一段论述:"从文艺欣赏的实践经验中可以看出:一部作品是否富有魅力,首先取决于这部作品的美学特性是否充分。一部艺术上粗糙低劣的作品,是不能指望它产生魅力的。但美的作品要经过欣赏者的积极心理活动才能产生相应的美感效应。一个缺乏鉴赏力的人对于一部伟大的作品也会无动于衷。一部富有魅力的作品要有能够感受这种魅力的读者去欣赏,而且欣赏者的气质、个性、美学趣味等都会影响到他对作品的魅力的感受。所以欣赏者的个人条件对于作品魅力的产生也是不可或缺的。同时,环境的因素也强烈地影响、制约着作品的美感效果。总之,魅力生成的动因包括这样三个方面:一、文艺作品的美学特性。二、欣赏者的个人条件(如兴趣、需要、知识经验、世界观、文艺修养、欣赏习惯等)。三、欣赏过程的环境因素(如社会文化背景和具体的审美环境等)。魅力的产生就是在这三种动因获得平衡、共同作用下形成的。它们之间的关系必须达到三种同一,即文艺作品与欣赏者的关系构成主客体的同一;欣赏者与审美环境的关系构成情与境的同一;文艺作品与审美环境的关系构成刺激信号与'场'的同一;这样魅力才能充分地发挥。"[①]在这段论述中我们看到林先生所要讨论的问题是美到美感的转化机制。这个讨论不是确认美感来自现实或对现实的反映这样一个来源或主客体关系问题,而是要讨论美感形成过程、环节和原理这样一个科学问题。

从 1979 年到 1985 年短短的几年时间内,中国文学理论与批评研究发生了巨大的改变,尽管社会政治范式还在不时地对新观念、新方法进行批评与责难,但是在"解放思想,实事求是"的思想大潮推动下,文学理论与批评研究由社会政治范式向审美范式的转型已势不可当。如今,回顾这次范式转型,审美范式之所以能取代社会政治范式,正是由

---

① 林兴宅:《论文学艺术的魅力》,《中国社会科学》1984 年第 4 期。

于审美范式在解放思想时代大潮中跟上了时代的步伐,是这个改革时代社会转型的组成部分。

二、1990年代的知识状况:文化研究范式兴起的原因

审美范式到文化研究转型的原因又有所不同。

审美范式的转型过程实际上从这个范式建立之时就已开始。从1980年代中期的寻根文学、新写实文学和通俗文学这些相对于审美范式而言的反常现象开始,到在审美范式之外用文化与社会批评方法解释当代文学中的文学现象,再到艺术文化学和文化哲学的文学观念的建立,以及对审美意识形态论的质疑,审美范式一步一步走向了危机,走向了被取代的境地。在这个转型的过程中,到底有哪些因素起到了关键作用?审美范式本来是作为对社会政治范式的替代范式,给新时期文学理论与批评研究共同体带来令人振奋的希望,为什么会在不到二十年的时间内就走到了尽头?

首先是中国当代社会文化的发展状况给审美范式带来了巨大的冲击。中国当代社会文化发展的状况当然是一个复杂的问题,涉及社会生活的各个方面。但是其主要线索仍然是清晰的,那就是经济逐步走向市场化以后带来的社会文化生活的多元化。如果我们把1979年以来的所谓新时期的改革开放的主题用社会理论来概括,那就是社会生活的重建。以经济建设为中心代替政治挂帅,就意味着"社会生活"从政治斗争的旋涡中解放出来,从而在社会结构中形成以民众的日常生活(社会生活)为中心的一个相对自由的社会领域。1980年代初期,当觉醒的知识分子要求文学摆脱政治的干涉而为文学的独立性呐喊的时候,他们是以精英主义的立场来建立文学研究的审美范式的。这种审美范式当然也是刚刚形成的"社会生活"的一部分,是在"社会生活"的基础上建立起来的。然而,随着市场化的深入,"社会生活"也在向更

加复杂、更加多元的方向发展。文学的发展并没有按照精英知识分子的设想向审美化方向发展,反而越来越走向民众的日常生活。1992年以后,由于新一轮的改革进一步推进了市场化,社会生活也进一步世俗化,甚至有人断言中国已进入消费社会。前文所引的陶东风先生对于文艺与生活边界的消解、高雅艺术与大众文化之间界限消失的情况的论述准确地概括了1990年代以来中国社会文化发展的基本状况。在这样的背景下,审美范式已失去了对这些复杂的社会生活的解释能力,也不能代表文学艺术发展的方向。相反,审美范式已变成了对审美乌托邦的固执守护,沦为少数精英的自恋方式了。

其次,审美范式的危机与转型也是审美范式研究共同体的内在矛盾的必然结果。审美范式研究共同体是一个汇集了不同立场的研究者的群体。他们在1980年代前期和中期,在摆脱僵化的社会政治范式影响的共同理想的召唤下走到一起,他们共同接受了文学具有自己相对独立的审美特性这个基本理念。但是这个共同体并非铁板一块,其中至少有四种不同立场的人。其一是审美主义者,他们坚持文学艺术的独立性,以文学的审美特性作为文学的本质,并积极阐述文学审美价值形成的机制。其二是在社会政治范式的基础上,承认文学具有审美特性的社会论者,他们在摆脱社会政治范式的僵化思维时将关注的焦点转移到解释文学艺术的特殊性方面,对文学的审美特征进行了积极的探索,比如审美反映论者甚至审美意识形态论者。当然这些人中又有侧重于审美与侧重于反映/意识形态之别。其三是激进的主体论者,他们也坚定地认为文学的本质特征是审美,但是与此同时又把文艺看成是对现实主体的超越,对于现实客体的超越,以及对现实意识——文化的超越,①是完成自我的主体性的途径。因而审美不仅是一种文学艺

---

① 杨春时:《论文艺的充分主体性和超越性——兼评〈文艺学方法论问题〉》,《文学评论》1986年第4期。

术的特征,更是主体的存在方式。其四文化论者,他们把文学也看成审美活动,但是这种审美活动又是一种文化建构活动,其意义和价值都是要视具体的文化语境而定,而且审美活动也以文化哲学作为其内在的底蕴,文学其实成了文化哲学的具体表现形态。审美范式研究共同体中的这些不同立场的人在1980年代中期开始就已发生了争论。比如社会论者批评审美论是唯心主义,而激进的主体论者比审美主义者更彻底地坚持主体性思想,坚持认为:"文艺是充分发展的人的本质力量的体现,是对存在的真正价值和本质属性的掌握,亦即对人生意义的最高阐释。文艺拥有充分的主体性,它超越现实,这是文艺的自由品格和本质特征。"①这种文艺观不仅是对社会论者的反驳,也是对审美主义者的主体论文艺观的推进,把审美作为主体哲学中的一个环节来考察,认为:"由现实主体(现实个性)向文艺主体(艺术个性)升华,就是文艺的内部规律。"②这样的文艺观已经把审美范式推进到自由主义的主体哲学之中。文化论者对于审美范式的分化作用则在于他们重新将文学的审美活动放在社会文化语境之中解释审美活动产生的文化背景以及文学中的文化意义。文化论者与最终导致审美范式危机并转型的文化研究之间有着内在的联系。

再次,审美范式在理论观念和研究方法上的局限性也是导致它出现危机并走向转型的重要原因。在理论观念方面,审美范式的局限性主要有两个:一是将文学的本质界定为审美所产生的狭隘性。文学作为一项人类活动当然具有多种属性,仅仅从审美的角度来界定文学的本质只是看到了一个方面。我们从文学理论史上可以发现对文学的本质具有不同的界定,比如文学同时也是一种心理现象,因此,我们也可以将文学的本质看成是人的一种心理活动,甚至是无意识的表现方式,

---

①② 杨春时:《论文艺的充分主体性和超越性——兼评〈文艺学方法论问题〉》,《文学评论》1986年第4期。

也无不可。从这样的开放的角度看,把文学的本质界定为审美就不够全面。二是将审美解释为人的精神活动,或者是在实践中产生的精神性活动,这在把审美的特性向更高的精神境界/精神层次提升的同时,使得审美变成纯粹的内心体验。尽管在论述过程中,审美范式研究者承认在审美主客体关系中客体仍然具有重要的意义,但是由于审美关系被限定为无功利的精神性联系,所以这种审美观念难以摆脱其精神沉思的品性,而把社会文化语境以及身体感官的感受作为非审美的因素排除在外。在研究方法方面,审美范式的局限性首先表现在科学主义的思维方式上,把对象作为供研究主体剖析的客体,建立起研究主体与客体之间的"我——它"关系。尽管以系统论为代表的新的自然科学方法试图克服机械科学主义的思维缺点,强调整体性、动态性、相关性、开放性,但是最终仍然摆脱不了科学主义的思维,仍试图用自然科学的"我——它"关系来解释审美活动,只不过是把"我——它"关系的复杂性考虑进来了。其次,审美范式在学科界限上仍然固守着文学理论的学科边界,对于跨学科研究方法所带来的观念变革持保守态度。这是一个矛盾的现象。1980年代在审美范式建立的过程中,研究者积极地借用现代自然科学中的成果来摆脱社会政治范式的束缚,但是,这种借用却停留在了审美研究领域,所借用的其他学科的理论方法也主要用于解释审美活动的内在机制,证明文学的审美本质。但是当借用其他学科的理论方法来打破文学活动的边界、扩大审美活动的范围、改变文学理论的问题阈,进而推动文学理论范式变化时,审美范式研究者则以保守的态度进行了抵抗。因此,审美范式中的跨学科研究方法并没有对他们的文学观念带来真正的开放性特征,以审美研究为立足点的跨学科方法,只使得研究者们在解释审美价值形成机制时多了一些分析的工具。跨学科方法在审美范式中所产生的成果没有跨越审美研究的樊篱,跨学科研究的潜力要到文化研究范式中才得到较好的发挥。

最后,学术话语的转变是审美范式危机与转型的直接原因。审美范式是 1980 年代文学理论与批评的主导范式,它的理想主义和精英主义与 1980 年代学术话语的格调是一致的。然而随着 1980 年代以一种社会震荡的方式突然结束,审美范式也随之失去了合法性。1989 年下半年开始的对李泽厚、刘再复为代表的主体论者、审美主义者的批判虽然在学理上并无新意,但是却象征着 1980 年代学术话语的结束。1990 年代以后,学术话语已开始转向现实化。1993 年的人文精神讨论可以看成是 1980 年代学术话语终结之后知识分子共同体集体焦虑的一次集中展示。与其说那是在讨论人文精神,还不如说是讨论知识分子所面临的自身困境。与 1980 年代学术话语指点江山式的宏观论述与浪漫主义/理想主义的审美境界论述相比,1990 年代的学术话语的显著特征是面对现实中的具体问题展开论述:新左派与自由主义、消费社会与后现代、国学与西方汉学、大众文化与审美主义、现代性反思与知识分子角色、本质主义与反本质主义等等 1990 年代以来的学术热点都透露出立足于现实的学术风格。这种学术风格有三个具体表现:其一是针对现实中出现的社会问题或现象进行学术探讨,学术话语对现实生活直接介入。当然这些被讨论的现实生活既包括重大的社会问题,也包括知识分子自身的思想困境。其二是借助于西方理论资源讨论中国现实问题,既形成了学理化的表述方式,也构成了隐喻式的表述风格,与 1980 年代学术话语不断突破禁区的亢奋激情不同,1990 年代学术话语在表述观点时多了几分"含蓄"。其三是学术焦点的变化迅速,各种学术思想多元杂陈。1980 年代时已有人感慨当时的学术风气是"各领风骚三五天",到了 1990 年代这种学术话语的快餐化变得更加严重。它在表面上众声喧哗的热闹景象下,隐藏着自说自话的危机。这使得 1990 年代以后的中国学术话语难以形成一个时代主题。在这样的学术话语空间中,审美范式的那种 1980 年代特征已难以适应,审美范式所关注的经典的精英的文学正在被大众流行文化冲击得面目全非,它已无法解释那些新出现的审美现象。同时,对于 1990 年代以来从西方介绍进来的以"后"学为主的"新理论"而言,以德国古典美学和现代主义为基础建立起来的审美范式也显得陈旧过时了,成为被消解,乃至被戏仿的对象。审美范式那种以解释艺术永恒魅力和探索文学的审美价值之谜为己任的学术追求在风云变幻的 1990 年代以后的学术潮流中也多少显得有点不合时宜了。它的本质主义倾向已成为被批判的目标。1990 年代以后的学术话语中,永恒不变的本质已受到怀疑,在具体的文化语境中文学到底如何被生产、如何被消费,这才是研究者关心的问题。

总之,审美范式的转型所经历的时间不算长,但是其中涉及的问题却远比社会政治范式转型复杂。如果说社会政治范式转型主要是由政策转变导致的,那么审美范式的转型则更多的是受社会生活变化的影响。随着社会生活的多元发展,学术共同体对西方思想的理解更加深入,审美范式不可避免地受到来自现实生活中新出现的文学现象/审美现象的挑战,同时也遭遇到研究者从新的学术视角进行的挑战。新的范式已经出现,并对审美范式产生了致命冲击。当然,审美范式并没有消失,在审美范式中进行文学研究的人仍然很多。但是 21 世纪以来,审美范式已不是占主导地位的范式已成定局,也许将来的特定历史条件下,审美范式会再度兴起,我们拭目以待。

第三章
文学性质的多维认知

自 20 世纪 70 年代末、80 年代初(新时期)以来,文学的性质及其相关问题一度成为文学理论界关注的焦点。学界对文学性质的讨论涉及本体、形式以及关系等各个方面,文学理论的建构和解构、文本形式的摈弃和重拾以及文学性质的二元论和多元化问题都成为探讨、对话和论争的重点。

就新时期文艺理论的发展进程而言,学界对文学性质的多维认知可以分为几个阶段,但这几个阶段并非完全线性关系,有时也呈现出交叠或反复:

第一,反思阶段。这一阶段的基本特征是反思和论争,学界就几个比较重要的问题展开了广泛讨论:一、"写本质"与"写真实"之争;二、关于刘再复《论文学的主体性》的争论;三、夏中义的《历史无可回避》和文艺是否为政治服务的论争。

第二,建构阶段。这一阶段的基本特征是争论和建构。随着传统文学认知方式的动摇,创作界和理论界急需要建构新的理论模式和话语体系。"系统论""向内转"等话题相继提出,促使这一时期的文学理论研究产生"革命性"转变。新理论的提出引起了学界的广泛关注,论争依旧占据主导地位,反对者的声音甚至在某些时候盖过了建构者的话语。从某种意义上说,这一阶段的文学理论是在压抑-反抗和建构-解构的多重变奏中艰难前行。大规模的论争迫使文学理论界对传统观念进行反思,并为新理论的产生奠定了思想基础。除商榷文章外,论争还集中地反映在新的理论教材中。文艺理论教材对这一时期的文学建构做出了重要的贡献,这些教材系统地阐明了文学性质问题,为新理论确立了"合法性",从而促进文艺学、美学等学科的发展。

第三,突破阶段。这一阶段的基本特征是理论突破和话语创新。以关系主义为代表的多种文学理论的兴起成为这一阶段的主要特色,关系主义成为新时期文学性质重新定位的重要话语力量,文学理论也由单一理论体系走向多维。在借鉴和吸收大量西方文学理论的基础上,理论家们开始突破原有的思维范式,将目光转向更丰富、更广阔的理论世界,多元话语力量和跨学科研究几乎完全颠覆了传统的文学研究和价值倾向。新的理论视角、新的批评方法以及新的思想潮流完全淹没旧的思维模式,层出不穷的新理论让批评界应接不暇。理论的突破和观念的创新促进文学研究从自闭走向开放、从单一走向多元。

纵观新时期文学批评和文学理论的发展轨迹,关于文学性质的认知并非一蹴而就,文学研究者仿佛在迷雾中寻找方向,新观念的提出总是伴随着质疑和批评。用何种观念、何种方法来构建新的创作模式和理论话语,是这一时期文学艺术家和文艺研究者们共同面对的问题。

第一节 反思阶段:文学性质论争

自20世纪50年代以来,在苏联文艺理论和马克思主义哲学世界观的影响下,中国文艺理论的基本模式具有本质主义的显著特征。物质决定意识、本质决定形式的二元主义是1950年代到1970年代末的主流文学观。在此基础上,传统文学理论教材和研究论文对文学本质主义的探讨是1980年代之前文学理论研究的突出特点。传统的本质论及其观念认为,本质问题是文学研究和文学批评首要解决的、最根本的问题,内在本质决定文本形式的观点体现了二元论在文学研究领域的深刻影响。

直到1970年代末和1980年代初期,本质论仍然是理论界探讨文学性质的唯一路径:本质主义是文学批评和文艺研究的理论支点,任何一个新观念或是新的批评方法的提出都必须因循本质论的理论精神。1980年代初期,随着社会政治形势和意识形态内容的转变,关于文学与其本质的认知进入了反思阶段。文学的形态、文学的存在基础以及文学与客观真实之间的关系成为这一时期文艺理论界讨论的重点。文学的观念创新顺应了1980年代社会改革和政治思想变革的热潮,文艺理论家和文学研究者们希望在理论层面对新中国成立以来的文艺传统进行梳理,在反思传统文艺思想的基础上提出新的理论话语和批评维度。

文艺界对本质主义的反思从1970年代末开始,在1980年代中后期达到高潮。从本质主义的弱化到反本质主义(或称非本质主义),文学理论界经历了一场大规模的自我反思。反本质主义不仅仅是一个口号,而且体现为一种重要的社会思潮——反本质主义代表1980年代激进的文学思潮。反本质主义的理论认为:"在文学理论的研究和教学中,本质主义常常被表现为一种僵化的教条,它把一些固定的特性或'本质'作为永恒普遍的元素归于特定的文学艺术现象,导致对于文学认识的僵化。"[①]

---

① 陶东风主编《文学理论基本问题》,北京大学出版社,2004年,第3页。

对于中国文艺理论界而言,反本质主义是伴随着本质主义论争的深入而逐渐产生的。反本质主义首先发端于哲学界,并迅速成为文学理论的重要思想武器。反本质主义来源于西方现代理论,对本质主义的反思是西方现代哲学的重要话语,在引入中国理论界后,反本质主义随即广泛应用于中国文学理论和批评视域中。反本质主义作为一种激进的社会思潮和理论维度,也遭到很多质疑。新时期关于本质主义论争是多方面的,具体而言,这些论争主要体现在"写本质"与"写真实"之争、文学主体性论争、文学的性质与政治的关系等几个问题上。

一、"写本质"与"写真实"之争

"写本质"与"写真实"之争是新时期文艺理论界反思本质主义的一次较早、也较为重要的学术争鸣,这次论争既是对1950年代以来文学创作活动和文学性质的重新认知,也为新时期学术界对文学性质的重构奠定了基础。

对英雄人物及其塑造方式的探讨是这一时期较早思考文学本质问题的典型例证,也是新时期文学论争的标志性事件。王春元先生于1979年发表的《关于写英雄人物理论问题的探讨》[1]一文是本质主义论争的肇始,也是本质主义文学观开始"弱化"的重要标志(与之共鸣的还有王长浚分别于1979年和1980年在《南京师院学报》发表的两篇重要文章:《试论现实主义艺术的真实性》[2]、《关于"典型环境"的一点疑问》[3],但是,这两篇文章并没有引起太多关注,在学界引起的争论较

---

[1] 王春元:《关于写英雄人物理论问题的探讨》,《文学评论》1979年第5期。
[2] 王长浚:《试论现实主义艺术的真实性》,《南京师院学报》1979年第3期。
[3] 王长浚:《关于"典型环境"的一点疑问》,《南京师院学报》1980年第1期。

王春元的文章也逊色一些)。在王春元的文章刊发之后,《文学评论》《文艺理论研究》等国内许多重要期刊连续登载了系列商榷文章,新时期文学理论界对文学本质问题的讨论全面展开。

王春元认为,传统的本质主义文学观是一种"写本质"的本质主义。所谓"写本质"即指:

> 这是1950年代初期就开始流行的一种创作理论,受苏联理论界的直接影响而形成的。这种理论认为,社会主义文学的任务是创造典型,写典型就是写事物的本质,反映社会的本质力量,而英雄人物则是我们时代的社会本质的集中表现,因此,只有从写本质出发,才能塑造好英雄形象,才能创造典型。①

刻意追求人物的"代表性",而忽略了人物的真实性,围绕英雄人物而成的作品是一种公式化、套路式的写作,他将这些苏联的舶来品视为文学创作的羁绊。从1950年代以后的文学创作来看,套路式作品几乎是前一时期文学创作的主流,但是这些作品并没有完成其最初的使命,相反却束缚了文学创作者的激情,也影响了阅读者的兴趣,文学成为一种工具,而非某种独立的、具有其独特思想意识世界的创作活动。他进一步认为:

> 不应该由作家来解决像原始积累、阶级斗争一类的"社会本质"问题,作家的任务,只在于广泛的描写人性和人的生活,即使写英雄,也必须首先把他当普通人来写,而不是写什么"社会本质的集中表现"。从任何既定的社会概念出发,都不可能创造英雄形象,也不能反映社会本质。②

---

①② 王春元:《关于写英雄人物理论问题的探讨》,《文学评论》1979年第5期。

文学作品对英雄人物的塑造问题是 1950 年代以来文学争论的延续,王春元对这一问题的反思跨越了 1960 年代和 1970 年代,标志着新时期文学理论的突破创新,更为 1980 年代学界倡导的"去革命化"和文学走向日常生活奠定了基础。

在《关于写英雄人物理论问题的探讨》《"文艺为政治服务"是个错误的口号》①等几篇文章中,王春元都表达了鲜明的态度。王春元认为,文学创作不是政治或哲学的抽象概念,而是创作者个人社会经验的结果。他将文学和政治区别开来,还文学以本来面目,完美无缺的英雄人物并不是真正的文学创作。王春元的观点体现了 1970 年代末和 1980 年代初期比较流行的文艺观,超越了传统的革命历史观,表达文艺走出政治场域、建立独立话语世界的时代需求。文学的去政治化倾向也为文本性质的转变提供了更多的选择。新观念的提出顺应了当时的社会历史潮流。从新时期的整个历史来看,王春元对文学创作问题的探讨为本质主义文学观的弱化起到了重要的推动作用。

学界对王春元的观点褒贬不一,部分批评家同王春元的商榷文章引发学界对本质主义的探讨,大量学者随即撰文参与讨论文学创作的"写本质"与"写真实"这一话题。这些文章大致可以分为两类:一类坚持传统的观点,即文学创作应当"写本质"、文学是对本质的反映;另一类则明确反对本质主义的文学观,认为文学的性质应当重新定位,并对马克思主义的传统文艺思想进行反思。

这些文章包括周迪荪的《论"写本质"——兼与王春元同志商榷》②(1980)、张超的《为什么必须肯定写英雄人物的口号——与王春

---

① 王春元:《"文艺为政治服务"是个错误的口号》,《文艺理论研究》1980 年第 3 期。
② 周迪荪:《论"写本质"——兼与王春元同志商榷》,《文学评论》1980 年第 4 期。

元同志商榷》①(1980)、朱立元、沙似鹏的《文艺应当反映社会生活的本质——与王春元、王长俊等同志商榷》②(1980)、邱岚的《评〈论"写本质"〉——与周迪荪同志商榷》③(1981)、杜书瀛的《艺术特性三题》④(1981)、程继田的《为"写本质"一辩——马克思主义文艺思想学习札记》⑤(1982年)、谭好哲的《略论"写真实"与"写本质"》⑥(1982)、朱恩彬的《关于"写本质"读书笔记》⑦(1982)、叶纪彬的《论"写真实"和"写本质"》⑧(1982)、杨忻葆的《"写本质"与文艺的特性》⑨(1983)、陈望衡的《"写真实"与"写本质"》⑩(1983)、刘金的《也论"写真实"和"写本质"与叶纪彬同志商榷》⑪(1983)、张弻的《用列宁的反映论对文艺"写本质"和"写真实"的思考》⑫(1984)等。

---

① 张超:《为什么必须肯定写英雄人物的口号——与王春元同志商榷》,《文学评论》1980年第5期。
② 朱立元、沙似鹏:《文艺应当反映社会生活的本质——与王春元、王长俊等同志商榷》,《青海师范学院学报(哲学社会科学版)》1980年第3期。
③ 邱岚:《评〈论"写本质"〉——与周迪荪同志商榷》,《东北师范大学学报》1981年第1期。
④ 杜书瀛:《艺术特性三题》,《西北大学学报》1981年第3期。
⑤ 程继田:《为"写本质"一辩——马克思主义文艺思想学习札记》,《山西大学学报(哲学社会科学版)》1982年第1期。
⑥ 谭好哲:《略论"写真实"与"写本质"》,《江汉论坛》1982年第2期。
⑦ 朱恩彬:《关于"写本质"读书笔记》,《齐鲁学刊》1982年第2期。
⑧ 叶纪彬:《论"写真实"和"写本质"》,《文艺理论研究》1982年第3期。
⑨ 杨忻葆:《"写本质"与文艺的特性》,《安徽大学学报(哲学社会科学版)》1983年第1期。
⑩ 陈望衡:《"写真实"与"写本质"》,《河北大学学报》1983年第1期。
⑪ 刘金:《也论"写真实"和"写本质"与叶纪彬同志商榷》,《文艺理论研究》1983年第1期。
⑫ 张弻:《用列宁的反映论对文艺"写本质"和"写真实"的思考》,《求是学刊》1984年第4期。

周迪荪的《论"写本质"——兼与王春元同志商榷》①依然坚持传统的文学本质主义的基本观点:"所谓'写本质',它的本意,是要求文学艺术能表现一定社会历史生活的某些本质方面。这个命题是完全正确的"②;"社会主义文艺确实需要强调写英雄人物。过去那样强调,是完全正确的。"③他的观点基本上代表了1950年代以来文学理论界的主流思想,兼具明确的政治立场。

周迪荪认为,文学的"写本质"是一个正确的命题,"写本质"的文学作品是顺应历史潮流的,能够反映历史的真实和现实的真实。只有达到"写本质"要求的文学作品"才能经受住历史和群众的检验而流传后世,经久不衰"④。在周迪荪看来,文学作品对现实生活的客观反映也是文学本质的体现:"就拿'现实主义'的思想和理论的发展过程来说吧,'写本质'要求的逐步提出和明确,正反映了'现实主义'的思想和理论本身的不断发展和完善。"⑤他将"写本质"视作文学自身发展的结果,文学作品对现实的客观描绘既是其本质属性的呈现,也是文学自身的一种进步。他强调"写本质"作为文学艺术创作的要求是一定历史阶段的产物。言外之意,"写本质"文论观的产生符合文学艺术的发展规律。

周迪荪的"本质论"观点明显受到"进步论"的影响,他认为文学具有普遍性和客观性的特征,内在的本质规律决定了文学作品的性质及其发展,作家必须按照这一内在本质的要求进行创作活动。周迪荪的观点体现了本质主义对文艺理论界的深刻影响——

---

①② 周迪荪:《论"写本质"——兼与王春元同志商榷》,《文学评论》1980年第4期。
③ 张超:《为什么必须肯定写英雄人物的口号——与王春元同志商榷》,《文学评论》1980年第5期。
④⑤ 周迪荪:《论"写本质"——兼与王春元同志商榷》,《文学评论》1980年第4期。

从 1940、1950 年代开始,一直延续到 1980 年代初期,其理论内容仍然奉行毛泽东《在延安文艺座谈会上的讲话》的基本精神,并没有超出十七年文学的创作观范畴,他对十七年文学的创作思想和创作活动持肯定态度:"实际上,在'写本质'的问题上,作为十七年的主要倾向,无论在理论上和实践上,基本上都是正确和有成绩的。"①

同周迪荪相比,张超的《为什么必须肯定写英雄人物的口号——与王春元同志商榷》一文显得略为平和,但是,他也对王春元的反本质主义观点提出了质疑。张超站在本质主义的立场上肯定了英雄人物及其代表的社会真实性,他坚持认为,文学作品中的英雄人物是不容忽视的:"社会主义文艺确实需要强调写英雄人物。过去那样强调,是完全正确的"②,只有描写英雄人物的文学作品才是真正值得提倡的。

朱立元、沙似鹏对王春元的文章提出质疑,并同时针对王长俊的相关文章进行商榷。他们在《文艺应当反映社会生活的本质——与王春元、王长俊等同志商榷》一文中认为:"文艺应当通过对现实生活的真实描绘,反映社会生活的某些本质方面,这是个科学的正确的命题,它并不像王春元、王长俊同志所说的,是对艺术特征的粗暴的破坏,恰恰相反,它符合和反映了文艺的特点和规律。"③他们认为,王春元等学者将真实与本质相互对立的观点是值得商榷的,"并不符合现实主义文

---

① 周迪荪:《论"写本质"——兼与王春元同志商榷》,《文学评论》1980 年第 4 期。
② 张超:《为什么必须肯定写英雄人物的口号——与王春元同志商榷》,《文学评论》1980 年第 5 期。
③ 朱立元、沙似鹏:《文艺应当反映社会生活的本质——与王春元、王长俊等同志商榷》,《青海师范学院学报(哲学社会科学版)》1980 年第 3 期。

艺真实性的原则,以此付诸实践,只能造成创作思想的混乱"①,文学家对现实的真实反映是要建立在客观世界及其本质的基础上的,文学创作应当区分现象与本质之间的差别。最后,他们得出这样的结论:"文艺应当在艺术形象的塑造中,反映生活本质的观点,是马克思主义关于现实主义文艺理论的一个重要内容和有机组成部分,不应轻易加以否定。"②这一结论同周迪荪、张超的观点比较相似,也反映了本质主义文学观在1980年代的深刻影响。

程继田在《为"写本质"一辩——马克思主义文艺思想学习札记》一文中为"写本质"的文艺观作了激烈辩护。他认为"'写本质',或者说文艺通过艺术形象反映生活的本质,这是马克思主义美学的基本原则。马克思主义经典作家历来主张文艺必须反映生活的本质"③,文学艺术反映社会生活本质的观点同马克思主义文艺理论有必然联系。他仍然坚持传统的马克思主义文艺观,强调文学的社会功能和政治服务价值,并以此作为规范文艺理论研究基本方向和基本思想的指导性思想。程继田将"写本质"与写现实以及现实主义的文学创作混在一起,认为文学作品对本质的反映同其对现实的关照是一致的,甚至认为"写本质"即是文学创作的基本目的。

谭好哲则强调本质对于文学性质的形成以及文学创作的作用,他也对王春元的观点提出了批评:"这种观点,若仅就某些特定时期的文学现象来说,也许有一定的道理,但作为理论的概括,却很难说不是对

---

①② 朱立元、沙似鹏:《文艺应当反映社会生活的本质——与王春元、王长俊等同志商榷》,《青海师范学院学报(哲学社会科学版)》1980年第3期。
③ 程继田:《为"写本质"一辩——马克思主义文艺思想学习札记》,《山西大学学报(哲学社会科学版)》1982年第1期。

'写本质'的一种曲解。"①但是他对本质的定义则较为宽泛,他承认现实与本质之间的差别:"文学艺术中,真实的东西并不都是本质的、典型的,而本质的、典型的东西却都是真实的"②,在真实与本质之间是有一定的距离的,虽然他依然强调本质对于文学的意义,但是他已经开始有意识地在文学与本质的关系之间寻找某种更为恰当的关系,而非机械的、武断的联系。因此,他认为:"我们强调写真实的文学艺术,不仅要写出现象的真实,重要的是写出本质的真实来。"③

朱恩彬的《关于"写本质"读书笔记》也对王春元的观点持商榷的态度。在文学本质之外,朱恩彬还就人的本质与社会本质等问题进行了探讨,他认为文学的本质即是其社会本质的反映,同时也是写作主体的本质反映。朱恩彬虽然坚持本质主义的文学创作观,但是却在文学作品对人物的描写问题的思考上有所深入,他认为:"'写本质'的提法虽不可废,但若不和分析典型的性格和心理结合起来,总是难免产生偏差、歧义的。以往出现的写本质等于写阶级本质,等于只准歌颂光明面等等片面化理解,尽管原因很多,但同这一提法之不全面性,未能反映艺术创作的实际也是分不开的。"④他试图在本质主义的文学观之外寻找某种丰富性,朱恩彬对文学的本质与人的本质的关系问题的探索较之前的本质主义观点要略全面一些,并强调真实性对于文学创作活动的实际意义。

与周迪荪等学者相反,另一些学者则提出了区别于传统文学观的价值判断,并且对一些传统观点进行了批评。同质疑的话语相比,王春元的观点得到了更多的肯定和赞同。刘再复对英雄观念的评述最能够体现支持者的态度:"对于作家来说,真正的英雄式的观念,是不屈服

---

①②③ 谭好哲:《略论"写真实"与"写本质"》,《江汉论坛》1982年第2期。
④ 朱恩彬:《关于"写本质"读书笔记》,《齐鲁学刊》1982年第2期。

自己心灵之外的各种压力,敢于面对人,面对人的真实、复杂的世界,把人按照人的特点表现出来,把人之所以成为人的那些价值表现出来。"①

杜书瀛在《艺术特性三题》中讨论了艺术的性质问题,他对艺术性质的研究同样适用于文学研究。他虽然也坚持认为艺术必须"写本质",但是他对本质的定义却不同于传统的本质主义观。他认为:"艺术不能直接地、干巴巴赤裸裸地写通常人们所理解的哲学、社会学、政治学中那种抽象本质,那种用公式、概念、逻辑推理所明确表述出来的本质。"②新时期文艺理论家对本质的重新定义一方面宣告了新的理论思想对本质主义文学观的挑战,另一方面则从根本上瓦解了本质主义作为单一理论模式的弊端,文学也开始吸收更多、更丰富的理论资源以充实自身。

叶纪彬的《论"写真实"和"写本质"》也是一篇具有代表性的重要论文。在文章中,叶纪彬首先对"写真实"的历史做了梳理,进而肯定了王春元的文学观,并对周迪荪及其代表的传统本质主义观点进行反思。他认为,王春元的文学观更符合文学创作实践,学界对王春元的批评反而带有更多的主观性。"写本质"最初是为了实现文学艺术与社会生活的结合,促使文学艺术更好地反映真实的社会生活状况,"但由于'写本质'这一创作理论本身就是'左'的文艺思潮与理论影响下的产物,因此造成这一创作理论本身的不科学,违背艺术规律,远离关于文学艺术的正确命题"③。在"不科学"的理论指引下进行创作,自然会对文学艺术产生负面影响,使得文学创作脱离实际。

同激进的反本质主义学者相比,叶纪彬的观点相对保守一些,他并

---

① 刘再复:《性格组合论》,中国人民大学出版社,2011年,第2页。
② 杜书瀛:《艺术特性三题》,《西北大学学报》1981年第3期。
③ 叶纪彬:《论"写真实"和"写本质"》,《文艺理论研究》1982年第3期。

没有否定"写本质"对于文学的意义,而且承认文学的本质及其背后的本质规律。但是他对"写本质"这一概念重新进行解释,在厘定"写本质"的源流和演变之后,他希望能够重新定义"写本质",并以此作为指引文学创作和文学观念转变的基本思想。他不再如周迪荪等学者一样因循本质主义的文学观,而是积极探索文学与本质的相互关系。在他看来,文学对现实生活的描写恰恰是其本质属性的体现,文学是无法描绘所谓的本质的,文学的真实性源自看得见的现实生活而非看不见的本质:"文学艺术是社会生活中的真实的形象反映,不是什么抽象的本质的反映。抽象的本质是不能作为文学艺术的直接描写对象的。"① 对于真实生活的反映既是文学的基本功能,也是文学的基本性质,写真实与写本质并不可分,"写真实"恰恰是文学对真实世界客观规律的反映。叶纪彬还追溯了"写本质"的哲学出发点,并对坚持本质主义文学观的学者所提出的"写本质"进行了一定的质疑。叶纪彬的观点对于学界重新梳理传统文学观和确立新的、更为全面的文学观具有重要作用。

在文学是反映真实的社会生活、还是反映抽象的本质这一问题上,杨忻葆的观点也得到了学界的肯定。杨忻葆在《"写本质"与文艺的特性》一文中着重探讨了文学的真实性和本质之间的关系,强调文学应当具有自己独特的性质特征。他从三个方面来论争文学特性的重要性:第一,文艺反映的本质真实,是人民生活的本质真实,而不是某个政策结论的简单证实;第二,文艺表现本质真实,固然同"写什么"有关系,但归根到底,取决于"怎样写";第三,文艺表现的本质真实是丰富的,不是那个单一的"最高本质"所能概括和取代的。② 杨忻葆提出的文学的特性实质上是对王春元文学"写真实"观点的具体化,文学的真

---

① 叶纪彬:《论"写真实"和"写本质"》,《文艺理论研究》1982年第3期。
② 杨忻葆:《"写本质"与文艺的特性》,《安徽大学学报(哲学社会科学版)》1983年第1期。

正出发点应该是现实生活,就像英雄来自普通人的生活,他并不高于其生活基础,也不是某种精神的概括和抽象,无论是英雄人物还是普通人都是生活的一部分。就杨忻葆及其观点来看,文学能否反映本质取决于它能否反映真实的社会生活,而非能否反映抽象的本质,文学应当具有其独特的性质特征也在于此。杨忻葆提出的文学特性同文学的多本质主义和文学性质的多元化观点有很多相似之处,尤其是"文艺表现的本质真实是丰富的"这一观点更是具有文学性质多维认知的理论雏形:"任何事物都处在复杂多样的联系与关系之中,也即都同时处在多种条件下,因此,一般说,社会生活和社会的人,它的本质是非常丰富的。"①强调客观世界的复杂关系、强调文学与社会生活之间的多元联系等观点,为新的文学观念的兴起奠定了基础。

与杜书瀛、叶纪彬等学者相比,少数学者的观点则更为激进。邱岚在《评〈论"写本质"〉——与周迪荪同志商榷》②对周迪荪的本质主义观进行了强烈质疑。在文章中,邱岚严厉批评了周迪荪的文学"'写本质'的要求是一个有普遍意义的原则"这一传统的本质主义观念,并对他的"写本质"与写现实相混淆的观点提出了质疑。邱岚认为:"艺术是按照生活的真实塑造出来的,而不是按照什么观念、心中的'本质','形象化'出来的。"③邱岚对周迪荪的质疑非常尖锐,是对当时文学理论界反本质主义和去本质化的呼应,他甚至在文章结尾这样总结道:"那些将历史的事实宰割、扭曲、剪裁得适合于'我',迎合于'风',那些采撷名人片言只语,也为了适合于'我',迎合于'风'的办法,终究要被

---

① 杨忻葆:《"写本质"与文艺的特性》,《安徽大学学报(哲学社会科学版)》1983年第1期。
②③ 邱岚:《评〈论"写本质"〉——与周迪荪同志商榷》,《东北师范大学学报》1981年第1期。

科学、被历史所嘲弄的。"①邱岚的观点不仅是针对文学本质主义的讨论,还涉及对当时文学与政治关系问题的探索,文学与其本质的疏离恰恰反映了文学对自身地位的反思。

陈望衡在《"写真实"与"写本质"》一文中明确表示:"我认为,'写本质'这个口号不管从其对文艺创作的实际影响来看,还是从它的理论实质来看,都是错误的。"②"写本质"并不符合文学艺术的创作规律,"写真实"才是值得肯定的文艺创作观,文学艺术对真实生活的描绘即是对本质的反映,本质与真实本身是不可分割的,他将本质亦纳入真实当中,"写真实包含有写本质"③。相对于一些态度暧昧、观点模糊的文章,陈望衡则旗帜鲜明,他将"写真实"与"写本质"的争论上升到是非对错的层面,彻底否定"写本质",全面支持并肯定"写真实"的文学观。按照他的观点来看,文学的性质应当是在"写真实"这个层面得以实现和展开,能够"写真实"的文学才是真正意义上的文学作品。在彻底否定"写本质"之外,他还对"十七年"文学观进行了反思:"'文化革命'前的十七年,我们用'写本质'来批判'写真实',是有过反面教训的。"④陈望衡的观点代表了新时期比较激进的文学态度,也是对传统文学观的极大挑战。

关于文学"写本质"还是"写真实"的论争为新时期文学理论向更为广阔的空间拓展提供了很好的契机,学界在反思本质主义文学观的基础上开始借鉴和吸收更为丰富的理论资源。论争的意义在于它促进了文学基本观念的转变,激发了作家的创作热情,并且在理论层面为新观念的提出奠定了基础。在"写本质"与"写真实"论争之外,其他一些

---

① 邱岚:《评〈论"写本质"〉——与周迪荪同志商榷》,《东北师范大学学报》1981年第1期。
②③④ 陈望衡:《"写真实"与"写本质"》,《河北大学学报》1983年第1期。

学者也对文学的本质问题提出了自己的观点。如林兴宅的《文艺本质之辩》①、曹顺庆的《文学本质三要素——对文学本质的重新思考》②等。

　　随着1980年代中后期文学美学理论的勃兴,学界对于本质问题的探讨也开始转向美学思辨,本质问题不再是牵绊文学创作和文学批评的不容逾越的境地。学界在彻底否定本质主义观的基础上,已经开始转向新的问题和新的话语思考。林兴宅在《文艺本质之辩》一文简单回顾了中国当代文艺理论对于文学性质的探索,对文艺理论的种种问题进行深入思索:"我们意识形态的优越性并不能保证艺术生命力的旺盛,在意识形态背后似乎还有一个难以捉摸的精灵。当我们回到文艺理论体系自身,我们很快就发现用直观反映论原理构筑起来的这座大厦的破绽和缺陷。"③在这段话中,林兴宅用感性方式来阐释理论问题,不再是尖锐的反驳或是铿锵的理论,而是沉静的反思。林兴宅的文章反映了新时期文艺界对文学理论道路的探索。这一时期的文学理论家在突破传统思维方式方面进行了诸多有意义的尝试,他们大胆思考,并主动向更广、更深的理论层面迈进,勇于突破传统思想和意识形态的枷锁,他们在理论层面所取得的成果也深刻影响了1980年代乃至于新世纪的文学创作和理论建构。

　　曹顺庆在他的《文学本质三要素——对文学本质的重新思考》一文中提出文学本质的三个要素"形象,情感,形式"④。他认为:"这三大

---

① 林兴宅:《文艺本质之辩》,《文艺争鸣》1986年第6期。
② 曹顺庆:《文学本质三要素——对文学本质的重新思考》,《当代文坛》1987年第2期。
③ 林兴宅:《文艺本质之辩》,《文艺争鸣》1986年第6期。
④ 曹顺庆:《文学本质三要素——对文学本质的重新思考》,《当代文坛》1987年第2期。

要素相辅相成，相得益彰，共同构成那千姿百态，五彩缤纷的文学艺术作品。"①曹顺庆的观点丰富了新时期对文学性质的定义，他的理论明显受到当时西方文学理论潮流的影响。随着韦勒克的《文学理论》一书在国内的译介和推广，现代西方主流文学理论的引入对新时期文学理论的重构产生了深远影响。在这一文学潮流的影响下，新时期文学理论从根本上摆脱了来自苏联的单一理论模式和机械化、公式化的研究方法。新的理论打开了学界的视野，为文学创作、文学批评以及文学理论都带来了更多的可能性和更广泛的选择。

从论争和商榷的效果及其影响来看，传统的本质主义的文学观在1980年代初期就已经开始受到越来越多的质疑，到1980年代中后期，相较之前的文学理论，学界对本质的定义和对文学性质的认知已经有了很大的突破。对本质主义的反思成为时代的大趋势，传统的文学观已经无法再适应新的形势和新的文学创作的需求，无论是理论界还是创作界都急需对文学性质进行重新定义。在反本质主义批评家看来，本质主义并非是一种纯粹的文学理论，本质主义指引下的文学创作是有目的的生产活动，而非无目的的合目的性审美活动。本质主义的文学观束缚了文学自身的丰富性和多元性："如果企图用一个基本特征去解释古今中外那汗牛充栋、浩如烟海、滋味各异、五彩缤纷的文学作品，则难免有方枘圆凿之弊。"②所谓规律对于文学而言并不具有独有性和排他性，相反，强调文学性质的唯一属性只能够束缚文学的发展，并不利于文学的创造性。

总的来说，这一时期的观点基本上还未超出本质主义的基本框架，是在本质主义的大的范畴之内探讨文学的性质问题，但是，这些学者对

---

①② 曹顺庆：《文学本质三要素——对文学本质的重新思考》，《当代文坛》1987年第2期。

文学创作问题的思考已经开始从单一理论模式的苑囿中走出来,向更为广阔的文学创作的多元理论模式迈进。关于文学的"写本质"与"写真实"问题的讨论是对本质概念的一次重要反思。本质不再是概念化、机械的和抽象的,本质与真实之间的距离不再遥远,本质不再是真实的概括,相反,强调文学的美学形式、注重表达情感的观点同王春元在八十年代初期强调的"写真实"之间有了更多的相似性。文学的性质不再是是否"写真实"的问题,而在于如何"写真实"的问题。有的学者甚至在八十年代初期就具有关系主义和多维认知的视野,在重新定义文学性质的问题上取得了很大的进展。这些学者的观点成为本质主义论争的重要理论成果,为新的理论和观点提供了重要的理论准备。从某种程度来说,正是这些敢于论争、并提出鲜明观点的学者极大地推动了文学思想的转变,他们代表了新时期文学思潮的重要方面。

二、《论文学的主体性》与文学性质问题

在探索文学本质问题的基础上,新时期文艺理论界对文学主体性及其相关问题也进行了广泛论争。从1980年代中后期开始,文学主体性成为文艺理论界和批评界关注的焦点。文学的主体性问题也是新时期文学性质认知的一个重要阶段。创作者、理论学者和批评家对于文学主体的认知方式同其对文学性质的认知密切相关。引起争议的问题突出地表现在几个层面:创作主体是否有能动的意识、创作主体对客观现实的反映形式以及文本的主体性和创造性实现等,学界对这些问题的解答关乎文学性质的基本认知和文学理论基础的建构。

刘再复是这样定义主体和主体性的:

> 所谓主体,在文学艺术中,包括作为创作主体的作家,作为对

象主体的人物,作为接受主体的读者。所谓主体性,就是人之所以成为人的那种特性,它既包括人的主观需求,也包括人通过实践活动对客观世界的理解和把握。①

刘再复在他的《论文学的主体性》②和《论文学的主体性(续)》③等系列文章以及《性格组合论》一书中,对文学主体性问题进行了系统阐发。他的观点和相关文章成为新时期文学主体性论争的导火索。在《论文学的主体性》一文内容提要中,刘再复这样概括他的主体性观念:

> 文艺创作强调主体性,包括两层基本内涵:一是把人放到历史运动中的实践主体的地位上,即把实践的人看作历史运动的轴心,把人看作人。二是要特别注意人的精神主体性,注意人的精神世界的能动性、自主性和创造性。④

刘再复在1980年代中期提出的主体性观念呼应了学界对于文学性质的探索,强调创作主体的能动性理论对传统以反映论为中心的文学观提出了挑战。他并不否定人作为客体的存在事实,但是,他更加强调人作为能动主体(包括实践主体和精神主体⑤)的存在意义。

刘再复在其文章开篇便阐明他对人的存在性质的基本认知:"人

---

① 刘再复:《性格组合论》,人民大学出版社,2011年,第2页。
② 刘再复:《论文学的主体性》,《文学评论》1985年第6期。
③ 刘再复:《论文学的主体性(续)》,《文学评论》1986年第1期。
④ 刘再复:《论文学的主体性》,《文学评论》1985年第6期。
⑤ 刘再复认为:"人的主体性包括两个方面:首先人是实践主体,其次人又是精神主体。"(参见刘再复:《论文学的主体性》,《文学评论》1985年第6期。)

既是主体,又是客体,人作为存在是客体,而人在实践中、在行动时则是主体。"①这些观点可以被看作是他在新世纪之后提出的主体间性观点的雏形,他的理论对整个新时期文艺理论界产生的影响一直延续到21世纪。人作为创作主体、文学的主体性等话语并非是新的课题,只不过在新时期(尤其是在经历了"文革"阶段之后)的时代环境下,这样的观念却显得惹人注目。

刘再复对人的能动性、创造性以及人的存在地位问题(尤其是人的历史地位)的肯定具有某种人文主义和启蒙的意味,他强调人对外部世界的能动性支配,否定客观世界对人的机械控制和人对客观的被动反映。相应的,在创作主体能动作用之下,文学作品也不再仅仅是客观世界的机械反映,而是某种主观意识活动下的创造。刘再复还着重提出了三种主体的内涵,即创造主体、对象主体和接受主体。创造主体指的是文学艺术家应当发挥主体力量,以实现创作者主体价值为目的,而不应从外在于主体的、空洞的概念出发。对象主体则是指文学创作应当以人为中心,还原主体的真实形象。接受主体指文学创作应尊重文本接受者的实际情况,文学读者应当是有自主性和判断力的主体,而不应把读者降低为被动的接受者、甚至受教化者。三种主体的提出标志着新时期对作家、作品以及读者的重新认知,作家和读者主体性的界定是对文学性质的重要补充。

---

① 刘再复:《论文学的主体性》,《文学评论》1985年第6期。接下来,刘再复对此补充道:"人具有二重属性:一是受动性,一是能动性。人作为一种客观存在,表现出受动性,即受制于一定的自然关系和社会关系。人作为行动着的人,实践着的人,则表现出能动性,即按照自己的意志、能力、创造性在行动,支配着外部世界。我们强调主体性,就是强调人的能动性,强调人的意志、能力、创造性,强调人的力量,强调主体结构在历史运动中的地位和价值、文学中的主体性原则,就是要求在文学活动中不能仅仅把人(包括作家、描写对象和读者)看作客体,而更要尊重人的主体价值,发挥人的主体力量,在文学活动的各个环节中恢复人的主体地位,以人为中心,为目的。"

作家、作品和读者是文学基本性质的三个重要方面,也是解释文学活动的三个重要维度。刘再复借此阐明文学主体三个理论维度的重要性,他认为,文学的主体性体现在创作者、文学作品中的人物形象以及文学鉴赏者三个层面,而"我国文学在相当长的一个时期,普遍地发生主体性失落的现象,为此,我们需要探讨一下文学主体性的回归、肯定和实现的途径"①。主体性失落问题同文学本质主义的盛行有着密切联系,机械地强调文学对某一抽象概念的必然反映即是对文学主体性的否定,过度渲染客观世界的精神意义导致文学创作性的降低和文本可读性的丧失,也将读者引向非文学世界。

在三个主体当中,刘再复重点阐释了文本(即文学对象)主体性的丧失,他将其概括为三种主要形式:"(1)用'环境决定论'取消人物性格自身的历史。(2)用抽象的阶级性代替人物活生生的个性。(3)用肤浅的外在冲突掩盖人物深邃的灵魂搏斗。"②文学对象主体性丧失问题,正是五十年代以来主流文学理论对文学性质的基本定义。文学塑造的不是人而是"神",正如刘再复所说:"'文化大革命'中那种以塑造高大完美的英雄为根本任务的观念,与奥古斯丁这种观念多么吻合,任何非高大非完美的观点,都被视为妖言惑众,这样就从根本上淘汰了真实的人,我提出的人物性格的二重组合原理,正是一个与神本主义相对抗的主体性原理。"③英雄人物被视作具有完美性格和至高无上灵魂的存在物,是脱离现实生活的样板,却无法代表文学作品的全部内容,甚至取消了文学的多样性,消除了文学的感性经验和情感真实。同拥有多元性格的普通人相比,具有典型性和代表性的英雄人物显得呆板、平面,不同的文学作品却只能够塑造单一的人物形象,不同的人物却具有相似的性格、心理和精神,甚至在

---

①②③ 刘再复:《论文学的主体性》,《文学评论》1985年第6期。

样貌上都具有高度的一致性。

对于文本主体丧失的问题,刘再复认为其根源在于"作家忽视了人的地位与价值,而以物本主义与神本主义的眼光来对待自己的人物"[①]。将人视作物原本是工具理性的重要特色,但是却应用在强调情感和精神的文学创作和文本批评方面,这对于文学无疑产生了相当大的消极影响。刘再复对这一问题的认知超越了当时理论界的认识范围,超越了大多数学者的认知维度,为文艺理论界对文学性质的突破奠定了深厚的理论基础。

随着1980年代中后期的思想转变,刘再复和他的主体性理论一经提出,便受到广泛关注,批评和支持的声音如潮水般涌来。陈川于1986年1月的《文艺理论研究》上发表了《关于"文学主体性"的讨论》一文,初步整理了学界对刘再复《论文学的主体性》的论争,该文表明刘再复的观点在当年便引起了相当热烈的反响。其中几次比较重要的讨论如:社会科学院文学研究所文艺理论研究室的《自由地讨论,深入地探索——关于刘再复〈论文学的主体性〉一文的讨论》(1986)[②]、陈涌的《文艺学方法论问题》(1986)[③]、程代熙的《对一种文学主体性理论的述评——与刘再复同志商榷》(1986)[④]、陈骏涛的《文学的主体性——一个需要认真对待的重要问题》[⑤]、杨春时的《论文艺的充分主

---

① 刘再复:《论文学的主体性》,《文学评论》1985年第6期。
② 社会科学院文学研究所文艺理论研究室:《自由地讨论,深入地探索——关于刘再复〈论文学的主体性〉一文的讨论》,《文学评论》1986年第3期。
③ 陈涌:《文艺学方法论问题》,《红旗》1986年第8期。
④ 程代熙:《对一种文学主体性理论的述评——与刘再复同志商榷》,《文艺理论与批评》1986年第1期。
⑤ 陈骏涛:《文学的主体性——一个需要认真对待的重要问题》,《复旦学报(社会科学版)》1986年第4期。

体性和超越性——兼评〈文艺学方法论问题〉》(1986)①、李衍柱的《第十个文艺女神的再生——关于文艺批评的主体性的思考》(1986)②、林兴宅的《我们时代的文艺理论——评刘再复近著兼与陈涌商榷》③(1986)和《我们时代的文艺理论(续完)——评刘再复近著兼与陈涌商榷》④(1987)、陈传康的《哲学改革与文学主体性》(1986)⑤等。从效果上看，社会科学院文学研究所文艺理论研究室在《论文学的主体性》一文及其续文刊发的当年便展开讨论，是学界较早关于刘再复提出的文艺理论问题的探索实例，而《文艺理论研究》在其创刊年(1986)即投入对这一问题的关注，这些反应都表明刘再复的文学主体性理论在学界引起的反响之强烈。

《自由地讨论，深入地探索——关于刘再复〈论文学的主体性〉一文的讨论》集中了社会科学院文学研究所文艺理论研究室十几位学者对刘再复文章的讨论，他们分别是杜书瀛、钱竞、张国民、王淑秧、王善忠、涂武生、邢培明、袁红、毛崇杰、王春元、何西来等。在钱中文的主持下，他们针对刘再复的文章进行的讨论对于学术界具有某种潜在的指导意义，他们的讨论也是当时学界对刘再复进行讨论的缩影，象征了新时期的思想转变和观念创新的潮流。他们对刘再复的评价并不一致，有些学者对该文的部分内容持保留意见或商榷态度，但是总的来说，文艺理论研究室还是对刘再复的文章持肯定的态度，刘再复的观点受到了普遍支持。正如

---

① 杨春时：《论文艺的充分主体性和超越性——兼评〈文艺学方法论问题〉》，《文学评论》1986年第4期。
② 李衍柱：《第十个文艺女神的再生——关于文艺批评的主体性的思考》，《文艺理论与批评》1986年第4期。
③ 林兴宅：《我们时代的文艺理论——评刘再复近著兼与陈涌商榷》，《读书》1986年第12期。
④ 林兴宅：《我们时代的文艺理论(续完)——评刘再复近著兼与陈涌商榷》，《读书》1987年第1期。
⑤ 陈传康：《哲学改革与文学主体性》，《文学自由谈》1986年第6期。

该文编者按所说,这次讨论的目的在于"引起学术界更深入的讨论,并借此推动文学观念的变革"①。从这次讨论的实际效果来看,文艺理论研究室的小范围会议的确引起了学术界的大规模探讨和论争。

杜书瀛、邢培明、王春元、何西来等学者对刘再复的文章比较支持。刘再复的文章和观点得到了大多数与会者的肯定,只是在一些细节方面受到了批评和质疑。杜书瀛的发言为会议确定了基调:"这是一篇富有探索精神,给人以多方面启发的文章。"②

邢培明也对刘再复的观点持比较肯定的态度:"文学主体性问题的深入探讨可能会使我国的现代文学理论结构发生较大的变动。"③他不仅赞同刘再复的基本观念和批评方法,而且认为深入探讨刘再复的主体性观对于新时期文学理论和文学批评发展都具有建设性和持续性意义,他认为,对文学主体性理论的探索能够促使学界对马克思主义的认识论、社会主义人道主义、现实主义和浪漫主义的辩证关系以及现代文学艺术等相关问题深入探索下去,并且促进新时期文学理论的发展和完善。

王春元不仅坚定支持刘再复的观点,"对文学主体意识的探讨是应该的和必要的,也是切合时宜的"④,而且对站在单一理论视域对刘再复的理论进行否定和批评的态度做出驳斥。他认为,社会历史批评方法并不是文学批评范式中的唯一路径。在马克思主义文学理论之外,还有很多文学理论和文学批评方法值得关注和借鉴。从新时期文学批评史来看,现代文学理论大量涌入,对传统的单一理论模式下的文学研究范式形成了较大冲击,王春元也因此强调文学理论研究应当避

---

① 《自由地讨论,深入地探索——关于刘再复〈论文学的主体性〉一文的讨论》,《文学评论》1986年第3期。

②③④ 社会科学院文学研究所文艺理论研究室:《自由地讨论,深入地探索——关于刘再复〈论文学的主体性〉一文的讨论》,《文学评论》1986年第3期。

免二元对立的态度，尤其是站在一种立场上盲目否定其他理论和观点，而应当多吸取其他理论经验，以实现文学研究的多元化。

何西来是这次会议上最后一个发言的学者，他在听取之前学者的讨论意见之后，对所有观点进行了总结，他全面肯定了刘再复的理论，尤其是肯定了主体性学说的历史意义，他认为，刘再复的文学主体性理论是有益的："从总体来看，这种探讨符合时代的要求；从局部的文艺界实情来看，这种探讨是出于对具体的文艺发展历史的反思，并且基于这种反思对于文艺自身的某些重要方面提出了自己的一些设想。"①这次会议对于新时期的文学研究具有重要的导向作用，肯定的意见不仅推动了主体性理论的推广，而且对新时期文学理论的深入和拓展都具有建设性意义，还促进了学界对新思想的认知和接受。

钱竞、张国民、王善中、袁红等学者则在肯定之余对刘再复文章中的许多观点持批评态度，他们认为刘再复文章的基本观点、哲学基础以及方法论方面都存在一定的问题："再复在正确地反对机械反映论的时候，一面似乎使认识论心理学化、伦理学化，一面又不去论及真理论在认识论中的重要地位，客观真理及人对真理的追求似乎在文章的视野之外。"②钱竞对刘再复的评价很能代表当时部分学者对思想转变的基本态度："我以为今天还是要在马克思所创立的哲学基础上向前推进，可以'离经'但不'叛道'，这样才会有符合时代精神、科学性很强的文学理论。"③

在张国民看来，刘再复的许多概念、观点以及例证都存在问题，这也导致了他的结论存在着片面性，论断也存在着一定的问题，"令人遗憾的是，它在有些地方没有摆脱唯心主义影响"④。同大多数持批评意见的学者类似，王善中也是站在辩证唯物论的角度对刘再复的文章进行批评，

---

①②③④ 社会科学院文学研究所文艺理论研究室：《自由地讨论，深入地探索——关于刘再复〈论文学的主体性〉一文的讨论》，《文学评论》1986 年第 3 期。

他认为:"刘再复这篇文章不乏观点新颖,启发思索之处,对扩大视野,开拓思路不无裨益。但坦白地说,对作者所使用的某些概念、术语,把握不住它们的确切含义。"①袁红对刘再复的评价基本上是肯定的,并指出刘再复文章的历史意义,她认为,刘再复的文章同文学理论和文学批评的许多重要问题都有密切关联,其观点会引起学界的广泛关注,刘再复的文章将促进文学研究走向开放。但是,她也对"对象主体"等重要概念持保留意见:"我认为'对象主体'这个概念能否成立是很值得商榷的。"②这些学者主要肯定了刘再复文章及其观点的现实意义和历史价值,他们提出的商榷意见也是当时学界争执的主要方面。

涂武生、毛崇杰等学者对刘再复的文章和基本观点都持否定态度,他们的观点能够代表一部分传统学者的态度。例如,涂武生认为,用刘再复的主体性观点"来论述文学艺术中的主体性问题,无论在理论上还是在实践上,我觉得都是很难取得真正积极的成果的"③。从反对的意见来看,批评话语基本上还是站在唯物主义哲学观和方法论的立场对刘再复的文章进行批驳,对其哲学思想进行马克思主义式的反思,依旧坚持传统的哲学世界观和研究方法,也有少部分学者希望能够在传统话语和新的思想转变之间寻找某种平衡。

还有一些学者则回避评价刘再复的文章及其观点,而是就其提出的主体性问题进行深入阐述,王淑秧认为:"在探讨主体性在创作中的地位和作用时,不应人为地把主体性和客体性完全割裂开来,应看到两者的辩证关系,在强调主体性的重要时,不应忽视它对客体的依存关系。"④这些学者实际上已经肯定了刘再复的观点,并沿着刘再复提出的问题继续向更深层思考。

《自由地讨论,深入地探索——关于刘再复〈论文学的主体性〉一

---

①②③④ 社会科学院文学研究所文艺理论研究室:《自由地讨论,深入地探索——关于刘再复〈论文学的主体性〉一文的讨论》,《文学评论》1986年第3期。

文的讨论》对刘再复的讨论揭开了文学主体性问题大讨论的序幕,同文学本质的论争一样,文学主体性也促进了学界对文学性质的重新认知。

在社会科学院文学研究所的讨论之后,各种意见继之而起。李衍柱的《第十个文艺女神的再生——关于文艺批评的主体性的思考》对刘再复的理论、观点及其社会历史意义给予了很高的评价。他认为,刘再复的理论是新时期文学批评走向自觉的重要体现。① 在他看来:"文艺批评的主体性……最基本包括两方面的内容:一是文艺批评的独立品格,一是文艺批评家的主体性意识。"②他尤其强调文艺批评的独立性,即新时期中国当代文学批评的自觉:"文艺批评在我国真正进入自觉的时代,是在党的十一届三中全会以后的八十年代"。③文艺批评是在当时的社会思想变革的大背景下展开的,因此,文艺批评也带有明显的思想改革的性质。相应地,批评家的主体意识则是在文艺批评拥有其独立品格之下,作为接受主体和审美主体的批评家的思想自由和精神独立。

但是,也有一些学者对此持不同的意见。陈涌的《文艺学方法论问题》是一篇最具代表性的文章。该文最初发表于《红旗》杂志1986年第8期,后被大量转载。这篇文章也对应当时《红旗》杂志社就刘再复文章所进行的研讨会,该会认为"刘文有失误,有片面性、不完全"④,《红旗》杂志社的会议同社会科学院文学研究所文艺理论研究室的会议得出的结论似有很大出入,尤其是在基本观念上,后者虽然也对刘再复的文章提出了批评,但是基本上还是肯定的多、批评的少,《红旗》杂志的会议则偏向于否定的意见。

---

①②③ 李衍柱:《第十个文艺女神的再生——关于文艺批评的主体性的思考》,《文艺理论与批评》1986年第4期。

④ 陈传康:《哲学改革于文学主体性》,《文学自由谈》1986年第6期。

陈涌的文章着重从马克思主义哲学观和方法论的角度出发,对刘再复的主体性理论进行批判。陈涌坚持马克思历史唯物主义和辩证唯物主义的两个基本信条,对刘再复提出的主体性理论和一些基本的观点都持批评的态度,陈涌认为刘再复不仅仅是对传统文艺观的挑战,甚至是对马克思主义基本原理的否定。他的观点无疑代表了1980年代之前文艺理论界的主流思想,他对刘再复的批评也同社会科学院文学研究所文艺理论研究室会议上部分持传统哲学观的学者一致。陈涌坚决维护传统马克思主义的世界观,并坚持以此作为批评和研究文学的唯一原则。他认为,部分学者摈弃甚至批评马克思主义的基本文学原理,文学理论研究的问题关系到马克思主义和社会主义文艺在中国的命运。陈涌完全将文学理论研究限制在马克思主义哲学观和方法论的框架之内,他从根本上否定马克思主义之外的理论话语和创作实践。陈涌所批评的不只是刘再复及其理论观念,还是对新时期的思想转变和理论创新的否定。在基本的哲学思想的指导下,他们对于文学性质的认知则停留在单一维度的思想层面,同当时的思想潮流之间有相当大的距离。

同陈涌的观点相类似,程代熙在《对一种文学主体性理论的述评——与刘再复同志商榷》一文中也对刘再复提出质疑,他将刘再复的理论同很多现代理论相类比,证明刘再复的文学主体性并非其独创,是一种失败的、臆造的人本主义哲学,继而证明这一理论"说明不了主体意识和主体的主观能动性的"[①]。程代熙对刘再复的驳斥基本上沿袭了马克思主义传统哲学观对唯心主义等哲学思想的批判,他所使用的批评方法也是1950年代以来的哲学方法。因此,他最终得出的结论同陈涌并无太大差别,他认为,有些批评者将马克思主义理论曲解为不

---

① 程代熙:《对一种文学主体性理论的述评——与刘再复同志商榷》,《文艺理论与批评》1986年第1期。

重视作家的艺术性和创造性、不重视作家在创作过程中的主观能动性，这些观点都应当被纠正，还原马克思文艺理论的"本来面貌"①。程代熙的文章也是对马克思主义哲学的申辩，维护马克思主义正统哲学思想对于文学理论的指导地位。程代熙的文章可以看作是对陈涌文章的补充，他们的核心目的是一致的。

陈涌等学者的文章发表之后，以林兴宅等为代表的学者对陈涌的观点进行了反驳，并对刘再复的理论进一步阐释和发展。林兴宅首先便以充沛的情感对刘再复及其理论的历史意义进行了高度评价，他在《我们时代的文艺理论——评刘再复近著兼与陈涌商榷》和《我们时代的文艺理论（续完）——评刘再复近著兼与陈涌商榷》等文章中认为："严格说来，刘再复的学术生涯是从粉碎'四人帮'之后开始的，民族的新生赋予他新的生命。他作为一个痛苦的觉醒者在文艺领域中披荆斩棘，开拓前行。"②"从历史哲学的角度看，刘再复的文学主体性思想是在民族文化反思的背景下出现的新的文艺观念，它具有在文艺领域促进民族觉醒的启蒙作用。"③林兴宅对刘再复的评论似乎不仅仅是针对某一个文学理论学者的评价，更像是对一代批评家追求的抒写。林兴宅敏锐地指出刘再复文章的真实目的以及陈涌对刘再复批判的深层原因，并点明论争的焦点：

> 陈涌之所以痛心疾首地感到刘再复的理论危及马克思主义在中国的命运，并不在于刘再复把文学与政治、经济等的关系当成外

---

① 程代熙：《对一种文学主体性理论的述评——与刘再复同志商榷》，《文艺理论与批评》1986年第1期。
② 林兴宅：《我们时代的文艺理论——评刘再复近著兼与陈涌商榷》，《读书》1986年第12期。
③ 林兴宅：《我们时代的文艺理论（续完）——评刘再复近著兼与陈涌商榷》，《读书》1987年第1期。

部规律,而在于刘再复的论著中孕育着对旧的文艺理论体系具有巨大威慑作用的新的生命,这就是敢于对传统文化重新审视的叛逆精神以及体现新时代智慧的文艺观念……承认不承认文学活动中个性的价值和非自觉意识的功能,这是新旧文艺观念的重要分界线,也是此争论的焦点。①

林兴宅这里所说的"旧的文艺理论体系"和"传统文化"应当是指1950年代以后逐渐确立并形成的一整套单一维度的文学价值体系,在这个单一维度的话语体系当中,文学被作为构成权威话语体系的工具而非具有独立性和创造性的意识活动,因此,无论是创作主体还是接受主体,都会不由自主地失去思想自由。在这个旧的理论体系中,作为个体的文学主体是不存在的。陈涌对刘再复的批评体现了旧的理论话语对新的思想转变和文学认知方式的否定。

林兴宅还尖锐地指出《文艺学方法论问题》一文的真实内涵:"陈涌的批评文章以文艺学方法论为题,以文艺内部规律与外部规律之辩为论述的重点,实际上却是对他所坚持的传统文艺观念的一次系统的申辩。"②无论是对刘再复还是陈涌,林兴宅都将个人批评上升到时代评论,他对陈涌以及持有与陈涌类似观点的学者的批评更像是对某一个时代的反思。林兴宅对一些学者的批评很生动地表达了一个时代的尴尬:"很清楚,刘再复的文艺观不仅没有偏离马克思主义,而且是从整体上把握了马克思主义历史唯物主义的世界观和方法论。遗憾的是,不仅陈涌等同志误解了刘再复同志的文艺观,而且不少同志是持一种宽容的态度来对待刘再复的探索的,甚至有些同道也不敢理直气壮

---

①② 林兴宅:《我们时代的文艺理论——评刘再复近著兼与陈涌商榷》,《读书》1986年第12期。

地宣称刘再复同志在新的历史时期发展马克思主义文艺学的贡献。"①

对于刘再复的观点,学界大多数学者是持肯定态度的。林兴宅对陈涌商榷文章的评判还可以在其他一些理论家的著述中得到印证,王春元在《文艺学方法论研究中的若干问题》一文中指出:"运用文艺学诸方法来研究文学,有两种相反的倾向。一种是恪守某一学派的理论体系,排他地运用该学派的原理概念来进行研究……另一种是采取不拘一格的灵活的态度,按照不同的方法、理论的适用范围和有效性,有选择地采用,来研究特定的文学现象。"②归纳起来,王春元所说的两种不同的文艺学研究倾向实质上代表了两种研究心理:独断的作风和兼收并蓄、突破进取的精神。这两种研究态度正是新时期论争的两端,是恪守历史的信条,还是将研究视野从狭隘的观念中解放出来,对于理解文学的基本性质和促进文学的发展而言都具有不容忽视的作用。

陈骏涛的《文学的主体性——一个需要认真对待的重要问题》对刘再复的文章和思想做出了很高的评价。他认为,刘再复提出的文学主体性命题是革命的,它是对文学理论界长期压抑和漠视文学创作主体的反思。从哲学观的角度来说,对创作主体的重新发现亦是对人性的重新发现,是"对人的价值和尊严、对人的创造力和自主力、对人性和人道主义的重新重视"③。刘再复的观点有利于打破原本封闭的理论界限,使得中国当代文学研究同世界文学理论的发展保持一致,而且,刘再复的理论还有利于构建一种以人为中心的文学理论体系。

陈骏涛不仅对刘再复的历史意义做了定位,还肯定刘再复的理论

---

① 林兴宅:《我们时代的文艺理论(续完)——评刘再复近著兼与陈涌商榷》,《读书》1987年第1期。
② 王春元:《文艺学方法论研究中的若干问题》,《文艺争鸣》1986年第5期。
③ 陈骏涛:《文学的主体性——一个需要认真对待的重要问题》,《复旦学报(社会科学版)》1986年第4期。

对于新时期思想革命和社会变革的重大推动作用。刘再复的理论顺应了当时社会改革和思想改革的热潮,是对守旧思想的挑战。陈骏涛还对一些商榷的意见提出质疑,尤其是对那些将文学理论探索上升到政治意识形态层面的方式提出批评,认为他们是以势压人而不是真正的学术论争,对于新思想的提出和理论创新并无价值。对于陈涌等以马克思主义传统价值观和评价体系为主体,对刘再复的理论和观点进行批判的意见,陈骏涛提出了尖锐的批评。他认为,刘再复的理论虽然存在着某些问题或缺点,但是,作为新的理论,其基本观点是值得肯定的。学界对刘再复进行批评和质疑也是可以理解的,而且,这些批评也可以促进该理论的完善和充实。但是,将文学理论问题同政治问题联系在一起,是值得商榷的。"这种把学术问题、文艺思想问题轻率地与政治问题挂钩的做法,曾经是我们以往历次政治运动的惨痛教训,在今天是不应该再重演了。"[①]

同林兴宅等学者相比,杨春时对陈涌的批评要更为深刻、也更耐人寻味。他在《论文艺的充分主体性和超越性——兼评〈文艺学方法论问题〉》一文认为:"关于文艺主体性问题的论争必然在总体性的高度上囊括了以往论争的一系列问题。"[②]文学主体性问题实质上是对文学本质问题的深入和拓展。杨春时将理论界对刘再复理论的争鸣从文学领域上升到哲学高度,他认为理论界对文学理论基本问题的论争实际是关于哲学基本问题的争辩,带有思想解放的深刻烙印。对于刘再复的批评和否定实质上是"对新时期更新文艺观念的思潮给予根本性的批判和否定"[③]。因此,关于文学主体性的论争不仅关系到文艺理论的

[①] 陈骏涛:《文学的主体性——一个需要认真对待的重要问题》,《复旦学报(社会科学版)》1986年第4期。

[②][③] 杨春时:《论文艺的充分主体性和超越性——兼评〈文艺学方法论问题〉》,《文学评论》1986年第4期。

发展,而且还关乎新时期思想转变和思想潮流的未来。

杨春时首先肯定了文学(文艺)主体性的存在必要,而且他认为主体性观念不是偶然产生的,而是历史的必然。文学艺术对于人的创造性和能动作用的肯定必然导致"文艺对现实的超越性"①,文学和艺术作品不应当是"无主体的历史文献"②,应当是超越现实并具有独立的主体地位。杨春时还对陈涌所尊奉的马克思主义文艺理论体系和评判标准提出质疑,认为理解和阐释这一理论体系的方式并非一成不变、适合于所有时代:

> 国内现行的传统文艺理论体系,是在马克思主义范围内产生的,它代表了马克思主义文艺理论的一定历史发展阶段。但是,它不是唯一的,也不是绝对正确的、永恒不变的马克思主义文艺理论体系……国内现行的文艺理论体系是50年代从苏联传入的,它是在特定时代、特定国家对马克思主义的理解、阐释,并应用于文艺研究的结果。③

他进而认为,因袭传统马克思主义文艺观的阐释和理解方式恰恰是马克思主义的曲解,即便是马克思主义的文艺观也是强调人的本质价值和人对于外在世界的主体作用的。马克思主义哲学,尤其是马克思主义实践哲学本身所具有的主体性和超越性也决定了文学和艺术所具有的主体性和超越性,切除了文艺所具有的主体性特质的文艺理论将失去生机。

在肯定了文艺的主体性同马克思主义哲学的基本关系之后,杨春

---

①②③　杨春时:《论文艺的充分主体性和超越性——兼评〈文艺学方法论问题〉》,《文学评论》1986年第4期。

时明确提出文艺的本质即"充分的主体性和超越性"①的观点。对此，他提出了两个方面："首先，文艺根源于实践中生成的主体内在的自由要求。其次，文艺的充分主体性和超越性还体现在自由创造力的充分发挥上。"②杨春时对主体自由(尤其强调人的精神自由)和自由创造力这两个方面的论述，明显地受到了当时社会思潮和西方主流文艺思想的影响。强调主体的精神自由同1980年代的思想运动息息相关，而强调创造力则是受到了韦勒克为代表的新批评理论的影响(韦勒克在其《文学理论》中就强调创造力和想象力是文学的基本性质)。杨春时还特别指出文艺的超越性意义："文艺拥有充分的主体性，它超越现实，这是文艺的自由品格和本质特征。"③他认为文艺的超越性是"对自然的因果性和决定论的否定，对人的精神自由的肯定"④，"对现实意识——文化超越"⑤。在杨春时看来，文艺绝不是为某一个特定目的而服务的，他生动地指出："《红楼梦》的伟大也不因为作者发泄了没落贵族的哀鸣，恰恰相反，它们反抗了剥削阶级的意识形态，拒绝为剥削阶级的政治服务，所以才能具有永恒的、普遍的价值。文艺作为审美意识和审美文化，向人们指示着现实意识和现实文化的局限，引导他们不断超越现实存在，向自由的境界飞升。"⑥相反，文艺应当拥有自由的存在价值和存在属性，文艺的本质是其自身所特有的性质，而非某种外在的、强加的性质。

王逸舟在《马克思主义是指南还是公式？——评陈涌同志的〈文艺学方法论问题〉》⑦也对陈涌的文章进行了批评，他认为陈涌对刘再复的批评是对固有观念的简单重复，但是这些批评并不能够适应变化

---

①②③④⑤⑥　杨春时：《论文艺的充分主体性和超越性——兼评〈文艺学方法论问题〉》，《文学评论》1986年第4期。

⑦　王逸舟：《马克思主义是指南还是公式？——评陈涌同志的〈文艺学方法论问题〉》，《读书》1986年第9期。

的社会和时代,尤其是难以符合时代精神的需要,无法满足思想潮流的需要。按照王逸舟的观点,陈涌所提倡的马克思主义的基本观念和方法论只是一种静止的、停滞的批评方法,陈涌将马克思主义理论当成一个永恒不变、适用于万事万物的公式,而不是一种指导性思想或是某种方法论的指南。在这样的精神指引下,马克思主义只能够限制文学理论的发展和丰富,无法促进理论的深入,也很难解释越来越多的文学作品和文学现象,最终只能够将自己封闭起来。因此,王逸舟认为:"马克思主义之所以经久不衰,根本在于它有一种拒绝人们把它作为教条对待的内在要求。包括社会主义文学研究在内的当代马克思主义理论探讨工作,没有理由忽视这一要求。"①只有某种不断改变自身以适应时代变化和发展需要的理论,才能够成为具有指导性意义的真理,否则便只能够成为阻碍真理的羁绊。

陈传康的《哲学改革与文学主体性》也认为"文艺必须从典型深化论向全面反映论转化"②,他还从生态学的角度来理解刘再复的观点,他认为刘再复的文章体现了一种从整体出发、更为全面地理解和阐释文学的研究,有利于重新确立文学的基本观念。从显性结构向隐性结构过渡的理念,能够建立一个更好的文艺体系。他还认为,对待文学主体性这样的新兴理论应当宽容和平等,否则是不符合社会主义文艺的基本要求的,"双百方针"的起点必须是平等的,否则便不符合文艺的基本方针,也不是真正意义上的文艺生态:"双百方针的最起码要求,首先要承认双方在马克思主义方面是平等的。在一个社会主义改革时代,把改革促进者的新观点视为异端,而改革旁观者却成了最有资格批判现实问题研究者的人,这实在太不正常,也不利于改革的探索,更不

---

① 王逸舟:《马克思主义是指南还是公式?——评陈涌同志的〈文艺学方法论问题〉》,《读书》1986 年第 9 期。
② 陈传康:《哲学改革与文学主体性》,《文学自由谈》1986 年第 6 期。

利于马克思主义的发展。"①总的来说,陈传康对刘再复的观念是比较赞同的,而且,他将生态学等学科同文学结合起来进行研究的方式,具有某种跨学科的性质,他对文学性质的把握和理解是具有前瞻性的。

直到1990年代,关于文学主体性的讨论仍然没有完全结束,例如,陆贵山在《对"文学主体性"理论的综合分析》②一文中对1980年代文学主体性论争进行了比较详细的总结,他将文学主体性问题归纳为多个方面,包括主客体关系、个体与群体关系、价值论和认识论关系、自律和他律关系、自由和必然的关系以及目的和工具的关系等,他从马克思主义文学理论的角度对文学主体性进行反思,也对该理论的创新性提出质疑。

如果从中国当代文学理论史的角度来看,刘再复理论命题中的部分内容并非具有独创性,例如,"文学即人学"等观点早在1950年代就已经提出来了、并引起了相当大的争论,早在刘再复系统地阐述主体性这一概念之前,李泽厚等学者就已经对此有所涉猎。但是刘再复等学者的观点却极大地推动了这些理论的推广和深入。学界的讨论不仅推动了理论的深入,而且也使得文学性质问题得到了更广泛的讨论和研究,为新理论的产生奠定了基础。刘再复对创作主体的认知和重新定义,对当时的文艺理论潮流产生了比较重要的影响。创作主体的精神性回归推动了文学作品对机械反映论的疏离,刘再复还强调创作主体内宇宙的实现,他极力推崇"文学即人学"③,既为文学"向内转"提供了理论支持,也为学界对于文学性质的认知开辟了新的理论视角。

---

① 陈传康:《哲学改革与文学主体性》,《文学自由谈》1986年第6期。
② 陆贵山:《对"文学主体性"理论的综合分析》,《文艺理论与批评》1992年第4期。
③ 刘再复认为,"聪慧的作家意识到文学的命运与人的命运是息息相关的,因此,便有'文学是人学'的不朽命题产生。"(参见刘再复:《论文学的主体性》,《文学评论》1985年第6期。)

三、《历史无可避讳》和文学性质论争

文学与政治问题一直是1950年代以来中国当代文学绕不开的话题,随着1980年代思想转变和文学新热潮的产生,文学与政治问题再度成为文学论争的焦点问题。尤其是在1980年代末,这一问题几乎取代了之前所有的论争——这一论争的焦点便是毛泽东《在延安文艺座谈会上的讲话》,该文是1940年代以来影响中国当代文学创作和文学理论建构的最为重要的话语力量。

在文学本质论争的过程中,文学背后的政治因素始终是绕不开的主题:"文艺运动是整个政治思想战线的一个组成部分,文艺事业的发展往往和政治形势、运动密切相连。"①无论是坚持文学性质的本质论者也好,还是反本质主义者也好,理论背后总伴随有政治意识形态的影响和巨大作用。这一问题不仅在八十年代炙手可热,而且在整个新时期都占据了很大一部分研究视域,它几乎潜藏于每一种理论和研究方法之内,又在每一种理论和方法的背后产生无形的作用——阻滞或促进。

夏中义在1989年发表了他的《历史无可避讳》②一文,可谓一石激起千层浪,这次论争不同于前几次的文学争论,评论几乎一边倒地站在该文的对立面,理论界从各个角度对该文进行了激烈批判。甚至《文学评论》也因发表了夏中义的文章而被迫整顿:

> 根据中国社会科学院关于《文学评论》进行检查、整顿的决定,文学研究所最近邀请所内各方面人士,连续多次召开座谈会。与会同志对《文学评论》今年第4期刊载的若干存在严重政治问

---

① 陈荒煤:《关于总结三十年文艺问题》,《文艺研究》1979年第3期。
② 夏中义:《历史无可避讳》,《文学评论》1989年第4期。

题的文章,进行了深刻地剖析和尖锐地批评。①

但是,夏中义的文章并非历史的偶然,相反,他的文章和观点只是1980年代文学大讨论和社会思潮发展的结果。早在1970年代末、1980年代初,学界就已经展开了关于文学和政治关系问题的讨论,它同文学本质主义论争一样,都是文学界最早关注的重要问题之一。汤学智在《建国以来有关文艺与政治关系问题的讨论概况》②一文中整理了建国到1980年代初学界关于文艺和政治关系的讨论,他对不同时代文艺与政治的关系做了梳理,并分析了产生这一问题的原因等。从他的文章来看,文艺是否服务于政治的问题始终是一个为中国文艺理论界所纠结的问题,对该问题的回答直接关系到一个时代文学的发展。新时期,文学界重新认识该问题,从一开始便有为文艺"正名"的倾向:《上海文学》1979年第4期刊发了评论员文章《为文艺正名——驳"文艺是阶级斗争的工具"说》,该文占据这一期卷首,一经刊发便点燃了新时期文学和政治关系的大讨论。从文学性质认知的角度来看,这篇文章可以被视作从反意识形态的角度来重新认知文学的性质问题(文学的功能性和从属性等)。自此,新时期文学界普遍升起一种促使文学摆脱政治和意识形态束缚、走向自由创作和自由思想的愿望。

《为文艺正名——驳"文艺是阶级斗争的工具"说》一文可谓恰逢其时,既顺应了社会思想和政治热潮的变化,也符合学术界探索新知的迫切要求。《上海文学》在1979年随后的几期中连续发表了多篇商榷

---

① 闻岩:《文学研究所召开座谈会检查、整顿〈文学评论〉》,《文学评论》1989年第6期。
② 该文分上、下两部分,上半部分分析1980年代之前的文学和政治问题,下半部分则概述了1980年代的新发展,这两篇文章分别发表于《文艺理论研究》1980年第3期和1981年第1期。

文章,新时期学界对文学的本质的政治性问题的论争由此展开。

王得后的《给〈上海文学〉评论员的一封信》①、吴世常的《"文艺是阶级斗争的工具"是个科学的口号》②、周宗岱的《"文艺是阶级斗争的工具"——是个科学的口号吗?——驳吴世常同志》、张居华的《坚持无产阶级的党的文学原则——"文艺是阶级斗争的工具"不容否定》③、顾经谭的《文学的发展与"为文艺正名"》④、崇实的《用实事求是的科学态度探求真理》⑤、邱明正的《一个不精确的口号——评"文艺是阶级斗争的工具"说》⑥、曾繁仁的《应该完整地准确地理解"文艺是阶级斗争的工具的理论"——兼与〈上海文学〉评论员商榷》⑦、王云缦、陈敦德的《"文艺是阶级斗争的工具"是个反科学的口号——寄自北京的对话》⑧、易原符的《认识生活——文艺的普遍职能——兼驳〈文艺是阶级斗争的工具〉》⑨、张怀久的《一点异议——与王得后同志商榷》⑩、李方平的《真实性、公式化与文艺为阶级斗争服务——与〈为文艺正名〉商

---

① 王得后:《给〈上海文学〉评论员的一封信》,《上海文学》1979年第6期。
② 吴世常:《"文艺是阶级斗争的工具"是个科学的口号》,《上海文学》1979年第6期。
③ 张居华:《坚持无产阶级的党的文学原则——"文艺是阶级斗争的工具"不容否定》,《上海文学》1979第7期。
④ 顾经谭:《文学的发展与"为文艺正名"》,《上海文学》1979年第7期。
⑤ 崇实:《用实事求是的科学态度探求真理》,《上海文学》1979年第7期。
⑥ 邱明正:《一个不精确的口号——评"文艺是阶级斗争的工具"说》,《上海文学》1979年第8期。
⑦ 曾繁仁:《应该完整地准确地理解"文艺是阶级斗争的工具"的理论——兼与〈上海文学〉评论员商榷》,《上海文学》1979年第8期。
⑧ 王云缦、陈敦德:《"文艺是阶级斗争的工具"是个反科学的口号——寄自北京的对话》,《上海文学》1979年第9期。
⑨ 易原符:《认识生活——文艺的普遍职能——兼驳〈文艺是阶级斗争的工具〉》,《上海文学》1979年第9期。
⑩ 张怀久:《一点异议——与王得后同志商榷》,《上海文学》1979年第9期。

权》①、罗竹风的《文艺必须正名》②、陈超南的《关于文艺的定义》③、文致和的《就"阶级斗争工具"说和王得后等同志商榷》④、徐中玉的《文艺的本质特征是生活的形象表现——学习鲁迅对文艺性质、特征、任务、作用的看法》⑤等文章分别站在不同角度对该问题进行探讨,这些文章的观点虽然各不相同、甚至相互抵触,但是却推动了文学性质认知的拓展,学界对文学服务于政治的问题不再坚持传统的观点,对文艺与政治的关系重新解读。

除了《上海文学》之外,《文艺研究》《文学评论》等其他一些重要期刊也不甘落后,连续于1980年第1、2期发表相关文章积极参与讨论。例如,何西来的《论文艺思想僵化的表现及其根源》⑥、王若望的《文艺与政治不是从属关系》⑦、敏泽的《文艺要为政治服务》⑧、万里云的《艺术不只是政治的反映》⑨、刘志友在《就〈文艺和政治不是从属关系〉一文致王若望同志》⑩、梅林的《文艺和政治是上层建筑范畴内的关

---

① 李方平:《真实性、公式化与文艺为阶级斗争服务——与〈为文艺正名〉商榷》,《上海文学》1979年第9期。
② 罗竹风:《文艺必须正名》,《上海文学》1979年第10期。
③ 陈超南:《关于文艺的定义》,《上海文学》1979年第11期。
④ 文致和:《就"阶级斗争工具"说和王得后等同志商榷》,《上海文学》1979年第11期。
⑤ 徐中玉:《文艺的本质特征是生活的形象表现——学习鲁迅对文艺性质、特征、任务、作用的看法》,《上海文学》1979年第11期。
⑥ 何西来:《论文艺思想僵化的表现及其根源》,《北京师范大学学报》1979年第5期。
⑦ 王若望:《文艺与政治不是从属关系》,《文艺研究》1980年第1期。
⑧ 敏泽:《文艺要为政治服务》,《文艺研究》1980年第1期。
⑨ 万里云:《艺术不只是政治的反映》,《文艺研究》1980年第1期。
⑩ 刘志友:《就〈文艺和政治不是从属关系〉一文致王若望同志》,《文艺研究》1980年第3期。

系》①、刘纲纪的《关于文艺与政治的关系》②、张建业的《文艺应该为政治服务》③、王先霈、范际燕的《形象思维过程中艺术与政治的关系》④、常根荣的《"从属论"应当破除》⑤、余秋雨的《论文艺与政治的逻辑关系》⑥等。其中,王若望和敏泽等学者的观点比较有代表性。

王若望在《文艺研究》发表了《文艺与政治不是从属关系》一文,他认为:"把文艺作为政治的仆从,把文艺从属于政治的观点就是不科学的。"⑦该文从马克思主义的角度对文学和政治的关系问题进行了反思,这既是对文学地位的重新树立,也是对文学性质的重新认知。他举了一个生动的例子来形容文学和政治的关系:"打个比方说,文艺跟政治并不是父子关系,而是兄弟关系。按其出生的年月来说,文艺还是老大哥,政治则是小弟弟。"⑧在他看来,文学非但不是政治的附属品,在历史时期上,还远远在政治之前。如果按照中国传统的齿序关系,政治还应该排在文学之下,而不应凌驾于文学之上。即使在政治意识形态占据社会思想的主导之时,"文艺始终以它自己的风貌和独特的魅力繁荣滋长,与政治并驾齐驱"⑨。而且,文艺也应当保持其独立性,"政治想压抑文艺是不行的"⑩。否定了文学对于政治的隶属关系,确立文学是一种独立的意识活动。

余秋雨在《论文艺与政治的逻辑关系》中认为:"我们的文艺也应

---

① 梅林:《文艺和政治是上层建筑范畴内的关系》,《文学评论》1980第1期。
② 刘纲纪:《关于文艺与政治的关系》,《文学评论》1980年第2期。
③ 张建业:《文艺应该为政治服务》,《文学评论》1980年第2期。
④ 王克需、范际燕:《形象思维过程中艺术与政治的关系》,《文学评论》1980年第2期。
⑤ 常根荣:《"从属论"应当破除》,《南京师范大学学报(社会科学版)》1980年第1期。
⑥ 余秋雨:《论文艺与政治的逻辑关系》,《戏剧艺术》1980年第3期。
⑦⑧⑨⑩ 王若望:《文艺与政治不是从属关系》,《文艺研究》1980年第1期。

为造就一代新人而不懈地努力,这要比为了许多具体的政治任务而不假思索地赶风追雨,有价值得多了。"①余秋雨的观点应该说代表了部分学者内心的愿望,即希望文学艺术的存在具有其独特意义,而非为了某一外在于文学的目的终日惶惶不安,为了迎合或服务于某一需要以至于丧失了独立性和创造性。

反对者则对此持保留态度。敏泽在他的《文艺要为政治服务》中认为:"强调文艺的政治社会功能,是阶级社会中文学发展的一个客观的基本事实。"②他简单梳理了中国历史上文学与政治的基本关系,并得出结论认为文学的政治功能是其基本内容之一。但是,他也认为,文艺为政治服务应当避免受到一些"左"的思想的影响,文学为政治服务所出现的"错误"和"挫折"的根本原因,"并不在于为政治服务这一原则本身,而在于政治方面'左'的思潮的影响和干扰,和文艺领导方面违反艺术规律与特点的简单、粗暴,以至实用主义的态度,对政治和服务两方面的理解都常常存在着严重的问题,违反马克思主义的基本原则"③。"文艺应当为无产阶级的根本政治利益服务",只不过文艺的特点和规律是其服务于政治的前提,否则"不可避免地要受到历史的惩罚"④。从敏泽的观点来看,他是在坚持"文学为政治服务"的前提下,强调文学的自主性(创作规律)的,他对彻底地否定"文学为政治服务"这一观念仍然持保留意见。

刘志友在《就〈文艺和政治不是从属关系〉一文致王若望同志》一文中认为,王若望在论述文艺为政治服务的问题上有失偏颇,他虽然赞同新时期"不提文艺从属于政治和文艺为政治服务的口号"⑤,却认为

---

① 余秋雨:《论文艺与政治的逻辑关系》,《戏剧艺术》1980 年第 3 期。
②③④ 敏泽:《文艺要为政治服务》,《文艺研究》1980 年第 1 期。
⑤ 刘志友:《就〈文艺和政治不是从属关系〉一文致王若望同志》,《文艺研究》1980 年第 3 期。

文艺在某些时候是可以为"进步阶级、进步力量服务"①。他的观点也体现了当时部分学者的态度——文艺只能有限地剥离政治话语。

支持和反对的意见犹如一场辩论赛,两边均争执不下,直到1979年10月的中国文学艺术工作者第四次代表大会(第四次文代会)召开,这场旷日持久的论争才算告一段落。之后,《上海文学》在1980年还间断性刊载了畅广元的《生活、政策、文学》②、罗竹风的《文艺三论》③、顾骧的《文艺的路子要越走越宽》④、缪俊杰的《新时期社会主义文艺的方向——对"文艺为人民服务,为社会主义服务"的一点理解》⑤等文章,这些文章的发表宣告了文学同政治关系的逐渐疏离,文学拥有了更多的自由,文学的路子开始越走越宽了。

这一时期,文学界关于文学本质问题的讨论等学术问题实质上同文学是否服务于政治的问题是联系在一起的,创作界和理论界对文学的本质认识离不开政治意识形态的影响,对这些问题的反思必定牵涉到对政治和文学关系的重新定位。王春元在《关于写英雄人物理论问题的探讨》中探讨的英雄人物的塑造等问题既是对文学本质问题的探索,也是对文学与政治关系的反思。他在《"文艺为政治服务"是个错误的口号》一文中鲜明地指出文艺为政治服务的实质:

> 一是为现行的政策服务。二是为当前的中心任务服务。三是作为某个单位解决思想实际问题的工具,或者是作为政治工作的一部分

---

① 刘志友:《就〈文艺和政治不是从属关系〉一文致王若望同志》,《文艺研究》1980年第3期。
② 畅广元:《生活、政策、文学》,《上海文学》1980年第2期。
③ 罗竹风:《文艺三论》,《上海文学》1980年第4期。
④ 顾骧:《文艺的路子要越走越宽》,《上海文学》1980年第5期。
⑤ 缪俊杰:《新时期社会主义文艺的方向——对"文艺为人民服务,为社会主义服务"的一点理解》,《上海文学》1980年第7期。

来要求的。四是为宣传某种阶级、阶级斗争观念服务,结果是在对政治形势做了错误的估计下,也要求文艺为错误的政治服务。五是为各个部门、各个地方的长官意志服务。六是只能为现行的政治纲领、路线、政策、观念唱赞歌,不能有批评。七是用政治作为文学批评的唯一标准,只要说政治上有问题的文艺作品就统统"枪毙"。①

文学艺术到底是为真正的人民的政治服务,还是为某些少数人的利益服务,这成为理解文学和政治的关系的前提。对政治这一概念及其延伸意义的解读是对文学与政治讨论的重要前提,只有在同一个政治的概念之下才能够继续文学是否应服务于政治的讨论。但是,从新时期的论争来看,这个问题似乎并没有得到彻底解答,相反,在论争过程中,这个问题要么被巧妙回避,要么被故意忽略,要么被粗暴定论,这也直接导致文学与政治的关系问题持续十年仍旧难以明确,无法得出一个能够为文学界所普遍接受的结论。

因此,有的学者也认为,文学本质论之所以带有明显的"客观专制"痕迹,也是由于过分强调客观决定论的结果。正如王元骧所说:"在不同程度上强调了反映而忽视了创造,强调了再现而忽视了表现,强调了创作过程中的客观制约性而忽视了主观能动性。"②1980年代初期的很多文学理论家依然持有这样的观点:文学是某一被反映物的象征——这个被反映物是具有普遍性意义的、客观世界的存在物。这一点无须赘述,部分学者对本质主义的肯定或对文学本体性的质疑即是明证。作为影响文学发展的最为重要的客观因素,政治几乎决定了文学的基本构成和走

---

① 王春元:《"文艺为政治服务"是个错误的口号》,《文艺理论研究》1980年第3期。
② 王元骧:《反映论原理与文学本质问题》,《文艺理论与批评》1988年第1期。

向,文学同社会现实的关系完全取决于政治的需要。

到了1980年代中期,文学界对思想自由的追求更加强烈,文学不再是政治的附属品的观点成为1980年代文艺观的一个重要前提。文学是服务于政治还是独立于政治之外的问题,成为理论界提出新理论之前必须要解决的、绕不开的问题。鲁枢元认为,文学为政治服务并非文学的全部内涵,如果把文学限定在政治范畴内,那么文学的范围将被人为地缩小,而且,文学的创造力和动力都会降低:"文学当然可以为政治服务,为政治服务也可以写出优秀的文学作品,但如果把社会主义文学的全部内涵仅仅框定在'政治'活动中,文学活动的空间未免太狭窄了,如果进而非要把'写心灵''表现自我'统统从文学活动中剥离出去,仅仅把文学看作工具和武器,那么文学创造内在的动力、文学作品内部的活力都将被大大削弱。"①因此,文学自身的发展、新理论的介入和思想的转变都有助于厘定文学和政治的边界,实现文学性质的多维认知。

根据学界对文学与政治问题的争论及其发展过程,政治思想和意识形态与文学本质的认知问题实质上在1980年代的整个历史阶段都备受关注,只是在《历史无可避讳》一文刊出之后,文学与政治之间的矛盾才被激化。暧昧的面纱被彻底揭去,文中一些比较激烈的言辞和观点将夏中义推向了风口浪尖。一些学者很自然地在《历史无可避讳》及其观点的刺激下,纷纷撰文对此进行强烈否定和彻底批判。例如,钟荔文的《毛泽东文艺思想不容否定——评夏中义的〈历史无可避讳〉》②、张炯的《毛泽东与新中国文学——评〈历史无可避讳〉一文》③、

---

① 鲁枢元:《文学的内向性——我对"新时期文学'向内转'讨论"的反省》,《文艺报》1986年10月18日。
② 钟荔文:《毛泽东文艺思想不容否定——评夏中义的〈历史无可避讳〉》,《中山大学学报(哲学社会科学版)》1989年第4期。
③ 张炯:《毛泽东与新中国文学——评〈历史无可避讳〉一文》,《文学评论》1989年第5期。

杨振铎的《无法回避的辩论——关于文艺本质及其他问题与夏中义同志再商榷》①、严昭柱的《方向问题无可避讳》②等,1990年代初,学界仍然延续对夏中义的批判,如吴亦文的《简评〈历史无可避讳〉》③、启刚的《毛泽东文艺思想忽视了文艺本性吗?——评〈历史无可避讳〉的一个观点》④、余飘的《近年来反对毛泽东文艺思想的有代表性言论述评》⑤、邓超高的《研究毛泽东文艺思想应当采取科学的态度——析〈历史无可避讳〉》⑥等,这些文章集中在1980年代末、1990年代初,对夏中义的观点持完全否定的态度,尤其反对他否定毛泽东文艺思想的见解,一些文章还将文学与政治的关系同传统文艺本质认知结合在一起。学术界对夏中义的批判一直持续到1990年代初期。

这些反对的文章可以被看作一个现象,即文学的边界问题。文学边界的设定对于理解文学的性质具有重要意义,文学如何获取自身的独特性和独立空间、如何突破僵化思维模式的限制、如何拥有真正的创造力和活力以及如何走向主体自觉,都需要重新定义文学的性质,重新定义文学同政治、社会以及历史的关系。从新时期文学与政治的关系发展来看,摆脱政治和意识形态控制的文学才能真正走上建构之路,否则,文学只会在单一话语世界中枯萎和凋零,学界对于文学性质的认知

---

① 杨振铎:《无法回避的辩论——关于文艺本质及其他问题与夏中义同志再商榷》,《文学评论》1989年第6期。
② 严昭柱:《方向问题无可避讳》,《文学评论》1989年第6期。
③ 吴亦文:《简评〈历史无可避讳〉》,《福建师范大学学报(哲学社会科学版)》1989年第4期。
④ 启刚:《毛泽东文艺思想忽视了文艺本性吗?——评〈历史无可避讳〉的一个观点》,《毛泽东文艺思想研究》,湖南文艺出版社,1990年。
⑤ 余飘:《近年来反对毛泽东文艺思想的有代表性言论述评》,《文艺理论与批评》1990年第1期。
⑥ 邓超高:《研究毛泽东文艺思想应当采取科学的态度——析〈历史无可避讳〉》,《毛泽东文艺思想研究》,湖南文艺出版社,1991年。

维度也会受到严重限制。

总之,新时期文学的变革始于数次论争。在论争中,无论是文学家还是理论家都能在业已僵化的传统理论的阴霾中看到一丝希望。从文学本质论争到文学主体性理论,再到文学与政治关系问题的讨论,新时期理论界对文学的反思愈加深入,理论视野也逐渐拓展。

第二节　建构阶段:多维度尝试

在《近年来我国文学评论界的三次变革热潮》①一文中,刘再复对新时期文学性质的认知维度及其思想内容和价值意义进行了比较经典的概括。他将 1980 年代的文学发展归纳为"三次热潮"。其中,第一次热潮可被视作新时期文学理论的建构阶段。

刘再复认为,新时期文学发展的第一次热潮是在 1984 年到 1985 年之间,"这股浪潮的特点是从变革文学研究和文学评论的方法入手,对已经固定化了的文学评论中的独断论和机械决定论进行反拨"②,这次热潮主要是指"科学流向"和"人文流向"两个方面,前者以系统科学的研究方法为核心,在人文研究中引入科学方法以实现文学观念的丰富和文学研究的转变;后者则是从文学的主观性、直觉性等特征出发,探索人的复杂心理世界同文学的关系。

刘再复所称的"科学流向"的代表人物是林兴宅,而"人文流向的代表人物是鲁枢元"③。这两个流向涵盖了新时期文学性质认知的两个主要维度,在新时期关于文学性质进行的大规模论争之后,学界开始投身于新理论的建构和新思想的确立。

---

①②③　刘再复:《近年来我国文学评论界的三次变革热潮》,《福建论坛》1987 年第 1 期。

一、"系统论"与文学的基本性质

"系统论"及其理论流派的诞生是新时期文学理论发展的一个重要方面,它同"向内转"等理论共同构成了文学性质认知和观念转变的主潮。系统论的提出和应用可以被看作新时期文学跨学科研究的早期经典案例,作为自然科学的基本研究理论之一,它同文学的结合促进了文学理论研究的转变。新的观念虽然受到了很多阻碍,但是却推动了文学观念的丰富和认知维度的拓展。

早在系统论引入文学研究之前,它就已经是一个风靡一时的理论,它广泛应用于多学科研究,在哲学和社会科学等领域也都有一定的影响。中国的系统论明显受到苏联系统论模式的影响,而后者则来自美国的系统论研究:"近一、二十年来,西方和苏联的学者大力开展系统论的研究。在1950年代左右,美国一些自然科学家积极提倡系统论,随后一些社会科学家也参加这项研究。从1960年代起,苏联一些社会科学家开始研究系统论,成立了专门研究机构,出版了不少这方面的论著,创办了《系统研究年鉴》。目前,系统论在苏联已经在社会科学、自然科学和技术科学的许多领域广泛传播,大家都在探讨'系统分析'、'系统方法',形成了一个'系统运动',出现了研究系统论的热潮。"[①]因而,新时期文学系统论在指导思想上同马克思主义哲学相关,[②]在批评方法上又紧跟结构主义和新批评的潮流,强调整体之下的结构、层次及其相互关系,强调对研究对象的拆解和系统分析。系统论不仅在文学领域,更多地在哲学领域引起比较多的争论,如《中国社会科学》关

---

① 王兴成:《苏联的系统论研究》,《国外社会科学》1978年第2期。

② "过去十年来,东欧和苏联的社会科学对使用一般系统模型的兴趣,大为增加。这件工作很多是按马克思的传统进行的。"(参见 D.麦奎里、T.安贝吉:《马克思和现代系统论》,摘译自美国《社会科学季刊》1978年6月号,《国外社会科学》1978年第6期。)

于《内容和形式范畴新议》①等文章的争论,这些论争为当时系统论引入文学起到一定的推动作用。1984年,周来祥在《建国以来美学研究概观》一文中指出:"现在已出现用控制论、系统论的方法研究美学的文章,这方面预计还会有较大的发展。"②系统论在哲学和自然科学的影响下,最终走向文学和美学研究。

系统论的代表人物是林兴宅,他在《论系统科学方法论在文艺研究中的运用》③一文中系统阐释了系统论的主要内容及其理论价值。他将系统论、信息论、控制论等学说引入文学批评和文学研究中,对文学作品、文学现象以及创作主体进行分析、研究和阐释。此前,他还在《文明的极地——诗与数学的统一》④等文章中提到了系统论的革命性价值和历史意义。

但是,系统论同文学研究的结合有"先天"不足,林兴宅在提出系统论的最初阶段便意识到:"文艺研究、文艺批评引进系统方法不宜直接借用自然科学系统研究中的概念和具体方法模型,这往往会给人造成生硬的、勉强套用的印象,最好是从思维学的角度领会系统理论的基本特点,然后加以灵活运用。"⑤对此,他强调要从思维的角度对文学研究进行改进,在此基础上,他提出了系统论研究的五个主要原则:整体性原则、结构性原则、层次性原则、动态性原则和相关性原则。通过这几个原则,文学研究可以从研究对象的表面深入内核,最终实现对文学本质的认知。

---

① 汪信砚:《内容和形式范畴新议》,《中国社会科学》1983年第6期。
② 周来祥:《建国以来美学研究概观》,《文史哲》1984年第5期。
③ 林兴宅:《论系统科学方法论在文艺研究中的运用》,《文学评论》1986年第1期。
④ 林兴宅:《文明的极地——诗与数学的统一》,《文学评论》1985年第4期。
⑤ 林兴宅:《论系统科学方法论在文艺研究中的运用》,《文学评论》1986年第1期。

在这几个原则中,整体性原则是首要前提。林兴宅认为,将文学作品视作一个完整、有机的统一体是分析作品的前提。但是,将批评对象视作一个完整的统一体并不意味着简单的机械相加:"我们过去的文艺理论也讲整体性,但往往是一种机械整体,它可以分割成各个不同的部分,然后对各部分进行研究,这个整体的属性就是各个部分的属性总和。"①简单相加的结果就是忽略了文学作品各部分之间的关系和在相互关系作用下形成的某种超越性整体意义。部分的结合并不意味着简单重复和同义叠加,相反,有机结合的结果是形成一种更为完善的整体,反之,部分的结合则低于各部分的价值。从整体性的角度来理解文学作品,意味着文学作品的各个属性和功能意义都具有某种统一性。林兴宅认为,过去把文学的作用分为教育作用、认识作用和美感作用是有问题的,不符合文学的整体性。是对文学基本性质的割裂,因为文学应当是兼具这三种性质,而不是孤立地强调某一方面的性质。②

在整体性原则之下,结构性原则和层次性原则是两个具体原则:

结构性原则是对文学内在结构的研究。林兴宅认为,无论是文学作品中塑造的人物性格,还是情节构成,都必须要"按照一定的方式组合起来"③,文学研究即是在整体性原则的指引下,对研究对象(包括文本和文学史等)的内在结构进行分析,从而达到对其本质的认识。林兴宅曾对阿 Q 的人物性格进行系统分析,他认为阿 Q 的性格是一个拥有复杂构成的系统。④ 林兴宅对阿 Q 性格的解读同刘再复的性格组合论理论如出一辙,他所采用的批评方法完全不同于此前学界对阿 Q 的

---

①②③　林兴宅:《论系统科学方法论在文艺研究中的运用》,《文学评论》1986 年第 1 期。

④　"又如拙作《论阿 Q 性格系统》,也是首先找出构成阿 Q 独特性格的各种性格元素,然后研究这些性格元素的联系方式及其特征,在这种结构分析的基础上,做出阿 Q 性格本质的判断。"(参见林兴宅:《论系统科学方法论在文艺研究中的运用》,《文学评论》1986 年第 1 期。)

分析,从1950年代到1970年代,阶级性、典型性、革命性等角度几乎构成了阿Q形象研究的主要内容。系统论为停滞、封闭的文本研究和人物性格分析打开了新的理论视角,具有革命性意义。

层次性原则强调的是单一系统同其母系统和子系统之间的关联性。在林兴宅看来,系统并非是指单一层次,而是由不同层次系统组成的网络。每一个系统不仅拥有自己的无数个小系统,还是构成更大系统的元素:

> 根据系统论原理,系统具有相对性,一个系统对于更大的系统来说,它是这个系统的元素,而一个元素本身也有自己的结构,也是由更小的元素构成的,相对于这更小的元素来说,它又是一个系统。整个世界就是由各种不同等级的系统复杂交织起来的网络结构,它具有复杂的层次性。一个事物处在不同的层次,就有不同的本质。①

从层次性原则的角度去分析文学作品可以避免狭隘的研究视角,很多争论甚至可以在更大的系统原则的层面上达成一致。如果将文学研究的视域集中在单一系统层面不能自拔,则会造成阐释的偏见和理解的误差。

从研究状态的角度来看,结构性原则和层次性原则是静态原则,与此相对应,动态性原则强调的是变化和过程对于整体的意义。"要把对象看成是动态的,生成的,研究它的运动形式、内在机制。"②文学作品同样是变化和动态的,即使同一个人物的性格在同一个作品中也会发生变化,动态性原则是对整体性原则的补充,也体现了系统论的研究

---

①② 林兴宅:《论系统科学方法论在文艺研究中的运用》,《文学评论》1986年第1期。

精神。动态性原则同刘再复的文学的超越性观点是一致的①,它主要强调文学研究者不能够以恒定不变的单一思维方式去理解所有的文学对象,"动态平衡"②才是理想的审美方式:"现代系统方法是一种动态模型,它克服了传统思维的独断论和线性观的缺陷,能够更有效地描述复杂微妙、变化莫测的艺术世界。"③

系统论的最后一个原则即相关性原则,该原则"就是把研究对象放到更大的系统中来考察,研究这个系统和它周围的系统的联系"④,这一原则同层次性原则有相似之处,但是它更多地强调一个系统同其同级系统之间的关系。林兴宅认为,文学同其他学科的关系反映了系统的关联性原则:"这就告诉我们研究文学不单要懂得文学,还要掌握别的学科知识,还得研究文学和相关学科的关系,比如文学和心理学,文学和伦理学、文学和哲学,文学和社会学,文学和人类学,文学和民族学等等的联系。"⑤林兴宅认为,文学同其他学科系统之间的关系对于理解文学系统具有重要作用。在这个原则上,他着重强调系统的开放性和关联性。林兴宅强调关联性原则同关系主义和跨学科研究在思想上具有某些相似之处。

这五个原则构成了系统论的基础,但是,它们之间并非孤立的,而是相互关联的。在系统论原理中,有机性和整体性是两个最为重要的理论内容:"上述五个原则可以说是系统科学方法论内涵的基本要素,

---

① "按照马克思主义的原理,文艺作品作为一种意识形态,不能不打上阶级的烙印。可是,我们又无法否认优秀的文艺作品能超越阶级、超越民族、超越时代的事实。"(参见林兴宅:《论系统科学方法论在文艺研究中的运用》,《文学评论》1986年第1期。)

② 林兴宅:《论系统科学方法论在文艺研究中的运用》,《文学评论》1986年第1期。

③ 林兴宅:《系统论对艺术认识论的启迪》,《文艺争鸣》1988年第4期。

④⑤ 林兴宅:《论系统科学方法论在文艺研究中的运用》,《文学评论》1986年第1期。

而它的核心则是有机整体观念具体说来就是用联系的、动态的、反馈的观点看待一切事物现象。"①基于这两个理论,林兴宅运用系统论对很多文学作品进行了系统分析和精确阐释。他的分析有助于扩大文学批评的研究思路,新科学的引进也让文学走出了僵化、孤立的处境,文学理论不再是枯燥乏味的说教,逐渐成为多学科的交叉平台。更重要的是,系统论还突破了单一的思想体系,扩大了文学关注的范围。文学不再是为某一声音服务的工具,而是具有独立判断力的自由思想主体。

系统论可以被视作是一个研究文学的基本方法,正如林兴宅在《系统科学方法论与文艺观念的变革》一文中写道:"有人把 1985 年的文艺理论研究称为'方法论年',这一说法未免带有刺激性,但却说明了:文艺理论研究领域所出现的方法论变革的热潮绝不是偶然出现的事件,而是一种历史现象。它反映了文艺理论批评内在发展的要求,不管你是拥护还是反对,都不能无视它的存在。"②新的方法的出现既适应了当时文学发展和理论变革的内在需要,也成为文学性质多维认知的基本途径。在新的方法论指引下,文学性质才有可能得到更全面、更多角度的理解和阐释。

刘再复对机械反映论的否定可以被看作林兴宅文学系统论的理论前提——在突破了旧的理论体系和观念之后,新的理论呼之欲出。继《论文学的主体性》讨论文学创作主体和文本主体之后,刘再复在《论文学的主体性(续)》一文中重点探讨了文学的接受主体及其同文学反映论的关系。他将文学的接受主体性同反映论问题结合在一起,论述接受主体对于文学的价值。在接受主体这一问题上,人的能动性和创

---

① 林兴宅:《论系统科学方法论在文艺研究中的运用》,《文学评论》1986年第 1 期。

② 林兴宅:《系统科学方法论与文艺观念的变革》,《天津师范大学报》1986 年第 3 期。

造性依然被列为首要元素,人的主动性也成为论述文学接受主体的基本性质和存在前提:

> 人在接受过程中发挥审美创造的能动性,在审美静观中实现人的自由自觉的本质,使不自由的、不全面的、不自觉的人复归为自由的、全面的、自觉的人,整个艺术接受过程,正是人性复归的过程——把人应有的东西还给人的过程,也就是把人应有的尊严、价值和使命归还给人自身的过程。①

刘再复强调艺术接受主体的还原,他认为文学的接受过程不能受制于机械反映论,也不能够单纯地为某一特定目的服务,文学应当具有某种超越的审美性,接受主体对审美意识的复归正是人对于其真正本质的回溯和还原。刘再复一再强调人对于自由情感的占有,他认为:"在艺术中,人对自身本质的占有,最根本是人对自己的自由情感的占有。人的还原,归根结底,是人的情感的还原,是人的本应有的高贵情感在人身上的凯旋,是人重新获得人的自由情感的快乐。"②所以,在他看来,接受主体的内涵的首要方面便是"把不自由的人还原为自由的人"③,继而才能够使人实现其全面性和自觉性,最终成为具有完备的心理结构的审美主体。

在论证人的主体性和自由审美性的基础上,刘再复对机械反映论问题进行了分析和批评。他认为,机械反映论既"没有解决实现能动反映的内在机制"④,也"没有解决实现能动反映的多向可能性"⑤。机械反映论只是关注客体固有的自然属性,而忽视了客体的价值属性,在探讨人的时候,却又过多地重视人的主观性而忽视了人的客观性。

---

①②③④⑤ 刘再复:《论文学的主体性(续)》,《文学评论》1986年第1期。

刘再复所指出的机械反映论问题正是1980年代之前的文学基本理论面临的尴尬,文学理论和文学批评总是习惯性地把文学的性质简单划归为某种单一的反映模式,文学之所以无法实现能动地反映世界的要求,正是由于过多地注重客观世界而忽略了文学的主观性。文学因此成为非情感的活动,失去了创造性,无论是创作家还是接受者都成为为某一目的服务的工具,不具备完整的存在价值。文学只是在单向度层面表现社会生活的狭小维度,无法涵盖世界的全貌。机械反映论文学观混淆了人的主体和客体双重属性,无论是批评者、阅读者还是创作者都迷失了作为主体的人的能动性和创造力,单一维度和思想的片面性导致文学研究和文学作品的机械复制,在主题和思想方面也走向僵化。

系统论犹如一枚重磅炸弹,在1980年代本已风起云涌的学术界引起了更大的论争,学术界对系统论各执一词,时至今日,文学界对于系统论的看法仍旧未有定论。如果站在历史的角度去反思系统论的话,那么,该理论对于当时陷入困境的本质主义论争来说,无疑是送来了一剂良药:新的文学性质的认知方式对传统认知的反叛,但是又急需要建构一个新的理论体系:"从最初的直接动机看,人们热衷于引进各种新方法,主要是出于对过去文艺理论批评方法单一化的不满,因此需要借用别的学科的方法来加以补充,系统方法的引进情况也是这样"①。

从论争来看,学术界对系统论大多采取肯定或有保留地接受的态度。曾繁仁认为,文学研究方法的弊端主要体现在两个方面:

> 综观三十多年来文学史研究在方法论方面最主要的弊病,无非是两个方面。一是主要从社会学的角度研究,着重考察文学作

---

① 林兴宅:《系统论对艺术认识论的启迪》,《文艺争鸣》1988年第4期。

为社会意识的诸种特性,而相对地忽视了文学最基本的美学特性。二是存在着孤立地静止地研究的形而上学倾向,人为地将思想性与艺术性、作品与潮流、创作与欣赏割裂开来。①

在文学史研究方法上,应当着重从美学角度运用系统论的方法进行研究,克服系统论的不足,使其更好地应用于文学艺术研究。从系统论应用的结果来看,系统的研究方法对于克服这两个方面的问题、促进文学研究具有重要作用。冷铨清认为:"新的研究方法,如系统论、控制论、信息论,目前尚在试验阶段,难免有不成熟的特点,不能求全责备,应当鼓励。"②也有一些学者直接采用了系统论的方法对文学作品进行分析,尤其是针对作品中人物性格等方面。认为:"如果对恩格斯的批评加以正面的领会,从系统论上进行说明,那就是,艺术典型的性格是个系统。"③对人物性格的分析集中体现了系统论同传统文学分析方法之间的差异,新的文学方法确立了新的文学的基本性质,人物性格、作品叙事结构以及社会历史因素共同组成了完整、开放的文学系统。

系统论虽然并不能够完全承担建构新时期文学理论体系的重任,却为建立新理论的理想创造了可能。因此,系统论对于当时的理论界而言具有革命性意义。正如刘再复所说:"系统方法带给文学评论和文学研究的影响,是纠正了文学批评的单一化的线性思维模式,使它掌握了多角度、多层次地看待文学的本质和文学的其他现象,排除了独

---

① 曾繁仁:《文学史研究方法之我见》,《文史哲》1985 年第 6 期。
② 冷铨清:《文艺理论研究要从脱离实际的清谈中解脱出来》,《文艺理论研究》1985 年第 6 期。
③ 吴功正:《人物性格的系统论分析》,《文艺评论》1985 年第 6 期。

断论。"①

系统论作为一种理论认知方式对于新时期的文学理论建构而言具有重要意义,它虽然遭遇了很多批评,而且反对的声音不仅来自一些传统的文艺理论家,一些持思想转变观念的新兴学者也对此持保留态度。系统论受到的阻力更多地来自文艺学学科内部,尤其是一些文学理论学者的反对,蔡翔的回忆能够在一定程度上侧面反映出科学理论同文学理论之间的障碍:"后来,也就是1985年,当批评界刮起'科学主义'旋风,试图用信息论、控制论等理论来解读文学时,这批批评家几乎共同反对那种机械理解文学的倾向。"②

从系统论的提出到该理论的式微,反映了各学科对其理论边界的焦虑和跨学科研究的某种潜在阻力:当一门学科陷入理论困境的时候,会不自觉地在其他学科中寻找新的理论触发点,却同时希望尽可能地保留学科的独立性,以避免丧失其学科存在的意义,这不能不说是学科的自我矛盾和各门学科分类的尴尬。尤其是以科学的角度对文学进行解剖式的分析方式并非适用于每一种作品。但是,系统论作为新时期的一个重要理论流派仍然具有一定的历史意义,它对传统文学理论观提出了极大的挑战,"……当人们进一步深入地运用系统理论与方法来处理文艺现象之后,却意外地发现它不仅是对文艺批评的社会学方法的补充,而且具有对原有的《文学概论》体系的冲击力"③。传统的理论观点被认为是一种以"静态的反映论为基础"④的理论体系。

总之,系统论的贡献主要在于它为建构新的文学话语提供了更多

---

① 刘再复:《近年来我国文学评论界的三次变革热潮》,《福建论坛》1987年第1期。
② 蔡翔:《有关"杭州会议"的前后》,《当代作家评论》2000年第6期。
③ 林兴宅:《系统论对艺术认识论的启迪》,《文艺争鸣》1988年第4期。
④ 杨春时:《论文艺的充分主体性和超越性——兼评〈文艺学方法论问题〉》,《文学评论》1986年第4期。

的选择,它主要针对机械反映论和旧的文学理论话语体系。系统论的提出对于拓展文学研究视域起到了关键作用,它让更多的文艺理论研究者意识到自然科学和人文科学之间并非是隔绝的,文学的性质并非仅仅局限于其自身之内,相反,对文学性质的认知应当建立在一个更丰富、更全面的多学科基础上,而不应故步自封。系统论对文学理论界的影响相当深远,它的应用和研究并不仅止于八九十年代,直到21世纪还有学者仍旧对此抱有比较浓厚的兴趣。

二、"向内转"同文学性质的认知

"向内转"同1980年代文学本质的论争和刘再复的文学主体性理论有着密切联系,在鲁枢元看来:"刘再复同志的《论文学的主体性》文章的出现,本身就是一种引人瞩目的文学现象,尽管文章在概念和逻辑方面不一定无懈可击,但它却显示了文学理论向着文学内部的勇敢的探索,显示了中国当代文学对于文学自身的认识的深化,这显然是一种文学理论研究中的'向内转'。"[①] "向内转"揭示了文学的基本性质——向内性,是新时期文学性质多维认知过程的重要阶段。"向内转"和文学系统论并称,是新时期第一次文学变革热潮的两个主要流向之一。

鲁枢元在1986年10月18日的《文艺报》上发表《论新时期文学的"向内转"》一文,首次提出新时期文学的"向内转"问题。后又于1988年3月25日发表《思维模式的歧异》一文,专就学界关于"向内转"的论争进行说明:"在整个讨论过程中,我只是在1988年3月25日的《文论报》中发表过一篇文章,仅就论争中的思维方式问题做了一些解释

---

① 鲁枢元:《论新时期文学的"向内转"》,《文艺报》1986年10月18日。

性的说明。"①

在此之前,《文学评论》1985年第4期还曾设专栏"我的文学观",以刊载新时期"文学观念探求者们写的各类文章"②。鲁枢元的文章《用心理学的眼光看文学》被列为首篇,该文既是文学心理学热潮的代表作,又为《论新时期文学的"向内转"》的产生及其相关论争做了铺垫。新的文学理论和批评方法呼之欲出,在鲁枢元看来,新的文学观念和文学理论的出现有其内在动因:"新时期文学的'向内转',不仅是受到了世界现代文学的影响和诱发,也不仅仅是对于'五四'文学流向的赓续和发展,作为一种带有整体性的文学动势,它必然还有特定历史时期的中国社会文化心理方面的动因。"③

文艺理论界对"向内转"问题的探讨主要集中在1986年到1988年之间,直到1990年代初才告一段落:

> 《文艺报》1986年10月18日发表了我的《论新时期文学的"向内转"》一文,在沉寂了一段时间后,到了1987年夏天,以《文艺报》为主要阵地对这篇文章展开了热烈的讨论,讨论持续了一年多时间,到了1988年下半年,渐渐平息下来。停顿两年之后,1991年春,《人民日报》《文艺报》等报刊又接连发表署名文章批评"向内转",至此这场关于新时期文学"向内转"问题的讨论已拖延了将近五年的时间。④

---

① 鲁枢元:《文学的内向性——我对"新时期文学'向内转'讨论"的反省》,《文艺报》1986年10月18日。
② 鲁枢元:《用心理学的眼光看文学》,《文学评论》1985年第4期。
③ 鲁枢元:《论新时期文学的"向内转"》,《文艺报》1986年10月18日。
④ 鲁枢元:《文学的内向性——我对"新时期文学'向内转'讨论"的反省》,《中州学刊》1997年第5期。

鲁枢元在《论新时期文学的"向内转"》一文中旗帜鲜明地指出："如果对中国当代文坛稍微做一些认真的考查,我们就会惊异地发现:一种文学上的'向内转',竟然在我们八十年代的社会主义中国显现出一种自生自发、难以遏止的趋势。"①关注人的内心世界、描写人的内在精神情感以及对人的本性的回归等,都成为"向内转"这一文学现象和思想潮流的基本特征,此外,"向内转"还强调"题材的心灵化、语言的情绪化、主题的繁复化、情节的淡化、描述的意象化、结构的音乐化似乎已成了我们的文学最富当代性的色彩"②。"向内转"的提出同当时的文学本质问题、文学主体性问题以及文学与社会政治的关系等问题密切相关。

具体到文学作品,鲁枢元认为,新时期文学的"向内转"集中体现在小说和诗歌等文学体裁上,如"三无小说""朦胧诗"等。作为新时期文学的新形式,这些作品很难用1950年代以来的马克思主义文学理论观来解释:"长期形成的一种'心理定式'起了作用,文学仍然被固定在'工具''武器'的框架上而未能进入更高的层次。"③

在成因上,鲁枢元认为,文学的"向内转"是在"前摄因素""逆反心理""民族文化积淀"以及"主体意识的觉醒"等多种原因的共同作用下产生的:

"前摄因素"主要是指新时期之前历次反历史潮流的社会运动给社会和人民心理造成的重大创伤,在创伤之后,文学急需要某种方式来抚慰民众(包括创作家自身)内心的痛苦:"浩劫过后,痛定思痛,善良的人们在反省、在反思、在忏悔,心理上长期郁积下来的一层层痛苦的情绪和体验需要疏通、需要发散、需要升华、需要化为再图奋进的思想和勇气。这种特定的社会心理状态,为新时期文学的'写心灵'提供了

---

①②③ 鲁枢元:《论新时期文学的"向内转"》,《文艺报》1986年10月18日。

广阔的空间。"①

"逆反因素"指的是文学在机械思维模式和单一认知方式的长期压抑下的叛逆心理和精神抗争,王春元、刘再复、林兴宅等学者对机械反映论等传统的文学理论的批判也体现了文学逆反因素在新时期的影响:"文学的视野长期被局限在一个狭窄、机械的天地里,失去了内在精神创造的灵动性和自由性,大量平板、粗直、空洞、枯燥的作品,倒尽了读者的胃口。逆反心理即是一种心理意义上的求新求异趋向。文艺欣赏和文艺创作中的那种明显的逆反心理,促动一大批中青年的诗人、作家充当了艺术叛逆者的角色。"②

"民族文化积淀"是指中国传统文化和哲学思想作为一种集体无意识精神的作用和影响,虽然这些思想在1950年代以后受到压抑和排斥,但是中国古典美学精神对于文学的影响并没有因此而消逝,相反,这一精神传统在新时期重新得到弘扬:"'向内转'是新时期文学对于我国古代美学思想和文化传统另一脉系的继承和发扬。在美学领域,儒家文化强调审美与社会政治、伦理道德的关系,强调文学艺术的功利性,强调理性的创作过程;道家文化则强调审美和艺术创作的内在精神自由性,强调情感的自由抒发和自然表现,强调超脱一切法度之外的创作精神。"③

"主体意识的觉醒"指的是人对于其精神独立性和思想自由的回归,同刘再复提出的文学主体性概念是一致的,也是前三种原因作用下的必然结果:"人自身的力量被忽视了,人成了被动的存在,人的个体独立性和精神创造性受到排斥,这对一个社会的发展是很不利的,对一个社会文学艺术的发展尤其不利。"④

---

①②③④ 鲁枢元:《论新时期文学的"向内转"》,《文艺报》1986年10月18日。

《论新时期文学的"向内转"》一文提出的观点虽然对于解释新时期的文学转向和文学新潮具有指向性意义、也有利于新时期文学的创作,却与当时尚占主导地位的传统文艺理论的研究思路相悖。因而,该文一经发表,即在学界引起广泛争论。《文艺报》等刊物还曾为此开辟专栏以刊载学术论争文章,比较典型的批评如周崇坡的《新时期文学要警惕进一步"向内转"》(1986)[1]、程继田的《文学"向内转"说异议》(1988)[2]以及曾镇南的《支离破碎的思维——评鲁枢元对我的反批评》等。

周崇坡是最早对"向内转"进行批评的学者之一:"这场争论是江西省一位叫周崇坡的评论家发表在1987年6月20日《文艺报》上的一篇文章揭开序幕的。"[3]他在1986年发表了《新时期文学要警惕进一步"向内转"》一文对鲁枢元所提倡的"向内转"及相关文学现象进行了总结、分析和批评。这篇文章是在当时学术界进行新时期文学发展十年总结的背景下发表的:"近年来,人们对新时期十年文学进行了广泛的总结和评价,并且对于今后文学发展趋势也有预测和引导,意义是深远重大的。"[4]周崇坡对"向内转"的批评代表部分学者对整个新时期文学发展方向和理论探索道路的质疑,他如是评价新时期的文学创作和文艺理论成就:"新时期文学十年,无疑是建国以来社会主义文学最为繁荣活跃、成绩也比较显著的时期之一。但它也的确存在严重的不足,其

---

[1] 周崇坡:《新时期文学要警惕进一步"向内转"》,《文艺报》1986年10月18日。
[2] 程继田:《文学"向内转"说异议》,《山西大学学报(哲学社会科学版)》1988年第2期。
[3] 鲁枢元:《文学的内向性——我对"新时期文学'向内转'讨论"的反省》,《中州学刊》1997年第5期。
[4] 周崇坡:《新时期文学要警惕进一步"向内转"》,《文艺报》1986年10月18日。

突出的一个表现,便是近几年'自生自发,难以遏制'的文学'向内转'。"①

周崇坡对"向内转"的批评带有比较鲜明的时代评判的意味,他认为:"'向内转'文学,在强调充分发挥作家主体性的同时,没有重视或没有足够重视最佳的实践性……没有重视或足够重视人物的实践性,不能不是一种不自觉的偏颇。"②正如鲁枢元所说,周崇坡的观点使其成为一个文艺战线的前沿哨兵:"周文以一种文艺战线前沿哨兵的口吻提醒人们要对'向内转'的文学提高革命'警惕'。"③他像是站在时代、甚至是历史的高度,对"向内转"提出严厉批评,他强调"存在与客观是第一位的东西。"④周崇坡指出:"马克思主义哲学的基本命题是存在与意识、客观与主观的关系,在充分认识与尊重意识对于存在的影响、主观对于客观的能动性作用的时候,千万不要忘记存在与客观是第一位的东西。在认识与处理文学与人的关系时,也应如此。文学作品是客观实际生活与作家主观体验的有机融合和结晶。"⑤在他看来,文学是对现实实践的反映,脱离现实实践的文学是同马克思主义的实践观相违背的。他尤其对鲁枢元倡导文学"向内转"的态度持否定意见,他认为作家不应该忽视社会实践,而应该"勇敢直面生活、贴近现实,热情地反映和讴歌时代改革,真实深刻地表现改革时代不同人物的丰富性与复杂性,从而使时代的主旋律磅礴于新时期文学,并引导它前

---

①② 周崇坡:《新时期文学要警惕进一步"向内转"》,《文艺报》1986年10月18日。

③ 鲁枢元:《文学的内向性——我对"新时期文学'向内转'讨论"的反省》,《中州学刊》1997年第5期。

④⑤ 周崇坡:《新时期文学要警惕进一步"向内转"》,《文艺报》1986年10月18日。

进"①。他的观念继承了1950年代以来中国文艺理论内容,带有比较明显的苏联思维模式和意识形态的影响,他甚至认为对"向内转"倾向的强调"有可能使时代的主旋律在文学中渐弱甚至消失的危险"②。坚持主流意识形态、固守传统理念,周崇坡对"向内转"为主要特征的文学现象予以彻底否定:"新时期文学要加强正面引导,警惕与防止进一步'向内转',"③其最终目的是保持马克思主义主流话语在文学研究中的地位。周崇坡对鲁枢元的批评可以被视作新时期文学思潮转向之际、两种截然相反的文学观和批评思想之间的深层对峙。

继周崇坡之后,曾镇南也发表了多篇文章同鲁枢元进行商榷。④曾镇南从学术思想、研究方法、研究结论甚至研究对象等方面都对鲁枢元的观点进行了全面批判,他主要针对的是《论新时期文学的'向内转'》一文:"《新时期文学'向内转'之我见》一文(见《文艺报》1987年第44期)是我为参加《文艺报》发起的一次很有意义的关于如何描述新时期文学的创作流向的学术争鸣而写的。这次学术争鸣是鲁枢元《论新时期文学的'向内转'》一文引起的。"⑤

鲁枢元于《文艺报》先后发表的两篇文章,就"向内转"的概念和争论进行阐释和说明。曾镇南对这两篇文章都进行了非常严厉的批评,尤其是针对第二篇《思维模式的歧异》一文,他连续发表《支离破碎的思维——评鲁枢元对我的反批评》⑥《文艺学与科学的宇宙观——鲁枢

---

①②③ 周崇坡:《新时期文学要警惕进一步"向内转"》,《文艺报》1986年10月18日。

④ "在这场论争中,最为积极踊跃的是曾镇南同志,他前后写了数万字的文章对我的'向内转'一文进行了猛烈的批判。"(参见鲁枢元:《文学的内向性——我对"新时期文学'向内转'讨论"的反省》,《中州学刊》1997年第5期。)

⑤⑥ 曾镇南:《支离破碎的思维——评鲁枢元对我的反批评》,《文艺争鸣》1988年第6期。

元先生再商榷》①《文艺学与科学的思维——再与鲁枢元先生商榷》②等多篇文章,对鲁枢元及其理论观点进行反思。

曾镇南主要站在马克思主义文艺观的基础上对"向内转"及其相关问题进行批评,他认为,鲁枢元在哲学世界观层面,歪曲了马克思主义"关于'基础'与'上层建筑'的理论的'固有意义',顺着他自以为聪明的'歧义的理解',滑到机械论和唯心主义上去了"③。在他看来,鲁枢元"的文艺心理学之所以呈现那种支离破碎的状态,就是偏离了科学的宇宙观的结果。深入地分析鲁枢元先生在哲学基础上的失误,对于我们认识科学的宇宙观对中国化的马克思主义文艺学的建设的重大作用,是有益处的"④。在文学本体论方面,曾镇南认为鲁枢元的理论是一种主观经验论,"这不但可以从他看轻实证研究,隔断概念、范畴与客观世界的联系,坚持把人类精神视为具有自因性的本体等等观点看出,而且可以从他在论述文学现象时征引的感性材料的零碎、片面和立论的主观武断看出"⑤。

曾镇南还对鲁枢元的《大地与云霓——关于文学本体论的思考》等文章进行批评⑥。鲁枢元的《大地与云霓——关于文学本体论的思

---

① 曾镇南:《文艺学与科学的宇宙观——鲁枢元先生再商榷》,《甘肃社会科学》1991年第1期。
② 曾镇南:《文艺学与科学的思维——再与鲁枢元先生商榷》,《江淮论坛》1990年第3期。
③ 曾镇南:《支离破碎的思维——评鲁枢元对我的反批评》,《文艺争鸣》1988年第6期。
④ 曾镇南:《文艺学与科学的宇宙观——鲁枢元先生再商榷》,《甘肃社会科学》1991年第1期。
⑤ 曾镇南:《文艺学与科学的思维——再与鲁枢元先生商榷》,《江淮论坛》1990年第3期。
⑥ 曾镇南曾发表《文学,作为上层建筑的悬浮物……——就〈大地和云霓〉一文与鲁枢元同志商榷》(《文艺争鸣》1988年第1期)等文章,就文学本体论等问题同鲁枢元进行商榷。

考》也是在当时引起很大争议的一篇文章。该文是鲁枢元对其"向内转"理论的一次深入,是对文学性质认知的尝试性探索。在这篇文章中,鲁枢元认为文学是高居于人类精神之上的存在,他将文学比作天上的云霓,它依托于大地,却应当同大地保持一定的距离。他认为,"我们无论如何不应该漠视文学艺术这片飘浮于人类精神空间里的云霓。过去,我们曾经出现过的问题是机械地套用了'存在决定意识'、'经济基础决定上层建筑'的原理过分地强调了精神生活与物质生活的密不可分'以至于忽略了由经济基础到上层建筑、由物质活动到观念活动、由社会生活方式到艺术与实际生活之间合理存在着的某种意义上的差异和距离"①,否则,过于注重物质性的实用功能会使得文学"散逸了它的艺术的灵气"②。鲁枢元对文学基本性质的理解同刘再复的文学本体论观在基本精神上是相似的,在内容上也有很多共通性。曾镇南对该文的批评同样从传统的理论观出发,鲁枢元的观点均遭到批判。

同周崇坡、曾镇南等学者的观点相类似,程继田对"向内转"的批评基础也是1950年代以来理论界所奉行的苏联式的社会主义文论观,他对"向内转"和它所代表的文学现象和理论倾向均持否定态度。程继田对《论新时期文学的"向内转"》一文的批评具有比较明显的文学本质主义和机械反映论的倾向。

在"向内转"问题的探讨上,由于多种因素的助力,批评话语显现出很强的压迫性,但是,文学研究界和理论界的大多数学者和批评家对"向内转"却是持肯定态度的。比较有代表性的如童庆炳的《文学的"向内转"与艺术创作规律——兼评〈新时期文学要警惕进一步"向内

---

①② 鲁枢元:《大地与云霓——关于文学本体论的思考》,《文艺争鸣》1988年第1期。

转"》》(1987)①、吴秉杰的《面对发展了的审美形态》(1987)②、叶廷芳的《内向化——一种矫正片面的倾斜》(1987)③等。这些文章不仅赞同鲁枢元的"向内转"理论,而且对他在"向内转"所描述的文学现象和文学思潮也都表示关注。

童庆炳在《文学的"向内转"与艺术创作规律——兼评〈新时期文学要警惕进一步"向内转"〉》一文中充分肯定了"向内转"文学现象及其实践价值。他认为,1980年代的社会形势能够促进文学"向它自身固有的功能回归,回归到提高、丰富和诗化人的心灵的轨道上,回归到建设'完整的人''丰富的人'这个位置上来"④。在童庆炳看来,文学向自身的回归是具有历史性意义的,"向内转"体现了新时期文学转向的内在需要:重新肯定个体的存在价值、个体的情感和人的精神性,对于创作者而言,这一内在需要恰恰是其责任和义务。他认为,一个有社会责任感的创作者应当致力于提升和丰富人的情感和心灵,其创作不应当仅仅出于配合现实任务的目的。据此,童庆炳对"向内转"文学现象做出了相当高的评价:"'向内转'如果还算不上新文学创世纪的开始的话,那么起码也是一个历史性的进步。"⑤他因此支持鲁枢元的"向内转"理论,他自己亦成为文艺心理学发展的早期推动者之一。

从历史时期来看,鲁枢元的《论新时期文学的"向内转"》略晚于文学本质主义论争和文学主体性理论,该文可以被看作新时期文学理论在这几次大的争论的基础上取得的又一次重要成果,该文同夏中义的

---

① 童庆炳:《文学的"向内转"与艺术创作规律——兼评〈新时期文学要警惕进一步"向内转"〉》,《文艺报》1987年8月4日。
② 吴秉杰:《面对发展了的审美形态》,《文艺报》1987年10月17日。
③ 叶廷芳:《内向化——一种矫正片面的倾斜》,《文艺报》1987年12月26日。
④⑤ 童庆炳:《文学的"向内转"与艺术创作规律——兼评〈新时期文学要警惕进一步"向内转"〉》,《文艺报》1987年8月4日。

《历史无可避讳》①、林兴宅的《论系统科学方法论在文艺研究中的运用》②等文章遥相呼应,对于当时的文艺争论产生了推波助澜的作用,也极大地促进了新时期文学创作、文学批评和文学理论的发展。

关于"向内转"的论争并没有湮没新理论的建构,相反,论争却促进文学理论向更广、更深的层面探索,"向内转"最终为学界普遍接受。此外,围绕"向内转"等问题,学术界不仅对此刊文争论,还举办会议等活动展开广泛探讨。这一时期,几次比较重要的会议也曾就"向内转"等问题进行探索。在1984年的杭州会议上,"向内转""寻根文学"等许多新时期的重要话题都得到深入探讨和广泛交流,这次会议云集了大批作家和学者,几乎可以被视作新时期文艺理论研究的风向标。

关于杭州会议等1980年代比较重要的学术会议的记述,还可以在一些作家和理论家的著述、访谈或日记中找到佐证。蔡翔的《有关"杭州会议"的前后》③、韩少功的《杭州会议前后》④等文章都对此次会议进行了相关记述。

蔡翔的《有关"杭州会议"的前后》是一篇具有回忆性质的文章:"我将就我的个人记忆所及,尽可能完整地描述《上海文学》1984年12月召开的'杭州会议',而这次会议与而后兴起的'寻根文学'有着种种直接和间接的关系"。⑤蔡翔简略记述了当年杭州会议前后的情况,还原当时的历史原貌。该文是新时期文学研究的重要史料,也印证了鲁枢元在其《梦里潮音》中对杭州会议的叙述。根据蔡翔的记述,在杭州

---

① 夏中义:《历史无可避讳》,《文学评论》1989年第4期。
② 林兴宅:《论系统科学方法论在文艺研究中的运用》,《文学评论》1986年第1期。
③ 蔡翔:《有关"杭州会议"的前后》,《当代作家评论》2000年第6期。
④ 韩少功:《杭州会议前后》,《上海文学》2001年第2期。
⑤ 蔡翔:《有关"杭州会议"的前后》,《当代作家评论》2000年第6期。

会议之前,《上海文学》就已经筹办了几次小型的准备会,最终决定此次具有历史性意义的会议:"介人先生当即决定就在这里举行会议,并商定由《上海文学》、浙江文艺出版社和《西湖》杂志联合召开此次会议。由《上海文学》出面邀请作家和评论家,而浙江文艺出版社和《西湖》杂志则以地主身份负责招待和相关的会务。"①对于此次会议的盛况,蔡翔做了这样的评述:

> 正是经由这次会议,评论家之间亦加深了相互之间的理解,并有了更多的共识。后来,也就是 1985 年,当批评界刮起"科学主义"旋风,试图用信息论、控制论等理论来解读文学时,这批批评家几乎共同反对那种机械理解文学的倾向。而在这次会议之后,由李庆西、黄育海等人策划出版了"新人文论",有力推动了 1980 年代的文学批评。
>
> 会议结束后,许多人都还非常兴奋,亦有一丝茫然。新的挑战即将开始,新的问题亦已摆在面前。1980 年代的文学就是在这样的挑战与问题中走过的。②

蔡翔重点论及了"寻根文学"及其理论背景和现实意义,该文学现象同"向内转"等文学观念是一致的,"寻根文学"既是新时期"向内转"文学大潮中的一个主要流派,又是对文学"向内转"理论的一次重要实践。蔡翔还特别提到说:"鲁枢元尤其欣赏黄子平,曾预言说,此人日后必成大家。"③可见当时的学者和批评家之间已经在内心的某种层面上达到了高度的一致,正因如此,新的文学理论和基本观念能够得到广泛认同。蔡翔认为:"'杭州会议'对中国文化的重视,却并未引出任何

---

①②③　蔡翔:《有关"杭州会议"的前后》,《当代作家评论》2000 年第 6 期。

民族狭隘观念或者复古主义,没有任何这方面思想的蛛丝马迹。相反在这次会议上,现代主义乃至西方的现代思想和现代学术仍是主要的话题之一。"①杭州会议也因此具有里程碑的意义,它开启了文学性质认知的广阔天地。

韩少功也对此持肯定的态度。他在《杭州会议前后》中说道:"1984年深秋的杭州会议是《上海文学》杂志召开的,当时正是所谓各路好汉揭竿闹文学的时代,这样的充满激情和真诚的会议在文学界颇为多见。"②他还说:"我后来为《上海文学》写作《归去来》《蓝盖子》《女女女》等作品,应该说都受到了这次会上很多人发言的启发,也受到大家那种1980年代版本'艺术兴亡匹夫有责'的滚滚热情之激励。"③不过,韩少功对蔡翔所说的"其时,拉美文学'爆炸',尤其是马尔克斯的《百年孤独》对中国当代文学刺激极深,由此则谈到当时文学对西方的模仿并因此造成的'主题横移'现象"④并不赞同,他甚至认为:"境外某些汉学家谈'寻根文学'时必谈的加西亚·马尔克斯也没有成为大家的话题,因为他的《百年孤独》似还未被译入中文。"⑤事实上,《百年孤独》早在1970年代初就已经在台湾译成中文,大陆学者高长荣翻译的《百年孤独》也已经于1984年9月由北京十月文艺出版社出版,或许是同会议召开的时间过于接近,部分作家尚未接触到。可见,即使在同一个会议上,学界对于某些问题的看法也不尽一致,会议对学术界和创作界所产生的影响也并不相同,但是,这却从一个侧面反映出新时期对于文学的多维认知从一开始就表现出了多元化的倾向。

作为会议的主办者和重要参与人,周介人于两年后在《文学自由

---

① 蔡翔:《有关"杭州会议"的前后》,《当代作家评论》2000年第6期。
②③ 韩少功:《杭州会议前后》,《上海文学》2001年第2期。
④ 蔡翔:《有关"杭州会议"的前后》,《当代作家评论》2000年第6期。
⑤ 韩少功:《杭州会议前后》,《上海文学》2001年第2期。

谈》上发表了《文学探讨的当代意识背景》①一文，该文是他在杭州会议上的总结发言。同蔡翔、韩少功的回忆文章相比，这篇文章对会议的记述要详细地多："1984年12月，《上海文学》编辑部、杭州市文联《西湖》编辑部、浙江文艺出版社在杭州陆军疗养院联合举办青年作家与评论家对话会议。会议的议题是：《新时期文学：回顾与预测》。会议中，大家集中就小说观念与文学批评观念进行了研讨。"②他还简略地概括了几位青年学者的发言，如韩少功、阿城、陈思和、李杭育、鲁枢元、黄子平、李陀等。③ 他们大多认为，新时期文学正在试图突破旧的陈规建立新的创作规范，文学创作和研究应从单一走向多元。无论是文学家还是批评家，都强调现代文学理念同民族文学传统的结合，强调文学心理环境和心理研究的重要地位。

这些学者的发言几乎涵盖了当时文学界关注的理论热点和主要创

---

①② 周介人：《文学探讨的当代意识背景》，《文学自由谈》1986年第1期。
③ 周介人在文中分别列举了几位学者的发言。韩少功：小说是在限制中的表现，真正创造性的小说，都在打破旧的限制，建立新的限制。阿城：限制本身在运动，作家与评论家应该共同来总结新的限制，确立新的小说规范。这种新的小说规范，既体现了当代观念，又是从民族的总体文化背景中孕育出来的。陈思和：现代意识与民族文化应该融合。李杭育：当代小说中出现了越来越多的、对人物进行文化综合分析的方法。小说的变化，首先是作家把握世界对思路的变化。鲁枢元：对于作家来说，研究人物的心理环境比研究物理环境更为紧要，当代文学正在"向内走"。黄子平：文学的突破与发展，是同对人的理解的深度同步的。季红真：人永远处于历史、道德、审美的矛盾与困惑之中，文学就是人类对自身的认识与把握。吴亮：为了找到解决问题的钥匙，人应该调动自己全部的本质力量、在理性之光的光圈之外，是一个神秘而具有诱惑力的世界。郑万隆：每一个作家、批评家都应犁自己的地，不要犁别人耕过的地，在创作上，犁"公共"土地是不合适的。我们要创造自己独立的艺术世界。陈建功：变革的时代，一切都在变化，作家尤其需在生活方式、思维方式、表现方式上进行变革，所以我主张"换一个说法，换一个想法，换一个写法"。李陀：应该张开双臂迎接小说多元状态的到来；文学思潮的共存竞争与迅速更替，是社会主义文学富有生命力的表现。

作问题。在文章中,周介人着重提到了文学的多样化进程问题——文学的多元化。他还认为,新时期文学界对于传统文学规范的否定应当是有选择性的,应当区分不同时期传统文学理论所具有的独特性以及这些理论传统之间的差别,对于这些问题的认知决定了新时期文学的发展。他对人的本质和文学的本质问题的认知也同当时许多批评家的观点相似:"我很同意黄子平发言中的一个观点:文学的突破与发展,是同对人的本质的理解深度同步的。"①周介人的这篇文章具有非常重要的史料价值和文学研究意义,尤其有助于学界理解当时的文学潮流变化及其背后的时代精神。

杭州会议等学术会议几乎代表了当时学术界和文学创作界的最高水准,会议探讨的问题不仅是对当时文艺理论研究的重要提升(例如当时风行一时的"寻根文学"等文学现象,虽然"寻根文学"等议题并非这次会议的最主要的内容:"所谓'寻根'的话题,所谓研究传统文化的话题,在这两个大杂烩式的会议上的发言中充其量也只占到10%左右的小小份额,仅仅是很多话题中的一个,甚至仅仅是一个枝节性的话题。"②但是在这次会议之后,很多作家和批评家的眼界都得到拓展),而且对于整个新时期的文学发展和理论走向都产生了决定性影响。这次会议集中了当时学界的一大批学者和作家,有人甚至称其为新时期文学界的南北对话。

"向内转"问题不仅是1980年代文学界关注的重要问题,而且到了1990年代中后期、甚至21世纪都还是一些理论学者的重要研究内容。杜书瀛在《内转与外突——新时期文艺学再反思》一文中,再次反思了"内"与"外"的关系,并且认为:"对文学艺术这么复杂的社会文化

---

① 周介人:《文学探讨的当代意识背景》,《文学自由谈》1986年第1期。
② 韩少功:《杭州会议前后》,《上海文学》2001年第2期。

现象,必须进行全面的研究,进行'内''外'结合的研究,进行多元化的研究。"①鲁枢元在其《文学的向内性——我对"新时期文学'向内转'讨论"的反省》②也对此进行了总结。这些文章表明,重新反思1980年代的理论诉求,是新的时期理论建设的前提。正是因为有了充分的学术论证和大胆的观念设想,理论家才得以在1980年代之后,从更宽阔的视野来研究文学,完全摆脱了险隘的理论视域,并且对1980年代进行了更深刻的沉淀和反思。

"向内转"不但引发文学理论研究的转向,还促使新的文学研究范式兴起——文艺心理学研究是这一时期文学性质多维认知的重要方面。许多学者都曾关注或参与文艺心理学的研究,如金开诚、鲁枢元、陆一帆、童庆炳等。金开诚对文艺心理学的研究是比较早的,他在1980年代初期便开始对文学艺术创作与心理学之间的关系进行探索,先后发表多篇有关文艺心理学方面的论文,他的研究为1980年代文艺心理学研究的充分展开奠定了基础。作为文艺心理学研究的主要推动者,鲁枢元于1985年发表《用心理学的眼光看文学》一文,该文从本体论、创作伦以及价值论三个方面论述心理学与文学的基本关系,探讨直觉、情感等因素对文学创作的影响。童庆炳也对文艺心理学进行了比较系统的研究,他在《文学理论教程》中专门讨论了文艺心理学问题。

总之,"向内转"和文艺心理学为1980年代中期文学建构提供了新的思想路径。从心理学的角度理解文学既结合了中国传统文学研究范式,又将新的科学研究方法引入到文学探索之中。文艺心理学研究区别于系统论,无论是在方法上、还是在观念上,文艺心理学研究都具

---

① 杜书瀛:《内转与外突——新时期文艺学再反思》,《文学评论》1999年第1期。
② 鲁枢元:《文学的向内性——我对"新时期文学'向内转'讨论"的反省》,《中州学刊》1997年第5期。

有其独特性。

三、新时期教材中的文学基本性质

新的观念不仅影响了学术界,还对文学理论教材产生深刻影响。文学理论教材是新时期文学理论的重要载体,不同时期教材内容的变化反映学界对文学性质认知模式的转变。文学理论教材的编纂一般都会集中当时从事文学理论研究和教学的前沿学者或一线教师,因此,这些教材能够代表其时代文学理论的主流思想,或某一个主流文学理论流派的核心观点。

同五六十年代的教材相比,新时期文学理论教材有很大的变化和发展。在此之前,受到意识形态的影响,文学理论教材对文学性质的定位具有比较明显的政治色彩和思想倾向。

马文兵在《在文艺理论教学中高举毛泽东思想的红旗——评1958年以后出版的几本文艺理论教科书》一文中归纳了1958年以后出版的几本文艺理论教材的优点。① 他认为,这些教材有四个优点:第一,这些教材主要根据毛泽东文艺思想对文学理论进行阐释;第二,"特别强调文艺要为当前的政治斗争服务,特别强调塑造新英雄形象和党的领导者形象问题";第三,"它们主要是运用了我国'五四'以来特别是'讲话'发表以后的文艺创作实践来阐述文艺理论问题,初步做到了中国化";第四,这些教材在章节的安排和选择上是"从当前的文艺斗争出

---

① 从马文兵的另一篇文章《评四本文艺理论教科书》(《读书》1960年第6期)来看,他在这里所说的文艺理论教科书应当是指"山东大学的《文艺学新论》、东北三校合编的《文艺理论》、华东师大的《毛泽东文艺思想讲义》(上册)和湖南师院的《文艺理论》(上册)"等。(参见马文兵:《评四本文艺理论教科书》,《读书》1960年第6期。)

发,引出理论和阐述理论"。① 从他对这些教材的评述来看,这一时期的文艺理论教材遵循的原则基本上都是"讲话"的理论精神,其作用主要在于宣传特定的文艺政策和思想,他还进一步就这些教材存在的问题进行了批评:这些教材对于毛泽东文艺思想的解释是"不全面、不正确的",还存在有"超阶级""艺术至上"的观点。②他同时还强调文艺理论教材对人民内部矛盾的认识和对实践性原则的重视等问题。在此基础上,他提出要编订一套符合中国特色的文学理论教材。

从当时文艺理论教材的普遍特征来看,马文兵对1950年代到1970年代初期文艺理论教材的看法能够折射出当时主流意识形态之下文艺理论的基本思想和发展状况。依照此类观点,文艺理论教材的理论性并非是第一位的,相反,其政治性、政治立场以及对政治思想的贯彻程度才是评价文艺理论教材的基本尺度。在这样的理论观点和批评态度指引下,文学的创造性和独立性几乎无从谈起。例如,以群主编的《文学的基本原理》(1964)等教材在大多数情况下被当作文学现象或文化现象进行研究。这也解释了1970年代末、1980年代初文学界对文学与政治关系问题进行讨论的原因,学界借此对新时期之前的文学历史和当时的文学状况进行反思。

在反思传统文学观热潮的推动下,新时期陆续出版了一系列具有代表性的文学理论教材。这些教材以丰富文学理论研究为指导思想,肩负起摆脱单一意识形态和政治思想束缚、构建新的文学认知维度的重任,对新时期文学理论建构产生了比较大的影响。

自1970年代末以来,文学界在多元思想的基础上开始探索新的教

---

①② 马文兵:《在文艺理论教学中高举毛泽东思想的红旗——评1958年以后出版的基本文艺理论教科书》,《教学与研究》1960年第3期。

材编写方式。文学理论教材主要向理论和专业方向倾斜,积极引入新的学术资源,充实理论内容、拓展思维视野。这一时期可以被看作是当代文学理论教材的丰产期,学界先后出版了数十部不同风格的文学理论教材,比较有代表性的如十四所院校合编的《文学理论基础》①(1981)、童庆炳的《文学理论教程》②(1984)、王元骧的《文学原理》③(2002)、南帆的《文学理论》④(2002)、王一川的《文学理论》⑤(2003)、陶东风的《文学理论基本问题》⑥(2004)、董学文的《文学原理》⑦(2004)、王先霈的《文学理论导引》⑧(2005)、杨春时的《文学理论新编》⑨(2007)等。这些教材对文学性质(或文学理论性质)的定义不再是单一话语模式下抽象的理论说教,在概念解释和理论认知方面显得更为生动、具体。

十四所院校合编的《文学理论基础》出版于1981年,适逢当时的文学理论论争和建构热潮,它开启了新时期文学教材编写的序幕。但是,这本教材对文学性质的定义仍旧延续了五六十年代的概念,坚持本质主义的文学观。该教材第三章⑩专门讨论了文学的本质问题,认为文学的性质包括"上层建筑性质""阶级性""党性"以及"人民性",文学是经济基础之上的上层建筑,文学"反映经济基础,又反作用于经济

---

① 十四所院校《文学理论基础》编写组:《文学理论基础》,上海文艺出版社,1981年。
② 童庆炳主编:《文学概论》(《文学理论教程》),红旗出版社,1984年。
③ 王元骧主编:《文学原理》,浙江教育出版社,2002年。
④ 南帆主编:《文学理论》,浙江文艺出版社,2002年。
⑤ 王一川主编:《文学理论》,四川人民出版社,2003年。
⑥ 陶东风主编:《文学理论基本问题》,北京大学出版社,2004年。
⑦ 董学文、张永刚:《文学原理》,北京大学出版社,2007年。
⑧ 王先霈、王耀辉主编:《文学理论导引》,高等教育出版社,2005年。
⑨ 杨春时:《文学理论新编》,北京大学出版社,2007年。
⑩ 十四所院校《文学理论基础》编写组:《文学理论基础》,上海文艺出版社,1981年,第53—105页。

基础"。该教材肯定文学的人性特征，并承认共同人性的存在，但是却把它归入到"阶级性"和"党性"之内。该教材还认为，在所有的上层建筑中，文学与政治的关系是最为密切的，文学为经济基础服务是要通过政治等作为"中介"来实现的。

童庆炳主编的《文学理论教程》有多个版本，最初叫作《文学概论》（上、下册），由红旗出版社于1984年出版。更名后不断再版，如高等教育出版社1992年的修订二版、1998年第二版、2004年第三版、2008年的第四版等，其中一些版本经过多次印刷。国内很多高校都采用这本教材，影响颇大。该教材是新时期比较有代表性的文学理论教材之一。在内容上，该教材并没有明确提出文学的本质问题，只是对文学理论的性质进行了界定和解说，它巧妙地规避了本质主义及其理论困境，并且在很大程度上参照和吸收了韦勒克的《文学理论》、艾布拉姆斯的《镜与灯》等现代西方文学理论教材。该教材比较突出的观点是将文学视作一种综合的认知对象，"文学是一种多维的、复杂的、广延性极强的事物"[①]。同之前的文学理论教材相比，这本教材对于文学内涵的界定已经有了很大突破。

王元骧主编的《文学原理》最初于1980年代中期由浙江教育出版社出版，后由广西师范大学出版社于2002年再版。2007年，广西师范大学出版社又出版了该教材的修订版。该教材第一章便开宗明义地论述了文学的本质及其性质问题。内容上，王元骧基本坚持文学拥有本质的观点，但是在传统本质观的基础上有所综合。

南帆主编的《文学理论》最初于2002由浙江文艺出版社出版，名为《文学理论》（新读本），后又于2008年由北京大学出版社出版，名为

---

① 童庆炳主编：《文学理论教程》（修订二版），高等教育出版社，1992年。

《文学理论》。有学者认为,后者在内容和观点上是前者的延续①。该教材的重要特色在于从新的理论角度对传统文学性质进行重新定义,并试图建立一种新的理论体系。这本教材并没有专注于文学性质问题,而是强调文学的有机结构,将作者、文本、叙事抒情话语等元素视作文学的重要组成部分,并探讨文学与文化之间的复杂关系。该教材明显地受到韦勒克所代表的欧美新批评理论的影响,反映了部分理论家对西方现代文学理论的接受和借鉴。

董学文主编的《文学原理》先于2004年由北京大学出版社出版,后又于2014年再版。该教材注重新的文学理论同传统文学观念之间的辩证关系,其特色在于分别从文学创作者(主体)和文本(客体)的角度来阐述文学的基本原理。结合主体性理论等流行观念,该教材在马克思主义文论思想的基础上进行了一定的创新,这本教材也得到国内很多高校的采用。

陶东风主编的《文学理论基本问题》由北京大学出版社出版,先后经历了几个版本,例如,2004年的《文学理论基本问题》(第三版)、2008年的《文学理论基本问题》(修订版)等。这本文学理论教材不仅对文学的性质等问题进行了深入探讨,而且还对此前具有代表性的文学理论教材及其观点进行了述评,具有一定的反思性质。

王一川主编的《文学理论》先由四川人民出版社于2007年出版,后又修订再版于2008年,更名为《文学理论》(修订版),由北京大学出版社出版。该教材受到童庆炳《文学理论教程》思想的影响,作为《文

---

① 毛庆耆:《21世纪我国文艺理论教材述评》,《学术界》2010年第7期。对于南帆等学者的教材,毛庆耆说道:"七年之后,南帆、刘小新、练暑生著《文学理论基础》和《文学理论》两部著作,冠名'普通高校中文学科基础教材',由北京大学出版社2008年7月同时出第一版。两书分上篇文学是什么和下篇如何研究文学,上下篇各包涵两部分,其标题和内容与'实验教材'《文学理论》(新读本)相近。2008年北大版两教材应是七年前实验教材的延续和发展。"

学理论教程》的参编者(副主编),王一川在其《文学理论》中贯彻了去本质主义的精神。

杨春时主编的《文学理论新编》于 2007 年由北京大学出版社出版,该教材是一本独特的"个性化"教材。杨春时在这本教材中贯彻了他的生存哲学、超越美学思想以及文学"异质性"观念:"本教材的独创之处首先在于,废止了传统文学理论的单一文学本质观,建立了多重文学本质观……建立了存在论的主体间性文学理论。"①因此,杨春时在该教材的第一章便深入探讨文学的性质问题。该章分为四节,前两节个性化地指出文学的特殊内涵:"文学是指向自由的生存方式""文学是指向超越的生存体验",后两节则明确文学的性质即"语言性"和"审美特性"。与其说该教材是一本文学理论指引,不如说是理论家的个性张扬。正如杨春时在其教材后记所说:"我是把这本教材当作学术著作来写的,力图通过这本教材完成一个新的文学理论体系的初步建构。"②

教材的编写反映了新时期理论的发展和观念的变化,不同时期的文学理论教材或同一本教材在不同时期的修订,体现了文学性质认知的变化。在进入到 21 世纪后,北京大学出版社以"普通高等教育'十一五'国家级规划教材"的名义将部分教材(如南帆、陶东风、王一川、杨春时等)进行修订和再版,不仅促进了新时期文学理论教材的发展,而且在一定程度上反映部分教材的历史地位及其对新时期文学理论建构的意义。

在修订理论教材的过程中,学界还重视对观念和内容的反思。例如,在《文学理论基本问题》导论中,陶东风就新时期以来三种具有代表性的文学理论教材及其所涉文学本质问题进行了简要分析。他认

---

① 杨春时:《文学理论新编》,北京大学出版社出版,2007 年,第 298 页。
② 同上,第 295—296 页。

为,以群主编的《文学的基本原理》的本质主义文学观在基本思想上存在着矛盾,十四院校的《文学理论基础》在某些方面依然保留了本质主义的特征,直到1990年代以后,这种文学观才有所改变,例如,童庆炳主编的《文学理论教程》就是对本质主义文学观的超越。① 虽然童庆炳的教材未能完全建构起关系主义的文学观,但是,1990年代文学理论观念的转变却为新思想的发展奠定了基础。

吴子林专就新时期以来童庆炳文学理论教材的编纂历程和基本思想等问题进行评述,他对童庆炳的文学理论教材做了比较高的评价:"由1984年版的《文学概论》,到《文学理论教程》(第四版),再到《文学理论新编》(2010)和《新编文学理论》(2011),我们清晰地看到中国文学理论教材建设从'建构'到'解构'的复杂历程,瞥见了由'本质主义'到'反本质主义'的时代变幻的魅影,以及童庆炳文学理论教材编纂思想中一以贯之的开拓性与超越性。"②吴子林对童庆炳教材的评价也可以看作是对整个新时期文学理论教材发展的肯定。文学界对本质主义的破除为建构新的理论奠定了基础,在破除了传统、封闭和固化的理论体系之后,新的理论和认知维度才得到建立。

再如,一些学者这样评价南帆、王一川和陶东风的教材:

> 从某种意义上说,南帆主编《文学理论(新读本)》、王一川著《文学理论》、陶东风主编《文学理论基本问题》分别于2002、2003、2004年相继出版,构成了新世纪文艺学的一个重要事件。这不仅是因为他们都对当下后现代语境的挑战做出了回应,都在不同程度上与本质主义思维方式进行了切割,而且更引人注目的是,他们

---

① 陶东风:《文学理论基本问题》,北京大学出版社,2004年,第5页。
② 吴子林:《从"建构"到"解构"——新时期以来童庆炳文学理论教材编纂思想研究》,《当代文坛》2013年第1期。

选择了文学概论的系统性知识生产方式和教学体制中教科书的知识传播方式。①

将文艺理论教材当作新时期文学事件来研究,是对文艺理论教材历史地位的肯定,这类观点也反映出教材之于文学发展的重要意义。一方面,这些教材大部分由当时的重要学术机构或是一些理论学派的代表人物编订的,其权威性和影响力决定了教材本身的地位;另一方面,新的文学理论教材的出版往往会受到学术界的普遍关注,教材中的观点及其对理论问题的看法甚至会影响到文学理论的观念进程和价值取向。

这一时期,学界对各种教材的反思也较多地受到了现代西方理论的影响。杨春时从后现代理论的角度对多元语境下的新时期教材进行了分析,他这样评价陶东风、王一川和南帆的文学理论教材:

> 今天,后现代主义已经进入了中国的文学理论界,最近出版的几部文学理论教材证明了这一点。陶东风的《文学理论基本问题》,王一川的《文学理论》和南帆的《文学理论(新读本)》就是影响较大的后现代主义的文学理论著作。这几部论著运用解构主义理论,取消了关于文学本质的论说,代之以文学理论的历史描述;运用新历史主义理论,把文学理论还原为意识形态和话语权力的建构。②

这些教材在建构新时期理论话语、确立新的理论范畴、消除传统

---

① 方克强:《文艺学:反本质主义之后》,《华东师范大学学报(哲学社会科学版)》2008年第3期。
② 杨春时:《文学本质的言说如何可能》,《学术月刊》2007年第2期。

理论的束缚以及吸收和追赶西方现代理论等方面,都具有指导性意义。虽然杨春时对于追逐西方理论潮流的做法持保留态度,他在《文学理论新编》结语中写道:"当前的文学理论研究面临着一个巨大的困境,那就是后现代主义的冲击。长期以来,中国学术界忙于追赶西方潮流,而自己的学术建设则显得仓促、薄弱。往往一个理论发展阶段刚刚起步,就被另一种西方思潮所打断,然后又匆匆追赶新的浪潮。"①但是,新思想的引入毕竟为1950年代以来陷入困境、走向僵化的文学理论研究带来重大转机,而且,西方理论对新时期文学理论教材的影响已经十分深入了。从新时期文艺理论教材对文学性质的定义来看,韦勒克的《文学理论》在这一阶段起到关键作用。虽然这本教材中的一些观点不断遭到质疑,但是,它对新时期中国文学理论教材的影响却难以替代。例如,童庆炳《文学理论教程》第三编专就文学的创造性问题进行阐述,该内容在很多观点上显然受到韦勒克的影响。

  学界对教材的重新认知表明,现代文艺理论已经渗透到文学理论的基本层面。同之前的文学理论教材相比,1990年代之后的文学理论教材在深度和广度方面都有很大变化,教材为文学性质的建构提供了更多的选择。理论教材对新理论采取包容、借鉴和吸收的态度,拒斥自闭或是固守传统的思维:"从对西方最新文学理论的自觉学习与借鉴,到对中国古典文学理论精华的吸收和转化,这一时期的教材显示了比历史上任何时候都更广阔的国际视野和更自觉的民族精神。"②也有学者认为,新的理论教材希望能够吸收中西传统文化和理论精髓,进而形

---

  ① 杨春时:《文学理论新编》,北京大学出版社,2007年,第296页。
  ② 童庆炳主编:《新时期高校文学理论教材编写调查报告》,春风文艺出版社,2006年,第104页。

成"当代文论新传统"①。在吸收西方理论的同时,这一时期的文学理论教材还从中国传统文学理论思想中探寻资源,以调适西方理论同中国传统文学研究之间的矛盾。

从新时期文学理论教材的发展变化和历史意义来说,文学理论教材在争鸣和重构的过程中扮演了无可替代的作用——它给予新理论和新思想以合法性,为文学性质的多维认知开拓新路,促使新时期文学向纵深发展,向真正意义上的文学回归。

总的来说,"系统论"和"向内转"理论代表了新时期文学的重构,如果还原当时的历史,批评的声音甚至在某些时候超过支持和肯定的话语,新时期文学是在艰难中前行的。这一时期的理论家开创了文学认知的多个维度,在确立真正的文学理论的基础上,推动了文学自身的丰富和拓展。通过撰写和修订新的文学理论教材的方式,新时期文艺体系得到初步建构。无论是文学家还是理论家都希望能够破除外界力量的束缚、建构新的理论话语,将文学从物化、工具化的地位中拯救出来,重塑文学精神。

第三节 调适阶段:关系主义与文化研究

从1990年代开始,文学研究和文学批评开始从1980年代的激烈论争和激情四射的观念碰撞中平静下来。1990年代初,由于社会历史和政治形势的变化,学界对新理论采取了短暂的保守态度。但是,文学理论发展却并没有因此而停滞。本质主义的论争为新的理论和文艺观

---

① 朱立元:《新时期以来文学理论和批评发展概况的调查报告》,春风文艺出版社,2006年,第218页。

的确立奠定了基础,随着新时期社会政治形势的改变和文学自身的发展,以及西方现代理论的大量引入,新的观念和理论也应运而生。

1990年代中后期,新的理论和认知维度再次成为理论界追逐的对象,传统的思维方式很难再阻碍文学的创新潮流。在引进和译介大量当代外国文学理论、重新评价和挖掘中国传统文学理论精神的基础上,文学创作和理论实践得到了飞跃式发展。

这一时期,理论家和文学家的视野比1950年代以来任何时期都更宽广。随着中外文化交流的深入,传统理论体系被彻底摈弃,大量丰富的理论资源如洪水般冲垮了旧的理论堡垒,一个新的理论话语刚刚形成,很快就被另一种观念取代或超越。现代性话语尚未站稳脚跟,后现代便接踵而至。学界对于文学性质的定义和思考在这样的理论环境下"被迫"转变。

1993年,王蒙发表了他的《躲避崇高》①,学界由此掀起关于人文精神的大讨论②。1990年代,人文精神的缺失逐渐成为社会关注的焦点,该问题源于多种因素,既受到学界对传统文学理论的反思和对抗的影响,也受到经济社会发展的制约。王朔的小说及其时代意义说明社会经济转型和思想观念变化已经凝成一股难以逆转的潮流。这股潮流冲破了"文学的时时绷得紧紧的外皮"③,也让文学不再"神圣"并远离主旋律(即所谓崇高)。人文精神不仅为1990年代创作界和学术界所瞩目,而且成为替代传统价值观的新路径。在人文精神及其观念的影

---

① 王蒙:《躲避崇高》,《读书》1993年第1期。
② 《读书》《文艺理论与批评》《文艺争鸣》等杂志曾专就此刊载多篇文章展开论争,商榷和支持的文章从1993年起一直延续到1995年以后,其中有代表性的如傅迪的《论"躲避崇高"不可行》(《文艺理论与批评》1993年第3期)、史唯的《崇高无需躲避》(《读书》1993年第7期)、范浦的《躲避假冒的崇高》(《读书》1993年第10期)等。
③ 王蒙:《躲避崇高》,《读书》1993年第1期。

响下,文学性质问题被弱化,文化研究等新的研究范式日益兴起。

时至 1990 年代末,跨学科、跨文化等研究逐渐成为学术研究的中心。新的文学认知方法取代了传统思维,文学不再是一个孤立的学科,也不再是一个孤立的文化现象。文学成为多元学科、多元理论和多元思维的交叉点。经济、政治和文化的巨大变化,让经典文学、纯文学的地位遭到动摇,复杂的文学现象、奇异的叙事方式以及新颖的结构模式,也让理论家们大跌眼镜。在现代理论和现代创作方式的多重作用下,文学的本质几乎要滑向"伪命题"的边缘,文学的性质认知面临多维语境的疏离,至少,这一问题已经不再为学界所热议。

一、观念的调适

从 1990 年代中后期开始,学界在 1980 年代理论建构的基础上,对 20 世纪西方文学理论进行重新梳理,引入大量新观念、新理论以及新的研究方法。这一时期,中国当代文学研究对文学性质多维探索带有明显的"西学"色彩,自从德里达、福柯等人同本质主义彻底决裂之后,西方后现代理论一骑绝尘,离本质主义的传统观念渐行渐远。中国文学理论在这一热潮的影响下也在焦虑中或主动、或被动地进行彻底的思想转变。理论家们急切地希望迎头赶上这股风潮,以拯救早已落伍很久的理论现状。创作家也大胆投身于这场文学思想的变革之中,在实践领域探索新的写作范式,没有人再去顾及清规戒律或严肃的批判,所有新的文学样式都获得了展示的空间,无论批评和反对的声音有多嘹亮,都无法阻遏新时期文学向现代(包括现代和后现代)迈进。

传统文学研究面貌产生极大改观,封闭的研究模式已经无法适应新的理论视野。文化研究几乎涵盖了所有的研究维度,一度成为文艺理论研究的"代名词"。新的研究消解了学科边界,多元的跨学科思维让政治学、社会学、人类学以及生态学等多学科知识渗入文学研究领域。正如南帆所说:"'文化研究'对于文学研究的震荡持续不已。这一段时间,一个术语频频作祟——'本质主义'。围绕'本质主义'展开的论争方兴未艾。可以从近期的争辩之中察觉,'本质主义'通常是作为贬义词出现。哪一个理论家被指认为本质主义',这至少意味了他还未跨入后现代主义的门槛。"[1]本质主义已经成为一种行将淘汰的概念或批评视角,无论是作为一种带有强烈政治权力色彩的话语形式,还是只当作一种普通的理论规范,本质主义都不再为学界所关注。

创作者和理论家们对于传统文学的自我呈现方式和批评话语采取了"漠视"的态度,以应对政治说教和话语霸权。杨春时、曹顺庆、南帆等学者不仅对"本质主义"进行了现代解读,而且提出了新的观念作为他们的理论出发点。他们的理论代表了新时期文学在进入21世纪之后的自我提升。文学的本质不再是问题的中心,文学开始向独特性、开放性、流动性、变化性等属性回归。

杨春时先后发表了《文学本质新论》[2]《论文学的多重本质》[3]《后现代主义与文学本质言说之可能》[4]《文学本质的言说如何可能》[5]《关于美的本质命题的反思》[6]等文章,从"文学异质性"角度对文学的本质进行认知。他在《文学本质新论》中着重提到了文学与文化的冲突问题:"在社会文化转型过程中,文学与文化的冲突日益明显。"[7]在他看来,新的文学形式(主要包括纯文学和俗文学)对传统的主流文学和文

---

[1] 南帆:《文学研究:本质主义,抑或关系主义》,《文艺研究》2007年第8期。
[2] 杨春时:《文学本质新论》,《学术月刊》1999年第4期。
[3] 杨春时:《论文学的多重本质》,《学术研究》2004年第1期。
[4] 杨春时:《后现代主义与文学本质言说之可能》,《文艺理论研究》2007年第1期。
[5] 杨春时:《文学本质的言说如何可能》,《学术月刊》2007年第2期。
[6] 杨春时:《关于美的本质命题的反思》,《光明日报》2007年6月12日。
[7] 杨春时:《文学本质新论》,《学术月刊》1999年第4期。

化规范提出了挑战。传统文学消解了文学与文化之间的差异,降低了文学的特性。他进而认为,文学与文化的冲突是文学异质性的体现,理解文学区别于文化的异质性是认识文学本质的前提。对文学与文化冲突的肯定即是承认文学具有主体性、文学并非服务于政治或社会意识形态等,文学甚至具有"超文化"的品质:

> 把文学作为异质文化,揭示文学的反文化、超文化倾向,更为深刻地触及到文学的本质。这个问题是继文学主体性理论之后,中国文学理论发展史上又一个重大课题,应当引起理论界的重视,展开深入的讨论,相信会把我国文学理论建设推向一个新的历史高度。①

杨春时是在文学主体性等问题之后,进一步研究文学的异质性问题的。"以往文学理论家为了给文学争得一个独立地位,曾经煞费苦心地进行了理论建构,古代的表情说、感性认识说不提,当代的'文学是人学'、'文学主体性'、'文学不属于意识形态'等理论学说莫不致力于把文学与文化区别开来。"②文学的异质性观点可以作为文学性质多维认知的一个重要方面:肯定文学与文化,尤其是同权利和意识形态主导之下的话语体系之间的距离,承认文学有其独特的自为属性,不依附于其他精神活动或社会意识。在文学异质性前提下,对于文学性质的认知才有可能进一步拓宽文学的性质内容。文学性质的自为和异质决定了文学形式的多样化,纯文学、俗文学等文学形式都或多或少地受到了"文学异质性"这一文学基本性质的影响,对文学的异质性探讨能够体现文学从单一思维向多层思维转变的内在需要。

---

①② 杨春时:《文学本质新论》,《学术月刊》1999年第4期。

就杨春时的观点来说,文学的"异端性"也是其文化属性的体现,文学的异质性凝聚了文学的内在力量——"文学就体现了这种否定力量"①。文化与文学的关系在于,文化具有复杂的意义和内容,多层次、多水平的文化内容形成了不同的文化形态,不同的文化形态之间又相互联系,最终结合成一种综合的文化体系。但是,文化的各个部分并不是同质的,而是异质的,相较其他部分而言,文学的异质性更加突出。文化虽然是人类生存和发展的工具,但是,有时候文化也会变成限制人类自由的桎梏,此时,文学便成为否定文化、对文化进行反思的力量,文学的否定性反而推动了文化的发展。

将文学同文化放在同一个认识维度的观点,实质上是文学研究从单一知识体系研究向更大的文化研究、文化批评的过渡。杨春时还认为,调适文学与文化的冲突在于承认文学的"反文化性和超文化性"②。从《文学本质新论》一文来看,杨春时这里所说的"文化"应当是指主流意识形态之下的文化观念或思想规范,就大的概念而言,文化应当是包涵了自我肯定和自我否定的多个维度的统一体,而非仅仅是自我肯定的单一层面。文学作为文化共同体中的一个重要部分,它所具有的性质是可以从更大的文化角度去认知和思考的。杨春时的观点对于拓展文学性质认知具有比较重要的辅助作用。

除了文化属性之外,单就文学本身而言,文本、叙事、结构等方面也具有内在的超越性。在《论文学的多重本质》一文中,杨春时进一步提出"文学性质和意义的多重性"③观点。他认为:"文本的多层次结构和文学的多种形态,决定文学意义的多元性。"④文学的多元性质同文学的多重本质并非完全一致,但是,文学的多元性质决定了文学的本质非唯一性。杨春时将文学性质的多元内涵归纳为三点,即深层意义、表层

---

①② 杨春时:《文学本质新论》,《学术月刊》1999年第4期。
③④ 杨春时:《论文学的多重本质》,《学术研究》2004年第1期。

意义和超越意义。他在该文结尾将文学的意义总结为三个方面,即原型意义、现实意义以及审美意义,文学则是三者的复合体,而且,"这种复合不是三种意义的平列和垒加,而是系统的综合。文学的深层(原型)意义是生命欲求,表层(现实)意义是意识形态,超越的(审美)意义是生存意义。审美意义升华了原始意义,超越了现实意义,成为文学的最高意义"①。他的理论既同弗洛伊德的理论有某些相似性,也同他个人推崇的超越美学有关,"所谓美,不是实体或实体的属性,而是一种意义、超越的意义,也就是存在意义的显现"②。同空洞、抽象的本质主义对文学性质的理解相比,杨春时对文学性质的多层分析要具体得多,也更好地解释文学性质的多维内涵,并推动学界对文学性质的进一步认知。

在肯定"文学异质性"作为文学性质的认知维度的基础上,杨春时还同刘再复一起,将主体间性理论引入并改造文学主体性理论。他在《文学理论:从主体性到主体间性》一文中认为:"主体间性理论为美学、文学理论提供了新的哲学范式和方法论原则,从而也在新的基础上揭示了文学的性质。"③他回顾了主体性的历史,并对主体间性理论应用于文学研究进行了阐释。他将主体间性归纳为三个主要内容:其一,"生存不是在主客二分的基础上主体构造、征服客体,而是主体间的共在,是自我主体与对象主体间的交往、对话"。其二,"主体间性不是把自我看作原子式的个体,而是看作与其他主体的共在"。其三,"主体间性还意味着特殊的人文学方法论"。④

他进而阐明文学主体间性的内涵及其意义,同主体间性相应,他也

---

① 杨春时:《论文学的多重本质》,《学术研究》2004 年第 1 期。
② 杨春时:《关于美的本质命题的反思》,《光明日报》2007 年 6 月 12 日。
③④ 杨春时:《文学理论:从主体性到主体间性》,《厦门大学学报(哲学社会科学版)》2002 年第 1 期。

将文学主体间性的含义及其意义归纳为三点：其一，"文学主体间性的第一个含义是把文学看作主体间的存在方式，从而确证了文学是本真的（自由的）生存方式"。其二，"文学主体间性的第二个含义是，文学不是孤立的个体活动，而是主体间共同的活动；文学不仅具有个性化意义，还具有主体间性的普遍意义"。其三，"文学主体间性的第三个含义是，文学是精神现象，属于人文科学研究的对象；文学通过对人的理解而达到对生存意义的领悟"①。他还认为，主体间性是连接中国传统哲学和西方文论的桥梁："为了推动中国文学理论的现代发展，必须注意汲取中国传统文论的思想资源，把西方现代文论与中国古代文论结合起来，而这个结合点就是主体间性。"②他强调的重点是文学的存在意义和生命意义，文学是人生哲学、生命美学以及存在哲学的具化，文学是人作为主客统一体的语言中介，它是由各种复杂关系构成、并展现这些关系的基本状况，能够重新建立人和人、人和自然之间的关系。

杨春时对文学性质的定义可以看作极端反本质主义和本质主义之间的一种折中——并不完全否定文学的本质，"我们不能依据哲学解构主义，拒绝回答文学的本质问题"③，也拒不承认文学拥有永恒不变的单一本质，他对后现代视角下的文学基本性质持部分保留的观点："文学的实体论本质可以被解构，而文学的超越性本质不能解构，它仍然存在并可以言说。"④他据此认为："我们可以在一定历史水平上阐述文学的意义，形成关于文学本质的言说和一整套理论体系。这个理论体系既有历史性的因素，受到意识形态的支配；同时也有超历史性的因素，超越意识形态，是对文学的审美意义——生存意义的揭示。"⑤从新时期文学理论的发展进程来看，"文学异质性"等观点既为新的理论建

---

①② 杨春时：《文学理论：从主体性到主体间性》，《厦门大学学报（哲学社会科学版）》2002年第1期。

③④⑤ 杨春时：《文学本质的言说如何可能》，《学术月刊》2007年第2期。

构奠定了基础,也为文学性质认知创造了更广阔的发展空间。

"文学异质性"观点也得到学界的一些认同,尤其是在比较文学研究领域得到应用。曹顺庆在他的《中国文论的"异质性"笔谈——为什么要研究中国文论的异质性》①一文中从中西比较文论的角度探讨了文学的异质性问题。他认为,"文学异质性"问题是对中国文学理论的"失语症""话语重建"等理论问题的进一步深入,"中国文论的异质性问题,多年来一直未被学界真正重视并认真研究,而这一点,正是造成中国文论'失语'的根本原因之一"②。就其观点而言,比较研究应当承认某一文化共同体的独特个性,并在比较中保持其独特性,而非用一种话语性质代替另一种话语性质,在中西比较文论中,异质性成为比较的前提,"否则就只有西方文论的一家独白"③。曹顺庆从异质性的角度对中国文论与西方文论关系的解读,同杨春时对文学与主流文化关系的理解是一致的,承认文学的异质性便是承认其拥有独特的话语性质。

在探讨文学性质的问题上,南帆的观点比较接近杨春时对"文学异质性"和"主体间性"的看法,他认为本质主义和反本质主义这两种观点都是文学性质的认知方式,但是又都存在着各自的问题。对于本质主义,他认为:"本质主义的观点显然会推导出一个形而上学的'文学'观念。各种具体的文学类型不过是这种观念的化身。拥有这种本质,一些不朽的作品就会代代相传。很大程度上,'纯文学'的概念可以视为这种本质主义观点的派生物。"④如果从纯文学的角度来说,文学的本质似乎是其存在的异质性的体现,假若缺失了本质,文学的性质

---

①②③ 曹顺庆:《中国文论的"异质性"笔谈——为什么要研究中国文论的异质性》,《文艺研究》2000年第6期。

④ 南帆:《关于文学性以及文学研究问题》,《江苏大学学报(社会科学版)》2005年第6期。

便很难被定位和认知,文学的异质性也就无从谈起。但是,如果以1980年代中期反本质主义学者所批评的塑造典型人物式的单一维度来规定文学的性质,文学将陷于简单和枯燥,失去创造性,而且,文学同政治话语之间的边界也被消解了,前者只能完全从属于后者。因此,文学本质主义存在着促使文学走向无异质性、被同化的危险。反本质主义则认为:"所谓的本质仅仅是一种幻觉。执意地寻找本质如同剥洋葱:一层一层打开之后,最里层空无一物——并没有一个代表本质的坚固内核。企图从文学内部挖掘所谓的本质无非是受到这种幻觉的蛊惑。"①对于反本质主义,南帆也提出了质疑:"就研究工作而言,本质主义观点处理的问题较为简单。理论家的主要工作就是认定本质的所在,这就像掘好了一个坑等待一棵合适的树。相对地说,非本质主义的观点却是将自己置于不尽的问题之流中"②。按照南帆的理解,强调文学为政治服务、文学反映社会历史的本质等观点,反而是反本质主义的,因为此类观点并没不承认文学拥有"异质性",只肯定文学与社会、政治等外在因素的关系,而真正的文学的本质恰恰是与这些性质背道而驰的。但是,彻底否定文学的异质性本质,即文学的创造性、独特性、自主性等本质属性,却不利于文学批评和文学理论建构,也不利于文学的发展。因而,从某种程度上说,新时期文艺理论存在着某种潜在顾虑:"既反本质主义又不致反掉文艺学。"③

总之,新时期文学在进入到 1990 年代末之后,学界对文学性质的争论及相关学说和观点进行了调适。其目的在于消除学界在文学史发展过程中形成的误解,力求还原文学的本来面目。从文学理论的发展

---

①② 南帆:《关于文学性以及文学研究问题》,《江苏大学学报(社会科学版)》2005 年第 6 期。

③ 方克强:《文艺学:反本质主义之后》,《华东师范大学学报(哲学社会科学版)》2008 年第 3 期。

史来看,中国学界关注的本质主义同西方哲学传统中本质主义是有很大区别的,前者更强调意识形态和社会政治的外在需要,而后者则注重形而上的观念和哲学思辨。相应地,中国文学理论的反本质主义和西方现代哲学的反本质主义也有差异,1980年代的反本质主义才是文学向其本质的回归,是一种反本质主义的"本质主义"。该理论思潮虽然同现代哲学的反本质主义潮流并不一致,却对推动中国文学理论的发展起到了一定的作用。在反思和重构文学性质认知维度的基础上,1990年代以后的理论界开始重新反思传统的理论关系,集中对理论观点和研究方法进行大规模的调适。

二、关系主义的提出

从本质主义到反本质主义、再到异质性和主体间性,学术界对文学性质的认知越来越丰富,无论是否承认文学本质的存在,理论家对于文学性质的看法都不再局限于单一思维模式和理论框架,更不再坚持永恒不变的绝对真理,"在新兴的文化研究领域,许多学者认为,取代本质主义的最好方法是社会建构主义的观点"[①]。理论的丰富和深入为新理论的提出创造了条件,文学研究汇入到文化研究的热潮之中,建构新理论的迫切心理再度被唤醒。

南帆在他的《文学研究:本质主义,抑或关系主义》中明确提出了关系主义理论、并将其应用于文学性质认知:

> 多元因素的互动之中,主项不再那么明显——甚至可能产生主项的转移。这种理论预设显然不再指向那个唯一的焦点——"本质";相对地说,我们更多地关注多元因素之间形成的关系网

[①] 陶东风:《文学理论基本问题》,北京大学出版社,2004年,第4页。

络。相对于"本质主义"的命名,我愿意将这种理论预设称为"关系主义"。①

南帆并没有给关系主义以某种固定的、权威性的定义,他只是将其作为一个潜在的理论预设。文化研究已经不再允许单一理论模式的存在,它需要的仅仅是一个理论的前提,而不是一个理论的规范。南帆在给出关系主义的理论观点时,一方面谨慎地避免自己再陷入另一个本质主义的窠臼之中,另一方面则规避引起不必要的论争或是自我否定的可能性。南帆既不希望关系主义成为富有专制和独断色彩的第二个"本质主义",也不希望彻底否定文学的本质,以至于走向虚无主义。他认为:"至少在这里,我并没有期待关系主义全面覆盖本质主义。相当范围内,表象与本质的二元对立对于认识世界的功绩无可否认。我们的意识可能在多大程度上信赖二元对立模式,这种性质的问题可以交付哲学家长时期地争论。"②

关系主义的提出更像是一个思考过程中爆发出的灵感——"对于南帆而言,'关系主义'一词的使用更多的是出于自己的个人灵感和独立思考"③,虽然南帆并不完全认同此种说法④,但是关系主义同本质主义相比,依然带有比较明显的浪漫色彩。

关系主义并非是一个严格意义上的、封闭的概念,而是一种开放、变化和流动的思想观念。关系主义是一个具有包容性的、宽泛的文学范畴,它意味着多元、交融以及跨学科的研究视域。南帆认为:"对于

---

①② 南帆:《文学研究:本质主义,抑或关系主义》,《文艺研究》2007年第8期。

③ 方克强:《文艺学:反本质主义之后》,《华东师范大学学报(哲学社会科学版)》,2008年第3期。

④ "我想说明的是,关系主义的提出绝非仅仅源于个人的灵感。"(参见南帆:《文学研究:本质主义,抑或关系主义》,《文艺研究》2007年第8期。)

关系主义说来,考察文学隐藏的多重关系也就是考察文学周围的种种坐标。一般地说,文学周围发现愈多的关系,设立愈多的坐标,文学的定位也就愈加精确。"①通过他者的存在来描述主体反而要比一再确立主体的地位来得更具体,也更易于接受:"关系主义强调的是关系网络,而不是那些'内在'的'深刻'——几乎无法避免的空间隐喻——含义。"②只有在消除空洞的说教和毫无内容的重复灌输之后,文学才有可能重新获取自身的属性。

关系主义对于文学性质的描述具有一定的复杂性和不确定性,它强调包含多种关系的网络,在各种可能因素的影响下,文学性质总是处在关系的交叉点上,对文学的理解和把握也总带有某种模糊性。但是,否定各种关系的影响,只承认单一话语的主体地位,却会离文学的真正本质属性越来越远。南帆认为,文学背后的这个复杂的关系网即复杂的文化现象,"理论家的重要工作就是分析这些现象,从中发现各种关系,进而在这些关系的末端描述诸多文化门类的相对位置"③。这样一来,文学研究就从文本跨越到文化传统,从单一话语转变为多元表述方式,从固定的文学规范拓展为多重学科角度或社会现象下的文化共同体。在文化的总体网络中,关系主义所具有的相对性也得到了很好地规避,相反,不确定性既丰富了文学研究的内容,还增添了文学批评的浪漫色彩。

在审美方面,关系主义对文学"外部研究"的重视并没有降低文学的审美价值,而是增加了文本的审美维度。南帆认为:

> 具体地说,谈论文学与阶级的关系或者文学与民族、性别的关系,不等于否认文学与审美的关系。更为细致的分析可能显示,阶

---

①②③ 南帆:《文学研究:本质主义,抑或关系主义》,《文艺研究》2007年第8期。

级、民族、性别或者道德观念可能深刻地影响我们的审美体验;相同的理由,美学观念也可能影响我们的性别观念或者道德观念。一种事物存在于多种关系的交汇之中,并且分别显现出不同的层面,这是正常的状况。①

按照关系主义的观点,在主体间性之外,文学现象似乎还存在着审美间性。在论述了关系主义之于文本和文学现象的意义之后,关系主义在此回到文学创作主体的问题上来、并进一步强调:从文化角度对创作主体——即言说主体——的性质进行认知。文本、话语主体以及阅读者都处在一个复杂的关系网络之中,这个关系网络才是构成文学性质的基础。作为言说主体的人亦是包含在关系网络之内的。② 南帆对言说主体的研究同刘再复用主体性理论对创作主体的研究是具有相似性的。关系主义并不否认创作主体的独立性,它只是从关系主义的角度丰富创作主体的内在属性,它同主体性理论的最大相似之处在于:肯定创作者对意识形态基本框架的突破,希望还原创作主体的本来面目。

借助关系主义的文学认知方式,也有学者从方法论角度对本质主义文学观进行反思。滕翠钦在《理论、创作及文学秩序——从"创作方

---

① 南帆:《文学研究:本质主义,抑或关系主义》,《文艺研究》2007年第8期。
② 南帆在《文学研究:本质主义,抑或关系主义》一文中认为:"可以肯定,言说主体存活的关系网络是整体社会关系的组成部分,这表明意识形态以及各种权力、利益必须将强有力地介入主体的形成,影响'我'的思想倾向、知识兴趣甚至如何理解所谓的'客观性'。对于文学研究——其他研究更是如此——说来,冲出意识形态的包围,尽量培养出自己利益关系的眼光,这是基本的工作训练。然而,摆脱某些关系往往意味了进入另一些关系,文化真空并不存在。无论把这个观点视为前提还是视为结论,总之,'我',言说主体,观察员——这并非关系主义的盲点,而是始终包含在关系网络之内。"

法"看文学的"本质主义"和"关系主义"》一文中认为:"正宗的历史性必须是共时和历时的结合,文学创作和文学研究的'历史感'和'现实感'是防范本质主义的两大屏障。"①其观点证明,从今天的眼光来反思历史问题是当时论争的延续,对于现实理论的充分自省才是理论未来的可靠保障,从而避免理论的倒退。

从哲学层面来看,南帆的关系主义理论不仅来自罗蒂等后现代学者②,其观念内容还类似于大卫·格里芬等人所倡导的建设性后现代哲学。大卫·格里芬等哲学家将人和万物视作关系的组合。将文学视作一个关系的集合体,或是处在复杂关系中的存在物,实质上是对人的本质的回归——"人的本质并非某种抽象物"③。从这个角度来说,关系主义文学观还具有某种神学启示精神。关系主义也对一成不变的二元论文学观提出了挑战,在理论层面为1990年代以后的文学研究打开了新的天地。关系主义文学观的提出有利于学界对文学性质的再认识,它为文学性质的多维认知提供了更多的可能性。关系主义适应了新时期对于文学理论的多元性和复杂性的多重要求,为文学理论的深入和拓展奠定了基础。

总之,关系主义作为新时期文学性质认知的基本维度具有多重意义,其价值在于"关系主义只不过力图处理本质主义遗留的难题而

---

① 滕翠钦:《理论、创作及文学秩序——从"创作方法"看文学的"本质主义"和"关系主义"》,《福建师范大学学报(哲学社会科学版)》2012年第5期。

② 南帆认为,他的关系主义思想来自后现代许多哲学家的启示:"尼采、德里达、福柯、利奥塔、罗蒂、布迪厄等一大批思想家的观点形成了种种深刻的启示……"(参见南帆:《文学研究:本质主义,抑或关系主义》,《文艺研究》2007年第8期。)

③ 南帆:《文学研究:本质主义,抑或关系主义》,《文艺研究》2007年第8期。

已"①。在政治、社会以及其他学科等多种因素的影响下,学界在1980年代和1990年代逐渐建立起来的文学理论体系并不十分完善,其中尚有很多不尽如人意之处。关系主义则承接了新时期文学性质的论争,坚持关系主义理论观点的研究者们希望在错综复杂的社会思潮中寻找到一条可以令文学家、理论家以及读者更能够接受的文学道路。

三、文学本质的多维认知

经过1980年代和1990年代的理论探索之后,21世纪的文学理论在理论内容、批评角度和基本观点方面都更为丰富。跨学科研究进一步加强,传统的文学研究模式和孤立的文学世界观已经难以适应文艺界的要求,复杂多样的文化批判模式则取代了传统的文艺研究。

西方后现代哲学对于新时期文艺理论的影响更为深入,解构主义的译介和传播为中国新时期文学理论带来了新的思想维度。解构主义对一直盘旋在中国文艺批评体系中的"形式——本质"问题进行了解答,它拆解了形式、否定了本质,并将多元、繁复的社会历史以及文化元素引入文学批评和文学理论中。解构主义的批评方法虽然建立在极端、甚至有些偏激的思想基础上,却能够反映深刻的社会问题和复杂的文学现象,新时期文学理论对解构主义的接受也揭示了这一时期主流文化的内在矛盾和新思潮的涌动。

但是,21世纪的中国当代文艺理论家并没有停留在解构主义的话语框架之内,他们开始在西方现代思想之外寻找新的理论维度。一个比较突出的表现是,理论家们开始在中国传统文化中寻找理论资源,重

---

① 南帆:《文学研究:本质主义,抑或关系主义》,《文艺研究》2007年第8期。

新挖掘上古、中古以及明清等各个时期的中国传统理论，并将其运用于文学研究和文学批评当中。从新的文艺研究视角来看，文学的性质不再是一个恒定不变的概念，也不再是一个孤立的研究对象，而是一个具有丰富外延的、变化的、流动的研究范畴。思想的转变极大地促进了文学理论的发展，创作者和批评家不再局限于某个狭小的话语体系中，而是将目光投射到文化共同体的广阔领域，甚至将文学同其他学科联系起来，将多学科研究方法和研究理念应用到文学研究中。

文学的跨学科研究是这一时期文艺理论研究的重要特色，多学科理论的介入促进了文学性质的认知转变和多元思想的建立。从1980年代以来，文学与心理学、社会学和人类学的结合就为多元理论奠定了基础。1990年代之后，跨学科理论几乎成为文学研究的主要手段，研究者通过多学科的理论视角介入文学，并将多种理论应用于解释文学作品、挖掘文学同其他学科之间的内在联系以及重新确立文学的基本概念、内涵和性质等。语言学、心理学、生态学、人类学、社会学、伦理学等理论资源都深刻影响了文学研究。跨学科语境包括了诸多方面，如文学人类学、生态文艺学（环境美学、生态美学、生态伦理学）、文学政治学等，再加上1980年代的文艺心理学、文学语言学等，跨学科研究几乎完全摆脱了传统的理论模式。

对1980年代文学问题的回顾是21世纪文学理论自我调适的一个重要步骤。这一时期的文学理论试图从新的学科角度对旧的文学问题进行多角度诠释，例如从伦理学、文学政治学角度重新认知文学性质问题。

王元骧在《重审文艺与政治》对文学和政治的关系再次进行反思，他认为，文学和政治之间并不"绝缘的"，相反，文学和政治应当存在有某种结合的机制："我们把政治与伦理统一起来，把政治意识看作也是一种公民意识，亦即个人作为国家的公民对国家、社会和人民大众的责任意识和使命意识。"①王元骧的观点是对1980年代文学和政治关系论争的整合,他引入伦理学理论来解释文学和政治的关系,他希望能够将此作为文学和政治的结合点,重审文学性质问题。他的观点介于完全取消文学的政治性和文学完全服务于政治两种态度之间,他既不认为文学是独立于政治体制之外,也不认为文学是政治的工具。他希望文学和政治的关系最终能够"从他律的化为自律的,强制的化为自愿的,从工具论、从属论化为本体论,使文艺与政治之间达到内在的有机的统一"②。同1980年代一些激进的文学理论相比,王元骧的观点显得相对谨慎,他对文学和政治的结合持比较肯定的态度,他的观点也代表了部分学者在经历文学本质问题大讨论之后对文学本质问题的冷静思考。

在《文学"向内转"由外而内的"去政治化"策略研究》一文中,刘锋杰引入跨学科观点、从文学政治学的角度来重新解读"向内转"及其隐含的政治意义。刘锋杰认为:"'向内转'看起来是一个心理学意义上的命题,其实,受政治语境的统制,无论从历史的层面,还是从现实的层面上讲,它都可能是一个文学政治学意义上的命题。"③从政治话语角度看待"向内转"及其理论观点并非理论创新,因为"向内转"背后的政治内涵同当时的社会历史背景密不可分,无论是该理论的提出者、支持者,还是批评和反对者,对该问题的认知都带有浓厚的政治色彩。但是,刘锋杰对其政治意义却做了比较深入和细致的阐释,他对这一问题的分析角度也比较独特。他认为,"向内转"带有去政治化"策略",并通过三种方式实现:"涉及时代背景的是从'斗争说'到'建设说',涉及思想内容的是从'外在真实'到'内在真实',涉及文学功能的是从政治

---

①② 王元骧:《重审文艺与政治》,《学术月刊》2009年第10期。
③ 刘锋杰:《文学"向内转"由外而内的"去政治化"策略研究》,《文艺理论研究》2010年第2期。

功用到心理功用。"①避而不谈"向内转"的文学价值,而是深入其文学背后的政治话语,这一研究方法迥异于1980年代的研究思路,是对文学性质认知方式的某种突破。从文学政治学维度来重申"向内转"理论,该理论所具有的时代意义便丰富起来:"'向内转'的去政治化策略运用,使得它在文学与政治关系的论争中占据了上风,这主要受惠于时代话语的变迁,得益于思想解放运动的波起涛涌。"②一旦被放置在社会、历史和政治的关系网络中,"向内转"便拥有了更为丰富的内涵,甚至超越论争本身,反对和支持的声音不再是两个对立面,相反,两者相互结合、建构起一个相对完整的"向内转"的文学话语体系。

从1990年代末到21世纪的文学理论发展来看,文学的性质及其世界观问题已经不再成为文学研究的重点,取而代之的是方法论的拓展和多元理论的介入。在大部分批评家和研究者眼中,文学已经不再是一个孤立的概念,而是大的文化研究范畴之下的文化现象之一,它从属于文化关系网络,体现文化关系的丰富性和复杂性。文学处在各种复杂关系的交汇点上,它连接着精神活动和实践领域的诸多方面。

在多元文化关系网络中,文本、创作者和接受者再次失去"主体性",主体这一概念本身都变得模棱两可,不再是一个固定的范畴。从主体性走向主体间性,意味着新时期文学从一元走向多元、从封闭走向开放、从前现代走向后现代。就新时期文学发展现状来看,这一过程虽然尚未完成,但是,理论创新和多维认知已经完全为时代所接受(无论是被迫的、还是主动的),传统的理论和研究方法都不再是文学研究的绊脚石,传统理论所关注的文学性质问题不再成为"问题",或者只作为文学理论诸多问题中的一个,它同其他理论问题共同构成了某种综

---

①② 刘锋杰:《文学"向内转"由外而内的"去政治化"策略研究》,《文艺理论研究》2010年第2期。

合的文学理论研究范式。

综上所述,关系主义文学观是对新时期各种文学论争和思想观点的尝试性调整。关系主义既不轻易否定任何一种文学理论及其基本主张,也不陷落于单一文学话语的框架和限定之内。它强调从多种维度去阅读文学作品、分析文学现象,并借此反思社会和历史问题,它在精神上响应后现代哲学对于世界的思考,却又在实践上不耽于解构和破坏,关系主义旨在还原文学研究、丰富理论探索。关系主义所处的历史时期可以被视作新时期文学理论的调适阶段,在反思和建构的基础上,21 世纪的理论家们对 1980 年代所引起的、至今仍然存在一定争议的理论问题进行反思,尽可能规避偏狭或独断,促进文艺研究走向多维语境。

小　结

从本质主义到反本质主义再到关系主义,新时期文学理论经历了复杂的探索阶段:1980 年代的勇气、1990 年代的沉思以及 21 世纪的调适,观念的变化和思想的绵延组成了文学性质的认知史。

1980 年代的文学论争具有史诗般的气魄和宏伟的场景,它包含焦虑、憧憬以及冲破羁绊的愿望。在相对宽容的学术氛围里,1980 年代的创作界和理论界暂时摆脱压抑,精神走向自由。1980 年代的每一次论争都促进了理论的延展和深入,许多新思想正是在论争中诞生的,无论是反对的声音还是支持的话语,都成为这股不可抗拒的精神潮流的一部分。1980 年代对中国文学理论界的影响几乎跨越了新世纪,一直延续到今天。

相比而言,1990 年代更像一个过渡期——被迫从狂欢走向沉思。

当部分学者还在为如何打破旧的理论传统而喋喋不休之时,西方现代理论已经在中国文艺界的土壤中悄然扎根。学界开始重新审视1980年代引入的理论资源(包括现代性理论和后现代理论等),希望从中发掘新的理论增长点。1990年代文学理论的变化并非通过革命的办法来实现,而是在无意识层面以潜移默化的方式进行:1980年代的挫败余音绕梁,1990年代的新理论承担起抚平创伤的工作。

直到文化研究以混沌的气势囊括所有问题、并且将理论像"大乱炖"一样熬煮之后,新的理论已经不再有一石激起千层浪的气势,文艺界也不再像1980年代那样如饥似渴。但是,新理论的影响却并没因此而低落,相反,借助跨学科的热潮,理论研究不再成为狭隘的学科划分的牺牲品,大概念之下的理论研究和跨界视野模糊了学科的界限,构建起一种更为丰富、更具包容性的话语尺度。

第四章
马克思主义文论的中国化

任何一种理论在它旅行的过程中,必须与当地特有的政治、经济、文化、传统等社会历史因素相结合。客观上,并不存在一种纯粹的原生态的马克思主义。这样看来,产生在中国的马克思主义文论,本就是马克思主义文论中国化的产物。我们讲马克思主义的中国化,一个原因是毛泽东早就产生了理论的自觉,认识到把马克思主义和中国革命实践有机结合的必要性;另一个原因是新时期以来,中国面临着新的历史发展机遇,必须要解释新的现实问题,创新马克思主义才能找到合适的解释方式。文论作为意识形态国家机器的组成部分,如何投入到这潮流中,成为摆在理论研究者面前的新课题。这个时候,提出马克思主义文论的中国化或马克思主义文论的再出发,就有着历史的必然性。

总体上,马克思主义文论在我国的传播与发展,大体可划分为1920—1949年、1949—1978年、1978—2009年三个时期。第一个时期的特点是"从介绍马克思主义文艺理论的部分观点到走向全面而系统的介绍,并逐步与中国文艺实践相结合,高峰是产生了毛泽东文艺思想";第二个时期("前三十年")的特点是"在全面介绍马克思主义文艺理论文献的基础上,突出了对毛泽东文艺思想的宣传和普及,并开始建构中国特色的马克思主义文艺理论教科书。其间也存在'左'倾教条主义和庸俗社会学的严重干扰"①;第三个时期("后三十年"),马克思主义文论的中国化开始"高举邓小平文艺理论旗帜,批判'左'倾错误路线,拨乱反正,解放思想,实事求是,在传播当代中国的马克思主义文论上做了更深入更全面的工作,为建设当代中国的马克思主义文艺理论体系做出了新的努力"②。

第三个时期又可划分为三个阶段:第一个阶段是1978—1989年,有两个特点:其一,对马克思主义经典论著的研究,改变了以往仅仅以"坚持"、阐释为重点的消极、保守的思想倾向,提出"一要坚持,二要发展"的原则,由此引发了许多有价值的探讨。其二,随着极左思想的不断破除,西方哲学、美学、文艺思潮全面涌入,中国马克思主义文论的"西马"色彩越来越重,"苏马"色彩越来越淡。第二个阶段是1990年前后至20世纪末,有三个特点:其一,从宏观上看,有名望的理论家试图对百年来马克思主义文论中国化的进程做一回顾、梳理、总结和反思。其二,从微观上看,相关领域的研究者希望通过对局部重要问题的精细研究,为总体理论建设提供学术资源。其三,从学科建设上看,如何整合古典文论、现代文论、外国文论,使之有机融入中国马克思主义文论之中,成为摆在面前的任务和难题。第三个阶段约指21世纪的前十年,有两个特点:其一,中国问题意识升温。马克思主义文论中国化的进程以解决中国自身的文艺问题乃至社会问题为旨归,这是现实对中国马克思主义文论建设提出的要求。其二,当代中国马克思主义文论一方面在回归传统,另一方面也在走向世界。所谓回归传统,是指中国的马克思主义文论要继承并充分地吸收中国古代、现代文论的优秀成果;所谓走向世界,是指中国的马克思主义文论建设要坚持对于国外

---

①② 张炯:《马克思主义文艺理论及其面临的挑战》,《文艺报》2009年5月23日。

文论的引介、学习和研究,并以中国马克思主义文论的研究成果和国外文论界进行广泛而深入的交流。本章内容集中讨论第三个时期。

第三个时期的马克思主义文论研究,有四个方面的问题得到了广泛关注,并取得了实绩:即文学与人学、人道主义的关系问题;文学与意识形态的关系、审美意识形态的文学观问题;艺术生产问题;实践论的及审美实践论的文学观问题。除此之外,还有现实主义问题、与古代文论的结合问题、与形式主义文论的关系问题,也相当重要,我们将在存在的问题一节中予以说明,以期勾勒今后研究的大致方向。

第一节 马克思主义文论的再出发

马克思主义文论在中国的传播与接受,几乎与马克思主义学说在中国的传播与接受同步。学界较一致的看法认为,马克思主义学说于1898年传入中国,马克思主义文艺思想于1903年开始为中国所了解。[①] 客观讲,马克思主义学说及其文艺思想来到中国的那一天起,就存在着中国化的问题。但是只有认识到马克思主义及其文艺理论必须与中国特殊的国情、革命形势相结合,并以之作为指导中国革命实践的指南,才能说马克思主义及其文论的中国化成为一种理论上的自觉追求。

一、简单的历史回顾

较早、较明确谈论马克思主义中国化问题的是毛泽东。1938年10月14日,毛泽东就如何学习马克思主义和如何对待民族遗产问题时指

---

① 季水河:《百年反思:20世纪马克思主义文艺理论在中国的传播、发展与问题》,《湖南师范大学社会科学学报》2005年第1期。

出："马克思主义的中国化,使之在其每一表现中带着必须有的中国的特性,即是说,按照中国的特点去应用它,成为全党亟待了解并亟须解决的问题。"①这段话中的"马克思主义的中国化"后来被修改为"使马克思主义在中国具体化"。② 1942年,毛泽东在《在延安文艺座谈会上的讲话》(本章以下简称《讲话》)中,针对当时的文艺活动提出了一系列指导性意见,成为马克思主义文论中国化的第一个重要成果。毛泽东所谓马克思主义中国化的核心思想是：马克思主义必须与中国的具体特点相结合,必须使马克思主义的普遍真理和中国革命的具体实践完全地、恰当地统一起来。这种结合必须通过一定的民族形式来实现,应具有为中国老百姓所喜闻乐见的中国作风和中国气派。

1958年,在河北省文艺理论工作会议上,周扬发表题为《建立中国自己的马克思主义的文艺理论和批评》的讲话,明确提出,马克思主义文艺理论与批评必须同我国的文艺传统和创作实践密切结合。讲话发表时被编辑冠以《建立中国自己的马克思主义的文艺理论和批评》的题目。③ 中国化的马克思主义文论,马克思主义文论的中国化,由此而来。

新时期伊始,1978年12月26日,全国马列文论研究会在武汉成立,这是中共十一届三中全会后最早成立的一个全国性学术团体,标志着学界对于重新研究马克思主义文论形成了一定程度的共识。1979年11月,周扬在中国文学艺术工作者第四次代表大会上的报告中指出："我们应当为丰富和发展马克思主义文艺理论和毛泽东文艺思想做出自己的贡献。"④当月20日,《人民日报》刊登周扬《继往开来,繁荣

---

① 毛泽东：《论新阶段》,《解放》周刊1938年11月25日。
② 《毛泽东选集(第2卷)》,人民出版社,1991年,第534页。
③ 周扬：《周扬文集(第3卷)》,人民出版社,1991年,第29页。
④ 同上,第191页。

社会主义新时期的文艺》一文,文章指出:"我们必须用历史唯物主义对美、美感这种现象,对美的产生和美的发展,做出科学的说明,形成一个中国的马克思主义列宁主义美学体系。"①1980年5月,在全国文学期刊编辑工作会议上,周扬再次提出要建设具有民族特点的马克思主义文论。1983年5月,在接受《社会科学战线》记者采访时,周扬集中阐述了关于建设具有中国民族特点的马克思主义文论的问题,提倡把马克思主义关于文艺的基本理论同中国古代文论结合起来进行探讨,指出建设中国的马克思主义文艺理论,要在我们民族的基础上进行。②周扬的系列讲话对于新时期马克思主义文论建设具有重要参考价值。

2007年,中共十七大召开,大会报告提出了马克思主义的大众化问题,与此相应,马克思主义文论中国化问题被文学理论界重新提上日程。2007年10月,马列文论学会在山东聊城专门举办了一期马克思主义文论中国化的年会。2008年,在华中师范大学召开的"马克思主义文论与21世纪"学术会议前夕,老一辈马克思主义文艺理论家陆梅林给会议的贺信就是《进一步推进马克思主义文艺理论中国化进程》,至此,马克思主义文论的中国化重新开始成为学界的热点问题。

总结马克思主义文论中国化这一热点问题或曰论域的形成,原因有二:其一,21世纪以来,我国文化、文艺发展过程中出现了大量新现象,迫切需要从马克思主义的立场和方法出发对之进行分析和评价。反过来看,传统马克思主义文论已经不能适应这样的一个要求。因此,如何参照现实发展所需,通过对各种思想资源的发掘和整合,促进马克思主义文论的学术研究,增进马克思主义文论在整个文论学科中的引

---

① 周扬:《继往开来,繁荣社会主义新时期的文艺》,《人民日报》1979年11月20日。
② 汪介之:《周扬与马克思主义文论在中国的传播》,《南京师范大学文学院学报》2005年第1期。

领作用,便被凸显出来。其二,马克思主义作为一级学科的创建,尤其是马克思主义中国化作为其中一个二级学科的创设,以及马克思主义"中国化、时代化、大众化"的提出,催生了这一热点问题的形成。①

二、译介与研究情况综述

回顾、梳理已有的研究成果可以发现,新中国的文论建设,把译介马克思主义经典作家的文艺著作放在首位。前三十年,主要翻译苏联学者辑录的马恩论文艺、列宁论文艺的相关著作。后三十年,才开始有中国学者自主选编马克思主义经典作家的文艺论著,这标志着中国马克思主义文论研究进入一个新阶段,从对苏联文论的单纯借鉴转移到全方位地研究全球马克思主义文论,重点研究了长期被忽视的欧美国家的当代马克思主义文论。②

1979 年,随着中文版《马克思恩格斯全集》第 42 卷的出版,马克思恩格斯思想中许多被人为遮蔽的内容开始为我国学术界所注意。在选编出版的马克思主义经典文艺论著中,陆梅林辑注的《马克思恩格斯论文学与艺术》和中国社会科学院文学研究所文艺理论研究室所编《列宁论文学与艺术》比较有代表性。冯宪光指出:这两本书是 1980 年代中国翻译、出版马恩、列宁经典文艺论著的重要成果,成为 1980 年代以来中国学者研究马克思主义文论的必备、必读书籍。这两部书在选编上突出的马克思美学思想、马恩的现实主义文艺思想、列宁的能动反映论、艺术属于人民等重要思想,对于中国建设新时期的文学理论有重要的指导作用。③

---

① 党圣元:《马克思主义文论中国形态化的问题意识及其提问方式》,《贵州社会科学》2012 年第 9 期。
②③ 冯宪光:《六十年马克思主义文学理论的译介和研究》,《社会科学战线》2009 年第 10 期。

改革开放也为中国更为广泛地译介、研究国外马克思主义文论提供了前所未有的广阔空间。1978年,高尔基的《论文学》(孟昌等译,人民文学出版社),卢那察尔斯基的《论文学》(蒋路译,人民文学出版社),沃罗夫斯基的《论文学》(程代熙等译,人民文学出版社)先后出版,1979年,高尔基的《论文学(续集)》出版(孟昌等译,人民文学出版社),1982年,梅林的《论文学》出版(张玉书译,人民文学出版社),1984年,《普列汉诺夫哲学著作选集》第五卷出版(曹葆华译,三联书店),这些著作的翻译出版,成为研究早期马克思主义文论家的重要资料。此外,由于新时期确立了"实事求是"的思想路线,提出了"一要坚持,二要发展"的指导原则,马克思主义经典文论的研究工作取得一定的实绩。1981年,李思孝的《马克思恩格斯美学思想浅析》出版,1983年,陈辽的《马克思恩格斯文艺思想初探》,董学文的《马克思与美学问题》出版,嗣后,《马恩美学思想论集》《马克思主义文艺思想论集》《马克思主义文艺理论研究》论丛多卷(陆梅林、程代熙主编)等著作出版,大都是对传统命题的进一步阐发。[①]

除经典马克思主义文论和苏联马克思主义文论之外,欧美国家的马克思主义美学、文艺学研究成果也很快进入中国学界的研究视野。1980年,英国人柏拉威尔的《马克思和世界文学》(生活·读书·新知三联书店)在中国翻译出版,为中国学界了解欧美马克思主义文论的研究状况提供了第一批资料。书中有两个观点为中国学者拓展了视野:其一,马克思文艺思想是一个发展演化、逐渐成熟的过程,因此具有其丰富性和复杂性,任何简化的做法都不是正确的态度。以此看来,新中国前三十年强调文学的党派性、阶级性就有着片面理解之嫌。马克思从来也不否认非意识形态、非党派、非阶级文学的存在,也从来不

---

① 汤学智:《辉煌的20年——新时期文学理论研究述评》,《社会科学战线》1998年第1期。

否认这种文学的意义和价值。其二,除了马克思、恩格斯、列宁、普列汉诺夫、梅林之外,为建构马克思主义文论做出贡献的还有卢卡奇、布莱希特、葛兰西、本雅明、戈德曼、沃尔佩、马歇雷等人。因而只通过苏联来认识、理解马克思主义文艺思想显然是片面的、不科学的。欧美马克思主义及其文艺思想理应纳入中国学者的研究领域。我们现在可知,从卢卡奇开始的一系列国外马克思主义学者已经成为新时期以来中国学者非常重要的研究对象,而且这个名单还在不断扩展当中。同年,伊格尔顿的《马克思主义文学与文学批评》"内部发行"出版,成为新时期出版的第一部西方马克思主义文论专著。随后,1980 年出版《卢卡契文学论文集(一)》(中国社会科学出版社),1981 年出版《卢卡契文学论文集(二)》(中国社会科学出版社),1983 年出版葛兰西的《论文学》(人民文学出版社),成为最早一批翻译进入新时期的西方马克思主义文论著作。

1988 年,陆梅林选编的《西方马克思主义美学文选》(漓江出版社)出版。书中节选了卢卡奇的《历史和阶级意识》和佩里·安德森的《西方马克思主义探讨》。这两部作品,一部开启了"西方马克思主义",一部总体概述了"西方马克思主义",成为此后中国学界厘定"西方马克思主义"的基本典籍和重要依据。此外,书中还分别选入了布洛赫、本雅明、马尔库塞、费歇尔、阿多诺、勒斐伏尔、萨特、阿尔都塞、戈德曼、马歇雷、威廉斯、伊格尔顿、詹姆逊等十三位 20 世纪国外马克思主义理论家的文论,这为中国学界比较全面地了解国外马克思主义文论的发展研究现状提供了一个很好的平台。1990 年,董学文、荣伟主编的《现代美学新维度——"西方马克思主义"美学论文精选》(北京大学出版社),扩大了国内对国外马克思主义文论原始材料的占有。1982 年,吴元迈发表《关于马克思恩格斯的文艺遗产——西方对马恩文艺遗产的研究的历史考察》一文,该文除深入评介苏联对马恩文艺遗产的研究外,还着重评介了欧美学者对马恩文艺思想的研究,在批驳了否定马克思主义文艺思想科学性的"马克思学"后,肯定了欧美学者对马克思主义文艺思想研究的新见。这是改革开放后较早、较为客观、全面地理解西方马克思主义文论的论文。① 1988年,冯宪光著《西方马克思主义文艺美学思想》(四川大学出版社)出版,成为国内第一部系统论述西方马克思主义文艺美学思想的专著。

进入1990年代,王逢振和美国学者米勒主编了《知识分子图书馆》丛书(中国社会科学出版社,1998—2003)。丛书陆续译介出版了葛兰西、本雅明、威廉斯、詹姆逊、伊格尔顿等西方马克思主义学者的文论及相关学科的专著,研究的领域和学科涉及文学、哲学、历史、社会学、政治学、人类学、传媒影视等。丛书是对陆梅林选编的《西方马克思主义美学文选》(1988)的全面扩充和深化。2004年,王逢振主编的《詹姆逊文集》(中国人民大学出版社)出版,成为国内首次出版的当代西方马克思主义理论家的文集。《哈贝马斯文集》也在陆续翻译出版中。

1990年代,马克思主义经典文论研究领域出现了一批较有分量的论著,如吕德申主编的《马克思主义文艺理论发展史》(1990),将视野从马克思、恩格斯扩展到列宁、斯大林、毛泽东以及拉法格、梅林、普列汉诺夫、卢那察尔斯基、高尔基、瞿秋白、鲁迅等人,形成马克思主义文论的发展、开放的历史系统。陆贵山、周忠厚主编《马列文论导读》(1991),分"马列文论与客观文艺学""马列文论与艺术规律""马列文论与社会主义文艺"三篇,详细评述,思路独特,具有系统性,并提出了一些有价值的理论问题。狄其骢、谭好哲主编《马克思恩格斯艺术哲学》(1991),注重哲学美学的探讨,认为"审美理想是融贯马、恩艺术哲

---

① 吴元迈:《关于马克思恩格斯的文艺遗产》,《江淮论坛》1982年第5期。

学诸多方面的内容和观点的主线和灵魂",自成一种说法。赵宪章主编《马克思主义文艺美学基础》(1992),在对经典马克思主义文艺美学思想进行历史考察和论析的同时,增加了对西方马克思主义美学的批判性介绍,这是较早地把西方马克思主义文艺美学思想纳入整体的马克思主义文艺美学体系的一次尝试。陆梅林著《唯物史观与美学》(1991)主要是对马克思主义美学的专题研究,显示了独到的识见。在这一领域中著述较丰的是李衍柱,他的《马克思主义典型学说史纲》(1989)、《马克思主义文艺理论在中国》(1990)和《毛泽东文艺思想概论》(1991)各有特色,前二者不仅从选题上别开新路,在结构、叙述和理论上也力求系统、完整、严谨,弥补了研究中的空缺;后者研究毛泽东文艺思想,史、论结合,尤其对其逻辑中心和价值取向的分析颇有见地。[①] 另外,在国外当代马克思主义文论研究方面,初步形成了一个由中青年学者为主体的相对稳定的研究队伍。冯宪光、刘象愚、马驰等注重国外马克思主义文论的总体研究,朱立元等侧重国外马克思主义文论与后现代主义的关系研究,罗钢、汪民安、陆扬等着力于国外马克思主义文化研究,赵勇等用力于法兰克福学派研究,王杰等研究英国马克思主义文论。还有一些学者选择研究某一位理论家,如黄力之等的卢卡奇研究,王逢振等的詹姆逊研究,曹卫东等的哈贝马斯研究,程巍等的马尔库塞研究,马海良等的伊格尔顿研究,孟登迎等的阿尔都塞研究,所获得的研究成果对于中国化的马克思主义文论建设有着重要的借鉴意义。[②]

2012年,程正民、童庆炳合作主编"20世纪马克思主义文艺理论国

[①] 汤学智:《辉煌的20年——新时期文学理论研究述评》,《社会科学战线》1998年第1期。

[②] 冯宪光:《六十年马克思主义文学理论的译介和研究》,《社会科学战线》2009年第10期。

别研究"丛书 7 卷本出版,详细展现了中、俄、英、美、法、德、日诸国的马克思主义文艺理论研究方面的新形态、新问题。钱中文指出:这套丛书是对 20 世纪世界范围的马克思主义文艺理论成就、问题的一个总结性的详尽描述,一个综合性的理论总结,堪称一部 20 世纪全景式的马克思主义文艺理论发展史。这样全面性的介绍、大规模的综合研究,在中国自然是第一次,在世界范围内也属首创。此外,冯宪光教授主编的研究外国马克思主义文艺理论专题性的丛书,朱立元教授主编的实践存在论美学丛书的出版,一改 20 世纪 80—90 年代死气沉沉的注释派和"西马非马""唯我独马"的文风,提出了新的思想、新的思路,展现了新的面貌,使得我国马克思主义文论研究真正活跃起来了。它们促进了我国马克思主义文论思想的进一步的中国化,从而也显示了中国马克思主义文艺理论研究的独创性、中国气派和强大的生命力。①

三、教学与教材情况概观

中国马克思主义文论教学大体上经历了三个发展阶段:第一个阶段是 20 世纪 60—70 年代。这个时期马克思主义文论作为学科刚刚形成,并开始纳入高等学校文科教学范围。马克思主义文论的整理和宣传,在 20 世纪 40 年代的延安时期已经开始,如周扬等人编辑的《马克思主义与文艺》。但是,马克思主义文论还没有成为一门独立的学科,更谈不上把它纳入高等学校的教学范围。1954 年春至 1955 年夏,毕达科夫在北京大学中文系为文艺理论研究生讲授"文艺学引论",主要讲述马克思、恩格斯、列宁、斯大林关于现实主义、悲剧等几封信以及关于文学艺术和作家艺术家的讲话。之所以只讲授这些零散的书信、讲话,原因在于当时并没有把马克思主义文论作为一个完整的体系来看

---

① 钱中文:《国别史与当前马克思主义文论的中国贡献》,《中国图书评论》2012 年第 10 期。

待。1958年高教出版社正式出版了毕达科夫的讲稿。毕达科夫的文艺思想对于新中国高校文学理论教材的编写，影响巨大而深远。

第二个阶段是20世纪80—90年代，属于马克思主义文论教学的确立期。苏联文论家米·里夫希茨主编的《马克思恩格斯论艺术》第一版（1957）和第二版（1976）分别翻译出版以后，中国部分学者经过探讨和争论，初步形成共识，认为马克思主义文论是一个比较完整的理论体系，在这种共识的推动下，陆梅林辑注的《马克思恩格斯论文学与艺术》（人民文学出版社，1982），杨炳编的《马克思恩格斯论文艺和美学》（文化艺术出版社，1982），中国社会科学院文学所文艺理论研究室编的《列宁论文学与艺术》（人民文学出版社，1982）等一批系统介绍马克思主义文论的著作先后出版，为马克思主义文论作为一个完整体系进入高等学校教学范围创造了条件。不过，当时中国的马克思主义研究把西方马克思主义排斥在视野之外，认为"西马非马"，因此，当时的马克思主义文论也主要是讲述马克思、恩格斯、列宁、斯大林、毛泽东的论著。这个时期在全国高等院校的中文系、艺术系大多都有马克思主义文论课程。

第三个阶段是20世纪末至今，属于马克思主义文论教学的拓展期。出现了一些颇具特色的马克思主义文论教材，如陆贵山、周忠厚主编的《马克思主义文艺学概论》（花山文艺出版社，1999），复旦大学中文系文艺理论教研室编著的《马克思主义文艺理论发展史》（中国文联出版公司，1995），张玉能主编的《马克思主义文论教程》（华中师范大学出版社，2005），周忠厚、边平恕、连铗、李寿福主编的《马克思主义文艺学思想发展史》（中国人民大学出版，2007）等。特别值得一提的是纪怀民、陆贵山、周忠厚等编写的《马克思主义文艺论著选讲》（中国人民大学出版，1982），到2007年，这个教材经过反复修改，已经出了四版，成为开设马列文论课程选用最为普遍的教材。另据不完全统计，近二三十年编写的马列文论教材总计不下五六十本,有概论型、选编型、导读注释型、发展简史型等多种编写体例。

这一时期,学者们的认识已经突破了"西马非马"的框框,关注和研究的对象也不再局限于马克思主义经典作家的论著之内,而是把马克思主义文论作为一个不断发展、演化、完善的动态系统来看待。马克思主义文论的教学不仅聚焦于马克思主义经典作家,而且关注卢卡奇、葛兰西、阿多诺、本雅明、阿尔都塞、伊格尔顿等,还讲述一些早期马克思主义文论家的文论思想如普列汉诺夫、高尔基、鲁迅、瞿秋白、周扬等。这样,马克思主义文论的研究与教学就被大大拓展了。①

从马克思主义文论的译介、教学和教材的编写情况看,中国的马克思主义文艺学,其实就是不断推进马克思主义文论的中国化。这个特点是由中国的历史条件和中国共产党的理论风格所决定的,是由立足中国和世界实际、破除社会和文艺发展难题的现实需要所决定的。②中国革命的胜利和社会主义建设的推进,所依靠的正是马克思主义和中国实际的相结合,马克思主义文论的中国化就产生在这样一个大的历史背景之下。这个工作从新民主主义革命阶段就在持续地进行,《讲话》的诞生是马克思主义文论中国化的第一个成功标志。但在特定的历史时期,"出现过把毛泽东文艺思想当作马克思主义文艺学中国化的全部,用毛泽东文艺思想具体论述来取代马克思主义文艺基本原理的情况"③。因此,新时期重提马克思主义文论的中国化,就是要坚持"把理论应用于本国的经济条件和政治条件"④,"恢复马克思主义

---

① 张玉能:《论马克思主义文论的创新型教学》,《青岛科技大学学报》2010年第6期。

②③ 董学文:《马克思主义文艺理论六十年》,《文艺理论与批评》2009年第5期。

④ 《马克思恩格斯选集(第4卷)》,北京:人民出版社,1995年,第669页。

文艺理论与中国文艺学说、文艺实践的深度结合,继续走综合创新之路"①,以利于破除当下社会和文艺发展中所遇到的困境。

第二节 从"阶级论"到"人性论"的文学观

在中国现代文论发展史上,有两条对立的线索值得注意,一条是"人的文学",另一条是"人民文学"。人的文学承传自"五四"新文化运动,是文学革命的核心观念,支撑起人性论的文学观;人民文学是对革命文学的理论总结,以《讲话》为开端和标志,为阶级论的文学观提供理论支持。

学界一般认为,以"文艺大众化"为核心的《讲话》是马克思主义文论中国化的第一个成功范本。在革命战争年代,把文艺作为无产阶级总体事业的一部分,发挥其唤醒阶级意识的政治功能,履行民族解放国家独立的历史使命,这是文艺不可推卸的责任。以文艺大众化作为核心的《讲话》,其理论贡献也正在于此。如周扬所言:《讲话》给革命文艺指示了新方向,它是中国革命文学史、思想史上一个划时代的文献,是马克思主义文艺科学与文艺政策的最通俗化、具体化的一个概括,因此,又是马克思主义文艺科学与文艺政策的最好的课本。② 同时应该认识到,《讲话》因为自身的历史局限性,需要进行持续的修正。新时期,伴随着马克思主义文论的再出发,毛泽东的文艺大众化思想需要被重新解读。具体可以分解为这样几个相互关联的问题:其一,阶级性和普遍人性的问题;其二,马克思主义与人道主义关系问题;其三,马克

---

① 董学文:《马克思主义文艺理论六十年》,《文艺理论与批评》2009年第5期。
② 周扬编:《马克思主义与文艺》,作家出版社,1984年,第1页。

思主义人学是否可以作为建立马克思主义文论的基础。

一、阶级性与人性

《讲话》指出:"有没有人性这种东西？当然是有的。但是只有具体的人性,没有抽象的人性。"①毛泽东用阶级情感完全取代人类普遍情感,这在逻辑上是以偏概全的。无论从哪一个角度看,我们都无法否认普遍人性的存在。孟子讲人皆有不忍之心,这个就是普遍抽象的人性。问题在于,毛泽东为什么要否定这种普遍人性呢？其担心在于,如果承认普遍人性的存在,承认不同阶级之间的人有怜爱之心,就会模糊阶级之间的界限,弱化阶级之间的矛盾和仇恨。革命斗争从根本上讲就是阶级之间的斗争,动力和源泉就来自于阶级之间的矛盾和仇恨,如果否定了阶级矛盾和仇恨,事实上也就动摇了阶级之间的对抗与阶级之内的团结,最终将会动摇无产阶级的革命事业。在这种情况下,革命事业是不能承认普遍人性的。

就文学而言,如果承认普遍人性,则光明的和黑暗的都要写,积极的和消极的都要写,阶级的要写,非阶级的也要写,这样写固然是艺术所追求的,但一定是革命所不允许的。这样的写法不仅会动摇政治标准第一、艺术标准第二的批评原则,更严重的是有可能会使文艺从革命的总体事业当中脱离出去。如果文艺不再服务于革命事业,革命事业的最终胜利将会受到巨大影响。正是因为预见到了这种危险性,毛泽东要否定普遍人性的存在。这种否定普遍人性、歌颂革命斗争的做法对于党的事业或许是有着帮助的,但是对于文艺活动本身的负面影响也是巨大的。排除了对普遍人类情感的表现,文学不仅陷入了极度政治化的片面之中,也产生了概念化、公式化的顽疾,只成为服从的工具,

---

① 《毛泽东选集(第3卷)》,人民出版社,1991年,第870页。

而难以有思想与艺术上的超越性追求。

1957年,在"双百方针"的鼓舞下,巴人的《论人情》、王淑明的《论人性与人情》与钱谷融的《论"文学是人学"》等相继发表,他们肯定人性、人情的客观存在,肯定文学创作就要表现人性、人情,旗帜鲜明地倡导人道主义。但是随着反右运动的到来,这些人性论的观点遭受到了严厉批判与无情打击,文论界重回阶级论的桎梏之中。

在新的历史时期,为了推动党领导下的中国特色社会主义建设,需要适度的思想解放,需要为文学艺术松绑,人性、人道主义问题遂被重新提出,中国马克思主义文论面对文艺现实和社会现实开始了又一次勇敢尝试。

1979年,朱光潜发表《关于人性、人道主义、人情味和共同美问题》一文,指出:"人性和阶级性的关系是共性与特殊性的关系。部分并不能代表或取消全体,肯定阶级性并不是否定人性。""人道主义在西方是历史的产物,在不同的时代具有不同的具体内容,却有一个总的核心思想,就是尊重人的尊严,把人放在高于一切的地位。""马克思不但没有否定过人道主义,而且始终把人道主义与自然主义的统一看作真正共产主义的体现。"表明在新形势下,文论界欲以"共同人性、共同美感"取代狭隘的阶级性、阶级情感,冲破人道主义禁区。随后,1980年1月,程代熙发表《人学·人性·人情》(《光明日报》,1980年1月9日);5月,汝信发表《人道主义就是修正主义吗?》(《人民日报》,1980年8月5日),都在为人道主义进行辩护,认为人道主义"泛指一般主张维护人的尊严、权力和自由,重视人的价值,要求人能得到充分的自由发展等等的思想和观点","就是主张要把人当作人来看待,人本身就是人的最高目的,人的价值也就在于他自身。""马克思主义学说本身,则不仅不忽视,而且始终是以解决有关人道主义问题作为自己的出发点和中心任务。"程代熙也撰文表示:"共同人性是一个历史范畴,是随着历史的变化而变化,随着社会的发展而发展的。世界上不存在固定不变的共同人性。在阶级社会,人性既具有阶级性、社会性,又具有共同人性,它们相反相成,浑然一体。"①钱中文认为,人性主要指共同人性,它和阶级性一样,是现实的人的根本特征。②

在讨论中,钱谷融的《〈论"文学是人学"〉一文的自我批判提纲》绕开了对人性、人道主义等概念的抽象讨论和界定,明确提出:文学既然以人为对象,当然非以人性为基础不可,离开人性,不但很难引起人的兴趣,而且也是人所无法理解的。在文学领域,一切都是为了人,一切都是从人出发的。一切都决定于作家怎样描写人,对待人。文学的任务,主要应该是影响人,教育人。应该是鼓舞人们去改造现实,改造世界,使人们生活得更好,而不在于反映现实。因为人是社会现实的焦点,是生活的主人,所以抓住了人,也就抓住了现实,抓住了生活。你只要真正地写出了人,写出了人的个性,就必然也写出了这个人所生活的时代、社会和当代复杂的社会阶级关系,就必然也反映了整个现实。③钱谷融的诠释为我们理解文学提供了全新的人学视角,即从个体的人、现实的人来看待人性,看待文学。王蒙则指出:"不敢描写具体的活生生的人性的文学作品,将不可避免地导致创造的模式化、概念化,从而走向反艺术的道路。"④经过文论家的精心论述与大胆探索,不再受制于阶级论,人性论终于重回文论界成为理解文学的第一思想原则。

---

① 程代熙:《人性问题》,《文艺理论研究》1982年第3期。
② 钱中文:《论人性共同形态描写及其评价问题》,《文艺评论》1982年第6期。
③ 钱谷融:《〈论"文学是人学"〉一文的自我批判提纲》,《文艺研究》1980年第3期。
④ 王蒙:《"人性"断想》,《文学评论》1982年第4期。

二、马克思主义与人道主义

学界在讨论人性、人道主义问题时,自然涉及如何处理作为意识形态核心的马克思主义与人道主义的关系。朱光潜认为,马克思不但没有否定过人道主义,而且始终把人道主义与自然主义的统一看作真正共产主义的体现。① 汝信认为,不应该把马克思主义融化在人道主义之争中,或者把马克思主义完全归结为人道主义,因为马克思主义不仅研究人的问题。但是,马克思主义应该包含人道主义的原则于自身之中。② 1983年1月,王若水撰文指出:不能轻易地下结论说人道主义只能是资产阶级的意识形态,通过对《1844年经济学哲学手稿》(本章以下简称《手稿》)的解读可以发现,马克思主义其实是最彻底的人道主义。人道主义不应当成为资产阶级的专利,人道主义是一种把人和人的价值置于首位的观念,是用以反对神道主义和兽道主义的武器。社会主义需要人道主义。③ 随后,朱光潜发表《马克思的〈经济学哲学手稿〉中的美学问题》一文,对这部手稿中所论及的"异化""美的规律"、劳动与艺术等问题进行了富有见地的阐释。

为人道主义所做的辩护受到了陆梅林、杨炳等人的反对。他们坚持认为,人道主义与马克思主义是两种不同的思想体系,基本是不相容的,必须对抽象的人道主义进行批判。1983年1月3日,胡乔木在题为"关于人道主义与异化问题"的讲话一文中指出:人道主义并不能说明马克思主义,不能补充、纠正或发展马克思主义,相反,只有马克思主义才能说明人道主义的历史根源和历史作用,指出它的历史局限性,结束

---

① 朱光潜:《关于人性、人道主义、人情味和共同美问题》,《文艺研究》1979年第3期。
② 汝信:《人道主义就是修正主义吗?》,《人民日报》1980年8月5日。
③ 王若水:《为人道主义辩护》,《文汇报》1983年1月17日。

它所代表的人类历史上一个过去了的时代。该文同时指出,人道主义有两个含义:一个是作为世界观和历史观,一个是作为伦理原则和道德规范。作为世界观和历史观的人道主义,是同马克思主义对立的资产阶级唯心主义思想体系,它在今天已经没有任何积极意义可言。而作为伦理原则和道德原则的人道主义,则应该冠以"社会主义人道主义"的名称来提倡实行。

1983年3月16日,周扬在《人民日报》发表《关于马克思主义的几个理论问题的探讨》一文,指出:所谓"异化",就是主体在发展的过程中,由于自己的活动而产生出自己的对立面,然后这个对立面又作为一种外在的、异己的力量而转过来反对或支配主体本身。由于民主和法制的不健全,人民的公仆有时滥用人民赋予的权力,转过来做人民的主人,这就是政治上的异化,或者叫作权力的异化。不应把马克思主义全部归结为人道主义,但马克思主义包含人道主义。马克思主义和马克思主义的人道主义思想是用来克服异化的最有力的武器。进而提出"马克思主义的人道主义"的理论命题,与胡乔木的"社会主义人道主义"的理论命题相区别、相对应。① 周扬的文章发表后受到了严厉批评,但关于人道主义、文艺与人道主义关系、马克思主义文论如何构建等问题的探讨,并没有因此而终止。

马克思主义和人道主义的关系问题,源于西方学者关于是否存在两个马克思的争论。一种意见是抬高青年马克思和《手稿》的思想意义,贬低、否定成熟时期马克思的历史唯物主义思想。1950年代之后,

---

① 两篇论文的发表以及由陆梅林选编的《马克思恩格斯论文学与艺术》(1982)等著作的出版,不仅表明我国学术界对马克思早期美学思想的重视,更重要的是显示出中国文艺学界已经开始突破从苏联人那里间接理解马克思主义的传统模式和旧有思路,走向直接从马恩原著中把握其文艺思想。这是中国文艺学界在理论上走向成熟和自觉的标志之一。(汪介之:《百年俄苏文论在中国的历史回顾与文化展望》,《浙江师范大学学报》2006年第3期。)

一部分西方马克思学者改变了把青、老年马克思对立的做法,同时把整个马克思主义归结为单纯的人道主义。比如马尔库塞就在《论历史唯物主义的基础》一文中把整个马克思主义够归结为人道主义。① 另一种意见认为马克思后期抛弃了《手稿》中的人道主义思想,否定《手稿》在马克思思想体系中的重要地位。比如阿尔都塞在《马克思主义与人道主义》一文中就论证了《手稿》中马克思早期的人道主义思想是和后期历史唯物主义的、科学的马克思主义相对立的。如朗兹·胡特、迈耶尔等认为马克思的思想有一个从早期萌芽、孕育发展到成熟的过程,以人道主义的马克思来否定历史唯物主义的马克思。②

中国一直以来的马克思主义研究,更加看重马克思思想对整个西方思想的转型作用。但通观西方思想发展的历史,可以发现,马克思的思想学说在整个西方思想的发展脉络中是一座承前启后的桥梁。承前是指马克思对于黑格尔、费尔巴哈思想的继承,启后是因为马克思之后,无论是早期马克思主义,还是所谓正统马克思主义或西方马克思主义,都从马克思的思想中不断发掘着各自所需的理论资源。如果说马克思在1850年代前后充分表现出思想中的浪漫主义和激进主义成分,其中以《共产党宣言》的写作和发表为标志,那么在他早期热衷于哲学问题和后期埋首于政治经济学问题的阶段,他的思想明显是对西方学术思想的传承。其中异化问题是对黑格尔的继承,但有所发展;历史哲学问题是对黑格尔的变相继承,也就是唯物史观的提出;剩余价值问题主要是对亚当·斯密的继承。而所有这些问题的思考,都是为着一个目标,那就是人的自由的获得。从马克思的学说和人道主义有着共同

---

① 复旦大学哲学系现代哲学研究室编译:《西方学者论〈1844年经济学哲学手稿〉》,复旦大学出版社,1983年,第311页。
② 朱立元、张瑜:《不应制造"两个马克思"对立的新神话——重读〈1844年经济学哲学手稿〉兼与董学文、陈诚先生商榷》,《社会科学战线》2010年第1期。

的目标这一点来看,马克思本人的思想和马克思主义都是西方人道主义思潮的一个组成部分。更准确地说,人道主义是一切寻求人的自由和人类解放这个总体目标的思想家共同遵循的基本原则。这种原则并不因为马克思在西方思想家中表现的比较另类而有所改变。毕竟,从终极目标来看,马克思和西方主流思想家并无不同。或者正是出于这样的思考,卢卡奇认为"人道主义是马克思主义美学最重要的基本原则之一"①。卢卡奇之后,如列斐伏尔、萨特、马尔库塞等西方马克思主义的代表人物,都把艺术作为资本主义社会中克服异化的重要途径,而人性成为艺术的核心内涵。这说明,人道主义成为西方马克思主义文论的一个核心,而不像正统的马克思主义者,在他们那里,人道主义总是扮演着被批判的角色。从这个意义上,可以认为,马克思主义是对西方人道主义思想的扬弃,是要在一个更高阶段上实现人的价值。

但还是需明确指出,马克思主义不等于人道主义。《手稿》这样写道:"共产主义是私有财产即人的自我异化的积极的扬弃,因而是通过人并且为了人而对人的本质的真正占有;因此,它是向人自身、向社会的复归。这种复归是完全的、自觉的,而且保存了以往发展的全部财富。这种共产主义,作为完成了的自然主义,等于人道主义,而作为完成了的人道主义,等于共产主义。它是人和自然界之间、人和人之间的矛盾的真正解决,是存在和本质、对象化和自我确证、自由和必然、个体和类之间的斗争的真正解决。"②可见,青年马克思的思想与人道主义的目标虽然是统一的,但马克思主义与人道主义有不能兼容的部分——那就是路径不同。在个人的解放与制度的重组两者之间,人道主义优先考虑前者,马克思主义优先选择后者。马克思主义的理论终

---

① 《卢卡契文学论文集(一)》,北京:中国社会科学出版社,1980年,第300页。
② 马克思:《1844年经济学哲学手稿》,人民出版社,1985年,第77页。

点是人，但起点却不是。为了那个理论的终点，马克思主义认为个体生命可以而且应当成为那个宏伟目标的工具与手段，这和人道主义的基本观念是相悖的。

与经典马克思主义不同，西方马克思主义以人为目的本身，但并不因为抽象的大写的人而牺牲具体的小写的人，个体的生命自由等基本权利是他们坚决予以维护的。从这样的角度来看，西方马克思主义是一种人道主义，而经典马克思主义并非人道主义。黄枬森指出：马克思正是批判和扬弃了人道主义世界观（包括其价值观和历史观），马克思主义学说才真正出现。青年时期的马克思确实是人道主义者，当他用唯物主义历史观取代人道主义历史观时，即从空想社会主义过渡到科学社会主义，这才是马克思主义的诞生。① 从这个意义上，我们或许可以讲，马克思主义并非人道主义，马克思主义文论并非以人为主体的文艺学。

三、人学基础上的马克思主义文论

因为政治环境的影响和认识上的发展变化，1980—1990 年代的马克思主义文论的发展集中在人道主义问题的探讨上，1990 年代以后转移到马克思主义文论的人学价值研究上。

简单回顾学术史可以发现，文学与人学的内在关系问题，在新文化运动时期已经被发现，其时马克思主义刚刚来到中国，不过是众多思潮中的一支，文学与人学关系的问题自然不必和马克思主义发生关联。1957 年初，在百家争鸣口号的鼓舞下，巴人率先指出，"人情"，也就是饮食男女，鸟语花香，是和"阶级性"一样，甚至是比阶级性更普遍、更基本的人性。随后钱谷融指出，在文学创作中，人的阶级性只有通过个

---

① 黄枬森：《关于人道主义与异化问题的讨论》，《北京大学学报》2010 年第 1 期。

性表现出来,这样的作品才真实感人,才能发挥教化民众的作用。现在看来,这些不过是常识性问题,也是马克思主义文论题中之义,但在极左风潮中却被大肆批判。由此可见,政治动向对于中国学术发展有着巨大的影响。1990年代中期,文学与人学的关系问题需再次面对,"马克思人学"思想被适时提出,以为相关问题的继续研究争取更为广阔的空间。

在马克思主义文论的人学价值的挖掘与开拓方面,陆贵山、赖大仁、王元骧等人做出了不懈努力。陆贵山强调马克思主义文论的三个基点是美学观点、史学观点、人学观点,主张对三者进行辩证综合的研究。陆贵山认为,文艺中有三大关系即文艺与审美、文艺与人文、文艺与历史;三大因素即审美因素、人学因素、史学因素;三大精神即美学精神、人文精神、历史精神;三大理念即为审美而审美、为艺术而艺术、为人生而艺术和为社会进步而艺术。只有把它们辩证地综合起来,才能创造出宏大的马克思主义文艺学。① 王元骧则"将人学价值论引入实践论,并以人学价值论来连接认识论(反映论)和实践论,从而把文学活动看作是以目的(价值)为中介所构成的认识与实践的双向逆反的流程,力图将知识论(认识论)和人生论(人学价值论)在实践论的基础上和框架中整合成为一个有机的宏观系统,既以此去阐释文艺的性质,探讨文艺的规律,也以此去吸纳中外传统文艺理论的资源,探寻当代文艺学理论建构之路"②。

20世纪初,赖大仁发表了《马克思主义人类学与文艺问题》《正确理解马恩关于人的自由全面发展理论》《马克思人类学美学思想略论》《论马克思恩格斯的文艺价值观》《马克思主义人学及其当代意义》等

---

① 陆贵山:《文艺中的人文精神和历史精神》,《文艺研究》1996年第1期。
② 赖大仁:《当代文学及其文论——何往与何为》,江西高校出版社,2007年,第292页。

文章,详细论述了马克思主义人学内涵。其基本观点是:人学价值论始终是马克思主义学说的核心,以至于我们几乎可以直接把马克思的理论学说称之为"人学",即关于人类历史发展的人的解放及自由全面发展的学说。① 从赖大仁晚近发表的《从人学基点看文艺精神价值取向》《关于文艺本质特性问题的思考》等文章看,马克思主义人学思想已经成为他考察文艺现象的基本立场,开展文艺批评的出发点。② 马克思主义人学理论的核心就是"以人为本",具体而言,"一是要将人看成根本、看成目的本身;二是要承认普遍、一般、共同的人性的存在。"③ 按李西建的说法:马克思在《手稿》中把人的全面发展和全人类的解放关联起来,足以表明马克思是从推动社会历史进步和人的自由发展与完善来理解文学艺术的。因此,人的自由全面发展,作为马克思主义的最高命题,不仅是马克思主义哲学的基本价值取向,更是马克思主义文艺学中国化建构和发展的基石。④ 文论家们的工作值得尊重。

但问题仍然存在。(1)习惯上,或者按照正统马克思主义的认识,马克思主义是一种社会学,那么,马克思主义人学这种提法到底何意?西方近代两大哲学流派——人本主义和科学主义,其中关注人的问题的哲学家很多,但并没有出现康德人学或黑格尔人学之类的说法,现在反而出来个马克思主义人学的说法,那就并非要在马克思主义和人学之间画等号,而只能是第二种情况,即在马克思的思想中有着人学的内

---

① 赖大仁:《马克思主义人学及其当代意义》,《广东教育学院学报》1996年第4期。
② 苏勇:《马克思主义文论研究的人学转向》,《内蒙古社会科学》2010年第1期。
③ 朱立元:《从新时期到新世纪"文学是人学"命题的再阐释》,《探索与争鸣》2008年第9期。
④ 李西建:《人的提升与构建:马克思主义文艺观的价值取向》,《陕西师范大学学报》2006年第11期。

涵。但是人本主义一支中的哲学家,谁的思想中没有人学的因素,以人学作为思想的内核呢?因此,马克思主义人学必然有其特殊性。(2)由探究所谓马克思主义人学思想内涵可见,其最终目的虽在于人的全面解放,但实现这个目标并非通过精神觉醒,这是古典哲学的思路;也不是通过个体生活方式的改变,这是当代哲学选择的途径;而是通过制度变革的方式来实现。这是马克思主义和其他一切哲学思想的根本分歧,也是这种主义的"革命性"所在。无视马克思主义钟情于制度变革的思想特性,而要在马克思主义和西方传统的人学思想之间进行嫁接,我们与其把这种嫁接称为理论创新,不如视为应对主流意识形态的话语策略。(3)根据我们的研判,所谓马克思主义人学,哲学基础其实是马克思的实践哲学思想。而实践,以实现人的全面解放为目的,以人的感性活动为基础,以人不断否定自身的有限性为基本特性。以此观之,马克思实践哲学思想和马克思主义人学思想,不过是一个问题的两种提法。事实上,马克思实践哲学思想和人学思想的探讨,从新时期以来一直纠缠在一起,研究这两个问题的,其实是同一批学者。相对而言,学者们论及马克思实践哲学思想时,一般从批判性、否定性和超越性等方面进行论证,侧重于哲学内涵;言及马克思人学思想时,则从具体性、情感性和想象性等方面来予以表述,偏重于美学意味。

如果以上判断成立,那么总体上可以讲:马克思主义人学思想的提出,是对传统观念的破除和更新,也是发展或复兴马克思思想的一种理论尝试。而以马克思主义人学理论指导当代文论建设,则是要把人作为文学艺术活动的出发点、落脚点和着眼点,把实现人的自由、全面发展作为文学艺术的最终目标。因此,首先应从马克思实践论的层面,认识作为人的基本存在方式和实践方式的文学艺术;其次,文学作为人学,其本质是人的本质力量的想象性和情感性的对象化确证。最后,文学艺术的功能不仅仅是审美、认识、教育等,其根本目的是为了实现人的自由、全面的发展。① 就最后一点而言,当我们讨论文艺问题时,不应只关注文本结构与特点,更应关注它所表现和传播的价值观。于文艺理论而言,不能仅仅把它看作知识形态,更要把它视为价值形态。因为文论中的价值观念,不仅会对文艺实践产生直接影响,甚至也会影响社会现实。当今社会和文艺中存在的某些价值迷乱与价值失范现象,与文艺理论批评的价值理念缺失不无关系。要改变这种现状,致力于强化当代文论的价值理念,那么马克思主义文论中的人学价值论思想,因为具有重要的现代启示意义,需要着力进行挖掘并发扬光大。②

第三节　文学审美意识形态论

1950年代,以毕达科夫的《文艺学引论》为代表的苏联文论开始深刻影响中国文论发展。《文艺学引论》是这样界定文学的:"文学也正如一般艺术一样,是一种社会意识形态。文学以艺术形象的形式反映社会生活,它对社会的发展有巨大的影响,它起着很大的认识、教育和社会改造的作用。"③不难看出,这种对于文学的认识立足于马克思主义认识论——文学是一种社会意识形态;吸纳了经别林斯基改造的黑格尔哲学思想——美是理念的感性显现,即艺术"是可通过直观来体会的观念"④;强调了文学所应承担的社会功能。应该承认,毕达科夫

---

① 朱立元:《马克思主义人学理论与当代文艺学建设》,《学术研究》2009年第4期。
② 赖大仁:《马克思主义文论与当今时代》,《文学评论》2011年第3期。
③ 〔苏〕毕达科夫:《文艺学引论》(北京大学中文系文艺理论教研室译),高等教育出版社,1958年,第193页。
④ 〔俄〕别林斯基:《别林斯基选集(第2卷)》(满涛译),上海文艺出版社,1963年,第96页。

从史学视角出发,对于文学的定义是比较完备的,符合那个特定年代对于文学的认识和要求。同时应该看到,毕达科夫对于文学的审美特征的强调不够,这也是1949年后三十年来普遍存在的问题。但是在1978年后,一种新的能够充分体现马克思主义基本思想特征的文学是审美意识形态的观点正式形成,代表了马克思主义文论的当代发展与中国化的最新成就。

一、意识形态

"意识形态"这一概念是法国人特拉西1796年提出的,指"观念学说"(doctrine of ideas)或"观念科学"(science of ideas),其意在于研究和说明认识的起源与阈限、认识的可能性与可靠性等认识论中最基本的问题。但特拉西提出"意识形态"并不仅仅是认识论意义上的,而是希望在理性的基础上,通过实践,使一种观念系统,或他所谓的"观念科学"能够解释世界和改造世界,从而造福人类。意识形态同一般的哲学或解释性理论不同之处在于它的实践因素与政治意图。①

在马克思开始写作的年代,"意识形态"一词不仅在法国,而且在整个欧洲大陆国家都已经颇为流行了。马克思使用意识形态这个概念并没有改变它的原意,而是在约定俗成的基础上,即在原概念公认的最一般意义上使用这个概念。但马克思的意识形态概念和特拉西的意识形态概念又有很大不同,表现在两个方面:一个是在意识的最终来源问题上,一个是在人类社会发展的动力问题上。马克思是把意识形态作为"虚假"意识看待的。柏拉图、培根都曾经专门论述过"虚假"意识问题,但是他们都是从一般认识论的角度出发来谈的,而马克思第一次把一个普遍性的认识论问题和统治阶级的有意识的宣传和欺骗联系在

---

① 李思孝:《文艺和意识形态——兼评几种观点》,《文学评论》1991年第5期。

了一起,这就使得意识形态这个概念焕发出了生机。

在1847年发表的《德意志意识形态》中,马克思指出,从斯特劳斯、施蒂纳、老年黑格尔到青年黑格尔学派,之所以会形成对于人在历史进程当中地位的错误认识,就是因为他们不是从"从事实际活动的人"出发,而是从"人们所说的、所设想的、所想象的东西出发,从只存在于口头上所说的、思考出来的、设想出来的、想象出来的人出发"①。在马克思看来,这种运思方式和观念体系已经成为麻醉、欺骗、愚弄普通民众的工具,因此需要被批判、否定、超越。实证主义创始人孔德从哲学上把意识形态与实证科学对立起来,斥之为与实证精神不相容的"虚假意识",力图在社会科学领域坚持实证主义精神的马克思因此也把意识形态称为"虚假意识"。

马克思通过对资本主义的考察发现,民主、自由、公平、正义等冠冕堂皇的口号作为资本主义意识形态的核心话语,并不能掩盖阶级奴役、压迫和剥削的真相。这些口号都是为资本主义制度和资本主义意识形态这个总体性目标而服务的。马克思因此揭示了资本主义意识形态的虚假性和欺骗性。

恩格斯晚年在致梅林的信中讲:"意识形态是由所谓的思想家有意识的,但是以虚假的意识完成的过程。推动他的真正动力始终是他不知道的,否则这就不是意识形态的过程。"②在这里,恩格斯强调了物质生产的第一性,意识形态最终的决定性力量还是现实的社会生活。但与马克思不同的是,恩格斯更加强调意识形态和经济基础之间的互相影响和制约关系,这是一个非常巨大的转变。恩格斯在致布洛赫的信中指出:

---

① 《马克思恩格斯选集(第1卷)》,人民出版社,1972年,第30页。
② 《马克思恩格斯选集(第4卷)》,人民出版社,1972年,第500页。

根据唯物史观,历史过程中的决定性因素归根到底是现实生活的生产和再生产。无论马克思或我都从来没有肯定过比这更多的东西。如果有人在这里加以歪曲,说经济因素是唯一决定性的因素,那么他就是把这个命题变成毫无内容的、抽象的、荒诞无稽的空话。经济状况是基础,但是对历史斗争的进程发生影响并且在许多情况下主要是决定着这一斗争的形式的,还有上层建筑的各种因素:阶级斗争的各种政治形式和这个斗争的成果——由胜利了的阶级在获胜以后建立的宪法等等,各种法权形式以及所有这些实际斗争在参加者头脑中的反映,政治的、法律的和哲学的理论,宗教的观点以及它们向教义体系的进一步发展。这里表现出这一切因素间的交互作用,而在这种交互作用中归根到底是经济运动作为必然的东西通过无穷无尽的偶然事件(即这样一些事物,它们的内部联系是如此疏远或者是如此难以确定,以致我们可以忘掉联系,认为这种联系并不存在)向前发展。否则把理论应用于任何历史时期,就会比解一个最简单的一次方程式更容易了。①

同马克思一样,恩格斯指出,推动社会变革历史发展的最终力量是经济基础,但同时也强调了意识形态的反作用,即"政治、法律、哲学、宗教、文学、艺术等能影响经济基础的发展,并不是只有经济状况才是原因,才是积极的,其余一切都是消极的结果"。恩格斯同时还强调了意识形态可以为无产阶级政权的建立乃至社会主义制度的建设发挥"主动的""积极的"作用。在1880年发表的《空想社会主义和科学社会主义》中,恩格斯指出:空想社会主义从抽象的人性出发,把资本主义看作是违背人的理性的产物,而共产主义就是人的理性王国的现实

---

① 《马克思恩格斯选集(第4卷)》,人民出版社,1972年,第477—478页。

实现。在实现共产主义的方法上,空想社会主义认为可以从人们头脑中发明一套规则,取代资本主义的统治模式。与此不同,科学社会主义是从"批判旧世界中发现新世界",是从历史唯物主义出发,从分析资本主义的统治结构的内在矛盾出发,根据资产阶级和无产阶级的力量对比和国内外的复杂形势,制定无产阶级社会主义斗争的路线、方针和策略。科学社会主义是对资本主义科学分析批判的结果,而空想社会主义是主观唯心的结果。

在恩格斯那里,意识形态不再像在马克思那里那样是专属于资产阶级政治制度的一个组成部分,同时也是无产阶级政权的一个组成部分。像在资产阶级政治制度中一样,无产阶级政权中既包括国家机器,也包括意识形态。意识形态主要包括政治、法律、伦理、宗教、艺术等几个方面,而这些方面的意识形态按照次序的高低,统统都是为了维护无产阶级政权而服务的。相比较政治、法律、伦理等意识形态,艺术作为一种意识形态更高地漂浮在经济基础的上空,但决不能脱离这个基础。恩格斯意识形态观点的重要意义在于:突破了马克思把意识形态作为"虚假的""消极的"因素看待的方式,从"主动的""积极的"意义上看待意识形态。这个观点后来被列宁所吸收并发扬光大,文艺作为无产阶级意识形态可以配合无产阶级革命事业的发展。

在马克思、恩格斯去世后,关于意识形态问题的理解出现了两种新的模式,一是列宁模式,一是曼海姆模式。

按照列宁的说法,马克思主义是"科学的意识形态"。因为无产阶级在马克思主义的指导下已经掌握了历史唯物主义的方法,因此就可以用这种"科学的意识形态"来思考并设想现实世界的命运和未来。只有资本主义意识形态才是虚假的、欺骗的,而无产阶级意识形态就是科学的、真实的、真诚的。这种无产阶级的意识形态可以用来对抗资产阶级的不科学的、虚假的意识形态。文艺作为无产阶级意识形态的一种,作为无产阶级总的事业的一部分,应该发挥其应有的政治实践功能,协助党来完成无产阶级革命事业和社会主义建设事业的总体任务。

曼海姆认为意识形态可分为特殊的意识形态和总体的意识形态,特殊意识形态意指敌对方所提供的观点和陈述,具有明显的欺骗性。总体意识形态则指特定历史—社会集团的整体思维框架和结构,这种思维框架和结构并非可用真实或虚假来界定,而只是作为个体生命活动、思维活动的方式和阈限而存在。对于意识形态的这种二分法,弗洛姆有着精彩解读,他认为,意识形态"既不是真理也不是谎言,或者说,既是真理,又是谎言——人们真诚地相信这些意识形态,就这个意义而言,它们是真理;从另一个意义上来讲,即就这些被合理化了的意识形态具有掩盖社会和政治行动的真正动机这一点而言,这些意识形态又是谎言"[1]。

如果说特殊意识形态还保留了马克思原初意义上的"虚假意识"的特征,是为了某个阶级或者集团利益提供合法性证明,那么总体意识形态作为整体的思维结构决定着个体的基本思维和行动方式。但不论是特殊的意识形态还是总体的意识形态,虽然都并非有意的谎言或有意无意发生的愚弄他人的自我欺骗,而"指的是性质上属于心理学的谬误的领域,它不像蓄意欺骗,不是有意的,而是从某种因果决定因素产生的必然的和无意识的结果"[2]。但它们在作为集体意志对个体进行规训方面则是相同的,在构成对于个体生命自由的压抑、束缚和控制方面也是相同的。从知识结构决定个体思维方式这样一个层面看,曼海姆对于意识形态的理解具有了"知识学"的特征。

与曼海姆不同,福柯仅仅从作为整体思维结构的意义上来看待意识形态,这样的意识形态和知识之间没有区别,福柯拒绝意识形态的用

---

[1] 〔美〕埃里希·弗洛姆:《在幻想锁链的彼岸——我所理解的马克思和弗洛伊德》(张燕译),湖南人民出版社,1986年,第139页。

[2] 〔德〕曼海姆:《意识形态与乌托邦》,商务印书馆,2000年,第62页。

法。福柯说:"在我看来,意识形态一词难以运用,原因有三。第一,不管你愿意不愿意,它总是与那些被认为是真理的东西处于事实上的对立状态之中。现在我相信,问题并不在于对以下两者之间做出区分:在话语中,一边被归入科学性和真理的范畴,一边被视为科学性和真理之外的事物。问题在于历史地审视:真理的效应是如何在话语中被制造出来的,而话语本身并无所谓真假。第二,我认为是意识形态概念必然指向主体之类的事物。第三,相对于某种作为它的基础结构、物质和经济决定因素等,意识形态总是处于次要地位的。由于三个原因,我认为这一概念未经慎思明辨不可轻易使用。"①

从以上简单梳理可知:经典马克思主义所理解的意识形态往往具有阶级性和党派性,而西方马克思主义眼中的意识形态则拥有知识性和总体性的力量。

二、文学与意识形态关系论争

1979年第1期《华中师院学报》上,刊登了朱光潜的《上层建筑和意识形态之间关系的质疑》一文,引发了文艺与上层建筑和意识形态关系的探讨和争论。朱光潜认为,上层建筑和意识形态间并不能画等号。争论中,梅林、敏泽和曹廷华的观点比较具有代表性。

梅林认为:文艺和政治都是由经济基础决定的,它们都是上层建筑,它们之间的关系是上层建筑范畴内的关系。② 应该讲,这个观点符合马克思主义的基本精神。马克思在《路易·波拿巴的雾月十八日》中说:"在不同的占有形式上,在社会生存条件上,耸立着由各种不同

---

① Michel Foucault, "Truth and Power," in *Power/Knowledge*, ed. Colin Gordon (Brighton: Harvester Press, 1980), p.118.
② 梅林:《文艺和政治是上层建筑范畴内的关系》,《文学评论》1980年第1期。

的、表现独特的情感、幻想、思想方式和人生观构成的整个上层建筑。"①恩格斯在《反杜林论》中指出:"由哲学、宗教、艺术等等组成观念的上层建筑。"②从马克思、恩格斯的表述看,认为文艺属于上层建筑是没有问题的,虽然是"观念的上层建筑"。随后,梅林推导出了文艺并非由政治决定的结论。他指出:"如果说,除了经济基础,另外还有政治决定文艺的性质和职能;或者说,除了作为'社会存在'的政治部分决定文艺的性质和职能,那就是把政治的作用抬高到和经济基础同等的地位,这就变成二元论了。"③文艺和政治虽然都是意识形态,都属于上层建筑,但它们之间不是决定和被决定的关系,不存在政治决定文艺的问题,最终决定文艺的还是"社会存在",而不是政治。如果说政治可以决定艺术,那就是二元论,就是不符合马克思主义的。通过这样论证,梅林既坚持了马克思主义经典著作中对于文学在社会结构中地位的认定,同时呼应了不再提"文艺为政治服务"这样一种表态,满足了文艺界解放思想、解放文艺的要求,算是兼顾到了各方诉求。曹廷华认为,尽管政治是经济的集中表现,但它毕竟代替不了经济基础对文艺及其他意识形态起决定和制约作用。用政治本身的属性来解释文艺的性质,就会把上层建筑的这一部分当作那一部分的前提,把本来是物质生产基础共同结果的文艺和政治当作了政治是文艺之因,文艺是政治之果。④ 这个观点和梅林基本一致。

与梅林和曹廷华有所不同,敏泽认为:"艺术和政治虽然同属上层建筑,但是,它们在上层建筑中的地位和作用,却是不相同的。……应

---

① 《马克思恩格斯选集(第1卷)》,人民出版社,1995年,第611页。
② 《马克思恩格斯选集(第3卷)》,人民出版社,1995年,第429页。
③ 梅林:《文艺和政治是上层建筑范畴内的关系》,《文学评论》1980年第1期。
④ 曹廷华:《"文艺从属于政治"是不科学的命题》,《文艺研究》1980年第5期。

看到，当政治真正集中了经济基础的要求时，为政治服务和为经济基础服务，本质上是完全相同的。"①敏泽提出了一个重要问题，即当政治结构的运行机制和社会生活的要求协调一致，整个社会处在一种良性的运行状况的时候，艺术和政治是在共同维护社会的这种良性运转，在这种情况下，艺术和政治在发挥着相同的作用，艺术为政治服务没有什么问题。问题的关键在于：首先，谁来评判社会是否处在良性的运转当中；其次，文艺和政治反映社会现实的方式是不同的，政治的总体化要求和文艺的个性化发展之间如何协调一致成为一个棘手问题；第三，在拨乱反正解放思想的时代风潮下，再提文艺可以为政治服务，似乎是不合时宜的。

1979—1981 年间关于文艺和经济基础、上层建筑、意识形态关系的争论大约持续了两年多时间。从讨论问题的本身来看，经济基础和上层建筑、上层建筑和意识形态的关系这些问题并没有引起太多的争议。问题主要集中在文艺和政治是否属于意识形态、如何摆正文艺和政治之间的关系上。坚持文艺受经济基础影响的一方，坚持了文艺的政治性；强调预言家远离经济的一方，强调了文艺的非政治性。

到了 1987 年，鲁枢元要为文学艺术这种"精神的形式"和"意识形态的形式"做出更合理的解释，他接过朱光潜的"意识形态高浮论"并进一步申论说："文学艺术与哲学、宗教一样，是高高飘浮在人类社会历史活动空间之上的东西，它和人类社会经济政治生活的关系，就像是天上的云霓与大地的关系一样。在整个人类社会构架中，文学艺术正因为高高地悬浮在空中，所以文学艺术这类意识形态才有可能更充分地显示出人类精神的灵幻性、微妙性、丰富性、流动性、独创性。"②按照这种说法，文学虽然是一种意识形态，但是由于文学更高地漂浮在人类

---

① 敏泽：《文艺要为政治服务》，《文艺研究》1980 年第 1 期。
② 鲁枢元：《大地与云霓》，《文艺报》1987 年 7 月 17 日。

社会生活之上,因此也就可以在很大程度上摆脱经济基础、物质生产活动和政治活动的影响和束缚,而这也就为文学活动充分表现自身的"灵幻性、微妙性、丰富性、流动性、独创性",发挥自身反应社会生活的独特性、能动性提供了更为广阔的空间与可能。因此鲁枢元有了文学这种"精神形式""意识形态的形式"的提法,其初衷就是为了避免文学艺术纯粹成为政治斗争、阶级斗争、路线斗争甚至是物质生产的武器和工具。随后再次出现了关于文学与意识形态关系问题的争论。

以毛星、栾昌大、李志宏为代表的一方,认为把文学界定为意识形态不符合马克思的原意,如果把文学定义为意识形态,就会否定了非意识形态性的作品。他们建议引入"意识形式""意识形态的形式"这样一些概念,以便更加准确全面地界定文学。同时,他们也并不否定文学的意识形态性的存在。这类文章有毛星的《意识形态》(《文学评论》1986年第5期)、栾昌大的《文艺意识形态本性说辨析》(《文艺争鸣》1988年第1期)、《正确对待关于意识形态的传统解说》(《文艺争鸣》1992年第2期)、李志宏的《文艺意识形态性与审美性》(《社会科学战线》1993年第3期)等。

以吴元迈、毛崇杰、李准等为代表的一方,认为无论是从社会意识反映社会存在这个马克思主义基本原理出发,还是对马克思经典文本的解读,或者是对照解析德文中对于意识形态的原始含义,或者从维护党的文艺政策、保证文艺的社会主义方向出发——文艺是意识形态这样的提法都是站得住脚的,也是必须坚持的。这类文章有吴元迈的《关于文艺的非意识形态化》(《文艺争鸣》1987年第4期)、毛崇杰的《也谈意识形态》(《文艺理论与批评》1988年第6期)、潘必新的《意识形态与艺术的特征》(《文艺研究》1990年第6期)、李准的《社会主义文艺研究的反思和辩难》(《文艺争鸣》1987年第4期)。

以肖君和、赖大仁为代表的一方则提出,用意识形态这个内涵丰富、具有很强包容性的概念来界定文学,无疑比其他的概念具有更大的优越性。赖大仁后来说,问题的关键并不在于对文艺是否属于意识形态做出非此即彼的判断,更重要的在于把文艺作为人们的一种精神生活过程纳入整个社会结构系统中来加以观照和说明。不言而喻,马克思主义创始人将艺术与法律、政治、宗教、哲学等等放到一起作为"意识形态的形式"来列举,所重视和强调的是:无论这些意识形态的形式具有怎样的独特性,也无论它们各自处于什么样的社会地位和发生什么样的社会作用,都必须放到与物质生产和物质生活的关系中才能得到合理解释,并且它们的发展变革,也只有从这个社会结构的运行规律或历史发展进程,特别是从经济基础的变更中才能得到说明。这一点是唯物史观的根本所在,也是马克思主义文艺思想的根本所在。① 肖君和、赖大仁同时指出,文艺反映社会生活具有自身的独特性,这种独特性是意识形态这种反映方式所不能涵盖的,文艺这种能动地反映社会生活的独特方式可以"审美反映"来命名。持这种观点的文章有肖君和的《马克思主义意识形态理论与文艺》(《理论与创作》1991 年第 3 期)、赖大仁的《辩证理解意识形态与文艺问题》(《江西师范大学学报》1992 年第 4 期)。

　　根据我们的研究,意识形态是一个思想的体系,意识形态本身就包含着"意识形式""意识形态形式"这样的一些相关含义。意识形态并不仅仅是阶级社会中反映阶级性、倾向性的观念体系,具有阶级性和倾向性;而同时是马克思主义基本原理——社会存在决定社会意识、社会意识反映社会存在——意义上的,反映一般的、普遍的社会生活的观念体系和形态,具有非阶级性和超阶级性。意识形态本身的双重含义并不互相矛盾和冲突,关键的问题是我们应该把意识形态的不同含义放

---

① 赖大仁:《唯物史观在马克思主义文论中的体现》,《学习与探索》2009 年第 1 期。

到具体的语境中去看待和理解。当我们讲文学是一种意识形态的时候，是从文学反映一般的人类社会生活的层面来看待和界定文学的；当我们讲文学具有超意识形态或非意识形态性的时候，是从阶级社会中文学也会反映共通的普遍的人类情感的层面来看待和界定文学的。改用"意识形式""意识形态形式"概念来定义文学并不合理，因为这些概念本身就是用来修正、解释和说明"意识形态"这个核心概念的。当我们说文学是意识形态的时候，所有的这些概念和它们的含义都已内蕴在"文学是意识形态"这个定义之中了。

简单回顾可以发现，不论是苏中马克思主义文论家，还是西方马克思主义者，都不约而同地认为文学是意识形态。虽然，他们对于意识形态的理解并不完全一致。以意识形态来界定文学，是马克思主义文艺理论的基本观念，无论是苏中所谓正统马克思主义，还是西方马克思主义，概莫能外。马克思主义文论区别于其他文论形态的一个重要特点，在于它不是一种纯粹的关于文艺自身问题的理论，而是植根于马克思主义思想体系的一种开放性文论形态。它不是封闭在文艺自身的小圈子里，仅仅局限于文艺现象本身来说明文艺问题，而是在其宏阔的历史视野中，在对社会历史发展及其现实变革的深刻观照中，来关注和说明文艺问题。马克思主义的生命力，就在于它的时代性与思想性，即把文艺问题与时代的重大理论和现实问题联系起来，在对这些重大问题的研究和回答中，提出富有时代性的文论命题，阐述其文艺观点，给人们以深刻的思想启示。[①]

三、文学审美意识形态

新时期，人们显然并不满意于证明文学是意识形态的，因为这一定

[①] 赖大仁：《马克思主义文论与当今时代》，《文学评论》2011年第3期。

性曾经造成了文学工具论。但是,如果只强调文学的审美性,人们又担心它会促成文学独立论。因此,一种能够在文学的意识形态性与审美性之间保持均衡的观点出现了,这就是文学审美意识论,并且成为马克思主义文论中国化的一个重要的代表观点。

1979年第4期《上海文学》发表评论员文章《为文艺正名——驳"文艺是阶级斗争的工具"说》,文章认为,"文艺是阶级斗争的工具"说是造成文艺公式化、概念化的原因之一,是"四人帮"提出的"三突出""从路线出发"和"主题先行"等一整套唯心主义创作原则的"理论基础"。如果把"文艺是阶级斗争的工具"作为对文艺的基本定性,就会否定生活是文艺的源泉这一根本原则,就会忽视文艺的多样性和丰富性,就会仅仅根据"阶级斗争"的需要对创作的题材与文艺的样式做出不恰当的限制与规定,就会不利于题材、体裁的多样化和百花齐放。①文章引发广泛论争。徐中玉于同年第11期《上海文学》发表《文艺的本质特征是生活的形象表现》一文,文中认为:"文艺的本质是生活的形象的表现。人生无比丰富、复杂,形象地把它表现出来的方式方法也是多种多样的,文艺的本质、特征都要求作者能够在作品里描写一切的人、阶级和群众,一切生动的生活形式和斗争形式,也就是说,只要生活里真实存在的,作家熟悉的,不管什么事情,什么材料,都可以写,应该写。而且还应该允许作者觉得怎样写有益就怎样写。"②刘锋杰指出:当徐中玉将生活、形象、表现、真实、自由书写等结合在一起形成自己的论述空间时,这样的构成要素及表述方式,不仅是对工具论的否定,也是对反映论的游离,意味着在讨论文艺的性质时已经从外在的(如革

---

① 《为文艺正名——驳"文艺是阶级斗争的工具"说》,《上海文学》1979年第4期。
② 徐中玉:《文艺的本质特征是生活的形象表现——学习鲁迅对文艺性质、特征、任务、作用的看法》,《上海文学》1979年第7期。

命、政治、阶级、社会等)转向内在的(表现、形象等),从尊重文艺的客观属性转向了尊重文艺的主体创造,从强调文艺的被动性转向了强调文艺的主动性,这是对工具论的彻底扬弃。①

1980年,王若望提出了"审美的反映"这一命题:"文学艺术是社会现实在人们头脑中的反映,是遵循美学的特殊规律进行反映的,而不能解释为只是政治的反映。"②随后钱中文提出"文学审美反映生活的完整和丰富"问题,同时提出"文艺是一种具有审美特征的意识形态"。1984年,童庆炳基于过去"把文学看成是政治的附庸和传声筒,忽视文学自身的独特的规律和审美特征",又担心有人提出文学是"自我表现",否定文学与政治的关系,提倡抽象的人性论,既反左也防右,强调文学作为一般意识形态的属性,也强调文学是一种特殊的意识形态。③明确提出并界定"审美反映"是"以人们的整体的、具有审美属性的社会生活作为反映的独特对象和内容,以艺术形象,特别是典型形象作为反映的独特的形式,而无论是文学独特对象、内容,还是由这种独特对象、内容所决定的反映的形式,都具有审美的特性,因此,对生活的审美反映是文学的基本特征"④。随后钱中文于1986年充分论证了"审美反映"的内涵,如具有强烈的情感色彩,与语言、符号、形式相关,通过想象和幻想保持主体的主观性等。⑤ 可以发现:从王若望的"美学的反映"到钱中文、童庆炳的"审美反映""审美意识形态",其间的一脉相承处是明显的。

---

① 刘锋杰:《新时期初审美意识形态论的生成肌理》,《安徽师范大学学报》2009年第6期。
② 王若望:《文艺政治不是从属关系》,《文艺研究》1980年第1期。
③ 童庆炳:《文学概论(上)》,红旗出版社,1984年,第3页。
④ 同上,第65页。
⑤ 钱中文:《最具体的和最主观的也是最丰富的——论审美反映的创造性本质》,《文艺理论研究》1986年第4期。

我们可以给"审美意识形态论"的形成过程给出一个大致的时间表：1984年，童庆炳提出"审美反映论"；1987年，钱中文正式提出"文学是审美意识形态"这一文学定义，并进行了比较全面的论述；1989年王元骧主编《文学原理》把"审美意识形态"吸收进教材，成为核心概念；1992年童庆炳主编的《文学理论教程》再把"审美意识形态"纳入教材，成为该教材对文学进行界定的理论依据。

钱中文、童庆炳、王元骧在这个理论命题的产生、形成、演变过程中一直处在核心位置，起着不可替代的重要作用，但是他们对于这个概念的理解和阐释有着很大的不同。钱中文的"文学审美意识形态论"思想以"审美反映"的提出为起点，以"审美意识"的发现为逻辑终点。其中，"审美反映"的提出是为着反对"机械反映"的文学观；把"审美意识"认定为"文学审美意识形态论"的核心内涵的主要目的在于改变以集体意志为出发点的思维模式，同时基于对个体生存境遇的反思和本真生存方式的关怀。钱中文坚持了文学的意识形态性，但强调的是文学的审美特性。因为文学如果丢掉了审美特性，不足以言文学；人丢掉了审美本性，不能称为健全的人。钱中文"文学审美意识形态论"的理论建构过程，始终以人文精神为贯穿。童庆炳认为，"意识形态"用来界定文学，只能表现出文学反映社会生活的一般特征，"审美"作为人类主观的、情感的、想象的创造性活动，才是文学实践活动的基本特性。用"审美"进一步界定文学，才能使文学从意识形态的一般性当中摆脱出来，从而彰显出自身独特的、具体的存在。意识形态的文学，往往成为对于社会存在的机械反映，成为庸俗社会学的试验场；纯粹审美的文学可能沦为个人情感无节制的宣泄，而缺乏现实关怀、人文精神的文学，它的价值总是有限的。只有在"意识形态"和"审美"之间，在社会发展的总体进程和主体的自我生成之间寻求到平衡的文学，才能更好地去实现它"历史—人文"的价值追求。

与钱中文、童庆炳不同,王元骧是从康德美学思想出发来谈论审美的,审美活动是通往道德的一个中介和过程。通过美育的训练和培养,人可以完成一次道德的提升。在钱中文和童庆炳看来,意识形态不仅作为一种背景和阈限而存在,同时是审美需要克服、否定、超越的对象,这样才能显示审美的存在和价值。王元骧所理解的意识形态虽然有作为审美背景和阈限的方面,但更重要的是其影响人、改变人、塑造人的方面。钱中文和童庆炳并不否认意识形态的这种作用,但他们对这种作用抱着警惕和排斥的态度。总体上看,王元骧对于审美意识形态论的理解最终偏向意识形态一方,因为他所倡导的审美事实上起着和意识形态的思想改造同样的作用,而钱中文和童庆炳的理论落脚点则在"审美意识"或"审美实践"上。

虽然存在差异,但并不能改变"文学审美意识形态论"在新时期文学理论建构过程中所占据的重要地位。正如冯宪光所讲:马克思关于艺术是"意识形态的形式"的观点,马克思关于艺术掌握世界的观点,是马克思关于艺术本质的两个最基本的观点。这两个基本观点,长期以来没有得到整合和贯通。西方流行的文学理论是把文学本质置放在审美活动的基点上,但是排斥和否定文学是社会意识形态的马克思主义观点。苏联列宁主义文论重视了文学是社会意识形态的本质,但是把社会意识形态作为文学唯一的最高本质,排斥和否定了文学的审美本质,或者虽然提出了文学具有艺术的审美特性,但是仍然不把审美作为界定文学本质的基础特性。可以说,苏联化和西方化的马克思主义文论,都没有把马克思关于艺术本质的理论资源做全面的、整体的把握,只有中国新时期的文学理论对文学本质作了"审美意识形态"的界定,才完整地整合了马克思关于艺术本质的主要思想。[①]

---

① 冯宪光:《意识形态与审美意识形态——马克思主义文学本质观研究》,《文学审美意识形态论》,中国社会科学出版社,2008年,第192页。

对文学审美意识形态论持否定态度的学者也表达了各自的观点。张永清认为,把文学的第一原理界定为"审美意识形态",是文学基础理论的一次创新,也是文学理论与时俱进的结果,但它只是社会过渡期产生的一个过渡观念,在逻辑上是文学意识形态论的学理延续,属于理论改良而非革命。该命题具有五种逻辑缺陷:认识出发点欠妥、语法关系含混、内涵自相矛盾、外延空无所指、经验与逻辑无效,无论从本质论或原理论的角度都难以立足。① 栗世来则认为,作为两个异质的、相互抵触的领域,审美和意识形态的组织、叠加,并不能熔铸和衍生出一种客观的实存事物或精神现象统一在艺术的本性中,审美意识形态是一个有名无实、面目可疑的虚假概念。作为一种学科理论的知识建构,审美意识形态论为追求价值的中立性,抽离和摒弃了马克思主义意识形态理论的批评性锋芒;作为一种本质主义的话语建构,审美意识形态论未能跳出意识形态中心论的窠臼,摆脱本质主义的思维痼疾,一元独尊,背离了拒绝专断、尊重差异的唯物辩证法精神。②

我们认为,"审美反映论"是对1950年代以来"能动反映论"文学观的一种继承,但更是反拨。与"能动反映论"相比,"审美反映论"更多地表达文学反映生活的主观性、情感性和创造性特征。"艺术既是反映,又是创造。反映和创造相互连接,构成一个逐次审美的完整的过程。"③在审美反映论基础上提出并逐渐发展成熟的"文学审美意识形态论",表达着文艺学界的这样一种理论诉求,那就是寻求马克思主义历史唯物观和美学观的结合与统一,寻求哲学认识论和实践论的结合与统一。

---

① 张永清:《审美意识形态:历史贡献与理论局限》,《湖南社会科学》2011年第5期。
② 栗世来:《文学的本质与审美意识形态——"文学审美意识形态论"质疑》,《齐鲁学刊》2010年第4期。
③ 陆贵山:《艺术真实论》,中国人民大学出版社,1984年,第32页。

不同于苏联和西方马克思主义文论,中国新时期提出的"文学审美意识形态论",全面把握了马克思关于艺术本质的两个基本点,即文学作为一种社会意识形态,是对社会存在的反映;同时,文学是以审美实践的方式,来表现它的意识形态性特征。应该看到,审美和意识形态,虽然彼此之间有着冲突对抗的一面,但也有和谐交融的一面。审美意识形态作为一个复合型概念,并不因为概念内部的对抗冲突而"难以立足",反而会因此使概念内部充满张力,内涵变得更为丰富,因此,也能更为全面、辩证地解读文学现象。就这个理论自身的形态而言,也可以理解为是官方意志和学术话语之间达成妥协和平衡的一个结果,因而才具有广泛的影响力。

第四节　文学生产

早在《1844年经济学哲学手稿》中,马克思就指出:"宗教、家庭、国家、法、道德、科学、艺术等等,都不过是生产的一些特殊的形态,并且受生产的普遍规律的支配。"①在1857年写成的《〈政治经济学批判〉导言》中,马克思正式提出作为精神生产方式的"艺术生产"概念,以与"物质生产"相区分,并在论述两者的不平衡关系中提出,艺术发展有着自身的特殊规律。1867年《资本论》出版,马克思把艺术生产作为资本主义生产的一个组成部分加以研究,提出在资本主义经济制度下,艺术生产分化为生产性劳动和非生产性劳动,两者之间处于一种敌对关系。马克思开启了从政治经济角度研究艺术问题的研究模式,这是今天所谓艺术生产论的开端。但实际上,"马克思本人很少明确地、直接

---

① 《马克思恩格斯全集(第42卷)》,人民出版社,1979年,第121页。

地谈论艺术生产尤其是艺术内部的生产机制问题,其讨论重心一般聚焦在作为精神生产门类之一的艺术生产与整体精神生产之间共性与个性的关系问题上"①。这为后来的艺术生产研究留下了很大的空间。

更重要的是,按照马克思关于社会结构的整体论述,艺术属于社会意识,受社会存在影响。但马克思同时指出,艺术作为生产的一种特殊形态,受生产的普遍规律的支配。这样问题就出现了:最终决定艺术形态的是社会存在还是作为社会存在其中之一的社会生产;社会生产作为社会存在的主导性力量,是否可以视为决定艺术形态、繁荣与否的主导性力量;艺术生产理论是否可以作为界定艺术的基础理论,或者只是我们看待艺术现象的一种视角。对于这些问题的回答是西方马克思主义的一个重要的研究方向,由此建立并形成了初具规模的艺术生产理论。

一、发生与创构

早期艺术生产理论家布莱希特认为:艺术作为一种生产活动,不仅是对世界的认识和反映,同时是一种人类独特的精神实践活动,实现对世界的改造和建构。与物质生产劳动相似,在艺术生产中,劳动工具、生产技巧决定着生产的成败与否。随着工业化时代的到来,艺术生产走上集体生产的道路,艺术家不再是孤立的创造者,而是其中的参与者。在商业化浪潮中,艺术生产不再是封闭的,而是开放的、未完成的,它期待着读者(消费者)的积极参与,以便作为商品的作品能够实现自身的"价值"。

本雅明是最早系统阐述艺术生产理论的美学家,他指出:"艺术不是以观念的形式反映现实的认识活动,而是通过一定的艺术技巧来加

---

① 陈奇佳:《关于马克思艺术生产理论的反思》,《江苏社会科学》2011年第4期。

工和改造现实的生产活动。"①艺术生产同物质生产一样,是"有规律可循的一种特殊生产活动,即它们同样由生产与消费、生产者、产品与消费者等要素构成,同样受到生产力与生产关系的矛盾运动的制约"②。因此,"只有从技术的角度才能对文艺作品进行直接的唯物主义的社会分析。技术概念是一个辩证的出发点,能够超越形式与内容、政治倾向和艺术质量的二元分析"③。本雅明的创新之处在于"充分肯定现代科学技术对艺术生产的重要作用,把科学技术看成是艺术发展与艺术普及的新的生产力"④。从这个意义上讲,科技也是一种民主化的力量,因为正是在科技的支撑和推动下,艺术的"光晕"才得以祛除,艺术的普及才成为可能。但本雅明同时指出:技术并不具有必然的进步性,"因为统治阶级对利益的渴求要通过它来满足,所以技术背叛了人"⑤。总体上看,本雅明的艺术生产理论"充分估计了科学技术等生产力要素对于艺术发展的巨大意义,并把艺术技巧的创新与政治批判功能直接挂起钩来,开辟了研究艺术史、艺术社会学的新途径"⑥。

阿尔都塞指出,文学作为一种意识形态的实践,也是一种对意识形态的生产。在阿尔都塞影响下,马歇雷建构了自己的艺术生产理论,产生了深远影响。他认为:"作品确是由它同意识形态的关系来确定的,但是这种关系不是一种类似的关系(像复制那样),它或多或少总是矛盾的。一部作品既是为了抵抗意识形态而写的,也可以说是从意识形

---

① 苏宏斌:《跨世纪的对话——评西方马克思主义的艺术生产理论》,《学习与探索》1998 年第 2 期。
② 马驰:《"新马克思主义"文论》,山东教育出版社,1998 年,第162 页。
③ 刘北城:《本雅明思想肖像》,上海人民出版社,1998 年,第175 页。
④ 季水河:《马克思主义艺术生产论在 20 世纪的多向展开》,《文学评论》2005 年第 4 期。
⑤ 刘北城:《本雅明思想肖像》,上海人民出版社,1998 年,第120 页。
⑥ 王雄:《论瓦尔特·本雅明的"艺术生产"理论》,《南京大学学报》1995 年第 4 期。

态产生出来的。作品将含蓄地帮助把意识形态揭示出来。"①马歇雷重点研究艺术生产与意识形态的关系，从意识形态生产方面重新诠释并发展了马克思主义艺术生产理论。

在晚期阿尔都塞意识形态思想的基础上，伊格尔顿将本雅明的文学生产论、雷蒙德·威廉斯的文化唯物主义、马歇雷的意识形态生产论加以综合，提出了独具一格的文学生产理论，其中既包括物质生产，又包括意识形态生产，并试图在两者之间建立一种辩证的关系。② 其基本观点是艺术既有意识形态属性，又有经济基础属性；艺术既是意识形态的生产，又是经济性质的生产。③ 正如伊格尔顿所言："艺术可以如恩格斯所说，是与经济基础关系最为'间接'的社会生产，但是从另一意义上也是经济基础的一部分，它像别的东西一样，是一种经济方面的实践，一类商品的生产。批判家，即使是马克思主义的批评家，很容易忘记这个事实，因为文学是处理人类意识的，这就诱使我们这些文学研究者局限于这个领域之内。"④因此，对于马克思主义艺术生产理论的解读最终还是要"回到马克思主义者至关重要的问题：文化生产方式的所有权或控制权"⑤。而"如何说明艺术中'基础'与'上层建筑'的更新，即作为生产的艺术与作为意识形态的艺术之间的关系，仍是马克

---

① 参见陆梅林选编：《西方马克思主义美学文选》，漓江出版社，1988年，第612—613页。

② 冯宪光：《20世纪西马文论本体论的主要形态》，《外国文学研究》2005年第4期。

③ 季水河：《马克思主义艺术生产论在20世纪的多向展开》，《文学评论》2005年第4期。

④ 〔英〕特里·伊格尔顿：《马克思主义与文学批评》（文宝译），人民文学出版社，1986年，第65—66页。

⑤ 王逢振：《今日西方文学批评理论》，漓江出版社，1988年，第98页。

思主义批评当前面临的最重要的问题之一"①。

鲍德里亚的消费文化理论对艺术生产理论的完善也起到了推动作用,其依据是马克思在《〈政治经济学批判〉导言》中所讲的这样一段话:"消费从两个方面生产着生产:(1)因为只是在消费中产品才能成为现实的产品,因此,产品不同于单纯的自然对象,它在消费中才证实自己是产品,才成为产品。(2)因为消费创造出新的生产的需要,因而创造出生产的观念上的内在动机,后者是生产的前提。消费创造出生产的动力,它也创造出在生产中作为决定目的的东西而发生作用的对象。"②马克思关于"消费从两个方面生产着生产"的论述包含着四个观点:产品只有通过消费才能成为现实的产品;产品只有在消费者的参与中才能最终完成;消费创造出生产的需要和前提;消费创造出生产的动力和"意向性产品"。③ 这些观点被鲍德里亚借鉴、采纳,与列斐伏尔的日常生活社会学、索绪尔的语言学相结合,形成了独树一帜的消费文化理论。

可以看到,西方马克思主义理论家发掘了马克思有关论述没有展开的思想观点,明确地提出艺术生产问题,把马克思主义政治经济学的生产理论运用到艺术领域,研究了艺术生产与艺术生产力、现代技术、物质生产、意识形态等方面的多重关系,开拓了马克思主义文论的理论空间。④ 但也要看到,他们的理论也在某些方面偏离了马克思主义创始人的原意,比如,马克思主义创始人强调这种生产是一种个性化、创

---

① 〔英〕特里·伊格尔顿:《马克思主义与文学批评》(文宝译),人民文学出版社,1986年,第81页。
② 《马克思恩格斯选集(第2卷)》,人民出版社,1972年,第94页。
③ 季水河:《马克思主义艺术生产论在20世纪的多向展开》,《文学评论》2005年第4期。
④ 冯宪光:《马克思美学的现代阐释》,四川教育出版社,2002年,第186—187页。

造性的精神生产,而西方马克思主义者则对艺术生产的精神性、特殊性注意不够,并有将艺术生产等同于意识形态或等同于一般商品生产的理论倾向。①

二、深化与细化

在中国,新时期以来较早研究马克思艺术生产理论的是董学文,他在1983—1984年间连续发表《关于马克思的"艺术生产"理论》《马克思的"艺术生产"概念及其理论》《马克思论艺术生产和物质生产》等论文。同时期的程代熙也发文指出:马克思与前人和他同时代的人的不同是,他既不是从哲学谈艺术和美学,也不是就艺术论艺术,而是把艺术、美学放在政治经济学里进行科学考察。②稍后,肖君和发表《要用马克思的"生产论"指导文艺》一文,提出:"人们都说,指导我们文艺思想、文艺创作的具体的理论基础是列宁的反映论。这种说法对吗?不对。指导我们文艺思想、文艺创作的具体的理论基础应该是马克思的生产论,而不是反映论。在文艺观念更新的今天,我们应该用生产论代替反映论,以便对文艺思想、文艺创作进行有效的指导。"③我国的文艺思想和文艺创作,只有在马克思主义文艺生产理论的指导下,才会出现"一个开发的繁荣兴旺的新局面"。董学文、程代熙、肖君和等人为从政治经济学、从艺术生产的角度解读文学现象提供了理论基础和依据。

1980年代后期,文艺的商品属性、商品化问题开始凸显,学界针对艺术生产理论展开了一次较为集中的讨论,代表性的文章有:何国瑞

---

① 季水河:《马克思主义艺术生产论在20世纪的多向展开》,《文学评论》2005年第4期。
② 程代熙:《一本值得一读的美学论著——董学文〈马克思与美学问题〉述评》,《贵州大学学报》1985年第1期。
③ 肖君和:《要用马克思的"生产论"指导文艺》,《文艺争鸣》1986年第4期。

的《论马克思的艺术生产理论体系》(《武汉大学学报》1988 年第 4 期)、《艺术生产论纲》(《理论与创作》1989 年第 4 期),徐岱的《艺术生产发生论》(《浙江学刊》1989 年第 3 期),朱辉军的《艺术生产论的独创与缺陷》(《理论与创作》1990 年第 1 期),朱立元的《略谈艺术生产与艺术消费的辩证关系》(《文艺报》1990 年 7 月 21 日),王德颖的《艺术生产论和意识形态论》(《文艺研究》1991 年第 4 期),张来民的《走向艺术生产论》(《文艺报》1993 年第 4 期),刘启宇的《艺术生产论与马克思主义文艺理论体系》(《文艺报》1993 年 10 月 30 日)等。这些文章对于艺术生产理论的发生、价值和意义,艺术生产论与艺术消费论、意识形态论的关系,艺术生产与人文精神的失落与拯救等相关问题展开了较为广泛深入的讨论。

1989 年,董学文著《走向当代形态的文艺学》,何国瑞主编《艺术生产原理》先后出版,两书作为建立"当代形态"马克思主义文论的尝试,引起了学界关注。董学文一书以"艺术生产"为其理论体系的逻辑起点,从"当代形态的宏观设定""当代形态的微观展现""当代形态的理论依据"三个维度,建构了一个从多种角度、多个层面把握文艺现象的动态结构。作为一部以"当代形态"作为理论诉求的马克思主义文论作品,其突出特点是:"第一,它找到了文艺学从'经典形态'(或'历史形态')过渡到'当代形态'的理论起点,即'艺术生产';第二,探索了艺术生产理论的较为完整的范畴体系,使马克思主义文艺学更接近全面;第三,开拓了马克思主义美学的多维的思维空间。"①何国瑞一书在整合以往理论史上有益思想资料的基础上,以艺术生产的生成、发展、特征为本体,以艺术生产者的本质、创造能力、生产倾向为主体,以艺术品的性质、类型、关系为客体,以艺术生产媒介、属性、种类、艺术性为载

---

① 王德颖:《马克思主义方法论和文艺学当代形态建设——兼评〈走向当代形态的文艺学〉》,《东岳论丛》1990 年第 6 期。

体,以艺术消费者的消费本质、消费心理、消费方式为受体,试图建构一个具有"当代形态"的马克思主义艺术生产论体系。①

以"生产"为逻辑起点建构当代形态的马克思主义文论体系,并"对文学自身的规律——艺术生产、消费的全过程给予了充分关注。使文艺学理论与文艺活动的实际大大靠拢"②。但是,这也面临一个巨大的理论难题,就是如何处理"生产论"与"反映论"的关系。"生产论"与"反映论""是并列、对等关系,还是矛盾、对立关系,抑或包容、互补关系,抑或其他关系"?何国瑞把"生产论对应于一般的反映论",没有看到马克思主义"建立于唯物史观基石上的艺术生产论在逻辑上高于、在内容范围上大于、在性质上优于奠基在辩证唯物主义反映论之上的艺术反映论"③。因此,在对两者关系的认识上,还存在一定的模糊性。

反映论和艺术生产论之间的争议,源于对马克思主义哲学的不同解读。一种观点认为,唯物史观是第一原理,社会存在决定社会意识,社会意识应该反映社会存在。科学、哲学、艺术应该客观真实地反映社会存在,虽然是以不同的方式。另一种观点认为,"实践"是马克思主义哲学中的本体,历史唯物主义是马克思主义哲学中的认识论,辩证唯物主义是方法论。因此,艺术从根本上是人的实践活动方式,而非只是简单地认识世界、反映世界。哲学领域的争议延展到文艺学领域,问题相应地转化为:是审美意识形态论,还是艺术生产论应该作为我们界定文学的第一原理。

1990年代后,我国学者对艺术生产理论的思考更为深入。朱立元

---

① 何国瑞:《艺术生产原理》,人民文学出版社,1989年,第15页。
② 童庆炳主编:《新中国文学理论50年》,安徽大学出版社,2000年,第75页。
③ 朱立元:《理解与对话》,华中师范大学出版社,2000年,第181—186页。

于 1991—1993 年间发表了《艺术生存论与艺术反映论之关系辨析》《艺术生产论与唯物史观》《关于艺术生产与艺术消费的关系》等一组论文,对艺术生产论作了立体的、综合的考察与研究,提出了不少新颖的见解,特别是对如何建设中国特色的艺术生产论,提出了一些建设性的意见与设想。①

进入 21 世纪,学界结合文化工业理论、消费理论、空间理论、生态理论、景观理论、场域及文化资本理论、权力话语理论、精神分析理论以及海德格尔等对马克思生产理论的批评等,展开了诸种关于艺术生产基础问题的讨论。② 一些学者开始对以往马克思主义艺术生产问题研究状况进行梳理总结,以期将马克思主义文艺生产问题的研究推向深入,其中较具代表性的文章有:叶纪彬的《新时期艺术生产理论研究述评》(《江淮论坛》2002 年第 3 期),季水河的《马克思主义艺术生产论在 20 世纪的多向展开》(《文学评论》2005 年第 4 期),何志钧的《西方马克思主义艺术生产论异同辨》(《文学评论》2009 年第 3 期),汪正龙的《马克思的艺术生产理论:多重内涵、当代发展及面临的挑战》(《江西社会科学》2009 年第 7 期)。

在艺术生产研究的热潮中,张玉能认为,艺术作为精神生产某种形式的"生产"与市场机制的"生产"是没有什么关系的。如果一定要说有什么关系,那就是艺术引领着人们所有的活动,其中包括市场活动,走向更高价值的实现与完成。③ 在大工业时代、商品、经济时代,否认艺术生产的生产属性、艺术生产产品的流通属性、价值交换属性,显然不符合事实。对这种否定给出的一个可能的解释就是,张玉能站在精英主义立场

---

① 本组文章均收入朱立元《理解对对话》,华中师范大学出版社,2000 年。
② 陈奇佳:《21 世纪以来中国的艺术生产论》,《人文杂志》2012 年第 3 期。
③ 张玉能:《马克思主义实践美学的艺术本质论》,《马克思主义美学研究(第 7 辑)》,广西师范大学出版社,2004 年。

上,希望艺术仍能继续保有自身的精神性、纯粹性、否定性,引领文明的发展方向和进程。颜翔林则通过对神话的研究发现,现代神话模式深刻影响了文化生产体制及最终的艺术产品。在现代神话影响下的文艺生产,它的大众性成功地消解了以个人意志凌驾在众人之上的启蒙主义神话。尽管存在着主流意识形态的主导性势能,现代艺术还是比较成功地以娱乐性和审美性抵消传统文艺的道德说教功能。① 张玉能和颜翔林代表了对待艺术生产的两种态度,前一种态度是否定和抵制,后一种态度则更愿意从积极的方面去理解和看待。阿多诺和本雅明之间的论争再次上演,可以想见,类似的论争还将持续地上演下去。

在如何看待艺术生产的问题上,孙秀昌更接近马克思原意。孙秀昌认为,从根本上讲,艺术生产更是一种个体性的自由创造活动,不同于物质生产,它更多地受艺术自身法则的制约。所谓艺术生产与物质生产发展的关系,对艺术生产来说终究是一种外在的关系。马克思之所以把生产分为生产劳动与非生产劳动,并将真正的艺术创造等精神生产归于非生产劳动,其实是给艺术自律留下了一块地盘。不过,马克思毕竟是在现实关系中来考察人的实践活动与人的种种关系,这注定了马克思在谈论物质生产与艺术生产的关系时,不可能对艺术自律有更多的措意。尽管如此,以个人自由活动为价值旨归的马克思还是敏锐地看到,在资本一元的社会关系下,那些理应秉持人的自由精神而从事艺术生产的艺术家应该与资本化的物质生产保持必要的张力。② 孙秀昌的观点可以从马克思自己的言论中找到支撑。马克思讲:"作家当然必须挣钱才能生活、写作,但是他绝不应该为了挣钱而生活、写作","作家绝不把自己的作品当作手段。作品就是目的本身;无论对

---

① 颜翔林:《现代神话与文艺生产》,《文学评论》2007 年第 4 期。
② 孙秀昌:《关于马克思"不平衡关系"问题的两次论争》,《河北学刊》2009 年第 1 期。

作家或其他人来说,作品根本不是手段,所以在必要时作家可以为了作品的生存而牺牲自己个人的生存"。① 从根本上,艺术生产是人的本质力量的对象化活动,是非功利性的。即便在资本一元的社会关系下,艺术生产也应在功利性与非功利性之间谋求一种平衡。如果艺术生产单纯以牟利而不以艺术作品自身为目的,那么这样的生产固然冠以艺术的头衔,但已经在很大程度上背离了艺术本身。

2010 年以来,中国的马克思主义艺术生产问题研究得到了进一步的深化、细化和多元化。如毛崇杰认为,由于艺术产品自身的审美价值与作为商品的使用价值和交换价值的分裂,他提出将艺术生产与消费并置为文学活动的决定性基础,以此构建一种"生产—消费—价值"艺术本体论模型。② 季水河借用国外学者提出的"非物质生产"概念,指出这种介于物质生产与艺术生产之间的生产类型,对后二者有着重要影响,而把这一概念纳入马克思主义艺术生产理论,"有利于进一步认识物质生产与艺术生产关系的复杂性,更加科学地解释物质生产与艺术生产发展的不平衡"③。范周、褚钰琦提出以文化凝聚力、文化软实力、文化生产力、文化创造力作为探索中国文化产业发展的重要思路和基本原则,并试图由此深化关于艺术生产的理论认识。④

三、成绩与问题

新时期以来提出并得到广泛深入研究的艺术生产论,在突破习以

---

① 《马克思恩格斯全集(第 1 卷)》,人民出版社,1956 年,第 87 页。
② 毛崇杰:《艺术生产、消费、价值之本体论整合》,《艺术百家》2010 年第 2 期。
③ 季水河:《从过程思维看马克思主义文论范畴的当代扩展》,《文学评论》2010 年第 5 期。
④ 范周、褚钰琦:《从马克思"艺术生产"理论看文化产业的兴起》,《山东社会科学》2011 年第 2 期。

为常的认识论文学观方面做出了有益的尝试。在认识论的文学观主导下,文学成为作家反映世界,读者认识世界的一种手段。文学意识形态特性的认定就是认识论文学观的产物。即使给意识形态加上审美这样的前缀,也无法改变把文学视为认识世界的一种手段这样一个事实。艺术生产论克服和纠正了单纯从意识形态论的维度研究文艺的片面性,"从根本上克服了以往艺术理论脱离艺术实践的毛病,克服了主要从静止的观点、主要从创作成果(作品)去看问题的缺点,而是把艺术当作一个感性活动过程来考察。在艺术生产论的理论观照下,艺术生产成为社会的经济基础与意识形态的中间环节。社会存在作用于社会意识,或社会意识要反作用于社会存在,经济作用于文学艺术,或文学艺术要反作用于经济,都要通过这座桥梁。"①艺术生产论实际上建立在人学的基础上,拥有比认识论更具本体意味的哲学基础,同时破除了对于艺术的神学观念,把艺术创作从根本上看成一种生产,使得"天才说""代神立言"说等神秘面纱不复存在。② 客观讲,艺术生产论的提出和研究自有其重要的理论价值和现实意义。

但是,由于受西方马克思主义影响,中国的艺术生产研究主要从精神、审美生产或者更进一步从意识形态、社会关系、统治模式的生产的角度出发来研究艺术生产,未能重视马克思提出艺术生产理论的时代背景。马克思从政治经济学的视角看待文学问题时,不仅看到了在资本主义历史阶段,艺术生产具有了盈利的特性,同时也认识到"资本主义生产同某些精神生产部门如艺术和诗歌相敌对"③。正是这后一点,使得马克思强调了艺术生产的独特性:"真正的艺术生产不同于一般商品的生产,它是以人本身的发展、个性的充实和自我实现为目的的,

---

① 何国瑞:《艺术生产原理》,人民文学出版社,1989年,第69页。
② 陈定家:《略论意识形态与艺术生产》,《甘肃社会科学》2002年第6期。
③ 马克思:《剩余价值理论(第1册)》,人民出版社,1975年,第296页。

其本质特征是生产审美价值,而非商品价值。"①马克思把艺术看作一种生产,无非是说,艺术是一种具有创造性的人类生命活动,即一种体现了人的类本质的活动。② 柏拉威尔也曾指出:马克思第一次试图把诗人的工作视为一种非异化的活动,非异化的劳动就是体现了自由自觉创造性的"人的族类行为",虽然这种行为并没有摆脱商业的压力。③在艺术生产的商品性与审美性上,"审美品格应该有优先权。审美性是保持和提升艺术生产的精神品格的前提,若纯粹为了消费,那就只是生产而不是艺术生产了"。在艺术生产与资本的关系上,"作为一种自由的精神生产,艺术生产须坚持艺术的相对独立性,在借助资本的同时反抗资本对艺术的侵蚀"。④ 因此,单纯地从经济学角度解读文学并不完全符合马克思的原意,也不符合文学的现实。艺术生产论并不仅仅在资本社会对于文学现象和运行规律有着很强的说明性,艺术生产论同时也指向文学活动自身的审美特性,揭示着人的自由自觉的类本质。

第五节 实践存在论

马克思主义文论到底应以认识论,还是以实践论为基本原理?这个问题仍值得反思。认识论的哲学基础在马克思主义原典《德意志意识形态》中有所表述:"不是社会意识决定社会存在,是社会存在决定社会意识。"据此,苏联把马克思主义认识论、反映论作为马克思主义

---

① 李英:《金钱崇拜与艺术生产》,《哲学研究》1985年第5期。
② 罗宏:《马克思究竟是怎样看待艺术生产的》,《文艺理论与批评》2005年第4期。
③ 〔英〕柏拉威尔:《马克思和世界文学》(梅绍武等译),生活·读书·新知三联书店,1980年,第63、99页。
④ 胡亚敏:《再论艺术生产》,《学术月刊》2011年第10期。

文论的哲学基础。中国在改革开放前，受苏联影响，同样把马克思主义的认识论作为我们看待、认识文学活动的基本理论依据。实践论的哲学基础同样是马克思主义原典，《手稿》《关于费尔巴哈的提纲》和《德意志意识形态》等文关于实践都有论述。"实践"后来被葛兰西提升到马克思哲学本体的高度，马克思哲学相应地被其命名为"实践哲学"。西方马克思主义进入中国，把马克思哲学指认为实践哲学的思想，拓宽了中国学者的理论视野，同时也在中苏马克思主义者和西方马克思主义者之间引发了持久而广泛的争议。奉行苏联马克思主义文论观点的学者，坚持从认识论的角度看待文学，认为实践在马克思主义哲学中并不居于本体的地位，实践论可以作为看待文学的一种方式，但不是基本原则。借鉴西方马克思主义的学者，则把"实践"视为人的一种基本的、同时是形而上学的活动方式，因此，用实践出发定性文学，相比从认识论的角度，更具本体论的意味。

一、实践及实践美学

马克思实践哲学与美学关系问题的探讨，在中国学界以李泽厚"实践美学"观点的提出为起点。李泽厚本人直到 2004 年才接受"实践美学"的提法。在 1957 年的美学讨论中，李泽厚马克思的实践概念区分为"工具本体"和"心理本体"。"工具本体"意义上的实践是虚假意义上的，因为这种所谓实践并不是自觉自省的行为，而是盲从和迷信的结果；"心理本体"意义上的实践，强调的是人之为人的规定性，并在这种规定性之下所从事的活动。从目前的哲学认知水平看，人之为人的规定性就是自由，也就是说，只有在自由意志驱使下的人类活动，才能以实践命名之。从这个角度可以讲，李泽厚的实践美学是一种侧重主体性的美学观，但是一开始与马克思主义的实践思想相结合。

1980 年代前期，随着"实践是检验真理的唯一标准"讨论的深入，美学家直接参与了这场马克思主义哲学变革运动,在中国当代思想史上,继1950年代的第一次美学热,再掀第二次美学热。但准确地讲,这一次的美学大讨论产生于反拨极左思潮的时代背景下,标志着意识形态领域的重大变革及其功能性需要。这次"美学热"的特殊意义在于,它以其非政治性表象获得了更为广阔的言论空间,同时从文化思潮层面给马克思人文主义以声援。① 时至今日,我们可以清楚地观察到,作为意识形态话语组成部分的美学产生了"后实践美学""实践存在论美学",延及文艺学则产生了"审美意识形态论"等重要理论成果。不过,美学、文艺学对于意识形态所能起到的积极作用,也因为大众文化、消费文化、产业文化的兴起而受到冲击。

1980年代末,中国哲学界就"实践"哲学相关问题也进行了广泛而深入的讨论。1989年5月,徐崇温撰写《马克思的哲学世界观就是实践唯物主义》一文提出,在把实践引进本体论的同时又始终坚持唯物主义,重申外部自然界的优先地位,这两个方面是马克思的实践唯物主义的基本内容,也就是马克思的哲学世界观,即存在论和本体论的基本内容。1989年,黄枬森在《哲学研究》第11期发表《评对实践唯物主义的一种理解》一文。作者在梳理学界关于实践唯物主义研究的观点的基础上,就马克思与实践唯物主义、实践唯物主义与辩证唯物主义的关系作了理论探讨。按照黄枬森的观点,马克思主义包括这样三个有机组成部分,即历史唯物主义的世界观、辩证唯物主义的方法论、实践唯物主义的本体论。同年10月,徐崇温在《哲学动态》第10期发表《实践唯物主义不是唯实践主义》一文。作者针对有学者把马克思的实践唯物主义解释成一种唯实践主义的问题做出了有针对性的批评指正。1990年1月,黄枬森撰写《在马克思主义哲学中怎样加强关于人、实践

---

① 尤西林:《"美学热"与后"文革"意识形态重建》,《陕西师范大学学报》2006年第1期。

和主体性的内容》一文发表在《哲学动态》第 1 期。作者就在改进马克思主义哲学体系的过程中如何加强人、实践和主体性的问题做了深入探讨。能够看到,如何从经典马克思主义著作中挖掘出理论资源,弥合历史和逻辑、客体和主体、必然和自由之间的对立和紧张关系,成为当代马克思主义哲学研究的一个重要任务和核心话题。

国内学界就历史唯物的马克思主义和实践马克思主义及相关问题展开的讨论,可以看作是正统马克思主义和西方马克思主义之间一场持续争论的延续。一般意义上,正统马克思主义强调"外部自然界的优先地位"①,西方马克思主义者则讲:"历史不过是追求着自己目的的人的活动而已。"②争论双方都从马克思主义经典著作中寻找理论依据,表面上,大家各依其理。但在我们看来,马克思哲学的重要地位,正在于其以"实践"统合物质与精神,存在与意识的创举,用"实践一元论"取代了"心物二元论",并因此超越了古典哲学,成为现代哲学的一个重要开端。以历史唯物主义的马克思主义否定实践的马克思主义,以所谓成熟期的马克思来否定青年马克思的学者没有看到,历史本就是由人的实践所创造。如果非要按照古典哲学的样式来划分马克思的哲学思想,那么可以认为,"历史唯物主义"属于马克思主义哲学的认识论,"实践"才是马克思主义哲学的本体;在历史唯物主义世界观和辩证唯物主义方法论的指引下,实践得以保证自己目的的正义性、方向的正确性和行动的合理性。

而通常所言"实践美学",则是指运用马克思主义的实践观来观察与评价人类的审美活动,并从劳动实践的发生、性质与功能来研究审美活动的发生、性质与功能。如章启群所言:李泽厚的实践美学,以马克思主义的实践观为基点,从马克思"自然人化"的理论出发,把贝尔的

---

① 《马克思恩格斯选集(第 1 卷)》,人民出版社,1972 年,第 529 页。
② 《马克思恩格斯全集(第 2 卷)》,人民出版社,1957 年,第 119 页。

"有意味的形式"与荣格的"集体无意识"学说嫁接起来,提出了一种审美"积淀说",即认为人类的社会生产实践活动,在劳动产品和人的主体两个方面产生历史的效用和结果,在外在的世界中形成工艺——社会结构,而在人的主体中形成了文化——心理结构。美感就是在这种实践活动中"积淀"在主体与客体双方,在双向进展中的"自然人化"中产生了美的形式和审美的形式感。① 由于实践美学彻底改变了传统的思辨美学、心理美学等论述路径,又与主流意识形态高度相关,因而备受瞩目,成为一时之选。

二、实践存在论美学

但是,到了1990年代后,"实践美学"受到挑战,先后出现了"后实践美学"和"实践存在论美学",尤以后者的发展更为突出。

1994年,杨春时发表《走向"后实践美学"》一文,对实践美学提出十点批评。杨文认为,李泽厚的实践美学存在的主要问题是:把实践直接作为美学的基础,跳过了很多中介环节,直接推论到美学基本问题;审美强调超越性,而实践没有超越性;审美强调个体性,而实践往往是群体的、集体的、社会的活动;审美强调感性,而实践强调理性,带有目的性。

就李泽厚的"实践美学"思想,朱立元也提出了批评意见,主要集中在三个问题上:(1)其哲学基础从一元论推到历史二元论的"两个本体论",即从原先坚持的一元论的"工具本体"的唯物史观,逐渐走向"工具本体"与"心理本体"或"情本体"并列,甚至"情本体"高于"工具本体"的"两个本体论",从而疏离了唯物史观。② (2)没有完全超越西

---

① 章启群:《百年中国美学史略》,北京大学出版社,2005年,第249页。
② 朱立元:《试析李泽厚实践美学的两个本体论》,《哲学研究》2010年第2期。

方近代以来主客二分的认识论思维框架。李泽厚在回答"美是什么"的问题时给出了"美在客观性与社会性统一"的答案,这个回答并没有否认或取消"美是什么"这种主客二分的提问方式,在根本上仍然是认识论的思维框架,只是把朱光潜先生作为主体的个人换成了社会性的主体。这个主体与作为对象的客体(美)之间仍然是一种认识论的实体性关系,而这恰恰是中国美学要真正取得重大突破和发展的主要障碍之一。(3)对"实践"的看法失之狭隘,即把实践仅仅理解为人的"物质生产劳动"(李泽厚)或"感性物质活动"(王元骧),"有狭隘化之嫌"。马克思讲:"全部社会生活在本质上是实践的。"因此,"人的实践活动既包括物质生产和生活,也包括精神生产和生活,实践应该是大于物质生产劳动的。除物质生产劳动之外,它还应该包括变革现存制度的革命实践、政治实践、道德实践、审美和艺术实践以及日常生活实践等等"。以此观之,李泽厚对于"实践"的解读方式显然无法为"实践美学"构筑坚强的理论根基,从而动摇了自身的科学性和合理性。①

因为实践美学存在的这样一些问题,2008 年,朱立元提出"实践存在论美学"构想,试图破除旧有的主客二分的认识论框架,推动"当代中国美学走出沉闷、停滞的现状"。按照朱立元的解读,正是实践观与存在论的有机结合,确立了马克思在西方哲学史上的重要地位。当代中国美学要获得发展,一个最重要的途径就是要实现突破主客二元对立的单纯认识思想方式和框架。② 而"实践存在论美学"的提出,就在于尝试在"存在论"的理论视野之下,以"生成论"反思"现成论",以"存在论"反思和超越单纯"认识论"思维下的"主客二分"。相应地,将美学讨论中的主要提问方式"美是什么"转化为"美如何生成",由此突

---

① 朱立元:《略谈当代中国语境中的实践存在论美学》,《陕西师范大学学报》2012 年第 1 期。
② 朱立元:《简论实践存在论美学》,《人文杂志》2006 年第 3 期。

破美学研究中过度拘泥于对"美"的本质、本原的抽象讨论,而相对忽视现实世界中美的生成和创造问题的关注的局面,以便对现实主义以来,诸如行为艺术、荒诞、丑、惊颤等一系列新的审美现象和审美范畴做出新的美学释读。①

就"实践存在论"及美学相关问题,董学文与朱立元等学者展开了争论。朱立元认为,美学和文学研究中的本体论问题,存在着翻译上的误区,"ontology"真正的中文译法应该是"存在论"而非"本体论"。相应而言,如果"实践本体论"可以成立的话,那么,"实践存在论"就是一个更为合适的提法。因而,应将"实践存在论"纳入美学研究的视野。②董学文则认为,将"ontology"译为"本体论""存在论"或"是"论,都有其翻译的和学理的依据。因此,以"实践存在论"取代"实践本体论"作为美学研究的一条路径似乎无可厚非。问题在于,朱立元将"本体论"译为"存在论",其目的是为了嫁接马克思的实践学说和海德格尔的存在哲学,这种方式则不免有投机取巧之嫌。更关键的是,把马克思唯物主义的"实践观"同海德格尔依托"此在"的"存在论"组合在一起,产出了一些逻辑上的混乱与矛盾,因此,"实践存在论美学"成立的可能面临质疑。如果"实践存在论"因为自身的组合产生了逻辑上的混乱而不能成立,那么把这个概念引入对于文学的理解就也是不合时宜的。③

马克思的实践哲学思想和海德格尔的存在哲学是否能够兼容的问题,需深入分析后才能做出判断。回顾马克思和海德格尔所处的历史阶段和社会环境可以发现,马克思所处年代,资产阶级和无产阶级间的

---

① 朱立元、栗永清:《对近期有关实践存在论批评的反批评——对董学文等先生的批评的初步总结》,《上海大学学报》2011年第1期。
② 朱立元:《当代文学、美学研究中对"本体论"的误释》,《文学评论》1996年第6期。
③ 董学文:《"实践存在论"美学何以可能》,《北京联合大学学报》2009年第5期。

矛盾至为激烈,此种情境下,以"实践"指称暴力革命,达成社会重组之目的就是可以理解的。反观海德格尔所处环境,受到民族主义、国家主义蛊惑的无产阶级在很多时候,很大程度上已经和国内资产阶级结成同盟,共同对抗来自外部世界的压力。此种情境下,以"此在"表达个体生命之窘迫和困境,也是可以理解的。现实的背景表现在理论的形态上:按照海德格尔的思想,天、地、神、人共同营造的"存在"是"此在"生存、聆听、敬畏之对象;但在马克思看来,现实的一切并非天经地义,无产阶级应通过革命改造世界。这样看来,讲"革命实践"的马克思确实是无法和讲"存在"的海德格尔互相兼容的。这是一方面。

另一方面,海德格尔的此在思想隐含在德国古典哲学、美学之中,青年马克思的思想也传承自德国古典哲学、美学。也就是说,马克思和海德格尔其实是同气连枝,一脉相承的,他们的思想之间出现交叉、兼容是正常而合理的,完全异质、不能兼容才是不正常、不合理的。相对意义上,右翼的海德格尔显得更消极一些,诗意地栖居是他的最高理想;左翼的西方马克思主义则显得积极一些,生活态度的审美化、生活方式的多元化是他们所选择的反抗主流政治、意识形态的道路。从这一方面看,马克思实践哲学中非暴力革命的部分,也就是被西方马克思主义所继承的部分,和海德格尔的存在哲学并不存在明显的对立。

还需要说明的是,海德格尔讲"此在",首先需要从主体精神的自我体察、觉悟来领会。但是,当海德格尔区分"应手之物"与"现成在手之物"时,其实所表明的"正是从行动到认识、从实践到理论的过程,说明的是行先于知、知来自行的道理"①。因此,海德格尔的哲学不应被简单视为精神哲学,而是知行合一、主客体统一的哲学。马克思的哲学思想同样如此。学界认为实践存在论美学思想是马克思和海德格尔思

---

① 赵敦华:《西方当代哲学新编》,北京大学出版社,2001年,第112页。

想的嫁接,自有其理论依据。这种说法得到朱立元证实:"用马克思的与实践观结合为一体的存在论去批判地扬弃海德格尔此在在世的基础存在论,正是我们这些年努力尝试和探索的工作。"①

但在董学文看来:"这样的'超级实践'概念,不仅背离了马克思主义的实践观,也与西方哲学史上的实践观念相冲突。"②这种所谓"实践存在论"美学、文艺学的内在逻辑结构,存在诸种矛盾和冲突。作为概念范畴,自身缺乏统一整合的可能性。对其理论的解释,不可避免地摇摆、徘徊在马克思的"实践观"与海德格尔的"存在论"之间。③董学文的说法值得商榷。虽然传统上,马克思哲学中的"实践"范畴,是从改造世界的层面被看待。但在《手稿》中,马克思更多的是从人类存在的一般特性和活动的普遍方式来解读实践的,即人通过他对自然对象的"感性的肯定来达到人的自我实现"。实践因此成为"否定现存事物,改造世界的活动,是创造的、开放的、未完成的和具有无限可能性的人类存在方式和发展方式。在实践活动中不但世界不断生成、开显和变动,而且人不断改造自身而向人生成"④。

按朱立元的解释:"虽然海德格尔现象学存在论在方法论上给予我们重要启示,但真正直接为实践存在论美学提供理论依据的,乃是马克思。实践存在论真正的哲学根基来自马克思实践观与存在论结合为一体的思想,来自马克思包容存在论维度的实践观或马克思存在论思

---

① 朱立元:《关于全面准确理解马克思主义哲学、美学的若干问题——与董学文先生商榷之四》,《文艺理论研究》2010 年第 5 期。
② 董学文:《"实践存在论美学"的理论实质与思想渊源》,《中南大学学报》2010 年第 1 期。
③ 董学文:《"实践存在论美学"的理论实质与思想渊源》,《中南大学学报》2010 年第 1 期。《论美学、文艺学本体观辨析——以"实践"与"存在论"关系为中心》,《上海大学学报》2009 年第 3 期。
④ 朱立元、刘泽民:《"实践"范畴的再解读》,《人文杂志》2005 年第 5 期。

想的实践观基础。"①坚持用"实践是人在世的基本方式"和"广义的人生实践"等命题,来解读和诠释马克思主义的实践观,并非要否定"外部世界的优先地位",而是从根本上把历史看作"追求着自己目的的人的活动而已"。董学文的问题,在于生硬地割裂了"实践存在论"及其美学观,把实践看作马克思的,把存在论仅仅看作海德格尔的,既没有看到马克思实践观自身的存在论维度,也无视海德格尔"生存—存在论"与马克思包含着存在论思想的实践观之间在方法和思路上的相通处。② 马克思的实践哲学以及由此衍生的实践存在论,和海德格尔的存在哲学有着内在的深刻关联,就是主体因存在(实践)而生成,或如海德格尔自己所言,存在就是本质。但并不能因此说,实践存在论的哲学基础是马克思的实践哲学思想和海德格尔存在哲学思想的嫁接。海德格尔的存在哲学思想是作为实践存在论的佐证被涉及的。实践存在论是通过对马克思自身学说的研究得以发现并产生的。至少,朱立元给出的解释便是如此。

董学文对此表达了不同观点:美学和文艺学上的"实践本体论",自以为走在唯物主义的轨道上,而在事实上:"它的理论解释却完全落到了所谓实践上面,确切地说,是落在了所谓实践的能动性上面。当实践的能动作用被人为地无限发挥,而对现实的物质基础却置若罔闻的时候,这种实践就有走向主体行动精神实践的危险。尤其是当把实践当作'本体''本原',把实践当作事物最终'存在'的时候,这时的'实践的唯物主义',就多半变成了'实践的唯心主义'。"③董学文的理论出

---

① 朱立元、刘泽民:《"实践"范畴的再解读》,《人文杂志》2005年第5期。
② 朱立元:《海德格尔凸显了马克思实践观本有的存在论维度——与董学文等先生商榷之三》,《社会科学》2010年第2期。
③ 董学文:《"实践存在论"美学、文艺学本体观辨析——以"实践"与"存在论"关系为中心》,《上海大学学报》2009年第3期。

发点是不错的,在历史唯物和主观唯心之间,我们当然要尊重历史,而不是轻易地试图用自己的臆想改变自然的法则。但具体到对于实践和实践唯物主义的理解上,董学文难以摆脱主观唯心主义的窠臼。"实践"在马克思那里,从来就不是主体能动性的无限发挥,而是在对历史和全部的社会关系尽可能全面地予以调查研究的基础上,审慎地做出判断之后付诸的行动。历史唯物主义就是实践唯物主义的前提。马克思虽然讲"社会生活在本质上是实践的",但马克思并没有说社会生活和历史可以按照人的主观意志随意改造。董学文以实践的能动性否认实践要服从历史自身的规律,在逻辑上犯了以偏概全的错误,而其立论的依据就建立在"实践的能动作用被人为地无限发挥"上。问题是,美学和文艺学上的实践本体论者,并没有要把实践的能动作用无限发挥之意,这本身就不是马克思的原意。客观上,实践本体论或实践存在论从哲学本体论的意义上来讲,超越了唯物主义和唯心主义之间的长期对立。当我们仍然从唯物、唯心的角度来解读实践哲学的时候,就从一种主客统一的哲学观,退回到了主客对立的哲学观。

还有研究者称:"我们不能将马克思早期不成熟的思想当作马克思思想的高峰,将早期著作中的一些论述当作曲解马克思主义的口实,用'青年马克思'反对'老年马克思'。"①问题是,我们不可以用"青年马克思"反对"老年马克思",难道就可以用"老年马克思"反对"青年马克思"吗?这种提问方式存在问题。我们一般习惯性地认为,相比青年时代,马克思后期的思想更为成熟一些。但如果把马克思的全部思想放到整个人类思想发展史中看待,则这种判断未必准确。青年马克思的思想为何受到西方学者的追捧?革命的马克思的思想为何遭到遗弃?是不是因为青年马克思的思想符合历史自身的发展规律,而革命

---

① 田心铭:《关于马克思主义观的十二个关系问题论纲》,《高校理论战线》2010年第1期。

的马克思却因为对于美好未来的梦想影响了自己的判断能力,已经偏离了人类社会发展的正常道路,背离了西方自古希腊萌芽、近代以来逐步形成的人道主义的思想信念呢?虽然,这种偏离有的时候是必须的,有时是必要的。我们钟情于革命的马克思,那么我们是否也可以冷静地看待青年的马克思和反思的马克思呢?我想,这些问题当中的任何一个,都值得走在独特发展道路上的当代中国深长思之。

三、对文学观念的启示

总体上看,西方马克思主义在实践问题上接受的是写作《手稿》的青年马克思的思想,是德国古典哲学意义上的、黑格尔式的马克思思想。根据我们的判断,朱立元的实践存在论的理论依据在相当程度上也是马克思的这种黑格尔式的思想。中国以正统自居的马克思主义者认为,成熟期的马克思已经超越了古典哲学,而他们接受的是成熟期的马克思思想,因此,理所当然的,他们就有足够的理由指斥西方马克思主义和接受西方马克思主义的中国学者开了历史的倒车。但是,强调外部世界的优先地位,以证明自己是坚持唯物主义的,并没有任何可以炫耀的资本。对于唯物、唯心这种概念的使用,我们往往过于随意,好像一扣上唯心主义的帽子,就是落后的,甚至反动的;一旦自诩为唯物主义的,就是先进的,代表着正义的一方。但他们似乎忘记了马克思在《关于费尔巴哈的提纲》中所讲,唯物主义如果走上机械的、庸俗的道路,还不如他们所批判的、力图超越的唯心主义。按照恩格斯的说法,唯物主义、唯心主义只有在第一性的问题上才有意义,除此之外,这两个用语没有任何别的意思。① 唯物主义并不是马克思、恩格斯所刻意强调的。马、恩,包括列宁,始终强调的是"历史",而历史始终是由人

---

① 《马克思恩格斯选集(第4卷)》,人民出版社,1995年,第224—225页。

的"实践"所创造。马克思主义创始人认为他们的哲学的"全部问题都是使现存世界革命化,实际地反对和改变事物的现状"①。因此,哲学就不只是一种知识的最高原理,是"科学的科学",是世界观和方法论,是人们认识世界的手段,而且同时是人们改造世界的工具,因为"全部的社会生活在本质上是实践的"②。这实践着的全部的社会生活,除了生产和革命,其中自然也包括文学和审美活动。从这个意义上我们可以讲,文学和审美活动在本质上是实践的。

从发生学的角度看,早期中国马克思主义者的兴趣并不是要创构一种新的理论,而是以马克思主义及文论为指导,通过文学活动积极地改变社会,改变人生。这其实是真正把握住了马克思主义的精髓——实践品格。③ 马克思主义之所以把文艺纳入社会结构系统,考察说明其在社会结构系统中的地位、特性,"着眼点正在于文艺能够在社会变革中发挥的作用"④。因此,开展实践论视界的研究不仅是全面准确理解马克思主义的精神,推进马克思主义文艺学在当代发展的需要,而且也是实现马克思主义文论中国化的一条重要途径。因为,"马克思主义及文论从来都是社会实践和斗争的产物"⑤。梳理马克思哲学思想发展历程可以发现,在其原初视野中,"人的实践活动既显现为改造对象的对象性活动,同时又是提升自身、创造自身、追求人性生成的非对象性活动。对象性与非对象性构成实践活动的基本矛盾,这一矛盾的展开也是人与自然、人与社会、人与人、人与自身关系不断实现否定性

---

① 《马克思恩格斯选集(第 1 卷)》,人民出版社,1995 年,第 48 页。
② 同上,第 56 页。
③ 安涛:《早期中国化马克思主义文论的实践品格》,《文艺理论与批评》2012 年第 1 期。
④ 赖大仁:《马克思主义文论与当今时代》,《文学评论》2011 年第 3 期。
⑤ 党圣元:《马克思主义文论中国形态化的问题意识及其提问方式》,《贵州社会科学》2012 年第 9 期。

统一,并不断创造新的世界文明的过程"①。

　　与西方认识论哲学的传统不同,我国传统哲学就是一种人生论哲学,它强调的就是一种践履的精神。这种哲学思想尽管与马克思实践哲学思想不完全相同,但在强调对现实的介入这一点上,却是完全一致的。② 基于这样的认识,王元骧提出"实践本性论文艺学"的设想,试图以"实践"为中介,将知识论、认识论与人生论、价值论、科学主义与人文主义,结合起来,进一步阐释文学的"人学"本性,推动马克思主义文艺学的新发展。③ 一旦实践本性文学观得以建立,我们就"不仅可以从根本上克服以往哲学把精神与物质、主观与客观、个体与社会、价值与知识、自由与必然、理想与现实分割以致对立的倾向,而真正走向辩证的统一,而且也可以更清楚地帮助我们认清西方现代人本主义哲学观和文艺观把实践个人化、主观化、心理化、非理性化的局限,为马克思主义文艺学在当代发展的过程,在吸取西方现代人本主义文艺观的合理的因素的同时,又实现对现代西方人本主义文艺理论的超越提供科学而坚实的理论依据"。④ 王元骧的观点我们基本是赞同的,只有一点,把西方现代人本主义哲学观和文艺观以"非理性化"认定,似乎未能认识到,"非理性"出于对"理性"的反思,其实是"理性"的一个组成部分。

　　参照上述观点,我们认为,把实践提到马克思主义哲学本体的高度的这部分学者,其潜在的目的是要发挥实践作为人类独有的活动方式,其超越现实、批判现实、改变现实、引领现实的隐含的力量。实践因为

---

　　① 范玉刚:《实践内涵的拓展是深化马克思主义文论研究的基础》,《湖北大学学报》2009 年第 7 期。
　　② 王元骧:《论马克思主义文艺学在当代的发展和意义》,《东方丛刊》2007 年第 4 期。
　　③ 王元骧:《艺术实践本性论纲》,《社会科学战线》1998 年第 3 期。
　　④ 王元骧:《实践的思想与马克思主义文艺理论研究的变革》,《江苏社会科学》2002 年第 1 期。

这种特性,和审美就有着天然的紧密关系。甚至可以说,人类的实践活动因为它超越、批判、改变、引领现实的隐含力量,本身就是审美的。基于这样的分析可以判定:以实践作为马克思主义哲学的本体,就是对苏联马克思主义哲学理念的一次颠覆;而用实践论的文学观来置换苏联模式认识论的文学观,同样有一种颠覆的意味在其中;其最终目标,是要从"人"的角度,而不是从"物"的角度来看待文学。概括建立在实践论基础上的文艺观与传统的认识论文艺观的不同:后者以物为本,前者从人出发;后者趋向于理性,前者回归生活;后者视文艺为一种低级的认识方式,前者视文艺为人的精神家园和行为参照体系;后者倾向对文艺做静态的研究,前者倾向对文艺做动态的考察。但是,实践论文艺观在鲜明地反映着当前时代要求的同时,也存在着由于把实践与认识割裂、甚至对立起来,使文艺创作和研究陷于主观化、个人化与非理性化的局限。① 王元骧因此提出,要全面而完整地阐述马克思主义文艺学,推进马克思主义文艺学在当代的发展,就应该把认识论视角与实践论视角统一起来进行研究。② 朱立元则讲:"文艺学的哲学基础应当从单纯的认识论转向马克思主义以实践为核心的存在论。"③

在实践论的理论前提下进行反思我们就会认识到,在很长的历史时期,文艺学界始终未能摆脱主客二分的哲学观念,总是站在主体的立场和视角,把文学看作客观存在的研究对象,拘泥于对文学的本原、本质的探讨,忽视了从主体自我生成和创造的角度来看待文学现象。而文学审美意识形态论正是这种主客二分哲学观念的结果。在此认识论

---

① 王元骧:《实践的思想与马克思主义文艺理论研究的变革》,《江苏社会科学》2002 年第 1 期。
② 王元骧:《马克思主义文艺学在当代的发展和意义》,《东方丛刊》2007 年第 4 期。
③ 朱立元:《张瑜,不应制造"两个马克思"对立的新神话》,《社会科学战线》2010 年第 1 期。

前提下，文学自然首先成为人们认识世界的一种手段，虽然是以审美的、艺术的方式。反观实践论的文学观，则不仅视文学为反映社会生活的一种手段，同时视文学为人类基本的活动方式和存在方式，是人走向全面发展、获得自由的重要环节和因素。这种活动方式因为有着自身的一些特质，比如精神性、前瞻性、否定性、超越性，概而言之，即审美性，从而决定了文学可以在很大程度发挥否定现实、批判现实、引导现实的作用。文学因此不仅扮演着附庸于意识形态的角色，而且同时扮演着对抗意识形态的角色。文学实践论、审美实践的文学观，既是对文学反映论、审美意识形态文学观的继承，也是超越。

具体到文学批评活动，如果说现实主义文学因为反映社会生活的创作自觉，运用主客二分的哲学、美学观进行释读有其合理性和有效性，那么这样的一种哲学、美学观用来指导、解读现实主义之后的各种新的文学现象则显得力不从心；反之，以实践存在论的哲学、美学观用来指导、解读现实主义之后的新的文学现象，则有着其自身的理论优越性。这样看来，当前中国学界尝试建立一种"实践存在论"的美学观、文学观的尝试，符合学术思想发展的一般规律。

第六节　存在的主要问题

历史地看，马克思主义文论引入中国经过了较长时间才得到系统整理和消化。这提醒我们，今天讲马克思主义文论的中国化，首先需要解决的是马克思主义文论如何适应中国语境，与中国问题融合会通的问题。这是一个基本的宗旨。在此基本原则指导下，通过梳理分析已经取得的研究成果，我们认为，中国今后的马克思主义文论仍需在以下六个问题上继续深入研究，勉力向前推进，即：马克思主义文论的体系;中国化路径的探索;现实主义的深化;与中国古代文论的结合;正确处理与西方马克思主义文论的关系;与形式主义文论的结合等。其中,前两个问题是宏观的,相对而言,后面的四个问题偏微观。

一、马克思主义文论体系的建构

1980 年,刘梦溪在《文学评论》第 1 期上发表《关于发展马克思主义文艺学的几点意见》一文,认为不仅马克思、恩格斯,而且包括列宁、斯大林、毛泽东,他们都没有形成完整的文艺思想体系。这篇文章引发了新时期马克思主义文论有无体系的全面争论。随后,有学者撰文指出,马克思主义经典的文艺理论在某种意义上说是"断简残篇"。此说遭到众多学者的反对。顾骧的《文艺理论研究工作断想》(《文艺理论研究》1980 年第 1 期)、汪裕雄的《"断简残篇"、普列汉诺夫及其他——与刘梦溪同志讨论马克思主义文艺学建设问题》(《江淮论坛》1980 年第 2 期)、魏理的《马克思主义经典作家的文艺理论体系和文艺科学的发展》(《文学评论》1980 年第 5 期)、李中一《论马克思、恩格斯美学、文艺学体系》(《江淮论坛》1983 年第 3 期)是其中比较有代表性的文章。这些文章的基本观点是:马克思主义文艺理论虽然零散,但并非断简残篇,而是具有完备的科学体系。马克思主义经典作家对于文艺的论述,已经涉及文艺与生活、文艺与政治、文艺与经济、文艺与历史、文艺与宗教等外部规律和文艺创作、文艺欣赏、文艺生产、文艺消费、文艺批评、文艺的主体性、文艺的创作心理等内部规律的研究,几乎研究了所有的文艺问题。而且,他们的观点和论述,具有内在联系性和内在统一性。因此,马克思主义文艺理论是一个科学的理论体系。① 由于论辩双方阵营力量对比悬殊,由于"断简残篇说"自身理论的疏

---

① 季水河:《百年反思:20 世纪马克思主义文艺理论在中国的传播、发展与问题》,《湖南师范大学社会科学学报》2005 年第 1 期。

漏,同时,由于受到意识形态等学术外部因素的干扰,马克思主义文论具有完备的体系这种说法占据上风。

此外,有研究者试图寻找到第三条道路,提出了"显体系"和"隐体系"的命题。比如肖君和就将马克思主义文艺学体系分为隐体系和显体系,认为隐体系暗含着发展的契机。① 邵建则指出:马克思的片段表述型的文艺思想作为体系,更多地还是一种潜在形态。使这种潜在形态显现成为一种完整的形态,则是马克思主义文艺学美学研究者义不容辞的任务。②

1998年,陈辽发表《面向21世纪的马克思主义文论》一文,对于马克思文论是否自成体系的问题做出了说明。文中指出:马克思主义的创始人马克思、恩格斯以及他们的门生,不仅在19世纪创建了马克思主义,而且也同时创建了马克思主义文论。马克思、恩格斯的唯物史观、美学观、人性观、人道主义观武装了文艺理论工作者,使他们在对文艺问题做出判断和进行评论时,有了正确的立场、观点和方法。马克思、恩格斯的悲剧思想和喜剧思想,关于倾向性和真实性、艺术性相统一的思想,关于物质生产和艺术生产发展不平衡的思想,关于人们掌握世界的不同方式的思想,关于艺术的认识作用、教育作用、美育作用的思想,关于资本主义生产同某些精神生产部门如艺术、诗歌相敌对的思想,关于"恶"是艺术源泉之一的思想,关于共产主义的思想,关于艺术的起源和发展的思想,关于文艺史的思想,关于批判地继承文化遗产的思想,关于人的认识能力的无限性和有限性、真理和谬误、善和恶的历史辩证法的思想,关于文艺批评的思想,关于和工人阶级政党和文学中的资产阶级风尚做斗争的思想,关于作家论和作品论的思想……在在

---

① 肖君和:《马克思主义文艺理论隐体系论纲》,《理论与创作》1989年第4期。
② 邵建:《马克思主义文艺美学本质辨识》,《文艺争鸣》1991年第3期。

说明,马克思主义文论确实对文艺问题做了全方位、多角度和系统的研究,已经有了自己的体系,也已成为一门科学。①

陈辽对于马克思主义的体系性和科学性给予肯定和高度赞誉,并且以马克思、恩格斯谈到了许多文艺相关问题作为佐证,看来是应该令人信服的。但这种论证终究存在一个问题,即一个完整的文论体系究竟应该有几个基本要素?由哪些方面的问题构成?这些问题彼此之间是怎样的一种逻辑关系?这些问题恐怕任何一位文艺理论家都无法轻易做出回答。面对这些问题和困惑,有学者指出,如果把马克思主义文艺理论"一分为二"地理解为"思想体系"和"理论体系",就为我们科学地对待马克思主义文艺理论,自觉地坚持和发展马克思主义文艺理论提供了理论根据。因为它具有"完整的思想体",就要加以坚持;因为它具有不完善性,那就还要"发展"。即通过理论建构,使马克思主义文艺理论实现从"思想体系"向"理论体系"的飞跃。②

二、中国化路径的探索

新时期以来,为寻求马克思主义文论的中国化路径,建构中国马克思主义文艺"理论体系",付出艰辛努力,并产生较大影响的代表人物是陆贵山和董学文等人。陆贵山构想中的"宏观马克思主义文艺学","侧重于从宏观的大视角,站在历史唯物主义和辩证唯物主义的制高点"③,"以实践为中介和动力,将文艺中的历史精神、人文精神、美学精神有机地联系在一起"④,"全方位全过程地把握审美关系和审美活动

---

① 陈辽:《面向21世纪的马克思主义文论》,《求是学刊》1998年第4期。
② 张弼:《文艺理论的学科定位——兼论马克思主义文艺理论发展的两个问题》,《学习与探索》2000年第3期。
③ 陆贵山:《宏观文艺学论纲》,辽宁大学出版社,2000年,序言第7页。
④ 丁国旗:《对新时期马克思主义文论的历史考察》,《湖北大学学报》2011年第2期。

的总体结构"①。同时,马克思主义文艺学的理论发展和创新,必须强调问题意识,倾听实践呼声,对重要的文艺理论基础问题和观念进行梳理和整合。② 董学文则提出,应"站在今天的时代高度,用现代人的眼光,汲取最新的成果,总结新的经验,把马克思主义文艺学的面貌再一次新鲜地描绘出来"③,建构马克思主义文论的"当代形态"。马克思主义文艺理论的中国化,必须与中国本土的文艺理论和文学实践相结合,走综合创新的道路。④ 按照董学文的设想,马克思主义文论"当代形态"的建构至少需要解决五个方面的问题:(1)文艺的意识形态理论和非意识形态成分的结合问题;(2)文艺活动非理性特征的说明和研究;(3)当代诗学的建设问题;(4)重新审视文艺学研究的对象及文艺学的学科边界问题;(5)总结和揭示社会主义、中国社会主义、特别是初级阶段社会主义文艺的特殊性以及它的规律、走向及趋势。⑤

冷静分析,要实现马克思主义文论的中国化,实现其民族性与时代性目标,需要我们在观念、研究、教学等环节不断创新。在观念上,要将学术问题与政治话语这两者有机统一起来,进而探索出符合中国国情的马克思主义文论研究的可行路径。在学术研究上,要有明确的问题意识、语境原则和现实情怀。在教学环节,首先应解决教材的编写体例、内容与形式的创新问题。此外,可以考虑创新研究范式与研究方法,赋予理论以生命和时代气息。比如,马克思主义文论中的异化与人

---

① 陆贵山:《人的客体性和主体性的统一和倾斜与文学》,《求是学刊》1998年第1期。
② 陆贵山:《马克思主义文艺学的理论创新》,《文学评论》2009年第4期。
③ 董学文:《文艺学的沉思》,人民文学出版社,1992年,第198页。
④ 董学文:《新中国马克思主义文艺理论六十年》,《文艺理论与批评》2009年第5期。
⑤ 丁国旗:《对新时期马克思主义文论的历史考察》,《湖北大学学报》2011年第2期。

道主义问题,现实主义、现代主义与后现代主义问题,大众文化与艺术生产问题(马克思主义的艺术生产理论与当代文化研究、文化产业理论之间的历史演进、逻辑关联以及其与当下现实的交融性等问题),科学技术与生态问题等。也可以考虑从多学科角度对马克思主义文论展开深入研究,凸显其时代性、现实性、民族性。比如,马克思主义文论与语言学、政治学、心理学、伦理学、人类学、文化学、社会学、符号学、经济学、管理学、传播学等之间的关系,尤其是它与社会学、经济学、传播学之间的关系,从而开拓出马克思主义文论研究的新领域。中国的马克思主义文论研究与创新,必须立足于国情、民情,立足于当代中国的社会现实,立足于文学实践,切实解决理论研究与文学实践相脱离的问题。① 范玉刚提出,在当前语境中探析马克思主义文艺理论中国化路径问题,就是要突破既有的理论框架和教材格局,根据党的文化创新理论,特别是社会主义核心价值体系的建构来思考,重构马克思主义文艺理论的指导地位,使马克思主义文艺理论重新焕发与时代相契合的生机与活力。具体而言,应处理好八个方面的关系:(1)处理好后现代语境下学科的泛化、越界扩容和学科自律的关系,明确理论生长的基点。(2)处理好经典文本与阐释文本之间的关系,也就是马克思主义文艺理论的源和流的关系。(3)处理好马克思主义文艺理论与中国古典文论和西方现代文论之间的关系。(4)处理好消化吸收与灵活运用之间的关系。(5)处理好理论创新与大众化普及之间的关系。(6)处理好宏观指导与具体批评实践之间的关系。(7)处理好马克思主义文艺理论的现实功利性、实践性与文艺理想的培育与弘扬之间的关系。

---

① 张永清:《马克思主义文论研究的问题意识与语境原则》,《学术月刊》2008年第1期。

(8) 处理好理论研究与政策、制度之间的互动关系。① 范玉刚提出的这八个方面的问题涵盖了马克思主义文论中国化的主要方面,可以作为今后马克思主义文论研究的理论基点。但如何处理好每一方面问题中均存在的要素之间的二元对立倾向,成为文艺学界需要面对的重大挑战。

相比陆贵山、董学文的高屋建瓴,张永清、范玉刚的宏阔视野,李红春则从消费时代的社会特征出发,就如何建设中国化的马克思主义文论表达了自己的见解。他认为,消费时代的来临改变了文艺活动的范围、性质和方式,马克思主义文论只有对此做出相应的调整才能适应文艺的新变化,保持理论的生命力和批评的合理性。这一调整将涉及很多方面:就思维方式而言,面临着从二元对立思维向多元共生思维转化;就理论立场而言,需要从绝对主体向情境主体转化;就批评对象而言,需要从文学文本向日常生活转化;就批评平台而言,需要从文学期刊向大众传媒转化。② 此外,欧阳友权认为,中国当下的文学现状以及数字化网络媒体的迅猛发展所带来的文学存在方式的变化,可能激活对马克思主义文论的深层思考。③ 王杰提出,伦理学可以成为构建马克思主义美学新的生长点,并且可以在一定程度上解决与现代性相伴生的各种社会、心理问题。④ 章辉认为,新世纪中国马克思主义美学要继承人民美学的遗产,坚守社会正义,关注现实生活,并以之作为重建

---

① 范玉刚:《马克思主义文艺理论中国化路径探析》,《湖北大学学报》2008年第6期。
② 李红春:《从"文本"走向"生活"——消费时代的马克思主义文艺批评建设刍议》,《山东师范大学学报》2007年第4期。
③ 欧阳友权:《当代马克思主义文艺学:问题与契机》,《湖北大学学报》2009年第1期。
④ 王杰:《伦理学:马克思主义美学理论的新起点》,《文艺理论与批评》2009年第2期。

现代形态学科体系的基石。①

三、现实主义问题的深化

马克思、恩格斯特别关注并高度评价现实主义文学。一方面,他们看到了资本主义发展与批判现实主义文学发展之间的关系,看到了当时现实主义文学在反映现实中所凸显的真实性、典型性、倾向性等特征,从而给予了深刻揭示;另一方面,他们也看到了现实主义文学具有巨大的认识和批判反思功能,能够起到"批判的武器"的作用。这对于唤起人们的觉悟,推动社会现实的变革发展,无疑是非常重要的。② 马克思主义在它创立之初就宣布要对现存的一切进行无情的批判,锋芒所指就是当时的资本主义制度。马克思在《资本论·跋》中谈到他的辩证法与黑格尔的辩证法"截然相反",因为其"不崇拜任何东西,按其本质来说,它是批判的和革命的"③。无论是对"反动浪漫主义"的批判,对"青年德意志"派的批判,对"青年黑格尔"派的批判,还是对"真正社会主义"者的批判,无不体现着马克思主义强烈的批判精神。④ 同样,在文学理论和批评中,马克思、恩格斯也坚持了这个批判性原则。在异化问题上,在主体的对象化问题上,在现实主义问题上,在悲剧和喜剧问题上,他们都显示出他们那个时代最尖锐的批判精神。⑤

在很长的历史阶段,中国马克思主义文论,独尊现实主义。周扬的

---

① 章辉:《中国马克思主义美学的历史选择与现实命运》,《甘肃社会科学》2009年第3期。
② 赖大仁:《马克思主义文论与当今时代》,《文学评论》2011年第3期。
③ 《马克思恩格斯全集(第23卷)》,人民出版社,1972年,第24页。
④ 马建辉:《马列文论研究需要"走进马克思"》,《马克思主义美学研究(第7辑)》,广西师范大学出版社,2004年。
⑤ 姚鹤鸣:《文学中的文化研究和马克思主义文论》,《吉首大学学报》2002年第6期。

文论赋予现实主义以极高的地位,称其为"世界文学的最优秀的传统","一切伟大的思想家都是这种现实主义文学的爱好者"①。但是,当"现实主义"被"社会主义现实主义"置换之后,连带着被置换掉的还有"现实主义"内含着的批判精神。1950年代中期,受苏联作家西蒙诺夫在全苏第二次作家代表大会上对"社会主义现实主义"概念和定义质疑的影响,中国学者秦兆阳、周勃、从维熙、刘绍棠等人对于"社会主义现实主义"概念和定义也提出了质疑。这一讨论是中国文学、文艺学摆脱政治禁锢的一次有益尝试,并成为中国文学、文艺学界怀疑并否定极左文学理论的先声。1979年,趁着思想解放的时代风潮,中国社会科学出版社翻译出版了《七十年代苏联社会主义现实主义问题》一书,不加任何评论地向中国读者介绍了苏联学者马尔科夫等人的"社会主义现实主义开放体系"。这一介绍使中国学者认识到,苏联学者对于我们一直以来所遵循的日丹诺夫关于现实主义的学术观点并没有一味盲从,而是顺应着外部环境的变化做出了理论上的调整和回应。"社会主义现实主义开放体系"就是理论调整和回应的一个结果。受苏联学者启发和影响,中国学者也开始对"社会主义现实主义"文艺观念进行反思,如黄宗伟提出了"社会主义的批判现实主义",这种提法在文艺为政治服务的年代是无法想象的。王福湘则提出以"民族的开放的社会主义现实主义",应对国外现代主义文艺思潮的冲击。②

20世纪,一个不可忽视的艺术事实就是现代主义的兴起,并在艺术领域获得了迅猛发展,成为当代资本主义社会的重要文化现象。对于这一现象,正统马克思主义因为主客观的原因,注意不够,研究得也不充分,一度还采取简单的全盘否定的态度。以研究西方资本主义社

---

① 周扬:《周扬文集(第1卷)》,人民文学出版社,1984年,第152页。
② 王福湘:《走民族的开放的社会主义现实主义之路》,《文艺理论与批评》1987年第5期。

会为己任的西方马克思主义,积极面对这一文化现象,从 1930 年代对表现主义的争论开始,对于作为文化思潮的现代主义进行了广泛而深入的思考和探讨。比如卢卡奇对现代主义始终如一的批判,费歇尔、加洛蒂以现实主义框架接纳现代主义,布洛赫、勒斐伏尔、马尔库塞以浪漫主义为审美规范理解现代主义;相对意义上,布莱希特、阿多诺、本雅明则是现代主义的坚定维护者。不同的文论家在维护各自偏好的艺术流派时,赞同并采纳了现代主义的一些基本美学原则,比如自我表现、多元叙述、不确定性、非人格化等,形成了具有现代主义特色的批评思想。① 这是西方马克思主义针对新的文化、文学现象做出的理论回应。与西方马克思主义不同,新时期中国文理界首先面对的不是作为文化现象或文学创作上的现代主义问题,甚至可以讲,现代主义的文学创作在整个新时期其实未能成为值得理论界高度关注的文学现象。而是关于什么才是文学"真实"的问题——这是与新时期真理标准的大讨论相呼应的;是关于现实主义的文学应该如何表现"真实"的问题;进一步讲,是现实主义的文学是否应该仅仅局限在"写真实"上的问题。

1980 年,《红旗》第 4 期刊载了李玉铭、韩志君的《对"写真实"说的质疑》一文。该文指出:现实主义不能简单地归结为"写真实",从而引发了文论界关于现实主义与"写真实"的讨论。1981 年,徐俊西在《上海文学》第 8 期发表《一种必须破除的公式——再谈典型环境和典型人物》一文,文中认为恩格斯在致玛·哈克奈斯的信中对《城市姑娘》的批评"欠准确和公正"。针对徐俊西的观点,一些学者撰文表示反对,其中比较有代表性的文章有程代熙的《一篇迟发的稿件》(《上海文学》1984 年第 4 期),陈涌的《现实主义问题》(《文艺报》1982 年第 12 期)等。陈涌认为:"典型环境应该看作总的社会历史环境和具体人

---

① 冯宪光:《西方马克思主义文论对中国新时期文论的影响》,《四川大学学报》1999 年第 1 期。

物生活在其中的具体环境的统一,既不能只讲社会环境,也不能只看到具体人物生活在其中的具体环境。"①吴元迈则指出:"现实主义的生命在于运动。……故步自封,墨守成规,只会把现实主义引向衰落或死亡。"②1978—1981年间,围绕现实主义问题,中国各地报刊对"写真实""现实主义深化""写中间人物""干预生活"和"现实主义的广阔道路"等文艺问题展开了广泛的讨论。马克思主义文艺理论界则比较集中地讨论了"典型性""典型环境""典型人物",以及恩格斯的"真实地再现典型环境中的典型人物"的理论命题。主要成果有杜书瀛的《论艺术典型》(山东人民出版社,1983)、田丁等的《艺术典型新论》(文化艺术出版社,1983),李衍柱的《马克思主义典型学说概述》(山东文艺出版社,1984),栾昌大的《文学典型研究的新发展》(辽宁大学出版社,1986),叶纪彬的《中西典型理论述评》(华东师范大学出版社,1993)。对现实主义问题进行总体研究取得的研究成果主要有:冯放的《论现实主义》(文化艺术出版社,1983),蒋培坤的《马克思恩格斯现实主义文论思想研究》(中国人民大学出版社,1985),吴元迈的《现实的发展与现实主义的发展》(漓江出版社,1987),王向峰的《现实主义的美学思考》(文化艺术出版社,1988),彭启华的《现实主义反思与探索》(武汉大学出版社,1992),陈顺馨的《社会主义现实主义理论在中国的接受转换》(安徽教育出版社,2000)等。③

无论从数量还是质量,成果应该都称得上是丰硕的。这里需要提请注意的是,如今马恩批判的那种资本主义形态已成为过去,但是资本主义制度的本质并没有发生变化,其基本特征和矛盾依然存在。广而

---

① 陈涌:《现实主义问题》,《文艺报》1982年第12期。
② 吴元迈:《吴元迈文集》,上海辞书出版社,2005年,第242页。
③ 卢政、许丙泉:《突破二元对立 走向交流对话——从主要理论问题看新时期马克思主义文论的发展态势和特征》,《中国石油大学学报》2007年第4期。

言之,世界范围内剥削压迫等各种社会矛盾依然普遍而大量存在,仅从这一点来看,马克思主义文论的批判性原则仍然需要坚守。遗憾的是,"我国学界由于长期以来受经验主义、实用主义的影响,很少认识和理解理论的反思和批判的性质,往往一味追求以解释和说明现状为能事。这样,就使我们的理论缺乏一种前瞻的目光,总是跟在现实后面亦步亦趋"。王元骧的意见是中肯的,但并不完备。我国文论批判性之所以缺乏的真正原因,是现实的环境迫使学界只能跟在现实后面亦步亦趋。经验主义、实用主义、精英主义的理论姿态和立场,在很大程度上不过是一种生存策略。我们的理论家迫切需要的是允许发出自己声音、进行自由思考和独立判断,能够予以理性批判的相对宽松的政治空间。

四、与中国古代文论的结合

要实现马克思主义文论的中国化,必然涉及与中国传统文论相结合的问题。马克思主义文论建立在历史唯物主义、政治经济学及科学社会主义等哲学基础上,中国传统文论建立在儒家的道德观念、道家的自然观念及佛家的心性观念等哲学基础上,这两种因年代、地域、文化的差异而形成的不同的哲学观念,其共性、结合点在哪里呢?黄文发认为:两者在人文关怀方面颇有相容相通之处。"人道主义"与"仁学"对人的本质一样关注;"人化自然"与"天人合一"对人与自然的和谐一样期盼;"启蒙批判"与"兴观群怨"对人类社会的教化功能一样重视。马克思主义文论的中国化自然地包含着马克思主义文论与中国传统文论相结合的内容,而马克思主义文论与中国传统文论的结合其实是一个求同存异的过程。一方面,由于有了马克思主义文论方法的指导,中国传统文论将能够摆脱数千年来泛道德主义的束缚,引进理论思辨的模式,使之成为现代文论的构成部分;另一方面,在结合的过程中,马克思主义文论也可以从综观传统文论中吸取讲求中庸和谐、将个体心理欲求情感导入社会伦理道德规范的营养，不断丰富和发展自己。① 这是从宏观上看。

从宏观与微观的结合上看，在马克思主义文艺学的"典型论"的开放性视野中，东方的"意境"说与西方的"性格"说并不彼此隔绝。因为，无论是描绘客观事物的所谓"再现"还是表达主观思想感情的"表现"，都始终只是文艺传"道"的一种具体手段和途径。依照中国古代文论的基本观点，文学就是充分发挥各种形态的节律形式来表现宇宙人生之道；在马克思看来，文学则是"自然向人生成"的根本大道。无论中国古代文论中所讲的"意境"，还是西方经典文论中所讲的"性格"，究其实质，都是"道"，观其形态，则为"典型"。意境与性格两极之间的其他意向仍然如此。把"性格"和"意境"在马克思主义哲学和文艺学的框架中相互沟通，并且把两者都置于典型性的要求之下，不仅有助于重新认识"典型"范畴的重要意义，更使我们看到了马克思主义哲学文艺学的超越欧洲中心主要的深层基因。对这种具有"类本质"意义的学理基因的深入认识和阐发，无疑能够卓有成效地推动马克思主义文艺学的研究。②

具体到中国古代文论如何与马克思主义文论相结合，毛宣国认为需要注意三个方面的问题，分别是人的问题、思维方式和范畴。就人的问题而言，人学是中国文化的核心，中国古代文论，在很大程度上就是人论。从人学入手，更能把握中国古代美学和文论的精神。马克思主义文艺学同样如此。它在本质上也是关心人、重视人，从人类需要、人的生存方式、生命活动的角度看待文艺的价值和功能。把马克思主义

---

① 黄文发：《关于马克思主义文论与中国传统文论相结合的理论思考》，《东方丛刊》2006年第4期。

② 曾永成：《性格与意境：马克思主义文艺典型论的视野开拓》，《西南民族大学学报》2004年第12期。

文艺学和中国古代文论置于这种开阔的人学视野中,就在深层次上找到了两种理论的契合交汇点。

就思维方式而言,辩证法是马克思主义世界观和方法论的核心,也是指导和规范我国当代文艺学理论建构的最基本的思维原则和方法。具体讲,马克思主义和中国古代都崇尚整体思维。相对意义上,马克思主义的思维方式科学严谨,而中国古代思维方式模糊,但同时饱含诗性智慧,因此两种思维方式之间可以互相学习和融通,这是其一。其二,马克思主义与中国古代都认为人的思维、认识是一个永无止境的过程。其三,马克思主义关注现实,重视理论联系实际。我们虽不能说中国古代文论完全没有理论抽象思维和分析方法,但是脱离艺术实践,脱离艺术作品美感而进行的烦琐、高深、玄妙的理论分析,则是比较少见的。这是中国古代思维的基本特征,也是中国古代艺术思维的优胜之处。

从范畴的层面来看马克思主义文艺学与中国古代文论的融合问题,可以发现,我们现有的马克思主义文艺理论范畴系统明显地表现为一种哲学概念范畴的运用和设置。它基本上还是从哲学思想基础和方法论意义上对文学问题进行规定,所提出的范畴,如艺术生产、意识形态、反映、世界观、创作方法、人性、阶级性、党性、个性与共性、内容与形式、真实性、倾向性、典型性、源与流、普及与提高、继承和革新等等,主要侧重从文学与社会、文学与意识形态的关系上,以社会历史价值为阐释的核心和标准,而对文学自身特性的认识不够深入,已有范畴对于文学自身特性、发展规律进行阐释、说明的有效性总体显得不足。大体可以认为,在深刻揭示文艺审美内涵方面,马克思主义文论缺乏自己的理论术语和范畴系统。而在这方面,中国古代文论具有自己的理论优势,可以提供大量的理论范畴和命题,如"志""神""韵""意""味""心""性""情""趣",以及"兴会""兴趣""兴象""意兴""感兴""性灵""妙悟"等,作为设想和构建中的中国马克思主义文论核心范畴的备选概念。①

毛宣国的意见值得重视。关于第一点,马克思主义和中国文化都关注人的生命、生存、发展,这是没有问题的,很多学者也都提出了这方面的宝贵意见,可以作为两种理论结合的基础和交汇点。关于第二点,思维方式方面的相似、相近和差异,可以作为中国古代文论和马克思主义文论如何融合的一个思考方向。关于第三点——援引中国古代文论的一些范畴进入中国马克思主义文论当中,童庆炳主编的《文学理论教程》中关于"意境"的章节在这方面就做得比较成功。其中既有传统文化、文论的丰厚底蕴,又有系统性、逻辑性的理论品格。但令人遗憾的是,这方面成功的案例并不是很多。

客观讲,近现代西方文论、马克思主义文论,其中当然包括中国人于民族化方面做出的杰出贡献,在整体发展水平和所达到的认识层次上,要比中国古代文论先进得多,其与现实文学实践的联系,也比中国古代文论密切得多。这一基本状况就决定了我国当代文学理论系统建设的眼光主要不应该是朝后看的。这是前瞻与反思提出的命题,也是21世纪几代学人孜孜努力所昭示的真理。因此,董学文建议把中国古代文论的现代转换问题,转到构建有中国特色马克思主义文艺学的轨道上来——更多地从精神气质、内在灵魂、审美标准和价值取向上,而不是简单地从话语形式、体系形态、概念范畴上看中国古代文论的现代转换问题。② 如果注意到近年来中国古代文论的现代转换并未取得实质性的突破和成果,那么董学文的提议确实具有相当的前瞻性和建设性。从精神实质、价值取向的共性,而不是从"话语形式、体系形态、概

---

① 毛宣国:《中国当代文艺理论建构的重要选择——谈马克思主义文艺学与古代文论的沟通融合》,《文艺研究》1998年第6期。
② 董学文:《中国古代文学理论进程思考》,《北京大学学报》1998年第2期。

念范畴"等方面谋求马克思主义文论与中国古代文论的深度融合,可能是一条更为稳妥可行的道路。

五、与西方马克思主义的关系

西方马克思主义产生于20世纪20年代,到60年代复兴,近40年一直是西方思想文化领域一支不可忽视的力量。它是在特定历史条件下,为了使马克思主义更能面对现实,更有生命活力的需要而产生和复兴的。西方马克思主义文论作为西方马克思主义中重要的、有机的组成部分,其产生原因亦是因为西方社会的发展对马克思主义文论自身提出了理论上变革的要求。变革的其中一条路径就是发掘、生发马克思思想中长期被遮蔽、未能注意和吸收的部分,也就是所谓回到青年马克思,《手稿》中关于人在实践中对自身进行建构的相关论述因此被发掘提炼出来,作为文艺学的理论基础,从而有别于正统的马克思主义文艺理论。变革的另外一条路径是把目光转到资产阶级的当代社会问题和文化现象,试图把20世纪当代西方哲学文化思潮中的可取之处,作为改造和补充马克思主义文论的思想资料,以解决当代资本主义社会的社会问题和艺术、审美问题。因此产生了诸如精神分析的马克思主义、存在主义的马克思主义、人道主义的马克思主义、结构主义的马克思主义、文化马克思主义等理论成果。

但不论选择的是哪一条变革路径,西方马克思主义在理论研究方面保持着一贯的独立精神。早期西方马克思主义者,卢卡奇、柯尔施(柯尔施首次提出西方马克思主义,并且与苏联马克思主义进行并列,比较二者存在分歧的原因)等提出了与苏联马克思主义不同的理论主张,他们后来都脱离了政党活动,脱离了具体的革命实践,成为书斋中的马克思主义学者。即使是共产党领导人的葛兰西,由于长期被监禁,事实上脱离了共产党组织。这些脱离共产党的理论家提出具有真知灼见的马克思主义理论见解的事实,开创了非政党马克思主义的理论研究路径。这是马克思主义文论,甚至整个马克思主义理论研究中的新现象。以法兰克福社会研究所为核心的法兰克福学派是西方马克思主义的重镇。此后的西方马克思主义主要是非政党的马克思主义文论研究。① 这种非政党的特征使西方马克思主义及其文论始终如一地保持了理论研究的独立精神,始终如一地保持着对于身处其中的资本主义社会制度的批判性。在此影响下,20世纪西马文论是对马克思文艺思想的新的理论建构,在马克思主义文艺理论一元本体论思想的指引下,开拓出人类学、意识形态批评、艺术生产、政治学等四种具体的理论形态。其中,政治学文论是前三种理论形态的归宿和落脚点。这四种理论形态不仅是对马克思主义文艺理论的继承与发展,更是对其进行新的理论阐释与建构活动的结果。在结合历史与现实思想文化语境的马克思主义文艺理论的发展与流程中,它们共同构成马克思主义文艺理论本体论的主要逻辑构架与空间性的具体存在形态,奠定了马克思主义文艺理论的坚实基础与敞开的发展前景。这四种理论形态也大致勾勒出了20世纪西方马克思主义文论的本体论形态。②

中国引入西方马克思主义文论和西方马克思主义文论产生的背景和发展路径有着内在的相似性,根本原因在于"新时期社会现实与文学艺术的发展,都提出了不少新的问题,使人们觉得过去的传统批评理论和方法在许多地方都难以回答和解决这些新问题"。因此学界"提倡正确地、全面地理解马克思主义文艺学的实事求是的学风。其中一个重要举措就是研究和探讨马克思《1844年经济学哲学手稿》,把这部长期被忽略的重要著作作为马克思主义美学、文学批评理论思想的重

---

① 冯宪光:《西马文论是非论》,《文学评论》2012年第3期。
② 冯宪光:《20世纪西马文论本体论的主要形态》,《外国文学研究》2005年第4期。

要来源之一。因此产生了以实践为本体的艺术和美学理论"①。并以之作为应对新的社会问题和文艺现象的批评工具。考察新时期以来的中国文论同时可以发现,虽然摆脱政治文论、政党文论成为一种理论上的自觉,但从总体看,政治、政党因素在中国当代文论的发展建设当中仍然发挥着重要的作用。因为理论求真的品格和政治、政党现实需要之间难免存在的差异和冲突,很多的真知灼见在无形中被遮蔽和压抑,而批判在大多数情况下更是无从谈起。这也是导致我们的理论水平和西方在整体上存在较大差距的一个重要原因。2006—2008年先后出版的冯宪光的《在革命与艺术之间——二十世纪国外马克思主义政治学文艺理论研究》(巴蜀书社,2008),傅其林的《审美意识形态的人类学阐释——二十世纪国外马克思主义审美人类学文艺理论研究》(巴蜀书社,2008),温恕的《精神生产与社会生产——二十世纪国外马克思主义艺术生产理论研究》(巴蜀书社,2008),邱晓林的《从立场到方法——二十世纪国外马克思主义意识形态文艺理论研究》(巴蜀书社,2006),是国内以宏观视角研究西方马克思主义的最新研究成果,也可以讲是弥补国内和西方理论水平差距的一次重要尝试。2012年,程正民、童庆炳合作主编的"20世纪马克思主义文艺理论国别研究"丛书7卷本出版,详细展现了中、俄、英、美、法、德、日诸国的马克思主义文艺理论研究方面的新形态、新问题,"是对20世纪世界范围的马克思主义文艺理论成就、问题的一个总结性的详尽描述,一个综合性的理论总结,堪称一部20世纪全景式的马克思主义文艺理论发展史"②。不过在董学文等学者看来,目前国内对西方马克思主义文论的研究仍然存

---

① 冯宪光:《"西马"文论与中国当代文论建设》,《文学评论》1999年第1期。
② 钱中文:《国别史与当前马克思主义文论的中国贡献》,《中国图书评论》2012年第10期。

在不少问题,主要表现在"三多三少"上:一是对西方马克思主义文论直接引进、静态介绍多,对它进行深入透析、价值判断、去伪存真、去粗存精少;二是对西马个别人物和单个问题研究多,将其作为一种文化现象和理论体系,从宏观视角加以批判分析少;三是将西马文论同当代西方文艺美学思想衔接融合的多,而与经典马克思主义文艺美学思想衔接融合反而较少。① 董学文所指出的这些问题,有的已经在很大程度上得到了重视和一定程度的解决,比如第二个方面的问题;有的则应该引起相关领域研究者的足够重视,并作为今后研究的重要方向。

应该看到,西方马克思主义文论所遇到的文化和艺术处境,我们今天也在某种程度上面临着。新时期我国文学理论与"西马"文论在形成和发育过程中,有着一些近似或相同的结构因素和动力条件。因此,探讨"西马"文论的某些视角和方法,研究它的某些观念和背景,把握它的存在缘由与利弊得失,对于我国当前的文学理论建设,无疑是有帮助的。需要注意的是,对于西马文论的吸收和借鉴,必须以中国自身的经验和需求为根基。如果马克思主义文论"中国化"的进程,不能同当代中国的社会发展实际,不能同中国文化的民族特性相结合,那么,这种文学理论就成为不能解决"中国问题"的空洞说教,甚至会将文学创作与批评引向歧途。②

六、与形式主义文论的结合

表面上,马克思主义文论与形式主义文论各持一端,无法兼容,前者重视文学的社会性质和社会功能,后者关注文学自身的特性。但这

---

① 董学文:《文学理论研究"西马化"模式的反思》,《天津社会科学》2011年第3期。

② 董学文:《文学理论研究的"西马化"倾向》,《湖南社会科学》2011年第1期。

只是问题的表面。艾柯讲:"在每一个世纪,艺术形式构成的方式都反映了——以明喻或隐喻的方式对形象这一概念进行解读——当时的科学或者文化对待现实的方式。"① 詹姆逊则讲:"一种确定的文学形式的存在,总是反映该社会发展阶段的可能的经验。"② 因为文学形式和社会现实之间存在着如此紧密的关联,因此早在20世纪20年代苏联文学论争中,"形式主义与马克思主义之间的相互关系问题便是核心问题"③。按照英国学者托尼·本尼特的看法,自1960—1970年代以来,马克思主义与形式主义的"对话已经发生并且卓有成效,虽然这个对话对马克思主义批评的主流影响不大。自那以后,形式主义文论对马克思主义文论的影响日益显著"④。

根据我们的梳理,在使马克思主义的社会历史批评借鉴形式主义的洞见和技术方面,20世纪中前期,做得比较成功的是巴赫金、法兰克福学派。巴赫金认为,人们的日常生活处于意识形态的洪流之中,艺术创作采用什么样的意识形态材料,采用什么样的形式,是意识形态洪流运动的复杂结果。艺术的意识形态性存在并显现于艺术家所选择的材料和形式中。⑤ 因为文学形式的一个最重要的功能是"直觉地把认识与伦理融为一体"⑥。在分析陀思妥耶夫斯基的作品时,巴赫金进一步

---

① 〔意〕艾柯:《开放的作品》(刘儒庭译),新星出版社,2005年,第18页。
② 〔美〕詹姆森《评论之评论》,见《西方马克思主义美学文选》(陆梅林等译),漓江出版社,1988年,第751页。
③ Victor Erlich, *Russian Formalism* (The Hague: Mouton Publishers, 1980), p. 108.
④ Tony Bennett, *Formalism and Marxism* (London and New York: Methuen, 1979), p. 96.
⑤ 冯宪光:《西方马克思主义文论对中国新时期文论的影响》,《四川大学学报》1999年第1期。
⑥ 〔苏〕巴赫金:《巴赫金全集(第1卷)》(晓河等译),河北教育出版社,1998年,第334页。

肯定复调小说的"艺术形式所具有的解放人和使人摆脱物化的意义"①。法兰克福学派的代表人物阿多诺则指出:"艺术的形式特征不应从直接的政治条件出发予以解释,但它们的实质性内涵就包括政治条件。所有真正的现代艺术均寻求形式的解放。这一趋势是社会解放的一种暗码,因为形式——各种细节的审美综合体——再现出艺术作品与社会的关系。形式的解放是对现代的强烈谴责或诅咒。"②

20世纪后期的代表人物是詹姆逊、伊格尔顿。伊格尔顿认为:"任何名副其实的马克思主义批评必须采取一种几乎不可能的双重视角,在尽力接受文化制品压力的同时,努力把它移植到物质条件和社会权力的复杂语境中。说得极端一些,它一方面指向形式主义,另一方面指向语境主义。它所寻找的那种永远避退的话语可能以一种寓言的方式同时讲到艺术手法和整个物质历史,叙事的转折和社会意识的形式。"③詹姆逊则将索绪尔的语言学、结构主义叙事学与历史方法相结合,通过对共时性叙事系统中存在的共存、矛盾、结构等级或不平衡发展现象的考察和研究,"把文本理解为一种社会的象征行为,理解为对历史困境所做的意识形态的——但是形式的和内在的——反应",使"具有最特定含义的文学形式成为显而易见的充满意识形态的手段,成为社会象征的策略"④。历史因此被形式化,形式被历史化。这是将马克思主义与形式主义进行连接的一种新的尝试,马克思主义的形式

---

① 〔苏〕巴赫金:《陀思妥耶夫斯基诗学问题》(白春仁、顾亚铃译),生活·读书·新知三联书店,1988年,第102页。
② 〔德〕阿多诺:《美学理论》(王柯平译),四川人民出版社,1998年,第435页。
③ 〔英〕特里·伊格尔顿:《历史中的政治、解放、爱欲》(马海良译),中国社会科学出版社,1999年,第109页。
④ 〔美〕弗雷德里克·詹姆逊:《语言的牢笼·马克思主义与形式》(钱佼汝、李自修译),百花洲文艺出版社,1997年,第43—44页。

主义向度和形式主义的历史维度因这种连接同时得以彰显。对于马克思主义文论应同时重视物质条件、社会权力的一般性和文学语言形式、审美经验的特殊性,詹姆逊特别强调:"人们必须做出政治上的判断,我认为这至关重要;但问题应该首先从其内在的概念性上予以分析讨论。对艺术作品亦是如此。我历来主张从政治、社会、历史的角度阅读艺术作品,但我绝不认为这是着手点。相反,人们应该从审美开始,关注纯粹美学的、形式的问题,然后在这些分析的终点与政治相遇。"①以此看来,文学研究的基本思路还是应从特殊到一般,而不是从一般到特殊;是从审美、形式到政治,而不是相反。这一点马克思在评述莎士比亚和席勒的文学创作时,早就指出过了。

可以说,马克思主义文论与形式主义文论之间的冲突、对话、融合是20世纪西方文论中值得注意与深思的现象之一。在当下的中国,马克思主义文论正处于一个范式转换时期,迫切需要与时俱进,开拓新的研究视野。通过分析西方20世纪马克思主义文论与形式主义文论的对话关系,剖析其中的利弊得失,可以从中探讨社会历史研究与形式研究相统一的一般规律,为我国马克思主义文论建设提供有益的借鉴。②

通过对四十年来马克思主义文论中国化的梳理和研究可以发现:中国学者注重从马克思主义文艺理论的整体性及它同马克思主义学说其他部分的关联性上来研究问题,把文艺理论和文艺问题纳入相当广阔的现实生活空间和理论思维空间来考虑,逐步兴起并发展出一些马克思主义文艺理论新兴的、分支性的、交叉性的、边缘性的学科,在与中

---

① 王逢振主编:《詹姆逊文集(第1卷)》,中国人民大学出版社,2004年,第131页。
② 汪正龙:《马克思主义与形式主义对话的可能性》,《文艺理论研究》2008年第3期。

国古代文艺思想和西方文艺思想的比较与化合中,极大地拓宽了马克思主义文艺学的研究视野和探索领域。在新的历史条件下,通过体系观念、形态观念、规律观念、实践观念、人本观念等的深入研究,使马克思主义文艺理论的宝贵财富得到丰赡和发展。特别是学者们对在文艺实践基础上形成的审美主客体关系、审美主体间性关系、艺术生产关系、意识形态关系、文化关系、社会交往关系以及本体论关系等的研究,使马克思主义文艺理论的多侧面得到深化和凸现,使它的中国化和它的国际化过程,得到某种程度的融合和勾连。① 这是中国马克思主义研究取得的成果,值得肯定。

同时不容否认,马克思主义文论中国化的过程存在失误和缺点,但这是一种理论走向成熟必须要经历的阶段。21 世纪的马克思主义文学理论建设,有必要对曾经出现的问题予以规避、纠正和弥补。需要深刻理解,中国文学理论在 21 世纪形成的发展格局,建设有中国特色马克思主义文艺学的历史使命,与百年中国政治、经济、社会转型以及文学艺术的嬗变之间有着不可分割的内在联系。因此,新的文学理论,一方面要着眼于同时代进程和历史走向的一致性,一方面要着眼于理论自身的开拓、创造和深化;一方面要充分肯定以往理论取得的成就,一方面要认真正视它存在的缺陷和局限;一方面要保持其"中国作风"和"中国气派",一方面要向一切优秀的外国成果学习。静止的观点、僵化的观点、虚无的观点、悲观的观点、无所作为的观点,以及"洋"教条与"土"教条的学风,都是要不得的。②

具体而言,今后的马克思主义文论研究,需要坚持这样一些基本

---

① 董学文:《新中国马克思主义文论六十年》,《文艺理论与批评》2009 年第 5 期。

② 董学文:《中国现代文学理论进程思考》,《北京大学学报》1998 年第 2 期。

原则：

其一，理论联系实际。马克思主义文论中国化的一条重要经验，包括新时期以来一些重要的文论创新，都是从实际出发而不是从文学艺术的定义出发，提出符合时代要求的理论命题，通过回答和解决这些现实问题，来推动文艺和社会的变革发展。① 因此，强调马克思主义文艺理论研究的"中国化"或"中国特色"，就是要求中国的马克思主义文艺理论要从中国的社会现实和文艺现实出发，应对中国社会现实和文艺实践所提出的时代要求，在研究中国问题中架构具有中国特性的理论体系。如果不能从中国现实出发，不能在提出解决具有中国特性的理论问题中开展理论研究，就永远不可能形成具有原创价值的中国特色的理论体系。中国马克思主义文艺理论研究就只能是一个马克思主义文艺理论在中国的传播问题，而不是中国的马克思主义文艺理论的创造和建设问题。② 因此，中国要发展自身的马克思主义文艺学，"所需要的首先并不是不断地引进和研究各种西方马克思主义学说，而是切切实实地面向当今中国的社会现实。当我们成功地言说了中国现实的时候，我们自然也就建构起了中国化的马克思主义"③。

反思几十年马克思主义文论中国化、当代形态化，学界的讨论在很大程度上仍然停留在学术史的梳理，或者原则性的构造，缺乏具体的批评实践和哲学美学的开拓。"如何应对社会现实、文艺实践及时代的审美需求，与之构成良性的互动，成为新世纪马克思主义文艺理论研究

---

① 赖大仁：《马克思主义文论与当今时代》，《文学评论》2011年第3期。
② 谭好哲：《马克思主义文艺理论研究的边界、问题与方法——一个基于问题意识的历史反思和创新展望》，《文史哲》2012年第5期。
③ 苏宏斌：《怎样才能使马克思主义文艺学中国化》，《学术月刊》2008年第1期。

需要认真对待并付出巨大努力的一个课题。"①根据党圣元的研究,学界可以在以下一些领域进行研究、予以拓展,比如:从现代存在论和生命美学的角度重新认识马克思主义的存在观和《手稿》中的生命美学思想;从后殖民理论的底层概念,重新思考马克思主义的人民性概念;从毛泽东的与工农兵相结合的思想,发展马克思主义文论的大众性原则,并且充分关注当代中国的农民工以及其他社会草根阶层的文化民生和文化权益问题……那种曾经有过的匍匐在经典之下的经学诠释方式必须放弃。②

其二,坚持马克思主义文艺观基本原理。普遍的真理性和广泛的运用价值,是基本原理区别于个别性结论或理论判断的主要特征。从这个意义上讲,推进马克思主义文艺理论的中国化,就必须以马克思主义文艺观的基本原理为前提。③ 那么,马克思主义文艺观基本原理是什么呢?恩格斯在《社会主义从空想到科学的发展》一文中讲:唯物主义历史观和通过剩余价值揭开资本主义生产的秘密这两个伟大的发现,都应该归功于马克思。"由于这两个发现,社会主义变成了科学。"冯宪光指出:这两个发现是马克思主义的本质性规定,是一百多年以来马克思主义自身发展延续性的传统理论主题。这两个核心思想本身不是文学理论的直接论述,但是,马克思主义关于社会发展演变的根本思想,对于作为社会中包括文学艺术在内的所有现象,都具有深刻的解释能力。马克思主义的第一个核心思想提供了解释文学艺术产生、存在和发展的社会基础的理论,第二个核心思想提出了文学艺术与无产

---

① 谭好哲:《从历史与现实中寻求前行的动力》,《河北学刊》2000年第3期。
② 党圣元:《马克思主义文论中国形态化的问题意识及其提问方式》,《贵州社会科学》2012年第9期。
③ 董学文:《新中国马克思主义文论六十年》,《文艺理论与批评》2009年第5期。

阶级历史使命的关系的理论,是一百多年以来马克思主义文论得以产生的真正基础。马克思主义的核心思想为马克思主义文论的产生提供了理论基础。这两个核心思想也是我们鉴别是否是真正的马克思主义文论的一个判断标准。①

这两个已经过长期实践,证明具有真理性和普适性的马克思主义文论中的核心思想,在新的历史时期,即便在"中国化""中国特色"这样的旗号下,也不能轻易否定。任何把马克思主义文艺理论教条化、凝固化、一维化的做法都是不可取的。假如理论研究者对马克思主义文艺理论自身一些根本性、关键性的问题缺乏科学的理解和认识、自觉的学科意识,那么这种研究和相应的研究成果能在多大的程度上称之为"马克思主义"的,就是令人怀疑的。马克思主义文论的中国化固然不能固守着马克思主义文论的几条基本规定,不能放弃理论研究应有的问题意识、创新意识和个性追求。马克思主义文艺理论是开放的。但马克思主义文艺理论也并不是无边的,它应该有自己的基本原理、理论内核和相对明晰的理论边界。

其三,针对现实具体的文学活动。当前的马克思主义文论研究中,普遍存在脱离具体的文学活动、脱离具体的文学作品的现象。杰姆逊就曾旗帜鲜明地批判西方马克思主义文论研究中的形而上倾向,中国人民大学教授张永清、黑龙江大学教授张弼也指出,中国马克思主义文论研究中存在着类似的问题。西方思想自现象学思潮以来,发生了一次根本性的转向,即从对于真理、本质的第一性追问,转向对于丰富、多元的日常生活现象的考察。现象学运动之前,马克思提出历史哲学的构想并身体力行,本身就是反形而上学的一种举措。在马克思自己撰写的文艺论述中,不仅有着对于一般理论问题的思索,同样有着很多针

---

① 冯宪光:《西马文论是非论》,《文学评论》2012年第3期。

对具体的文学现象展开的批评,而这种批评总是针对着鲜活的社会生活的。按照杰姆逊的观点,马克思主义文论应是兼容并蓄的"中介努力",穿梭走动在各种意识形态之间,充分渗透到各个学科的内部,在各个领域存在、活动。以此衡量中国新时期以来的马克思主义文论研究,确实存在诸多问题和不足。如何更好地结合一般理论问题与具体的文学实践活动,并和我们当前所处的社会现实有机结合起来,是马克思主义文论研究中需要应对的重要课题。

第五章
古代文论之现代转换

　　古代文论之现代转换是新时期文学理论与文艺批评的重要组成部分。在新时期文学理论与文艺批评的发展过程中,古代文论作为文学理论的"武库""发源地""生长点",作为文艺批评的"元素""对象""参照系",无疑有着极为重大的理论价值和实践意义。当然,实现这样一种价值和意义,无论是从逻辑上还是从历史上讲,都无法回避一个前提,也即古代文论之"现代转换"——未经历"现代转换"的古代文论是无法直接介入新时期文学理论的建构与文艺批评的实践活动的。

　　古代文论之现代转换,所内含的是一种主谓结合的话语结构,现代转换不仅是一个动词,并且是一个虽正在"进行"却尚未"开启"而必须在未来有所"成就"的动词。正因为如此,如果说古代文论之现代转换不只是某种口号、主义、潮流、呼吁的话,那么,它必然会是一则命题。既然它是一则命题,随之而来的也就是如何回答、如何解决的问题,例如,古代文论之现代转换怎样切实地进行;在古代文论与当代文论之间,如何处理孰为体、孰为用、孰为元理论、孰为相应性理论的关系等等。然而,我们却发现,在现实的讨论过程中,人们思考这一命题,思考得更多的是,究竟由谁来提出这一命题,有没有必要提出这一命题,提出这一命题的时效性、合法性在哪里,乃至在一个新时期所塑造的新时代里,古代文论与新的文学理论、文艺批评,尤其是与新的文学理论、文艺批评中的西方成分,包括马列文论,究竟有着怎样的关系等考量古代文论之存在价值的前提性问题。如此层出不穷的问题,在尚未圆满解答之前,随着时代阔步向前的步履,可能又引发出了更多的出人意料的新生问题。

无论如何,在我们看来,为这一命题寻找到某种确切的答案,在持续至今、越来越复杂的文化语境中似乎都带有不切实际的乌托邦色彩。事实上,态度也许比答案更重要,如何面对这一命题也许比如何处理这一命题更重要。今天,古代文论之现代转换,与其说仍旧是一则命题,不如说是一种场域,一种在历时性上时间与时间对话,当代学者与古代文人相互寻思乃至质疑的场域。在这样一种场域里,文学正在向文化开放,后现代主义者正在解构曾经的建构企图,而多元的、跨学科的思维形态正在敞开一个新的世界。只有在这样一种愿景中,古代文论之现代转换才不仅是必要的,而且是可行的。

第一节 古代文论之现代转换的意义

一、古代文论之现代价值

古代文论之现代价值是古代文论进行现代转换的逻辑预设。在一个现代性社会里,如果古代文论没有其自身的现代性价值,它也便失去了存在的可能性,更无须讨论其现代性转换的预想与实施。那么,古代文论究竟具有怎样的现代性价值? 有用,从"实用"的角度出发,"物有所值",是一种客观存在而合理的答案。"古为今用",人所共知。古代文论可以为今人所用,正是古代文论的价值所在。例如,在王英志看来,古代文论中的基本文学原理带有普适性,不受时空限制,同样可以应用于当代文学理论的建构以及文学作品的批评。一如灵感,陆机《文赋》中就提到过与之对应的"天机",后发展至袁枚,催生出性灵论,从艺术思维的兴奋特征、持续时间、与物相通、既偶然又必然等方面描述了灵感。再如"朦胧"诗,元好问、王世贞、胡应麟、贺贻孙、谢榛等论诗皆视"朦胧"为"化境"。又如作家的"人品"与"文德",沈德潜、黄彻、顾炎武等各自分别表达过"造意立言,不可不预为天下后世虑"。另外,在理论术语方面,"我们常用的'意境''诗味''神韵''阴柔之美''阳刚之美''风骨''形似''神似'等等,即都是从古代文论中沿袭而来的。即使否定古代文论传统的人亦常不自觉地采用这些术语,可见彻底地否定传统又谈何容易!"①除此之外,古代文论品评作家、诗人的批评性文字中所包含的观点以及写作的文风,都是其给予当代理论批评的丰富资源。所以,古代文论完全可以也应该被今人所继承和使用。

因此,"古为今用"在某种程度上,俨然成了毋庸置疑的"铁则"。申建中写道:"今人治古代学问,自觉也好,不自觉也好,实际都在为现实服务,古为今用是规律。称'古为今用',有的在搞实用主义,但决不能搞一锅煮,说成都是在搞实用主义。简单判断太轻率了。应该纠正的是用得不当,或为谬误所利用。如果真是一无所用,谁愿白费精力、生命呢?从根本上说,为艺术而艺术,为学术而学术,都是从来就不存在的。"②在这种理所当然的态度中,一种以当下自我为重的中心主义情结成了衡量知识、有选择地接受文化遗产的单向度的价值标准。

---

① 王英志:《古代文论今用刍议》,《古典文学知识》1990年第3期。
② 申建中:《关于对古代文论研究的全面估价》,《文艺理论研究》1992年第2期。

古代文论若无用,还有存在的必要吗？罗宗强关于"急用先学"的观念恰恰是一种对古代文论研究一直以来持"古为今用""六经注我"之态度的纠正。古代文论可不可以为今天所"用"？1957年《新建设》上讨论过,1961年《文艺报》上讨论过,1982年《文史哲》专门座谈过,1983年贺敬之、徐中玉提出过。此后,张少康、蔡钟翔、蒋述卓等一大批学者无不展开过对如何使古代文论为今人利用的探讨,但结果并不令人满意。为什么？在我们看来,这是因为历史已经成了历史,我们生活在现代,而非古代,古代历史的"辉煌"与"蹩脚"都是无法拷贝也无须复制的。退一步说,"六经注我"可以吗？可以,但麻烦不在"六经",在"我"。"我"是谁？"我们的文艺理论界五十年来经过多次的波折,先是闭目塞听,唯尊苏联一家；近二十年来又饥不择食,有的研究者慌慌张张、似懂非懂地塞进许多西方的各式各样的理论。缺乏独立思考的能力在先,缺乏消化能力在后,来不及充实自己,处于这样一个转型期,社会文化积累也还不够,要建立自己的理论与国际文学理论界对话,又谈何容易！"[①]20世纪末流行一个词,"失语"；21世纪初流行一个词,"无语"。即便六经在,全在,它如何来注解一个失语、无语的时代,又有谁有能力来完成这一工作？因此,笔者以为,对于"古为今用""六经注我"论调的反驳并不是要切断历史、放弃历史、背叛历史,罗宗强的意见是值得思考的,"急用先学"。一代有一代之文学,一代有一代之历史,一代有一代之思潮,一代有一代之范畴,一代有一代之文论。面对古代文论,我们或许可以"放下",放下功利之心,放下占有之欲,放下拿来之念,平心、静气、安然地与之对话、交流、玩味、共生。学而时习之,不亦乐乎？这是一个多元的时代,这是一个千灯互照、万象更新的时代,以一颗淡然的平常心,不仅与古代文论"支离破碎"的范畴共浴

---

① 罗宗强：《古文论研究杂识》,《文艺研究》1999年第3期。

于时间长河,并且与古代文论之所以产生的细腻而绵密的历史语境、文化形态相联系,穿越于意义世界的演替,或许才是我们所能做的,所应然为之的事情。

这一观念落实下来,可从一个具体的角度来看待,即古代文论从被"民族化",到被"中国特色"的修饰过程。古代文论的现代转换,是不是一种文艺理论的民族化,这一问题在1990年代末得到过深刻反省。所谓民族化,是要把文艺理论的内容统摄于民族话语的旗下,还是一种面对全球化话语霸权的民族想象?这个问题暂且不论,事实上,这一术语在1990年代末往往有着被"规避",被"悬置",被"改写"的倾向,学界内部开始对它进行了自觉地检讨、批判。张海明强调:"'民族化'这一提法的偏狭倒不完全在于它侧重传统而忽略了当今的文艺现实,而是该提法在很大程度上被作为一种对待外来影响的策略,其作用只限于如何借鉴、吸收外来成分以为我所用。在这个意义上说,文艺理论的民族化便只是将外国文艺理论联系中国文学实践,至多是通过某种改造使之符合中国固有的表达方式。而这样一来,民族化的文艺理论实际上只是某种外来理论的本土化,其中虽不乏改造、发展的意味,但真正的理论建设的意识并不突出。"[1]通过张海明的表述,可见1990年代末人们对于古代文论作为民族的精神遗产这一事实已然有所迂回,他真正关心的是如何建构一套有中国特色的文艺理论。"中国特色"替代了"民族化"——要建构的不是民族化的文艺理论,而是有中国特色的文艺理论。按照这一逻辑推论下去,在民族化的文艺理论中,古代文论无疑是主要内容,如何改造它、接受它、继承它乃至放弃它、背叛它俨然是问题的核心;而在有中国特色的文艺理论中,古代文论便有可能被边缘化,因为有中国特色的文艺理论更是一个当代文艺理论建设的问

---

[1] 张海明:《古代文论和现代文论——关于建设有中国特色的马克思主义文艺学的思考》,《文学评论》1998年第1期。

题,古代文论只是作为民族文化的积淀之一种,参与到当代文艺理论的建设活动中。这种重心的偏移对于古代文论的研究而言,到底具有怎样的意义?张海明有一句话说得很好,他说:"从建设有中国特色的马克思主义文艺学的角度考虑,当前我们对古代文论之现代价值的研究,恐怕应该重点考察其理论体系和表现形态方面的意义,并由此深入到思维方式和文化心理层面,这才能为探本之论,才能真正推进当代文艺理论的建设。"①这里出现的关键词是"思维方式"和"文化心理"。我们发现,张海明在本质上并未彻底摆脱"古为今用"的思维模式——古代文论理所当然地要参加到当代有中国特色的马克思主义文艺理论体系的建构活动当中,但这种"用"不是简单地挪用某种名词、范畴、命题,不是附庸风雅的情调和意境,它所指向的是探掘之所以产生了某种文化"意识"的思维基础和文化底色。换句话说,古代文论也好,西方文论也好,我们并不需要照搬其"面具""面孔",以成全一个杂芜而无法统合、内部支离破碎的混合体,当代文论真正要做的是在思维与思维的交锋、对话中,重生并涌现出一个吸纳了彼此精神实质的灵魂和精魄。毫无疑问,这样一种文化构想即便仍然只是某种带有"幻觉"成分的乌托邦想象,也是一种更为瑰丽且更符合当代文化特质的理想。为什么?1998年2月24至27日,《文学评论》编辑部与暨南大学中文系联合发起过一个《文学与文化问题》学术讨论会,在这次会议上,蒋述卓说道:"自五四运动而至今日,我国的文艺理论还在为我国古代文论要不要实现现代转换进行讨论,为文艺理论界的'失语'感到焦虑,为80年代以来西方文论的大量引进而忧虑,这的确是略感遗憾的事。但历史无情,我们得承认,在我国的文艺理论进程中,理论的发展与建设,与其说是受到政治的干扰太大,不如说是思想观念与思维模式过于僵

---

① 张海明:《古代文论和现代文论——关于建设有中国特色的马克思主义文艺学的思考》,《文学评论》1998年第1期。

化。这种思想观念与思维模式的僵化,主要表现就是常常的'一边倒',往往陷入形而上学的方法论。"①何谓"一边倒"？无非是一种变相的中心主义,人们膜拜中心,厌弃边缘,此"国粹"之一。退一万步说,当代文论如何能够在自身建设中吸纳古代文论而不唯古代文论是尊,继而实现有所超越地吸纳,需要的正是一种开放的、多元的、对话的、包容的文化胸襟和精神想象力,在一个无差别的世界里尊重差别,在一个无中心的世界里领会生命的邈远、孤独与个性。

在历史的现实形势上,把民族化改换为中国特色,就古代文论研究自身而言,事实上经历过一个相对来说十分"漫长"的过程,并非一朝一夕之功。陈良运在 1993 年曾经发出过这样的号召:"在距《文心雕龙》诞生一千五百余年后的今天,随着时代的加速变革,我们面临比刘勰更为艰巨的任务,也应当有比刘勰更为高远的目标,必须使古代文论研究成为建设当代具有中华民族特色文艺学的一个重要组成部分。"②仔细比对便会发现,陈良运当时所用的特定术语,是"当代具有中华民族特色文艺学",恰好是"民族化"与"中国特色"的"组合",换句话说,从"民族化"到"中国特色"的转变过程,经历过一段犹疑、徘徊和过渡。

事实上,"民族化"的提法,在 1980 年代十分流行。吴圣昔撰文《古代文论研究的新使命》指出:"建立民族化文学理论新体系,为古代文论研究,提出了广大文学理论工作者所可以同意和乐于接受的明确的共同目标。我们应该承认,过去对古代文论的研究目的性,并不是很明确的。虽然人们也说研究古代文论应该为发展社会主义文学服务;但是,怎么样实现服务,能够在多大程度上提供服务,认识上其实并不完全一致,甚至于究竟能不能为发展社会主义文学服务,也并不是绝无

---

① 蒋述卓《解放思想,认真反思,开拓创新》,见饶芃子:《20 世纪中国文论笔谈》,《文学评论》1998 年第 3 期。
② 陈良运:《研究古代文论的几点心得》,《文艺理论研究》1993 年第 6 期。

人持否定的态度。正因为这样,对于古代文论的研究,可说长期以来都处于萧条状态。而近年提出了建立民族化文学理论体系的任务以后,古代文论研究领域的面貌,相应地迅速出现了新的气象。"①可见,"民族化"的口号在当时曾鼓舞了一大批学者的"雄心"和"壮志"。他们相信他们有能力实现民族化的文艺理论建构,而古代文论的现代面目必然会成为"民族化"标志。

然而在 1990 年代末,"中国特色"终于成为"民族化"之后被用来修饰当代文艺学的"定语"。张少康说:"在马克思主义世界观和文艺观的指导下,以中国古代文论为母体和本根,吸取西方文论的有益营养,建设有中国特色的当代文艺学,这就是我们的目标。"②在这里,张少康鼓舞大家建设的是有中国特色的当代文艺学,而不是民族化的文艺学理论。

民族化口号的负面意义可能把原本就不知所措的古代文论研究推向民族主义的泥沼,这一危险在 1990 年代人们已有了清醒的认识。1990 年代,一个让人迷惘的词挥之不去地笼罩在学者中——"失语症"。在后殖民的文化氛围里,对于失语症的焦虑和恐惧"迫使"而非"诱导"人们急切地盼望民族性话语体系的重建。然而,出于对专断主义的警惕,不少学者时刻主动地与"回到经典"保持着"安全"距离。"如何看待'传统'的全部意义以及充分考虑传统在历时性运动中的复杂状态,则是一个忽略不得但又常常被忽略的问题。我们习惯于以一种删繁就简的方式使复杂的问题变得易于理解,并不自觉地把自己所愿意看到的理解为自己实际所看到的。由于以'应然'代替'实然',就不免把一个充满了各种异质成分和激烈冲突的矛盾统一体理想化为一

---

① 吴圣昔:《古代文论研究的新使命》,《文艺理论研究》1983 年第 4 期。
② 张少康:《走历史发展必由之路——论以古代文论为母体建设当代文艺学》,《文学评论》1997 年第 2 期。

种和谐单纯的景观,从而把向传统的回返视为一件理所应当而又轻而易举的事情(1980年代'复兴儒学'的鼓噪即为不远之殷鉴)。"①陈洪力求表明,回返的目的地可能并不"单纯",少有那种想象中的"诗意情调",况且回返的路途亦荆棘密布,他用一个词来描述回返的前提——"衡估",他要求人们在回返之前做充分地衡量和估价,这实际上是在自我感和历史感之间进行比较与博弈。如是做法提醒人们,回返并非一劳永逸。历史并不是拯救失语的灵丹妙药,况且我们想回也回不去,所谓的回返不过是一种精神虚拟、欺骗或逃遁。

在1990年代,"回家"几乎成了一种对治失语的社会药剂。问题是,家在哪里?人们相信:"我们'失语'的深层原因是精神上的'失家',是作为我们民族安身立命之本的精神性的丧失,因而丧失了精神上的创造力。尽管很多人从表面上看总在喋喋不休的谈论中,而实际上却没有构成真正的言说,因为其中没有真正的精神内蕴。因此,重新找到我们民族语言特有的意义生成方式,将成为传统话语研究的一项重要任务。这里所谓的精神,不是指固定的价值信仰体系,而是指生生不息的意义创构活动。所以返回精神家园不是要价值上的复古,而是要接通中华民族精神创造的血脉。从这种观点来看,一切概念、范畴和术语都只是特定学术话语体系的外在形态,而其言说方式、意义生成方式才是它的根本。"②"中华民族精神创造的血脉"是一条怎样的血脉?!这实际上是一种很高的要求,换句话说,它更类似于一种创造性地传承的理想,一种精神想象的乌托邦。按照这一思路来思考,所谓的"回家",也就是延续了中华民族的精神创造。"家"的意义被升华让人感

---

① 陈洪、沈立岩:《也谈中国文论的"失语"与"话语重建"》,《文学评论》1997年第3期。
② 曹顺庆、李思屈:《再论重建中国文论话语》,《文学评论》1997年第4期。

到崇高的同时,也因过于纯粹而显得过于邈远。以今天的眼光来看待,失语,所以回家,回家,所以创造,这样单线性的因果锁链,已显得过于紧张并带有压力。

所以,20世纪古代文论研究的道路并非康庄大道,而是布满荆棘,险象环生。栾勋在1990年代末指出,这样一条道路可以用两次严重的错误来描述。他说:"近百年来的中国古代文论研究曾经有过两次转型:一次发生在旧民主主义革命时期,一次发生在新民主主义革命时期,两次转型都曾为中国古代文论研究带来某种新气象,但也都存在着严重的失误。第一次转型的失误是方向性的,其表现是主张'全盘西化'。第二次转型是端正了错误的方向,提出了正确的主张,但仅仅有一个好的开端,不久便出现了两次曲折:第一次是解放初期毅然'向苏联一边倒'。其中存在着国际环境方面的原因,不得已的苦衷可以理解。第二次是'文化革命'中的夜郎自大,既排外仇外,又忘祖骂祖,以致倒退为文化专制主义,造成斯文扫地,教训极为沉痛。"①革命是一种进步,但革命同样会带来一种矛盾的激化和冲突。启蒙原本是一个循序渐进、水到渠成的延续性过程,抽刀断水的冲动只会断除了冷静的沉思,使破大于立,使解构消解了文化系统本身的结构,包括其合理结构。新时期以来古代文论的研究,实际上并没有完全摆脱这种以革命至上的情绪化因素,七宝楼台一蹴而就,在遭遇实质性的挫败之后,失望和焦虑是这种急功近利不可避免的后遗症。

二、西方理论的意义

曹旭在1990年代末曾就古代文论话题与陈伯海、黄霖有过一次三人谈,在这次笔谈中,曹旭对20世纪中国古代文论做过一种历史阶段

---

① 栾勋:《学人的知识结构与中国古代文论研究》,《文学评论》1997年第1期。

的分期,他把"五四"至1949年定义为第一阶段,而第一阶段的特点,即重在"史",重在时间线索上的梳理,主要体现为陈受颐《文学批评发端》(1910)、廖平《论〈诗序〉》(1913)、陈锺凡《中国文学批评史》(1927)、方孝岳《中国文学批评》(1934)、郭绍虞《中国文学批评史》(1934)、朱东润《中国文学批评大纲》(1944)、罗根泽《中国文学批评史》(1934)等。然而,这样一个阶段的研究实绩,虽然确立了"中国文学批评"的概念,但诚如黄霖所说:"人们对于为什么要研究这门学问并没有深究,大致照搬了西方的一套,而觉得人家有这门学问而我们也必须建立,研究的态度和方法主要建立在'阐释古代'的基点上,而并未认真考虑对于'建设现代'有什么意义。"①换句话说,中国古代文论研究自20世纪以来虽然是带有个案批评的"史"的研究,但其话语结构的框架并未脱离西学的影响。

郭绍虞用尽可能委婉的语气在1960年代初对学界以西化的外来术语来界定、分析古代文论的方法做出了某种程度上的拒绝、否定。他说:"所谓现实主义或形式主义这些术语,本是有利于认识《文赋》的本质的。但由于这些外来术语,用来说明中国的问题,总是有合有离,不会完全适应,所以很容易使人引起扣帽子、贴标签的感觉。"②为此,他回避了现实主义与形式主义对于《文赋》的定性,宁愿使用来自古代文学史中的"风""骚"概念,从风骚作为两种相互参差的文学史路线之于古代文学理论的影响的区别上入手来思考古代文论中两条"路线"的"矛盾斗争",并立即强调了这两条"路线"的缓冲与结合——《文心雕龙》的折中倾向。在此小心谨慎的论证前提下,郭绍虞终于承认了《文赋》属于骚的路线,尤其是骚赋的路线,带有形式主义倾向,并间接地

---

① 陈伯海、黄霖、曹旭:《中国古代文论研究的民族性与现代转换问题——二十世纪中国古代文论研究三人谈》,《文学遗产》1998年第3期。
② 郭绍虞:《关于〈文赋〉的评价》,《文学评论》1963年第4期。

指明了风这一支影响下的文学理论所不可避免的局限性以及《文赋》提出形象问题的重要性。然而即便如此,质疑也随之而来。仅隔一期,当年《文学评论》的第6期,就立刻刊发了《〈关于《文赋》的评价〉通信》。马南屏、孔金林就第4期的郭绍虞评价《文赋》一文进行了批评,提出"风的一支和骚的一支这两条路线是否存在?""形象化与语言""儒家之说是怎样一种文学理论?"等三个问题追问郭绍虞立论的依据。克实而论,此文有把郭文极端化、放大化之嫌。因此,郭绍虞在给马南屏、孔金林的回信中不无委屈地指出:"马、孔二同志可能只从枝节方面推求,于是对于我文中已经讲过的话似乎没有注意,而对于文中没有讲到的话反而强加于我了。"①马、孔对于郭文中逻辑混乱的指摘,郭只能以辩证唯物主义中矛盾发展论来辩解,恰恰说明1960年代早期外来术语之于古代文论理解的负面效应。

　　至少在1980年代中期,人们对于古代文论研究方法论的思考并未摆脱苏联模式的影响。1984年3月13日至18日,"全国古代小说理论学术讨论会"在武汉举行,全国各地160余位学者与会。在这次会议上,进行过关于中国古代小说理论之民族特色的讨论,其结论是:"一种意见认为,引进西方的术语、范畴来解释与评价中国古代文论,如果仅仅从概念出发,削足适履式的勉强硬套是不好的;但西方有些概念、范畴与原理是完全应该借用的。如现实主义这个概念,经过恩格斯的革命改造以后,已经成为马克思主义文艺理论体系中的一般范畴;我们完全可以用来说明我们古代小说理论。又如列宁的反映论原理,用来解释'水浒传一百回文字优劣'中的'世上先有'《水浒传》中的人物事件,作者才能'借笔墨拈出'的观点,不是非常贴切吗?我们不能以古

---

① 郭绍虞:《〈关于《文赋》的评价〉通信》,《文学评论》1963年第6期。

释古,要在科学的理论基础上使我们固有的民族的东西发扬光大。"①何谓"科学的理论基础"?这个基础不是西方传统意义上的概念、范畴与原理,而是马克思、恩格斯,乃至列宁主义文艺理论体系中的概念、范畴与原理。这会给人一种印象,即古代文论研究找到了其"科学的理论基础"的同时,成为马克思、恩格斯,乃至列宁主义文艺理论体系的脚注和补充。这意味着,古代文论的研究在 1980 年代能否产出实绩,取决于它在这种成为脚注和补充过程中自我调节、自我适应的能力是否突出——它需要回应的不仅是一种哲学意义上的本体论冲动,还是一种社会学意义上的意识形态话语世界统摄文化视野的策略。

时值 1980 年代末,由喻朝刚、张连第、栾昌大主编的《中国古代诗歌词典》由四川人民出版社于 1989 年出版,公木序之,公木由此谈到,所谓西方文论的范畴,"比如通感联想、意象叠加之类,大有可能还是涂上了一道洋漆的 made in China(中国制造)式的洋货"②。《中国文学批评小史》是周勋初 1980 年代中期的代表作,初版八千册,数月内售罄。新加坡杨松年对此书评价甚高;韩国李炳汉以之为教材,全弘哲译之并出版;日本横山弘以之为教材,高津孝译之并出版。此书后又由台湾丽文文化公司和沈阳辽宁古籍出版社再版。周勋初在谈到如何解释古代文论的特定术语时说:"可让读者自行研索,求得正解。我不太喜欢用理论界常用的术语像现实主义、浪漫主义等名词去解释,因为中西文化背景不同,有时嫌不贴切。有些风格方面的问题,更是抽象,难以把握,我就试用作品去印证。"③说不可说,不借言支会,让读者自行研

---

① 一民:《中国古代小说理论学术讨论会综述》,《文学遗产》1984 年第 3 期。
② 公木:《不应把中国古代诗学放诸"死海"》,《文艺争鸣》1987 年第 5 期。
③ 周勋初:《〈中国文学批评小史〉写作中的点滴心得》,《古典文学知识》1995 年第 5 期。

索,或用作品来印证,表明了周勋初对现代西方文论范畴体系主动回避的态度。这种"守持"的自觉有效保护了古代文论自身的圆熟与纯粹性,使之成为一种内敛、复杂,而又单纯、封闭的知识系统,尤其避免了理论结构与批评实践的支离、驳杂、误导和冲突。

马列文论作用于古代文论的研究,在1980年代初体现为人们着力于挖掘在古代文论中可能符合马列文论基本理论的线索,如古代文论中的现实主义传统。现实主义中的"现实"一词,可以追溯至柏拉图主义的模仿精神,可以落实为19世纪西方文化中典型概念的前奏,亦可被泛化,宽泛地指称经验性的现实生活元素。陈伯海正是在把现实概念中的西方色彩淡化处理之后应用于古代文论之研究的。他认为:"从思想渊源上看,我国古代的现实主义文艺批评有两个源头:一是先秦儒家以'兴观群怨'论诗和以'明道''致用'论文的主张,另一是墨家思想中的崇实精神。"[①]他继而依据这两条线索,勾勒出了古代文论由古而今的现实主义诗论、文论以及墨学精神。富有弹性的是,他在描述古代文论之现实主义传统的同时,探明了这一传统有别于西方传统的特点,即能动的反映论、尚用精神、以复古为革新、重经验而轻理性,主动与西方现实主义传统的表述拉开距离,用来化解以西方文论范畴解读古代文论削足适履的机械感和疏离感,在一定程度上维护了"具有民族风格的无产阶级文艺理论"中的民族色彩,暗示出1980年代初意识形态话语权力对古代文论研究的宽容与接受。而这一倾向又并不普遍。例如,吴汝煜在分析古代诗论的自然因素,分析到刘勰时便说:"就刘勰的世界观的整体来说,无疑是唯心主义的,但他强调诗歌艺术的自然美来源于客观世界的自然美,则是唯物主义的,因此这是一种进

---

① 陈伯海:《古代文论中的现实主义传统初探》,《文艺理论研究》1980年第3期。

步的观点。"①这显然是在拿西方文论中的自然观念,将中国文论中的自然简化为自然界,统归为对自然美的发现了。

马列文论在1980年代古代文论的研究中仍旧是颠扑不破的法则。人们依据马列文论的基本框架去衡量古代文论之命题、概念、范畴、理路,得到过许多被经典化、马列化的结论。吴奔星撰文《"诗言志"新探》,其所探路径是内容与形式的话语结构。他说:"不少文人学士一向把'诗言志'看作诗的定义,尽管约定俗成,'诗言志'毕竟不是一个意义完备的定义。因为'诗言志'只表明了诗的内容,没有表明诗的表现方式。马克思主义认为,凡是关于文学样式的概念,必须兼容内容与形式。一经分割,便不免偏颇。"②内容与形式的对立统一源自黑格尔的辩证法历史哲学观念,被马克思继承,遂成为马列文论的基础,它在1980年代古代文论的话语世界里仍具有主导性意义,人们在膜拜主流话语的同时,所谓有民族特色的马列文论系统自身,不可避免地带有盲从的消极效应。

然而,西方文论绝对地无法相容于古代文论吗? 我们并不这么以为,起码吴予敏的研究在某种程度上说明,古代文论之内容是可以与西方文论之分析密合无间的。吴予敏曾撰文《论传统文论的语义诠释》,从语义学的角度对古代文论进行读解,精确、合理、复杂,是文化与文化之间对话的代表作。该文从符号与义位、多重联想意义、独特的涵指方式、文本语境的构成等四个方面对古代文论的范畴、命题乃至体系进行了语义分析。吴予敏提供了许多新的语义学术语来解释古代文论,例如古代文论作为符号的范畴之实体性义素、功能性义素、结构性义素、形态性义素,涵指方式中的跨域涵指、序段涵指、托喻涵指、互参涵指、

---

① 吴汝煜:《谈我国古代诗论中的自然说》,《文艺理论研究》1980 年第 3 期。

② 吴奔星:《"诗言志"新探》,《文艺理论研究》1986 年第 5 期。

示范涵指,文本语境构成形态中的表达关系、场域关系、呈示关系和型构关系,但并不让人望而生畏,反觉精准。例如,其中有一句话说:"某一词语之成为文论的范畴,是由于文论家在该语词原来已含的义素的基础上展开联想,增加了内涵意义、社会意义、情感意义。而范畴的衍化,则是充分利用汉语构词规律,以反映和搭配方式,拓展了语义集合。就是说,传统文论的范畴,既表现为本源词的附加意义的变化,又表现为以本源词为词根的语义集合(有轴心的语义场)。"①生涩吗?不生涩,我们以为,这是一段非常准确的描述。事实上,现代语言学、语义学的思路,恰恰是最能够与古代文论有所沟通、互涉的系统,吴予敏抓住了这一点,给予了学界以无限遐思。

古代文论之体系必异于西方文论之系统,乃至用西方的哲学、美学、文艺理论之理性无法结构,是不争的事实。问题在于面对这样一种特异的体系,我们能做什么?我们以为,党圣元曾对刘勰的文论思想做过一番结构化的尝试,他的结论使我们对这一问题有了客观而深入的洞见。他说:"参照刘勰论文之思理,以及古人讲求'有本之者,有原之者,有用之者'之义法,并且适当地引入现代文论、美学在体系结构上的一些思理方式,笔者以为可以按照文原论、文体论、功用价值论、作家主体论、创作论、作品论、风格论、批评鉴赏论、通变论八大类别,以概念范畴的主要的理论指述诠释功能为依据,将那些重要的、出现频率较高者分别归入某一类中,并根据其在传统文论范畴体系之历史—逻辑运动过程中所处级别高低而排列先后,如此则大致上可以显示出传统文论、美学概念范畴体系框架之基本轮廓来。恐怕目前我们所可以做到的也只能如此了,而且绝非轻易能够做到。因为,以我们今天的知识结构,在思理方面与古人之视界融合一致已有一定难处,而欲对一种建立

---

① 吴予敏:《论传统文论的语义诠释》,《文学评论》1998年第3期。

在'体用合一''变常不二'方法论基础上的理论体系加以条分并具体描绘之,其内部错综复杂之网络关系,将会使你每往前挪半步都异常艰难。"①仔细比对我们可以发现,党圣元所用的方法实际上是一种量化的类似于社会学的方法,他对古代文论中的范畴所出现的频次做了归纳处理,从而探明了依据频次级别而成类的理论体系,继而以之描绘出古代文论的整体轮廓。换句话说,党圣元回避了对古代文论体系做直接的质性的分析,因为他认为今人与古人的思维模式毕竟不同,单纯地以心灵体悟来求证视界的弥合无间,不切实际且难免空脱。我们以为,这是一种在古代文论的现实研究活动中客观而有效的途径。当我们说不可说时,事实上,我们不能定义,只能描述,而量化的描述是最接近客观真实的描述。古代文论"体系"本身是"反体系"的,它内部并不结构为某一既定的理性组织,以西方体系来印证此"反体系",可谓缘木求鱼;然而量化,也即"量度"的方法却是一种通设,它在中国古代文化本身中已然潜在,实乃中西之"桥梁"。通过这座现实的"桥梁",中西方文论的话语"体系"才是可以对话与沟通的;而实现对话与沟通,恰恰是我们的目的所在。

三、从比较到"打通"

1980年代"海外汉学热"对于海外学者学术理论的引介同样影响着中国古代文论的视阈及其研究。例如,1986年第2期《文学遗产》上发表过一篇时任北京图书馆参考研究部参考员的王丽娜的文章,《司空图的〈二十四诗品〉在国外》。该文以司空图之《二十四诗品》为切入点,不仅介绍了翟理思、克兰默-宾、刘若愚等英美学者所翻译的司空图之作,还分析了当时苏联汉学家阿列克谢耶夫、李谢维奇之于司空图的

---

① 党圣元:《中国古代文论的范畴和体系》,《文学评论》1997年第1期。

理解,以及中国学者杨宪益、戴乃迭、吴调公、王润华《二十四诗品》的英译,同时兼顾到日本学者明治三十二年(1900年)《作文作诗之友》杂志应读者要求,岩溪上川、森愧南所撰之《二十四诗品举例》,以及1970年代高松亨明对《二十四诗品举例》的校勘整理。在文末附录中,王丽娜罗列了与《二十四诗品》翻译研究有关的著文选目,西文18种,俄文2种,日文8种,朝文1种,以及大陆和港台学者的研究成果21种。① 这项工作也许在检索科技如此发达的今天不足为奇,但在三十多年前的中国,在一个计算机、互联网尚未开始构建"世界"的1980年代,无疑是一份艰巨而繁重的工作,其意义更多地在于它开拓了古代文论研究的方法、角度和视野。

然而在这一时期,以欧美为主体的海外汉学对于古代文论的研究并不尽如人意。黄鸣奋曾根据在1988年荷兰莱顿大学图书馆及1993年美国哈佛大学的网络资源介绍过当时英语世界关于古代文论研究的成果,并于文末写道:"平心而论,上述'标定'的做法有时因忽视中国古代固有的文化传统而显得不够妥当,某些译作和论著中的译法和提法也大可商榷。但是,英语世界的相关研究从总体上看是硕果累累的。它们既为中国本土的学者们提供了本民族古典文论跨文化传播的实例,有助于认识中华文化的国际影响,又可开启审视中国古典文论的新思路、扩大中国文学批评史的治学视野,同时还具备鲜明的情感激励功能——其他文化圈内的学者们正以日益巨大的规模展开对中国古典文论的探索,我们自己又怎么能裹足不前呢?"②相对来说,亚洲国家如日韩介入中国古代文论的研究活动较之欧美,要主动得多,自觉得多,成果也更为丰硕。这一点与其对当代中国文化的研究态势形成了鲜明的

---

① 王丽娜:《司空图〈二十四诗品〉在国外》,《文学遗产》1986年第2期。
② 黄鸣奋:《英语世界中国古代文论研究概览》,《文艺理论研究》1994年第4期。

反差。

  在具体的操作环节上,平行比较在古代文论的现代意义讨论中较为普遍。1980年代末,杨晓明曾就英美新批评与中国古典诗学的对应性上做出过横向举证。杨晓明首先指出,中国的诗学传统古已有之。元人范德机《诗学禁脔》、清人汪师韩《诗学纂闻》、宋荦《漫堂说诗》之张潮《题辞》中皆有所涉。为此,杨晓明倡言:"诗学者,诗歌理论批评之谓也。开篇释此,为正本清源,本文以'诗学'名题,实非'舶来品',而为'国粹'。"①继而,杨晓明指出,在英美新批评与中国古典诗学之间的本体论层面上,在表现论中,"意图谬误"(intentional fallacy)与"以意逆志"契合;在实用论中,"感受谬误"(affective fallacy)与印象式批评对应。如是做法,显然是要把新批评的"意图"和"感受"概念抽象出来,参照于中国诗学的"意"与印象;与此同时,杨晓明特别强调,新批评带有文本中心主义的本体论选择。另外,在具体的批评实践中,杨晓明又拈出"张力""反讽""客观对应物""含混"等概念,说明了这两种系统不约而同地使用过可供通约的共通性的范畴。

  的确,比较最简单的方法莫过于对应,一一对应。古代文论的特色是什么?一言以蔽之。西方文论的特色是什么?一言以蔽之,一言对应于一言,严丝合缝,颠扑不破。古代文论和西方文论可以用一个或几个词来统摄,曹顺庆认为,滋味说和美感论,正是古代文论和西方文论的"底色"。这两个概念都是主体概念。"同"重在直感,情感强烈,有想象的参与和深刻的理解;亦存"异",美感关乎试听,滋味与味觉联系在一起。何来之"异"?西方是宗教社会,中国是宗法社会;西方人好思辨,中国人善直观;西方艺术突出于再现,中国艺术重在表现;一路到底,气贯长虹。所以,"'滋味说'与'美感论',是中国与西方的理论家

---

  ① 杨晓明:《英美新批评与中国古典诗学》,《文艺理论与批评》1989年第2期。

们在不同的社会历史条件下,不同的文学艺术实践中,运用各具特色的思维方式对文学艺术审美鉴赏的共同理论总结。因此,从本质上说来,'滋味说'与'美感论'皆体现出了人类共同的审美鉴赏心理,体现了文艺鉴赏论中共通的文学艺术规律:无论是西方的美感论还是中国的滋味说,都共同认识了审美鉴赏中的各种复杂因素,都共同认识到了艺术鉴赏中的直感、情感、想象与理解诸因素,它们都要求艺术审美鉴赏中的理性与感性、情感与想象的完美融合,要求'词理意兴,无理可求'的浑然一体,从而使人获得令人赏心悦目的'美感',获得令人一唱三叹的'滋味'。"①这是何等气势!曹顺庆于1980年代所做的比较文论、比较美学的研究,事实上是在世界文论、世界美学的高度自上而下完成的,如是研究的优势在于其高屋建瓴,恢宏壮阔,劣势在于其一旦被绝对化,便难免走向空脱、生硬、机械和断裂。滋味说、美感论如何可能成为代表古代文论和西方文论的核心范畴,是谁赋予了此项判断的合法性,是否连审美主体作为预设的前提概念本身在中西方文论中都无法对应,这一系列质疑都将是这一论题得到深入反省后所必须面对的难题。

事实上,如果放弃这种"世界主义"的眼光,"比较"在古代文论乃至古代文学的研究中并不乏先例,并非新鲜的专属于现代性概念的理论术语。肖瑞峰曾写道:"当前学术界很是强调宏观研究,其实我们的前贤早就注意以宏通的眼光对文学现象和文学流派作综合分析和总体把握。……不难发现,古人进行'宏观研究'时所擅长的手段是'通变'和'比较'。刘勰《文心雕龙》特列《通变》一篇,勾画出前代文学的递嬗演变之迹。至于沈德潜《说诗晬语》对陶渊明为首的山水田园诗人的评议:'陶诗胸次浩然,其中有一段渊深朴茂不可到处。唐人祖述者,

---

① 曹顺庆:《滋味说与美感论——中西文论比较研究札记》,《文艺理论研究》1987年第1期。

王右丞有其清腴,孟山人有其闲远,储太祝有其朴实,韦左司有其冲和,柳仪曹有其峻洁,皆学焉而得其性之所近。'此则不失为一种得其神理的比较研究的成功尝试。"①宏观并不是依据理论的框架所能一律涵盖抑或支离的线性系统的总结。王右丞、孟山人、储太祝、韦左司、柳仪曹皆学于乃至源于陶渊明,却非陶渊明的演绎或派生,而各有其生命之具象。在古代文学、古代文论、古代文化那绵延不绝的历史众相里,留给我们最深刻的印象往往是一个成语:"薪火相传"。生命的火把与火把之间,无处不可勾连,又无处不见通变,只有用生命去体悟、圆融,或许才可以习得"比较"的真正内涵。

比较的角度并不一定限定于中西,不同艺术门类之间的比较乃至参照表现出更为强烈的解释的有效性。古代文论本然为古人艺术批评的特殊形式,这种形式不可能不与其他的艺术批评门类发生直接或间接的关联。例如,黄应全之处,清谈正是玄学影响文论的"桥梁",而具体地落实下来便会发现,清谈所影响的实际上是一种艺术批评的风气。他说:"魏晋人的评赏多为口谈,著述成书的现已极少见,而南朝人的评赏则多喜见诸文字。据史书载,当时著书品评琴棋书画的很多。比如评棋的就有范汪等著的《棋品》五卷,无名氏著的《围棋后九品序录》一卷,梁武帝撰的《棋评》一卷(见《旧唐书·经籍志》杂艺类)等;评画的有著名的谢赫《古画品录》及随后姚最的《续古画品录》(见唐张彦远《历代名画记》)等;评书法的有袁昂《古今书评》及庾肩吾《书品》(见张彦远《法书要录》)等。正是在这种品第评议气氛中出现了中国现存最早的文学批评专著钟嵘的《诗品》。"②如是比较准确、具体、翔实、可靠,它实际上是一种更为广泛而合理的参照方法的实践。在众相中以

---

① 肖瑞峰:《关于古典文学研究方法的思考》,《文艺理论研究》1987年第2期。
② 黄应全:《玄学影响文论的桥梁——清谈》,《文艺研究》1997年第4期。

抽绎逻辑衍化,是比较得当的选择性出路。

在逻辑上,以及在现实性上,"比较"其实是有限的。文化母体的基因决定了这种有限性。概念之间差异悬殊,导致了所谓的"比较"不过是曲意的比附,在20世纪末得到了深度的反省。在马列文论的影响下,再现与表现成为标签,动辄把再现与西方粘合起来,表现与中国链接起来,不论西方的表现主义和中国的再现风格,事实上,即便是表现,中国的表现与西方的表现亦风马牛不相及。童庆炳便指出:"中国的'诗言志'是与王者的事业相联系的,作者所抒发的感情,须受伦理的束缚,也可以说是一种伦理感情,所以这种感情能'持人情性'。西方的浪漫主义思潮,则恰好是要摆脱伦理的束缚,返回自然感情的天地。过去有学者把这两者相提并论,是一种误解。"① 在该文中,童庆炳把对"诗言志"的古典意义回溯至范文澜的"诗有三训"说,即承、志、持,在客观上符合了中国美学"心统性情"之逻辑,"性""情"之间的统合力超越了悖反律——两者是可以相交和相容的融摄性关系——从而化合了言志说与缘情说的对立,使得言必称中国表现的论调成为"无的放矢"的假设,这是一种建立于文化母体基因差异上对比较文论、比较美学的深省。如是之于范畴细腻地厘定最重要的结果,是剥离了长久以来附着在范畴上的"成见"和"成色",使得范畴本身的存在更单纯,也更完整。正是在这一意义上,童庆炳说:"不少论者认为刘勰的'感物吟志'论,比'诗言志'论前进了一大步,这是不错的。但是,又都把'感物吟志'论归结为'文源'论。强调刘勰的唯物主义,认为他把诗的源泉定位在'外物',而'外物'也就是'社会生活',这样刘勰的'感物吟志'说就与'社会生活是文学艺术的唯一源泉'的提法'接轨'。这种看法是把现代的唯物主义的文学源泉论'强加'给刘勰。实际上刘勰的主要

---

① 童庆炳:《〈文心雕龙〉"感物吟志"说》,《文艺研究》1998年第5期。

贡献不在寻找到'诗源',不是强调诗的源泉在外在的客观存在的社会生活;刘勰的重要贡献在他以'感物吟志'这样的简明的语言概括了中国诗歌生成论,把诗歌生成看成密切相关的多环节的完整系统。"①中国古代文论的范畴能够与西方文论范畴对应,并不能够给它带来完整,只有回归到其文化母体中,其自在的状态才是一种完整。

比较、对话作为一种方法,深入于1980年代之自我觉醒的思潮中,乃显在的事实。然而更进一步思考便会发现,在这种比较、对话的背后,隐含着一种建构的冲动。在那样一个时代,心灵由衷而自由激荡的同时,人们迫不及待地汇聚起整合乃至塑造、新生一代话语体系的欲望,此番精神诉求,直接导致了比较、对话双方的话语"力量"不均,倾向性显著。这是因为,在现代性逻辑上,理论基础只有是唯一的才是稳定的,只有稳定的基础,才能现实地保证比较、对话有所"成就",有所"建树"。具体到古代文论这一场域,人们以为,古代文论必以西方文论的话语层次、结构为基础,只有在这一基础上,古代文论才能释放出自我的积极的养分和益处。陈良运以诗人的眼光对意象、形象这两个古代文论的范畴进行过追本溯源、细致入微的绵密分析,他之于二者词源、词义上的理解不可谓不准确,然而在行文中,作者经过了仔细的中西比对、求同印证之后,得出的结论是:"形象,因为是把'事物本身展现在我们面前',所以它的意蕴就有较直接的展示;而意象,它所表现的是'内心观照'所形成的观感,并达到了'理性的最高度',所以它的意蕴便显得较为幽深。"②形象、意象是有层次的,被安排在层次中,这种层次是西方话语的层次。从比较、对话的客观效果上看,形象、意象的对立被"统一"于康德、黑格尔——对康德、黑格尔未做区分——的理性架构中,被康德化了,被黑格尔化了。这种文化自觉的顺应是否被

---

① 童庆炳:《〈文心雕龙〉"感物吟志"说》,《文艺研究》1998年第5期。
② 陈良运:《意象、形象比较说》,《文学遗产》1986年第4期。

"彼岸"真正接纳暂且不论,但比较、对话的目的性已显豁、已昭然。

1980年代的理论之思对于"打通"的渴望使得钱钟书成为建立在比较之上的融通典范。郑朝宗认为,钱钟书用传统的札记和随笔等文体考辨思想、文化的方法既不是一种性情上的慵懒,也不是一种炫耀才华的表现,而如同蜜蜂采花酿自己之蜜,像孙悟空一样上得了天下得了地,重点在于带有自我色彩的共性的落实。在郑朝宗看来,钱钟书"只拿双方个别的语言、意境、艺术手法做比较,或者借用西方的术语和理论来阐释中国的文学现象,其终极目的如同上面所说是在于说明天地间有此一种共同的文艺规律、共同的诗心、文心而已"[①]。郑朝宗由此列出了《管锥编》的新义在于"学士不如文人""通感""以心理之学释古诗文小说中透露的心理状态""比喻之'二柄'与'多边'""诗文之词虚而非伪""哲学家、文人对语言之不信任""词章中写心行之往而返、远而复""译事之信,当包达、雅"等八个方面。可见,钱钟书给1980年代的理论研究带来的积极意义不仅在于他材料多,他提供了一种兼及中外、融合古今的视野、气度与胸怀,更在于他善用材料,他能够用材料奠定一种一般性的作为文艺理论核心范畴的理论话语系统的基础。换句话说,钱钟书的魅力在于他以个人的学养适应于1980年代意气风发、主体性张扬的反省风潮,他的风靡不能脱离那个时代的背景来看待。

1990年代,比较的眼光已在跨文化的语境下有所深入。萧驰乃一显例。例如,他选择了文本《世说新语》——《世说新语》是一部有别于抒情诗作的叙述文本,而其文字被古人赞叹为"简约玄澹",萧驰把这一现象与20世纪西方文论中的元小说(metafiction)对应起来。他说:"在西方元小说的理论中,文字叙述超越了媒体的功能而具有了实体

[①] 郑朝宗:《研究古代文艺批评方法论上的一种范例——读〈管锥编〉与〈旧文四篇〉》,《文学评论》1980年第6期。

的意义,故事成为对讲故事的阐释和评价。写作着的小说家在其故事世界中呈现出自己,读者的注意力被引向讲故事的过程。与这样的小说相比,《世说新语》应当说仍是以被叙述者为主,叙述也许仅仅是对于叙述者的阐释和模仿。然而,其叙述与被叙述之间的呼应却使人不由得想到元小说概念中的'本文自恋'。"①在此基础上,萧驰继而指出,是中国美学,尤其是中国艺术创作活动中的生命性使其创作过程裹挟了一种诗性的体势冲动,从而造成了上述现象。按照这一逻辑,中国艺术便大多具有自传性质,即便在它饱含叙述的成分时,也往往是某种自我生命之意境的表达。我们以为,如是比较在切实的维度上实现了比较的意义。以范畴为切入点,从细节入手,自文本出发,纵贯历史的线索,在中西文论各自的底蕴中通变而参证,所实现的比较终于有了某种客观而理性的对话平台。

在更深的层次上,立足于比较的视角是不是有可能落实为具体的理论难题的解决,这在 1990 年代同样是一则散发着理论魅力的话题。例如,刘梦溪曾就中国古代文论之重文体的问题发表过他个人的见解。刘梦溪是依据如下逻辑来贯彻他的立论的。首先,中国古代文论的关键词是什么?文体。其次,何谓"体"?"体"既是文章体裁,亦是作品风格。再次,为什么中国古代文论重视文体?因为两部书,即《文选》和《文心雕龙》,而刘勰由齐入梁,曾为"兼东宫通事舍人",与昭明太子关系密切,因此这两部书之间有连贯性。这样一来,重点也就必然要放在《文心雕龙》上。最终,问题来了,虽然刘勰受到了佛学的影响乃不争的事实,但刘勰为什么会如此重视文体问题?这两者有什么必然联系?刘梦溪指出:"汉魏两晋以来佛典转译过程中不断发生的令人困扰的文体问题,实际上成为一种刺激的力量,促使刘勰下决心讲'论古

---

① 萧驰:《论"文行之象"——中国古代文论中一个被忽视的传统》,《文学遗产》1995 年第 3 期。

今文体'作为《文心雕龙》的主要内容。另一方面建安以后文人'率好诡巧''穿凿取新'的不良风气,使文体面临'解散'的危局,面对这种情况,刘勰感到有必要站出来承担匡正文体的重任,因为他知道如任其发展下去,'势流不反,则文体遂弊'。"①这一结论甚为重要,它实际上说明了《文心雕龙》的形成有其佛教传播内部自身的需要,而不仅仅是一桩文学史上的个案。不仅如此,比较的方法被落实下来——佛典转译本身包含着文化比较的先天责任,而佛典转译又可与文学风气的转型相互参照,这两个层面彼此作用,继而被印证为《文心雕龙》乃至中国古代文论的理论基础,实不愧古代文论研究向更深的文化成因有所求的结果。

把比较的意义放大,从比较走向一般,继而在客观上提高了古代文论在世界性文学思想语境中的价值,是1990年代以来出现的另一种做法。张海明从比较诗学的角度出发,在1990年代初号召:"比较只是研究问题的方法或手段,我们的目的并不在于将中国文论置于西方文论的背景之下辨其异同,而在于通过这异同的辨析走向一般文学理论,尽管这在目前还只是一个辉煌而诱人的设想。"②所谓"一般文学理论"是否存在,如果存在,怎样存在,在1990年代学人的思路中并不清楚,我们只能看到一种带有肯定色彩却依旧模糊的印象;在现实的学理描述中,张海明提供的更多的仍旧是辨异同以及中国古代文论对西方文化的影响研究。然而,"一般文学理论"终究是一种召唤,这样一种召唤在既成的事实上成为古代文论研究一个充满未来感的旨趣和走向。纵观历史,我们会发现,这种期待与1980年代的寻根意识相映成趣——

---

① 刘梦溪:《中国古代文论何以最重文体——汉译佛典与中国的文体流变之一》,《文艺研究》1992年第3期。
② 张海明:《从比较诗学的角度看中国古代文论》,《文艺研究》1992年第4期。

寻根的渴望被替换为对于未来的憧憬，只不过，如是憧憬并未成为1990年代唯一的至上的"声音"。

对应性比较再往前迈一步，便是"总体文学"。"总体文学"这一概念杨周翰提过（《中国比较文学》创刊号），曹顺庆接着韦勒克、沃伦说："四十年代美国学者韦勒克、沃伦在《文学理论》中提出：比较文学应该向具有世界规模的文学研究发展，并站在国际视野的立场上使它有所提高。在这种基础上所进行的具有普遍性的文学研究就是所谓'总体文学'。"①如是概念，被法国学者德利耶尔喻为在民族文学（围墙之内）、比较文学（跨过围墙）之后，高于围墙之上的形态。宏大、壮阔，它在1980年代的特殊语境中生长起来，却极易于被意识形态话语"收编"，成为某种展现"民族"自信的"形象"乌托邦。

四、内容与形式

在新时期的古代文论研究中，如果说有拿来，如果说有比较，如果说有具体的拿来和比较的结果，我们以为，内容与形式堪称这条思路最为显著的文化效应。内容与形式对立统一，这种在辩证前提下的表里、内外的组合与区隔在早期古代文论的叙述语言中十分流行。内容与形式的二分法本身具有强大的解释力，它所散发出来的理性自觉在古代文论的解释性话语中不乏灼见。1960年代早期，廖仲安、刘国盈专就黄侃《文心雕龙札记》中释"风骨"为"风即文意，骨即文辞"的判断做出了强势否定，所依赖的理论框架正是内容与形式的辩证关系。黄侃对于风骨的解释，无论"文意"还是"文辞"，都不脱离"文"本身，却又暗含了把风骨与内容、形式相对应的可能性。对此，廖、刘提出了不同见解。廖、刘以为，"风骨"的话语模式分为两个层次，在一般的意义上，风骨

---

① 曹顺庆：《从总体文学角度认识〈文心雕龙〉的民族特色和理论价值》，《文学评论》1989年第2期。

是一种抽象与具象的概念组合，被用于人物品鉴；在模范的意义上，风骨是魏晋士族所标榜的神情、形貌，被用于表现人物的高傲不凡；而刘勰所谓风骨，又在模范的意义上超越了当时的"道德美学标准"，尤其强调儒家风轨教化的观念，与其《宗经》本义相互映照。显然，这样一种话语模式不只是用于文论，且同时用于人物品藻以及书论、画论，不专属于"文"。因此，"当以风骨论人的时候，风指神；骨指形。以风骨论人物画的时候，风指神似；骨指形似。以风骨论文的时候，风指文章的情志，它在文中的地位，好比人的神明；骨指文章的事义，它在文中的地位，好比人的骸骨。从论人、论画到论文，风和骨的观念都有它一脉相贯的继承性，这就是风近于形而上的道，骨近于形而下的器。因此，风骨这个观念，是形和神的结合，道和器的统一"①。廖、刘此举的实际效应，相当于实现了一般艺术理论对于文学理论结构性的架设。风骨作为一个时代的文化概念，既有其普遍义，又有其典范义，全面建设出了关于艺术风格形态的解释性话语体系，而这样一种体系，恰可谓内容形式辩证思路的延展与响应。

然而，同样是在1962年，《文学评论》第6期刊发的寇效信所撰之文，恰恰构成了对于廖仲安、刘国盈一文的"本体论"消解。寇效信驳斥廖、刘是表象，在更深的层次上，他解构了单纯地使用内容形式辩证法来解读古代文论的可能性。寇效信开宗明义地指出，品藻人物以及与之相关的"风神骨相"论可能在魏晋时期曾广泛流行，但"《文心雕龙》中的'风骨'，则是刘勰创造的一个崭新的美学术语"②。新在哪里？在"志气"。寇效信指出，"风骨"的重心是"风"，"骨"被包含在"风"里，而"风"的来源是诗经之六义，刘勰并未脱离这一来源，却创造性地

---

① 廖仲安、刘国盈：《释"风骨"》，《文学评论》1962年第1期。
② 寇效信：《论"风骨"——兼与廖仲安、刘国盈二同志商榷》，《文学评论》1962年第6期。

在"风"作为"化感之本源"的基础上衍生出了"风"乃"志气之符契"。这一点非常重要,虽然寇效信止步于此,但他把"风"的逻辑基点落实为"志气",实际上相当于隐含地揭示了中国美学道器象"一分为三"的话语结构。更进一步而言,寇效信的殊胜之处在于,他主动自觉地拒绝使用内容形式的辩证关系,他在《文心雕龙》的内部自身范畴之间"穿插",指出"风"虽与"意""情""志""理"一组,"骨"虽与"辞""事""义""采"一组,但前后不可等量齐观,不是一码事。换句话说,他从"风骨"与其他各种刘勰所使用的内部范畴的区别度上入手来厘定"风骨",这一过程既烦琐又复杂,却有效地保证了古代文论自我解释的客观性。最终,寇效信指出,"风"是一种文章情志方面的美学要求;"骨"是一种文章辞语方面的美学要求。在我们看来,寇效信在对"风"的描述中,关键词实乃"志气";在对"骨"的界定中,重点在于"有力"。"有力的志气",恰恰是"风骨"的本义——在形上与形下之间,实有"气""象"之维度。从结果上看,寇效信的理论得益于他在海量的刘勰专属的术语中做了大量细节性的比较功夫,这样一种精致而准确的勘察、校验和比对在1960年代早期仍不失为一种古代文论研究方法论上的潮流。例如,陆侃如即在廖、刘一文发表后立刻做出回应。他认为,造成对《文心雕龙》解释的混乱的主要原因是:"刘勰使用这些字的时候,并不永远完全当作术语,有时只当作普通的字。即使当作术语用的时候,还有基本的意义和引申的意义的区别。如果我们混淆了一个字的普通意义和专门意义,就会发生误会;而专门意义中的本义和引申义的异点如被忽视,也难于获得确切的理解。"① 这等于为《文心雕龙》中的词语做出了知识论的分层,并在分层的基础上做出了原本与引申的甄别。正是在此基础上,陆侃如认为黄侃所言并非全无道理,而十四年前刘永

---

① 陆侃如:《〈文心雕龙〉术语用法举例——书〈释"风骨"〉后》,《文学评论》1962年第2期。

济的《文心雕龙校释》尤其值得注意。陆侃如针对廖、刘的异见也许并不重要，重要的是他通过一种非哲学化的手段，使得"风骨"之类概念细致而绵密的层次性丰富地还原出来。

牟世金把内容形式辩证法贯彻于其分析钟嵘《诗品》的过程，其结果是借钟嵘之诗歌专论而建构起一般性艺术理论的框架。钟嵘在《诗品》中只谈五言诗，牟世金认为，此举回避了理论的芜杂，而客观地维护了艺术理论的特殊性，完整而且单纯。其所撰之文，即《钟嵘的诗歌评论》，而非"钟嵘的艺术理论与批评"。然而，牟世金在解释钟嵘诗论的方法论原则，却是"文学反映现实"的基本规律，是要在艺术与生活的对应性上"做文章"。这样一种思路，再往前走，至多只能发掘出"托诗以怨"重于"寄诗以亲"，强调独特的艺术形式反映出了感荡人心的现实内容，并在此基础上，呈现钟嵘在对作家作品进行具体评论时的特征，如善循其源流，以三品定优劣等等。最终，牟世金对于钟嵘的解读还是会落实到其诗歌评论的标准上来，讨论钟嵘的标准究竟是以思想内容为重，还是以艺术形式为主。在这一问题上，牟世金得出了自己的结论："无论从钟嵘的诗歌理论或诗歌评论来看，他对于诗的内容都是更加重视一些的。对于诗歌艺术的形式，他也相当注意，但那种过分人为的、有碍于充分自由地表达思想内容的形式主义的做法，却是坚决反对的。"①牟世金强调钟嵘把思想内容放在艺术评价标准的首要位置，不仅是对钟嵘的判断，在某种程度上，更能体现他做出这一判断的态度和立场，他本人对于内容与形式之关系本身的取舍与抉择。

陆侃如在1960年代初便对陆机《文赋》中的形式主义倾向做出了描述，其基本架构便不脱离于此关系。陆侃如发表于1961年首期《文学评论》的《陆机〈文赋〉二例》一文，显然是对着郭绍虞的《中国古典文

---

① 牟世金：《钟嵘的诗歌评论》，《文学评论》1962年第2期。

学理论批评史》上卷说的。他指出,陆机在创作上提倡创新,但《七征》模仿枚乘《七发》,《辨亡论》模仿贾谊《过秦论》,《演连珠》《遂志赋》模仿班固《拟连珠》《幽通赋》,《谢平原内史表》模仿蔡邕《让高阳乡侯章》,而在诗歌方面,《短歌行》《苦寒行》模仿曹操,《燕歌行》模仿曹丕。因此,陆侃如认为,陆机所谓的创新,只是语言辞藻上的创新,而不排除在内容上的抄袭。最终结论为:"《文赋》的总的倾向是把作品的艺术形式放在主要的地位,而把思想内容放在次要的地位。"①同样是《文学评论》,同年的第 4 期上,郭绍虞立刻对陆侃如的见解做出了委婉地反驳。

郭绍虞并没有直接对内容与形式的批评话语结构发起挑战,他首先承认了内容与形式的"分野"。然而,郭绍虞自有其心思绵密之殊胜处,或可用一个关键词来概括——"分层"。郭绍虞对"意"进行分层处理。他指出,"文意"之"意"不是抽象、单一的,而可以分为三个层次。第一层,为"意义之意",为基本的语意、句意、章意、文意;第二层,谓"构思之意",即作者以其独特方式所表达的内心构思之内容;第三层,乃"倾向性的意",用今人的语言来解释,也就是作品中所反映出来的作者的思想倾向性。郭绍虞准确地指出,陆机所谓"意",并不是一个在三种层次上的"意"的笼统、总合、收摄,而特指"意"的第二个层次——首层之"意"自不待言,郭绍虞认为,第三层次之"意",一般又被称为"理",易与儒家之"道"混为一谈,陆机并不重视。换句话说,郭绍虞不是在普遍的意义上肯定陆机,他"收缩"了陆机在理路上的适应性,而极力把陆机在艺术创作论上的优势凸显出来。郭绍虞指出:"他(陆机)是以构思为中心而贯穿到意和辞两方面的。'选义按部'是意的问题,'考辞就班'是辞的问题。如何选,如何考,就通过构思的作用

---

① 陆侃如:《陆机〈文赋〉二例》,《文学评论》1961 年第 1 期。

了。通过构思作用而选义和考辞也就统一起来了。"①唯有在这一前提下,在把"意"精准地限定在其主体内心引发艺术创作冲动之审美心理学层次上时,"意"与"辞"才是协调的、吻合的、一致的。显然,郭绍虞之于陆侃如的回应,并不正面冲撞内容与形式既定的话语模式,但更细致,更绵密,通过细致、绵密的条分缕析,他的理论结果显得更为深刻。

第二节　古代文论之现代转换的定位

一、主体性的崛起

古代文论之现代转换如果可以成为一个过程性的"系统",它首先需要的不是别的,而是一个主体,一个研究者作为主体的自觉、清醒以及批判性。1960年代在古代文论的研究中所隐含的主体性崛起的思路事实上已经存在。郭预衡在《〈文心雕龙〉评论作家的几个特点》一文中便提到,刘勰评论作家的特点在于,评价比前人更全面,没有忽视作家的特点,善于从史的角度来出发,把作家的思想和艺术,政治实践和创作实践统一起来。而在此基础上,一种不可多得的倾向是,刘勰"对于前代的关于作家的评论坚持了不肯雷同也不苟立异的精神"②。通过肯定刘勰自主自觉的学术精神,看得出郭预衡内心对于主体性的渴望,但这种渴望终究是一种寄托,与1980年代直接树立和标举钱钟书的个人魅力存在巨大的差距。

学者个人的主体性在其学术话语的表述中或隐或显,原本由其个性所致,无可厚非,然而经历过1980年代的思想解放后,我们发现,即

---

① 郭绍虞:《论陆机〈文赋〉中之所谓"意"》,《文学评论》1961年第4期。
② 郭预衡:《〈文心雕龙〉评论作家的几个特点》,《文学评论》1963年第1期。

便是在古代文论研究当中,学者个人主体性的凸显也变得更加"流畅""自然"——不畏惧权威,保持着一份个人审视的独立的倾向,更加自觉。这集中表现在学者对于古代文论之经典命题进行过"平等对话"之后的批判上。夏中义指出:"'境界说'的偏颇正在于:王氏将一己之好无条件地升华为绝对尺度,这就不仅诱导他对白石有失公允,同时也使其背离他曾有的高见——他说过:某'文体通行既久,染指遂多,自成习套。豪杰之士,亦难于其中自出新意,故遁而作他体,以自解脱',为何当白石推陈出新,'遁而作他体'时,王氏又喋喋不休了呢?是'境界说'框住了其视野。"①夏中义对于王国维"境界说"的评判带有他个人的主体性色彩。他在对王国维"境界说"的内涵、层次及其绝对化倾向做出了充分的分析和准备之后,方加以客观地批判,因此,这种批判往往具有理性的色彩;然而,这种批判在1980年代以前又是不可想象的,因为这种批判是由其个人的心性审视完成的——由其个性中带有的清醒的甚至倔强的理性完成的,在与对象进行过平等对话之后完成的——它往往使人联想到某种自我"叛离"的风险。

1990年代以来,人们敢于以阐释古代文论中的理论范畴为名义,来树立自己的理论体系,如是体系通常为带有个人创作经验、色彩的感性的创作论体系,更类似于某种创作技巧谈。施议对在1990年代中期曾把对"意境"的理解换作公式,专门撰文《论"意+境=意境"》。他反对学界长篇累牍的对于"意境"的敷衍之论,以简单易行的求和公式反其道行之,认为这才是对于古代文论范畴切中、切实的了解。据此,他认为,"意"即人、事合成的题材;"境"即时、空合成的载体;而"+"即立意与造境。关于立意,体现为新与旧、大与小、有理与无理等各种选择与确立上;关于造境,表现在拓展时空容量、推移变换时间次序及空间

---

① 夏中义:《"境界说"新论》,《文艺理论研究》1993年第3期。

位置、时间空间化与空间时间化等方法以表达无穷之意上。如是做法，不只是简化的问题，还是借用的问题，施议对实际上借用"意境"从而实现了对带有自我经验色彩之个性理论的彰显。值得注意的是施议对此举之目的。他说："本文论'意+境＝意境'，对于意与境的含义重新加以界定，并将意与境的关系确定为被承载与承载的关系，而非主观与客观的关系，其目的乃在于摆脱学界多年形成的所谓'哲学误判'和'美学误判'，在于走出固有的反映论或认识论框架，从而就诗歌本身问题说诗歌；亦即通过对于立意、造境之方法、过程及结果的体验，为实际意境创造提供具体事证。"①"为实际意境创造提供具体事证"，这样一种带有强烈的自由色彩的经验性抒写，说明在1990年代末之古代文论研究领域内，学界俨然拥有着个人表达的舞台、空间。

此时，主体性的思路无处不在，乃至成为一种价值评判。陈良运在评价司空图时说："司空图最成功之处，就在于他力图摄取诗人转移到诗境中的主体精神来描述该境的审美特征，于是无意于'神'而'自神'，或许这就是'知道'而诗的最高境界吧！"②此处，所谓"自神"，在很大程度上就可以当作自我的主体性精神。这样一种精神维度，被陈良运当作了评价古代文论资源的价值标准。

所谓的主体性在新时期文论大的范围中，在本质上来源于关于人性的思考。王元化曾有一组关于文论的随笔，其中便深刻而简约地提出："文学不能用真诚来概括，但文学一定要真诚。难道撒谎还是文学吗？有人反驳说，迷信也是真诚的，希特勒也自认是真诚的。所以不能说，凡真诚的作品都是好作品。我不同意这种驳诘。我认为真诚只有建立在人的自觉上面，建立在非异化的主体上面，建立在真正的人性上

---

① 施议对：《论"意+境＝意境"》，《文学遗产》1997年第5期。
② 陈良运：《司空图〈诗品〉之美学构架》，《文艺研究》1996年第1期。

面。"①在王元化的逻辑里,人性实际上是大于态度的,一个人对待文学、对待生命、对待世界的态度真诚与否,有一个前提,即他作为自我主体的真实性和完整性。从这个角度出发,希特勒再真诚,也无法创作出真正的属于人的文学作品。"文学即人学",在某种程度上,文论,无论古代文论、西方文论还是当代文论,也同样是一种人学。顺承这一逻辑,主体性概念也便显得极具时代特色,或许可以说,1980年代当代文学的文化寻根所希冀的人性反省与思考,同时对古代文论研究产生过客观可见的影响。

1980年代古代文论研究中清醒的批判意识显示出生命体验的真实与自觉,尽管这种表现时常是曲折迂回的。例如,言及王国维,无不及其汲自叔本华之悲剧解脱说,但在我们看来,佛雏于1980年代对于王国维之喜剧说的分析更为精要、准确、巧妙,不仅因为这种分析考察了王国维对于喜剧的认识,其喜剧观与悲剧交错的文本特点,而且佛雏能够把这种分析深入于对王国维生生死死的归纳,所以是极为可贵的探索。佛雏说:"令人十分遗憾的是,王氏本身也未尝不具备天才诗人的禀赋与异常纯挚的感情、气质,然而在两千年后,仍因受这个'北方学派'(以孔为主)的深重影响,以致恰好在屈子自投湘流的纪念日(农历五月初五日)之前夕(五月初三日),自沉昆明湖中,遥遥步了屈子的后尘。就我国学术文化言,王氏的自沉实为一无可弥补的大悲剧;而就当日(1927年)的政治现实言,生封'五品',死谥'忠悫',则又实在业已沦为一出'喜剧'中的傻角。其友人杨钟羲曾直称王氏之自杀为'愚不可及'。王氏的悲剧就在,由于政治上的懵懂、胶固,竟到达了把自身的这一'愚不可及'之举,错误地认作崇高悲剧('经此世变,义无再

---

① 王元化:《文论随笔(六则)》,《文艺理论研究》1994年第4期。

辱'）的地步！可慨也夫！"①每读佛雏文章，笔者都感到字字珠玑，无与伦比。他的语言本身丰赡而华美，其意味更绵远而悠长。之所以能够有此境界，恰恰是因为他的判断和描述均来自一种深沉的生命体验，这种体验既真实又自觉，真实在于其切实的思考，自觉在于其自我的锤炼，如是思考和锤炼无疑是1980年代思想解放和自我反省所带来的结果。

萦绕在我们脑际的似乎总有一个声音：我们，究竟什么是我们？在失语症弥漫的颓废基调里，"我们"的价值定位似乎从来都是缺失的。事实上也不尽然。笔者发现，尤西林对于当代中国的特殊地位和禀赋便抱有某种程度上的肯定。1996年10月17日，由中外文艺理论学会、中国社会科学院文学研究所、陕西师范大学中文系联合举办的"中国古代文论的现代转换"学术研讨会在西安召开，在这次会议上，尤西林指出："既然我们无论回到古代术语的转换还是接受西方话语都是一种'失语'，那么，就不可能从两者中找到现代转换的标准，这个根只有当代中国。我们血脉中和精神气质中已经有了西方的东西，无疑也有着东方的东西。我们只有从当代中国的社会生活和人的生存状态出发，对古代文论进行整理、批评、反省，才可能避免低水平的重复。与此同时，我们还应特别警惕一种'民族主义'的、新的独断的意识形态的东西成为这种'转换'后的替代生成物，警惕坠入'学术本土化'的问题的诸多陷阱之中。为此，我们对普遍的文化人类学价值标准应该有自觉的把握。"②从这个角度上看，尤西林对于当代中国能够实现中西方的跨越和沟通抱有充分的自信，因为在他看来，当代中国原本就是这两种传统交替作用、彼此融合的结果。但尤西林也强调民族主义、独

---

① 佛雏：《评王国维的喜剧说》，《文艺理论研究》1982年第4期。
② 屈雅君：《变则通、通则久——"中国古代文论的现代转换"研讨会综述》，《文学评论》1997年第1期。

断专行的论调,把古代文论放在了普遍人性论的高度。

二、承载意义之"舟"

除了主体条件外,古代文论需要的是对于自身社会意义的承载能力。这种承载能力在理论范围内具有被本体论化的倾向。1980年代对于文学理论以及古代文论的思考中,一个不可或缺的维度是把文学理论以及古代文论提升至美学的高度来研究,尤其是在美学史的话语体系中来探讨具体的文学理论范畴。一批美学家主动介入这项工作,如敏泽。敏泽指出:"艺术的形象性,以及怎样创造形象的问题,是文学艺术创作的中心问题之一。可是多年来,我们的文学理论工作常常只是较多地重视文艺的思想内容,有时甚至是谈论一些空头的政治,切切实实地从各个方面、各种角度研究艺术的形象创造及其历史发展的文章却不多。"[①]敏泽继而指出,这一现象在现代的以及古代的文学理论研究中同样存在。于是,他以形象为个案,以文学史为依托,详尽地描述了"形象"在思想史、观念史、美学史、艺术史中自先秦以来的发展脉络,尤其注重佛教文化的输入对于这一过程的影响,开了形象思维之美学讨论的风气之先,起到了拓展古代文论思考视阈、角度的作用。这种方法也随即在1980年代得到了普遍的重视和应用。

例如,形象思维是1980年代文学理论的热词之一,这一概念也潜移默化地深入于古代文论研究领域,人们用心挖掘着古代文论中与形象有关的元素。中国美学的审美意识往往集中于意象思维,并非形象思维,然而意象思维又是可以被形象化的,所以若要厘定在历史线索中意象思维的形象表达,最佳的时段莫非魏晋南北朝,因为在这一时段,伴随着所谓"人的觉醒",意象与形象激荡变化,"形似"与"神思"相互

---

① 敏泽:《论魏晋至唐关于艺术形象的认识——兼论佛学输入对于艺术形象理论的影响》,《文学评论》1980年第1期。

纽结错综，其中"象"的形而下化倾向也就尤为凸显。周勋初便指明了魏晋南北朝人对于形象塑造的特征。他指出："大赋发展了《诗经》与'楚辞'刻画事物形象的能力……小赋重视细致刻画事物外形，当时文人以此进行写作上的练习……魏晋南北朝人注意运用形象鲜明的譬喻……魏晋南北朝人常把赋、比两种手法交相为用刻画外物形象……山水诗和咏物诗的兴起提高了作家塑造形象的能力……当时文人普遍采用'如画'一词，说明他们重视形象的鲜明具体……'形似'一词的风行，说明当时文人重视用形象复写外物……"①在这种带有创作论性质的描述里，周勋初提供了大量的关于魏晋南北朝人注重形象塑造的知识信息，使得古代文论中具有丰富的形象思维这一命题得到了铁证，它在某种程度上，可以视为古代文论研究之于形象思维大讨论的一种回应。

意境不仅是中国古代美学的核心范畴，也是中国古代文论的"纵轴"。吴调公认为，古代文论的提出，尤其是古代文论家的成长，是一种在复杂的文化语境中经历了各种矛盾辗转回旋的集合体，而种种矛盾回旋的中心，存在一条以"意境"为主题的"纵轴"。他说："'意境'所显示的审美关系的万花镜，是导致历代文论家争鸣齐放的核心问题。它吸引不同流派、不同集团的文论家伸张出思维触角从而酿成五彩缤纷的艺术判断。"②而所谓的"意境"究竟指什么？指的是表现型内涵。"围绕着'意境'这一根纵轴，人们可以看出古代文论的矛盾回旋的运动走向，都是为着'表现'型的内容和形式的逐步完善而探索。"③吴调公是要运用"表现"这一概念，使古代文论的主调区别于"再现"，并继而收摄古代文论发展史中的情理矛盾、心性矛盾、历史矛盾乃至社会文

---

① 周勋初：《魏晋南北朝人对文学形象特点的探索》，《文艺理论研究》1981 年第 4 期。

②③ 吴调公：《古代文论在矛盾回旋中升华》，《文学遗产》1989 年第 4 期。

化矛盾。如是做法在客观上升华了意境的理论价值,使之成为牵动古代文论发展史的唯一线索。

然而问题又并非如此简单,因为美学自身还是一个剪不断理还乱的问题。以科学主义的态度,以主客分析的话语框架介入审美关系的研究方法,在1980年代古代文论的研究过程中仍有着强大吸引力。1980年代初,周鸿善对于"意境"一词的解读便可归于此类型。他说:"古代诗论不用'自然''生活'之类词语,而称之为'境界'或'意境',科学地概括了文学的主客观关系问题。它不仅涉及客观的物境,还涉及主观的情思;同时表达了二者之间的关系:情景交融,物我浑然。'意境'就是概括客观物境与主观情思互相交融而形成的艺术境地的审美范畴。"①"意境"的如是定义,已与黑格尔定义古典型艺术的原则十分接近。换句话说,周鸿善之于"意境"的解释是在其科学理性、辩证思维中完成的,乃西方理性主义思维的应用性成果,而非着力于对"意境"本义的还原,亦与古代诗论无法产生直接的关联。

以意识形态的高度来审判文学、衡量文学理论的做法在1980年代并非绝响;而这样一种意识形态,通常是现实政治的意识形态,与历史拉开了距离甚至产生隔膜的意识形态。刘世南指出:"世界上没有脱离政治的纯独立的艺术规律,它总是或明或暗或曲或直地为一定的政治服务的。"②这一判断在逻辑上容易发生的错位在于,艺术所依赖的政治究竟是一种抽象的理念,还是一个具体的历史现象。刘世南在对王士禛的"审判"和"衡量"中不乏微词:"歪曲事实,美化统治者及其走狗,丑化被迫害者。""尽唱虚假的'农家乐'。""典型的御用文人,走着反现实主义道路,是毫不足取的。""分明是尽量毁灭汉族人民对明朝

---

① 周鸿善:《论古代诗论中的意境说》,《文学遗产》1982年第1期。
② 刘世南:《论王士禛的创作与诗论》,《文学评论》1982年第1期。

的怀念，使清王朝能更快地加固统治。"①在这一意义上，刘世南颂扬赵执信"瞪大两眼看血淋淋的现实"，怀念杜甫"同情人民，热爱人民"的一生。文学、文学理论是否有可能为政治服务？当然，这种可能甚至会上升为一种必然。然而，以所谓抽象的现实主义道路来判断历史中既成的话语系统，却有着过度诠释，乃至武断之嫌。

1980 年代古代文论被用来支持文学理论的建构，同样体现在文体学、修辞学、语言学等各种维度上，陈思苓在《〈文心雕龙〉论文学语言》一文中便采取了这种做法。该文开篇有句话说："《文心雕龙》论述文学中的各种基本理论，一般都是追根溯源，以明问题的终始本末。"②事实上，陈思苓这篇文章本身倒是应用了这种方法——并非寻求概念、命题在《文心雕龙》内部的语义组织，而是把概念、命题的知识背景呈现出来。例如就《文心雕龙》所提到的语言与文辞问题，陈思苓不仅引述了孔子、孟子、庄子、荀子关于此一话题的伏笔，还历数了扬雄、王充等文人自两汉以来针对文学语言所做出的理论铺垫。这意味着，陈思苓追溯了《文心雕龙》关于文学语言的历史文化渊源。问题的关键在于，在此基础上，对于《文心雕龙》之语言论的不同论述视角在客观性上又构成了一张理论网络——除语言与文辞之外，还有文学语言的艺术加工问题，艺术风格问题，文辞与情感表达问题，组织形式问题等等——这些问题几乎可以构拟出一幅文学语言论的结构蓝图。换句话说，陈思苓所做的给人印象深刻的，是对于文学语言论本身的建构冲动。

直到 1990 年代，古代文论的研究也并未隔绝于马列文论、毛泽东思想乃至意识形态的影响。1993 年，王季思在谈"比兴"时，仍旧秉持

---

① 刘世南：《论王士禛的创作与诗论》，《文学评论》1982 年第 1 期。
② 陈思苓：《〈文心雕龙〉论文学语言》，《文学遗产》1982 年第 3 期。

所谓官方的理论态度。他说:"在马克思主义以前产生的文艺理论,不论中国的欧洲的,虽然有可能总结了历史上文艺创作的经验,基本符合文艺历史发展的实际,但仍然带有朴素的性质,即还不是历史唯物主义的科学论断,因此总有它的阶级的时代的局限。"①在该文中,王季思虽谈的是"比兴",但实际上立论的出发点和依据都来自《毛主席给陈毅同志谈诗的一封信》中关于形象思维与中国古代文论"比兴"范畴的比较,换句话说,这是一则单纯的意识形态话语形态的衍生命题。

三、文化研究

古代文论的研究是一种文学研究吗?1980年代学者的眼光已超出了固守于文学研究的思维囿限。1980年代末,罗宗强、卢盛江曾撰文《四十年古代文学理论研究的反思》,以1989年为时间点,回首新中国建立以来古代文论的发展历程,首先就是要回答古代文论研究的目的问题,开篇表明,古代文论的研究"不仅仅是为'今天',它有更为长久的生命力"。② 不为今天为未来。未来具体指向什么?指向文化研究,指向一种更有整体性倾向的民族历史文化研究,因为古代文论"不仅是给从事文学理论建设者的遗产,也是给整个民族的遗产……作为思想资料,它对于我们了解历史、研究历史同样有着重要价值"③。正因为如此,古代文论在经历了四十年的研究和发展之后,视野必须拓展,角度必须更新,理论必须多元。

罗宗强在1980年代末总结新中国四十年来古代文论研究成果时说:"当时意在使古文论的研究为建立具有民族特色的马克思主义文艺理论服务,而事实上是把有特色的马克思主义文艺理论理解为苏联

---

① 王季思:《略谈比兴与形象思维》,《文学遗产》1993年第2期。
②③ 罗宗强、卢盛江:《四十年古代文学理论研究的反思》,《文学遗产》1989年第4期。

文艺学概论的理论框架与中国实例的结合。这些研究,既未弄清古文论的民族特色,理论表述上也多浅薄与平庸。现在回过头来看这些文章,可以作为进一步研究的基础,在理论上有价值的东西并不多。而当时为数不多的关于古文论本来含义如'风骨'等文体的文章,现代读来倒不失其价值与趣味。"①"风骨"的魅力在于,它复杂,它不能用某种例如内容与形式、题材与手法、风格与修辞等现代西方文论话语结构来框限和印证,因此古代文论中复杂的范畴个案往往是其理论的生长点、"种子"。古代文论范畴最为丰富的代表是刘勰,罗宗强指出:"对于刘勰的研究,可以称得上是成绩辉煌。四十年来,研究文章约 1 100 篇,几乎涉及刘勰文学思想的一切方面。"②

1980 年代的文化反思之于古代文论研究领域,深入的考察往往穿透了"先入为主"的权力关系,学术研究本身的"价值中立"态度所遭遇到的历史性肢解,在明眼人那里,一目了然。章培恒就理论的预设指出:"所谓事先设定的框框,大抵是两个。一个叫作'批判',一个叫作'继承';实际上是把'批判继承'这个完整的提法加以割裂的结果。如果回顾一下建国以来古典文学研究的历史,就可以发现,这两个框框是在轮流发挥其威力的。有一段时期从'继承'出发,强调发扬民族的优秀遗产,于是就尽量说遗产的好话,而对敢于提出不同意见的,则斥之为'民族虚无主义'或'庸俗社会学';有一段时期又从'批判'出发,强调与剥削阶级的意识形态划清界限,于是就尽量说遗产的坏话,而对敢于发表不同看法的,就斥之为'美化反动文人'或'以剥削阶级思想腐蚀群众'。而且,后来还形成一种观念:从'批判'的框子出发的,就是'左';而为了反'左',就要着重继承,也就是要从另一个框子出发,于

---

①② 罗宗强、卢盛江:《四十年古代文学理论研究的反思》,《文学遗产》1989 年第 4 期。

是也就更加不能自拔于框子之外。"①这种"框子"哲学正如同一种"帽子"哲学,善于用某种堂而皇之的概念来预设历史,用经验事实来印证某种符合意识形态之权力关系的现实需要与利益安排,这使得"批判"与"继承",看上去更像是一场游戏。游戏的赢家不是握有筹码的参与者,而是游戏规则的制定者。文化,不过是权力的阴影。

1980年代的文化反思同样看到了在现实世界里,古代文学、古代文论研究的僵化。罗宗强提出:"我们的古代文学研究领域,可以说是三十年一贯制,研究什么作家作品,大体总是三大块:历史背景、思想内容、艺术成就。历史背景是割裂的、不痛不痒的那么几条,思想内容无非是人民性、现实性,艺术成就依不同的文学体裁也有那么几条。这些条条几乎可以列成表格,套在一切作家作品上,只需更换例子即可。"②这种研究方法的僵化背后,所透露的实际上是对于意识形态遵行奉守的无奈与漠然,对于文化本身的麻木和颓唐。从庸俗社会学的公式出发,人们所能归纳到的只是文学的外部世界的表象。那么出路在哪里?方法,方法论,各种各样的方法。"凡是有利于还原和正确评价古代文学的一切方法,都是可取的。在古代文学研究领域,既可运用比较文学的方法,或从事文艺心理学的研究,也不排斥引进系统论、控制论和信息论等等所用的方法,也有可能从我们的传统文论的研究方法中受到启发,提出一种全新的方法。"③于是,方法论的引介和思考大行其道,方法,肩负起从未承担过的学术重任乃至社会责任。然而,方法论真的能够救知识分子于"水火"吗?这是1980年代的知识分子来不及考虑的问题,今天我们能够看到的,是方法论本身所镂刻的1980年代人文主义勃兴时文化寻根激情四射的历史痕迹。

---

① 章培恒:《研究方法与研究态度》,《文学遗产》1985年第3期。
②③ 罗宗强:《并存、拓展、打通》,《文学遗产》1985年第3期。

进入 1990 年代以来,人们开始在古代文论领域内部对新时期古代文论的理论探讨进行反思,这种反思里包含的并非自我循环,而是自我批判。换句话说,自我批判成为 1990 年代以来学界的理论自觉。如何批判?并非"建构",而是"还原",起码是当事人所认为的一种朴素的历史主义观。张海明在 1990 年代初曾撰文《风骨新探》,但此文显然并未提供多少对于"风骨"标新立异的概念解释,而只是把风骨理解为情感倾向和思想倾向这样一种看似经过了简化后的理论结果。他说:"不错,将风骨理解为情感倾向和思想倾向,就意味着刘勰是以儒家思想来规定它的,意味着风骨这个人们争论了许久的概念原来不过如此。可是,我们又凭什么认定风骨就一定具有很高的理论意义,甚至如有的论者认为的,是对传统儒家诗教的突破呢?也许,1950—1960 年代的那场风骨热并非偶然,在理论界的潜意识深处,应该能找到这一切现象的根源。"①这实际上是一种本体论解释学意义上的再解释。主动要求为 1950—1960 年代的风骨热降温,回到历史原点,不仅表达了张海明复归、复原刘勰本意的理论诉求,还在某种程度上造成了对于文艺理论之本体论建构冲动的精神消解。

1990 年代,一种更带有"未来感"的呼声,可谓之"复活历史"。石家宜、高小康曾撰《古典文学宏观研究再议》一文,虽然是就古典文学研究而言的,但却渗透着对于古典文学、古代文论乃至古代历史研究的整体构想。这个构想用一个中心词来概括,即"复活"。这一思路指出,现有的宏观研究有偏颇——流于空疏,"散焦",带有机械决定论观念,微观研究亦缺少整体功能研究手段,而且宏观与微观易错置,相互瓦解。怎么办?"复活"。那么,如何"复活"?怎么才能够"复活"历史呢?在目的论上,探索历史的意义;在方法论上,追溯

---

① 张海明:《风骨新探》,《文学遗产》1991 年第 2 期。

特定的文化语境的内部有机机制；在价值论上，"居今探古"，与古人对话，实现视界的融合。在如是理论架构的构想中，最具有魅力的无疑是其价值论选择，也即"居古探今"。何谓"居古探今"？该文指出："真正的文艺思想史研究必须从当代的思想高度出发去揭示人的本质的丰富性。这种宏观研究的意义和价值不同于以往的理解，即拿古人来印证今人的理论，或实用主义地利用古人为今天某一具体需要服务。这种研究的目的在于同化历史，以'居古探今'的态度将当代的视界同历史的视界融合起来，从而产生新的更大的视界。"①这一观念甚至不只是"古为今用"的"反弹"，它认为纯粹的理论分析不过是在解剖历史的"尸体"，学术的魅力绝不在于处理尸体，而在于发现灵魂，发现灵魂穿越时间向我们扑面而来的生命感，发现我们真正地理解了历史的意义并与之对话。在这一思路中，"历史真相"被悬置起来，历史的真相是什么？我们有什么权力通晓继而断言那唯一的答案？历史是不可知的就像历史是不可预设的；我们所能做的，只是透过时间的"雾霾"，与历史中那些风尘仆仆的面孔打个照面，并描绘那些交汇的"空间"。

文体论在1980年代文学批评领域内呈现出"狂飙突进"的态势、"力拔山兮"的能量，不是没有理由的。1980年代末，刘再复在反思整个1980年代文学批评之文体革命时对文体有过定义，他说："我对文体的概念界定，吸取别林斯基这一界定的优点，把文体视为包括主体意味和思维风格意味的文学形式。因此，我所说的批评文本结构，包括批评主体的个性、气魄、视野和思维方式等内在结构因素，即把批评文体视

---

① 石家宜、高小康：《古典文学宏观研究再议》，《文学评论》1998年第2期。

为这些内结构与语言形式的结合。"①何谓别林斯基的优点？别林斯基所谓的"文体"是包含了"人本"内容的"有意味"的文本形式。换句话说，刘再复的做法实质上是把文体这一范畴"扩大化"了，不再把它当作一种表现性的风格论、修辞学范畴，而结合了在新时代风起云涌的语言论、符号论，把思维的内容尤其是思维方式"加"进了"文体"。他为什么要这么做并称之为"革命"？革谁的命？想干什么？我们以为，他此举的目的恰恰是为了要批判已无处不散发着权力意味的"大一统"文体，是要反抗现实世界的政治独断乃至权力专行，他叛逆了，他把矛头直指于能够"代圣贤立言"、八股文一般施行文化专制的独断文体、文化。因此，1980年代"文体"这一概念的勃兴实有其丰厚的历史渊源和现实基础。这种"文体革命"背后，不只是对新鲜的名词，所谓那些让人"晕眩"的"新术语"铺天盖地般来袭的吸纳欢迎与膜拜顶礼，更为激动人心的是，它是对于人的尊严和价值的肯定。刘再复说："批评主体应属于自己，而不属于他人，自然也不属于'圣贤'。批评家应为自身立言，自己作为自己言论的主人，自己对自己的言论负责，他们拥有自己独立的心灵和独立的精神，有对文学的独特的见解。为自身立言，并不是自我中心主义的反社会的病态人格，而是自身对祖国、对人类都有一种终极关怀的社会性健康人格，也就是对历史负责和对祖国、人类负责的主体性人格。"②人格、主体性人格、独立的主体性人格、具有独立的主体性人格的主体，恰恰是"文体革命"所要激发的社会能量。"文体"，实际上，更是一个社会学术语，被用来拯救失去了灵魂的生命，承担断裂剥离的历史。

---

①② 刘再复：《论八十年代文学批评的文体革命》，《文学评论》1989年第1期。

第三节　古代文论之现代转换的出路

一、从建构到解构

1980年代建构话语体系的冲动如勃发的青春,让人们相信体系化道路的无限种可能。体系之如何可能,已不再是问题,问题是如何完成体系之建构。陈良运用了五个范畴便勾勒了中国古代表现性诗学的轮廓,这五个范畴分别是:志、情、形、境、神。他认为,中国古代诗学的体系可描述为:"发端于言'志',重在表现内心;演进于'情'与'形',注意了'感性显现',但虽有'模仿''再现'而没有改变'表现'的发展方向;'境界'说出,'神似'说加入,'表现'向高层次、高水平发展。构成这一理论体系各个组成部分,按它们出现的次序,后一个与前一个都有着深刻的内在联系,是融合而不是排斥、否定前一个(西方艺术理论中'表现'说出现之后,便否定、抛弃传统的'模仿''再现'说),这就使整个理论体系的内部处于相对稳定状态,又相辅相成地不断向前发展而臻至完善。"[①]这是一个何其宏大的构想,当陈良运在文末为中国古代诗学的灿烂篇章能够笑傲世界文化之林而赞叹自豪的时刻,他内心充满的,恐怕更多的是会集中于发现中国古代诗学体系初成的幸福感、成就感和满足感。在他的世界里,这无疑是一首青春之歌,恰逢一个只属于自我的历史性时刻。毕竟,当1980年代的知识分子仍在现实世界苦苦"寻根"时,他的激情与躁动,已在古代诗学的世界里安顿下来。

1980年代,人们怀抱着重建话语系统的梦想,古代文论的研究也往往追求着某种整体感,甚至整齐感,其内心鼓荡着标举体系的冲动会

---

① 陈良运:《中国古代诗歌理论的一个轮廓》,《文学遗产》1985年第1期。

穿越历史的隧道向我们扑面而来。张少康正是此番浪潮的弄潮儿之一。例如，他也谈《诗品》，但重在对钟嵘文学思想的研究。问题的关键在于，他对于钟嵘的理解带有统摄的成分。他说："钟嵘的文学思想，主要表现在四个方面，可以用八个字来表述，这就是：感情、自然、风骨、滋味。"①如是判断，既恢宏，又壮阔，方正，齐整。据此，他总结出"摇荡性情"——钟嵘诗歌评论中的感情论；"自然英旨"——钟嵘诗歌评论中的自然论；"建安风力"——钟嵘诗歌评论中的风骨论；"味之者无极，闻之者动心"——钟嵘诗歌评论中的滋味论。钟嵘的诗歌评论被逻辑化了，成为一种周严而缜密的系统，尽管感情、自然、风骨、滋味这四个概念并不一定在同一种逻辑层次上，而如是表述不可避免地沾染了1980年代人文复兴的色彩。

体系化的诉求在1980年代是一种理论的热潮和激情。体系，往往具有特殊的含义，它时常被替换为另一个词：整体。古代文论有体系性吗？暂且不论，这一问题被转换为，古代文论有整体性吗？有整体性，那么，也就有了体系性——古代文论即便在个人那里属于个人，但它仍旧可以被当作整体来看待，所以古代文论因此而具有了体系性。这在当时，是一种合理的普遍的逻辑推理。②王思焜说："我们认为'鲜有系统的理论著作'不等于古代文论本身没有系统性，没有固有的理论体系。我们说理论体系，尤其像古代文论这样以悠久的历史传统和无比丰富的遗产积累为基础的理论体系，不一定甚至不可能由一部或几部古代文论理论著作来体现，由一个或几个古代文学理论家来完成，它可以而且应该是众多个体和集体的共同创造。这个理论阐述了一个理论问题，那个理论阐述了另一个理论问题；这个理论家探索了一个侧

---

① 张少康：《论钟嵘的文学思想》，《文艺理论研究》1981年第4期。
② 鲍昌：《为建设开放的、发展的、自我调节的马克思主义文艺理论体系而努力》，《文论报》1986年8月21日。

面,那个理论家探索了另一个侧面;这样众多的理论家的见解合起来就可能比较完整全面。"①这一逻辑的"问题"出在,由谁来整合?由谁来承担整合这个理论家和那个理论家,这一时期的理论和那一时期的理论的职责?整合的主体站在整体论的角度上去完成这一工作的时候,作为个体的原始理论是否仍旧是自洽、自适的?换句话说,当我们企图把历史整合起来的时候,无论历史的对象是什么,无论这种动作是否成功,一个俨然强大的主体已经在1980年代站立起来,它向往自由,开天辟地,同时又裹挟着成为主人乃至君王而未得的权力情结、欲望冲动。

1980年代的文化"建构"之风直至1990年代仍"一脉相承"。祁志祥于1992年撰文《古典文论方法论的文化阐释》指出:"古典文论方法论是丰富多彩的,但从主导方面说,它们可概括为训诂、折中、类比、原始表末、以少总多、形象比喻六种方法。其中,训诂用于名言概念的阐释,折中用于矛盾关系的分析,类比用于因果关系的推理,原始表末用于历史发展的观照,以少总多和形象比喻见于思想感受的表达。它们在不同功能上发挥作用,从而构成了一个互补的独立自足的方法论系统。"②为什么此六法为古代文论方法论之主导方面,彼此间的逻辑关系是什么,除此之外的次要方法有哪些,该文并未做出说明——逻辑中俨然预设了某种先在而前定的和谐,为研究者带来了心理上的安全、自信和满足感。

1990年代人们开始对古代文论研究本身的弊端进行反省的肇端,并非来自古代文论研究者的本土阵营,而往往来自异域东瀛的洞察。日本学者在某种程度上对于大陆学者理论先行、理论大于考证、只注重

---

① 王思焜:《古代文论研究应注意理论整体性》,《文艺理论研究》1986年第4期。
② 祁志祥:《古典文论方法论的文化阐释》,《文艺理论研究》1992年第5期。

"形象工程"好大喜功草率了事的研究方法和态度提出了严肃批评。清水凯夫即可为一例。时任日本立命馆大学文学部教授的清水凯夫就《诗品》是否以"滋味说"为中心这一议题对1980年代以来大陆学者的一致论断提出了质疑。在他看来,20世纪中国学者对于《诗品》的研究可分为第一时期(1926—1949),第二时期(1950—1979),第三时期(1980至今),而第三时期吸收了前两时期的成果。直接论述"滋味说"的论文,据清水凯夫当时的统计,来自吴调公(1963)、李传龙(1979)、高起学(1980)、武显璋(1980)、陈建森(1982)、郁源(1983)、丁捷(1984)、王之望(1985)、齐鲁青(1985)、蒋祖怡(1985)、王小刚(1987)、蔡育曙(1987)、李天道(1989)、韩进廉(1990)、李艇(1990)、姜小青(1991)。在这些数据里,值得注意的是,清水凯夫当时所检索的对象不仅是处于学术中心地带的《文学评论》《文史哲》,还指向了相对显得边缘的《河池师专学报》《牡丹江师院学报》和《喀什师范学院学报》,足可见出他对于大陆学界有着全面的了解。然而在他看来:"一般地说,中国的古典文学研究往往过分重视逻辑上的合理性,疏忽对事物本身的考证。在上述涉笔'滋味说'的论文中,这种倾向也很突出,普遍重视理论而轻视考证。几乎所有上述论文都是首先举出《诗品》序中对齐梁诗坛的非难性批判为根据,规定钟嵘《诗品》是一部力图矫正齐梁不良文学风气的战斗的诗歌评论著作。正因为这个规定是以《诗品》的内证为可靠根据,所以在逻辑上是没有多大问题的,但是对齐梁颓风不做详细的分析,看到对不良诗风之一的'玄言诗'的批判——'理过其辞,淡乎寡味',就断定'滋味'乃至'诗味'是矫正颓风的中心旗帜,即为钟嵘的批评标准和创作原理,不能不说这也太缺乏考证了。"①依据清水凯夫的意见,所谓《诗品》的"批判",必须落实到曹

---

① 〔日〕清水凯夫:《〈诗品〉是否以"滋味说"为中心——对近年来中国〈诗品〉研究的商榷》,《文学遗产》1993年第4期。

植、刘桢的个人风格层面,落实到任昉、沈约的流派倾向上去理解,而不能仅仅停留于一种笼统的"玄言诗"概念。这样一种从文本入手,自细节处求实证以获真知的态度对于1990年代乃至此后的古代文论学界来说,都无疑是一种清醒剂,它使得哲学从来都"大于"历史的当代学者开始重新思考历史的本来面目和本来力量的同时,也开始重新省察古代文论是否存在某种切实的研究路径。而与此形成呼应的是张伯伟对于海外《诗品》研究的引介。张伯伟曾横向比较和介绍了海外学人对于《诗品》的研究成就,其中日本的成就尤为突出。据张伯伟考察,日本文坛对《诗品》的袭作、仿作就有空海《文镜秘府论》、滋野朝臣贞主《经过集序》、纪淑望《古今和歌集序》、藤原公任《九品和歌》、大江匡房《江谈抄》等,至江户时代(1603—1867),《诗品》的刻本已有中西淡渊校订本、《吟窗杂录》本和近藤元粹编《萤雪轩丛书》中的收录,21世纪以来,关于《诗品》的校勘、注译、评论都十分丰富。朝鲜亦是如此。因此,张伯伟认为:"不难看出,《诗品》一书不仅在历史上对日本、朝鲜的文学理论影响甚大,而且《诗品》研究到现在也已成为一门世界性的学问。今后国内的《诗品》研究,需要了解和吸收海外学者的研究成果,这也是促进古代文学理论研究的一项不可缺少的工作。"[1]在这方面,亦有诸如韩国学者李钟汉对于韩国研究六朝文论之历史与现状的主动介绍。[2] 一方面有国外学者的直接批判、自我理解,另一方面有大陆学者的开放视野,促使了1990年代的古代文论研究终于有可能具有了自我清醒、批判和自我开敞、接纳的胸襟与气度。

《文心雕龙》能够触发人们思考的不只是"风骨",还有"通变"。吴

---

[1] 张伯伟:《钟嵘〈诗品〉在域外的影响及研究》,《文学遗产》1993年第4期。

[2] 〔韩〕李钟汉:《韩国研究六朝文论的历史与现状》,《文学遗产》1993年第4期。

予敏指出，对于刘勰之通变观的研究，不能仅局限于《通变》篇，而应该看到通变观在《文心雕龙》各篇中的贯彻和应用；甚至不能仅局限于《文心雕龙》内部，而应该思考魏晋南北朝文化思潮以及中国古代思想在世界的整体演进过程。在此基础上，吴予敏认为，刘勰之所以能够成为"刘勰"，正在于其对通变观的把握。他说："在刘勰之前不少批评家已经探讨了文学发展中的因袭与革新、文与质、体与辞等关系。但是这些见解都流于分散、琐碎，甚至相互矛盾，原因就是未能用一个中心范畴统摄这些见解，未由统一的艺术哲学逻辑贯穿若干命题形成理论系统。刘勰在文学创新理论上的'集大成'的努力是从撷取'通变'这个范畴开始的。"①这一结论非常重要，它为《文心雕龙》纷繁而复杂的范畴系统找到了一种类似于本体论、本源论意义上的理论基础和来由——以之为中心，为驱动力，分析各种范畴与通变之关系，才有可能真正了解《文心雕龙》范畴群内部的系统运作规律，并在中国古代思想史的历史维度上客观地总结这一理论系统的意义。

1980年代，人们逐渐把对历史的宏大叙事还原为文本个案的举证和梳理同样反映在古代文论的范畴理解中。郁沅在《〈文心雕龙〉"风骨"诸家说辨正》一文中搜集了历来关于"风骨"的诸家解释不下十余种，并做出了立场鲜明的批判。他认为，诸家之说研究的方法和角度或出自人物品评，或出自理论体系，或出自《文心雕龙》全书，或出自同时代以及前后时代的艺术批评；而他所要做的正是把"风骨"还原到《风骨》篇，单篇中去理解。这种方法极类似于一种文本细读的符号学方法，规避了范畴滥用、误用、措置以及过度诠释的可能性。在此基础上，他指出："'风骨'就是作品情与理结合所产生的一种动人的艺术力量。

---

① 吴予敏：《刘勰文学"通变观"的历史文化考察》，《文学遗产》1986年第2期。

若分而言之,'风'侧重于情的感染力,'骨'侧重于理的说服力。"①这一观点的创见在于具体指明了"骨"包含着对事义、对安排事义、对文辞的要求,兼顾了义理与文理;并同时指出,"风骨"指涉文辞构造,但不指涉辞藻修饰,是与"文采"相等位而统一的范畴。这样一来,关于"风骨"的理解也便因词而就,因篇而成,自适而恰切,更原始,更准确。1990年代末,企图构建中国古代文论体系宏大框架的"野心"逐步让位于具体理论话题乃至理论范畴的细节研究,是一种不可遏制的潮流。陈伯海说:"我们这一辈学人一般都经受过现代文论和西方文论的熏陶,眼界为其拘限,一出手便容易借取现成的模式为套式,于是古文论自身的特色便泯灭,只剩下一个'放之四海而皆准'的西方文论的范式。据我看来,综合而又要保持民族传统的特色,当从古代文论特定的范畴、命题和论证方法入手,逐步上升到一些理论专题、文体门类以至总体结构。"②"踩点""抓眼儿",捋出理论的线头,在中国古代文论研究客观的效应上,所造成的恰恰是一种对于理论原始文化形态的回归和对于宏观理论建构诉求的解构。这样一种态度,以历史的眼光回溯地看,只能出现在20世纪90年代末和21世纪初。

《文心雕龙》的文化背景问题并不是一则新鲜话题,其宗儒抑或宗佛,早在元人钱惟善、清人李家瑞那里就争论不休。1980年代初,这一话题卷土重来。马宏山曾撰文《〈文心雕龙〉之"道"辨》(《哲学研究》1997年第7期)、《论〈文心雕龙〉的纲》(《中国社会科学》1980年第5期)、《刘勰前后期思想"存在原则分歧"吗?》(《历史研究》1980年第5期)以坚称刘勰宗佛说。为此,程天祜、孟二冬做出了旗帜鲜明的回

---

① 郁沅:《〈文心雕龙〉"风骨"诸家说辨正》,《文艺理论研究》1986年第6期。
② 陈伯海、黄霖、曹旭:《中国古代文论研究的民族性与现代转换问题——二十世纪中国古代文论研究三人谈》,《文学遗产》1998年第3期。

应,主张刘勰宗儒的观点。如何回应？程、孟的切入点是马宏山所提到的贯彻于刘勰思想中的具体范畴,如"神理""自然""太极""玄圣"等,他们指出,此类范畴并非专属于佛教所有,而早在佛教征服中土之前便已然有所潜伏乃至流行。值得注意的是,程、孟在反驳马宏山的过程中,就范畴的重新解读而言,开始介入了把范畴放归于历史长河中的做法。例如,在谈到"神理"这一概念时,程、孟不仅提到了早于宗炳二百多年的曹植,与宗炳同时代的谢灵运、王融,还提到了明人伍谦甫,清人王夫之、钱大昕、姚鼐等。① 学术观点从来没有决然的是非对错,但这种在历史线索中,在理论的前后观照中深入分析的方法无疑提高了1980年代古代文论的思考深度,是核于史实的历史观的积极反映,为1990年代解构大一统的中心话语模式埋下了伏笔。

二、多元、跨学科与对话

古代文论如何进行现代转换,比要不要进行现代转换,作为一种理论话题具有更为强大的后发优势、吸引力与活力。20世纪末21世纪初,古代文论进行现代转换的合法性逐渐成为学界共识,其方法论的探讨便成为人们热议的话题。那么,怎么转？究竟应当怎样进行转换？一种新的思路出现在我们眼前,即开放性的系统观。此思路之所以"新",是因为固有的观念往往把古代文论看作是一种不可分解的"整体",一种话语疆界必须得以守持的封闭性体系——它在那里,岿然不动,不可挪移。而今天,陈伯海提出,要"打破这样的格局,重新激发起传统中可能孕育的生机,只有让古文论走出自己的小圈子,面向时代,面向世界,在古今中外的双向观照和双向阐释中建立自己通向和进入外部世界的新的生长点,以创造自身变革的条件。一句话,变原有的封

---

① 程天祐、孟二冬:《文心雕龙之"神理"辨——与马宏山同志商榷》,《文学遗产》1982年第3期。

闭体系为开放体系,在开放中逐步实现传统的推陈出新,这就是我对'现代转换'的基本解释,也是我所认定的古文论现代转换应取的朝向"①。陈伯海提出了这种现代转换的三个基本环节:比较、分解、综合。他希望通过这三种模式来打通古今中外的界限,把古代文论解放出来,真正介入到文化比较的对话与创造中。而在我们看来,陈伯海的贡献仍然在于他的开放性视野,无论比较、分解,还是综合,跨越性、敞开性、多元化的思维正在随着一个开放时代的到来而成为这个时代的文化潮流,陈伯海从他的角度发现并预言了这种话语模式的未来,正是为古代文论之现代转换找到了一条值得人们去真正思考它并落实它的可靠途径。

世纪之交,关于古代文论的思考渐趋成熟,学界对于古代文论研究之取向已有基本的明确的界定。党圣元指出:"我们今天提出中国古代文论现代转化这一命题之意义又何在呢?笔者以为,这一命题的提出具有其特定的学术文化思想方面的价值目标,即重新建构当代中国文学理论体系,实现文论话语的本土化。它是文论界同仁在当前文化学术思想背景下认真地反思本世纪以来我国文学理论发展演变的历史,着眼于当代中国文学理论学科建设之未来而提出来的,因此可以说它是置身于当前多元化文化学术思想氛围中的当代中国文论面对种种价值可能而所能做出的一种最具有文化理性精神、最能体现理论学术的自主性的价值选择。"②党圣元对于当代中国本土化的文学理论体系之建构显然充满了信心,他相信,作为文化课题,这一理论建构的希冀一定会达到预期目的。虽然党圣元本人并未给出如此宏大之梦想具体

---

① 陈伯海:《"变则通,通则久"——论中国古代文论的现代转换》,《文学遗产》2000年第1期。
② 党圣元:《传统文论范畴体系之现代阐释及其方法论问题》,《文艺研究》1998年第3期。

的路线图和时间表,但我们却可以看到世纪之交,深植于人们内心的一个关键词:多元。① 这是一个多元的世界,一个包容的世界,一个差异的世界,人们接受碰撞,理解变异,对对话充满向往。在这样一种世界观下,建构不再是权力施展的"前哨",不再是意识形态的"替身",而带有某种个人之生命性的抒写基调,它使得人们重新怀想一个曾经浮现在广袤视野中的词语:"百花齐放。"

为《文心雕龙》各篇定基调的思考层出不穷。杨明把《乐府》篇的中心思想理解为:"是慨叹周代雅乐一去不复,俗乐却一代一代甚嚣尘上。篇中对西汉乐府和三祖乐歌,都是在这样的思想背景上加以论述的,是从一个特殊的视角进行评论的。因此,不能单从《乐府》篇论定刘勰的文学思想,必须与其他篇合而观之,比较其间异同,并分析其异同发生的原因,才能较为正确。"②杨明并未为《乐府》篇找到元范畴,却为之找出元话题。从雅俗的变化所呈现的历史来看,杨明似乎在告诉人们,刘勰正在面对的甚至是更为抽象的概念,即时间。不仅如此,杨明的如是操作方法同时强调了整部文献各篇章之间的有机关联以及它们共同产生的背景,这便为在整体上探讨《文心雕龙》的文化语境提供了深入思考的途径。

郭绍虞的文学批评研究对于西方学术精神的汲取态度是在其"萌芽"阶段便有所奠定的。郭绍虞生于1893年,他经历过"五四"的洗礼,参加过新潮社,参与发起过"文学研究会",他是中国现代文化接纳了西方文化的见证者。"当时,西方学术界惯用的编制索引之风也开始在我国盛行,各门学科、各种分类的、专题的索引纷纷问世。郭绍虞

---

① 张海明:《二十一世纪的中国古代文论研究》,《文艺报》1999年4月13日;蒲震元:《进一步做好古代文论的现代价值转化工作》,《文艺研究》1999年第4期。
② 杨明:《释〈文心雕龙·乐府〉中的几个问题——兼谈刘勰的思想方法》,《文学遗产》2000年第1期。

1935 年为《文学论文索引三编》作序,详细描述了当时图书索引繁荣的景象,其中特别提到燕京大学图书馆引得编纂处在洪煨莲先生指导下所编的各种索引(引得),叶绍钧《十三经索引》,杨殿珣《元和郡县志索引》,贺次君《山海经索引》等,表明了他对编制索引工作高度的评价和重视。在人文科学和古代文献研究中近代手段的运用,对郭绍虞产生了积极的影响。"①归纳和演绎,排谬和分类,预测和实验,这些近代以来的实际上贯穿着科学理性的研究方法深深地锲入于郭绍虞的思维模式中,使他的话语体系本身带有中西方对话、融合的特色,而这种对话、融合是他用他的生命体验、经历来完成的。

如果为 1980 年代做一幅肖像图的话,在学术史上,人们的脑海里难免会跳出一个词:"五四。"1980 年代,是否可以被看作"五四"的复活?在靳大成眼里,1980 年代金观涛、陈平发现的古代社会结构与胡适、顾颉刚考据学派、义理学派的纷争结果何其相似,1980 年代大量引入弗洛伊德、荣格之心理分析与王国维的《红楼梦》研究理路又何其相似,1980 年代刘小枫从基督教神学的立场剖析、质疑屈原、陶渊明、李白、曹雪芹所具有的追问意识与"五四"的文化批判主义又何其相似,那么,历史是否预设了某种未经审查的基本价值?这种价值观与科学主义的信仰存在多少距离?靳大成指出:"在我看来,如果对此类不加清理就无法摆脱语言的牢笼(指逻辑理路对我们的限制),不能反省在我们选择了'科学'观念建构起来的知识范型必然引导我们走向什么目标,也看不到该模式的'解释学循环'(或曰视觉盲点)。我们应当对于'五四'以来形成的习以为常的思路和知识范型保持警惕(不是否

---

① 董乃斌:《郭绍虞先生中国文学批评史研究的成就与贡献》,《文学遗产》1992 年第 1 期。

定),反省这种思路在其合理性之外还带来了哪些问题。"①这意味着,1990年代初,人们已然对于1980年代的"解放"意义做出了深刻的反省并带有某种客观的批判的色彩。在我们看来,重要的不仅仅是科学的合法性问题,还是普泛价值预设的前提问题——人们如何可能接受多元的价值观,以一种开放的心态去面对这个世界? 我们所需要的不只是一种格局的选择能力,还是一种内心的从容与自信。

1993年3月18日,由徐公持主持,《文学遗产》编辑部曾经专门就如何建构文学史学进行过一次探讨。在这次会议上,王筱芸指出:"尽管我们对已有的文学史著还有诸多的不满意,但近年的变化是明显的,这突出表现在多元性、理论性、泛形性以及个性化等方面。如果只有一种标准、一种模式,就不可能有泛形性。"②可见,面对弗洛伊德,面对萨特,面对卡尔·波普尔,面对卡西尔,面对贝塔朗菲……在1980年代之后,当1990年代的学者有了如此之多的选择和面对的时候,他们对于真理的多元性已然有了自己的理解。破除对于单一理性的顶礼膜拜,以一种开放的心态来解决具体的知识问题,为1990年代的学术研究奠定了健康的话语环境。

如果说1980年代文论对于科学精神的汲取与"五四"的拿来对象"赛先生"有所不同的话,这种差异最直观的表现即前者所吸收的不仅有近代以来的一般系统论,还有沾了某种现代和后现代色彩的发端于现代物理学的复杂性系统论。1985年,一个在方法论蓬勃复兴的年份,《文艺研究》杂志社组织过一次由自然辩证法的研究者、哲学社会科学的研究者、文艺学研究者之间展开的"三维对话"。在这次对话中,刘青峰在自己与金观涛合作研究的基础上,呼吁文艺学的研究者不

---

①② 跃进:《关于文学史学若干问题的思考(座谈会纪要)》,《文学遗产》1993年第4期。

仅要重视科学的方法和技巧,还要重视科学的精神。那么,什么是科学的精神？邱仁宗指出,是批判,是多元的自由竞争。当时,沈小峰所援引的科学理论便是耗散性结构理论、哈肯的协同学所发现的在宇宙大爆炸之后从混沌到有序的对称破缺过程,而闵家胤则希望大家关注开放性系统、关注熵、关注人类抽象意义上的 DNA 遗传编码。陆骏涛提到,中国社会科学院文学研究所在当年的三月,在厦门召开了"全国文学评论方法论讨论会",四月在扬州召开了"文艺学与方法论讨论会"。他着重介绍了刘再复关于近年来文学评论发展的看法:"刘再复同志把这些发展概括为'四个趋向'(从一到多、从封闭到开放、从微观研究到宏观考察、从外部规律到内部规律)和'七个表现'(即文艺美学、文艺心理学、比较文学、西方文艺批评流派引进与介绍、'三论'、自然科学和社会科学与文艺研究联姻、宏观研究与综合考察等七种主要新方法的兴起)。最近,他又补充提出了两个趋向:从静态到动态,从客体到主体。"①可知,"三论""新三论",正在作为打破旧知识体系的先锋,成为 1980 年代方法论寻找海外资源的时尚潮流,这一潮流,在魏宏森、金开诚等学者的身上体现得更为明显。刘烜有一句话说得颇有深意,他说:"千万不要用材料来论证方法,而是要用新的方法来解决问题,获得新的成果。"②这是多么迫切的诉求！

1980 年代末,以多维的角度立体观照对象,考察古代文论,在某些学者那里,已成为理论发展的支点。在这一意义上,谭帆之《对古代文论研究思维的思索》一文就显得尤为重要。谭帆指出:"在方法的更新和思维意向的拓宽中,首先应该辨析对象实体的思维特征,从而在适应和配合的前提下,以多维的思维方式来观照多层次的古代文论。也许,

---

①② 《文艺研究》杂志社:《关于文艺研究的"三维对话"》,《文艺研究》1985 年第 4 期。

在这种观念的指导下,我们对古代文论的抉发将更为准确、更少失误。"①谭帆在该文中显示出自己对于古代文论依据所谓社会学之方法来研究的"习俗"的不满足,他认为,古代文论的研究必须具有"当代意识",不可因循把古代文论的教条与特定的社会生活联系起来的"老路"。那么,如何更新?"当代意识"的生长点在哪里?在于思维,即古代文论中所体现的思维的模式和特征。探掘思维模式及其特征而非与社会生活的简单对应,是谭帆认定的"革命之路"。而且,这一"豁口"又是在多维立体的空间中实现的,它要求这主体、客体、主客之间三维架构的"三极对位"。谭帆这一观念出现于1980年代末之历史背景中,显得弥足珍贵。我们以为,"以多维的思维方式来观照多层次的古代文论",几乎是一个直到今天——21世纪初才逐步显现出其巨大生命力的理论预设和结果。换句话说,谭帆的这一观念是有前瞻性的,当他把古代文论的发展归结为某种特殊的思维方式的历史性延伸,他也便在一定程度上保证了古代文论研究的"真实"和"自足"。

为什么对于"风骨"的解读会有如此之多的歧义?童庆炳曾撰文专门就此现象指出,这多半是由于解读者的方法、角度不同造成的结果。例如,研究风骨,是以《风骨》篇为依据还是以《风骨》以外的章节来"主证";是以某几句为基础还是以全篇来贯通;视之为独立范畴还是《体性》篇的发挥补充;这一范畴是受到了人物品评的影响还是另有其衷;它需要从刘勰的文学理论体系来探讨还是孤立研究等等。这实际上给了我们一种思考,即在本体解释学乃至接受美学的意义上统观,解读"风骨"实属新时期以来古代文论学者展示自我解读方式乃至其各自知识结构的平台。每个人都有每个人的历史,每个人都有每个人的"风骨"。即使到了20世纪初,即使是在童庆炳那里,他的理论结果

---

① 谭帆:《对古代文论研究思维的思索》,《文艺理论研究》1987年第2期。

里也"饱含"着黑格尔的意味:"黑格尔的外层相当于刘勰所说的文辞——骨,内层相当于刘勰所说的文意——风。"①虽然童庆炳继而指出,刘勰与黑格尔有不同——不仅重目的,也重过程——但这套解读的话语体系是"先验"的、既定的。所以,数十年来解读"风骨"的历史,无不为求真义、本义的历史,之所以成为"显学",在我们看来,其源由正在于它多义、模糊、复杂,从而有足够的理论空间被解释——人们在解释它的过程中,实现了自我世界之话语结构的建立。

徐中玉说:"文艺创作是以物为基础的主客观统一体,主客关系可分而又难于截然始终分割。我觉得这正是我国古代文论优良传统之一,至今仍有巨大的启发意义。"②这是一句看似简单,实则很难把握的判断。在这里,物是基础,却又不是唯物主义,物所奠定的是主客统一体,不仅如此,如是统一体可分又不可分,从而分分合合,合合分分,无法用简单机械的原则来复制和操弄,徐中玉此言,可谓一语中的。古代文论中的复杂关系,以西方现代性理论所派生出的西方文论来看待,只能得到一种混乱、破碎而无章的印象,然此混乱、破碎而无章,却恰恰是古代文论的优势和长处。

开放性系统在中国古代文论中并非无本之源,用开放性思维来解读古代文论和古代文论中本有的开放性思想相得益彰,共同使古代文论面向着一个开放的世界。1990年代初,孙立特拈出"诗无达诂"论,印证了这一点。作为文学传播与文学接受的原始理论形态,"诗无达诂"论呈现出自身的特殊价值和意义。孙立指出:"'诗无达诂'在阅读活动中是一个普遍的客观存在。这种现象的产生,首先在于文学作品在客观上是一个开放性的结构,而不是一个人人均有共识的终极真理

---

① 童庆炳:《〈文心雕龙〉"风清骨峻"说》,《文艺研究》1999年第6期。
② 徐中玉:《苏轼的"观物必造其质"说——苏轼如何认识、观察、表现生活?》,《文艺理论研究》1987年第4期。

'标本'。这个开放性结构从纵向上讲是发展变化而无定形的,在不同的历史阶段有不同的接受历史,所谓'诗文之传,有幸有不幸焉'。从横向上讲,文学作品一经出世,就要面对所有读者。"① 为此,孙立援引了伽达默尔、I.A.瑞恰兹,乃至 T.S.艾略特,可见,孙立接受了新批评的见解,继而用本体论解释学的观念重塑了"诗无达诂"这一理论命题,使得古代文论的研究在真正意义上面向开放性的意义题域,走入了当下的现实世界。

1990 年代中国古代文学批评的研究日益走向了跨学科的形态。吴承学在饶宗颐《释主客——论文学与兵家言》之后,渴望在古代兵法与古代文学批评之间建立链接。中国古代军事思想远在殷墟卜辞的记录里已有记载,唐人林滋《文战赋》也把文学与兵家征战联系起来,然而,这种兵法与文法并驾齐驱、相互斡旋、彼此影响的思路却体现出吴承学于 1990 年代企图跨越古代文学、古代文论等学科形态故步自封之疆域化的努力。为此,吴承学首先强调了"势"这一军事学术语在文学批评中的应用,继而指出文法与兵法皆求奇正辩证之特征,内含统帅、阵法等原则,使用过伏兵与伏笔、布设疑阵、文家之突阵法、置之死地而后生、欲擒故纵法、避与犯等可双向沟通之术语。② 这无疑成为 20 世纪末古代文论乃至古代文学研究多元化、跨学科化的一种体现。人们越来越体会到要打破的不是某种文化模型的习惯、禁锢,而是不同学科间故步自封的界限和壁垒。在古代文论的研究中,跨学科同样是一种最终能够有所期待的解决之道和关键词。李春青倡导:"我们要尝试的阐释视角正是要打破诗学研究与哲学研究、伦理学研究的壁垒,打通诗学发展史与哲学史、思想史在学科分类上的疆界,将古人的诗学观念与他们的哲学观念、人生理想视为相互关联的整体,尽量恢复诗学范畴

---

① 孙立:《"诗无达诂"论》,《文学遗产》1992 年第 6 期。
② 吴承学:《古代兵法与文学批评》,《文学遗产》1998 年第 6 期。

的多层内涵所构成的复杂结构,并进而梳理出不同内涵之间的逻辑关系。这样或许能够比较准确而全面地揭示出中国古代诗学范畴的独特性与深刻性。"①破亦是立,在这一意义上获得了真实的确证。按照这一逻辑推衍下去,文论范畴即为文化观念的成果,只有对文化观念做出了充分的描述之后,才有可能真正理解文论范畴的确切内涵。

在1990年代,学界对于西方文化资源的摄取更为多元,其中一个重要的维度便是格式塔心理学。格式塔心理学又称为完形心理学,强调人的视觉意向,可谓场域哲学的前身。1990年代初,格式塔心理学在心理学界广泛传播,这股力量同时波及古代文论研究领域。李晖以格式塔心理学来建构他对于"意境"的阐释系统。他说:"'情与景会',构成意境是有条件的。条件何在?显然,一般地讲'情景交融''移情于物'已不足以说明问题。于此,格式塔心理学关于审美体验的'异质同构'理论对我们可以有所启发。"②由于情景之间的同构,李晖继而指出,唐代意境的新开拓体现在主客体同构性的深化,延伸性的形成,弥漫性的创造等三个方面,换句话说,力的同构是建构唐代"意境"这一范畴的逻辑基础。以今天的眼光来看待,如是做法有把格式塔心理学泛化的倾向,因为格式塔心理学的理论组织主要是建立在视知觉基础上的,把这种理论应用于唐代"意境"的重构,有可能会夸大其效应,然而即便如此,这种援引西方带有个体性、生命性的心理学介入中国古代文论的研究,无疑使古代文论研究本身如沐春风,有着深远的学术价值和社会影响。

这种多元化的汲取不只针对格式塔心理学,苏珊·朗格亦为其中之一。蒋述卓在阐释"飞动"这一范畴时,谈到了"飞动"与文理的自然

---

① 李春青:《论"自然"范畴的三层内涵——对一种诗学阐释视角的尝试》,《文学评论》1997年第1期。
② 李晖:《论唐诗意境的新开拓》,《文学遗产》1992年第3期。

流动,与空白,与艺术家的心灵与性情,与"气韵"的关系,并把它出现的原因追溯至中华民族的宇宙论之"道"的勃兴,泛灵论的意识以及观察和把握空间的思维方式。然而在理论架构的组织上,蒋述卓说:"'飞动'一词所要求的正是如苏珊·朗格提到的一种具有动力形式的艺术形式,它的实质就是追求一种活泼跳跃、流动不居的有生命的艺术形式,从而赋予艺术作品以美的价值。这正是'飞动'所包含的美学底蕴。"①中国古代文论中的生命性主题与西方现代时期的生命哲学、美学可谓一拍即合,所以用后者来解释前者的方法得以广泛普及。值得注意的是,类似于苏珊·朗格这一批学者的译著,如《艺术问题》(中国社会科学出版社,1983)多是在1980年代初被引入中国的,而它们在古代文论研究中的应用,井喷于1990年代初。这意味着,古代文论研究对于西方现代文论的"消化"和"应用",酝酿了十年。

对话是1990年代末人们理解和设想古代文论研究的共通之道。为什么要对话?什么是对话?曹顺庆认为:"一味言洋人之言固然不好,一味言古人之言也同样不可取,传统话语需要在进入现代的言说中完成现代化转型,这就是我们特别重视对话研究的原因。对话研究的基本特点是注重异质文化间的相互沟通,不是以一种理论模式切割另一种理论,而是不同理论之间的平等交流;不是以一种话语来解读另一种话语,消融另一种话语,最终造成某一种话语的独白,而是不同话语之间的'复调式'对白。"②这种选择对话的态度不仅体现于曹顺庆,自1990年代初,已在乐黛云、钱中文、刘庆璋等多位学者那里有所具体地应用和展开,它最终会实现文化与文化之间的"互译"和"互释",在"广取博收"中重建中国文学理论话语体系。以这样一种多元的构想来思

---

① 蒋述卓:《说"飞动"》,《文学遗产》1992年第5期。
② 曹顺庆、李思屈:《重建中国文论话语的基本路径及其方法》,《文艺研究》1996年第2期。

考古代文论的未来,"杂语共生""众声喧哗"可能是它所走向的初生的自由形态;而以这样一种开放的态度来迎接古代文论的未来,其"有效性""可操作性"也一定会在具体的批评实践中得到检验。

古代文论何尝"死过"?1980年代中,栾勋有一句话说得好:"我们研究活人,活人在变化着,难以把定;我们研究死人,死人也在变化着,也是难以把定。我们研究当代,当代在变化着,我们研究历史,历史是过去的事情,似乎相对稳定,但历史也在变化着。可见'知人'不易,'论世'尤难。"①什么是可以确定的?连死也是不确定的,还有什么是可以确定的?我们生活在一个不确定的世界里,这是我们认识这个世界所必须了解的前提。那么,让栾勋来回答这个问题,究竟用什么方法来建立有中国特色的马克思主义的新的文艺理论或美学体系呢?栾勋说:"我们的眼光必须纵贯古今,横绝各个时代,把一些重要问题放在一定的历史关系和逻辑关系中加以考察,只有这样,才能逐步探索出规律性的见解。而方法,实际上就是认识和处理各种关系的门径。方法论,可以认作各种关系学的总和。"②我们以为,在1980年代中期,栾勋能把话说到这个程度,足以说明他实为那个时代思维世界里的翘楚。即便是过了十年、二十年,哪怕是超过三十年的今天,栾勋对于古代文论方法论的见解不落伍——与跨学科的态势何其相似。把这种结论向前推一小步,会是什么?是在这里,我们太"脆弱"了,我们甚至连我们自己是否活着还是死了都无法确定,然而当我们如履薄冰地存在于此的时刻,我们的心胸纵贯古今、横绝千古、广博、包容、通变、圆融,恰恰是我们作为生命虔诚于信念的坚持,而非背离。

回归的呼声此起彼伏,虽然回归的取向并不一致。程千帆要求古代文论的研究不脱离文学作品,是这种呼声中最突出的表率。他多次

---

①② 栾勋:《谈中国古代文论的研究方法问题》,《文学评论》1986年第2期。

表明，古代文论的研究不能过于抽象，作品，文学作品是理论批评的"土壤"。这一点得到过许多响应。例如，贾文昭说："研究'古代的文学理论'，也确实不能仅仅局限于对古人已有理论的阐释，应该在古代已有的理论之外'再开采矿'，从古代作品再抽象出一些新的理论，再有一些'新的发现'。"①如是开采、发现，实际上饱含着创造和重塑的成分。无独有偶，来自台湾的思考亦发类声。王更生曾特拈出"文话"一词，力求开拓古代文论研究的新局面。他说："通观中国文学理论的发展，可说是有甚么文学作品，就有甚么文学理论，有甚么文学理论，就有甚么文话。文话是中国文学理论的瑰宝，居今想要开拓中国古代文学理论的新局，必须从整理和研究历代文话始。"②这种观点与程千帆的思路相得益彰，又不完全等同——王更生强调文学作品与文学理论、文话的因果关系，但他所要回归的是历代文话，而不是如同程千帆一样特别突出地强调文学作品的价值。在某种程度上与此一观念相左的观点来自李春青。李春青认为："在中国古代，诗学观念并非完全来自对文学创作与文本特性的归纳与总结，它们中有相当部分乃是来自哲学和道德观念的'入侵'。这意味着中国古代诗学观念在其发生、发展过程中经常受到某种外部的要求和规范，并因此而承担某种额外的任务。对于这样一种很不'单纯'的诗学观念，倘若仅仅从文学创作与文本的角度予以阐释，那是难以对它有全面而准确的理解的。"③李春青的观点多基于古代文论的"土壤"实为文史哲的通设，这种通设甚至关联到道德等社会意义。但无论怎样，类似思路基本上显示出回望、返归于古

---

① 贾文昭：《对改进古代文论研究的一点浅见》，《文艺理论研究》1994年第2期。
② 王更生：《开拓中国古代文学理论的新局——从整理"文话"谈起》，《文艺理论研究》1994年第1期。
③ 李春青：《论"自然"范畴的三层内涵——对一种诗学阐释视角的尝试》，《文学评论》1997年第1期。

代文论之所以产生的文化母体的态势,在新时期古代文论研究领域内绵延不绝。这样一种态势直至党圣元处而得"全善"。党圣元在方法论上为古代文论研究指出过三条道路:结合于传统文化哲学来研究;置于传统文化哲学的大背景下去研究;与传统文学创作和批评鉴赏结合起来加以研究。值得注意的是,这三条道路中并没有提及如何实现"古为今用"的具体方法。事实上,在论及古代文论体系如何适应当代需求时,党圣元更加注重保护古代文论的原始形态。他说:"中国传统文论范畴体系与西方文论范畴体系相比较,实际上是一种'潜体系',所以整合、建构是必不可少的工序,平面的勾勒、描述将无济于事。企图用一种模式对传统文论范畴体系加以解说,实际上是难以达到预期的目的的,不过其至少可以为我们提供一个认识的出发点,所以各种认识之间的互相综合、融会又是必然的。故而,这一工作的完成将会是一个漫长的过程。近年来的传统文论及其范畴研究,在方法上一定程度上还存在着'贴标签''现代化'的弊端,其表现为不尊重原始文本,不深入把握古人所处的历史文化氛围,没有准确地理解古人话语的本来含义,而是以现代的、西方的文论知识来套裁传统文论。"[①]党圣元反对把传统的古代文论当作西方文论的注脚和副本,这样一来,也就把回归作为主题保留在了古代文论研究的必然法则中,而他提倡的所要回归的文化母体显得尤其广博。

古代文论如何走出困境?我们同意栾勋的观点,关键在于"人"。什么人?一个在天地中挺立的人,一个在人与自身、人与自然、人与历史、人与神灵中有所挺立的人,这个人,用栾勋的话来说,就是一个"博古通今"之人。只有在人的维度上能够达到通贯时间的前后线索,纵横于文化的各种形态,文史哲兼及,"出入经史,流连百家",他才有可

[①] 党圣元:《中国古代文论范畴研究方法论管见》,《文艺研究》1996年第2期。

能有所立足,仰观俯察,从他生命之中开出花来,结出果来。如何落实？落实人的思维模式的重建。栾勋说:"中国传统认知方式是越过明显的概念运动,在全方位观察的基础上,通过丰富联想和卓越的想象把握认知对象的整体,这就是所谓'体悟'。体悟方式的优点在于它的全面性和灵活性,而由此产生的模糊性则又分明显示出它的不足。意识到了这一点,我们就该自觉地学习西方思维方式善于通过概念运动对事物进行分析归纳的长处,以便在发挥我们固有的体悟能力的同时强化我们抽象思维的能力。我们如果在把握世界的方式上也做一番结构性转换,倘能由此做到具体体悟和抽象思维递进式融合一体,那就有可能使我们在把握世界的能力方面跃进到一个空前的阶段,从而推动我们的社会主义文明建设走向全面的繁荣,从而推动东方文明的风采在更高层次上得到新的历史的再现。"①这不只是分析、跨越的问题,这是整合、圆融的问题,一个人的思维方式如果能够同时兼具中西方思维方式之所长,融通变换,自由从容,他才能够在多元而立体的世界里真正理解古代文论的知识体系和价值系统,激发出古代文论应有的活力和生命感。

---

① 栾勋:《学人的知识结构与中国古代文论研究》,《文学评论》1997 年第 1 期。

第六章
新时期文学的跨学科研究

　　新时期文学理论建设与文学批评实践的繁荣,其存在形式上的主要表现应当是理论形态的多元性和研究方法的多样化。而理论形态的多元和研究方法的多样,其文化根基在于思想解放、社会改革和文化交流的加强,其直接表现则在于理论家超越文艺社会学的单一模式,对于文学艺术进行了诸如文艺心理学、文学系统论、文学语言学、文学人类学、文化诗学、生态文艺学等等自觉或不自觉的跨学科研究。可以说,新时期文学理论的繁荣与其逐步拓展和深化的跨学科研究有着互为促进的关联。所以,辨析文学跨学科研究的内涵与属性、梳理新时期文学跨学科研究的进程与走向、总结新时期文学跨学科研究的成就和争论,不仅是新时期文学理论建设与文学批评研究的重要内容,也是为创新中国文学理论与文学批评提供历史经验、为建设具有中国特色社会主义文艺思想体系储备学术资源的理论尝试。

　　反观新时期文学跨学科研究的历史,其发生与发展存在着本体基础、时代元素、方法论启示等内外诸多方面的原因。作为一个宏观的多元概念,文学可以是社会生活的反映,可以是作家或人物心理世界的描述;文学表达离不开语言支撑,文学意蕴不可能摆脱一定的哲学思想、政治观念和道德意识等的渗入；文学叙事难以回避全球化生态危机等世界难题，文学素材总会跨越民族的界限；凡此种种，文学的本体构成决定了对其进行文学社会学、文艺心理学、文学语言学、文学政治学、文学伦理学、文学生态学、文学人类学等等跨学科研究的前提与可能。同时，新时期空前的思想解放运动为文学跨学科研究逐步提供了言说空间；新时期自然科学方法论的丰富也为文学研究向更为远缘的自然科学界迈出跨学科研究的借鉴步伐提供了启示。在这一研究进程中，文艺心理学在"文学是人学"的论域中试图冲破僵化反映论的理论范式，初步辨析和回答了一系列文学创作和文学欣赏中的基本问题，显示了新时期文学跨学科研究的初步成效；以文学系统论为代表的新时期文艺学研究的科学主义探索，因其对于文艺学研究视野和空间的拓展成为新时期文艺学跨学科研究理论进程中一个需要给予准确定位和反思的重要阶段；文学人类学以其展示的文学研究的人类学视野、文学语境的人类学还原、文学批评的方法论创新，对文学的跨学科研究产生了持续的启迪；作为文学与生态学在全球生态危机驱迫下的主动联结，生态批评从"边缘性的努力"到"思潮性的成果"，初步昭示了文艺学"重建宏大叙事，再造深度模式"的些许可能，从而也构成了新时期文学跨学科研究的现在进行形态。新时期文学跨学科研究视角多元，形态各异，成就不一，本章拟通过上述四种形态的梳理和评述，蠡测和映衬其整体概貌。

第一节　跨学科研究的内涵和文学跨学科研究的范畴

回顾学术发展史，中西方存在的一个共性特征是，自从有了各种知识分类之后，古希腊或春秋以降直至20世纪中期，人类知识经历了一个越来越专业化的过程,相应地,专业分工或学科划分也越来越精细。但是,到了20世纪中后期,在自然科学、社会科学乃至人文科学研究领域,渐次出现了学科之间的借鉴、交叉、整合等综合研究的趋势,综合研究也催生了许多边缘学科、交叉学科等新兴学科。一些学者断言,跨学科研究是科学发展规律性的表征,也已成为当今自然科学、社会科学乃至人文学科研究的重要特点和新的趋势,这种特点和趋势的形成,既来自学科发展的内在要求,也来自解决日益复杂的实际问题的客观需要。事实也正是如此。"当代最富有创造性的思维方式正是产生于各门学科相互交叉的切点上。当代科学发展中最有前途和取得丰硕成果的科学流派大都具有综合研究的特色。当代杰出科学家的视野都没有囿于其狭隘的专业领域,而具有广阔的知识和开阔的思路。"[1]在这样的学术发展态势下,文学艺术的跨学科研究也在20世纪中后期初露端倪。为梳理中国新时期文学艺术跨学科研究的发展脉络,厘清"跨学科""跨学科研究"以及"文学艺术的跨学科研究"等指称的基本内涵是其重要前提。

一、跨学科与跨学科研究的内涵

研究跨学科问题,首先要明确学科的内涵。按照《辞海》的解释,学科即"学术的分类。指一定科学领域或一门科学的分支"。《中国大百科全书》也将学科定位为"知识门类"或"知识领域",二者大致相似。学科分类的思想古已有之,中国先秦时期已有"六艺"——"礼、乐、射、御、书、数"等教育门类的区分;古希腊先哲亚里士多德提出的学科分类体系影响更大,其将古典学科知识体系分为以真理为目的的理论科学(如数学、物理学和形而上学)、以规范人类行为为目的的实践科学

---

[1] 金吾伦:《跨学科研究引论》,中央编译出版社,1997年,第9页。

（如伦理学、修辞学）、以制作外在产品为目的的创制科学（如种植学、诗学），这一理论体系至今富有启示意义。随着社会的发展、知识的丰富、学术研究的深入以及大量学科的出现，学科作为一种知识类别或知识领域的划分，其概念界定形成了较为固定的规范。科技哲学研究专家刘仲林在总结中外"学科"概念的基础上，概括提出了学科形成的六个指标："（1）有明确的研究对象和研究范围；（2）有一群人从事研究、传播或教育活动，有代表性的论著问世；（3）有相对独立的范畴、原理或定律，有正在形成或已经形成的学科体系结构；（4）发展中学科具有独创性、超前性；发达学科具有系统性、严密性；（5）不是单纯从高层学科或相邻学科推演而来，其地位无法用其他学科代替；（6）能经受时间或实验的检验或否证（证伪）。"[①]这一结论可以看作关于学科概念和学科认定原则的较为完整的概括。

现代意义上的"学科"形成于19世纪，从长时段的历史进程看，严格的学科分类是西方工业文明时代的产物，是工业主义逻辑发展的结果，同时也是资本市场运营的结果。正是在这一时代框架内，产生了与现代生产直接相关的自然科学、与现代社会管理直接相关的社会科学，加上先前固有的包括哲学、美学、伦理学、历史学、语言学、文艺学在内的人文学科，人类的知识遂形成三足并存的局面。至20世纪初，伴随着大量新兴学科和社会科学诸学科的涌现，现代学科体系基本形成，知识领域划分的精细化、专业化也成为现代学科的突出特点。但是，正如涂尔干所言："人类思想的类别从不固定于一种明确的形式。有人不断地创造类别、取消类别和再创造类别：它们因时因地而变迁。"[②]学科概念的明晰和学科类别的体制化并不意味着学科划分的固定和终结，

[①] 刘仲林：《现代交叉科学》，浙江教育出版社，1998年，第31页。
[②] 转引自跨学科研究系列调查报告选登之一《跨学科研究：理论与实践的发展》，中国社会科学院文献信息中心，2011年8月3日。

自然奥秘的无限性和社会问题的复杂性不仅冲击着旧学科的界限,而且催生着新学科的不断产生。同时,知识领域划分的精细化、专业化和学科分类的体制化也成为有效解决综合问题的阻碍,怀特海在其《科学与近代世界》一书中曾敏锐指出:"社会的专业化职能可以完成得更好、进步得更快,但总的方向却发生了迷乱。细节上的进步只能增加由于调度不当而产生的危险。"①怀特海断定,学术领域中的跨学科趋势有助于纠正这一时代偏向,从而有利于人类社会的健全发展。

正是由于知识生产专门化和知识需求综合化之间存在的张力,催生了跨学科的出现和跨学科研究的蓬勃发展。1923年,美国社会科学研究理事会成立,其主要职责是:"发展涉及两个或两个以上学科的综合研究以打破知识专业化所造成的学科割据现象。"②可以说,美国社会科学研究理事会成立和其主要职责的界定,标志着跨学科研究的理论自觉,尽管当时尚没有"跨学科"的指称或概念。1926年,美国哥伦比亚大学心理学家伍德沃斯第一次使用了"跨学科"这一术语。1937年,《新韦氏大学词典》和《牛津英语词典》(增补本)首次收录了"跨学科"一词。20世纪中期,"跨学科"成为欧美学术界的一个高频词汇,跨学科概念也广泛出现在各种出版物中。1970年,首届跨学科问题国际学术讨论会在法国召开。1972年,跨学科研究的重要文献——《跨学科——大学的教学和科研问题》由国际经济合作与发展组织会同法国教育部在巴黎正式出版。1976年,《跨学科科学评论》在英国创刊。1979年,美国宾夕法尼亚大学科克尔曼教授编著的《高等教育中的跨学科》出版。1990年,美国跨学科学专家J.T.克莱恩的《跨学科——

---

① 〔英〕A.N.怀特海:《科学与近代世界》(何钦译),商务印书馆,1959年,第189页。
② 魏巍:《"跨学科研究"评价方法与资助对策》,博士学位论文,中国科学技术大学,2011年。

历史、理论和实践》出版,这是第一部完整的跨学科学专著。在西方跨学科研究风起云涌的背景下,中国也在20世纪80年代初期开始重视跨学科研究,中国跨学科研究进入自觉时代。在中国,跨学科研究一开始表述为交叉科学研究。1985年,中国首届交叉科学学术讨论会在北京召开,著名科学家钱学森、钱三强、钱伟长及众多学者就交叉科学的理论背景、概念界定、方法论意义、研究途径、发展前景等问题展开了广泛的讨论。1990年代,关于跨学科研究的理论探讨获得了快速发展,出版了许多以交叉科学或跨学科为论题的研究著作,"交叉学科文库"和"软科学丛书"是其代表。进入21世纪后,中国的跨学科研究呈现出多元发展的态势,跨学科研究更多地从自然科学向社会科学、人文学科延伸,作为推进跨学科研究的科研组织也在一些高校和科研单位陆续成立。

经过近百年的发展,跨学科研究已成为一个渗透进自然科学、社会科学以及人文学科等各个领域的研究方法,许多往往以两类学科名称组合而成的"跨学科"也已成为当代学科体系中的新成员。作为学科发展进程中为解决综合问题或学科交叉问题而出现的概念,关于"跨学科"和跨学科研究内涵的言说尽管角度各异,但指向相对统一。一般而言,"'跨学科'一词同时包含了多重意义:它可以研究某一学科内部的问题,其间运用的却是其他不同领域的方法;他可以表示学科间的关系,或跨越学科甚至超越学科等意义。跨学科要做的无非是将某些研究方法从一个学科换用到另一学科,并做出适当修订。其目的就是要理解当今的世界,而这种理解却需要一种统一的知识结构。同时,跨学科的出现,又能在各种互不相连的学科交叉中产生种种新的知识形式,并散发出巨大的变革力量"[①]。出版于1972年的《跨学科——大学

[①] 何云波:《越界与融通——跨文化视野中的文学跨学科研究》,北京大学出版社,2012年,第38页。

的教学和科研问题》给出的概念是:"跨学科旨在整合两个或多个不同的学科,这种学科互动包括从简单的学科认识的交流到材料、概念群、方法论和认识论、学科话语的互通有无,乃至研究进路、科研组织方式和学科人才培养的整合。"2005年,美国国家科学院、国家工程院联合发布的《促进跨学科研究》报告认为:"跨学科研究是一种经由团队或个人整合来自两个或多个学科(专业知识领域)的信息、材料、技巧、工具、视角、概念或理论来加强对那些超越单一学科界限或学科实践范围的问题的基础性理解,或是为它们寻求解决之道。"克莱恩认为:"跨学科研究是一项回答、解决或提出某个问题的过程,该问题涉及面和复杂度都超过了某一单个学科或行业所能处理的范围,跨学科研究借鉴各学科的视角,并通过构筑一个更加综合的视角来整合各学科视角下的识见。"热普科指出:"跨学科研究是一项回答、解决或提出某个问题的过程,该问题涉及面和复杂度都超过了某一单个学科或行业所能处理的范围,跨学科研究借鉴各学科的视角、整合其识见,旨在形成更加综合的理解,拓展我们的认知。"[①]

综上所述,所谓跨学科,即超越一个已知学科的边界,在两个或两个以上学科或研究领域的基础上进行研究而形成的分支学科或新学科。所谓跨学科研究则是个人或团队为丰富和提升学科内部的研究方法和研究水平,解决超越单一学科范围或研究领域的综合、复杂问题,把来自两个或两个以上学科或专业知识团体的信息、数据、方法、工具、概念和理论统合起来进行研究的一种实践模式。需要指出的是,很多时候,跨学科与跨学科研究在概念使用上会被相互替代,这从一定程度上说明了跨学科研究虽然已经广泛渗透进许多学科领域,但跨学科学的理论形态尚不完善。

---

① 转引自跨学科研究系列调查报告选登之一《跨学科研究:理论与实践的发展》,中国社会科学院文献信息中心,2011年8月3日。

二、文学跨学科研究的范畴

美国新墨西哥大学教授 A.J. 巴姆曾讲:"哲学,就其综合功能而言,本质上是主要的跨学科。""这个事实已被大多数跨学科研究政策的科学家们所遗忘了。"①对此,我们想由此延伸阐释的是,相对于哲学而言,文学虽然不具备哲学的高度概括和抽象,也不具备对于其他学科在方法论意义上的指导功能,但是作为一种审美意识形态,作为审美主体想象的产物,文学反映世界、描述生活总是体现出内容的整体性和意蕴的无限性。也就是说,作为一种精神性创造,宏观意义上的文学不仅反映社会生活,而且揭示自然生态;不仅描述历史更替,而且预测人类未来;不仅体现道德意识,而且渗透法制观念;不仅抒发心理情感,而且寄寓哲学意蕴等等。学界视《红楼梦》为中国封建社会的百科全书,大致可以与此互证。所以,文学研究可以有社会学评判,也可以有历史学的关照;可以有心理学阐释,也可以有哲学层面的升华;可以有社会科学式的研究,也可以有自然科学式的论证。从这个意义上看,可以说,跨学科研究原本应该是文学理论与文学批评的常态,文学研究从来就是或者说可以是跨学科研究。

事实也正是如此,"在文学研究中,借鉴其他学科的方法来阐发文学,可以说非常普遍。传统的社会历史批评运用社会学、历史学的方法来阐析文学,注重的是文学与社会的联系,它对社会的认识、反映,它所发挥的社会功能"②。就世界范围来说,从 20 世纪初开始,对于文艺理论、文艺批评产生过重大影响的除了传统的社会学,代之而起的还有心

---

① 转引自金吾伦:《跨学科研究引论·前言》,中央编译出版社,1997 年,第 3 页。
② 何云波:《越界与融通——跨文化视野中的文学跨学科研究》,北京大学出版社,2012 年,第 19 页。

理学、语言学、人类学等；1960年代之后则有诠释学、现象学、结构主义、符号学以及自然科学的系统论、信息论等。1980年代末，女性主义、新左派的马克思主义、福柯式的新历史主义以及后现代的文化理论、后殖民理论也都为文学理论、文学批评开辟了新的研究方向。

但是，业已存在的文学跨学科研究历史表明，相对于科学界对于跨学科研究的热议和实践，文学领域的跨学科研究更多地表现为自发性的方法借鉴。尽管文艺心理学等典型的跨学科研究早在20世纪前期已经开始并颇有成就，但将其视为自觉的文学跨学科研究的理论总结则是20世纪末期的事情了。在20世纪90年代前，与传统的文艺社会学一样，文艺心理学、文学语言学、文学人类学等有时被看作是文学研究学科内部的事情，尽管这些研究的的确确跨越了学科的知识边界或方法范畴。

所以，相对于自然科学和社会科学领域的跨学科研究而言，我们必须关注文学跨学科研究的特殊性。在自然科学和社会科学领域，其跨学科研究往往表现出自觉性、目的性、协同性和体制化，就是说，由于自然科学和社会科学研究对象的相对客观性，其跨学科研究往往可以针对一个明确的综合问题，有目的、有规划乃至可以借助学科体制协同进行。而在文学领域，由于文学创作和文学欣赏的主观性，文学的跨学科研究往往表现为个体行为，很难借助学科体制加以协同。如果将学科外延划分为三个维度，即学科知识、学科方法、学科体制，那么，文学跨学科研究主要在学科知识的渗透和学科方法的借鉴等维度展开，较少涉及学科体制层面，而学科体制层面的跨越是跨学科研究的最为显在的标记，这也许是文艺心理学等跨学科研究一些时候被看作是文学研究领域学科内部的事情的原因之一。

基于以上逻辑，我们仍然有必要对"文学跨学科研究"的范畴进行必要的辨析和框定。对此，何云波从比较文学跨文化和跨学科的内涵对比中,提出了较为详尽的看法。何云波认为:"文学的跨文化研究是探讨在具有不同文化背景的国家、民族之间如何实现文学的理解与沟通,它们探讨的是文学内部的关系。文学跨学科研究则是以文学为一端,在各种不同艺术门类、学科之间,清理其各自的知识、话语谱系,在此基础上,一方面揭示人类文化体系中不同知识形态的同质与异质;另一方面彰显文学之为文学的独特性,把握文学的内在规律,从而真正实现不同学科间的对话。"①从方法论上讲,何云波实际上强调了我们认为非常重要的两个问题:其一,所谓文学跨学科研究应该立足于文学并跨越独立的学科或学科门类。文学是社会生活的反映,是人的情感的抒发,是人类文化的重要组成部分,由于文学反映生活的整体性,文学作品的内容自然要展示社会生活和人的情感、精神的方方面面,其中必然蕴含一定的思想认识、心理状态、道德观念、历史意识、精神境界等等,如果文学研究着眼于文学作品中哲学思想、道德观念、历史意识等内涵的发掘或阐释,那么这可以称之为文学的主题学研究,而不是跨学科研究;如果从比较文学的角度分析中外文学的历史观、道德观、哲学观等,那么则是跨文化的文学研究,亦然不能称之为跨学科研究。"只有当探讨文学中的道德意识与伦理学意义的道德的同与异,或探讨文学中的思想与哲学的思想表达的各自特点,文学中的法律与法学视野中的法律的融合与冲突……这种研究才具有跨学科研究的意义。"②其二,文学跨学科研究应"以文学为本位"。这看似一个简单的问题,却时常由此引发跨学科命名的尴尬,如文艺心理学与心理文艺学的命名之难,生态文艺学与文艺生态学的不同理论指向等。实质上,"以文学为本位"意味着文学跨学科研究是文艺学跨越社会学、心理学、语言学

---

① 何云波:《越界与融通——跨文化视野中的文学跨学科研究》,北京大学出版社,2012年,第6页。
② 同上,第25页。

等其他学科并借鉴其知识或方法以解决文学自身或文学与其他学科之间的问题,而不是以解决文学学科之外的问题为目标,其研究的起点是文学,研究的对象不脱离文学领域或文学元素,研究的目标是解决文学问题,间或解决诸如城市规划、流行歌曲、广告等超出传统文学类别的社会文本中的文学元素;如果文学现象或文学作品在跨学科研究中仅仅成为印证社会学、心理学或语言学理论问题的素材或案例,那就应当称之为社会学跨学科研究、心理学跨学科研究或语言学跨学科研究。当然,文学跨学科研究的"文学本位"问题存在着很多争议。我们认为,是否坚持"文学本位"并不影响跨学科研究的实际展开,文化研究在20世纪90年代的蓬勃发展和辉煌成绩也在实践上印证了这一点,只不过存在着文学学科意义上的文化研究,也存在着非文学学科意义上的文化研究,而不论是何种学科意义上的文化研究,都有其研究的价值与意义。文化研究中是否坚持"文学本位",决定了文化研究的理论方向和学科归属,但不应当也没有成为文化研究的理论规则和学术藩篱。同样,在新时期文论史上,借助心理学、语言学或自然科学的知识和方法来研究和解决文学的问题,是因为心理学、语言学或自然科学的知识与方法具有解决文学问题的有效性,也无疑显示了其理论的生成力和穿透力,但所形成的学科或学科方向并没有也不宜归为心理学、语言学或自然科学的学科分支。反之,如果社会学家、语言学家、心理学家等借助文学和文艺学知识或方法去研究和解决社会学、语言学或心理学的问题,同样构成了跨学科研究,但其学科归属则应当属社会学、语言学或心理学的范畴。如若不然,文学跨学科研究的范畴将因文学内容的宽泛性和文学反映的整体性而变得不可界定。所以,提出文学跨学科研究应"以文学为本位",实际上是关于文学跨学科研究理论概述的需要,而不可能是一个理论争议的澄清。

综上所述,出于理论概述和梳理的需要,我们厘定的所谓文学跨学科研究,应当是以文艺学为基准学科,以文学整体为研究对象,通过借鉴文学学科之外的其他独立学科的知识或研究方法,进而阐释、研究、解答文学创作、文学欣赏、作家与读者、文学作品、文学功能、文学现象、文学思潮等理论问题的研究模式或理论演进过程。从范围上看,文学跨学科研究包括文学与社会科学、人文科学之间的关系的研究,乃至文学与自然科学之间的关系的研究,同时自然也包含文学艺术领域各门类之间互动关系的研究。从已有学科形态或学科分支上看,文学跨学科研究主要有文学社会学、文学心理学、文学语言学、文学系统论、文学信息学、文学生态学、文学人类学、文艺美学、文学传播学等等。

三、新时期文学跨学科研究的动力分析

跨学科研究方法是文学研究的常态,但是,一个既成的现象是:所谓文学跨学科研究的提法和自觉性研究,存在于跨学科及其跨学科研究等等概念出现之后。同时,新时期文艺学的空前繁荣,也体现在文学研究向其他人文学科、社会科学乃至自然科学的广泛跨越,体现在跨学科研究方法的广泛应用乃至诸如文艺心理学、文艺生态学等文艺学学科分支的形成。那么,文学跨学科研究为什么会在新时期空前活跃?其间既有学科内在原因,也有社会外部原因。

首先,文学跨学科研究的本体基础。

任何跨学科研究的得以发生,都有其本体性的基础,就是说,进行跨学科研究的学科本身存在着需要跨越其他学科的知识或借鉴其他学科的研究方法才能更好、更快捷、更准确地得以解决的问题。相对而言,如果说自然科学与社会科学尚且不能在一个狭窄的专业领域长期封闭自己,那么以整个自然界与人类生活为表现对象的文学艺术就更不能把自己束缚在一些固定的理论框架中,文艺理论的开放性注定更

甚于自然科学与社会科学。事实也正是如此，文学是一个宏观的多元概念，作家、读者、世界、作品都只能是构成文学的子系统，它们的有机结合才能构成宏观的文学；仅就作品而言，作为一种审美意识形态，作为审美主体想象的产物，文学反映世界、描述生活、抒发情感又总是体现出内容的整体性和意蕴的无限性。从本体上看，文学可以是社会生活的反映，存在着文学社会学研究的基础；文学可以是作家或人物心理世界的描述，存在着文学心理学研究的渴求；文学表现离不开语言，存在着文学语言学研究的必要；文学不可能摆脱一定的哲学思想、政治观念和道德意识等的渗入，存在着文学哲学、文学政治学、文学伦理学研究的元素；文学不可能回避全球化生态危机等世界难题，存在着文学生态学研究的空间；文学越来越跨越民族的界限，存在着文学人类学研究的前景；文学是一个包含作家、读者、创造、传播等多种元素的系统，自然也存在着借鉴系统论、传播学等研究方法的可能。所以，如前所述，"跨学科研究原本应该是文学理论与文学批评的常态，文学研究从来就是或者说可以是跨学科研究"，这是由其本体决定的必然。

其次，新时期文学跨学科研究的时代元素。

文学的本体属性决定了文学跨学科研究具有更为坚实的基础和可能，那么为什么其跨学科研究只是在新时期以来才空前活跃？其间存在着明晰的时代原因。

从时代背景上看，新时期的思想解放运动为文学跨学科研究逐步提供了言说空间。众所周知，中国文学研究在20世纪初期实现了从古典形态到现代形态的转型，梁启超、王国维等是推进文学研究转型的理论开创者。20世纪20年代后，新文学运动的汹涌波涛推动了文学研究的第一次繁荣，尽管当时尚没有严格的学科划分或命名，但茅盾等的文学社会学研究、朱光潜等的文学心理学研究、闻一多等的文学人类学研究等，已经显现出文学研究的多元和文学跨学科研究的端倪。但是，正如黄子平等在《论"20世纪中国文学"》中概括的那样:"启蒙的基本任务和政治实践的时代中心环节,规定了20世纪中国文学以'改造民族的灵魂'为自己的总主题,因而思想性始终是对文学最重要的要求,顺便也左右了对艺术形式、语言结构、表现手法的基本要求。"20世纪40年代以后,中国文学因"政治压到了一切,掩盖了一切,冲淡了一切。文学始终是围绕这个中心环节而展开的,经常服务于它,服从于它,自身的个性并未得到很好的实现"①。与此相对应,中国文学研究也从多元喧哗转向单一的思想性解读和政治性言说。1949年后,随着对于《〈红楼梦〉评论》"主观战斗精神""文学是人学"等的一次次批判,中国文学成为直白的政治工具,中国文学研究也沦落成为庸俗社会学的文学操练,成为一元化的客观反映论。1976年以后,"实践是检验真理的唯一标准"的讨论,推动了思想解放运动的逐步深入,文学也随之打破"政治工具论"的禁锢,摆脱庸俗社会学的束缚,寻求自身的独立地位。在这个文学寻求正名、走向独立的过程中,主体性的倡导无疑是冲破工具论、反映论的理论主导倾向,而"文学是人学"的再度张扬和文艺心理学的再次复兴无疑成为主体性理论的支撑和援手,因为无论是主体性理论的创作主体、对象主体,还是接受主体,都需要文艺心理学在精神视域和心理内宇宙的开拓,以证明主体在反映客体的过程中所具有的创造性、主导性、超越性。这里,我们无意阐述文艺心理学与文学主体性的关联,而是旨在说明,作为文学跨学科研究的重要一翼,文艺心理学在新时期的复兴,无疑是思想解放运动的产物。我们要揭示的一个学术发展逻辑是,新时期思想解放运动开启了文学的又一次启蒙,而"启蒙意味了自由地启用自己的思想,'主体'必然地成为启蒙时代的宠儿。由于积极地参与主体理论建构,文艺心理学顺理成章地成

---

① 黄子平、陈平原、钱理群:《论"20世纪中国文学"》,《文学评论》1985年第1期。

为'显学'"①。在这个学术发展链条中,新时期思想解放运动是驱除思想禁锢的源头。正是由于思想禁锢和唯物主义反映论束缚的解除,长期以来笼罩在心理学学科之上的"唯心主义"咒语才得以变成有效解读创造主体、对象主体和接受主体心理效应或精神脉络的呼唤,尽管"20世纪80年代,'主体'的建构以及引出的各种争议仍然在'唯物''唯心'的脉络上延续",但毕竟"时常更名为'主体''客体'之辩"。②正是在这个意义上,我们说,文学跨学科研究在新时期得以复兴或萌生,第一个外在动力源泉应属"实践是检验真理的唯一标准"大讨论所引发的思想解放运动。

第三,新时期文学跨学科研究的方法论启示。

跨学科研究的自觉有其科学方法论的发展基础,新时期文学跨学科研究同样存在来自自然科学新兴学科的冲击或启示。

20世纪前期,伴随着量子力学、广义相对论等具有革命性意义理论的出现以及其后计算机科学的快速发展,系统论、控制论、信息论等新兴学科纷纷出现;20世纪中期以后,以耗散结构理论、协同论、突变论为代表的"新三论"更是呈现出方兴未艾的发展趋势。自然科学领域新理论和新兴学科的涌现,极大地冲击着已有的知识体系,也带来了人类思维方式的极大变化和理论范式的不断更新。在当代新的科学理论和技术影响下,人类思维方式和认识论呈现出新的特点:"从绝对走向相对;从单义性走向多义性;从线性研究走向非线性研究;从因果性走向偶然性;从确定性研究走向不确定性研究;从可逆性走向不可逆性;从分析方法走向系统方法;从定域性走向非定域性;从时空分离走向时空统一。"③这些认识和思维特点,不仅广泛呈现在自然科学和技

---

①② 南帆:《"跨界"的半径与圆心——谈鲁枢元的文学跨界研究》,《文艺理论研究》2011年第2期。

③ 金吾伦:《跨学科研究引论》,中央编译出版社,1997年,第20—21页。

术领域,而且逐步影响和渗透到社会科学和人文学科研究领域。在中国,尽管对于现代新科学的研究滞后于西方,但一百多年来对于现代化的渴求使得中国追逐科学的精神始终坚韧和高涨,即便在十年动乱时期,革命浪潮冲击和掩盖了科学的普及和发展,但并没有彻底中断高科技领域的坚守。进入新时期之后,"科学的春天"唤醒了国人压抑已久的希望,落后的焦灼转换成了高涨的研究热情,教育、科技、文化等领域纷纷开始追赶先进、借鉴西方。在这样的时代境遇中,长期笼罩于苏联模式和毛泽东"左"倾思潮下的中国文学研究,面对西方多元的方法和自身亟待回答的诸多理论问题,自然难以抑制对方法论渴求的冲动,1985年被称为文学研究的"方法论年"便是这种冲动的集中显现。可以说,融合在"老三论""新三论"中的全球范围内自然科学领域中的跨学科研究给予了文学研究更为开阔的视野、更为多元的方法。也正是在对于所谓"老三论""新三论"等的方法论借鉴中,新时期文学研究向更为远缘的自然科学界迈出了跨学科研究的探求步伐。

第四,新时期文学跨学科研究的学理逻辑。

本体基础决定了新时期文学跨学科研究的前提和可能,时代元素和方法论启示则是催生这一研究的外在动力,而从学理逻辑上看,新时期文学的跨学科研究是中国文艺学自身发展的必然要求。本体基础、时代元素、方法论启示和学理逻辑构成了新时期文学跨学科研究得以复兴和繁荣的动力系统,其间既可看成一个问题的几个方面,也不排除几个方面存在交叉重合的些许表现。

从学科自身发展逻辑上看,任何学科的发展都有其萌生、成长、完善的过程,而学科的完善同时也意味着学科的保守、僵化和需求突破乃至在更高层次上完善的可能,在这一点上,库恩的"范式"理论已经提供了有力的佐证。就中国文艺学的发展而言,如果从近代文学研究的转型算起,已经有了百余年的发展历史,但迄今为止也不能说已经形成了真正完善的理论体系;不过,没有完善的理论并不一定妨碍一定时期理论"范式"的形成和僵化。众所周知,中国作为后发现代化国家,一百多年来,伴随着现代性的焦虑,争取民族独立和国家富强一直是中国知识分子追求和为之奋斗的目标;而在这一复杂的过程中,正如李泽厚所分析的那样,"启蒙与救亡"往往发生"双重变奏",专制和民主也会因之此消彼长。在这样的时代大背景下,中国文艺学和众多社会科学、人文学科一样,其发展始终处于突破与抑制的对立统一之中。从 20 世纪 40 年代开始,由于特殊时代的政治需要,文学和文学研究时常自觉成为救亡的文化先锋和建设的时代号角,但也间或被动地沦为政治宣传的工具乃至政治阴谋的帮凶;与之相适应,新时期之前的中国文艺学形成了苏联模式影响下的僵化的"反映论"和"社会—历史"分析范式。文艺学的"社会—历史"分析范式作为文学研究的一种方法或一个流派,应当有其存在的理由,但是,一统的、排他的理论范式就成为妨碍文艺学发展和繁荣的话语霸权。面对这样的理论境遇,突破范式就成为新时期文艺学发展的前提,而超越反映论、突破文学与社会的单一对应关系、正视主体在文学创作中的主动地位、丰富分析研究作家作品的方式方法等就成为突破既有理论范式的具体表现。在这一理论发展逻辑上,思想解放、西方思潮的涌入、自然科学方法的借鉴构成了突破范式的外在促进元素,自身学理发展逻辑的逼迫则成为跨学科研究的内在动力。所以,中国新时期文艺学初期所面临的发展困境,在其自身的理论发展逻辑中早就存在着潜在的突破可能或理论预设,只是在思想解放等外在元素的催化中得以发生反应并酿成新质,而文艺心理学、文学系统论等跨学科研究则成为范式突破的方式和具体学科形态。

以上关于新时期文学跨学科研究的动力分析主要就新时期初期而言,随着时空的转换,20 世纪 90 年代以后出现的一些文学跨学科研究形态,诸如文化研究、生态文艺学等,其时代境遇和跨学科的学理逻辑也发生了一些变化,这些变化主要表现在跨学科研究的自觉意识逐步增强,突破思想禁锢的理论冲动逐渐减弱,因为学界的学科建构意识日益增强,而束缚学科发展的思想禁锢已经几乎不复存在。但是,一个时代有一个时代的境遇与特色,消除了思想禁锢的世纪之交的精神文化界,不期而遇地遭遇到泛滥的消费主义观念的挤压,日益严峻的全球化生态危机更是让富有使命感传统的文艺界产生了重建宏大叙事的冲动。所以,我们要说的是,尽管文学跨学科研究不同形态的出场境遇不同、发生机制有别,但在文艺学发展链条上的学理逻辑始终是相似的。

第二节　新时期文学跨学科研究的发展进程和主要形态

从跨学科研究的角度看,文学研究较之自然科学、社会科学具有更多的灵活性,文艺学之外的一些相关学科往往就像是一种"合成剂"或"催化剂",稍加引进就可以改变文艺学固有学科的边界与属性、结构与组织,从而促使一些新观念、新学科的诞生。以往文艺批评的经验也在印证着这一判断,社会批评理论向政治学、经济学的跨越,传记批评理论、原型批评理论向心理学的跨越,文本批评理论向符号学的跨越,接受批评理论对于阐释学的跨越,女性批评理论对于性别学的跨越莫不如此。就中国新时期文学跨学科研究这一命题而言,在四十年的时间里匆匆将西方近百年的文学研究历史演绎一遍的新时期,跨学科研究更是构成其辉煌成就的重要方面。不论研究之初理论家处于自觉还是不自觉的状态,文艺心理学、文学系统论、文学语言学、文学人类学、比较文学、生态文艺学等在各自领域内业已实现的方法借鉴、知识互渗、盲点阐释乃至学科跨越,使其构成了新时期文学跨学科研究的主要形态。当然,新时期文学跨学科研究涉及广泛,文学与医学、文学与音乐学、文学与美术学、文学与广告学、文学与传媒学等等跨学科研究,也都在日新月异地向前推进着;文化研究更是跨学科研究的最大领域。但是,鉴于文学与医学等的研究尚未构成学科形态,文学与语言学在中国长期被搁置于同一学科体制内且跨学科成果涵盖面较小,文化研究则是本课题其他章节的主要对象,这里仅以文艺心理学、文艺系统论(文艺信息论、文艺控制论)、文学人类学、文艺生态学等主要流派为对象,对新时期跨学科研究的发展进程进行梳理。

一、文艺心理学:"人学"旗帜下的文艺学跨界

从时间上看,新时期文艺心理学的复兴,尚且难以界定为诸多文学跨学科研究的最早尝试;并且,重生的文艺心理学研究也没有自觉的跨学科概念;但是,文艺心理学关注到文学创造过程(包括文学创作和文学欣赏)中主体的能动作用,并在"文学是人学"的论域中初步辨析和回答了僵化的反映论长期难以回答的诸多文艺学问题,从一开始便奠定了为作家和理论界双重肯定的基础;同时,文艺心理学对作家等创作主体位置的证明和提升,客观上呼应了新时期之初整个社会的思想主潮,构成了盛极一时的文学主体论思潮的重要理论支撑,在微观研究上弥补了文学主体论注重宏观构建的些许不足;所以,尽管时常冒着"唯心主义"诘难的风险,文艺心理学的学科重建依然步履稳健、快速发展。正是在这个意义上,文艺心理学构成了我们所谓新时期跨学科研究的第一个学科形态。

需要说明的是,文艺心理学命名之初,便存在"文艺心理学"和"心理文艺学"的辨析和取舍之难,作为跨学科研究的一种不自觉的尝试,无论是"文艺心理学",还是"心理文艺学",都应当属于跨学科研究的范畴,所以这里沿用惯常称谓,梳理和分析的重心不在命名之辩,而在学科跨越之功。

运用现代心理学的理论、观点和方法来研究文学问题,在中国开始于20世纪前期。据宗波的研究,"20世纪前三十年是我国现代文艺心理学的萌芽期",梁启超、夏曾佑、王国维、蔡元培、郭沫若、鲁迅都曾有文章论及文艺创作和鉴赏的心理分析问题。其中,王国维发表于1904年的《〈红楼梦〉评论》"开我国心理批评之先河";1925年,鲁迅翻译的日本理论家厨川白村的文艺心理学著作《苦闷的象征》在中国出版,其"生命力受了压抑而生的苦闷烦恼乃是文艺的根柢,而其表现法乃是广义的象征主义"的创作动机分析在当时产生了很大的影响;1936年,朱光潜写作于1931年的《文艺心理学》在开明书店出版,这被视作中国现代文艺心理学形成的重要标志。① 需要特别指出的是,由于特殊的学习经历(十四年的大学学生经历,学过解剖学、建筑学、心理学等),朱光潜的《文艺心理学》已经充分展示了跨学科研究的特征,正如他在《作者自白》中所言:"这是一部研究文艺理论的书籍","他丢开一切哲学的成见,把文艺的创造和欣赏当作心理的事实去研究,从事实中归纳得一些可适用于文艺批评的原理。它的对象是文艺的创造和欣赏,它的观点大致是心理学的,所以我不用《美学》的名目,把它叫作《文艺心理学》"。② 遗憾的是,由于中国20世纪文学的时代特点,文艺心理学作为萌芽期的边缘理论以及哲学基础常常被贴上"唯心主义"标签等原因,其后的发展过程经历了长达半个世纪的沉寂。

20世纪80年代,伴随着思想禁锢的松动、西方思潮的涌入和自然科学方法论的借鉴,文艺心理学"一方面以一种普遍性、中立性的知识形态,接续了这一学科研究的血脉,另一方面又以其鲜明的主体性内涵为新时期文学中人的主体存在、价值、意义的高扬提供了实证性的理论基础,从而参与了新时期文论摆脱'工具论''从属论'和单一反映论模

---

① 宗波:《中国现代文艺心理学回顾》,《文艺研究》2006年第2期。
② 朱光潜:《文艺心理学》,漓江出版社,2011年,第1页。

式的整体努力"①。

新时期文艺心理学跨学科研究的复兴,大致存在或经历了相互交错的三种形态与三个阶段。

(一)反映论基础上的认知心理学移植

1980年,金开诚在北京大学中文系开设"文艺心理学"选修课;1982年,以选修课讲稿为基础,金开诚在北京大学出版社出版了《文艺心理学论稿》。在新时期文学跨学科研究的视域中,这是一个具有里程碑意义的事件,因为《文艺心理学论稿》是继朱光潜《文艺心理学》之后的又一部文艺心理学专著,它标志着中国文艺心理学研究沉寂了近五十年后的复苏和重建,而文艺心理学则是新时期文学跨学科研究最具典型意义的研究形态。

金开诚《文艺心理学论稿》的理论开创意义是不容忽视的。因为,在《论稿》之前新中国几十年的文艺理论框架中,文学艺术总是被简单地界定为"社会生活的反映";并且,在作家反映社会生活的过程中,社会生活被界定为文艺创作的唯一源泉,文学客体被置于制约作家主体的压倒性地位上,作家的创作只是对于社会生活的再现,其主体地位完全被忽视和淹没;而在《文艺心理学论稿》中,金开诚把以往反映论所描述的"客观现实→文艺创作中的艺术形象"的"二环论",修正为所谓"三环论",即文学创作过程是一个从"客观现实→主观反映和加工→文艺创作中的艺术形象"的心理过程。这一修正的理论意义在于,金开诚的文艺心理学凸显了一个机械反映论影响下长期得不到重视和关注的创作主体,一个在文艺创作过程中从社会生活到文艺作品之间最为重要的创造中介,一个有着复杂心理活动的过程。"从此,文学不再

---

① 张婷婷:《中国20世纪文艺学学术史(第4部)》,上海文艺出版社,2001年,第154页。

只有简单的认识论内涵和社会学内涵,而是拥有了表象、思维、情感等心理学内涵,文艺学所面对的也不再仅仅是一个哲学命题,而是还有一个美学的和心理学的命题。"①而从心理学的角度看,金开诚把文艺创作界定为以自觉的表象运动为核心而实现的表象活动、思维活动和情感活动的有机结合,较为系统地阐述了文艺创作和欣赏过程中的心理活动规律,其关于形象思维过程和特点的论述、文学语言和文学形象关系的辨析、文学想象活动心理机制的揭示等,在当时都具有相当的理论创新意义。

但是,从根本上看,金开诚的文艺心理学研究仍然是反映论基础上的心理学移植。出版于1982年的《文艺心理学论稿》收录了金开诚"文艺心理学"选修课讲稿的核心部分"表象""思维""情感"三部分和十几篇论文,初步显现了金开诚文艺心理学研究的理论构架。1987年,金开诚在《文艺心理学论稿》的基础上,经过充实、调整、完善,出版了《文艺心理学概论》。在《文艺心理学概论》的《前言》中,金开诚将该书内容概括为"两个基本思想,五种辩证关系"。"第一个基本思想,即以唯物主义反映论为指导,论证文艺创作与欣赏的心理活动都是个体在反映客观世界的基础上所实现的主客观统一。""第二个基本思想,是根据大脑活动的整体性原则,论证文艺创作与欣赏都是以自觉的表象运动为核心而实现的表象活动、思维活动与情感活动的有机结合。""五种辩证关系,即客观与主观、感性与理性、情感与认识、修养与创造、创作与欣赏,是两个基本思想的具体表现。"②应当说,《文艺心理学概论》是金开诚文艺心理学研究的全面展示,但正如金开诚自己所言,从《文艺心理学论稿》到《文艺心理学概论》,其关于文艺心理学的一些

---

① 张婷婷:《中国20世纪文艺学学术史(第4部)》,上海文艺出版社,2001年,第160页。

② 金开诚:《文艺心理学概论》,人民文学出版社,1987年,第1页。

观点,基本未变。从对比中可以看出,从《文艺心理学论稿》到《文艺心理学概论》,其不变的核心便是对于反映论基础的坚持和对于"自觉的表象运动"命题的钟情。所以,尽管金开诚关于文艺创作的"三环论"思想比起机械的"二环论"观点有着本质意义的转换,其关于反映的形成、反映的选择、反映的加工、反映的情意化、反映的个性化、反映的外化等多层次阐述比起庸俗社会学支配下的简单认识论有了更为丰富科学的心理内涵,但从本质上将文艺的创造过程视作唯物反映论基础上的理性认知,不可避免地会影响或遮蔽其对于文艺创作活动中非理性特质的关注和挖掘。对此,张婷婷曾有分析:"金开诚虽然关注了创作主体的作用,发现了心理学这块领域对于文艺本质揭示的重要性,但他却没有给予创作主体充分施展其心灵再生力的自由,而是把它们软禁在'自觉的表象运动'的认知圈内;而且,他对文艺心理学领地的开掘所使用的又是旧的反映论钝器,因此他不得不在文学艺术家纷繁奇妙的创作心理世界面前驻足。"[1]夏中义所言"艺术中会夹缠某些认知因素,但认知绝非是艺术的本体属性"[2],亦可谓一语中的。

(二)主体论感召下的文艺心理学拓展

新时期文艺学与心理学跨学科研究的异军突起,自然有二者本就存在的血缘关系的原因,因为文学创作或欣赏本就是一种心理活动,相对而言,文学"与心理学的关系,远比它与社会学的关系内在、有机乃至缠绵"[3]。但是,毋庸讳言,新时期文艺心理学的发展与繁荣同样不能忽视主体论文艺学的感召和推动,正是由于文艺心理学与主体论文艺学的同谋与共生,使得文艺学向心理学的跨越显得适时并趋于主流。

---

[1] 张婷婷:《中国20世纪文艺学学术史(第4部)》,上海文艺出版社,2001年,第163页。
[2] 夏中义:《新潮学案》,上海三联书店,1996年,第77页。
[3] 同上,第73页。

在新时期文艺心理学研究的发展链条上,金开诚的开创性建树自然不容忽视,但是,其将文艺心理学建立在反映论基础上的谨慎态度,无疑遮蔽了更为复杂的文艺创造心理奥秘。对此,鲁枢元、吕俊华、滕守尧、夏中义等稍后开展的与主体论文艺主潮同谋共生的文艺心理学研究则显示了理论新锐的勇气。在这方面,鲁枢元关于创作心理研究的系列论文、吕俊华关于变态心理与艺术创作的研究、滕守尧关于审美心理的描述、夏中义关于"文学是非纯认识性的精神活动"的论证等凸显了文艺创作中的感性、情感、非理性、潜意识等心理元素,将文艺心理学研究潜入了更为广阔和深邃的领域。

鲁枢元的文艺心理学研究开始于创作心理探索。早在 20 世纪 80 年代初期,鲁枢元关于文学创作中的"情绪记忆""艺术知觉""心理定式""创作心境"等概念的全新论述已引起学界重视,据此结集出版于 1985 年的《创作心理研究》更是奠定了其作为文艺心理学"新潮代表"的学术地位。在鲁枢元的创作心理研究中,常被引用和推崇的首先是"情绪记忆""心理定式""创作心境"等几个从文艺创作实践中总结而来而非简单从心理学移植的文艺心理学概念。在鲁枢元看来,情绪记忆"包含下述两方面的含义:对于记忆对象的性质而言,它是对于人类生活中关于情感、情绪方面的记忆;对于记忆主体的心理活动特征而言,它是一种凭借身心感受和心灵体验的记忆,体现为主体的一种积极能动的心理活动过程"。作为一种比理解记忆、机械记忆等更为复杂的心理活动,情绪记忆具有古老、原始、感性、新鲜、可塑、变形、无意、不自禁等特点;对于文艺创作和欣赏来说,情绪记忆的重要性在于,它是"艺术创造过程中一系列感情活动的基本形态","是整个艺术创造活动的基础和内核","在人类的艺术活动中发挥着巨大的、潜在的作用";对于情绪记忆的作用,鲁枢元概括为四个方面,即"情绪记忆是哺育作家个性的摇篮""情绪记忆是感情积累的库房""情绪记忆是驰骋艺术想象的基地""情绪记忆是艺术欣赏中产生共鸣的琴弦"。① 应当说,比之于金开诚移植于普通心理学的"表象"概念,鲁枢元的"情绪记忆"更为凸显文艺创造中文学家的心灵情感维度,更为接近创作过程中素材积累的审美特质。

如果说"情绪记忆"道出了文学家创作准备阶段素材积累的心理特质,那么,鲁枢元关于创作心境的论述则将其论述触角延伸到了整个创作过程。在鲁枢元看来,创作心境即为作家在创作过程中所具有的持续性的情绪状态:"模糊性、整体性、自动性是作家艺术家在创作过程中心理状态上呈现出的一些较为显著的特点。所谓'模糊性',基于作家艺术家深刻敏捷的感觉能力,是一种理性上趋势明确、知性上朦胧混沌的模糊,它以模糊的方式实现复杂的精神现象上的准确,类乎模糊数学中的'模糊集合'。所谓'整体性',基于作家艺术家特定的丰满而充实的心理结构,体现为作家艺术家审美注意的高度集中和作品艺术概括的完美统一。所谓'自动性',是一种在作家艺术家长期主动努力基础上实现的创作激情的自然喷涌,直接为作家艺术家的'有机天性'规定着。"②鲁枢元关于创作心境具有模糊性、整体性和自动性等特点的论证,比较准确地概括了文学家的艺术思维不同于抽象的逻辑思维的特征,比起金开诚所谓的"自觉表象运动",鲁枢元更凸显了创作过程中心灵情感世界所具有的"非自觉的自觉"的特质,揭示了表象、认识、思维等概念范畴所无法涵盖或解释的创作心理的复杂性。当然,指出问题的存在并不一定意味着问题的完全解决,鲁枢元关于创作心境特点的论述也引起了理论界的质疑和讨论,王蒙、陈丹晨、董学文、畅广元等都适时发表了富有建设意义的讨论文章,表达了模糊性是否会夸大非理性、走向神秘主义的担忧。对此,鲁枢元进行了进一步的思考和

---

① 鲁枢元:《文学艺术家的情绪记忆》,《上海文学》1982年第9期。
② 鲁枢元:《论创作心境》,《上海文学》1983年第6期。

阐释,他认为:"文艺创作活动不纯粹是一种认识活动","非理性的心理活动对于一个文艺家有机完整的创作过程来说也是不可缺少的。承认这些非理性的心理活动在创作过程中的作用,并不就是反理性"。①相反,在文艺创作过程中,艺术家观察和表现生活时所表现出的自觉能力,"'是一种渗透了作家艺术家的政治倾向、实践经验、人生理想、道德规范、审美情绪的心理合成物。'它的表现形式是充满激情的联想、想象、幻想,而它的内核却是包含着理性的"②。具有建设意义的是,正是这种质疑和讨论,更展现了创作过程中心理活动的复杂、深邃和奥妙,更迫近了文艺创作作为一种精神活动的心理真相。

基于扎实而富有创新的创作心理研究,鲁枢元进一步表达了更为宏阔的文艺心理学观念。在《用心理学眼光看文学——我的文学观》(《文学评论》1985年第4期)一文中,鲁枢元从本体论、创作论、价值论三个方面表达了从心理学向文艺学的跨学科观照。在鲁枢元看来,在人类生活中确乎存在着两个显著不同的世界:物理世界和心理世界。对于人来说,物理世界是一个客观的物质存在,心理世界则是一种主观的精神状态;物理世界是事物本质的单一抽象,心理世界是人的个性的多种表现;物理世界是对于外物的真实阐释,心理世界是对于内心的真诚的体验。"存在决定意识",心理世界终归是物理世界的反映,客观存在的物质世界是一切主观的心理活动赖以产生的基础。但在复杂的心理活动中,外界的物理刺激与内在的心理反应绝不是一种机械决定的因果关系,也不是单一的同步对应关系。同一性质同一强度的刺激,在不同的个体身上或同一个体的不同情境中会引起大相悬殊的心理反应;而不同强度、不同性质的刺激在不同个体身上或同一个体的不同境况中也可以产生庶几相似的心理反映。主体的政治信仰和价值观

---

① 鲁枢元:《关于创作心理模糊性问题的通信》,《文艺报》1984年第1期。
② 鲁枢元:《关于创作心理研究的再思考》,《文艺报》1984年第7期。

念,主体的审美理想和文化教养,主体的需要和动机、习惯和兴趣、气质和能力,以及主体眼下的情绪和心境,主体先前的经验和记忆,包括主体潜意识中的心理定式,都将对外界的刺激发生反馈作用,从而使反映结果自然而然地发生倾向于主观的心理变异,发生一种知觉感受上的、情绪记忆上的、审美体验上的"变形"。文学艺术的反映,是一种"主观的反映",是一种人各不同的"个性化反映",它反映的是经过作家心灵折射的社会生活,是灌注了作家生命气息的社会生活,是一种心灵化了的社会生活。社会生活只有首先成为心理的,才有可能成为艺术的。文学艺术的世界是一个"心理的世界"。文学艺术的创作过程,是一个包括文学家自己的需求、欲望、感觉、知觉、思维、情感、注意、记忆、直觉、想象等心理功能在内的极其复杂的过程。这是一个同时包括了认识的高级形式和低级形式、心理的智力因素和非智力因素、意识的显在成分与潜在成分、主体的定势因素和动势因素在内的心理活动过程,是一种基于文学家的气质、人格、个性之上的立体的、流动的、完整的、有序的心理活动过程;基于此,文学作品必然是文学家的实践活动、生命活动、心理活动的结晶,文学作品的品位高下,总是由文学家心灵的深度和广度决定着的。正是由于文学是一种精神性存在,是对于人的灵魂深处的美的发掘,是人的心灵创造性的自由表现,文学就应该成为个体的人和整个社会心理的一种调节因素,成为使人类自身不断得到完美完善起来的一种情感教育的方式,成为人与人之间相互连接的一条精神纽带,这才是文学的价值所在。以上引述的内容,既是鲁枢元创作心理研究的形而上总结,也是其之后进行文艺心理学研究的基调,同时也代表了20世纪80年代中期中国文艺心理学研究宏观层次的阶段性水准。

在新时期文艺心理学跨学科研究的拓展进程中,吕俊华无疑也是一个不能绕开的个案。其《艺术创作与变态心理》(生活·读书·新知三联书店，1987）作为中国新时期文艺变态心理研究的开山之作，将创作心理研究引入了一个客观存在但理论界长期讳言忌语的领域并取得了创新性的成果。在《艺术创作与变态心理》中，吕俊华通过广泛征引艺术家创作经验和古典诗词心理分析，凸显了"人我不分，物我一体"等心理现象在艺术创作中的广泛存在，证明了想象、错觉、幻觉等心理现象在艺术创作过程中的重要作用，论证了不自觉、非理性、潜意识对于艺术创作和艺术理论研究的重要价值，其目标指向，用作者自己的概括就是："企图对蔑视人情和蔑视人的那种理起一点廓清的作用，冀收矫枉之功于万一耳。"①将吕俊华的研究放在新时期文艺心理学的理论发展链条上看，其独特贡献在于："他第一个从变态心理学、生理学乃至病理学角度，全面论证了人必须释放天性即自由抒情，抒情自由不仅是创作之亟需，更是生存之亟需；艺术家就其天性而言，本就适宜生活在想象和情感所构筑的审美世界。故创作自由本就是艺术家理应享受的天赋人权；也因此，抑压创作自由，这无异于掐住小孩不让喘气一样是犯罪。"②吕俊华在《艺术创作与变态心理》中许多类似宣言式的征引和阐释，尽管显露出理论的急切和论证的不足，但其思维水平、研究范围和操作手段，比起金开诚时代，已经显现出时代的发展和理念的更新，正如夏中义所说："其思维水平，已从浅显的金开诚模式的'意识''理性''自觉'层面沉潜到较深的'潜意识''反理性''非自觉'层面。""其研究范围，亦大大越出了由'表象''记忆''思维'所串成的金氏认识圈"，"其操作手段，更是无机械解析之弊"。③需要指出的是，从金开诚到吕俊华，理论观念的更新并不意味着对于理论家个人的贬褒，其间折射的是时代变化所带来的政治对于学术干预的弱化和学界对于

---

① 吕俊华：《艺术创作与变态心理》，生活·读书·新知三联书店，1987年，第252页。
②③ 夏中义：《新潮学案》，上海三联书店，1996年，第82页。

"人"的关注度的加强。当然,吕俊华对于艺术创作中变态心理的铺陈,相对忽视了艺术创作中变态心理现象与生活中病态心理的辨析,尽管他也指出了变态和病态的不同,但矫枉难免过正或矫枉需要过正的状况和心态使得他没有或不愿更多地去关注艺术创作是一个"入乎其内,出乎其外"的全过程,而他更多地关注的是"入乎其内"。对此,夏中义借助"灵感"的分析可谓中肯,"吕俊华在发现艺术经验与变态心理的形态相似的同时未能清醒地区分这两者的本性差异","事实上,某种相似的心理状态完全可能在不同的格局发生。这就是说,即使像灵感那样使诗人陷入'迷狂'的极致性艺术经验,与极致性变态心理即精神疯狂相比,无论在程度或实质上都是两码事"。其本质区别是,在艺术创作中,"理智在灵感中并未消失而只是被创作激情所弱化"[①]。正由于此,吕俊华关于艺术创作与变态心理的研究,一方面向僵化的理论堡垒射出了利箭,另一方面也在激越中留下了没有来得及拆除的箭垛。

朱光潜先生曾讲:"'文艺心理学'是从心理学观点研究出来的'美学'。"[②]所以,滕守尧的《审美心理描述》同样被看成是新时期文艺心理学研究领域具有重大开创意义的理论著作。在滕守尧看来,审美经验是审美心理学研究的中心,而审美经验是一个复杂奇特的心理现象,"它不同于生理感受,但又离不开生理感受;它不同于逻辑判断,但又离不开理性认识;说它是一种想象,但又不是一种自我情感的投射或表现"。心理学"还不能对审美心理机制做出科学的严格验证,目前所能做到的,只能对审美经验做一些现象的描述"。作为一种描述性的解读,滕守尧的研究呈现了典型的跨学科意识,正如他自己所认识到的,审美经验研究的"主要侧重点是放在心理方面,但并不排除涉及社会学、哲学和人类学方面的问题。它所要做的,是以心理学为中心,展开

---

① 夏中义:《新潮学案》,上海三联书店,1996年,第87页。
② 朱光潜:《文艺心理学》,漓江出版社,2011年,第1页。

多学科、多层次的探讨"①。基于这样的认识,滕守尧较为详细地分析了感知、想象、情感、理解等构成美感的各种心理要素;描述了从审美注意到审美知觉、从感性愉悦到审美判断等审美心理过程;揭示了审美欲望、审美趣味和审美快乐的本质;从弗洛伊德心理分析学派、格式塔学派、符号学派以及人本主义学派等现代西方心理学的多种角度论述了形式、再现、表现、符号、意味、模糊等美学研究中极为重要的概念。从文艺心理学研究的纵向发展过程看,滕守尧对于美感心理机制研究的意义在于,他不仅是新时期较早关注美学与心理学的天然关联并展示出跨学科研究实绩的学人,而且其研究本身展示了更为辽阔的视野和气度。如果说金开诚的研究因囿于普通心理学的方法和反映论的观念尚没有到达文艺心理的内核,吕俊华的研究由于过分关注和推崇变态心理而显示出过犹不及的缺憾,滕守尧的研究则由于没有了反映论的羁绊和拘泥于单一心理学方法的局促而显示出更新的观念和更宽的视野,正如夏中义所说:"他既无金开诚式的历史包袱,亦没有吕俊华式的道义上的愤慨。"因而显示出和谐的"方法与观念的同步变奏"。②

(三)多元化趋势下文艺心理学的学科构建

20世纪80年代中期以后,由于金开诚、鲁枢元、吕俊华、滕守尧等人的开拓创新之功,文艺心理学已经成为新时期主体论文艺主潮中的重要组成部分。同时,由于传统认识论模式已经逐渐被多元的文艺学观念所掩盖,文艺心理学研究也从前期的先破后立的论证方式走向了多元化的学科体系建构阶段。在这个阶段,研究者完全摆脱了传统认识论的束缚,更为注重学科系统本身的内涵完备和学科框架的整体完整,开始由传统理论的证伪、概念的创新和研究视界的拓展转向了研究

---

① 滕守尧:《审美心理描述》,中国社会科学出版社,1985年,第4、5页。
② 夏中义:《新潮学案》,上海三联书店,1996年,第89页。

资源的积淀、学科体系的建构和已有成果的梳理。其中,钱谷融、王宁、童庆炳、王先霈、畅广元、夏中义、刘烜、程正民、骆正、王一川、高楠、周宪、刘伟林等人都做出了不俗的成绩。如果说20世纪80年代前期的文艺心理学研究尚属主体论感召下的视界拓展,那么,这一时期的文艺心理学研究则完全呈现出多元和繁荣的发展态势。

多元和繁荣的首要表现是,文艺心理学丛书相继出版,积淀丰富了研究资源,拓展呈现了全方位成果。

1987年,鲁枢元主编的"文艺心理学著译丛书"陆续在黄河文艺出版社出版,这套丛书除重版了《创作心理研究》、出版了潘知常的《众妙之门——中国美感心态的深层结构》两部国内著作之外,其余全部是西方重要的文艺心理学译作。其中,《创造的世界——艺术心理学》(〔美〕艾伦·温诺著,陶东风译)、《荣格心理学纲要》(〔美〕霍尔、诺德拜著,张月译)、《走向艺术心理学》(〔美〕阿恩海姆著,丁宁等译)、《创作过程和艺术接受》(〔苏〕梅拉赫著,程正民译)、《文学心理学——理论·方法·成果》(〔德〕拉尔夫·朗格纳著,周建明译)、《荣格:人和神话》(〔美〕温森特·布罗姆著,文楚安译)、《诗·语言·思》(〔德〕海德格尔著,张月、曹元勇译)等译著,为中国文艺心理学跨学科研究提供了西方相关研究较全面的理论资源。

1990年,童庆炳主编的"心理美学丛书"开始在百花文艺出版社出版。至1993年,共出版了童庆炳的《艺术创作与审美心理》、程正民的《俄国作家创作心理研究》、陶东风的《中国古代心理美学六论》、丁宁的《接受之维》、李春青的《艺术情感论》、王一川的《审美体验论》、陶水平的《审美态度心理学》、黄卓越的《艺术心理范式》、杨守森的《艺术想象论》、唐晓敏的《精神创伤与艺术创作》、顾祖钊的《艺术至境论》、李珺平的《创作动力学》、童庆炳等的《中国古代诗学心理透视》等13部著作。这套丛书所涉论题涵盖了从艺术创作到艺术接受的几乎所有问题,探讨了从古代到当代的许多心理美学现象,可以说代表了当时心理美学研究的较高水平。需要指出的是,上述丛书是童庆炳带领北京师范大学文艺学研究团队承担的国家"七五"社会科学规划重点项目"心理美学"的阶段性成果,而童庆炳主编的《现代心理美学》作为该项目的最终成果,综合了上述丛书的已有成就,代表了当时心理美学研究的最高成就。在童庆炳看来,审美体验是心理美学研究的核心命题,心理美学研究的对象是审美主体在一切审美体验中的内在规律,而其主要对象则是艺术创作和艺术接受中的审美心理机制;基于此,《现代心理美学》博采众家之长,展示了对艺术家审美体验的生成和类型、创作主体的心理特征、艺术创作的心理张力、艺术创作的心理流程、艺术作品的心理蕴含、艺术接受的心理规律等各个方面富有特色的探讨和研究,建构了具有现代科学形态的心理美学体系。就新时期文学跨学科研究而言,《现代心理美学》的理论价值在于,童庆炳在其中明确倡导了综合研究的理论指向。在他看来,心理美学作为一门社会学科和自然学科的交叉学科,他的研究方法必须走向综合的趋势;所谓综合,一是多种学科的综合,一是多种研究方法的综合;并且,童庆炳认为,在心理美学研究中,多种学科和多种方法的综合,不能是各种学科和方法的机械相加,而应是围绕审美主体在艺术创作过程和艺术接受过程中的心理机制这一研究对象,从不同角度,运用不同方法,丰富对于审美体验中内在规律的认识。在这里,童庆炳看到了自然科学研究的优势,也注意到了审美心理研究不能忽视其丰富主观内涵的特点,强调要防止把复杂的审美心理活动简单化、还原化的危险。这样的认识应当说对于文学跨学科研究富有理论警示意义。

另外,陆一帆主编的"文艺心理学丛书"于1989年起在海口三环出版社出版。这套丛书首批出版著作8种,包括陆一帆、刘伟林的《文艺心理探胜》,刘伟林的《中国文艺心理学史》,潘智彪的《喜剧心理学》、韦小坚等的《悲剧心理学》，罗小平、黄虹的《音乐心理学》，蔡运桂的《艺术情感学》，于贤德的《民族审美心理学》，英国瓦伦丁著、潘智彪翻译的《实验审美心理学》等。相对于鲁枢元"文艺心理学著译丛书"突出对于西方文艺心理学资源的译介，相对于童庆炳"心理美学丛书"突出对于审美过程的心理美学观照，陆一帆"文艺心理学丛书"的突出特点是更多地关注到了"悲剧""喜剧""音乐"等各种艺术门类的心理学研究和中国文艺心理学史的挖掘，正是这一特点，奠定了其在新时期文艺心理学学术史上的作用和地位。

多元和繁荣的另一个表现是，学科构建意识加强，推出了一批框架完备的文艺心理学教材和著作。

学科的形成意味着理论的成熟，尽管迄今为止学界对于文艺心理学是否形成了完备的学科仍有争议，但试图构建学科的意识在20世纪80年代后期已经相当明晰。同时，研究者试图建构文艺心理学学科的理论冲动本身意味着，这一学科在研究对象、研究范畴、研究成果、研究队伍等方面已经具备了成为独立学科的基本条件。从这个意义上看，学科建构意识的加强反衬出了学科的多元和繁荣。事实也正是如此，正是基于文艺心理学研究的阶段成果，一批内涵完备、架构完整的文艺心理学教材和著作得以出版，这些教材和著作的出版又进一步推动了文艺心理学的发展。

从时间顺序上看，陆一帆的《文艺心理学》（江苏文艺出版社，1985）是较早试图构建文艺心理学理论体系的著作。在该论著中，陆一帆首先论述了文艺心理学的兴起背景、研究对象、历史与现状、研究方法等理论研究的一般问题。在此基础上，依照文艺创作的发展流程分别论述了"文艺家体验生活心理""文艺创作心理""文艺的心理功能""文艺欣赏心理法则"等文艺心理元素。陆一帆的《文艺心理学》尽管没有为文艺心理学贡献更多的创新性概念或理论，但其对于文艺心理学的全面论述初步呈现了学科建构的意识和学科理论的基本架构。

相对于陆一帆的《文艺心理学》，高楠的《艺术心理学》（辽宁人民出版社,1987）体现出的学科建构意识更为明晰。在《艺术心理学》中，高楠运用精神分析学、格式塔心理学、认知心理学、马斯洛心理学等西方心理学成果，以人为母题，以情感为核心，以定势为枢纽，以潜意识为重点，以社会性为指导，以艺术实践为依据，以性格特征为主干，全面论述了"艺术的心理动力、艺术的心理要素、创作心理与欣赏心理、艺术要素的心理依据、形神与艺境的艺术心理探索"等内容，以跨学科、跨文化的视野，多角度、多侧面、多层次论述了艺术活动的心理规律，体现了在学科体系框架上的整体出新。

作为文艺心理学研究的新潮代表，鲁枢元在20世纪80年代中期以后，更多地转向了文艺心理学研究的资源梳理和教材建设工作。在这方面，《文艺心理阐释》和《文学心理学教程》是其代表性成果。作为上海文艺出版社推出的"文艺探索书系"的一种，《文艺心理阐释》（上海文艺出版社,1989）通过对西方心理学史上影响较大的构造主义心理学、机能主义心理学、行为主义心理学、精神分析心理学、分析心理学、格式塔心理学、人本主义心理学以及心理学的日内瓦学派、"维列鲁"学派的扫描，从积淀深厚的西方心理学资源中探测、寻觅与文学艺术相关的知识与理论，让文学理论与心理学理论在跨学科的视野内发生碰撞、融汇，为行进中的中国文艺心理学学科建设积淀了系统的心理学理论资源。作为新时期第一部文艺心理学教材，钱谷融、鲁枢元主编的《文学心理学教程》（华东师范大学出版社,1987），一方面紧密联系文学艺术现象的实际情况，尤其是中国新时期文学艺术发展的实际状况，注重追踪当代文艺思潮中涌现出来的新问题；另一方面广泛、认真、谨慎地从哲学、美学、心理学、社会学、语言学等学科吸收有益成分，以其开阔的视野、前沿的理论和自觉的学科建构意识,为新时期文艺心理学跨学科研究增添了新质。从理论框架上看,《文学心理学教程》似乎并没有超出"作家、创作、作品、欣赏"的理论惯例,但其对于文学艺术家的个性心理结构的揭示、对于文学创作过程的心理描述、对于文学作品的心理分析、对于文学欣赏心理效应的探幽,尤其是对于文学语言心理机制的探索,在一定程度上解释了文学活动的奥秘。

当然,除了上述研究成果之外,王先霈的《文学心理学概论》(华中师范大学出版社,1988)以其较多地利用了中国古代文学心理学资料而富有特色。黎山峣的《文艺创作心理学》(长江文艺出版社,1988)、许一青的《文学创作心理学》(学林出版社,1990)、刘烜的《文艺创造心理学》(吉林教育出版社,1992)和周宪的《走向创造的境界——艺术创造力的心理学探索》(吉林教育出版社,1992)等著作也在文艺创作领域展示了跨学科研究的努力。尤其是刘烜的《文艺创造心理学》,将跨学科研究作为该书方法论的基点,不仅在文艺学与心理学之间寻求提升研究层次的空间,而且试图在文艺学、心理学的薄弱环节处发挥创造学的理论优势,显示了强烈的跨学科研究意识。还有,鲁枢元、童庆炳等主编的《文艺心理学大辞典》和刘伟林的《中国文艺心理学史》则为新时期文艺心理学的学科建设贡献了基础资源。正是许多研究者多领域、多方位的研究,共同促成了新时期文艺心理学研究的多元与繁荣。

多元和繁荣的第三个表现是,关于文艺心理学"研究的研究"开始出现。

就一种理论而言,当研究过程本身成为研究对象时,要么意味着这一研究存在极大争议,要么意味着因研究过程本身的活跃和繁荣从而形成了新的理论研究命题,20世纪80年代中期以后,文艺心理学研究的状况似乎两者兼而有之。在这方面,夏中义、王先霈、陈炎等关于文艺心理学的学科反思,宗波、张婷婷、李珺平、张丽杰、贺国光等关于文艺心理学发展状况和趋势的梳理和预测,刘锋杰、吕景云等对于文艺心理学基本概念等元问题的再辨析等,都体现了文艺心理学"研究的研究"的指向和成就。其中,关注较早、成就突出、影响较大的代表人物是夏中义。

在新时期文艺心理学研究的序列中,夏中义的意义不仅在于他较早地关注和论述了文学的"非纯认识性",而且在于他是较早对于新时期文艺心理学研究本身进行研究的理论家。早在1982年,夏中义发表了《文学是非纯认识性的精神活动》(《文艺理论研究》1982年第3期)一文,强调文学的审美性、精神性和表现功能,反对过度强调文学是对现实的形象反映的传统认识论模式,这实际上构成了主体论文艺学前奏曲中的美丽和声。正是基于这样的理论基点,在《艺术链》中,夏中义强调:文学与其说是社会现实的镜子,不如说是时代精神的肖像;与其把文学看成"生活的教科书",不如视其为引导读者寻找灵魂归宿和精神还乡的精神路标。也正是由于夏中义对于文学认识论的超越,在他试图构建新的文艺理论体系时,其对于文学流程的阐释一改当时几乎所有文艺学统编教材以生活为起点的流行模式,把素材作为逻辑起点,并将素材定义为"多元心理融合的统觉性印象"。相对于金开诚把文艺创作界定为以自觉的表象运动为核心而实现的表象活动、思维活动和情感活动的有机结合的观点,夏中义以"多元心理融合的统觉性印象"为起点的文学素材论、文学想象论、文学灵感论等文艺心理阐释,"彻底纠正了把素材等同于生活和把文学看成是认识的机械论倾向"。① 我们不敢说作为"文艺探索书系"之一的《艺术链》已经构建了全新的文论体系,但其关于文学素材内涵的心理阐释和心理内化过程的分析、关于文学想象心理可塑性的描述、关于文学灵感非自觉性心理

---

① 刘辉扬:《艺术链·序二》,上海文艺出版社,1988年,第15页。

奥秘和心理距离的揭示等,的确在新时期文艺心理学研究进程中添加了建设性元素。更为可贵的是,作为新时期文艺心理学研究的参与者,夏中义表现出了更为自觉的学科评估意识和学术反思意识,其《新潮的螺旋——新时期文艺心理学批判》(《文学评论》1989年第2期)应当说迄今为止仍是描述新时期文艺心理学发展历史的重要参照。

二、文艺学的科学主义探索:科学新方法论的借鉴与拓展

20世纪70年代末,伴随着改革开放政策的实施,封闭的国人惊讶地看到了中国与西方在经济、科技等诸多方面巨大的差距。面对这样的现实,强烈的现代化吁求在国人和政府的双重推动下,很快形成了汹涌强劲的现代化思潮。20世纪80年代初,在汹涌的现代化思潮推动下,西方新科学、新技术不断涌入中国。与之相伴随,西方自然科学方法论,即以系统论、信息论、控制论为代表的"老三论"和以耗散结构论、协同论和突变论为代表的"新三论",也被大量译介到中国。

新科学、新技术和新方法论的不断引入,不仅冲击着人们的知识体系,而且带来了人们思维方式的变化;不仅影响着科技界的知识更新,而且推动了社会科学、人文学科的观念变革和研究方法的丰富。就文艺学而言,新时期文艺实践的重大转折和文学创作的日益繁荣,使得1949年后逐步形成的单一的"社会—历史"研究模式越来越不能适应变化了的文艺现实;而自然科学方法论的译介和研究,适时迎合了文艺研究中更新理论观念、丰富研究方法的理论渴望。由此,在内外因的双重推动下,中国文艺理论界在20世纪80年代初期形成了一股借鉴科学主义方法论研究文艺现象的潮流,以至于1985年被称为文艺理论的"方法年"。

今天看来,借鉴科学主义方法论研究文艺现象当属典型的跨学科研究。比起文艺心理学的跨学科研究实践,尽管心理学也属于科学的范畴,但由于心理学本身存在着科学主义和人本主义的分野,且文艺心

理学的研究成就因文学的"人学"基因并没能在科学的维度上更多地展开,所以,新时期文艺学的科学主义思潮尽管没有呈现出比文艺心理学更大的理论建树,但在声势上显示出了更大的跨度和更加突出的跨学科色彩。其中,文艺系统论、文艺信息论、文艺控制论堪称这一思潮中的主要支流。

(一)新时期文学系统论的发展描述

1. 一般系统论简述

一般系统论来源于生物学中的机体论,是在研究复杂的生命系统中诞生的。1925年,英国数理逻辑学家和哲学家怀特海在《科学与近代世界》一文中提出用机体论代替机械决定论,认为只有把生命体看成是一个有机整体,才能解释复杂的生命现象。1924—1928年,奥地利理论生物学家贝塔朗菲多次发表文章表达一般系统论的思想,提出生物学中有机体的概念,强调必须把有机体当作一个整体或系统来研究,才能发现不同层次上的组织原理。他在1932年发表的《理论生物学》和1934年发表的《现代发展理论》中提出用数学模型来研究生物学的方法和机体系统论的概念,把协调、有序、目的性等概念用于研究有机体,形成了研究生命体的三个基本观点,即系统观点、动态观点和层次观点。1937年,贝塔朗菲在芝加哥大学的一次哲学讨论会上第一次提出一般系统论的概念。但由于当时生物学界的压力,没有正式发表。1945年,他发表《关于一般系统论》的文章,但不久毁于战火,没有引起人们的注意。1947—1948年,贝塔朗菲在美国讲学和参加专题讨论会时进一步阐明了一般系统论的思想,指出不论系统的具体种类、组成部分的性质和它们之间的关系如何,存在着适用于综合系统或子系统的一般模式、原则和规律,并于1954年发起成立一般系统论学会(后改名为"一般系统论研究会"),促进一般系统论的发展,出版《行为科学》杂志和《一般系统年鉴》。1968年,贝塔朗菲出版专著《一般系统论——基础、发展和应用》，总结了一般系统论的概念、方法和应用。1972年，他发表《一般系统论的历史和现状》，试图重新定义一般系统论。贝塔朗菲认为，把一般系统论局限于技术方面、当作一种数学理论来看是不适宜的，因为有许多系统问题不能用现代数学概念表达。一般系统论这一术语有更广泛的内容，包括极广泛的研究领域，其中有三个主要的方面。第一，关于系统的科学，又称数学系统论。这是用精确的数学语言来描述系统，研究适用于一切系统的基础学说。第二，系统技术，又称系统工程。这是用系统思想和系统方法来研究工程系统、生命系统、经济系统和社会系统等复杂系统的应用理论。第三，系统哲学，它研究一般系统论的科学方法论的性质，并把它上升到哲学方法论的地位。贝塔朗菲把一般系统论扩展到系统科学的范畴，包括了系统科学的三个层次，但是，现代一般系统论的主要研究内容尚局限于系统思想、系统同构、开放系统和系统哲学等方面，而系统工程专门研究复杂系统的组织管理的技术，成为一门独立的学科，并不包括在一般系统论的研究范围内。在贝塔朗菲的理论中，系统思想是其认识基础，是对系统的本质属性的根本认识，系统思想的核心问题是如何根据系统的本质属性使系统最优化。而整体性、关联性、层次性、统一性则是构成系统本质属性的几个核心元素。所谓整体性是指，虽然系统是由要素或子系统组成的，但系统的整体性能可以大于各要素的性能之和；因此在处理系统问题时要注意研究系统的结构与功能的关系，重视提高系统的整体功能；任何要素一旦离开系统整体，就不再具有它在系统中所能发挥的功能。所谓关联性是指系统与其子系统之间、系统内部各子系统之间和系统与环境之间的相互作用、相互依存和相互关系，离开关联性就不能揭示复杂系统的本质。所谓层次性是指，一个系统总是由若干子系统组成，该系统本身又可看作更大的系统的一个子系统。所谓统一性是指，一般系统论承认客观物质运动的层次性和各不同层次上系统运动的特殊性,这主要表现在不同层次上系统运动规律的统一性,不同层次上的系统运动都存在组织化的倾向,而不同系统之间存在着系统同构。系统同构是一般系统论的重要理论依据和方法论基础。系统同构一般是指不同系统的数学模型之间存在着数学同构。一个系统根据研究的目的不同可以得出不同的同态模型,而对于结构和性能不同的系统,它们的同态模型的行为特征却可能存在着形式上的相似性。不同的学科领域之间和不同的现实系统之间存在着系统同构的事实,是各学科进行横向综合和建立一般系统论的客观基础。在一般系统论的理论中,开放系统是一个重要的基本概念。开放系统的特点是系统与外界环境之间有物质、能量或信息的交换。封闭系统则与此相反,它与外界环境之间不存在物质、能量或信息的交换。用系统思想来观察现实世界,几乎一切系统都是开放系统。一般系统论的广泛应用,不但引起科学技术界的广泛重视,而且也引起哲学界的浓厚兴趣。贝塔朗菲认为,系统作为新的科学范畴所引起的世界观方面的变化,就是系统哲学所要探讨的问题。

贝塔朗菲创立的一般系统论,从理论生物学的角度总结了人类的系统思想,运用类比和同构的方法,建立了开放系统的一般系统理论。其后,一些物理学家、生物学家和化学家还在各自的领域中沿着贝塔朗菲开创的开放系统理论深入研究一般系统论,并得到了关于复杂系统的一系列重要规律。其中最著名的有:I.普里戈金的耗散结构理论,M.艾根的超循环理论,H.哈肯的协同学,拉兹洛的广义进化论等。比较而言,贝塔朗菲把整体性作为系统的核心性质,并把生物体的机体性视为这种整体性的典范。但其过分强调整体性、有序性和统一性,而完全否定局部性、无序性和分散性的观念,也受到了后来研究者如普里高津、埃德加·莫兰等的质疑。在他们看来,一般系统论实质上把整体性、组织性的概念等同于"有序性"的概念,以致使系统论与机械论的对立几乎变成了有序性观念与无序性观念的对立。在一个系统中,无序性确实起消极的破坏的作用,但它也具有积极的促进重建的作用;莫兰强调的"从噪声产生有序"的原理试图说明,组织性作为重组、发展的有序性实际上是有序性和无序性的统一。当然,从总的认识发展的历史过程来看,贝塔朗菲这种认识局限性也是可以理解的。在经典力学和经典热力学统治科学思想领域的时期,宜于先用组织的有序性的观念来反对机械的无序性的观念;但在科学思想进一步发展的过程中,认识应当从有序性和无序性根本对立的方面过渡到它们对立统一的方面。这符合认识的辩证法的正—反—合的发展过程。

20世纪90年代,圣菲研究所的复杂适应系统理论更把系统论研究推向一个新的高度。贝塔朗菲的系统论研究的是一个中心的个体,而圣菲研究所研究的是无中心的群体。贝塔朗菲的系统实行自上而下的集中控制,而圣菲研究所的系统实行由下而上的分散协调。前一种控制方式因此是预设的、自觉的、固定的,而后一种控制方式是后生的、自发的、演变的。前一种系统的动力之源在整体、中枢,是整体赋予部分以活力;后一种系统的动力之源在个体、基层——因为只有个体是有意识、有目的的积极活动的主体,是它们的交互作用形成了无意识的整体的宏观秩序。

从一般系统论到复杂性系统理论,其间有一个螺旋上升的科学发展过程。对于社会科学和人文学科而言,一般系统论和复杂性系统理论都有着世界观和方法论意义上的启示。回到20世纪80年代的语境,一般系统论对于新时期中国文艺学研究的贡献主要在于整体性、关联性等系统概念促成了文艺学与系统论跨学科研究的开展和文艺系统研究的深化。

2. 新时期文学系统论发展描述

新时期初期,科技界关于新方法论的讨论很快引起了中国哲学界的重视。1980年初，中国社会科学院哲学所率先在《哲学研究》发表评论员文章，呼吁开展科学方法论研究；随后，哲学所召开了关于系统论、控制论、信息论的方法论意义的专题座谈会，并先后发表多篇文章进行探讨。在《哲学研究》的推动下，1981年到1982年间，中国哲学界逐渐形成了探讨方法论问题的热潮，并很快波及社会科学和人文学科等相关领域。

文艺学界和美学界借鉴科学新方法论研究文学大约从1982年开始。张世君发表于《外国文学研究》1982年第4期的论文《哈代"性格与环境小说"的悲剧系统》一般被看成较早运用系统论方法研究文学作品的比较成熟的理论文章；高尔泰发表于《当代文艺思潮》1982年第2期的论文《现代美学与自然科学》则是较早将科学新方法论运用于美学研究的探索文章。其后，一批研究者借鉴系统论方法从各种角度和层次对文学艺术进行了跨学科研究，推出了一系列具有建设意义的研究成果。诸如：曾永成的《运用系统论原理进行审美研究试探》(《四川师院学报》1982年第4期)、朱大可的《从媒介系统看艺术的历史演变》(《华东师范大学学报》1983年第1期)、凌继尧的《系统方法对文艺和文化问题的研究》(《美学评林》1983年第4期)、《美学和系统方法刍议》(《南京大学学报》1983年第3期)、林兴宅的《论阿Q的性格系统》(《鲁迅研究》1984年第1期)、《论文学艺术的魅力》(《中国社会科学》1984年第4期)、《科技革命的启示》(《文学评论》1984年第6期)、《论系统科学方法论在文艺研究中的运用》(《文学评论》1986年第1期)、《系统科学方法论与文艺观念的变革》(《天津师大学报》1986年第3期)、《系统论对艺术认识论的启迪》(《文艺争鸣》1988年第4期)、李希贤的《系统论对典型研究的适用性》(《黄石师院学报》1984年第1期)、朱振亚的《艺术活动的系统分析》(《当代文艺思潮》1984年第2期)、季红真的《文学批评中的系统方法与结构原则》(《文艺理论研究》1984年第3期)、鲁萌的《诗歌的信息系统概论》(《当代文艺思潮》1984年第4期)、南帆的《文学批评的有机整体意识》(《当代文艺思潮》1984年第4期)、杨建民的《论艺术的观察系统》(《福建论坛》1984年第4期)、程文超的《从反馈角度看陈奂生系列小说的创作——兼谈文学是一个系统》(《当代文艺思潮》1984年第5期)、肖君和的《关于艺术系统的分析与思考》(《当代文艺思潮》1984年第6期)、《用现代科学和方法揭开美的奥秘》(《当代文艺思潮》1985年第3期)、刘煜的《文学的有机整体性和文艺理论的系统性》(《文艺报》1984年第11期)、金开诚的《系统论与文史研究》(《文史知识》1984年第6期)、颜泽贤的《从自然科学奔向社会科学》(《学术研究》1984年第6期)、陈元麟的《散文诗的系统分析》(《当代文艺探索》1985年第1期)、陶同的《从微观人脑和宏观社会等动态系统看形象思维的特点》(《当代文艺思潮》1985年第1期)、孙凯飞的《系统方法是我们时代的方法》(《江海学刊》1985年第2期)、王善忠的《科学技术革命与文艺研究》(《学习与探索》1985年第5期)、朱丰顺的《运用系统论研究文艺》(《文艺研究》1985年第3期)、陆贵山的《论文艺学方法论的层次结构和相互关系》(《文艺争鸣》1986年第1期)、王世德的《系统论给美学的启发》(《江西社会科学》1986年第3期)、朱文华的《关于"文艺活动系统"的考察——兼论文艺的本质、特征和功能》(《学术月刊》1986年第3期)、周来祥的《现代自然科学方法和美学、文艺学的方法论》(《文学评论》1986年第4期)、段文耀的《文学创作方法系统论》(《新疆大学学报》1987年第4期)、杨春时的《系统美学》(中国文联出版公司,1987)等等。

在新时期文艺与系统论跨学科研究的进程中,《当代文艺思潮》对于革新文艺研究方法的倡导和推介,1985年厦门、扬州和武汉会议对于文艺学新方法论研究的及时总结,高尔泰、周来祥等对于推动科学方法论研究的呼吁，林兴宅、肖君和等对于文学系统论的深入研究构成了这一研究领域中主要的推动因素。

《当代文艺思潮》创刊于1982年，其时正值中国新时期文艺学蓬勃发展的肇始，也是新时期文艺学借鉴科学方法论进行跨学科研究的初步探索阶段。创刊之初，《当代文艺思潮》将其自身定位于"研究当代文艺思潮，追踪文艺发展趋势，开拓文艺研究领域，革新文艺研究方法"的理念，显示了其关注当代文艺学研究现状和发展趋势、志在拓展研究视野和方法的强烈愿望。作为一份处于偏远西北且仅仅聚焦于当代文艺学的纯理论刊物，《当代文艺思潮》的辉煌和陨落不啻为一个研究新时期文艺生态的绝佳个案。就新时期文艺学借鉴科学方法论进行跨学科研究的进程描述而言，《当代文艺思潮》亦可作为从萌生、繁盛到走向衰落的标本。值得推介的是，《当代文艺思潮》创刊后的第2期，即开辟"美学与文艺学的现代化问题"专栏，发表了高尔泰的长文《现代美学与自然科学》，快速呼应和较早捕捉到了科学方法论的借鉴价值和意义。其后，在其短短六年的办刊历程中，《当代文艺思潮》集束发表了大量有关系统论、信息论、控制论、心理学、符号学、接受美学等探讨文艺学研究方法论的文章，对新时期文艺学借鉴科学方法论进行的跨学科研究起到了巨大的推动作用。

在新时期文学系统论的研究领域中，林兴宅无疑是最为典型的代表，他的一系列研究成果代表了当时文艺系统论研究的基本观点和最高成就。首先，林兴宅肯定了系统方法论的革命性意义并概括了应用于文艺学研究的基本原则。林兴宅认为："系统科学方法的运用，涉及人类文明的一切领域，它不仅具有方法论意义，而且具有世界观意义。"[①]在林兴宅看来，从思维方式的角度看，系统科学的方法可以借鉴

---

① 林兴宅:《论系统科学方法论在文艺研究中的运用》,《文学评论》1986年第1期。

到文艺学研究的基本原则有：整体性原则，即把一切研究对象都作为一个整体来考察，因为离开了整体，构成整体的部分可能发生质变，整体也不等于各个部分的简单相加；结构性原则，即研究一个对象时，不仅要把它看成一个整体，而且要把它看成各个部分按照一定方式组合起来的结构；层次性原则，即把整个世界视为由各种不同等级的系统交织起来的、具有复杂层次性的网状结构，要把对象放到不同的层次中揭示其不同的性质；动态性原则，就是要不仅研究对象的静态结构，而且要把对象看成是动态的、生成的，要研究其运动形式和内在机制；相关性原则，即要把研究对象放到更大的系统中来考察，研究这个系统与其周围的系统的联系，要在联系中拓展思维空间。作为系统科学方法论内涵的基本要素，上述五个原则的核心是有机整体观念，其方法论的启示意义即在于要用联系的、动态的、反馈的观点看待一切事物和现象。就文艺研究而言，文艺是一个多参数和多变量的复杂系统，文艺创作和文艺欣赏这一动态系统又存在一定的随机性和模糊性，只有运用系统的方法才能逐步解释它的奥秘。其次，林兴宅对于典型人物的系统分析为系统论在文学批评中的应用树立了典范。这方面最有影响的文章是《论阿Q的性格系统》。在林兴宅看来，对于阿Q这样的具有永久魅力的复杂典型，几十年来各种评论莫衷一是，根本原因在于评论者运用的思维方法是一种传统的、单一的、静态的、封闭的思维模式；要深入充分认识阿Q形象，避免各执一端的片面性，必须在思维方法上进行变革。那就是要"用有机整体观念代替机械整体观念；用多向的、多维联系的思维代替单向的线性因果联系的思维；用动态的原则代替静态的原则；用普遍联系的复杂综合的方法代替互不关联的逐项分析的方法"。也就是说，要"把阿Q性格作为一个系统（即一个有机的整体）来研究，考察系统内部各种性格因素的联系以及它们构成整体的结构和层次，从它们的有机联系中把握阿Q性格自身的规定性，即它固有的本质"①。根据这样的批评观念，林兴宅对阿Q性格系统做了全新的评析。根据林兴宅的分析，阿Q性格系统包含了可以从人物性格分析层面得出的自然质、从读者接受层面得出的功能质和从不同批评理论角度得出的系统质。在自然质层面，阿Q性格具有十个基本的矛盾元素：质朴愚昧而又狡黠圆滑、率真任性而又正统卫道、自尊自大而又自轻自贱、争强好胜而又忍辱屈从、狭隘保守而又盲目趋时、排斥异端而又向往革命、憎恶权势而又趋炎附势、蛮横霸道而又懦弱卑怯、敏感禁忌而又麻木健忘、不满现状而又安于现状。基于这些矛盾元素，林兴宅将阿Q性格概括为两重人格、退回内心和泯灭意志三大特征，而三大特征互为因果，又构成了阿Q性格的复杂整体，进而显示了阿Q的认识、情感、意志等的心理内涵，提供了奴性心理的典型形式。作为一个整体，阿Q性格的各种元素通过特征的联系构成了复杂的、不可分割的、被奴性典型这一自然质制驭的网状结构，孤立地考察某种性格元素，不可能正确全面理解阿Q性格的本质。作为一个整体，阿Q性格也便具有了巨大的概括力，它使阿Q形象具有了超越阶级、时代、民族的普遍意义。基于阿Q性格自然质的巨大概括性和普遍意义，在不同时间和地域，欣赏者又赋予了阿Q性格不同的功能质。在功能质层面，林兴宅将阿Q性格概括为半封建半殖民地旧中国失败主义的象征、中华民族国民劣根性的象征、超越民族的世界荒谬性的象征。在功能质层面，阿Q性格同样显示出复杂的整体性，从社会学的角度看，阿Q是乡村流浪雇农的写照；从政治学的角度看，阿Q性格是专制主义的产物；从心理学的角度看，阿Q性格是轻度精神病患者的肖像；从思想史的角度看，阿Q性格是庄子哲学的寄植者；从近代史的角度看，阿Q性格是辛亥革命的一面镜子；从哲学的角度看，阿Q性格是异化的典

---

① 林兴宅：《论阿Q的性格系统》，《鲁迅研究》1984年第1期。

型。林兴宅认为:"自然质是对阿Q性格自身固有的基本性质的规定,功能质是阿Q性格在不同时空条件下的典型意义的历史规定,系统质是对阿Q性格在社会大系统中所产生的各种社会性的综合规定。它们共同组成了对于阿Q性格的系统认识。"[1]可以说,林兴宅运用系统论方法对阿Q性格的分析,是文艺学借鉴科学方法论进行跨学科研究的成功尝试,为文艺系统论在人物分析方面的运用树立了典范。第三,林兴宅对于艺术魅力的系统阐释,达到了运用系统论对文艺本体进行跨学科研究的完美衔接。在《论文学艺术的魅力》(《中国社会科学》1984年第4期)一文中,林兴宅一改传统文艺学从文学作品的内容、形式等诸方面考察艺术魅力的惯常做法,运用系统科学的方法和整体、动态的观念,通过对艺术魅力的本质探索、艺术魅力的静态分析和艺术魅力的动态考察,得出了全新的关于艺术美的系统结论。林兴宅认为,艺术魅力不是纯粹的对象的客观属性,而是欣赏者对作品的审美关系的产物,具有系统性、多因性、动态性等整体特点;艺术魅力产生的内在根据是文艺作品的美学结构和欣赏者审美心理结构的对应;从静态上看,文艺作品的美学结构包含了真实性、新颖性、情感性、蕴藉性等基本审美元素;从动态上看,艺术魅力的实现是一个生成的过程,是文艺作品的美的信息对欣赏者的刺激与欣赏者审美心理结构中历史积淀产生合力的结果;艺术魅力本质上是文艺作品的复杂功能体系所产生的综合美感效应。林兴宅的这些研究,一定程度上实现了文艺学研究"由经验陈述到科学模式化的转换"[2],尽管科学并不一定能够完全解决以情感性为主要特点的文艺的很多问题,但科学方法跨学科研究尝试毕竟可以成为文艺学研究的一个维度。

---

[1] 林兴宅:《论阿Q的性格系统》,《鲁迅研究》1984年第1期。
[2] 张婷婷:《中国20世纪文艺学学术史(第4部)》,上海文艺出版社,2001年,第81页。

（二）新时期文艺信息论的发展描述

信息论是一门运用概率论和数理统计的方法研究信息的度量、传递和变换规律的科学。一般而言，信息论主要是研究通讯和控制系统中普遍存在的信息传递的共同规律以及如何解决系统信息传输的有效性和可靠性的基础理论。信息论是由美国数学家香农提出的，人们通常把香农1948年在《贝尔系统技术学报》上发表的论文《通讯的数学理论》作为现代信息论研究的开端。

作为"老三论"之一，方法论意义上的信息论往往为系统论所包容，钱学森甚至认为"三论"的说法不科学，控制的概念、信息的概念都包括在系统之中。在中国新时期文艺学的科学主义探索潮流中，文艺信息论很多时候也往往伴随文学系统论进行研究或者被文艺系统论所遮蔽，所以，相对于文艺系统论而言，新时期文艺信息论的研究并没有获得充足的学理成果。但是，基于探索文艺学多元方法的热潮，文艺创作、文艺欣赏的过程与信息的传输、接受过程又似乎存在着外在的形似，一些研究者仍然对文艺与信息的跨学科研究付出了努力并取得了一些成果。

据资料梳理，新时期运用信息论研究文艺学和美学的主要成果有：李欣复的《形象思维与信息论》（《当代文艺思潮》1983年第5期）、《论审美信息和审美系统》（《学术论坛》1985年第11期）、《审美信息形态三个世界论》（《求索》1992年第4期），沈敏特的《当代文学——新的社会信息》（《文学评论》1984年第3期），陈伟的《文学作品的符号是怎样传达信息的》（《学术月刊》1984年第4期），陶同的《从信息流程看艺术创作本质的层次》（《求是学刊》1984年第5期），姜庆国的《谈谈信息论美学》（《百科知识》1984年第10期）、《信息论美学初探》（《当代文艺思潮》1985年第1期）、《信息论美学及其发展》（《未来与发展》1985年第4期），王明居的《信息与艺风格的形成》(《学术月刊》1984年第6期),朱立元的《重要的信息反馈器——文艺评论与创作的关系之新探》(《文汇报》1984年8月7日),陈辽的《文艺信息学》(《当代文艺思潮》1985年第1期)、《文艺信息学》(人民文学出版社,1986),杨建民的《论艺术传达》(《当代文艺探索》1985年第1期),野桃的《运用信息论研究文艺与美学》(《文艺研究》1985年第3期),王一川的《从信息观点看艺术》(《当代文艺思潮》1985年第3期),金克木的《谈信息论美学》(《读书》1985年第7期),蔡运桂的《信息论与文学创作》(《华南师范大学学报》1986年第4期),颜纯钧的《文学的信息论问题》(《当代文艺思潮》1986年第6期),穆纪光的《信息论与美学研究》(《延边大学学报》1987年第1期),涂途的《信息论美学和"审美信息"范畴》(《文艺研究》1988年第6期),周斌的《信息论美学与电影批评》(《复旦学报》1990年第6期),潘泽宏等的《文艺活动系统中审美信息的传递》(《理论与创作》1992年第4期),祁永芳的《新时期文艺学研究与信息论方法》(《文艺理论研究》2012年第3期)等。

  新时期文艺信息论研究主要涉及两大指向的内容:一是对于西方1950—1960年代产生的信息论美学的介绍和借鉴;二是在借鉴西方已有探索成果的基础上,运用信息论方法对文艺系统、创作过程、审美信息等文艺现象和概念进行了具体研究。其中,姜庆国较早关注了西方的信息论美学研究并进行了介绍,他对于西方信息论美学产生过程的梳理,对于信息论美学的特征、出发点、方法论、具体内容和实际应用的概要介绍,无疑为中国新时期文艺信息论的探索提供了参照和坐标。① 稍后,王一川对于艺术本质上是一种审美信息的判断和对于艺术家和读者在审美信息创造过程中的作用的分析,可以称得上是一篇扎实的

---

① 姜庆国:《信息论美学初探》,《当代文艺思潮》1985年第1期。

信息论方法的应用之作。另外,蔡运桂借鉴信息论对于文艺创作从生活信息源到作家和读者进行信息处理和创造的全过程的类比和描述①,周斌借鉴信息论美学对于电影批评中的信息分析和各种信息比例关系的阐释等②,都将信息论方法的跨学科应用拓展到了更为广阔的领域。

在新时期文艺信息论研究的阵营中,李欣复较早借用信息论方法对形象思维、审美信息和审美系统等进行了探索。作为一位文艺理论家,李欣复表现出了对于科学的敏感性,在他看来,艺术中的形象思维随艺术活动分工不同而有不同的形式,但它们的共同特点都是对形象性信息的反映和处理。由此,李欣复看到了形象思维研究与信息论的关联。以此为出发点,李欣复运用信息论的科学方法,具体研究了形象思维的基本形式规律并提出了抽象公式。③ 在这里,李欣复研究的意义不在于研究内容本身,而在于他初步证明了形象思维作为人类思维中的一种形式规律,是可以进行科学分析的。同时,李欣复也看到了审美信息的特殊性,他关于审美信息具有感性愉悦的直接性和理性快慰的间接性的辩证统一、形式和内容两方面都表现为新颖性和可理解性的辩证统一、内容含义的确定性与不确定性的辩证统一的概括④,显示了他对于美学进行科学分析的审慎态度。在文艺学借鉴科学方法进行跨学科研究的初期,这样的审慎态度是值得肯定的。

相对于上述研究,陈辽的研究显得全面而富有学科建设意图。在总结、概括已有研究的基础上,陈辽认为,文艺信息学是以信息的文艺加工,文艺信息的形态,文艺信息的功能,文艺信息的传播、处理和利用

---

① 蔡运桂:《信息论与文学创作》,《华南师范大学学报》1986 年第 4 期。
② 周斌:《信息论美学与电影批评》,《复旦学报》1990 年第 6 期。
③ 李欣复:《形象思维与信息论》,《当代文艺思潮》1983 年第 5 期。
④ 李欣复:《论审美信息和审美系统》,《学术论坛》1985 年第 11 期。

为研究对象的一门新兴边缘学科。从主要内容上看,文艺信息学首先研究文学艺术家怎样以不同的符码加工自然信息和社会信息,这实际上就是关于艺术创作的信息学分析。在信息学的视域内,所谓艺术创作,就是以艺术的方式接收、加工和反馈自然信息和社会信息并在作品中表现出来,它是作为客体的信息与作为主体的文学艺术家的统一。其次,文艺信息学的内容还包括对文艺信息的形态及其历史发展的研究,这也可以看成是文艺发展史的信息学观照。第三,文艺信息学还应该研究文艺信息的功能,即它对文艺创作、文艺评论、文艺决策、文艺欣赏等所起的作用。第四,文艺信息学要研究如何解决文艺信息的传播、处理和使用问题,以使文艺信息及时地、更好地发挥其作用与功能。在文学居于话语中心的"八十年代",陈辽对于文艺信息学的介绍更多属于学科知识普及的层次,其《文艺信息学》作为文学爱好者丛书之一出版也显示了这一定位和指向,但正是对于这些基本问题的辨析和界定,在跨学科研究多停留在宏观倡导、简单移植的初始阶段,着眼于基本概念和范畴的研究更显得必要和具有建设意义。

(三)新时期文艺控制论的发展描述

控制论是研究各类系统(包括人类、动物、组织、机器等)内部信息输出、交换、反馈、调节、控制等数学关系和一般规律的科学。作为"老三论"之一,控制论与系统论、信息论密切相关,控制是系统内或系统间的控制,控制的内容则是信息的传递、反馈与控制。完整的控制论思想由美国数学家诺伯特·维纳于1948年提出,其代表作是《控制论——关于在动物和机器中控制和通讯的科学》。到了20世纪80年代,控制论的思想和方法已经渗透到了几乎所有的自然科学和社会科学领域。

在新时期文艺学的科学主义探索潮流中,控制论的思想和方法同样受到了文艺理论家的关注和借鉴。在文艺理论家看来,文艺是一个系统,生活、作家、创作、欣赏同样是一个系统并同时组成了文艺这个大的系统,其间既存在着作家、读者等主体间的信息传递和反馈,也存在着作家对于信息的调节与控制。所以,基于发展和繁荣文艺学方法和探求文艺"黑箱"奥秘的热望,一些研究者推出了一系列文艺控制论方面的研究成果。

据资料梳理,新时期运用控制论研究文艺学和美学的主要成果有:黄海澄的《从马克思主义和现代控制论观点看审美现象》(《世界艺术与美学》第3辑,文化艺术出版社,1984)、《从控制论的观点看美的客观性》(《当代文艺思潮》1984年第1期)、《从控制论的观点看美的功利性》(《当代文艺思潮》1984年第3期)、《控制论的美感论》(《文艺理论研究》1985年第4期)、《控制论与美学研究》(《青海社会科学》1986年第2期),王兴华的《写作控制论初探》(《延边大学学报》1984年第3期),程文超的《从反馈角度看陈奂生系列小说的创作》(《当代文艺思潮》1984年第5期),紫川的《运用控制论研究文艺与美学》(《文艺研究》1985年第3期),陈飞龙的《文艺控制论初探》(《文艺研究》1986年第1期),朱丰顺的《试论控制论及其在文艺学中的运用》(《天津社会科学》1987年第2期),胡义成的《审美控制论论纲》(《西北大学学报》1988年第4期),涂途的《控制论美学的产生及其走向》(《文艺研究》1989年第5期)、《熵、反馈、模拟与美的规律——控制论美学研究的几个问题》(《湖北社会科学》1989年第2期)、《控制论美学中几个争议的问题》(《徐州师范学院学报》1990年第1期)等。其中,陈飞龙、胡义成等较全面地梳理了文艺(审美)控制论宗旨、内容、对象、方法等基本问题,黄海澄的研究则在美学研究领域借鉴控制论观点分析了一些有争议的基本问题,其研究具有时代的特点并涵盖了较为宽阔的领域。

相对于新时期文艺系统论的研究成果,新时期文艺控制论显得单薄且缺少亮色。但是,陈飞龙、胡义成等人的研究还是给出了关于文艺控制论的基本构想。根据陈飞龙的理解,控制论是研究各种控制系统的共同规律的学科,它主要抓住生物机体、机器装置和社会等性质不同的系统存在的诸如信息交流、定向控制、反馈调节、自组织、自适应等共同规律和特征,通过数学方式使之抽象化、形式化并使其成为适用于各个学科的共同语言、通用模式和基本方法,进而研究和阐述生物系统、自控系统和社会系统的复杂现象。相对于信息论而言,信息论主要着眼于信息的描述和度量,控制论则主要着眼于信息的处理和控制;相对于系统论而言,系统论主要是一种宏观上的理念和理论,是包含着信息方法和控制方法的更大的研究对象,控制论则是研究系统内整体与部分、部分之间以及整体与环境之间的联系、制约和控制,从而达到系统的最优化。根据陈飞龙的梳理,20世纪50年代开始,西方一些学者已经开始将控制论的观点和方法应用于文艺研究领域,1960年代出现了一些研究专著,但多局限于艺术思维和艺术创造机制的研究且很多属于设想和推理。根据这一基础,陈飞龙认为,文艺控制论的研究对象是整个文艺活动的过程和机制,它用系统功能、信息、控制及反馈等新的观点和新的角度来考察文艺现象,由此试图建立自己的概念体系和基本原理。文艺控制论的基本方法是数学方法,它试图通过建立模型、模拟仿真等为文艺研究的量化方式提供可能;试图通过对文艺活动过程的复杂性给予精确的描述和分析,揭示文艺系统中调节与控制的一般规律,为文艺活动和文艺决策提供量化依据。在陈飞龙看来,文艺控制论系统包括管理系统和思维系统,管理系统的控制与调节存在更多量化的可能,而思维系统的控制与调节则更为复杂,所以,对于文艺控制论的作用虽然不能拔得过高,但其"精确的定量研究和实验将为马克思主义美学、文艺学提供精确的根据,并可充实和发展马克思主义美学、文艺学"。①

---

① 陈飞龙:《文艺控制论初探》,《文艺研究》1986年第1期。

相对而言,黄海澄的控制论美学研究更有针对性。与多数研究者着眼于宏观或一般意义上的文艺控制论的普泛研究不同,黄海澄的一系列文章都将研究重点放在了运用控制论观点解决美学领域中业已存在的有争议的基本问题上。比如,对于美学研究中长期存在争议的美是客观的、主观的或者主客观的统一这一聚讼纷纭的公案,黄海澄尽管也承认三说之外难以另辟新说,但"随着科学的发展,随着人们认识水平的提高,却可以做出新的解释"。在他看来:"美是客观的,但是,它又不像物质、能、自然界的天然信息那样,可以先于认识它的主体而生成,可以根本没有观赏它的主体而存在。""美是生成的。它的生成过程与能够欣赏它的主体的系统发育与发展过程有同步性和耦合关系,它是适应主体系统发育与发展过程中的自调节的需要而产生,并在与能够欣赏它的主体系统的相互作用中而发展的。"①基于此,黄海澄运用控制论的"关系""层次""耦合"等概念一一论证了绝对客观论、西方美学占主导地位的主观论和主客观统一说的不足及其思维模式上的原因,从而得出自己关于"美是客观的"的新的内涵。其后,黄海澄运用控制论观点,进一步阐释了美的功利性、美感等许多美学基本问题。应当说,正是由于这种研究的针对性,尽管单靠黄海澄一己之力或者控制论一个角度依然不可能解决美学领域中关于一些基本问题的争议,但其问题意识和新的角度的确为文艺控制论研究赢得了较为实在的成果,也为文艺学借鉴控制论进行的跨学科研究增添了一些尝试的经验和价值。

(四)新时期文学科学主义探索的争议和价值评估

新时期文艺学、美学领域的科学主义方法论探索,除了对系统论、信息论、控制论的借鉴和研究之外,关于耗散结构理论、协同论、突变理

---

① 黄海澄:《从控制论的观点看美的客观性》,《当代文艺思潮》1984年第3期。

论等"新三论"以及模糊数学、测不准原理等理论的借鉴和研究也时有涉及。吴竹筠、夏中义的《"测不准原理"与现代派文学的鉴赏》(《名作欣赏》1983年第2期)将文艺学跨学科的视角触及了现代物理学;林兴宅的《文明的极地——诗与数学的统一》(《文学评论》1985年第4期)、王世德的《论模糊数学给美学的启示》(《学术月刊》1985年第1期)、高从宜的《美学研究与模糊数学》(《当代文艺思潮》1985年第2期)则试图借鉴模糊数学的概念回答诗学问题;丁和的《耗散结构论对文学研究的启迪》(《社会科学》1986年第12期)、德万的《突变理论与人物塑造》(《当代文艺思潮》1985年第2期)、丁宁的《论审美趣味自组织的协同性》(《当代文艺思潮》1985年第2期)等将文艺学借鉴科学方法论的触角伸向了"新三论"。但是,比起文艺系统论等的研究成果,"新三论"等理论在文艺学、美学中的借鉴和研究成果显得单薄且昙花一现。所以,关于新时期文艺学的科学主义探索的争议和价值评估,仍需以文艺系统论、文艺信息论和文艺控制论为主要对象。

1. 关于新时期文艺科学主义探索的争议

新时期以来,尤其是1985年前后,对于文艺学、美学界引入科学方法论进行的研究及其意义,一直存在很大的争议。

在倡导者看来,文艺学、美学借鉴自然科学方法论,既是现代社会对文艺研究提出的新要求,也是打破长期以来单一化的文艺研究模式的重要途径。早在1982年,高尔泰曾经预言:"社会科学、人文科学同自然科学相结合,这是当前伟大的时代潮流。顺应这一潮流,是美学进步的必由之路。"①文艺系统论的主要实践者林兴宅则在新科技革命的浪潮中感到了革新文艺研究方法论的重要性和紧迫性,他认为:"在文艺研究中引进'三论'的尝试,并非赶时髦,而是现代社会对文艺科学

---

① 高尔泰:《现代美学与自然科学》,《当代文艺思潮》1982年第2期。

提出的新要求,是响应科技革命对文艺研究工作者的召唤。"①黄海澄对于科学方法论的推崇建立在对传统文艺学的反思之上,他曾讲:"'三论'的引进势在必行,它反映了人类思维方式面临的重大变革……过去在文艺理论中由于'左'的影响,流行不少简单化的原理……现在用系统的观念可以轻易地驳斥。尤其在理解复杂现象时,系统的功用就更明显。"②

对于现代自然科学方法的思维特征及其在当代美学、文艺学研究中的应用前景,周来祥在《现代自然科学方法和美学、文艺学的方法论》(《文学评论》1986年第4期)一文中给予了较为全面的阐述。他认为,"三论"的出现深化了人们对客观世界互相联系、互相转化、不断运动的认识,新的观念、新的方法在不少方面深化和发展了马克思主义的辩证思维方法,从而也能够给予美学、文艺学研究以方法论启发。基于这样的认识,周来祥从八个方面具体阐述了自然科学方法对于美学、文艺学研究的方法论启迪。第一,由对象自身属性到系统整体属性的把握,这是思维方式的一个进展;第二,由分析—综合的思维模式到综合—分析的思维模式,强调了文艺研究的整体观;第三,由定性分析到定量分析,可以克服艺术研究的印象化;第四,由精确到模糊,更加迫近了文艺的本质特点;第五,从有序到无序和从无序到有序,切合了美和艺术作为社会现象的形态更替规律;第六,从必然规律到随机现象的认识,可以洞察审美艺术活动的随机性现象;第七,由单向到多向,可以克服艺术研究的线性思维,拓展艺术研究的思维空间;第八,由线性圆圈构架到纵横交错的网络式圆圈构架,使整体性、层次性、结构性、相关性思维为揭示文艺复杂系统提供了更为科学的方法构架。周来祥的分析

---

① 林兴宅:《科技革命的启示》,《文学评论》1984年第4期。
② 转引自钱竞:《欲穷千里目,更上一层楼——记扬州文艺学与方法论问题学术讨论会》,《文学评论》1985年第4期。

应当说具有相当的学理价值,而林兴宅对于阿Q性格系统和艺术魅力的系统分析也精彩地印证和展示了自然科学方法论的有效性。

但是,毋庸置疑的是,面对发展着的复杂对象,任何方法都可能会有其进行中的盲点和不足。对于文学艺术这个特殊的精神产品,其情感性、非理性、突发性、随机性等固有特点使得追求精确、有序、可控的科学方法有时也会显示出阐释的公式化、概念化。对此,在1985年于厦门、扬州、武汉召开的三次热烈的文艺学方法论专题研讨会上及其以后,一些论者在充分肯定文艺研究方法论的开拓性成绩的同时,表达了探讨性的质疑和求解愿望。有论者指出:"为自由的、丰富的人的精神世界所决定,艺术把握世界的方式是直观的审美的,纯理性、纯客观地观照审美对象,难以发现美、把握美。而且生活中需要一些非科学、非理性的东西,艺术还需在调节和补偿人的情感方面发挥作用。因此,面前还看不出科学与文学统一的可能和必要。"[①]对于文学评论中存在的对自然科学概念、术语的简单套用现象,南帆指出:"对于作品的美学价值,这些文学批评没有带来新的信息,甚至尚未意识到这个问题。文学批评在其他学科中迷失了自我,批评家在输入其他学科的努力中恰恰淡忘了'文学'的含义。摄取不同学科的概念、术语乃至理论框架时,假如过分忽视文学的独特性质,那么,这种文学批评更像邀请其他学科到文学领域中一试身手,而不是借助其他学科对文学加以更充分、更深刻的解释。这时,相当活泼的文学现象、文学批评却可能重新走向另一种形式的僵化。""一旦文学批评仅仅僵硬地以其他学科的理论框架梳理文学现象,那么文学的一些独特性质恰恰可能从概念与概念之间疏漏而去。"[②]作为在文艺心理学研究领域较早实践文艺学跨学科研究的代表人物,鲁枢元同样表示了对于机械套用科学方法的忧虑,他认

---

① 白烨:《关于方法论问题的争鸣》,《人民日报》1986年4月21日。
② 南帆:《文学批评的研究方法与研究目标》,《文学评论》1985年第4期。

为,文艺创作和欣赏活动中包含许多直觉和体验的心理活动:"'科学方法'有点像一柄解剖刀,它是锋利的、便捷的,却也是冷峻和无情的,其操作和运用的结果,在弄明白了机体的某些结构和组合的同时,常常夺去了机体的生命,它得到了艺术的躯壳,失去了艺术的精灵。"①在对文艺学研究中的科学方法论探讨的质疑中,徐贲的态度更为明确,他在扬州会议的发言中直接表达了对文艺方法论探索中存在的简单的科学主义、实证主义的批评,认为:"用数理统计法分析文学作品,用计算机来统计《红楼梦》的用词情况,这类方法要比一般的考据学还低一个层次。"②基于捍卫文艺研究独立性的立场:徐贲认为:"由于在自然科学和人文科学中,'精确性''科学性''定量''定性'等等概念的含义根本不相同,所以我们不能要求文学研究的结论具有自然科学结论那种一千个人可以重复一千次的经验性。"文学不能沦为自然科学试验方法的"公共租界",而应研究其作为"人学"的本体论价值。③ 相对而言,周宪、张德林等的观点代表了更为多数的意见。周宪一方面承认科学方法论是文艺学研究的一种有效的途径;另一方面也指出,文艺研究的科学化、数学化必须受到文学研究特殊的必要的限定,文学研究的数学化"只是一种辅助性方法,一种为实现特定研究目标所运用的技术性措施"④。张德林也曾指出,"自然科学的思维成果对于我们的文学研究确实有主要的启迪和借鉴意义",但是,由于文学有自身的内在规律,如果"不看文学的特点,把自然科学的某些规律和一般原理,硬套在文学身上,把文学形象和情感的完整性、有机性,加以肢解、割裂成一

---

① 鲁枢元:《艺术精灵与科学方法》,《文艺报》1985 年 7 月 13 日。
② 转引自钱竞:《欲穷千里目,更上一层楼——记扬州文艺学与方法论问题学术讨论会》,《文学评论》1985 年第 4 期。
③ 徐贲:《哲学与文学研究方法论》,《文艺研究》1985 年第 4 期。
④ 周宪:《文学研究方法精确性三题》,《文艺研究》1985 年第 4 期。

条条碎片,使文学科学化、数理化,实际上等于取消文学的规律"①。除了上述引用之外,还有许多研究者伴随着新方法论的探索进程表达了建设性的质疑,诸如孟蒙分析和批评了文艺研究新方法探索中存在的填充化、游离化等不良倾向(《文艺研究新方法探索中的填充化、游离化倾向》,《天津师大学报》1986 年第 3 期),钱念孙指出了新方法论借鉴中不顾艺术规律的借鉴本身的局限性(《新方法的拓展性与局限性》,《当代文艺思潮》1985 年第 5 期),杨文虎批评了新方法借鉴中方法逐新、观念陈旧的现象(《关于文艺研究方法的思考》,《文艺理论研究》1986 年第 2 期)等都有一定的建设意义。

关于新时期文艺学科学主义探索的争议,进入新世纪后,"重评八十年代"的呼声使得一些研究者重又关注和反思了"八五新潮"现象,尤战生、祁永芳、徐爱国、彭海云等在新方法论探索沉寂了十余年后对此给出了更为理性的结论(尤战生:《文艺学研究和自然科学方法——对于我国 80 年代中期文艺学研究方法论热潮的反思》,《山东大学学报》2000 年第 4 期;祁永芳:《文艺学自然科学方法论再反思》,《理论与创作》2010 年第 6 期;徐爱国:《新时期文艺学方法论讨论的回顾与反思》,《齐鲁学刊》2000 年第 4 期;彭海云:《突破与局限:1980 年代文学批评研究》,博士学位论文,华东师范大学,2013)。但是,由于新方法论探索本身的中断或曰停滞,对其成就的总结和对其不足的争议仍然没有出现超越的态势。

2. 关于新时期文学科学主义探索的价值评估

正如所有理论都会在争论中逐步完善一样,对于新时期文艺学、美学引入科学方法论进行的研究,应该说,倡导者和质疑者共同推动了这一研究思潮的修正与发展。尽管由于文学与科学毕竟存在着本质上的

---

① 张德林:《新方法论与文学探索·后记》,湖南文艺出版社,1985 年。

差异,新时期文学科学主义的探索也并没有做出和达到倡导者所预期的成就和高度,但是,经过二十多年的沉淀和反思,我们仍然需要给予这次方法论探索一定的价值肯定。

首先,助推了文艺学研究突破思想禁锢的进程。无疑,思想解放运动是新时期文艺学研究发展与繁荣的先导;但是,同样不可忽视的是,文艺学领域新观念、新思想、新方法的倡导也是促进思想解放运动得以延伸和深化的组成部分。在这里,思想界突破理论禁锢的努力和文艺界倡导新观念的实践可以构成互为因果的关系。所以,作为文艺学发展与繁荣的一个维度,以运用系统论、信息论、控制论研究文艺为代表的科学主义探索,同样构成了助推思想解放运动的力量。关于这一点,祁永芳曾经指出:文艺学研究中"自然科学'方法论'热不仅在文艺研究的现代化进程中有不可低估的作用",而且在扫除对马克思主义的过度迷信方面起到了关键的作用。在他看来,马克思主义进入中国后,由于它在中国革命的实践中所建立的丰功伟绩,逐步被奉为唯一正确的思想方法乃至导致盲目崇拜,而盲目崇拜又带来了马克思主义的庸俗化,尤其是新时期之前:"庸俗化了的马克思主义在文艺学界获得了唯我独尊的地位,阶级分析法成为唯一正确的研究文艺的方法。这一做法使文艺创作和研究陷入了万马齐喑的局面。八十年代的科学方法论对这一态势做了一个有力的反拨。"[①]在这里,祁永芳虽然没有对自己的判断做进一步的论证,但其结论应当说是基本符合事实的陈述。

其次,拓展了文艺学研究的视野和空间。新中国成立以来,在传统的认识论、反映论支配下,文艺学的研究空间往往局限在生活与作品之间,"生活是创作的唯一源泉"的论断甚至无视创作主体的存在,以至于复杂丰富的文艺学一度沦落为庸俗社会学。新时期文艺学科学主义

---

① 祁永芳:《文艺学自然科学方法论再反思》,《理论与创作》2010年第6期。

思潮的兴起,使得文艺研究者以更为理性的眼光关注了本来应该关注的文艺活动和现象的整个领域,重新重视了文艺研究的系统性和整体化。系统论强调的整体性、结构性、层次性、动态性、相关性,信息论强调的信息传输与反馈的整体模式和动态过程,控制论强调的系统的自我控制机制等,无不启示和实践着文艺研究的整体观。应该说,系统性、动态性、相关性等等观念是对马克思主义辩证唯物主义的普遍联系观点和运动发展观念的恢复和秉承,大大拓展了被一度狭隘化的文艺学研究空间。具体来看,系统的观念使得文艺研究的视野从关注生活到作品的反映过程拓展到文艺大系统,生活、作家、作品、读者无不重新成为文艺系统的主要元素,历时、共时的观照和对于文学形象自然质、功能质、系统质的挖掘也使得文艺学的研究视角由线性、平面拓展到了多维和立体;任何系统都存在的信息传递和反馈观念也使得研究者关注到了作家、读者等作为信息传输者、接受者、反馈者、同时又是创造者的特点和新质;具体研究中关于人物性格系统的分析、关于艺术魅力奥秘的探索、关于艺术传达过程的揭示、关于艺术反馈机制的完善等等,展示了文艺学研究全新的视野和更为广阔的空间。

第三,丰富了文艺学研究方法的多元化色彩。直观地讲,方法论探索的核心是多种科学方法的借鉴和应用,所以,新时期文艺学科学方法论的直观结果就是通过各种自然科学方法的借鉴和运用,使文艺研究的方法突破了单一僵化的模式,走向了多元,走向了开放,呈现出了更为绚丽的色彩。对此,董学文曾讲:"文艺学方法的探讨,最大的功绩就是彻底打破了历来在文学研究和批评上方法单一的局面,在坚持了马克思主义基本原则、基本方法的前提下,敢于冲破以往理论中某些已经过时或被实践证明不够完备的个别原理、个别论断,为文艺学在新时期的发展创造了条件。"①当然，在新时期文学研究的科学方法论思潮中，由于研究者多为文艺理论家的身份限制，科学方法论的借鉴很多时候出现了概念的生搬硬套；也由于文学这一研究对象与自然科学研究对象的异质性和特殊性，科学方法的跨学科时常显示出描述的苍白和阐释的乏力。但是，定量分析的尝试、建立模型的努力、追求多元的愿望、试图突破的实践，毕竟为新时期文艺学的研究方法涂上了更多的色彩。从理论完善的一般进程看，不完善的探索恰恰可能是完善结论的必要准备，从这个意义上看，新时期文艺学研究的科学主义探索，应当成为新时期文艺学跨学科研究理论进程中一个需要给予准确定位和反思的重要阶段。

三、文学人类学：文学研究的人类学视野

著名文学家高尔基曾讲：文学是"人学"。这一比喻性的名言在中国文学界几乎成为俗语。著名人类学家克鲁伯曾讲："人类学是人的科学。"这一教科书式的概括在缺乏人类学学科传统的中国则只是圈子内学者的圭臬。从字面上看，"人学""人类学"以及"人的科学"，似乎存在同义或者近似的含义，但从学科构成上看，比喻意义上的"人学"与科学意义上的"人类学"则有着不同的历史、对象和范畴。所以，当研究界基于二者的联系和交叉试图构建"文学人类学"时，实际上是在进行着又一个文学跨学科研究的学术实践。

（一）人类学与文学人类学的内在关联及其跨学科研究的维度

从发展历程上看，文学有着悠久的历史，人类学则产生于"在世界文化的整体意识和人类意识形成之后"的19世纪后期，"是知识全球化进程的伴随物"②，文学人类学作为文学与人类学跨学科研究的成果

---

① 董学文：《走向当代形态的文艺学》，高等教育出版社，1989年，第76页。
② 叶舒宪：《文学与人类学》，社会科学文献出版社，2003年，第8页。

则出现更晚,尽管经历了一个多世纪的发展历程,但仍然可以说处在发展之中,叶舒宪将其表述为"文学与人类学"的寓意即在于强调其发展性和进行态。

何谓人类学？美国人类学家威斯勒说:"人类学是研究人的科学,包括所有把人类当作社会的动物而加以讨论的问题。""人类学是一群由探索人类起源而生的问题之总名。"英国人类学家马雷特说:"人类学是沉浸于演进的观念之全部人类史,以在演进中的人类为主题,研究在某时代某地方的人类,肉体和灵魂二方面都加以研究。"著名人类学家马林诺夫斯基说:"人类学是研究人类及其在各种发展程度中的文化的科学,包括人类的躯体,种族的差异,文明,社会构造,以及对于环境之心灵的反应等问题之研究。"我国著名人类学家林惠祥在综括种种人类学概念的基础上,提出了他关于人类学的定义。他认为:"人类学是用历史的眼光研究人类及其文化之科学:包括人类的起源,种族的区分,以及物质生活,社会构造,心灵反应等的原始状况之研究。换言之,人类学便是一部'人类自然史',包括史前时代与有史时代,以及野蛮民族与文明民族之研究;但其重点系在史前时代与野蛮民族。"[1]

从人类学的概念看,我们似乎看不出可资文学研究借鉴的思想元素和方法论意义,但是,追索一下人类学的目的和人类学产生过程中对于知识全球化进程的促进作用,就可以蠡测到人类学与文学的内在关联。关于人类学的目的,林惠祥曾概要列举六条:"人类历史的'还原'""文化原理的发现""种族偏见的消灭""蛮族的开化""文明民族中野蛮遗存物的扫除""国内民族的同化"。[2] 关于人类学对知识全球化进程的促进作用,叶舒宪则更为直接地概括为四个方面:"第一,人类学的主要研究对象是非西方的文化传统。""其客观的结果便是对单

---

[1] 林惠祥:《文化人类学》,商务印书馆,1991年,第4、6页。
[2] 同上,第17—20页。

一基准的欧洲中心主义知识观发起挑战,对自古希腊罗马以来确立的西方知识体系的普遍价值与合法性提出质疑,促成多元主义的文化思想新格局。""第二,人类学的文化相对主义原则要求一视同仁地看待世界各族人民及其文化,消解各种形形色色的种族主义文化偏见和历史成见。""为跨文化研究的客观公正奠定了基本的前提。""第三,人类学与以往的人文社会科学的贵族化倾向针锋相对,更加关注所谓'精英文化'的对立面即'俗民文化''大众文化'和形形色色的'亚文化'群体,也就是和文化的'大传统'相对的'小传统'。这种平民化的知识取向对于解构文史哲各学科的精英主义偏向,在帝王将相和杰出人物之外去发掘历史和文化真相,具有充分的示范意义。""第四,人类学的出现代表着人类知识体系内部划分的一种危机和重新整合的需要。人类学的核心术语'文化',正是这种知识重新整合的有效概念工具。""人类学把人重新定义为'文化动物',并且将文化视为一个整体,它使一切与人相关的知识可以在文化这个整合的视野上获得重新的理解和建构,由此而带来的超学科研究的潮流成为20世纪后期人文、社会科学领域最重要的变化。"①叶舒宪的分析主要是针对知识全球化进程而言,但是,我们可以由此延伸的是,人类学研究中秉持的非西方文化传统、重视大众文化亦即"发现东方""发现民间"的意向、文化相对主义的原则和以"文化"为核心工具的研究路径,恰恰也是文学始终关注且在"后现代"时期更为凸显的内容。可以说,正是在"文化"的旗帜下,人类学和文学成为互相促进的关联学科,文学人类学的跨学科研究也成了知识全球化时代文学研究寻求突破的重要维度。

作为文学与人类学的跨学科研究,文学人类学存在文艺学角度的人类学和人类学角度的文艺学两个研究维度。而两个研究维度重合交

---

① 叶舒宪:《文学与人类学》,社会科学文献出版社,2003年,第8—11页。

叉的核心内容是"文化"和处于人类学与文学人类学过渡地带的"文化人类学"。根据叶舒宪的研究,从文学理论的角度看:"在20世纪得到长足发展的文化人类学不仅给现代文学创作带来巨大的影响,成为作家、艺术家寻求跨文化灵感的一个重要思想源头,而且也对文学批评和研究产生了同样深刻的影响作用,催生出文学人类学这一新的边缘学科领域和相关的批评理论流派。"① 而从人类学自身的发展动向看,对于文学的关注和强调,引发了20世纪后期人类学研究中对民族志书写传统方法的反思、转向和批判性重构,催生出"人类学诗学""民族志诗学"等人类学研究派别。

在文艺学研究领域,文学人类学源于20世纪初期在英国古典学界崛起的剑桥学派,加拿大文学批评家弗莱则是这一学派的集大成者,其《批评的剖析》被看成是原型批评的奠基之作。弗莱构建的以原始神话和宗教仪式为基础来研究文学原型和模式的原型批评理论是借鉴和运用人类学研究视野和模式的第一个影响巨大的批评流派。在弗莱看来,20世纪20年代起统治欧美批评界的"新批评"因过于拘泥于文本内部研究而显得眼光狭窄、观念僵化,文学批评和理论应当突破"新批评"只见树木不见森林的形式主义弊端,从整体上来把握文学类型的共性和演变规律。弗莱认为,原型即典型的、反复出现的意象,从文学史的角度看,最基本的文学原型就是神话,各种文学类型无不是神话的延续和演变。弗莱强调,对于各类文学作品的分析研究,都应着眼于其中互相关联的因素,这种关联因素体现了人类集体的文学想象,表现为一些相当有限且不断重复的模式或程式。借助于原型研究,弗莱认为研究个别的文学作品应将其纳入作为整体的文学体系,避免把每部文学作品仅仅看成是同作家有关的

---

① 叶舒宪:《文学与人类学》,社会科学文献出版社,2003年,第87页。

东西,批评的任务不只是为了追求一部文学品原初之意义,更重要的是要创造性地去研究它在不同的关联域中的意义。由此可见,《批评的剖析》的价值不仅体现在对于"新批评"研究方法的超越,而且体现在对于其后接受美学等理论派别的启迪。其后,美国批评家维克里倡导和发展了原型批评理论,其编选的论文集《神话与文学:当代理论与实践》和专著《〈金枝〉的文学影响》等影响甚广。相对于弗莱的批评实践,维克里"不再满足于从众多作家笔下去发现共同的神话模式,而把关注的中心放在每一作家对原型所做出的个性化改造和复杂多变的想象反应,这就相对避免了人类学视角的单一性,使批评更切近于文学艺术的本质"①。此外,作为接受美学创始人之一的伊瑟尔,通过在人类学中追问文学是什么,人类为什么需要虚构的文学,文学为什么能够伴随人类而存在且不断更新等元问题,逐步形成了自己的文学人类学理论,其专著《虚构与想象:文学人类学疆界》也成为文学人类学的重要文献。相对而言,如果说弗莱进行的批评实践旨在挖掘存在于不同文学作品中相同的原始意识或仪式,伊瑟尔则旨在透视支配古今众多文学作品之所以能够产生、存在、绵延的人类无意识;如果说弗莱操作和践行的是具体的文学人类学批评实践范例,伊瑟尔构建的则是文学人类学的本体理论。随着人类学的发展,人类学的研究方法也由以弗雷泽为代表的考察、比较方法发展为20世纪60年代以美国人类学为代表的文化阐释方法,相应地,文学研究领域也出现了以葛林伯雷为代表的试图批判和超越原型批评的新历史主义文化批评。不过,鉴于文化概念的宽泛和文化批评更多地关注了当代文化这样的现状,文化批评似乎已经超出了文学人类学的范畴和版图,可以看成是与文学人类学相邻的跨学科研究

---

① 叶舒宪:《文学与人类学》,社会科学文献出版社,2003年,第92页。

派别。

在人类学研究领域,文学人类学"倾向于把文学现象当作文化现象来看待,侧重于从传播和符号作用方面寻求理解文学特性的新思路"。在这个维度上,美国特拉华大学恩尼格教授提出的文学人类学9点纲领颇为直观明晰且富有建设意义。他认为:"(1)文学人类学是人类学的下属分支学科,而不是文艺学的。(2)文学人类学的目的是通过文学分析去发现人类学的素材。文学是标,关于某一个人种的信息是本。(3)决定文学人类学研究领域的单位是一种社会单位,一个人种;而不是文学单位,如一种文体或一部文学作品。(4)文学人类学的方法并不是把文学当作自足的实体而从内部研究的方法,而是把文学当作社会的实体,从而在外部背景关联中研究的方法。(5)由于并非所有的有文字的文化都创制狭义的文学,由于所有的有文字的文化都创制出多种书面文献,所以文学的概念应加以扩大,使之能包括各种书写文本:表现性的文本、描写性的文本、意欲性的文本、审美的文本。所有这些文本都将作为人类学素材而加以分析。(6)对于文学人类学而言,审美的文本是作为一种内在统一和谐的艺术品而被建构出来的文本,它比描述性、表现性和意欲的文本要次要些,后者在建构过程中更关注文本外部的因素:作者、接受者和相关的世界。(7)为了展开跨文化的比较,文学人类学必须考虑无文字社会根本无法创制书面文本的事实。而有文字的社会也在创制书面文本的同时保持着口头文学的传统。(8)旨在发现某一人种的文化知识的文学人类学还必须考虑:语言的文本(书面的或口头的)只是文化文本的一个层面。文化知识还储存于其他文本之中,如'身体的文本''对象的文本'和'环境的文本'。这些文本也都是文化知识的对象化,即对象化到符号系统之中。(9)文学人类学将在两个条件下获得成就:一是它认可如下事实,即文学是把握一个民族的文化知识的众多途径之一;二是它检验它所假定的发现,并同通过其他途径获得的发现加以对照。"①很显然,这是跨学科的人类学研究,而非跨学科的文学研究。从新时期文学跨学科研究应坚持"文学本位"的理论预设出发,这类研究将不列为本课题的研究范畴。

(二)新时期文学人类学复兴的背景谱系

伴随着西方文学人类学的产生和发展,中国在二十世纪二三十年代也出现了文学人类学研究;其中,茅盾、闻一多等人的成果代表了当时的研究水平。据方克强的梳理,茅盾的研究主要着眼于神话,曾著有《神话杂说》《中国神话研究初探》《北欧神话 ABC》等书,其研究方法也已经包涵了"原始与现代相联系""中外各民族相比较""对文学持宏观的整体研究态度"等文学人类学研究原则。闻一多的研究则更为广阔,他把研究对象从神话拓展到了民间文学和古典文学等领域,其收录在《神话与诗》一书中的写于三四十年代的二十一篇论文成为中国文学人类学的滥觞。② 不过,相对于西方文学人类的蓬勃发展,当时的研究尚限于局部,且因"离经叛道"而颇受非议,应者寥寥。更为不幸的是,1949 年后因全面学习苏联将人类学局限于体质人类学而出现了文学人类学的中断。所以,中国理论界关于文学与人类学跨学科研究的深入只是在新时期才得以发生。

文学人类学在新时期得以复兴,存在着多重的创作实践基础和理论背景。

首先,寻根文学思潮的诱发。新时期初期,伤痕文学、反思文学、改革文学等掀起了一个又一个具有轰动效应的文学热潮,呈现了一批具有震撼力的文学作品。但是,从根本上说,从"伤痕"到"改革",这一时期看似递进发展的文学仍恪守或顺应着政治意识形态的写作成规和话

---

① 转引自叶舒宪:《文学与人类学》,社会科学文献出版社,2003 年,第 103 页。
② 方克强:《新时期文学人类学批评述评》,《上海文论》1992 年第 1 期。

语系统,政治—伦理中心主义这一深入1949年后中国文学骨髓的元素仍然是看似五彩斑斓的文学影像的底版,缠绕甚至凝固于心的政治情结限制了作家艺术水平的充分发挥,助长了以政治的尖锐性代替和掩盖艺术的精湛性的倾向。面对这样的态势,很多作家试图寻找突破和超越,20世纪80年代前期出现的中国现代派文学和1980年代中期出现的寻根文学便是在不同向度上寻找突破和超越的结果。以文学、文化乃至人类学的关系而言,中国新时期现代派文学因其专注于形式借鉴可以姑且不论,寻根文学则成了触发文学与人类学研究的创作实践诱因。

寻根文学之所以被看成是文学与人类学跨学科研究的创作实践诱因,一个最为显在的原因是,它凸显了"文化"这个为文学和人类学所共同关注的关键词,接续了文学与人类学的文化关联。在寻根文学的倡导者和实践者看来,"中国文学尚没有建立在一个广泛深厚的文化开掘之中","五四运动在社会变革中有着不容否定的进步意义,但它全面地对民族文化的虚无主义态度,加上中国社会一直动荡不安,使民族文化的断裂至今"。[①]"文学之根应深植于民族传统文化的土壤里,根不深,则叶不茂。"[②]对于寻根文学倡导者操持的"文化断裂"论及其原因,理论界出现了极大的争议,陈思和、汪晖、刘火、钱念孙、曹文轩、宋耀良等都曾做出过辨析和校正;但对于创作者倡导和践行的强化民族意识和凸显文化意识等主张则给予了充分的肯定,蔡翔、李书磊、凌宇、方克强、郭小东、靳大成等评论家对于寻根文学作品的及时评价和褒扬便是证明。从文学发展的内在关联上看,寻根文学是对反思文学的延伸、深化和超越,而深化和超越的标志便是从政治视域向文化视域的拓展,正如刘再复所说:从反思文学到寻根文学,作家的创作意旨

[①] 阿城:《文化制约着人类》,《文艺报》1985年7月6日。
[②] 韩少功:《文学的根》,《作家》1985年第4期。

"从政治性反思进入文化性反思,开始把眼光投射到传统的文化心理结构和当代中国人的文化心理结构,把笔触挺进到民族的集体无意识层次"。① 在20世纪80年代初期的创作领域,文学超越、反思和寻根的努力,表现为一种"返回"意向,王又平将其概括为"知青作家的返回青春意向""乡土作家的返回故土意向""非主流作家的返回传统意向"。② 在"返回"潮流的推动下,寻根文学"热衷于选择原始蛮荒的自然景观和闭塞落后的人文环境,表现渔猎、放牧、村社等自然经济状态下的原始或半原始的生活题材,潜心于发掘古老的神话传说、祭祀仪式和民风民俗,注重于少数民族、初民和'化外之民'形象的塑造,在主题上则不同程度地流露出赞美和返归原始、批判现代文明的情绪意向,或者在原始、传统与现代文明两者之间持矛盾、困惑的'两难'心态和整合两者长处的'两全'愿望"。这样的心态和愿望,实际上反映了"现代人在原始与现代相联系、中外各民族相比较的人类文化大背景下的文化反思和文化选择。它激活我们对文学作品作原始文明、传统文明、现代文明以及中外文明相比较的跨文化思考"。③ 正是在这个意义上,寻根文学凸显了人类学的价值,诱发了人类学研究方法的介入,促进了新时期文学与人类学之间跨学科研究的开展。

其次,文化热和方法论热潮的推动。中西文化的交流、冲撞和选择是近代以来中国知识界不断讨论的重要话题,尽管因为频繁的战争多次中断或阻滞这种文化交流的深入,但从洋务运动、维新变法到五四新文化运动,中西文化交流冲撞的轨迹仍然异常清晰。20世纪80年代初期,中国知识界兴起了一股新的文化讨论热潮,"走向未来丛书""面向世界

---

① 刘再复:《论新时期文学的主潮》,《论中国文学》,作家出版社,1988年,第264页。

② 王又平:《新时期文学转型中的小说创作潮流》,华中师范大学出版社,2001年,第5—14页。

③ 方克强:《新时期文学人类学批评述评》,《上海文论》1992年第1期。

丛书""世界文化丛书""比较文化丛书""文化哲学丛书""文化新视野丛书"等各种各样的文化丛书争相出版,展现了当代世界文化的整体格局,极大地拓展了中国知识界的文化视野。从根源上看,新时期文化讨论热潮的出现可以说是中国"长期自我封闭的社会转向全面开放后必然出现的反弹性热潮"①,也可以看成一百多年来中国文化寻求出路和新生的母题的再次凸显和延续。从对文学研究的影响上看,文化热带来了文学理论界对于长期以来占据主流地位的政治视野的突破,使得文化成为文学思考的中心视点,大批文艺理论家开始在中西方文化的横向对比和中国传统文化的纵向认知与继承的宏观视野中检示和评估文学。同时,在大批文化丛书的译介、出版过程中,同样以文化为核心的人类学和人类学家进入中国文学研究者的视野,弗雷泽及其《金枝》、弗莱及其《神话—原型批评》、马林诺夫斯基及其《人类学》、列维·布留尔及其《原始思维》、列维·斯特劳斯及其《抑郁的热带》等人类学家及其著作在中国文艺研究界变得耳熟能详,这些都为新时期文学借鉴人类学方法的跨学科研究提供了文化基础和理论资源。

在新时期文学的跨学科研究进程中,1985年前后的"方法论热"具有多重的意义。从表层上看,"方法论热"直接催生了文学系统论、文学信息论、文学控制论等借鉴自然科学研究方法的文学跨学科研究;但透过热闹的表层,"方法论热"的深远意义在于,它带来了对于文学要进行宏观的、比较的、系统的整体研究理念的形成;而作为西方当代文学研究四大方法之一或五种模式之一的神话原型批评,因其具有的宏观、比较、系统的优势而被国内学界推崇,正是张隆溪、叶舒宪、傅修延、方克强等人对于神话原型批评的译介和应用,在一定程度上启发、促进了中国新时期文学人类学批评的发生和发展。相对而言,"方法论热"

---

① 方克强:《新时期文学人类学批评述评》,《上海文论》1992年第1期。

对于文学人类学在中国新时期的形成比起对于文学系统论在新时期的催生更具文学本体研究意义,因为文学系统论更多的是一种外在于文学本体的方法借鉴,而文学人类学"不仅使人观照到文化史和心态史的发展轨迹,而且令人更深地领悟到作为整体的人类和作为系统的文学内在的连续性和同一性"①。所以,"方法论热"同样应当是新时期文学人类学复兴的理论动力源之一。

第三,比较文学跨文化研究对于文学人类学的培植。乐黛云教授曾讲:中国"文学人类学是20世纪比较文学领域催生的跨学科研究"②,这样的断言不仅由于文学人类学在中国学术界出场过程中对于比较文学的依附和寄植,而且因为二者之间存在着研究内容和研究方法的启迪、交叉和融合。

就前者而言,稍微回顾一下中国文学人类学的出场路径,即可说明问题。众所周知,从发生时间上看,比较文学与文化人类学在西方研究界堪称伯仲兄弟,爱德华·泰勒的《原始文化》一书于1871年出版标志着人类学的诞生,波斯奈特的《比较文学》于1886年问世则被看成是比较文学形成的标志,至于文学与人类学的关系则由于二者共同的知识背景和相似的比较方法而表现为互为影响和促进,并没有明显表现出任何一方对于另一方的遮蔽或培植。而在中国,从20世纪前期比较文学和文学人类学的初现,到1980年代比较文学和文学人类学的复兴,文学人类学始终表现出对于比较文学的依附。20世纪前期,先有王国维的比较文学成果,而后出现了茅盾、郑振铎、闻一多等的人类学研究尝试,根据叶舒宪的梳理:"比较文学等以比较为特色的新学科在20世纪登陆中国,对国学视野和研究范式、方法有实际的拓展作用,成

---

① 方克强:《新时期文学人类学批评述评》,《上海文论》1992年第1期。
② 乐黛云:《文学人类学教程·序》,中国社会科学出版社,2011年。

为接引文学人类学的研究范式在中国人文深厚传统中问世的'引魂之幡'。"①20世纪80年代,比较文学在中国大陆复兴,从1985年到2013年,比较文学召开了十届学术年会,而只是在1996年的长春第五届年会上,文学人类学才作为比较文学的二级学会正式成立,对此,叶舒宪表述为"在我国,文学人类学就是别的学科拒绝接受而在中国比较文学界被收容下来的学科流浪儿"②。这些虽然都是一些表层、外在的现象,但在一定程度上可以透视出,中国比较文学不可能不对文学人类学产生相当的影响和促进作用。

就后者而言,其间的谱系则需要梳理和辨析。从世界范围来看,文学人类学的发生存在三个大的理论背景:"一是19世纪后期以来蓬勃开展的比较研究潮流;二是人类学的知识全球化视野;三是从人类学的文化相对论到后殖民时代的全球公正理念。"③而就文学人类学与比较文学的关联来看,文学的人类学视野的确来自比较文学学科自身反思、拓展和跨界。根据叶舒宪的梳理,比较文学是知识全球化进程中由民族文学、国别文学等发展来的跨越语言、民族、国别界限的文学研究,而从民族文学、国别文学向比较文学转化的原因,是由于19世纪后期相继出现的两个学术事件,即发现"东方"和发现"原始",正是"东方"文化的神秘和"原始"文化的丰厚动摇了占主流地位、以欧洲中心主义为核心的西方文学,文学研究中的西方本位、帝国本位、主流文化本位、精英本位等文学观受到质疑,文学研究者开始主动去发掘和再现长久以来被文化霸权所压抑和遮蔽的非主流和边缘族群的文学,东方文学、原始文化、女性文学等成为比较文学不得不关注的视域,比较文学所操持的西方中心范围内的"平行研究"或"影响研究"逐步拓展为"跨文化""跨

---

① 叶舒宪:《文学人类学教程》,中国社会科学出版社,2011年,第21页。
② 同上,第44页。
③ 同上,第34页。

学科"研究。在这个转化和拓展过程中,比较文学和人类学发生了相互促进的关联,对此,叶舒宪曾讲:"如果说没有人类学的比较文化视野,就没有20世纪迟到的'人的发现'和'文化的发现',那么,没有比较文学的范式超越国别文学的范式,也就没有文学人类学去落实'总体文学'的高远目标、具体兑现'世界文学'的宏大理念。"①由此,叶舒宪得出结论,比较文学是从各自孤立的民族文学小世界通向整合性的文学人类学大世界的必经之路和过渡桥梁,比较文学在20世纪后期所形成的跨学科研究潮流,是孕育文学人类学等边缘学科的现实土壤。

第四,文艺本体论理论探讨的促进。对于新时期文学人类学产生的理论动因,代云红通过对1980年代中后期文学本体论研究的梳理,指出了二者之间的深层关联。在代云红看来,把新时期文学人类学产生的原因主要归结为"方法论热""寻根文学热"以及西方文艺理论影响等,不能充分揭示文学人类学是如何在这些思潮的对接与整合中形成的,其间缺乏对文艺本体论探讨这一知识转换器的生产作用的分析,遮蔽了新时期文学人类学更加内在性的生成原因。代云红在引证了王一川、徐岱、盛宁等理论家关于新时期"方法论热"中存在的问题和倡导进行文艺本体论研究的诸多观点后认为,在中国新时期文艺理论发展历程上,文艺本体论研究是继方法论热之后更具建设意义的理论探讨。他还引用黄曼君的看法得出结论:"'如果说关于文化和传统问题的讨论是为了给新时期文学及其理论的发展定向的话,那么关于文学本体论的讨论就是为了给新时期文学理论的建构做一定位的工作,即通过对文学的本源性和本质性说明,为文学理论的建构确立一个逻辑基点。'由此看来,相对于'方法论热''文学寻根热''文化热'来说,文

---

① 叶舒宪:《文学人类学教程》,中国社会科学出版社,2011年,第23页。

艺本体论讨论是'文学人类学'产生的一种更为'内在性'的原因。"①为了证明文学本体论的讨论与文学人类学理论生成之间的因果关系，代云红进一步梳理了新时期文学本体论讨论的时间缘起和内涵争论，进而说明人类存在和文艺存在天然地存在着本体关系，人类学本体论是文艺本体论的基础，从人类本体去阐明文艺本体，开启了文艺研究和文艺批评的"人类学转向"。代云红的结论虽然仅仅是指出而没有充分论证人类本体与文学本体的逻辑关联，但宏观上看，其所谓20世纪"80年代的文艺本体论讨论语境是我们认识'文学人类学'概念、内涵及方法的分歧的一个很重要的方面"，"文艺本体论讨论不仅推动了文艺研究的'人类学转向'，而且还促进了'文学人类学'观念在中国的生成"的观点仍然可以说符合理论发展的客观呈现。

（三）新时期文学人类学的理论建构和实践轨迹

对于中国新时期文学人类学的发展轨迹和成就，李晓禺、李菲、张婷婷、章立明、代云红、徐新建、叶舒宪、方克强等都曾给予描述和评判。② 应当说，上述诸位研究者所做的判断都在不同的理论角度展示了各自的特点。但是，李晓禺将中国大陆文学人类学研究的总体情况概括为"三个十年"，并将起点定位在1976年的结论显然存在一定臆

---

① 代云红：《中国文学人类学基本问题研究》，云南大学出版社，2012年，第5页。

② 李晓禺：《中国文学人类学发展轨迹研究》，硕士学位论文，兰州大学，2007；李菲：《新时期文学人类学的范式转换和理论推进》，《文艺理论研究》2009年第3期；张婷婷：《文学人类学的理论与批评——二十年的回顾与反思》，《中国社会科学院研究生院学报》1998年第6期；章立明：《中国文学人类学研究研究概述》，《民族文学研究》2010年第3期；代云红：《中国文学人类学基本问题研究》，云南大学出版社，2012年；徐新建：《文学人类学的中国历程》，《西南民族大学学报》2012年第12期；叶舒宪：《文学人类学与"四重证据法"》，《社会科学战线》2010年第6期；方克强：《新时期文学人类学批评述评》，《上海文论》1992年第1期。

断。李菲针对中国新时期文学人类学研究的对象域从文学作品到文学文本再到文化文本的变化,描述了文学人类学的范式转换和理论演进,具有相当的理论高度,但将文学人类学批评实践排除在三种范式之外并忽略方克强对于新时期文学人类学研究的贡献,不能不说是一个缺憾。张婷婷将新时期文学人类学的复兴看成主体论文艺学的重要组成部分,思路敏捷,精见迭出,但主体论的框架似乎遮蔽了文学人类学的涵盖面,忽略彭兆荣、徐新建等人的研究可能不全是因为时间。章立明将新时期文学人类学研究归纳为原型批评、原始主义批评、比较神话研究和仪式研究,徐新建则将新时期文学人类学的标志性成果归结为五种类型,即经典与重释、原型与批评、文学与仪式、民歌与国学、神话与历史,但他们的共同特点是注重于类的归纳和理论的提升,似乎不屑于发展轨迹的勾勒。代云红的研究严谨厚重,指出了李晓禺、李菲等人的不足,但因聚焦于问题域的辨析而显得横向宏阔而纵向模糊。倒是叶舒宪、方克强等倡导和推进文学人类学研究的中坚人物,其对新时期文学人类学研究的回顾和述评显得平实、准确和清晰。

  基于资料梳理,我们认为,中国新时期文学人类学的发展起点应该在 1986 年,1997 年中国文学人类学研究会第一届学术年会的召开则可看成是新时期文学人类学发展的转折点,转折的标志即在于李菲所谓的研究对象域的拓展和范式的转换。以 1997 年为界,中国新时期文学人类学可以分为两个互为联系的发展时期,而在不同的时期内,关于文学人类学的批评实践和理论探讨则构成了两个轨迹清晰又时有交叉的发展脉络。

  1. 新时期文学与人类学跨学科研究的批评实践

  根据资料梳理,在新时期文学人类学发展历程中,形成影响、引起关注的首先是一批借助人类学视角、方法和思想对以寻根文学为主的文学作品进行批评实践的评论文章。

1986年,原型、神话、图腾、原始意象、自然崇拜、文化模式等文化人类学研究中常用的概念术语开始为一些敏锐的文学批评家频繁借用,方克强、蔡翔、凌宇、陈思和等站在人类本位的立场上对当时文学创作中呈现的文化寻根意识进行了评述,推出了一批今天看来明显属于文学人类学的批评文章。其中,方克强的《神话和新时期小说的神话形态》(《上海文学》1986年第10期)、《阿Q与丙崽:原始心态的重塑》(《文艺理论研究》1986年第5期)、蔡翔的《野蛮与文明:批评与张扬》(《当代文艺思潮》1986年第3期)、凌宇的《重建楚文化的神话系统》(《上海文学》1986年第6期)、陈思和的《当代文学中的文化寻根意识》(《文学评论》1986年第6期)等成为新时期文学人类学批评的较早示范。

其后,运用文学人类学的原则和方法进行文学批评的文章在1990年左右成为新时期文学批评界的一道风景,且批评对象逐步拓展到现代文学、古典文学乃至更广的领域。产生一定影响的论文有:郭小东的《母性图腾:知青文学的一种精神变格》(《上海文学》1987年第1期),马小朝的《神话的复活》(《文艺研究》1987年第5期),周永明的《原型论》(《文艺研究》1987年第5期),罗强烈的系列文章《乡土意识:二十世纪中国文学的一个主题原型》(《当代文坛》1988年第3期)、《酒神精神:二十世纪中国文学的一个主题原型》(《北京文学》1988年第5期)、《才子佳人模式:二十世纪中国文学的一个主题原型》(《当代文坛》1988年第5期)等,王斌、赵小鸣的《当代神话:"图腾"的衰落》(《小说评论》1988年第2期),方克强的《动物小说的原型情感》(《文学评论》1988年第4期)、《现代动物小说的神话原型》(《小说评论》1989年第4期)、《原型题旨:〈红楼梦〉的女性崇拜》(《文艺争鸣》1990年第1期)、《原型模式:〈西游记〉的成年礼》(《文艺争鸣》1990年第3期)、《我国古典小说中的原型意象》(《文艺争鸣》1990年第 4 期)、《原始主义:刚性与质朴性》(《文艺理论研究》1991 年第 1 期),叶舒宪的《水:生命的象征》(《批评家》1988 年第 5 期)、《日出扶桑:中国上古英雄史诗发掘报告——文学人类学方法的试验》(《陕西师范大学学报》1988 年第 1 期)、《原型数字"七"之谜》(《外国文学评论》1990 年第 1 期),肖克强的《寻根者:原始倾向与半原始倾向文学》(《上海文学》1989 年第 3 期),吴光兴的《神女归来:一个原型和〈洛神赋〉》(《文学评论》1989 年第 3 期),李俊国的《睿智与洒脱:任性纵情的狂狷者形象》(《文艺争鸣》1990 年第 4 期),赵园的《人与大地:中国当代文学中的农民》(《上海文学》1990 年第 10 期),阎建滨的《月亮符号·女性崇拜与文化代码》(《当代作家评论》1991 年第 1 期),李念的《金羊毛神话的现代变型与原型解码》(《上海文论》1991 年第 5 期),吴义勤的《在乡村与都市的对峙中构筑神话:苏童长篇小说〈米〉的故事解析》(《当代作家评论》1991 年第 6 期),程金城的《传统文学原型的置换》(《兰州大学学报》1994 年第 2 期)、《试论中国文学的原型系统》(《文学评论》1996 年第 3 期),丁帆、齐红的《月亮神话——林白小说中女性形象的"原型"解读》(《当代作家评论》1994 年第 3 期)等。就推动文学发展而言,上述评论文章力图在民族文学与世界文学、原始文化与现代文化乃至人类文化之间建立起可比性和联系性的理论桥梁,从而强化理论与创作的互动关系,推动当代文学超越民族,超越地域,走进文化,走向世界;从文化建设的层次上看,这些评论文章借助人类学的视野、方法、成果和观念,在原始与现代、中国和西方之间进行跨时空的整体、宏观和比较研究,将具体的文学作品纳入人类文化的大系统中,试图考察和透视出原始与现代、东方与西方在思维方式和文化心理结构上的同一性和变异性,并以此凝聚和传导中国文论家对民族文化传统及其现代化未来的深沉思考,同样具有重要的建设意义。

1997 年后,文学人类学的批评实践逐步退潮,仍然延续的研究也不再主要聚焦于当代文学。这一时期,文学人类学的批评实践的阐释对象逐步由文学作品向文化文本转换,但仍然有一些论者继续进行着对于文学作品或文学现象的人类学阐发,发表了一些有影响的批评文章,诸如叶舒宪《文学与人类学相遇——后现代文化研究与〈马桥词典〉》(《文艺研究》1997年第5期),皇甫晓涛《〈红楼梦〉的创意结构与文化创新——红楼梦内容再生产的资源动员与文化人类学的科学阐发》(《红楼梦学刊》2007年第4辑),刘晓飞《中国文学中的人类学——以20世纪80年代以来的中国当代文学为例》(《文艺评论》2007年第6期),方克强《原始主义与文学批评》(《学术月刊》2009年第2期)、《文学人类学与鲁迅研究》(《文艺理论研究》2010年第6期),张中复《历史民族志、宗教认同和文学意境的汇通——张承志〈心灵史〉中关于"哲合忍耶门宦"历史论述的解析》(《青海民族研究》2011年第1期),张德军《文学人类学视域下的贾平凹研究》(《兰州大学学报》2012年第3期),李晓禺《有意味的形式:人类学视野下的词典体小说》(《兰州大学学报》2012年第3期)、《论当代文学的人类学转向》(《甘肃社会科学》2013年第2期)等。这一时期的文学人类学评论文章,伴随着辉煌的1980年代文学的退潮,也失却了与文学互动的理论激越。同时,由于文学人类学对象域的拓展,文学人类学的文学视角逐渐因文学人类学的人类学因素的增加而稀释和淡化,代之而起的是文学与仪式、文学与民歌、文学人类学写作等的人类学观照。

不能遗漏的是,相对于形成热潮的文学人类学批评,叶舒宪、方克强、萧兵、傅道彬、程金城、宋耀良、梅新林、胡晓明等还推出了一些论域更为宽泛的文学人类学应用性论著。其中,叶舒宪作为文学人类学研究的先锋和主将,不仅致力于理论构建,而且长于应用实践。其出版的《英雄与太阳——中国上古史诗的原型重构》(上海社会科学院出版社,1991)是较早借用人类学方法阐释古典文献的论著,在文学人类学批评实践的历程中具有开拓之功和应用示范之价值。其后,叶舒宪相继出版《中国神话哲学》(中国社会科学出版社,1992)、《诗经的文化阐释》(湖北人民出版社,1994)、《老子的文化解读》(与萧兵合著,湖北人民出版社,1994)、《高唐神女与维纳斯:中西文化中的爱与美主题》(中国社会科学出版社,1997)、《庄子的文化解析》(湖北人民出版社,1997)等,这些论著不仅印证和完善了自身的理论建构,而且展示了文学人类学理论的实践穿透力,拓展了文学人类学的阐释域。在新时期文学人类学的批评实践中,方克强倡导最力,成就较大,堪称代表,他的《文学人类学批评》(上海社会科学院出版社,1992),不仅梳理了文学人类学批评兴起的理论背景,总结概括了文学人类学批评的理论原则,而且借助原始主义批评和神话原型批评的方法和理念具体阐释和解读了从古典名著到当代佳作等系列作品,此论著虽然不是高头大章,但一度成为后学者进行文学人类学批评的模仿范本。萧兵倡导并践行"走向人类,回归文学"的文学人类学理念,尤其在对《楚辞》等古典作品的人类学解读方面成就较大,其相继出版的《楚辞与神话》(江苏古籍出版社,1987)、《中国文化的精英——太阳英雄神话比较研究》(上海文艺出版社,1989)、《楚辞的文化破译——一个微宏观互渗的研究》(湖北人民出版社,1991)、《孔子诗论的文化推绎》(湖北人民出版社,2006)等论著以其材料的丰富性、立论的新颖性和论证的严密性产生了较大的影响。另外,宋耀良的《艺术家生命向力》(上海社会科学院出版社,1992)、梅新林的《红楼梦哲学精神》(学林出版社,1995)、傅道彬的《晚唐钟声:中国文化的精神原型》(东方出版社,1996)、胡晓明的《红楼梦与中国传统文化》(武汉测绘科技大学出版社,1996)、吴光正的《中国古代小说的原型与母题》(社会科学文献出版社,2002)、程金城的《文艺人类学的理论与实践》(民族出版社,2007)等论著也都显示了打通古今、熔铸中外的人类学视野,为中国新时期文学与人类学跨学科研的实践路径增添了路标。

2. 新时期文学与人类学跨学科研究的理论探讨

批评实践可以引发理论探讨的兴趣，批评实践更离不开理论的指导。事实上，伴随着甚至更早于新时期文学人类学批评实践的展开，关于文学人类学的理论探讨也在萌生、发展和积淀之中。只不过相对于寻根文学热潮及其批评，同时期的文学人类学理论研究显得相对低调。根据资料梳理，新时期最早的较为全面介绍文学人类学批评方法的是张隆溪，其在《读书》1983年第6期上发表的《诸神的复活：神话与原型批评》，开启了译介文学人类学相关文献的先河。不过，仍然是到了1986年，对于文学人类学的关注和理论研究才渐成气候。

1986年，在西方文艺思潮的影响和"方法论热"的推动下，神话原型批评作为西方文论的一种被较完整地介绍到了中国。出版于1986年的《文学批评方法论基础》（傅修延、夏汉宁编著，江西人民出版社）和《西方文学批评评介》（赖干坚编著，厦门大学出版社）等书，对神话原型批评的基本理论和研究实践作了简单介绍和评价。同样是1986年，方克强发表了《人类学与文学》（《上海文论》1986年第10期）一文，在理论译介的基础上，探讨了文学人类学批评的基本原则。他认为，文学人类学批评应当"对文学持一种远古与现代相联系，中外各民族相比较的宏观研究态度"，以全球意识和人类意识为本位，充分拓展研究时空，进行宏观、整体和比较研究。这样的见解和主张，应当说颇得原型批评的真谛，且对当时文学批评存在的视界狭隘、方法单一等弊端有相当的修正指导意义。之后，随着国内文学人类学批评实践尤其是自身研究实践的不断丰富，方克强对于文学人类学批评的理论思考进一步深入。在《文学人类学批评的兴起和原则》（《文艺报》1987年7月2日）一文中，方克强更为具体地提出了文学人类学批评的三条基本原则，即原始与现代相联系、中外各民族相比较的宏观文学视野和研究态度;共时性和历时性并重的研究方法;文化研究、心理研究和文学本体研究相融合的整体观念。同一时期,彭富春、杨子江在《文艺本体与人类本体》(《当代文艺思潮》1987年第1期)中对于艺术人类学定义的辨析,靳大成在《论艺术人类学的"文化"范畴》(《当代文艺思潮》1987年第3期)中关于艺术人类学内容构成的理论构想,杨春时在《审美范畴的原型》(《当代文艺探索》1987年第3期)中对原型理论局限的分析和改造,周永明在《原型论》(《文艺研究》1987年第5期)中提出的原形态、原型模、原型场等创新概念,段炼在《论原型批评》(《文艺理论研究》1988年第4期)中对原型批评种类的理论归纳等,都显示出:"新时期的神话原型理论的建设,已经越过了单纯介绍、照搬和模仿西方理论的阶段,正在逐步取得与西方神话原型批评学派'对话'的平等地位。"①这样的判断尽管带有一定程度的激昂愿望,但透露出的是一种理论自信。

在20世纪80年代末期文学人类学的理论探讨进程中,叶舒宪仍然是一个不可越过的人物。1987年,叶舒宪在陕西师范大学出版社编选出版了译文集《神话—原型批评》,全面介绍了文学人类学的主要理论形态—神话原型批评;1988年,其专著《探索非理性的世界——原型批评的理论与方法》作为"走向未来丛书"之一由四川人民出版社出版,该书系统介绍了原型批评的理论与方法,并对其特点和局限进行了较为客观的分析和评价;《符号:语言与艺术》(与俞建章合著,上海人民出版社)则具体论述了神话思维、原型符号和原始艺术的关系。同时,通常被论者列入文学人类学实践性著作的《英雄与太阳——中国上古史诗的原型重构》也并非刻意但不可避免地涉及了很多文学人类学的理论问题。比如,叶舒宪在该书引言中提出,文学人类学的目标和

---

① 方克强:《新时期文学人类学批评述评》,《上海文论》1992年第1期。

方法就是:"试图从可经验的、文学(文化)对象的表层分析入手,探讨不可经验的、但又实际存在着并主宰、决定着表层现象的深层结构模式,进而从原型的生成和人类象征思维的普遍性方面对这种深层结构模式做出合理的发生学阐释,力求在主体——人的(思维)心理结构和客体对象的结构之间的对应关系中,把握某些跨文化的文学现象生成及转换的规律性线索。"这样的原则界定既借鉴了西方理论的内核,也融入了自身的实践思考,可谓是一种可操持的工具性理论。

1997年,中国文学人类学研究会第一届学术年会的召开传导着两方面的信息,一是研究队伍的壮大、研究成就的积累使得中国文学人类学研究会的成立和学术年会的召开成为必然,二是这一学术活动预示着中国文学人类学研究将会跨入更快的发展轨道。事实也正是如此,1997年以后,尽管整体上的文学研究日渐走向边缘,但文学人类学研究则逆势而上,显示了更为多元的态势。就理论探讨和构建而言,视域的拓展和主要成果的呈现使得文学人类学的研究实现了对于前期的超越。相对于1997年之前的文学人类学研究,如果说前期的主要成就在于借鉴人类学方法对于文学、文化所进行的批评实践,这一时期的成就则主要表现在更为系统深入的理论构建;如果说前期关于文学与人类学的跨学科研究重心仍然偏重在文学的维度,这一时期的研究则真正逼近了文学人类学的本体。同时,视界的拓展、方法的多元也将中国文学与人类学的跨学科研究推向了更为广阔的发展空间,其标志就是在持续发表大量论文的基础上,出版了一批各具特色的文学人类学理论著作,诸如:张德明《人类学诗学》(浙江文艺出版社,1998),程金城《原型批判与重释》(东方出版社,1998)、《西方原型美学问题研究》(黑龙江人民出版社,2007)、赵世瑜《眼光向下的革命》(北京师范大学出版社,1999),庄孔韶《银翅:中国的地方社会与文化变迁》(三联书店,2000)、《文化与性灵》(湖北教育出版社,2001)、《人类学通论》(山西教育出版社,2002),朝戈金《口传史诗诗学:冉皮勒〈江格尔〉程式句法研究》(广西人民出版社,2000),易中天《艺术人类学》(上海文艺出版社,2001),万建中《解读禁忌:中国神话、传说故事中的禁忌主题》(商务印书馆,2001),李亦园《李亦园自选集》(上海教育出版社,2002),施春华《心灵的本体探索》(黑龙江人民出版社,2002),郑元者《美学与艺术人类学论集》(沈阳出版社,2003),容世诚《戏曲人类学初探》(广西师范大学出版社,2003),户晓辉《现代性与民间文学》(社会科学文献出版社,2004),彭兆荣《文学与仪式:文学人类学的一个文化视野》(北京大学出版社,2004)、《人类学仪式的理论与实践》(民族出版社,2007),王轻鸿《汉语语境中的原型阐释》(中国社会科学出版社,2005),夏敏《喜马拉雅山地歌谣与仪式:诗歌发生学的个案研究》(黑龙江人民出版社,2005),徐新建《民歌与国学:民国早期"歌谣运动"的回顾与思考》(巴蜀书社,2006),韩高年《礼俗仪式与先秦诗歌演变》(中华书局,2006),代云红《中国文学人类学基本问题研究》(云南大学出版社,2012),叶舒宪《文学人类学探索》(广西师范大学出版社,1998)、《文化与文本》(中央编译出版社,1998)、《文学与治疗》(社会科学文献出版社,1999)、《原型与跨文化阐释》(暨南大学出版社,2002)、《文学与人类学——知识全球化时代的文学研究》(社会科学文献出版社,2003)、《神话意象》(北京大学出版社,2007)、《熊图腾——中华祖先神话探源》(上海文艺出版社,2007)、《河西走廊:西部神话与华夏源流》(云南教育出版社,2008)、《阉割与狂狷》(陕西人民出版社,2010)、《文学人类学教程》(中国社会科学出版社,2010)、《金枝玉叶:比较神话学的中国视角》(复旦大学出版社,2012)等。其中,彭兆荣、徐新建、李亦园、庄孔韶等人的研究各具特色,叶舒宪则笔力更健,堪称翘楚。

在中国新时期文学人类学研究领域,彭兆荣对于文学与仪式的研究具有一定的开拓性贡献。彭兆荣早期从事比较文学研究时主要关注希腊戏剧,他在对于酒神精神和《金枝》中各种仪式的研究过程中发现,文学与人类学交叉审视下的仪式不仅是一个"传统的储存器",而且可以为文学人类学研究提供不可多得的实践场域。在彭兆荣看来,"仪式"一词在文学批评叙事中的频繁出现,既是一种诗性的回归,也是一种批评的发现,"'回归',指现代诗学在它的'缘生纽带'上找回了丰富的元语言叙事。'发现',指文学研究在比较文化的学术背景下,发现了人类学仪式理论具有的非凡的整合性价值"。[①] 彭兆荣敏锐地指出,仪式的历史存储功能意味着它具有社会记忆、历史记忆的能力和事实,"就仪式的性质特征而言,它是表达性的但不仅限于表达性;它是形式化的但不限于形式化;它的效用发生于仪式场合但不仅仅限于仪式性场合"。[②] 更为重要的是,仪式不仅存在于远古和偏远地区,人类社会中,仪式无处不在,即便在现代都市,人们也时时处于仪式的包围;并且,从古希腊的酒神开始,戏剧乃至文学同样是一种仪式,是"在某一种权力话语的操控下对具有历史价值的'事实'和'事件'进行制作"的"想象"过程。[③] 正是在这个意义上,彭兆荣建立起了文学与仪式的人类学关联,也开辟了文学与人类学跨学科研究的新的文化视野和对象视域。

就文学与人类学的跨学科研究而言,如果说我们梳理的中心是文学家的文学人类学的话,徐新建、李亦园、庄孔韶等人的研究更多地表现为人类学家的文学人类学,但是,由于理论建构的重合和不可截然分离,其研究成果同样构成了新时期文学人类学研究的组成部分。作为

---

① 彭兆荣:《文学与仪式:文学人类学的一个文化视野》,北京大学出版社,2004年,第2页。
② 同上,第3页。
③ 同上,第7页。

少数民族,徐新建从事文学人类学研究具有先天的优势,其研究也正是因关注边远部族文化而独具特色。徐新建的研究特色在于,他试图打通中国文化中"官—士—民"的结构,将精英的书写与民众的口传联为整体,倡导考察和阐释民族、民间和民俗的文学表达,也就是要研究人类学意义上的"大文学""活态文学""草根文学"乃至"生命文学"和"终极文学"。其《民歌与国学》《侗歌民俗研究》等便是这样的尝试和成果。与徐新建相近,李亦园的展演理论和庄孔韶的人类学诗学研究虽然侧重于人类学的目标,但同样在新时期文学与人类学跨学科研究的进程中占有一席之地。

对于中国新时期文学人类学的开创和发展,叶舒宪厥功甚伟。其开创和发展之功,不仅体现在之前所评述的他推出了很多应用人类学的方法进行的文学研究实践成果,而且体现在他一直致力于构建和发展文学人类学的理论体系。概括地看,叶舒宪的文学人类学理论建树主要体现在《文学与人类学——知识全球化时代的文学研究》和《文学人类学教程》等两部著作之中。在《文学与人类学》中,叶舒宪首先从文学与人类学相互作用的角度,通过分析人类学与知识全球化、人类学与后现代认识论等的关系,透析出20世纪文学创作观念变革和文学研究范式革新的学术动因,回答了文学与人类学何以能结合和为什么结合的问题;其次,叶舒宪梳理了20世纪文学创作领域"文化他者"的发现对"人类学想象"的激发,分析了西方文学人类学的方法流派,重点剖析阐述了弗莱的理论遗产和神话学与文学研究的结合点;结合文学人类学在中国传播的过程,论述和总结了文学与人类学跨学科研究的本土化实践经验,回答了文艺学研究如何走向文学人类学的问题。该论著的价值在于,宏观上为文学人类学研究提供了翔实的理论参照,微观上为借鉴和应用文学人类学研究的范式与方法树立了示范。就《文学人类学教程》而言,虽然由于考虑教材的稳妥性而有意弱化了对于文学人类学诸多争议的涉及,但作为一部严谨的文学人类学教科书,该论著仍然显示了理论的超前性与创造性。在该书中,叶舒宪在深厚的材料积累和全球性的理论参照下,从文学研究的专业范围出发,勾勒出了20世纪"人类学转向"对于人文学科、特别是文学研究带来的变化脉络和发展态势。在此基础上,叶舒宪针对各学科的本位主义弊端,提出重新打通文史哲及宗教学、心理学研究的可行途径,并重点阐述了文学的发生和文学治疗、禳灾等文化功能问题,强调了文学人类学方法与国学传统相结合的四重证据法,为文艺学乃至整个人文学科研究提供了一种创新的理论范式和综合性研究方法。就文学研究的前景而言,《文学人类学教程》所展示的文学研究的人类学视野、文学语境的人类学还原、文学批评的方法论创新都会对文学的跨学科研究产生持续的启迪。

当然,以上对于新时期文学与人类学跨学科研究的简单勾勒,主要着力于发展脉络的梳理,其间有关基本理论的辨析、争议问题的评估等尚存在很多空白。同时,由于文学与人类学的庞杂和梳理方法的粗疏,其间也会遗漏许多应当加以说明的成果。不过,作为一个在文学研究日趋边缘化而逆势而上的发展着的跨学科研究领域,阶段性的梳理只能是一个需要继续补充和完善的课题。面对知识全球化时代复杂多变的文学现象,文学人类学一定会不断调整自身,以更有效的方式切入文学研究;作为一种学术史的梳理和勾勒,关于文学与人类学跨学科研究的理论概述也一定会更客观准确地贴近其发展轨迹。

四、生态批评:全球生态危机的文艺学思考

作为典型的文学跨学科研究,生态批评的出场背景比起上述文学跨学研究形态来,除了来自学科内部试图扭转中国文艺学"失语症"的理论努力外,更直接的现实背景是日益严峻的全球性生态危机的驱迫。

正由于此,生态批评的跨学科,不是方法论的输出或输入,而是生态思想和观念的借鉴,是文学与生态学在生态危机驱迫下的主动联结,正如有论者所言:"生态批评是一种文化批评,但与其他文化批评类型相比,又超越了性别、种族、阶级、大地等单一的视角局限。""目前的生态批评还不能由单一的方法论或理论维系,而是由'环境问题'这个共同的'焦点'所联结。"[1]对此,美国著名生态批评家布依尔也曾讲:"生态批评不是在以一种主导方法的名义进行的革命——就像俄国形式主义和新批评、现象学、解构主义和新历史主义所做的那样。它缺乏爱德华·赛义德的《东方主义》为殖民主义话语研究所提供的那种定义范式的说明。就这方面来说,生态批评更像是女性主义之类的研究,可以利用任何一种批评的视角,而围绕的核心是一种对环境性的责任感。"[2]

在生态批评研究者看来,全球性生态危机不仅是因为人类对于地球的过度开发和索取,也不仅是因为日益加速的工业化和城市化,"全球性生态危机的出现,具有深刻的认识论和价值论的思想根源"[3]。在地球生态系统中,除了自然生态,还应当包括社会生态和精神生态,对于生态危机的认识,应当超越生态危机即环境污染、自然失衡的狭隘观念,生态危机不仅存在于自然领域,也存在于社会领域和精神领域。作为构成地球生态系统的组成部分,自然生态、社会生态和精神生态是相互关联、相互影响的有机体;追溯生态危机的原因,人类精神世界中价值取向的褊狭,才是最终造成地球生态系统严重失衡的最终根源。

基于这样的认识,生态批评者认为,迄今为止,文学艺术所表现的无外乎人类在社会中、在地球上的生存状态,完全可以运用一种生态学

---

[1] 胡志红:《西方生态批评研究》,中国社会科学出版社,2006年,第18页。
[2] 〔美〕劳伦斯·布伊尔:《环境批评的未来——环境危机与文学想象》(刘蓓译),北京大学出版社,2010年,第12—13页。
[3] 邢贲思:《生态文艺学·序》,陕西人民教育出版社,2000年,第3页。

的眼光加以透视、加以评判;并且,生态危机是一种覆盖了整个文明世界并关乎每个人日常生活经验的普遍现象,因此生态批评的任务不只在于鼓励读者重新亲近自然,而是要灌输一种观念、一种真切的人类生存意识,使每个人都认识到我们所栖居的地球生物圈是一个息息相关的整体;所以,生态批评将负载更多的时代精神和社会责任,面对生态价值观的普及和文明范式的转换,日益委顿的文学精神可能会迎来"重建宏大叙事,再造深度模式"的新生机遇。① 在这样的理论逻辑的导引下,经过二十多年的探索与发展,中国生态批评在译介与研究西方生态批评理论、挖掘和阐释中国古代生态资源、进行生态文学评论实践、构建中国本土生态批评理论形态等维度取得了较大进展,"边缘性的努力"已经显现出"思潮性的成果"。

(一) 生态批评跨学科研究的发展描述

如前所述,生态批评是一个涵盖范围宽泛的概念,是由"环境问题"这个共同的"焦点"所联结的文化批评,所以,其发展轨迹也呈现出大致平行的几个方面。具体而言,在中国,生态批评的发展基本上在以下四个维度展开。

其一,西方生态批评的译介与研究。

相对于中国生态批评的发展状况,西方生态批评较早进入自觉时代。尽管中国传统"天人合一"的基本理念造就了国人不自觉的生态基因,中国文化史上也积淀了丰富的生态资源,但是,现代意义上自觉的生态观念和理论则产生于西方。从梭罗的《瓦尔登湖》,到卡逊的《寂静的春天》,从史怀泽的"敬畏生命",到利奥波德的"大地伦理",从罗尔斯顿的"荒野哲学",到奈斯的"深层生态学",西方的生态文学、生态批评、生态哲学等都呈现出系统化的发展态势。20 世纪 80 年代之

---

① 参见鲁枢元:《生态批评的空间·前言》,华东师范大学出版社,2006年,第 2—3 页。

后,伴随着生态危机的全球化,中国也开始了自觉的生态理论研究,而对于西方生态批评的译介与研究则构成了中国生态批评理论演进的重要维度。

在这一维度上,西方生态思想的译介与研究为中国生态批评的兴起引进了精神资源、奠定了哲学基础,西方生态批评的译介与研究则为中国生态批评的开展与繁荣提供了话语构建和实践的参照模式。

我国学界对于西方生态思想的介绍开始于20世纪70年代末。1979年,美国生态文学史上里程碑式的作品——蕾切尔·卡逊的《寂静的春天》——在中国出版(吕瑞兰译,科学出版社,1979),这是一个富有启示意义的事件,它标志着正处于高奏现代化赞歌的时代已经有了尽管微弱但已经奏响的生态的声音。客观地讲,《寂静的春天》在西方现代派走红中国文学界的时代氛围中,并没有引起很大的反响,由科学出版社出版本身也说明,当时的译介并非关注其文学价值。但是,对于《寂静的春天》用文学的笔法所揭示的生态意识和思想的介绍,表明了中国学界对于现代化进程中生态问题关注的开始。1983年,罗马俱乐部于1972年发布的第一个研究报告《增长的极限——罗马俱乐部关于人类困境的研究报告》(丹尼斯·米都斯等著,李宝恒译,四川人民出版社,1972)在中国出版,其所预测的由于工业化的快速发展、人口的急速膨胀而带来的对于粮食的需求、资源的消耗和环境的污染,必然导致人类的发展会在21世纪达到地球承载的极限的观点,在全球引起了极大的反响,其所展示的生态理念也为处于现代化建设热望中的国人注入了一丝冷静的生态镇静剂。其后,对于西方生态哲学、生态伦理学、生态社会学、生态政治学等生态思想著作的译介逐渐增多。至2010年,中国大陆出版了包括"绿色经典文库"在内的西方生态思想著作近百种。西方生态思想论著的大量译介为中国生态批评提供了丰富的思想资源,同时,中国学者在译介基础上也推出了一系列生态思想著作,其对中国生态批评的深化起到了更为直接的推动作用,其中,余谋昌是中国学界较早涉足生态思想研究并且成就较大的一位。

中国学界对于西方生态批评完整的译介开始于 2001 年,其标志是清华大学王宁教授主编并由清华大学出版社出版的《新文学史》一书开辟了"生态批评"专栏,翻译介绍了美国《新文学史》1999 年夏季生态批评专号中的几篇文章。其后,对于西方生态批评著作的翻译,主要散见于《世界文学》《国外文学》《外国文学评论》《外国文学研究》《读书》等杂志的一些专栏和一些生态批评资料汇编中。陈望衡主编、湖南科学技术出版社 2006 年出版的环境美学译丛,开启了与生态美学密切相关的西方环境美学的研究窗口,其对于中国生态批评的建设和发展无疑具有重要的借鉴意义。2010 年,北京大学出版社出版"未名译库·生态批评名著译丛",推出了代表西方生态批评最新成果的著作,为中国生态批评提供了借以参照的经典文本。

伴随着西方生态批评译介范围的拓展,从 2002 年开始,中国学界关于西方生态批评的研究也逐步展开。王诺、胡志红、韦清琦、刘蓓、程相占、王晓华、宋丽丽、李晓明等一批中青年学者成为西方生态批评研究的主体。其中,王诺的研究具有开拓意义,其《生态批评:发展与渊源》(《文艺研究》2002 年第 3 期)系统介绍了欧美生态批评的发展历程和主要成就,为后来者进入这一研究领域树立了一个参照路径和路标;其《我们究竟从哪里走错了路?——生态批评:一种值得高度重视的文学批评》(《文艺报》2003 年 7 月 8 日)则在宏观介绍西方生态批评的同时,将对于生态危机思想根源的反思指向了启蒙运动以来的西方人类中心主义文化传统;其《生态整体主义辩》(《读书》2004 年第 2 期)更明确提出了生态整体主义的范畴,认为生态批评的理论基点不是弱人类中心主义,也不应是生态中心主义,而应是生态整体主义,鲜明地表达了与西方生态哲学、生态伦理学许多学者的不同看法,表现出对于西方生态批评的反思勇气和超越意识;其《生态危机的思想文化根源》(《南京大学学报》2006年第4期)则将其在《我们究竟从哪里走错了路?》一文中提出的关于生态危机的文化反思进一步深入和系统化,阐述和论证了全球性生态危机的深层根源在于支配人类行为的价值体系,要解决生态问题,必须进行一次人类文明范式的革命。王诺的系列研究成果后来集中体现在《欧美生态批评——生态文学研究概论》(学林出版社,2008)中。作为对于西方生态批评的阐释,《欧美生态批评》的开拓意义在于,王诺没有停留在对西方生态理论的简单介绍和移植上,而是在介绍发展过程、评析既有观点的基础上阐发了自己的理解,其对于生态批评的发展与渊源、界定与任务、精神资源与理论基点以及生态批评实践切入点的分析,不仅准确反映了中国学者对于西方生态理论的把握,而且为中国生态批评的理论建构呈现了基础元素。

另外,胡志红的《西方生态批评研究》(中国社会科学出版社,2006)是较早出版的对于西方生态批评做出全面深入研究的专著,其关于生态批评对生态文化多元性的诉求、全球化的本质与生态公正、生态批评对于西方中心主义的超越以及生态批评跨文明研究等分析,对于中国生态批评的视野拓展和中西生态批评的对话交流具有一定的启示意义。西方生态批评发源于美国,美国生态批评的发展状况代表了西方生态批评的源流和最新进展,李晓明的《美国生态批评研究》(博士学位论文,山东大学,2006)为中国生态批评的发展提供了典型个案的理论框架和资源。刘蓓的《生态批评的话语建构》(博士学位论文,山东师范大学,2005)通过梳理西方生态批评的渊源、发展概况、理论依据和解读策略,展示了更为自觉的建构意识。对西方生态批评持续关注的程相占、王晓华等,也为中国学界带来了关于西方生态批评包括生态美学的最新走向和自己的把握。

其二，中国古典生态资源的现代转换。

在对古典资源的挖掘和生态阐释方面，对于古典文学的生态分析和对于古典哲学文化观念的生态美学阐释是成效突出的两个方面。

在古典文学的生态分析方面，20世纪80年代后期，已有将生态学的概念移植到古典文学研究领域的论文出现。尽管当时古典文学的生态学研究明显带有"八五新潮""方法论热"的余温，求新的冲动抑制或掩盖了翔实完备的学理分析，但是，李耕夫、高翔等人从生态角度分析古典文学或者在古典作品中追寻生态的因子的论文，具有一定的跨学科研究意义。随着生态理论的逐步凸显和在文学领域更广泛的移植，从20世纪末期开始，以生态文艺学为理论基础而不是以生态学概念做简单比附的文章开始出现。其中，广为生态批评界引用的主要有王先霈的《中国古代文学中的"绿色"观念》(《文学评论》1999年第6期)、张皓的《中国诗人杜甫的生态观》(《江汉大学学报》2002年第1期)、吴建民的《中国古代文论的生态学特点》(《江汉大学学报》2003年第3期)、陈玉兰的《论中国古典诗歌研究的文学生态学途径》(《文学评论》2004年第5期)、鲁枢元的《汉字"风"的语义场与中国古代生态文化精神》(《文学评论》2005年第4期)、曾繁仁的《试论〈诗经〉中所蕴含的古典生态存在论审美意识》(《陕西师范大学学报》2006年第6期)等。同时，学界还推出了一些有影响的挖掘和阐释古典文献生态资源的论著，如张皓的《中国文艺生态思想研究》(武汉出版社，2002)、王志清的《盛唐生态诗学》(北京大学出版社，2007)等。其中，张皓的《中国文艺生态思想研究》对于中国古代文论的生态研究具有相当的深度和创新意义。

相对于学界对于中国古代生态资源所做的生态文艺学解读而言，从生态美学的角度对于中国古典哲学文化观念中蕴含的生态资源所做的阐释，对象范围更为广阔，建构意识更为自觉。从发展脉络上看，对于中国古代生态资源的美学阐释,起始阶段处于和生态哲学、生态伦理学等的杂糅状态之中。在生态学人文化的生态哲学、生态伦理学等的研究层面上,生态学"已经不再仅仅是一门专业化的学问,它已经衍化为一种观点,一种统摄了自然、社会、生命、环境、物质、文化的观点,一种崭新的、尚且有待进一步完善的世界观"①。这种世界观的核心是期望建立一种人与自然内在统一的和谐关系。正是在这个角度上,现代意义的生态哲学与以"天人合一"为基本精神的中国古代哲学观念发生了自然的契合,在中国古代儒道释学说中挖掘生态资源自然也成了生态哲学和生态伦理学研究的重要组成部分。在这方面,余谋昌、蒙培元、余正荣、刘湘溶、张云飞等的研究开启了从哲学伦理学角度阐释中国古代生态智慧的先河。其中,余谋昌是国内最早从事生态哲学研究的学者;蒙培元则以"人与自然"这一生态基本问题为切入点,不仅宏观阐述了中国古代生态观与可持续发展、儒家与人类中心主义等基本问题,而且全面解读了中国文化原典《周易》、以孔孟为代表的先秦儒家、以老庄为代表的先秦道家以及魏晋玄学、宋元理学、明清心学乃至现代新儒家的生态观念(蒙培元:《人与自然——中国哲学生态观》,人民出版社,2004),其对于中国哲学生态观的全景阐释为生态美学的展开与提升奠定了坚实的生态哲学基础。

在生态哲学的指导下,20世纪90年代中期以后,从生态美学的角度解读中国古代生态思想的尝试渐成气候。在这方面,既有对生态思想的典型载体如道家哲学、周易儒学、魏晋玄学等的专门解读,也有对中国古代文化观念中生态智慧的整体阐释。其中重要的论著有,樊美筠的《中国传统哲学中的生态智慧——以美学为例》(《中国哲学史》1998年第3期)、曾繁仁的《老庄道家古典生态存在论审美观新说》

---

① 鲁枢元:《生态文艺学》,陕西人民教育出版社,2000年,第26页。

(《文史哲》2003年第6期)、《试论〈周易〉'生生为易'之生态审美智慧》(《文学评论》2008年第6期)、黄念然的《中国古典和谐论美学的生态智慧及现实意义》(《复旦学报》2007年第4期)、李天道的《和：中国传统生态美学之境域构成论》(《贵州师范大学学报》2004年第1期)、韩德民的《生态世界观：儒家与后现代主义的比较诠释》(《中国文化研究》2006年冬之卷)、王磊的《先秦的生态美思想——孟子、庄子解读》(《陕西师范大学学报》2001年第4期)、王茜的《生态文化的审美之维》(上海人民出版社, 2007)、曾繁仁的《生态美学导论》(商务印书馆, 2010)、王凯的《逍遥游——庄子美学的现代阐释》(武汉大学出版社, 2003)、赵凤远的《庄子生态美学思想研究》(博士学位论文, 山东大学, 2007)、程习勤的《老庄生态智慧和诗艺》(武汉出版社, 2002)、邓绍秋的《禅宗生态审美研究》(百花洲文艺出版社, 2005)、刘国贞的《魏晋玄学的生态观和审美观》(博士学位论文, 山东大学, 2009)、李琳的《中国佛教的生态审美智慧研究》(博士学位论文, 山东大学, 2009)等等。其中, 曾繁仁、王茜等对于中国古典文化中生态美学观念的整体阐释, 赵凤远对于庄子生态美学的全面解读, 邓绍秋对于禅宗的生态美学分析, 李琳对于佛教生态意识的挖掘等, 构成了中国古典生态观念现代转换的整体风貌。

其三, 生态视野下的文学评论实践。

具有思潮意义的中国生态文学评论萌生于20世纪80年代, 如李庆西的《大自然的人格主题：关于近年小说创作中的人类生态学意识与一种美学情致》(《上海文学》1985年第11期)、徐芳的《人与大自然关系的艺术思考——兼评近年来小说创作的一种倾向》(《文学评论》1985年第1期)、曹文轩在《中国八十年代文学现象研究》(北京大学出版社, 1988)中对20世纪80年代中国文坛出现的大自然崇拜、原始主义倾向和浪漫主义回归等文学现象的分析。处于萌生期的初具生态批评意识的文学研究文章，尚没有明晰的生态批评指向，这一时期的中国生态文学评论虽然操持着"生态"等话语，但指涉和展示的重点并不全是生态危机与生态批判。但富有启示意义的是，李庆西、徐芳等从新时期文学现象中看到了环境、自然与人类原本非对立的精神联系，而这恰恰就是其后生态批评的一个原则之一；曹文轩在对1980年代文学作品中出现的大自然崇拜现象的原因分析中，已经非常明显地显露了走向荒野、回归田园、崇尚大自然、反思现代化等生态的理念、生态的视角。鲁枢元是较早关注生态批评的学者，他在张家界全国第二届文艺心理学研讨会上已经提出了"精神生态"的概念，不过，和曹文轩等相比，鲁枢元虽然具有更为自觉明确的生态理念和生态批评指向，但此时的他仍然试图在文艺心理学的框架内阐释和解决业已明显的生态问题。直到1995年左右，中国生态文学评论仍然应当处于萌生期。这一判断来自两方面的原因。首先，1995年以前，中国生态文学评论数量很少；其次，尽管已经出现了许贤绪、张韧、黄文华、陈辽、陈晓明等人的规范的生态批评，但生态文学、生态小说等的指称还相当混乱。

1995年至2005年，中国生态文学评论进入奠基发展期。因为，生态文学评论的刊发数量大幅度增加；关于生态文学研究的基本概念、基本原则、发展渊源、哲学基础等得以初步确立；从生态批评的角度宏观审视中国现代文学的生态文学评论专著开始出现。2002年，皇甫积庆的《20世纪中国文学生态意识透视》由武汉出版社出版，这是第一部以中国文学作品为对象的生态批评专著。2003年，王诺的《欧美生态文学》由北京大学出版社推出，这部著作涉及生态文学的概念界定、特征归纳、思想溯源和内涵挖掘等，迄今为止仍然是生态文学评论者借以引用的重要文献。就生态文学评论这一维度而言，《欧美生态文学》的出版可以说具有里程碑的意义。

2005年，中国生态文学评论进入繁荣期。这一结论来自三个原因：首先，生态文学评论的文本视域大幅度拓展，从生态视角论述文学作品的文章不仅涵盖了狭义的生态文学，而且拓展到了广义的生态文学，甚至涉及了反生态文学作品，生态批评实践了"一切文学作品都可以用生态理论重新阐释"的生态批评理想。其次，生态意识逐步成为社会共识，形成了较好的生态文化氛围。随着全球性生态危机的日趋严峻，生态问题已经不仅仅是知识精英和敏锐的思想家们关注的话题，生态问题的生活化（个人生活中处处可以感受到生态问题的侵扰）、具体化（生态问题已经不是需要论证的宏观存在，而成为随时出现的一个个具体的事件）和现代发达媒体对于生态事件的快速广泛传播，使得各层次民众的生态意识大大增强，这客观上为生态文学创作和生态批评提供了丰厚的土壤。第三，生态文学评论借以开展的生态批评理论逐步完善。2005年以前，鲁枢元的《生态文艺学》（陕西人民教育出版社，2000）、曾永成的《文艺的绿色之思——文艺生态学引论》（人民文学出版社，2000）等已初步建构了中国生态批评理论的基本形态，这些著作无疑在生态批评的学科建设方面具有开拓性的创新意义。但是，由于生态批评的一些基本问题尚没有探讨清楚，生态批评的哲学基础和基本原则尚存在许多争议，生态文学评论的开展因而也受到制约并表现出思想的苍白和方法的单一。2005年起，随着中西生态批评界交流的加深，一批生态批评论著亮相文坛，为生态文学评论增添了理论活力。在这方面，有影响的理论著作有：鲁枢元的《生态批评的空间》（华东师范大学出版社，2006）、胡志红的《西方生态批评研究》（中国社会科学出版社，2006）、王诺的《欧美生态批评——生态文学研究概论》（学林出版社，2008）、刘文良的《范畴与方法：生态批评论》（人民出版社，2009）、曾繁仁的《生态美学导论》（商务印书馆，2010）等。

其四，生态批评理论形态的建构。

从20世纪80年代末开始，伴随着生态文学的萌生和生态文学评论的出现，中国生态批评理论也开始萌芽。中国文艺理论工作者关于生态批评理论的最初探索，应当说是文艺学领域对于自然科学概念和方法的移植借鉴，明显带有"方法论热"的余温。中国生态批评理论形态的真正形成是在20世纪90年代以后，其标志是文艺生态学、生态文艺学、生态美学、审美生态学等概念的提出和曾永成《文艺的绿色之思——文艺生态学引论》、鲁枢元《生态文艺学》、徐恒醇《生态美学》、曾繁仁《生态存在论美学论稿》、袁鼎生《审美生态学》等一系列著作的出版。在中国生态批评理论形态的建构过程中，文艺生态学、生态文艺学、生态美学、审美生态学等各自有着不同的研究侧重和核心范畴，但考察人与自然的生态关系是其共同的阐释视角和理论标志，正是在这个意义上，它们共同构成了中国生态批评的理论形态。同时，从成就、影响和理论涵盖来看，生态文艺学和生态美学构成了中国生态批评的主要理论形态。

在生态文艺学维度上，20世纪80年代后期，文艺学研究中已经出现了"生态"的概念，但是，这一时期的文章更多关注的是地域、文化、政治等作为文学的环境因素对于文学发展的影响，从理论内核上看，其与传统的现实主义文艺理论强调现实生活对于文学影响的理论路径是一样的。20世纪90年代后，出现了一些具有学科意义的文艺生态学和生态文艺学两种指向相近的理论。其中，曾永成的《文艺的绿色之思——文艺生态学引论》是我国第一本对马克思主义进行生态阐释并以马克思主义的生态观为指导进而展开论述的文艺生态学论著。其后，宋丽丽的博士论文《文学生态学建构——生态批评的思考》在文学生态学的概念和模式辨析、文学生态学建构基础阐述、文学生态学阅读策略设计、文学生态学价值取向建构等方面做出了有意义的探索。余晓明的博士论文《文学生态学研究》则从生态学的角度对于文艺与"文艺的精神家族"其他要素诸如政治、经济、文化之间的关系做出了有意义的阐发。吴秀明的《新世纪文学现象与文化生态环境研究》(浙江工商大学出版社,2010)作为典型的文艺生态学的应用成果,为文艺生态学的理论建构反馈了富有建设意义的实践标本,其对文化生态环境的构成元素设计及其关于现实语境、文学资源、精神主体、政府调控、媒体影响、批评功能、读者市场等元素对于文学生态的影响分析也有着重要意义。在生态文艺学的发展路向上,鲁枢元无疑是一位重要的代表人物。鲁枢元关于生态文艺学的理论表述集中体现在出版于2000年的《生态文艺学》和出版于2006年的《生态批评的空间》等论著中,其主编的《自然与人文:生态批评学术资源库》(学林出版社,2006),视域涵盖中外古今,资料洋洋百余万言,为推动生态批评的发展具有不可替代的基础作用。另外,刘文良的《范畴与方法:生态批评论》(人民出版社,2009)对于生态批评范畴和生态文学研究方法的探讨,富有问题意识,凸显了理论指导实践的应用性,在生态批评理论形态建构进程中应当占有一席之地;一些富有新见的文章也论及了生态文艺学的理论建构问题,如刘锋杰的《"生态文艺学"的理论之路》(《安徽师范大学学报》2003年第6期)、彭松乔的《生态文艺学:视域、范式与文本》(《江汉大学学报》2002年第3期)等。

在生态美学维度,20世纪90年代,伴随着生态危机日益严峻的现实和美学自身超越的内在需要,中国美学界提出了生态美学的概念。中国生态美学研究的肇始更多被看作是佘正荣的《关于生态美的哲学思考》(《自然辩证法研究》1994年第8期)和李欣复的《论生态美学》(《南京社会科学》1994年第12期)的发表。但是,作为一个新兴学科,在经济发展仍然是国人第一要务的环境中,以反思现代化的负面影响为特征的生态美学并没有得到理论界更多的关注。直到2000年,中国生态美学研究才真正得到进一步拓展和深化,其初始标志是徐恒醇《生态美学》(陕西人民教育出版社,2000)一书的出版。其后,中国生态美学出现一个快速发展的时期,更多的学者出现在生态美学研究领域,全国生态美学专题研讨会相继在西安、贵州、南宁、武汉召开,《陕西师范大学学报》《文艺理论与批评》等刊物还设立了生态美学研究、文艺与生态等专栏,推出了一大批颇具影响的研究成果。

曾繁仁的《生态存在论美学论稿》(吉林人民出版社,2003)、章海荣的《生态伦理与生态美学》(复旦大学出版社,2005)、彭锋的《完美的自然——当代环境美学的哲学基础》(北京大学出版社,2005)、张华的《生态美学及其在当代中国的建构》(中华书局,2006)等也相继出版。对于包括生态美学在内的生态理论建设进程而言,2007年具有重要的意义。2007年10月,中共中央在十七大报告中,将建设生态文明与建设社会主义物质文明、精神文明和政治文明一样列为建设社会主义和谐社会的重要目标。尽管政治家关于生态文明的内涵和建设路径与美学家的理解尚会有差异,但共同的生态理想使得生态美学研究获得了极大的研究空间和意识形态支撑,这意味着我国包括生态美学在内的生态理论研究具有了更迫切的现实需要,也意味着生态理论研究从边缘进入主流,迈入新的发展阶段。与国家意识形态倡导生态文明建设的舆论政策相适应,2007年及其以后,中国生态美学研究也进入了一个稳定发展期。生态美学稳定发展的表现,在于其研究成果更具综合意识、反思精神和建设意义。这一时期,有影响的论著有:刘悦笛翻译出版的《环境与艺术:环境美学的多维视角》(重庆出版社,2007),该书反映了国际著名美学家们有关环境美学的最新成果;陈望衡的《环境美学》(武汉大学出版社,2007),该书为中国大陆第一部以环境美学为名的论著;曾繁仁的《转型期的中国美学》(商务印书馆,2007);王茜的《生态文化的审美之维》(上海人民出版社,2007);曾繁仁的《生态美学导论》(商务印书馆,2010)等。

在中国生态美学的理论生成进程中,曾繁仁教授是一位富有建树的理论家。相对于很多研究者而言,曾繁仁教授的生态美学研究显示了更为宏阔的融通性、更为明晰的应用性、更为清醒的学科建设意识。就融通性而言,曾繁仁不仅清醒地始终把马克思主义原典中蕴涵着但被长期忽视的生态意蕴作为理论指导,而且站在建设性后现代的立场上阐释融汇了中西古今丰富的生态美学资源。就应用性而言,曾繁仁的生态美学理论建构始终以建设生态文明、倡导人类生存的审美化为旨归,体现出强烈的社会责任感和知识分子的担当意识。就学科建设而言,曾繁仁始终认为生态美学研究只是美学研究的一种形态,尚不具备完善的学科条件,体现了理论家学科意识的审慎和严谨。尤其需要指出的是,从曾繁仁的美学研究历程来看,他在20世纪90年代以前所从事的"美育"与"文艺美学"研究,基本上是遵循着蔡元培、王国维、朱光潜、宗白华等所开辟的学术航道向前行进的,其中虽不乏深邃的感悟与成果,但奠定其在中国现代美学界独特地位的,仍然是他在生态美学领域的建树。曾繁仁生态美学研究的价值在于,他对于重新评估自然对于人类社会的意义与价值、重新建构人类在地球生态系统中的地位与关系等的倡导,显然是对以往认识论美学、实践论美学的"接续"或曰超越,这涉及现代性反思这一时代转换的大问题,且关涉整个美学学科的基点。曾繁仁在《生态美学导论》一书中归纳了生态美学对于现代美学学科的突破:由人类中心向生态整体主义的过渡、重新将自然维度引进审美领域、确立自然本身的审美属性与价值、建立包括诗意栖居、四方游戏、家园意识、生态崇高、生态美育在内的诸多审美范式;在《转型期的中国美学》(商务印书馆,2007)一书中,更把批判的矛头直接对准柏拉图、亚里士多德以来的理性主义认识论传统,并站在生态立场上对西方的存在论美学、现象学美学、阐释学美学表现出浓厚的兴趣;同时他更希望从《老子》《庄子》《诗经》中发掘出中国历史悠久的生态智慧,帮助现代人类走出社会发展的误区。这种美学思考将美学问题置放在苏格拉底之前人与自然的原初情境之中加以新的阐释,甚至可以说是试图对从柏拉图、亚里士多德到培根、笛卡尔、康德、黑格尔整个形而上学逻辑链条的超越。

(二)生态批评跨学科研究的发展空间

生态批评在上述四个维度的理论构建,构成了新时期文学跨学科研究的时代风景和中国特色。一方面,生态批评作为新时期文艺理论建设和文学批评实践的理论新锐,从"边缘性的努力"到"思潮性的成果",逐步为文学研究找回了理论自信,其体现的时代精神和使命意识,将文学研究引向了更为广阔的视域。但另一方面,作为一种宽泛理念的倡导,生态批评虽然倡导借助一切文学研究方法,但尚有一些不足和很大的发展空间。

其一,西方生态批评的中国之路尚需开拓。

西方生态批评在思想基础、理论形态、实践路径等方面无疑可以成为构建中国生态批评理论形态的重要资源,并且已经有学术团队对此做出了开拓性贡献。首先,坚实的思想基础为中国生态批评的建构提供了可资借鉴的精神资源。从整体上看,现代意义上的生态观念主要来源于西方,生态科学、生态伦理、生态哲学等共同构成了西方生态理论的思想体系,为生态批评提供了坚实的基础和资源。其中,以卢梭为代表的浪漫主义生态意识,以吉尔伯特·怀特和梭罗为代表的阿卡狄亚式生态观念,以林奈、达尔文和海克尔为代表的近代生态科学,以海德格尔为代表的存在论生态哲学,以人类中心主义批判为核心的生态整体主义,以追求族际平等为目标的后现代主义生态正义观等构成了西方生态思想体系的发展谱系,这些理论不仅促进了西方生态批评的萌生、发展和繁荣,而且也已经成为中国生态批评的精神资源。其次,多元的理论形态为中国生态批评的建构提供了可资参照的批评范畴。作为一个遵循"多元共生"这一基本原则的文学批评,西方生态批评虽然从文学批评内在的发展谱系上看是出于对形式主义批评拘泥于文本自身、忽视文学外部研究倾向的反拨,但并不排斥对包括形式主义在内的已有成熟批评理论方法论意义上的借鉴,正是由于生态批评的开放性,才使得其表现出了以生态为核心向文学的社会维度、文化维度、地域维度、种族维度、性别维度、人性维度、生命维度、自然维度、精神维度等的拓展。在这些诸多维度上,西方生态批评表现出了更为多元的理论形态,为中国生态批评的建构提供了可资参照的批评范畴。第三,丰富的实践路径为中国生态批评的建构提供了可资追寻的应用示范。西方生态批评纷繁复杂,但无论生态批评,抑或环境美学,各种不同的理论形态有一个共同的特点,那就是十分强调实践性。西方生态批评的实践性不仅体现在对于理论解决实际问题的倡导,而且体现在对于科学实证方法的遵循。相对于中国生态批评多停留在理论演绎、观念梳理、意识张扬的发展状况来说,西方生态批评的实践性是非常值得推崇的。

  但是,由于西方生态批评广阔的涵盖范围,中国的译介研究还不能对其概貌有一个准确的把握,要么一味认同、要么全面质疑的争论更多的是表露了自身的文化焦虑。相对于近代以来西方文论东方化的历史,尤其是新时期西方文论对于中国文艺理论的极大促进作用,当前关于西方生态批评的研究存在着新的境遇、不足和难题,诸如在研究深度上,中国学界关于西方生态批评的研究尚处于进行之中,更多地停留在译介的层面,与东方资源缺乏融合;在研究实践上,西方生态批评的后现代语境与中国前现代、现代和后现代杂陈的现实缺乏衔接;在研究态势上,由于发展与生态的矛盾以及生态土壤的贫瘠,目前的研究难以再现新时期渴求新的话语、全面引进西方观念的理论生机。面对共同的生态难题和不同的生态语境,中西方生态批评需要开启的是平等对话、交流融合、相互促进的理论进路。西方生态批评的中国之路作为百年来中西文艺理论交流史的自然延伸,面对新的语境和问题,需要超越

"中体西用""全盘西化""西体中用"等类似问题的纠缠,超越中西二元对立的思维定式,在全球化的视野下坚持和彰显本土性,使全球视野和本土精神形成互相映衬的张力关系。

其二,中国古典生态理论资源的现代转换的方法尚需完善。

中国古典哲学及古代文论中体现的天人合一的思想理念、崇尚自然的审美态度、追求和谐的文化精神、倡导回归的超越意识为中国生态批评提供了阐释的巨大空间。首先,从文化根源上看,今天的全球性生态危机的直接原因在于全球化的资本主义生产消费方式,而这种生产消费方式的历史文化根源则是西方主客二分的哲学观支配下的根深蒂固的人类中心主义。在对人类中心主义的辨析、质疑和驳难中,中国"天人合一"的传统文化观念凸显了生态的意义和价值。中国古代哲学所谓的"天人合一",虽然在不同发展阶段表现出不同的内涵,儒道释等不同哲学流派和哲学家个人对此也有不同解释,但是,无论是道家倡导的人向"自然"的回归,还是儒家重视的仁义德性对于天道的遵循,抑或释家对于精神超越的强调,在二者的关系上,不同侧重只是表现为追求人与自然、人道与天道和谐统一的不同手段,"这一理念的基本含义则是人与自然的内在统一"①。其次,如果说"天人合一"体现了中国先哲在人与自然关系上的形而上哲思,那么,崇尚自然则是"天人合一"思想基础支配下中国古人处理人与自然关系时所尊奉的基本态度。比起西方主客二分和人类中心主义基本观念导引下的征服自然的认识论,"天人合一"支配下的崇尚自然的东方文化态度与现代生态观念无疑具有更多的契合和更近的亲缘。崇尚自然的生态审美态度作为中国古代生态资源的核心内容之一,不仅突出地表现在道家文化之中,而且也渗透在儒家文化之中,尤其是作为一种艺术精神,甚至弥漫于整

---

① 蒙培元:《人与自然——中国哲学生态观》,人民出版社,2004年,第3页。

个古代文化空间。第三,在人与自然的关系上,如果说"天人合一"是中国古代生态智慧的思想基础,崇尚自然是中国古人的基本态度,那么,和谐则是中国古代哲人追求的一种生态美学境界。比起西方传统哲学在主客二分思想基础支配下强调人对于自然的斗争、对立、征服、索取等态度来,中国文化追求和谐的美学观念无疑具有朴素但明晰的生态色彩。第四,天人合一、崇尚自然、追求和谐是中国传统文化在目标和价值层面上的一种理想化表述,而如何才能达到这样的状态,儒家、道家和释家体现出了一种共同的特点,那就是倡导回归的文化实践路向。所有这些,无不昭示出中国古典生态智慧的后现代价值。

中国传统文化中蕴含着丰富的生态理论资源,这些理论资源意味着中国文论可能由此出现可与西方平等对话的生长点,生态美学、生态文艺学和生态批评二十多年来的建构努力也在逐步凸显这个生长点。应当说,近年来学界对于中国古代生态资源的挖掘、解读和阐释已经取得了不俗的成绩,从横向上看,对于代表中国古代文化群峰的儒、道、释的生态美学阐释已经没有盲点;从纵向上看,对于作为中国文化主流的儒家文化的生态美学分析也贯穿了自先秦易学到明清心学的全过程。但是,理论研究的重要性和价值不仅应体现在覆盖面的宏阔,而且应体现在研究的深刻性和有效性,在这个意义上,对于中国古代文化生态资源的美学阐释还存在着一些不容忽视的问题。其中,生态阐释的寻章摘句式倾向和解读方法的简单化,重在挖掘而忽视创新的阐释态度,限制了古代资源的现代转换。对此,进一步的研究空间在于,对于古代理论资源的生态阐释应当首先从文献研读入手,分析古典文献产生的历史语境,准确把握文献的初始意义,由此推演阐释符合现代生态意义的思想,这样才能不至于曲解或者拔高古典文献的生态蕴涵。同时,建构当代生态批评理论,无疑需要系统挖掘中国古代生态资源,目前的挖掘也仍然需要进一步系统化和拓展;但是,梳理、分析古代有什么生态资源仅仅是理论建构的第一步,更重要的步骤应当是对于古代生态资源的理论升华,是在对古代生态资源解读、分析的基础上树立具有当代意义的生态观念,凝练具有实践意义的生态批评原则和方法,建立中国的生态批评话语体系。所以,目前迫切的问题是需要我们扩大生态解读的文献对象,拓展生态阐释的理论视野,借鉴古代文论现代转换的成熟策略,加强生态阐释方法的研究,以真正彰显中国生态资源的东方特色。

其三,生态学视野下的文学批评实践尚显单薄。

基于日益严峻的全球性生态危机的驱迫,面对逐渐繁盛的生态文学创作,作为生态文艺理论的实践形式,经过二十余年的发展和积淀,中国生态文学评论取得了令人瞩目的成就。首先,对于生态文学作品的评论和研究已经涉及了文学作品的各个体裁,生态小说、生态散文、生态诗歌、生态戏剧等文学样式和重要作品都有相应的推介、评析和批评。成绩突出者诸如陈晓明、王兆胜、雷鸣、杨剑龙等的生态小说,丁晓原、罗宗宇、龚举善等的报告文学,徐治平、汪树东等的生态散文,吴笛、田皓、西敏等的生态诗歌,佘爱春、付治鹏、龚丽娟、刘永杰等的生态戏剧,其中很多个案研究或可成为各自领域的本源性文献。其次,从生态学的角度考察文学作品的生态蕴涵的论著更是涵盖了古今中外文学领域的许多方面,引人瞩目的诸如王诺关于欧美生态文学的宏观考察,朱新福关于美国生态文学的梳理,李美华关于英国生态文学的评述,杨素梅和闫吉青关于俄罗斯生态文学的论析,汪树东、吴景明关于中国现当代生态文学和韦清琦、王军宁、张晓琴、雷鸣关于新时期生态文学的梳理与评析,王先霈、王志清、陈玉兰等关于中国古典文学的生态意蕴挖掘,苗福光关于劳伦斯作品的重新阐释,陈茂林关于海明威作品的生态解析,覃新菊关于沈从文作品的生态观照等都达到了一定的高度。第三,生态文学研究突破了作品评论的单一路向，出现了关于文学现象、文学环境的生态研究，成绩突出者如吴秀明关于新世纪文学现象的生态研究。第四，支撑开展生态文学批评的基本概念和理论原则逐步明晰，曾繁仁、鲁枢元、曾永成、王诺、刘文良等的探索展示了这方面的主要成就。总之，在中国生态文学批评这个维度上，无论是狭义生态文学评论，还是生态视角下广义生态文学甚至是非生态文学的生态学观照，抑或是关于文学现象、文学环境的生态研究，二十余年的努力应当说已经基本具备了从史论的角度来观照的空间。

但是，作为生态批评最活跃的部分，中国生态文学评论还存在精神资源的庞杂和批评话语的空泛、哲学根基的薄弱和终极追问的乏力、批评方法的单调和切入路径的因袭、文本细读的不足和审美体验的隔膜、典型文本的稀缺和批评视野的狭窄、批评主流的漠视与批评力量的不足等诸多问题。真正的富有建设意义的生态文学评论不仅应当回答作品中表现了什么样的生态意识，而且应当分析这些生态意识产生的文化基因和现实价值，应当分析这些生态意识在生态思想发展链条上的位置和作用，应当鞭笞生态恶化背后中国当下更严峻的唯经济中心、唯权力中心、唯长官意志等现象，并提出生态疗救方案。无论西方还是中国，对于现代性反思这一生态文学主题的研究，都要潜入问题的底层，都要结合各自的现实语境，都要呼应关于现代性的哲学反思，只有这样，才可能发出更有力量的终极性追问。生态批评虽然属于一种思想文化批评，其基本任务是挖掘文学作品中蕴含的生态思想以及导致生态危机的深层思想文化根源，但也要时刻警惕不能忽视批评的审美原则，防止出现重视思想内容而背离文学诗性本质追求的类似社会历史批评的简单化、庸俗化倾向，"理想的生态文学批评应当寻求文化性和审美性之间的和谐统一，将生态文学作品视为文化的审美凝结，不剥离文化的审美蕴涵，从而使文学批评摆脱过度的文化哲学的观念思辨模式,在一定程度上恢复其文学性读解的审美精神和诗性维度,这样才可以避免空洞的文化说教"①。总之,中国生态批评必须高扬"中国文化的生态情怀,中国诗学的生态倾向",发挥阐释、预警、导引、净化等生态批评应有的功能,为构建本土生态批评理论提供实践支撑,为建设人类生态文明做出生态文学及其批评方面的贡献。

其四,中国生态批评的理论形态尚需提升阐释能力。

生态文艺学、生态美学以及生态批评学各自有着不同的研究重心和学科范畴,但考察人与自然的生态关系是其共同的目标。二十多年来,中国生态批评理论已经获得了显著的成绩。首先,以鲁枢元为代表的生态文艺学,以更清晰的历史与文化批判的维度,更为外向的理论指向和路径拓展了文艺理论的新视野。在鲁枢元的生态文艺学架构中,生态危机存在的复杂的思想文化根源是其理论前提;对于以资本主义为主要形式的现代文明的反思与批判是其理论的出发点;展示和剖析文学艺术在地球生态系统中的位置和意义,文学艺术与自然、社会、时代、人的精神性存在的关系,以及文学艺术在未来生态社会中可能发挥的重大作用是其理论的主要内容;通过文艺促成生态精神的生成,促进人类对自身价值观念、生活方式、文明取向做出根本性调整是其理论的终极目标。鲁枢元这样的论证逻辑,使生态文艺学负载了更多的时代精神和社会责任,也期待着文明范式的变换将使日益委顿的文学精神获得新生,将给承载着人类精神的文学艺术带来"重建宏大叙事、再造深度模式"的机遇。以曾繁仁为代表的生态美学理论也成为美学研究的重要维度。作为一个阶段性的论证结果,曾繁仁关于生态存在论美学观的基本范畴涵盖了九个方面:生态审美本性论、"诗意栖居"、四方游戏说、家园意识、场所意识、参与美学、生态文艺学、生态审美的两种

---

① 刘文良:《范畴与方法:生态批评论》,人民出版社,2009 年,第 111—112 页。

形态——安康之美与自强之美、生态审美教育。这些范畴融通了马克思主义理论、西方当代存在哲学、西方当代生态思想和环境美学理论以及中国古代生态资源,其中虽然还有进一步论证的空间,但已经初步显现了构成生态美学学科的雏形。

但是,生态批评的理论形态在理论基点的确认、批判指向的修正、实践空间的拓展等方面仍然存在有待完善的理论空间。站在生态时代的高度,作为思考主体的人类应当充分认识到,在地球生态系统中,所谓主体只能是相对的;作为生态观指导下的文学理论,生态批评应当是超越的,不应仅仅停留在反思批判工业化、城市化、科技理性、唯发展观、消费主义等的层面上;理论的生命力取决于其对于研究对象和内容的阐释力,生态批评理论作为全球性生态危机的文学理论观照,必须提升其对于促进生态文学繁荣和拯救现实生态危机的实践意义。针对中国生态批评理论存在的理论基点的游移、批判指向的争议和实践空间的遮蔽等问题,生态研究者需要努力实现与当代生态文明建设相衔接,与当代生态理论的发展前沿相衔接,与中国传统生态文化智慧的深入发掘相衔接,与当代生态文艺的发展状况相衔接,在中西交流对话中与坚持中国特色文化建设之路相衔接,进一步阐释、对比、研究并填补宏观导语下的微观理论空间,探索出一条"全球视野:世界资源,中国经验"的生态批评理论建设之路。

进入21世纪,生态无疑是世界经济、政治、文化建设的关键词,生态批评也必将成为文学批评再度辉煌的生长点。但是,因为生态危机的严峻性和生态运动的复杂性,生态批评的话语实践只能在倡导多元化的立场中维持其发展活力,只能通过对生态多样性的强调来防止绝对中心观念的复辟和新的话语霸权的形成。作为文学批评的一个话语流派,生态批评承载了过多的负荷,并因此也受到了更多的诘难,中西方都存在的生态批评的泛化有可能使得因生态批评论域的超界而弱化其声音乃至存在，对此，生态批评应当坚持生态的视角而不脱离文学的论域。生态批评对于文学的最大贡献在于倡导恢复生物界所有生命在文学中的相互主体地位，其将文学反映和表现的对象范畴由社会、世界、人与人等领域拓展到了生态圈、精神圈以及人与自然的有机整体系统中，使边缘与中心、差异与多元等后现代理念有了生态学的明确指向；但文学的功用和优势不在于论证生态学的观点，而在于绿化人的精神，潜移人的观念，默化人的行为，发挥"恢弘的弱效应"。生态批评的目的则应在于建构文学的生态理论，凸显文学的生态维度，评判文学的生态价值，导引文学的生态关怀，弘扬文学的生态效用。在后现代的视野中，生态批评的任何理论都可能是"暂时性的策略而非终极性的方案"，作为人文关怀、生命关怀、生态关怀和宇宙关怀的一种话语建构，生态批评之道将会伴随着人类生存的延伸、地球万物的存续不断完善，文学与生态学的跨学科研究也将继续深入和完善。

第三节　文学跨学科研究的争议与辨析

从20世纪80年代初期至今，中国新时期文学的跨学科研究已经走过了40年的历程。毫无疑问，无论自觉与否，文艺心理学、文学系统论、文学语言学、文学人类学、文化诗学、生态文艺学等跨学科研究曾一次又一次成为中国新时期文艺理论蓬勃发展的生长点，文学跨学科研究的成就已经成为文艺理论史不能不浓墨重彩予以关注的研究领域。但是，辉煌的成就并不意味着所有问题的解决，相反，研究领域的拓展、活跃和深入必然带来更多的疑惑和问题。目前，跨学科的概念和方法已经为理论界多数人所接纳或充分应用，其表现出来的优势也为哪怕是质疑者所认可。但是，关于文学的跨学科研究仍然存在一些需要正视和回答的基本问题,诸如文学研究如何才能做到跨学科?跨学科研究要不要坚持学科本位?跨学科研究如何才能摆脱简单的方法借鉴而进行更多的学理思考?作为跨学科研究的一个领域,关于文学的跨学科研究有什么特殊性?等等。对此,结合已有的跨学科研究实践和上述关于文学跨学科研究的梳理,可归纳、概括和提出一些基本意见和方略。

一、文学跨学科研究的合法性和可能性问题

尽管文学的跨学科研究业已存在并成就巨大,但对其仍然存在合法性的质疑。质疑者固守着所谓文学学科的研究方法和文学的论域,认为跨学科的研究就不能称之为文学研究或者关于文学的研究。例如,文化研究专家陆扬在谈到具有典型的跨学科研究特征的文化研究的发展方向时就曾讲到:"文化研究拒绝一切经典法规,它没有传统学科的严格性,既没有自己的基本理论和研究方法,也没有研究范围的限制。它借助人文科学和社会科学的理论和方法也有很大的随意性。常常根据其目的和需要从一个学科跳到另一个学科,从一种方法跳到另一种方法。这种随意拈来、为我所用的研究方式,在一些人看来,就是典型的'反学科'作风。"①在这里,陆扬并不是跨学科研究的质疑者,但其所说的"一些人"却指称了这一声音的存在;同时,虽然因为其他章节另有专论,本章没有论及文化研究,但新时期文学的文化研究无疑是表征最为显著的跨学科研究。对于学界存在的针对跨学科研究的质疑,南帆的一段话可以准确地用以回答。南帆认为:"在我的心目中,'跨界研究'从未成为一个问题。一个观点的正确或者错误,绝不是因为援引了哪一个学科的知识。论证一个命题的时候,任何学科均有资

---

① 陆扬、王毅:《文化研究导论》,复旦大学出版社,2015年,第147页。

格给予支持。一个对象隐含了许多层面。漂亮与否诉诸美学，健康与否诉诸医学，跨越不同的学科又有什么奇怪？追溯历史，人类知识的学科分类并不是来自某种本质主义的规定。知识与权力的关系，某种意识形态运作，知识的分蘖与交汇，这些均可能成为学科的起源。学科范围不存在神圣的规定。如果历史驶入另一个阶段——如果传统的学科框架成为进一步认识的遮蔽，人们没有必要效忠于某种'学科领土主权'而拒绝敞开边界。许多学科的疆域始终游移多变。从一个学科内部的积累到多学科交叉导致的视域调整，从社会需求的浮动到学院建制的改变，这一切均有可能成为重新勘定学科版图的理由。例如，现今文学研究已经与三百年前大相径庭。对于许多人再三捍卫的文学学科，'跨界研究'已经屡次发生。"①在这里，南帆的陈述实际上涉及两个核心，一是学科壁垒问题：学科本身就不是一成不变的，关于某一学科的研究也就不可能一成不变，跨学科研究更应打破学科壁垒；二是跨学科研究的发生学基点问题：任何研究都是关于某一问题的研究，而研究问题的方法从来就不应拘泥于学科内部，已有的任何跨学科研究，其发生学的基点就是缘于解决"共同的问题"。不仅如此，更有论者认为："在现代学术视野中，一门学科是否具有前沿意义，能否向纵深发展，并始终保持一种强劲的张力，在很大程度上，恐怕真要依赖学术和学科的某种泛化——亦即，依赖向其他学科的楔入，或其他学科向自身楔入，以及双方（或多方）楔入的程度。""任何学术研究——不管自然科学、社会科学或人文学科——其前沿研究的形态，都应该是跨学科的，而其纵深研究形态，也应该是跨学科的。"②

---

① 南帆：《"跨界"的半径与圆心——谈鲁枢元的文学跨界研究》，《文艺理论研究》2011年第2期。

② 李珺平：《学科泛化视野下的文学理论》，《湛江师院学报》2008年第5期。

相对于文学跨学科研究合法性的质疑，对其可能性的讨论和质疑更为普遍。质疑者认为，在新时期四十年来的所谓文学跨学科研究历程中，无论是文艺心理学、文学系统论、文学语言学，还是文学人类学、生态文艺学等，跨学科研究的实施者大多数是文艺理论圈子内部的人，很多人并不具备心理学、语言学、自然科学、人类学、生态学等系统的专业知识，也没有进行专业的训练，所谓的跨学科研究只是实用性地借鉴相关学科的一些皮毛性的方法和观念，这样的跨学科研究存在一定的盲目性，秉持的是实用态度，追求的是短期效应，缺乏建设性的理论意义。的确，回顾中国新时期四十年来文学跨学科研究的进路，有时确实存在学理论证不足、对学术语境关注不够等问题，但是，我们也不能因为理论准备不足带来的局部或阶段的问题，进而否定客观存在的理论和研究本身。事实上，"对于文艺学研究来说，其他一些相关的学科就像是化学的'合成剂'或'催化剂'，只要那么一点点，就可以改变固有物质的属性和演化的速度；相关学科也可能仅是提供一种观察事物的方法和角度，但即使如此，也可能从此扩大或更改了文艺学研究的视野和背景；甚至，一种新近'侵越'的学科，只不过是块抛向一潭静水的'石头'，它的功用只是打乱了文艺学在某个时期内被长久固定了的模式，改变了既定的文艺学内部的结构和组织……总之，在我看来，对于文艺学研究来说，学科的开放、学科之间的交叉与跨越是必要的、首要的，也是必然的"①。鲁枢元的这一比喻可以说是一个深入浅出的理论界说，也是其从事跨学科研究的经验总结。

当然，鲁枢元的个案也许不能成为进行文学跨学科研究的通论，相反，为进行跨学科研究而进行的学科补课是必要和有针对性的。这里想要辨析的是，跨学科研究的合法性和可能性不一定必须建立在研

---

① 鲁枢元：《略论文艺学的跨学科研究》，《人文杂志》2004年第2期。

主体一定是相关学科的专家或通才,甚至,跨学科研究也不存在或不会印证只能先有相关学科教育背景才能进行相应研究的所谓规律。

二、文学跨学科研究的范式与文学本位问题

在文学跨学科研究实践中,存在着两种借鉴或跨越的结合方式:一是借助于某一个学科的理论,对文学艺术现象加以诠释与发挥;一是以对文学现象的研究为依托,去解决另外一个学科领域中存在的问题。泓峻将其概括为以文学自身为本位的研究和不以文学自身为本位的研究,并分别称之为范式一和范式二。① 对于两种范式的存在,研究界没有太大的争议,但两种范式是否同属于文学研究或文学跨学科研究,则存在一些不同的看法。

客观地讲,只要问题的解决需要学科间的借鉴与跨越,任何时代的跨学科研究都应当允许各种学科跨越的存在;任何一种跨学科的研究思路,也都可以在范式一或范式二两个方向上开展。就前者而言,新时期文艺社会学、文艺心理学、文学语言学、文学人类学等竞相发展的理论景观即可说明;就后者而言,各种文学跨学科研究形态的理论进路也可明示,如传统但近年大有复兴之势的文艺社会学研究,既可以借鉴社会学的理论去阐释文学作品中的人物关系、文学的传播与接收、文学消费等文学问题,也可以通过文学作品的解读去研究一个时代的社会思潮、社会风貌、权力规约、道德伦理观念等社会学问题;文艺心理学研究则既可以借心理学的概念和研究方法去揭示文学创作的心理机制、文学欣赏的心理过程、文学语言的心理功用等,也可以借助于对创作心理与人物心理的分析,去研究诸如人格的形成、直觉的特点、社会无意识的表现形式等心理学问题。

---

① 泓峻:《对 30 年来文艺学跨学科研究两次范式转移的思考》,《广东社会科学》2011 年第 4 期。

问题在于,在范式一和范式二两个方向上所进行的研究,是否都属于文学的跨学科研究。这个基本问题直接关联着文学跨学科研究的理论范围,直接影响着文学跨学科研究中"跨"的宽度与广度。一般认为,范式一和范式二两个方向上所进行的研究都应视为文学的跨学科研究范畴;但也有人认为,如果文学现象或文学作品在跨学科研究中仅仅成为印证社会学、心理学或语言学理论问题的素材或案例,那就应当称之为社会学跨学科研究、心理学跨学科研究学或语言学跨学科研究。对此,我们在更为倾向一般结论的前提下,试图做出一点理论梳理需要的厘定。一方面,"认为范式一才是文学研究,范式二不应归于文学研究的观点是讲不通的。首先,从理论上讲,文学价值论问题,一直是文学理论思考的核心问题,因为'文学的本质与文学的作用在任何顺理成章的论述中,都必定是相互关联的'。而在涉及这一问题时,文学的审美功能、交际功能、心理调节功能、意识形态功能、宗教功能等等,都无法回避。许多时候,对某一特定功能的强调还会成为某一流派建构自己文艺理论体系的支撑点。而要搞清楚这些问题,就不能不借助范式二方向上的研究成果。其次,从文学理论研究的具体实践看,范式二不仅大量存在,许多时候还成为文学研究的主潮"①。的确,上述论述有理有据,上述例证也无疑都应当属于文学的跨学科研究,泓峻关于中国新时期文艺学跨学科研究两次范式转移的梳理也是在这个范畴内进行的。但是,另一方面,将"范式二"简约地界定为"不以文学自身为本位的研究"则可能造成概念和范畴上的混乱。因为,一则关于文学价值论等的论述不能简单地看作是"不以文学自身为本位的研究",二则即便文学价值论可以看成是"不以文学自身为本位的研究",文学价值论也远远不能涵盖其宽泛的指称,仅以文学价值论为例证来说明"不

---

① 泓峻:《对30年来文艺学跨学科研究两次范式转移的思考》,《广东社会科学》2011年第4期。

以文学自身为本位的研究"属于文学跨学科研究,似乎会发生概念替代的位移和偏差,毕竟"不以文学自身为本位的研究"还有很多领域是文学价值论涵盖不了的。所以,可以推论,泓峻这样的界定和梳理,并不是反对文学跨学科研究的"文学本位",相反,它对无边的文艺学也有一定的警惕,如他在论述文艺生态学时曾讲:"在理论建构中,文艺生态学仍然面对了和文化研究同样的难题,那就是如何掌握跨学科研究的'跨度',当文化研究从对象到方法都不再与文学相关时,这种研究还放在文艺学研究的名下就显得名不正言不顺;同样道理,当文艺生态学抛开文艺去谈论生态问题时,它何以还被称为文艺生态学或生态文艺学也就成了问题。构建一种无边的文艺学,如果从文化研究者的政治关切、生态研究者的生态关切的角度看,不会成为问题,甚至会为研究带来很多方便;而从文艺学的角度讲,则无疑是对学科的消解。"①基于此,关于文学跨学科研究的范式与文学本位问题,我们仍然倡导在本章首节厘定文学跨学科研究的范畴时提出的范式的多样性和"以文学为本位"的原则,即从理论梳理需要的角度,认同"文学本位",而在理论探讨的角度,则不应拘泥于任何学科本位,当然,这里的"以文学为本位"与泓峻所厘定的两种范式存在一定的重合和偏差。这也就是说,由于问题的复杂性,提出文学跨学科研究应"以文学为本位",实际上是关于文学跨学科研究理论概述和梳理的需要,而不可能是一个理论争议的澄清。

关于文学跨学科研究的范式问题,阶段的讨论和争议是正常的,但针对全球化的文化视域,鲁枢元的总结可能更具有前瞻意义。鲁枢元借鉴法国理论家E·莫兰的"复杂性哲学"思想,将学科交叉的途径和成效概括为学科渗透、学科横移和学科超升。在他看来,所谓学科渗

---

① 泓峻:《对30年来文艺学跨学科研究两次范式转移的思考》,《广东社会科学》2011年第4期。

透,指学科之间存在着的自然的、不刻意的浸润、沟通与交融,就像一个生态系统中不同的物种之间存在着物质、能量、信息的交流和置换一样。学科渗透基本上是相关学科对主体学科的培植和补益,一般并不改变主体学科的属性。所谓学科横移,就像树木或植物之间的嫁接或杂交,生成的将是一个新品种。在现代社会里,学术的发展不再被看作是通过知识的积累进行的,而是通过变革学科内知识的结构与组织原则来进行的,而学科之间的"嫁接"和"杂交"正是改变学科结构与属性的一条有效的途径,也是跨学科研究的惯常方式。所谓学科超升,就是在跨学科基础上的建立"超学科"的设想,而"超学科"应是各学科在交互发展过程中的"升华"与"结晶"。① 关于这一点,叶舒宪在论证后现代视域下的文学人类学时,也曾提到"超学科"或"破学科"的思想,这也许展示的是相似的构想和理论自信。由此,我们可以进一步设想的是,站在"超学科"的高度,跨学科范式和本位的争论将不再是需要讨论的问题。

三、中国文学跨学科研究过程中的困难及其修正方略

毋庸讳言,尽管"跨学科"已成为一个人们熟悉的字眼,新时期文学跨学科研究也已经在很多领域取得了不俗的成绩,但是,除了还有一些理论问题需要澄清外,研究过程中也还存在很多困难。如何正视这些困难并努力修正,是中国文学跨学科研究健康发展的重要内容。

首先,重大文学问题的透析与理论阐释。

需要是最大的理论推动力,问题的呼唤具有强大的理论感召力,从跨学科研究的历史看,跨学科一般基于共同的、囿于一个学科不能解决的重大问题,科学领域的跨学科研究是这样,社会学科、人文学科的跨

---

① 鲁枢元:《略论文艺学的跨学科研究》,《人文杂志》2004 年第 2 期。

学科研究也是这样。就文学跨学科研究来讲，中国新时期文学的跨学科研究进程中存在的一个不足便是对于重大问题的梳理和透析不够，不能阶段性地提出宏观的、涉及面广的、具有基础意义的重大问题并组合力量进行协同阐释，已有的跨学科研究总是处于自发的、个体化的分散状态，形不成力量和声势，推不出重大的理论和实践成果。

基于此，加强文学跨学科研究的首要任务应当是拓展研究视域，凝练学术问题，提升理论研究的现实阐释力。在文学跨学科研究的不同领域中，研究者都应当在以往跨学科研究的基础上继续关注当代国内外跨学科研究的最新动态，结合中国传统文化中的学术思想以及当下文学艺术发展的实际，开展对于跨学科理论的系统研究，并将研究视域集中到阐释重大现实问题的层面上来，发扬理论联系实际的精神，把现实社会生活中与人民的切身利益紧密相关的生态教育、环境美学、消费伦理、社区文化等领域中的基本和焦点问题凝练出文艺理论、文学批评及跨学科研究可以关注并阐释的课题，将空灵的文学研究落实到实际的成果之中，为繁荣社会主义的文艺事业、改善人民大众的精神生态做出贡献。

当然，文学是一个审美化的存在，文学研究是一个不能忽视个性的过程，强调跨学科研究的问题意识、现实问题阐释能力和协同精神，并不能排斥跨学科研究的个体进路。要不拘于成见，不定于一尊，鼓励多方位、多渠道、多视角的大胆尝试，不断开拓文学艺术研究的空间，在将跨学科理论运用到文学艺术门类、文学艺术流派、文学艺术思潮、文学艺术史研究的同时，强化跨学科研究的学理分析，改变文学跨学科研究在很多领域中存在的盲目性和空泛化，奠定跨学科研究的基础理论构架。

其次，学科体制的弊端与调整。

学科是知识积累和发展的历史产物，是对知识分门别类的直接结果，也是知识存储和发展的既定单元。目前，我国高校和科研院所的重点学科、学位授予点、研究基地等都是按照学科目录进行的,而学科目录制定本身既有基于知识相似性的限定,也有基于历史惯例和管理便利性的考虑,其中并不一定存在严格科学的标准和界定。现有的学科体制当然有其合理的因素,但是,界限分明的学科领域,相对独立的组织结构,彼此隔绝的学科联系,必然导致研究领域狭窄,研究视野不宽,研究问题的涉及面不广等等问题,也必然成为跨学科研究追求的整体性、宏观性、系统性、交叉性、协同性等的阻碍因素。同时,在实际的研究过程中,学科划分既有的科层制的学科设计,使得跨学科研究要么置身于某一学科之中,要么被分裂于不同的学科之间。尽管跨学科研究扩大了这一学科的研究范围,但也使研究领域进一步细化,并不能达到跨学科研究的目的。再加上研究者为了从学科制度中获得资源和利益,也会努力使自己的研究领域制度化,跨学科的结果反而有可能产生更多的、更细的学科,进一步加深了学科之间的壁垒。

面对这样的状况,跨学科研究必须借助于学科体制的调整和整合。目前,自然科学和社会科学的跨学科研究机构虽然不多,但已散布于一些重点高校和科研院所,但人文学科的跨学科研究机构尚为数太少且难以做到实质性运行。尽管文学研究有时并不一定适合协同创新,但个体囿于一隅的研究实难有大的建树。所以,解决问题的关键是要跳出学科的框架和藩篱,以问题而不是以学科为目标组建或组合跨学科研究平台和研究团队,聘用对于跨学科研究主题具有高度兴趣和知识背景的不同学科的研究人员,人员能进能出,淡化身份管理,凝练、承担重大现实问题和理论问题的研究创新,通过多学科的交叉、碰撞、交流和融合,才能不断推出创新性成果。在这方面,国家推进的"协同创新计划"是一个很好的尝试,但可惜的是,好的设计并不一定有好的实施,目前的立项和运行已经出现滑入学科建设惯性的趋势。就文学跨学科研究而言,组建机构存在障碍,开展论坛应当成为一个过渡性尝试。

第三，研究人才的匮乏与充实。

文学跨学科研究影响的大小、水平的高下，既与它所关注问题的重要程度有关，也与研究主体的整体力量和个体素养有关。就中国新时期文学跨学科研究而言，可以说，整体研究力量的不足，研究个体素养有待完善，研究后备人才的匮乏等是制约文学跨学科研究健康发展的重要原因。

从整体上看，中国文学跨学科研究和欧美情况类似，相对于自然科学跨学科研究庞大的研究群体和较长的研究历史，文学跨学科研究队伍较小，时间较短，且处于自发状态；从个体上看，相对于自然科学和社会科学跨学科研究人员的多元化，从事文学跨学科研究的大多学术背景单一，并且主要来自文学理论领域。这样的状况使得文学跨学科研究表现出研究范式单一、研究立场游移、研究成果难以形成理论合力等问题，也出现了两个悖反式结果：失语和喧哗。所谓失语，表现为研究者对于文学跨学科研究的理论基点、基本原则等重要问题在认知上的困惑和立场上的游移；所谓喧哗，则表现为理论界对于文学跨学科研究给予了一定群体内的高度关注，但因浮躁的研究态度，产生的成果很多是难以形成理论合力的无主调的众声喧哗之声。

对此，必须首先予以重视和解决的是，要从改革高等教育培养方案入手，打破目前过分细化的专业设置现状和按专业实施培养计划的教学模式，拓宽专业口径，打通人文学科和社会科学乃至自然科学的坚固界限，倡导学科知识的交叉和渗透，加强跨学科知识的传授，增强受教育者的知识面，培养一批能够承担跨学科研究的基础人才。在高校教学过程中，要让学生尽早地介入现实问题或理论问题，增强问题意识，以问题为导向，规划和改善自身的学习进程。同时，要加强现有研究队伍的整合和培训，以拓宽视野，稳固基础，增强跨学科研究的能力。当然,文学跨学科研究不能完全等同于自然科学,"性情先于知识""观念重于方法"的观点也在一定程度上反证着文学跨学科研究人才是否可以培养的可能性,但是,多学科的知识背景和自觉的跨学科理念,毕竟会是进入研究殿堂的前提基础。

综上所述,我们从简单厘定文学跨学科研究的范畴,到对于中国新时期文学跨学科研究形态的梳理,尽管之中一定存在疏漏和谬误,但可以展示的一个事实是,跨学科研究已经取得一定成效并将成为文学研究的重要趋势。在今天这个后现代文化弥漫的形势下,跨学科研究亦然将具有巨大的理论意义,应当引起更为深入的研究和关注。在本章即将结束时,我想借用法国学者于连·弗朗索瓦在谈到跨文化研究的重要性时所说的一段话,借以重申跨学科研究的理论价值和重要意义。弗朗索瓦说:"我们选择出发,也就是选择离开,以创造远景思维的空间。人们这样穿越中国也是为了更好地阅读希腊:尽管有认识上的断层,但由于遗传,我们与希腊思想有某种与生俱来的熟悉,所以为了了解它,也为了发现它,我们不得不割断这种熟悉,构成一种外在的观点。只有从'远景思维的空间'出发,从'他者的外在观点'出发,才会构成对自己的新的认识。""我选择从一个如此遥远的视点出发,并不是为异国情调所驱使,也不是为所谓比较之乐所诱惑,而只是想寻回一点理论迂回的余地,借一个新的起点,把自己从种种因为身在其中而无法辨析的理论纷争之中解放出来。"① 在这里,虽然弗朗索瓦是就跨文化研究而言,但在我们看来,对于跨学科研究亦然是如此精到和贴切。

---

① 转引自乐黛云:《跨文化、跨学科文学研究的当代意义》,《社会科学》2004 年第 8 期。

第七章
新时期的文学批评实践

　　新时期文学批评的方法论意识是在思想解放的浪潮中觉醒的，它首先是对长期以来占据文学批评领域主导甚至唯一地位的政治意识形态规制下的批评观念和方法的反动；其次是长期闭关结束后在求知若渴的心态下对西方思想文化刺激的感应；再次是对新的文学批评言路的焦灼探索；最后是，既有的文学批评方法所未能照亮的盲区构成的内在驱迫。

　　始于1984年，经过1985年，西方文学批评中的各种方法被大规模译介到中国大陆。方法论意识的觉醒，改变了我国文学批评方法论长期匮乏和贫弱无力的局面，在短时间内充实了理论武库，储备了批判的武器，在冲破某些机械、教条的思维模式之后，拓展了文学研究的思维空间。1980年代的"方法热"在理论建设上延续到1990年代的"后学热"，直至世纪之交时兴起的"文化研究热"，产生了丰富的批评理论和方法的成果，也将中国的文艺理论批评带入世界，成为跨文化对话的一个重要组成部分。

　　因为直接面对现实的文艺现象和文艺作品，直接感应时代的变化，当下的批评实践往往对既有的理论提出挑战，呼唤新的方法。到1990

年代末和世纪之交的时候,一方面,批评实践在"文化研究热"那里似乎找到了新的支撑,尤其是在如何以批评介入社会这一点上,许多原来从事文学批评的学者或批评家,加入了文化研究队伍。虽然他们依然关心具体的文学艺术,但是,已经从偏向审美的批评转向偏向社会和文化的批评,1980年代形成的批评话语俨然烟消云散。另一方面,进入1990年代以后,大众传媒以其巨大的能量楔入文学批评的空间,形成批评的新格局,其突出表征乃是文学批评成为传媒合唱一个嘹亮的声部。从这里产生的所谓"媒体批评"或曰"传媒批评"充满活力,但往往陷入感性的、浮躁的、为市场所引导的价值混乱之中,实际上亟待基于学理的审视和规范。

总体上来看,新时期以来的文学批评方法论与批评实践之间的关系,所经历的发展和变化,大体上可以概括为:从前者对后者激发、引导、支持,后者对前者响应、应用和反哺,到前者逐渐从文艺领域的前沿阵地后撤到高校学院的大墙之内,后者逐渐从依赖前者的补给到放弃学理、面向社会和市场的需求。如此形成的道器分离的局面,一方面源于社会总体文化环境的极速变化,另一方面也因为文学批评方法热冷却之后,我们的文艺理论建设尚未在本土问题意识的导引下进行武器的批判,完成真正属于我们自身的理论与方法的建构。而这两个方面实际上都对新一轮思想解放、观念创新发出了呼唤。

第一节　文学批评主体的自觉

一、方法论与主体意识的觉醒

新时期文学批评方法论意识的自觉,对批评实践形成的指导性作用是明显的,首先体现在一批研究者用新的方法对文学经典进行解读。

如林兴宅的《论阿Q的性格系统》,将系统论的观点运用于鲁迅名作的解读;王富仁用存在主义的哲学观念和比较文学的研究方法对鲁迅、冯至等现代作家进行研究;叶舒宪运用人类学、神话学和原型批评对中国古代神话进行解读;孟悦、戴锦华借助精神分析,结构、后结构主义理论,站在女权主义立场,对庐隐、冰心、丁玲、张爱玲等九位现代著名女作家进行重新阐释;朱栋霖主编的三卷本《文学新思维》中,多位年轻学者运用精神分析学、女性主义、原型批评、形式批评、叙述学、结构主义、阐释学、接受美学、民俗文化学和比较文学等对从古代、现代到当代包括台、港地区的名篇进行解读,努力完成西方文学批评理论的"中国化"。但是,不可避讳的是,我国新时期以来文学批评方法论的演进过程,也有急功近利和脱离现实语境之嫌,出现了方法论意识遮蔽了问题意识、为新方法而使用新方法、将新方法当作学术时髦,甚至不惜穿凿附会等偏向,这些偏向在相当程度上导致形成所谓"学院派"批评的不良印象。

  这些文学批评方法将西方20世纪发展起来的各种文学批评和研究的理论在短时间里移入中国,其所形成的集聚效应和冲击力之强是不言而喻的,其不仅在学界的研究中产生强烈的刺激,而且在面对当下作家作品的批评实践中也产生了明显的影响。虽然当下的批评实践中对西方文学批评方法的运用不如"学院派"那么系统化,也相对看轻有关的学术规范,但是,活跃的批评家中有许多实际上通过不同的方式进行了理论训练,一些概念和手段已然进入当下批评实践之中。譬如吴亮运用叙事学对马原的评论,季红真、张志忠等运用文化学对莫言的评论,李劼运用语言分析对先锋小说的评论,王晓明运用文艺心理学对张贤亮、张欣辛等作家作品的评论。这类批评实践从20世纪80年代开始,通过《文学评论》《当代作家评论》《小说评论》等期刊的登载,逐渐形成了文学批评领域的主导力量。毋庸讳言的是,新方法在批评实践中的运用,也出现了一些偏颇。譬如,一些批评只注意概念的新颖、响亮而忽略与概念相关联的方法论体系和哲学美学意涵;还有一些批评用新方法新观念预备好理论的套子,而不顾作品的实际。

1980年代的文学批评实践,在最基本的层面上当然是对同时期文艺创作的回应。但是,哲学思潮的引领,意识形态的争议,文艺理论的研究,批评方法的介绍,所有这些构成了繁杂斑驳而又充满活力的文学批评活动的背景,尤其是"'人的发现''人的觉醒''人的哲学'的呐喊声震一时"①。1981年,钱谷融的《论"文学是人学"》单行本由人民日报出版社出版,标志了对这一曾经饱受批判的理论的正名。随着理论界认同文学作为"人学"这一结论,人们开始重新看待文学。与此相应,文学批评实践中产生对"人"的意识、对批评的主体意识的强调。

最初引人注目的是围绕所谓"朦胧诗"的争论。1980年《诗刊》第8期发表章明的《令人气闷的朦胧》一文,针对老诗人杜运燮的诗《秋》和青年诗人李小雨的《夜》,认为这类诗晦涩、怪僻,叫人读了似懂非懂,半懂不懂,甚至完全不懂,实在令人气闷,姑且名之为"朦胧体"。实际上,在此前后,关于新的诗歌现象的讨论和争议已经广泛展开。许多老诗人、老作家和诗歌评论者如章明那样,看不懂、看不惯新的诗歌创作,而以谢冕、孙绍振、徐敬亚、吴思敬等为代表的评论者,则对新的诗歌创作抱以积极的肯定和热情的期待。

1980年4月,在广西南宁召开的被誉为"有新诗史以来第一次全国性大规模的关于诗歌的讨论会"②的中国当代诗歌讨论会上,谢冕、孙绍振等为新出现的"怪诗"进行了辩护,虽然支持者占少数,但是,敏锐感应和热切而充满希望地关注新的诗歌现象的声音由此而发。1980

---

① 李泽厚:《启蒙与救亡的双重变奏》,《走向未来》1986年创刊号。
② 王尧:《"三个崛起"前后——新时期文学口述史之二》,《文艺争鸣》2009年第6期。

年5月7日,《光明日报》发表了谢冕《在新的崛起面前》,从中我们可以看出,批评是因应新的创作实践而来:"越来越多的'背离'诗歌传统的迹象的出现,迫使我们做出切乎实际的判断和抉择。"并表达了批评家的基本判断:"在重获解放的今天,人们理所当然地要求新诗恢复它与世界诗歌的联系,以求获得更多的营养发展自己。因此有一大批诗人(其中更多的是青年人),开始在更广泛的道路上探索——特别是寻求诗适应社会主义现代化生活的适当方式。他们是新的探索者。这情况之所以让人兴奋,是因为在某些方面它的气氛与'五四'当年的气氛酷似。它带来了万象纷呈的新气象,也带来了令人瞠目的'怪'现象。"① 谢冕在这样的新诗现象里,看到的是五四文学启蒙、思想启蒙的回归,与世界诗歌潮流的接通和融入。这样的判断很明显源自诗歌并将诗歌放置于时代变迁的大背景之中。这样的基本判断,在孙绍振那里则上升到社会文明的高度:"当个人在社会、国家中地位提高,权利逐步得以恢复,当社会、阶级、时代,逐渐不再成为个人的统治力量的时候,在诗歌中所谓个人的感情,个人的悲欢,个人的心灵世界便自然会提高其存在的价值……而这种复归是社会文明程度提高的一种标志。"②

如果说,谢冕、孙绍振竭力在宏观话语层面为新诗歌运动进行辩护,赋予其合法性,那么,在这次讨论中,与新的诗歌本体的存在——诗歌作为语言艺术的文本——的关系更为紧密的批评来自徐敬亚。徐敬亚本人在学校就积极参与校园的诗歌活动,还与《今天》及其作者接触,在《今天》发表评论《奇异的光》。1980 年夏,徐敬亚参加了首届青春诗会,不久就开始写作后来声名远播的《崛起的诗群——评中国诗歌的现代倾向》。在这篇诗歌评论中,徐敬亚注意到新的诗歌艺术形式的特征,"它们已经形成了一整套独特的表现手法,促使新诗在结

---

① 谢冕:《在新的崛起面前》,《光明日报》1980 年 5 月 7 日。
② 孙绍振:《新的美学原则在崛起》,《诗刊》1983 年第 3 期。

构、语言、节奏、音韵等方面发生了一系列的变革"①，更重要的是，这些诗歌表现出新的艺术主张和内容特征，对诗歌掌握世界方式的新理解，诗人的个人直觉和心理再加工，诗歌的"自我"觉醒，复杂的主题。徐敬亚的这篇文章，虽然是本科学位论文，文字却充满激情，短小的段落和密集的铺排，形成特有的气势，这本身也正是批评主体的自觉的表现。通过这样的评论，徐敬亚对正在兴起的诗歌的美学趣味和艺术追求进行了理论总结，将指向"现代"的意旨与关注形式的趣味结合起来。

围绕"朦胧诗"的评论，以"三个崛起"为代表，预示了批评主体意识觉醒的多重内涵，可以说这些内涵构成了1980年代文学批评的"主旋律"。对批评的主体意识的呼唤纳入刘再复对文学的主体性的论述之中，他指出："批评家作为艺术接受者的高级部分，它的主体性实现，必须包括三级超越：一是与一般鉴赏者一样，必须超越现实意识，把自己升华到审美境界；二是在充分理解作家的同时超越作家的意识范围，发现作家未意识到的作品的价值水平以及作品的潜在意义，并以独特的审美理想进行审美再创造；三是在批评实践中，通过'同化'和'顺应'两种机能，超越自身固有的意识而实现批评主体结构的变革即实现自身的再创造；最后，批评从科学境界升华到艺术境界。"②这样的表述充满当年的理想化色彩，它尽力淡化了制约批评主体的历史与现实语境，也基本忽略了批评作为文艺生产机制中的环节的意义，但它显然摈弃了批评的工具化和政治化的角色功能，与"人"的解放这一大命题紧密关联，厘定了以审美意识、价值评估、意义发现、主体再造为主要结构的批评主体意识的内涵。

---

① 徐敬亚：《崛起的诗群——中国诗歌的现代倾向》，《当代文艺思潮》1983年第1期。

② 刘再复：《论文学的主体性（续）》，《文学评论》1986年第2期。

二、关注艺术形式的意味

批评以审美创造活动及其成果为对象,以审美创造的发现和评价为目的,不再以政治观念的解析和阐释为己任。批评家们开始强调独立的批评意识,从过去的政治正确中摆脱出来,并将批评本身也视为审美创造的一种方式。1981年1月,《文艺研究》编辑部邀请全国高等院校美学进修班的学员座谈,从美学角度加强文学批评的讨论,座谈会内容整理出来后,以《从美学的角度加强文学批评的讨论》为题在1981年第2期《文艺研究》发表。其中提出应该从美的角度发掘文学的价值,"要将作家的主观审美与生活中的客观存在的美统一起来进行文学批评,将审美的问题纳入文学批评的考虑之中","应该注意从美学的角度,深入地进行规律性的探讨;思想内容与艺术形式的辩证统一"。这种对批评的美学角度的强调,在中国1949年以来文学艺术和文学批评的历史背景中显现出不同凡响的意义,它将文艺和文学评论从一味强调政治阐释和图解的观念藩篱中解放出来,从而激发批评家主体的创造性和生命活力,构建起新的批评语境,发展出新的批评原则,最重要的是,它催生了批评主体与创作主体在艺术创造层面的互动,从而形成真正贴近创作、深入探讨艺术肌理、发掘美学内涵的批评话语。

正是在这样的观念下,一些展现了新的美学追求和审美风范的作品,如张承志、汪曾祺、贾平凹、邓友梅、莫言等人的小说,一旦问世,迅速地引起关注和评论。汪曾祺的《受戒》等小说出来不久,陆建华就写出评论,指其诗性的、风俗画的特质呈现出性格的、精神的美。[①] 对于贾平凹的早期作品,王愚、肖云儒明确地指出其特色在于"着重表现生

[①] 陆建华:《动人的风俗画——漫评汪曾祺的三篇小说》,《北京文学》1981年第8期。

活美和普通人的心灵美,提炼诗的意境"①。程德培对《黑骏马》的评论,着意于它"以强烈的美、崇高的美,净化人的心灵,提高人的境界"②。季红真则直接以《沉雄苍凉的崇高感——论张承志小说的美学风格》③为题评论张承志的小说,其对张承志小说关于苦难,关于理想与现实,关于文明与野蛮,关于强者性格的多种矛盾,关于抒情与象征手法等诸多问题的阐述,都指向了其沉雄苍凉的美学风格的形成。

与文学艺术的审美层面密不可分的是文学艺术的形式,这不仅是因为文学艺术的形式本身作为审美活动的对象,有着不可或缺的意义,而且在很大程度上,只有通过对艺术形式的分析,才能实现对审美内容的揭橥。丁帆从艺术手法的具体视角分析阐释贾平凹小说的诗美特质④,就较早地体现了批评家在这方面的自觉。将形式分析作为批评的重要内容,意味着批评家们不再恪守内容/形式的僵硬二分法,告别将形式仅仅看作为内容服务的附属存在,而赋予形式以独立的、主体的价值。吴亮在回忆他写作《马原的叙述圈套》时说:"实际上当时我是有一个判断的,就是马原的内容就是他的形式,研究了他的形式,他的内容就出来了。"⑤如果说,《现代小说技巧初探》⑥这本小册子刺激和鼓舞了小说家们的形式探索,那么,1985 年前后,着眼于形式探索的批评在文艺评论界便成为一种更为自觉和更为集中的批评实践,意识到

---

① 王愚、肖云儒:《生活美的追求——贾平凹创作漫评》,《文艺报》1981 年第 12 期。
② 程德培:《〈黑骏马〉的诗学——兼及张承志小说的艺术特色》,《当代作家评论》1984 年第 2 期。
③ 季红真:《沉雄苍凉的崇高感——论张承志小说的美学风格》,《当代作家评论》1984 年第 6 期。
④ 丁帆:《论贾平凹作品的描写艺术》,《文学评论》1980 年第 4 期。
⑤ 吴亮等:《八十年代的先锋文学和先锋批评》,《南方文坛》2008 年第 6 期。
⑥ 高行健:《现代小说技巧初探》,花城出版社,1981 年。

在形式的层面上,"把握了一个可能有所突破的历史性机会"①。

在这样的形势之下,一方面,评论家们在对具体的小说创作的追踪中,越发自觉地着眼于艺术形式的批评。意识流、叙事视角、叙事时间、叙述语言、反讽、隐喻、象征等等形式分析的概念工具,纷纷应用于批评家的批评实践之中,形成了具有特色的批评话语。比如吴亮对马原作品进行的叙事分析,揭示出作家独特的心理经验和表现方式:"马原通过真事真说和假事真说的方法拓展自己的有限经验进而将它示于他人,让自己进入一种再创经历、再创体验和再创感受的如临其境的幻觉,而这幻觉正好是被马原十分真实地经验到的,即在写作时被经验,或者说,是在叙述过程里被经验。"②这就大为拓展了批评的领地,也构成了批评家与作家之间的深层对话。

另一方面,批评家们也感到进行理论概括和提升的迫切性和重要性。也是在这样的批评中,评论界为形式的概念赋予了更为深刻和丰富的内涵。李劼的《试论文学形式的本体意味》③,从文学形式的角度探索新时期文学对五四启蒙精神的继承。殷国明的《艺术形式不仅仅是"形式"》,认为艺术形式的迷人之处"在于它在一种动态的艺术创造活动中迸发的创造活力,即属于艺术家把某种情感内容转换为形式媒介的整个美学熔铸过程"④。黄子平的《论中国当代短篇小说的艺术发展》,更是从纵深的、综合的视野,着眼于当代中国的社会生活变化在艺术形式中的折射,从"结构—功能"的叙事学角度论述了当代短篇小说的艺术发展。⑤ 南帆的《小说技巧十年:1976—1986 中短篇小说的

---

① 南帆:《变革:叙述与符号》,《当代作家评论》1989 年第 1 期。
② 吴亮:《马原的叙述圈套》,《当代作家评论》1987 年第 3 期。
③ 李劼:《试论文学形式的本体意味》,《上海文学》1987 年第 3 期。
④ 殷国明:《艺术形式不仅仅是"形式"》,《上海文学》1986 年第 7 期。
⑤ 黄子平:《论中国当代短篇小说的艺术发展》,《文学评论》1984 年第 5 期。

一个侧面》①,对十年里的小说叙述技巧、形象体系等形式问题进行了梳理和讨论。

三、开掘批评理论的资源

我们看到,在批评家们关注形式的意味,拓展新的批评视野的过程中,叙事学、心理学、社会学、文化学等各种理论资源和方法论都被积极尝试。林兴宅 1984 年发表的《论阿 Q 性格系统》明确昭示了跨学科知识和思想资源可以运用于文学批评之中。在这篇文章中,他以性格构成的系统观分析了阿 Q 性格形成的过程以及"精神胜利法"这一思想的形成方式,从而揭示了鲁迅先生对于国民性问题思考的深度。对文化学的关注,对文化概念的热衷,伴随着 1980 年代中期"寻根文学"的兴起,伴随着思想文化界的文化热,在批评界也有热烈的投射。陈思和指出:"文化寻根意识不但在人生态度上突破了传统模式,而且在文学创作的思维形态上也带来了重大的突破。文化寻根意识引入文学创作以后,小说结构中因果思维模式的传统地位遭到了挑战。"②

1982 年,金开诚的《文艺心理学论稿》出版,从心理学入手探索文学的感受以及批评的心理模式等问题,可谓开风气之先。这以后,追求心理学上的深度成为批评家们的批评实践中一个重要的内在目标。陈思和以"神话模式"这个概念去诠释王安忆《小鲍庄》里的宗教因素,揭示小说形象世界背后隐约的形而上的世界。③ 鲁枢元不仅通过《创作心理研究》和《文艺心理阐释》等著述进行学理的探讨,也将学理应用

---

① 南帆:《小说技巧十年:1976—1986 中短篇小说的一个侧面》,《文艺理论研究》1986 年第 3 期。
② 陈思和:《当代文学中的"文化寻根"意识》,《文学评论》1986 年第 6 期。
③ 陈思和:《双重叠影　深层象征——谈〈小鲍庄〉里的神话模式》,《当代作家评论》1986 年第 1 期。

于具体的文学现象和文学作品的批评,他对新时期文学"向内转"现象的分析,就有很浓厚的文艺心理学色彩①;对张抗抗的《隐形伴侣》的评论,也从心理层面切入,指出小说应把人性看作一个"无底的深渊",作家应当有勇气潜入人性的深远幽邃处,有能力将人性从"无底的深渊"导向人类精神的巍峨的峰巅②。程德培对刘恒小说的评论,同样也注重从文化心理的角度剖视小说文本中复杂的心理内容:"任何叙述无疑都是一次冒险,而像刘恒这种接近心理分析式的叙述在某种程度上应该说更接近于心理上的冒险了。把这种冒险称为虚证,同样地也包含了这种冒险式叙述的另一种心态。"③王晓明对张贤亮的评论,分析了作家深层心理何以形成及如何表现,揭示出作家主观意图和内心真实的矛盾,以及由此而呈现出的作家的反省和忏悔意识。④

语言学的资源更是被广泛运用于批评实践。李劼通过对四个先锋作家文本的语言分析,指出:"小说语言作为第一性的文学形象,登上了当代中国的小说舞台。而人物形象以及小说中的各种景象和物象,则都是小说语言这一基本形象的衍化和发展。"⑤作者将此视为中国当代新潮小说迄时为止所取得的最大成就,或有其片面性,但是,语言的自觉确实构成 1980 年代的文学实践(包括创作和批评)主体的自觉的重要层面。王晓明则充分关注作家的语言活动与艺术创造的发生、形象世界的创造之间的矛盾,指出:"作家的灵感主要是来源于那种未经理智过滤的个人情绪的高度兴奋,语言却正是要来结束这种令人心醉

---

① 鲁枢元:《论新时期文学的"向内转"》,《文艺报》1986 年 10 月 18 日。
② 鲁枢元:《生命与社会的冲突——读长篇心理分析小说〈隐形伴侣〉》,《读书》1987 年第 5 期。
③ 程德培:《刘恒论——对刘恒小说创作的回顾性阅读》,《当代作家评论》1988 年第 5 期。
④ 王晓明:《所罗门的瓶子》,《上海文学》1986 年第 2 期。
⑤ 李劼:《论中国当代新潮小说的语言结构》,《文学评论》1988 年第 5 期。

的亢奋状态;缪斯女神向来偏爱那些微妙而又含蓄的朦胧意境,语言却本能地就要澄清这些意境,把它们整理得一目了然。如果说艺术的根柢就深扎在人类意识的那些属于前语言阶段的情绪感应当中,那么,语言的展开无异于给这种感应打上了一个明确的中止符号。"[1]这种矛盾状态的解决,势必有赖于文学艺术创作者对语言的高度操控能力。南帆对王蒙小说《要字8679号》的分析,恰恰证明了上述看法。作者指出王蒙笔下的语言形态"可以称之为社会语言的时代风格。这种语言风格实际上沉淀着一个时代的文化记忆"。作者指出,尽管它们在王蒙笔下复制出来,带着王蒙的聪明和俏皮,有意营造了我在语言中漂浮而抓不住任何实质性信息的氛围,但是作者从"不久我们仍会觉得疲倦"这一阅读心理出发,婉转地对王蒙的语言缺少节制提出了批评。[2]

上述这些,无不表明1980年代文学批评家们的批评实践,确立了他们作为自觉的批评者主体的存在。而批评的空间之活跃,批评的热情之高涨,是此前此后的文学批评实践所难以企及的。当年批评家对作家创作的密切关注,我们可以从吴亮的一则访谈录中窥见:"1985年以后文学期刊的出版异常繁荣,我和程德培整天都泡在作家协会的图书室里,每个月新的期刊我们都会翻看,有些作品事先我们都有消息,比如莫言会有什么作品出来,韩少功会有什么作品出来。我们和作家多少都有些通信,编辑和朋友之间也会打招呼,什么作品关照一下。"[3]而批评家与作家之间的互动,相互激发和砥砺,都建立在对艺术的真诚探讨的前提之上。譬如朱伟这样谈论史铁生的小说《钟声》:"史铁生

---

[1] 王晓明:《在语言的挑战面前》,《当代作家评论》1986年第5期。
[2] 南帆:《语言的戏弄与语言的异化》,《文艺研究》1989年第1期。
[3] 吴亮等:《八十年代的先锋文学和先锋批评》,《南方文坛》2008年第6期。

具备了在艺术的道路上继续往前走的勇气与素质，但他身上积存的那些东西又在左右着他，使他难以扔掉一些他自己也可能思考不清的很具体的社会概念。这个作品中的境界最终也没有能够呈现。"①直言不讳，而又道器并重。这里显示出的批评与创作之间良好的生态关系，保证了 1980 年代的文学批评总体上真纯而富有洞见的品质。

有研究者专门研究 1980 年代《文学评论》对当代文学作品的关注，指出："对作家作品的研究，在《文学评论》整个 80 年代开展的批评中，对当代文学的评论、研究所占的分量最重，这些研究主要分具体作家作品的评析、批评，文学创作成绩和问题的检讨，文学创作、文学发展的动态走向等几类，其中呈现的突出特点是，作家作品研究不再严格恪守原有的理论套路和批评原则，譬如现实主义原则、浪漫主义创作手法、社会历史分析的方法等，而是力求在新文学实践和现实语境中确立新的批评话语，创造新的批评资源。"②实际上，不仅是《文学评论》，《文艺理论研究》《当代作家评论》《文学自由谈》等，都刊发了大量涉及当时文学现象和文学作品的评论文。不仅如此，《上海文学》《北京文学》《钟山》等文学刊物也经常刊发针对当前作品的评论。综合性杂志《读书》甚至开出了"最新小说一瞥"专栏。吴亮和程德培曾在《文汇报》的"百家文坛"开出"新作过眼录"的专栏，1985 年 7 月转移到《文汇读书周报》上，改称"文坛掠影"，每个礼拜一篇。程德培还主编了《文学角》，也主要针对当下文学现象和作家作品进行及时的评论。

---

① 朱伟：《最新小说一瞥》，《读书》1990 年第 5 期。
② 吴圣刚：《80 年代的文学批评——以〈文学评论〉为中心》，《文艺争鸣》2010 年第 3 期。

第二节 大众传播对批评空间的重构

一、传媒力量楔入批评空间

进入1990年代以来,大众传播在中国的发展,经济利益的驱动因素日益突出,媒介经营的产业化方向渐趋明晰,传媒变革成为市场经济建设、新经济秩序建构中一个举足轻重的环节,并且与政治制度变革密切相关。与此同时,大众传播对文化领域产生了空前的影响,催生出以大众文化的兴起为标志的新的文化空间,人的文化属性和人对世界的象征交换关系因此而发生变化,包括文学在内的文化传播的结构性转型因此而产生。在此过程中,可以分享的模糊的文化空间,其丰富而混杂的内涵当然需要不断被揭示出来,为此,一个重要的工作即是对大众传播媒介的产品及媒介自身作用、运作方式进行理性思考和价值评判。

具体到文学,当发行量、码洋、收视率、点击率、版税、稿酬、版权交易不断涌上文学传播的前台的时候,文学所包含的精神、思想、情趣等无形之物,以及它与当代的社会意识、思想观念之间的多方面联系,客观上呼唤着文学批评以冷静、理性的眼光将文学心灵的价值从单一的商业价值中剥离出来,将精神的意义从非理性的喧腾中拯救出来,将文学的独特性从文化的丰富性中凸显出来。问题是,面对大众传媒的文学批评,其自身也在大众传播主导的文化语境之中,而并非在另一个超然物外的空间里存在,文学批评的声音也要通过大众传媒发出,而无法建立独属于自己的话语频道。那么,文学批评在大众传播格局中是否拥有一席之地?如何拥有一席之地?

法国学者阿尔贝·蒂博代早就指出,文学批评行业是19世纪诞生的教授行业和记者行业的延长,教授的批评用于总结历史,记者的批评用于剖析现实,二者之间存在着对立和斗争。① 蒂博代的说法有其特定的法国历史背景,但撇开其间的宗教因素来看,大体上也适用于中国近现代文学批评的起源和分流。这种区分也意味着学院和媒体这两种不同的批评空间的对峙。以此观之,我们今天所谓学院批评和传媒批评,实际上由来已久。二者的对立也许本来是在一种自然的状态中存在的,尽管互不相让,可也各得其所;而随着大众传播日益拓展和增强的覆盖面与强大的社会影响力,学院批评似乎遭遇被"屏蔽"的尴尬,偶尔为人们所注意,也不是在高校讲堂、学术研讨会以及学术杂志上,而是在电视、广播、大众报刊和互联网上。

在1990年代的中国大陆,大众传播以其巨大的能量楔入文学批评的空间,形成文学批评的新格局。这一格局的突出表征乃是:一方面,后现代主义批评尤其是文化研究,高度关注大众传播和大众文化,努力为现实的文化/文学情境提供有效的阐释;另一方面,相对于学院批评的曲高和寡,另一种批评热闹非凡,并且依然将文学创作作为批评的主要对象,那就是被称为"媒体批评"或"传媒批评"的批评活动,它在某些时候成为传媒合唱的一个嘹亮的声部。我们看到,广播电视里的文化类节目、人物访谈、谈话节目,大众报刊(晚报、周末报、都市报、周刊)上的文艺副刊、读书和书评版块、文学专栏、文学报道,以及在1990年代最后几年兴起的互联网上各种文学类网页和论坛等等,成为公众获知文学信息和文学价值评判的主要渠道。1998年,《人民日报》曾经在其《大地周刊·文学观察》上开展有关当下的文学批评的讨论,其中谈到,一些"自由撰稿人"在媒体发表的评论,似乎无所顾忌,口无遮拦,想到说出,直中命穴;他们不属于某一机关单位,也没有更多的圈子"情谊","他们板起面孔痛下针砭的锋言利辞为我们带来久已不复感

---

① 〔法〕阿尔贝·蒂博代:《六说文学批评》(赵坚译),生活·读书·新知三联书店,1989年,第2—5页。

受的豪爽之气";而一些报刊开设的"直言不讳""泼冷水""口吐真言"等栏目更见传媒的大胆举措和良苦用心;认为"实际上,现在一些能够直言优劣、品评褒贬的批评,正是出自媒体评论家之手,他们更容易采取超然的、直言不讳的态度"。① 这样的看法也许因为对媒体批评的评价未能深究内里而显得过于乐观。与此相反的情形是,在许多从事文学研究和批评的人看来,也正是媒体批评的上述特点让人生出种种担忧和非议。有人认为"媒体批评"或曰"传媒批评""在前台占尽风光,人们一般都看不到或者是干脆不屑于去看学理批评的身姿"②,而"随着文艺娱乐版在各媒体版面上的比重的增长和扩张,这种媒体批评实际上已经位居文学批评的'中心'位置,对于公众变得愈益庞大和具有控制力。这是90年代以来新近获得急剧扩展的新的批评形态"③,它对原有的批评格局的冲击之大,表现在文学批评的文本呈现出"一次性消费特征",批评因为成为"文坛速递"而"速朽"④,"批评主导趋势不再是强化学术品质和理论含量,而是变成一些消息、奇闻和事件。……批评变成制造事端的工具,变成现场的记录者,变成流行的快餐"⑤。

不管怎么样,从以上引述中我们可以看到,媒体在文学批评空间中的这种"前台"和"中心"位置已经产生了不容忽视的影响;而对"媒体批评"的描述显然是在比较中给出的,并且其中的质疑和责难采用了分边游戏的策略,包含着对文学批评空间对比/对立状况的对抗性构

---

① 杨少波:《迎接挑战——关于文学评论现状的访谈》,《人民日报》1998年8月21日。
② 贺绍俊:《热闹的批评和静悄悄的批评》,《人民日报》2000年6月17日。
③ 王一川:《批评的理论化》,《文艺争鸣》2001年第2期。
④ 张清华、余艳春:《批评为何速朽》,《长城》1999年第4期。
⑤ 陈晓明:《媒体批评:骂你没商量》,《南方文坛》2001年第3期。

想。这固然可以在一定程度上凸显问题,引起关注,尤其是使学理(学术、学院)批评在获得道义上的同情的同时显示其优越和尊严。但是,当我们充分注意到大众传媒为文学批评提供的空间与其他空间之间的交往与联系时,就不会简单地确认"势不两立"的情况,相反,我们将会看到不同的批评空间表现出的相当程度的一体性,而对这种一体性加以辨析,是我们透视大众传播对当代文学批评产生结构性影响的基础。

二、批评空间的多层结构

如果以大众传媒为中心来对不同空间之间的交往与联系进行考察,那么可以说,文学批评的空间呈现出一个多层的结构。

离中心最远的是各级社会科学研究院、文学研究所的学术刊物,各高等院校哲学社会科学类的学报,它们代表着学术的空间层次。这些刊物大都载有关于当下文学的批评和研究文章,其所占比重有限,因为须与其他人文社会科学学科平分版面空间。这些文章当然是写给专家学者同行看的,需要遵循基本的论文格式、学术规范。这些刊物发行量极少,覆盖面有限,几乎可以看作象牙塔,似乎只在学院(研究所)系统流通,建立起学术等级的格局,因此,这里的文学批评看起来与大众传媒系统基本处于隔绝状态。但是,对大众传媒来说,这里潜伏着可资利用的"学理资源"和"专家资源",在必要的时候,大众传媒会调用这些资源,达到传媒系统与专家系统的"嫁接",而实现传媒服务。[①] 一个很普遍的事实是,当一部作品出来,出版社召开作品研讨会,被邀出席的批评家,也往往是上述期刊的作者。所谓在学界的影响或地位,一个重要的尺度是他在什么级别的学术刊物发表了多少文章;而在学界的影响或地位直接关系到学界之外的大众传媒对其关注的程度。

---

① 陈力菲:《传播史上的结构和变革》,江苏文艺出版社,2001年,第206页。

其次是专门研究当下文学的理论刊物和行业报纸，它们多为文学机关报刊，如《当代作家评论》(辽宁)、《南方文坛》(南宁)、《小说评论》(西安)、《当代文坛》(成都)、《文艺报》(北京)、《文论报》(石家庄，2001年停刊)、《作家报》(济南，2000年停刊)、《文学报》(上海)等等。这些报刊更贴近文学在当下的现实，关注当下文学的热点问题、焦点问题、重要作家和作品，其所刊发的当下文学评论文章相对集中，是最为纯粹的文学批评阵地。这类报刊与大众传媒距离较近，对大众传媒上的批评的斥力也较小，大众传媒则往往直接从这里获取文学批评的信息资源和人力资源。正如我们所看到的，这里是最活跃的批评家们最常规的阵地，他们立足这里，上可与学术空间相接——他们中的大多数往往在学院和学术机构有一个稳定的位置，下可与文学刊物甚至大众传媒沟通——他们通常是文学刊物的智囊团，间或为大众传媒策划与撰稿。如此，他们在不同的空间层次之间穿梭自如。

第三类是各种文学杂志上所设的评论类栏目，文学评论在这里虽然是"配料"，但无疑更接近文学的现场。在这个空间层次里的批评，有时候具有明确的刊物行为的性质，譬如开辟新栏目、打出新旗号、设置新焦点、推介本刊物刊载的新作家新作品、对本刊物发表过的作品进行总结和评价等等，因此能够比较迅速地跟进文学趣味的变动。有的文学刊物还注意整合学术空间的理论资源与专业批评的信息资源，形成相对独立的批评阵地。如《花城》杂志常设的"现代流向"栏目，坚持让学界一些前沿性的研究在这里出现；2000年《收获》杂志刊出的"走近鲁迅"专栏，引发了一股重新评价鲁迅的热潮；《钟山》先后开出"博士视角"和"作家论"栏目，增强了对学术界的呼应。由于文学杂志与大众传媒在媒介性质上相对靠近(有的文学刊物正在努力突破有限的发行范围，步入市场竞争，尝试产业运营模式，俨然加入大众传播系统)，大众传媒往往从这里的文学批评获得文学的最新行情，甚至直接以之进行自身关于文学的议题设置，在一些都市类报纸中开辟期刊观察之类的栏目。

我们可以将上述的多层空间看作一个以大众传媒为中心或者说原点的向心结构，它包含着方向相反的两股力量，即向心力和离心力。上述三种空间层次中的每一个都具有相对于原点的离心力，如果其离心力大于向心力，那么它就会从结构中逃逸，向心结构就会崩解。如果离心力和向心力相等，那么合力为零，它们会处在相对静止的状态，多层结构的空间区隔分明，虽相安无事但也因毫无生机而陷入死寂之中。向心结构之所以成立，是因为原点的吸附力或者说指向原点的向心力大于离心力，从而原点会加速运转。正如我们上面分析的，处在原点的大众传媒的运作不断吸纳着其他层次的资源，强化着指向自身的向心力，确保着大众传媒系统的加速运转。

不仅如此，这个空间结构中的各个层次都在试图向原点借力，从而维系这个空间。拿离原点最远的学术空间层次来说，如果它真的与大众传媒系统处于隔绝状态，那么它就会从这个向心结构中摆脱出来，而实际上，学术的空间层次却表现出对大众传媒的趋赴。颇能说明这一点的是，某些高校将教师在电视上露面——做嘉宾、当主持、开讲座折算成定岗、晋级的考评分数。最极端的情形是，即便是来自学术界的激烈批判和否定大众传媒的"斗士"，往往也是通过大众传媒确立其形象的。就当代文学批评领域来讲，其中的专家学者、权威人士的确立，在很大程度上离不开大众传媒的"身份授予"之功，用法国思想家布尔迪厄的说法，他们由此将文化资本转化为社会资本。① 至于上述第二和第三个空间层次，则更加有意识地借鉴大众传媒的方式，如开辟批评家专栏，设立栏目主持，汇集文坛资讯，刊载作品印象、点评等等，也因此，

---

① 包亚明主编：《文化资本与社会炼金术——布尔迪厄访谈录》，上海人民出版社，1997年；〔法〕布尔迪厄：《关于电视》（许钧译），辽宁教育出版社，2000年。

它们随时可以通过而且往往也渴望通过大众传媒引起轰动效应。

综上所述,我们看到,大众传播在楔入文学批评空间的时候,建构了批评空间的新的一体性,这也从一个方面表明,"将学者文化与大众传媒文化进行对照并将它们从价值上对立起来,这种做法是毫无用处且荒诞不经的"①。即便是在最远离大众传媒的空间层次,1990年代学术界的泡沫化和功利性与大众传媒相比,在有些时候也可谓有过之而无不及,只是前者相对远离公众、相对隐蔽一些。所以,应该警惕的是,将大众传媒视为文学批评失范的终极原因,却因此忽略文学批评整体的状况。正如汤林森在论述文化帝国主义问题时所指出的:"媒介是最明显的一个目标,因此也就最为公众所熟知。但这也正是危险之处。由于媒介是那么触手可及,我们也就可能认为媒介的种种问题正是文化帝国主义的实质问题,殊不知媒介问题只是更为深层结构文化过程的指标而已。"②同样,我们对大众传媒格局下的文学批评空间的描述,也应逼近时代的更为深层结构文化过程。

三、传媒规则制导批评实践

一个来自学院体系的批评家,当他出现在电视节目上的时候,他显然无法按照课堂授课的方式面对观众,更不可能按照他的论著或论文的方式发表评论,他在电视媒介的作用下意识到需要调整策略,如果他调整得不够好,电视编辑会在后期制作中对他的评论进行编辑——删节、调序、配上音像资料背景,等等。于是,专家对媒介的介入实际上变成媒介对专家的重塑,媒介的功能在悄然作用于文学批评的方式和内

---

① 〔法〕波德里亚:《消费社会》(刘成富、全志钢译),南京大学出版社,2001年,第107页。
② 〔英〕汤林森:《文化帝国主义》(冯建三译),上海人民出版社,1999年,第114—115页。

容。譬如,当著名学者王元化先生在中央电视台"读书时间"栏目里谈他的《思辨随笔》的时候,他肯定不能用思辨的方式来与主持人谈话,来对电视观众说话;虽然其间也谈到一点书中的观点,比如知识分子的独立性、文化传统重共性而抑制个性等,但更多的是介绍成书经过,童年记忆,书斋名字的由来等内容。①

加拿大传播学家麦克卢汉从传播媒介的功能角度提出的"媒介即讯息"的论断,启发我们对媒介功能的关注,他指出:"所谓媒介即讯息只不过是说:任何媒介(即人的任何延伸)对个人和社会的任何影响,都是新的尺度产生的;我们的任何一种延伸(或曰任何一种新的技术)都要在我们的事务中引进一种新的尺度。……对人的组合与行动的尺度和形态,媒介正是发挥着塑造和控制的作用。"②我们在考察大众传播对文学批评空间的影响时,应该看到大众传媒所发挥的不仅仅是载体作用,而更是由此产生的"塑造和控制的作用",具体地说,是空间结构的功能与规则的作用。就像足球比赛的场地一旦划定给出,必然伴随着一系列规则:端线、中场、罚球弧、禁区等等。对这些或隐或显的规则的分析,当有助于我们揭示大众传媒建构的一体性的具体内涵。

大众传媒的规则和特性首先表现为对文学批评主体的选择和建构。在1980年代的文学批评活动中,学院和科研机构工作背景的人员,构成了当时文学批评的主力阵容。而到1990年代,这一阵容发生了分化。一些人远离了当下的文学现实,遁入更为纯粹的学术领域,甚至告别了直接面对当下文学现实的批评活动。另一些人则携带着在1980年代形成的名声和影响力,介入当下的文学批评,与大众传媒发

---

① "读书时间"第41期。电视谈话的文字稿见《在电视上读书——"读书时间"访谈录》,现代出版社,1999年,第211—216页。
② 〔加〕麦克卢汉:《理解媒介:论人的延伸》(何道宽译),商务印书馆,2000年,第33—34页。

生亲密而频繁的接触,以"公共知识分子"的姿态和身份对公众发言。我们可以看到,许多从事当代文学研究的教授学者们,身影活跃于报纸的读书版面、文化新闻、电视相关栏目和网络论坛上;他们的名片被各路大大小小的文学记者、编辑、出版商们小心收藏,他们随时会被邀请到作品研讨会上,被约请撰写评论,这些评论有时候被精心地(难免断章取义地)印在作品的封底,成为该书广告的一个构成部分;他们参与媒介选题策划、书刊宣传,接受记者采访;他们在这些活动中传播批评理念,提供关于当下文学的价值判断,引导读者对文学作品或文学现象的理解,从而成为沟通大众读者与"小众"学术之间的桥梁。譬如,1998 年,作家贾平凹的小说《高老庄》问世之后,即有学者撰文评论,如"在《高老庄》里,我们听到了贾平凹试图整体概括东方民间传统和中国现代性复杂性的声音","《高老庄》在试图回答'究竟是什么在支配民间生活'这一问题时,民间稗史和民间传统第一次在当代得到了如此充分的表达";①"从《废都》到《高老庄》,贾平凹的小说观念发生了深刻的变化,可以说,他实现了对现有小说范式的大胆突围,形成了一种混沌、鲜活而又灵动的,具有很强的自在性和原在性的小说风格","贾平凹在《高老庄》中的追求,并非凭空而降,而是他从自身的性情、体悟和对时代生活的感应出发,深思并比较了小说历史的价值源头,致力于传统化、民族化与现代性的结合的一种悟性,一种艺术探索"。② 这里的评论文字虽然是节选,难免断章取义,但对其言说方式还是可以窥见一斑。我们看到,除了所谓"第一次""大胆突围"这样毫不含糊、直截了当的赞美之辞——大众传媒非常需要这样的词语以迅速地抓住读者,还有一个特点,就是将评论对象引向高、深、广、大、玄,像"东方民间传统""中国现代

---

① 孟繁华:《民间传统与现代性的冲突——评贾平凹长篇小说〈高老庄〉》,《科学时报》1999 年 1 月 17 日。
② 雷达:《丰盈与迷惘》,《中华读书报》1999 年 1 月 13 日。

性""很强的自在性和原在性""小说历史的价值源头""传统化、民族化与现代性"。诸如此类的语汇固然是针对评论的对象而发,却处处标示着言说者的身份确认和专业权威。在某种意义上,大众传媒通过提供这样的权威声音而使自身也获得权威,因此尽管这些文字不那么大众化,保留着浓厚的专业痕迹,却依然是大众传媒需要的。

除了专家学者,不可忽视的是文学新闻记者、主持人、编辑、出版商,他们虽然一般没有直接发表标准、规范的评论,但通过对文学生产过程的介入和对消费过程的强烈引导,在文学价值评判和导向上同样起着举足轻重的作用。相比于专家评论,他们要显得"浅"一些,更注重以感性的文字"燃烧"读者,刺激购买/阅读的欲望。同样是对《高老庄》的评价,下面这段文字则出自这本书的编辑之手:"贾平凹这部小说里写了一些扣人心弦的非凡事件和人物冲突,他虽不着意渲染,甚至事件和冲突采取'散点透视'或'间离'处理,但这种无情绪笔端反而强化了事件和人物的日常性、必然性。我总觉得,贾平凹是在演练一种冰里取火或风中点灯的高难动作。"①与上述重视理论定性的文字相比,这样的文字由于更贴近作品本身说话,也就更容易与读者沟通。像贺雄飞作为一个书商在推出"草原部落"丛书时,亲自为其书写"酋长话语",既有广告成分,也带有文化价值倾向。如他自己所说:"当然我不是专家学者,所以肯定没有权威性,但是对余杰这种赞扬也好,我首先是发自内心的,当然可能由于偏爱,有些过誉,也是难免的。另外由于我们将来要考虑市场问题,要让余杰的书走向市场,肯定要考虑它的商业效果。"②有的时候,可以称之为"准评论"的文字从文学记者的新闻

---

① 孙见喜:《文化批判的深层意味——〈高老庄〉编辑手记》,《中华读书报》1999 年 1 月 13 日。
② 《争议一人:文化商人——贺雄飞》。http://cul.sina.com.cn/s/2002 - 01 -25/9253.html.

中产生，记者在叙述新闻的时候，总是不忘记突出叙述对象中包含的"新闻卖点"。譬如一篇介绍杨牧《天狼星下》的文字这样写道："此时，这部书名为《天狼星下》的自传体长篇纪实，已经由《光明日报》《中国青年报》《文汇报》等一大批报纸'炒'得火红。上海的《解放日报》正在连载，四川经济广播电台正在连播，被迷住了的读者和听众们都巴望着早些见到《天狼星下》成书。一向豁达的杨牧这回却变得毫无商量余地，因为他太看重自己'用生命来写作'的这部《天狼星下》了，便执意要让作品在出世之前把遗憾减少到最低的限度。……与1993年走俏于图书市场的其他几位西部作家相比，杨牧《天狼星下》不可替代的魅力在于真实。"①将"把遗憾减少到最低的限度"和"不可替代的魅力在于真实"缝合在这一段文字中，报道中包含着评论，在激发读者兴趣的同时也在将特定的价值取向施加给读者，使其迅速认同。

当文学记者们越来越多地将虽然浮光掠影却也先声夺人的评判写进有关作家作品、文学现象的报道中时，他们在追赶文学潮流的角色中迭合了引领文学潮流的成分，一如许多文学编辑从幕后为人作嫁衣走向前台指点江山。他们往往因为同时具备文学中人与传媒中人的经历和经验，既对文学有极强的现场感，又对传媒有自觉的适应能力，能够对大众传播语境下的文学做出敏锐及时的判断。在1990年代，一些老牌的晚报如《羊城晚报》《北京晚报》《齐鲁晚报》《新民晚报》，还有新型的都市报、周末报等等，其专门的文学副刊或者读书版以及一些日报的周末版或文化专刊上的文学消息和评论文字，往往表现出对当下文学的敏感，不仅引导读者的文学阅读，而且有时候还触发文学界的争鸣与讨论。譬如1993年5月，《光明日报》记者韩小蕙发表《陕军东征》一文，报道了陕西出现长篇小说创作热潮的情况，"陕军东征"成了文

---

① 《一个盲流的传奇——杨牧和他的〈天狼星下〉》，《南方周末》1994年3月4日。

学界的热门话题,并且还为出版界所关注,于是在一定程度上为后来的长篇小说升温预热;《新民晚报》1996年5月6日发表署名"简平"的文章《你是流氓,谁怕你?》,引发了对文学的道德评价问题的探讨……可以说,就对文学现实的及时反应和直接应对而言,文学刊物和图书的编辑、传媒的文学记者,填补了1990年代初批评领域精英话语退场后留下的空白,并在1990年代中期以后与作为公共知识分子的文学评论家们共同营造了文学批评的空间。

大众传媒对文学评论的构成的影响和制约最直观的表现还是言说方式。作为社会各种信息的中介,大众传媒要求尽可能地接触最大数量的受众,所以,它必须尽可能地采用人们容易理解的书写方式或表达方式。正如传播学研究者所指出的,一篇报纸的社论要做的声明可能是世界上最重要的,但是,要是这篇社论写得只能被大学以上程度的读者看懂的话,那么它将失去80%以上的读者。[①] 不仅如此,其背后还总是潜伏着强烈的商业动机——可读易解意味着畅销,也就是可观的经济回报。因此,大众传媒所期待的文学批评,是通俗易懂、直截了当、能够迅速吸引眼球的批评。这方面,王朔可谓突出的代表。王朔在1990年代初的时候,就以尖刻的言辞(主要针对知识分子)在公众中树立起"牛虻"和"刺头"的形象,到1990年代末显得更成规模。1999年底王朔以一篇《我看金庸》制造出"顽主挑战大侠"的景观,由此开始对文坛宿将名流的"非礼"。2000年1月他抛出《无知者无畏》(春风文艺出版社),这当中,《我看王朔》把自己的作品批驳得体无完肤,其辛辣刻薄,比《我看金庸》有过之而无不及。王朔拿自己开涮,仿佛搓掉自己一身泥,就可以放心说别人不干净了,于是一路横扫下来,老舍、赵忠祥、梁晓声等等,都未能幸免。文化界似乎特别愿意听王朔的骂声,

---

① 〔美〕沃纳·赛佛林等:《传播理论:起源、方法与应用》(郭镇之等译),华夏出版社,1999年,第129页。

《无知者无畏》一问世,即有陈晓明、李敬泽、刘恒、余华等京城名家为之叫好,据《北京晨报》记者的报道说,王朔有些害臊。① 接着,享誉文化界的《三联生活周刊》为他辟出"自留地",名曰"狗眼看世界",其间将张艺谋、白岩松端到这火锅里煮了一回;实在没人可煮,又将三类126个词汇其中包括20个专有名词削了进去。8月《美人赠我蒙汗药》由长江文艺出版社出版,在这本书中,王朔忽然变得有些文雅,调低了骂人的分贝,甚至常常很谦虚地听对谈者"老侠"的教诲,但矛头所向仍然不含糊,直指影视圈、文化界、经济学界等诸多人物,包括孔子、鲁迅、钱钟书、余秋雨、金庸、贾平凹、张艺谋、陈凯歌、樊纲等等。王朔以其聪明和无畏,打造了富有中国特色的"骂文化"。他对一些偶像级的人物嬉皮笑脸、犀利刻薄,差不多给人以精神自由的幻觉,如果你不愿深究,确实能图一时之快。对王朔自己来说,说过的话可以不算,骂过的人可以再换,不变的是名利双收的正果。《无知者无畏》一版就印了22万册,《美人赠我蒙汗药》首印20万册。当然分享这正果的还有出版社和报章杂志,譬如《中华文学选刊》接连十回"细评"《美人赠我蒙汗药》,可以想象这该解决了多少稿源危机。

在大众传媒的作用下,那种富于刺激性和冲击力,耸人听闻、吸引眼球、轻松随意、直白通俗的语言方式,受到极大的鼓励。相应的,文本细读、微言大义式的批评,长线的、历史总结式的批评,注重学理规范、讲究技术法则的批评,则无可逆挽地受到大众传媒的排斥。进入1990年代以来,大众传媒上活跃着的批评,刺激了诸如随笔、札记、印象、书评、书话、谈话、访谈录之类的批评文体的广泛采用,它们不仅成为大众报刊和图书出版中受欢迎的方式,也在专门的文学批评报刊和文学杂志上大量出现。设想这样一种批评文本:关于一个女作家的评论,先

---

① 《王朔有点儿臊得慌,〈无知者无畏〉昨天在京座谈》,《北京晨报》2000年4月11日。

介绍他人对这个女作家已经研究到了什么程度,再把她放到女性写作的历史或文学史中确立其位置,并且要阐明采取什么方法研究这位女作家,然后才开始进入正题。可以肯定的是,没有哪一家大众传媒会刊载这样的文章。专家学者们要在大众传媒上发表评论,文章必得"屈尊"放弃对逻辑严密、思考缜密、论述周全的要求,省去过程,直指结果。

其极端情形便是"语不惊人死不休"式的"酷评"大量出现于具有学术背景的人士的笔端。譬如,1996年4月,韩少功发表长篇小说《马桥词典》,同年12月5日张颐武在《为您服务报》上发表《精神的匮乏》一文,称《马桥词典》"无论形式和内容都很像,而且是完全照搬《哈扎尔辞典》"。同期还刊载了王干的《看韩少功做广告》,称韩少功的《马桥词典》:"模仿一位外国作家,虽然惟妙惟肖,但终归不入流品。但也广告满天飞,仅一位海南作家就在全国各种不同的报刊上发表了完全一样或大同小异的文字加以热烈吹捧,此类形迹不过是《天涯》广告的又一延伸而已,这一套路韩少功用得熟能生巧了。"这种批评的方式,非常受各种大众报纸的欢迎,于是,纷纷转载,终至引起讼争。1999年,青年学者、文学博士、评论家葛红兵撰写了《为二十世纪中国文学写一份悼词》①一文,从题目即可见其"爆炸性",文章对鲁迅、茅盾、钱钟书、丁玲、巴金等一直被视为中国现代文学大师的作家们,从人格构成到艺术成就都加以否定,其措辞方式直言不讳,毫无迂曲,缺少学术研究的严谨,更多率性而为的痛快。这种方式引起学界广泛非议当在情理之中,因为它明显地冒犯了学术规范的要求;但是,从另一方面看,它在冒犯学术规范的同时却是对传媒规则的顺应,在这种顺应中以惊

---

① 《芙蓉》1999年第6期。2000年第1期《芙蓉》还刊发了他的《为二十世纪中国文艺理论写一份悼词》。文章发表后引起文坛剧烈反弹,《文学报》首先发难,接着《文艺报》用整版篇幅对之进行了讨论,进而是全国大大小小的报刊参与争鸣。

轻灵的文体风格;它作为一种批评策略和战术,使批评通过大众传媒走出象牙塔而面对大众成为可能;它促使批评对文学现实保持应有的敏感,迅速地做出反应。如果我们将长线的、有稳固对象的学院派批评比作固定靶赛,那么,适应大众传媒特性的批评则更像是移动靶赛,后者在难度上并不逊于前者。但是,这里潜伏着的危机是意义的匮乏或丧失。对大众传媒要求的通俗活泼语言方式的顺应,可能导致文学批评在产生快感的同时将快感当成目的,而未能将其看作接近和通往批评对象并生产出意义的途径;在这种情况下,文学批评可能成为即时消费、即用即弃的别一种"创作"。顺应传媒的需要,对学术资源进行转换,本身是一件好事,但是,在此过程中,当拥有学术资源的批评家们或主动寻求大众传媒的关注,或被动地被大众传媒捕获与吸纳,经由大众传媒一系列的"改写""翻译",而或快或慢地进入大众传媒的表意系统,这时候批评为自身的凸显和流行付出的代价是歧义、误解和曲解的产生。与此相关的情况是,由于对学理的忽略或不屑,知识的误用、滥用甚至常识的错误成为常事。对大众传媒的新闻时效性和新鲜性原则的顺应,文学批评与对象之间时距的缩短,对时间刻度标示出的"新"的追奉,很可能导致文学评论成为"时评",而放弃对恒久的精神价值的关注,并且造成美学趣味的丧失。传媒先于文学批评提供甚至规定了批评的对象,为后者省去了寻找与发现的过程,同时也动摇着批评的独立与公正,从而销蚀批评应有的批判精神。

四、批评功能的转换与迷失

上面我们分析了媒体的功能和规则对文学批评的影响,但是,媒体的功能和规则绝非孤立而自足的,它与整个的传播环境密切相关,政府的文化政策与文化价值导向、意识形态主导的程度和策略以及相应的制度建设等等,也必然渗透和体现于媒体运作的规则之中,对整个大众传播的生态构成决定性影响。由此去看大众传播格局下的文学批评，我们会发现，文学批评的危机突出地表现为文学批评功能的削弱，也就是说，文学批评难以发挥对文学作品和文学现象做出价值评判的作用。

文学批评置身于同时代的文学/文化空间之中，同经济秩序、政治生态密切关联。从文学/文化的角度看，与1980年代相比，进入1990年代后，一个显著的变化是，文学不再是引发和折射思想事件甚至政治事件的场所，不再是社会公共空间建构的重要方式，涵括文学并在文学中得到反映的文化状态由"共名"走向"无名"①。这与整个社会的急剧变化有着复杂的关系，大众传播是其间最为突出的因素。大众传播的迅猛发展及其催生出的大众文化兴盛，既是社会变化的结果，譬如市场经济的推进，媒介产业化政策的拓展，权力运作的公开化程度相对提高等等；也是这些方面的社会变化的助动器。另一方面，对处于社会转型时期的我国大众传播而言，其发展轨迹和运作方式，在促成国家权力和社会公众之间的公共领域形成的过程中，需要双重的支持——社会资本力量和国家行政力量；而由于相应的法规制度也在形成之中，所以其对国家意识形态以及政治权力表现出强烈的依赖，这就决定了它在关涉意识形态方面的问题时的底线持守和相对稳妥的姿态。在此过程中，大众传媒无往弗届的覆盖，部分地取代了文学在公共领域建构中的地位。显而易见的事实是，一篇反映腐败问题的深度报道比一篇反腐小说更能引起公众参与社会公共事务的热情。于是，大众传媒倾向于将文学归入其娱乐功能的实现——满足社会公众的文化接触和消费需要、提供个人休闲和逃避的途径。文学在公共事务方面的功能，参与意识形态建构和争论的功能，由此受到削弱。

大量的生产需要大量的消费，大量的消费需要大量的劝服，大量的

---

① 陈思和：《当代文学史教程·前言》，复旦大学出版社，1999年。

劝服依赖的正是大众传媒。这是现代工业生产与传媒产业的逻辑联系。文化的生产与消费就其经济利益的实现过程而言，也概莫能外。美国社会学家刘易斯·科塞在谈到大众文化产业中的知识分子问题时指出："大众文化产业，正因为它是一种产业这个明显的事实，最关心的是销路。产品必须打入市场。在正常活动过程中，销路的要求优先于所有其他考虑。大众文化产品的生产者私下里也许和其他人一样十分关心美学价值与人类现实，但是，作为生产者的角色，让他们必须首先考虑商业利润。"①当文学批评被纳入大众文化的生产/消费的链条中，它便或自觉或不自觉地遵从"销路优先"的原则。前面我们已经提到，在当代中国文坛上，我们并不陌生这样的情形：一部作品出来，接下来是新闻发布会、作品研讨会、组织书评等等。这些都是需要文学批评的地方，或者说用得着文学批评家们的地方；更重要的是，这些活动必得有大众传媒的关注。大众传媒在确认批评家身份的同时，又将其拉入"身份授予"的活动之中。如果说媒体像一个旋转的舞台，那么批评就充当了这个舞台上的追光灯，光源来自舞台背后观众无法看到的地方，灯光打在谁身上，谁就赢得了观众的瞩目。在这个过程中，重要的不是产品本身的价值，而是大众传媒的关注程度如何。传媒的关注程度决定了生产者社会身份的高低，从而决定了其产品的销路。

当文学批评进入大众传媒的信息传递系统，成为文学生产与消费之间的桥梁和纽带，商业利益必然渗透进来，模糊乃至消解文学的价值判断。美国学者黛安娜·克兰在《文化生产：媒体与都市艺术》中，援引奥曼的研究成果表明，《纽约时报书评》的评论在一本书得以畅销的过程中举足轻重，而且书评对评论对象的选择与投放广告的出版公司

---

① 〔美〕科塞：《理念人》（郭方等译），中央编译出版社，2001年，第355页。

之间有着密切的关系。① 也就是说,文学批评的价值判断实际上被先于它和外在于它的经济利益的链条所决定,于是批评被仪式化、表面化。如果说,《纽约时报书评》是在相对成熟的媒体运作框架下进行,评论者、媒体和出版商三者能够在各自利益和立场保持相对独立的基础上达致某种平衡,并因此确立批评的权威性和公正性;那么可以说,就我国目前的情况而言,这种局面还远没有形成,媒体自身的利益占据了绝对的优势,而这个优势又是在对出版商、广告主的依赖中获得的。于是,文学批评空间在被大众传媒凸显和扩大的同时,实际上也在被经济利益共同体分割、挤兑、压缩和利用,最终成了非常虚幻和脆弱的表象。

  文学评论自身的价值评判功能的萎缩,在1990年代以来的中国文学中有着明显的表现:某个平庸的作家突然间大红大紫,众多评论家将高规格的词语和句子都堆放在对他的评论之中,好像在为自己曾经错过了天才而竭力补过;某部缺乏创造性而只是善于借《廊桥遗梦》之势的小说,被出版商设定为畅销书,书一出来便有批评家冠以"理想主义""扛鼎之作"的评语,在各种大众传媒上传布开来;某部乏善可陈的话剧居然能在北京连演数十场,获得可观的票房收入,其秘诀在于一批专家学者把它抬到了可以跟老舍《茶馆》相媲美的高度;某位曾经成绩斐然、声名显赫的小说家发表的新作,明明是在重复自己甚至倒退,依然会被评论家们指认为超越之作,关键在于他的名字在出版商看来很值钱……文学批评于是成为其他利益主体与大众传媒为了商业价值而进行炒作的一个常规手段。对此,有学者非常清醒地指出:"炒作并不承诺和保证对于批评的责任,但它能够极度充分地利用批评的形

---

① 〔美〕戴安娜·克兰:《文化生产:媒体与都市艺术》(赵国新译),译林出版社,2001年,第74—75页。

式。……在这种情势下,文学批评很难做到不为所动,始终如一地保持自身的清醒和独立会变得十分困难,而身不由己地随波逐流却是最常见的现象。炒作的可怕之处在于,它能够造成一种既定而强大的事实,这种事实将剥夺你的怀疑能力,逼你缴械,甚至将你一同席卷进去。你在为虎作伥却又根本不能自觉。于是,文学批评沦为一种话语工具,它的丰富性和多元性消失了,单一的目标主宰了它的价值取向。"①在此种情况下,意义问题无法得到深究,媒体提供公开商讨和对话的属性也无从显示。

实际上,不只是抬轿子式的吹捧与炒作如此,那些冠以"批判"之名的批评也是如此,甚至对批判的批判还是如此。2001 年《十诗人批判书》于 3 月份刚刚出版,市面上还没怎么见到,而关于这本书的一些意见或者说舆论就迅速地形成了,其突出的代表便是 2001 年 4 月 5 日的《文学报》做出的反应。这一天的《文学报》不仅在头版以"《十诗人批判书》遭遇反批评"为题做了报道,而且在第四版以整版篇幅刊登四篇文章,并辅以醒目的标题、字号、字体、边框等编辑手段,对该书进行批评。四篇文章的具体安排是这样的:上半版孙光萱先生的文章《请收起你们的"铁扫帚"》打头阵,并肩作战的是吴欢章先生的《攻难驳诘要有学理》;下半版是两个年轻学者的跟进——张曦的《"酷评"的虚弱》和王晓渔的《诗歌强盗的"劫持"》。与这些批评文章表现出的对该书的指责、批评乃至不屑相比,如此隆重的版面安排,恰恰形成了一个有趣的反差。也就是说,这种版面安排意味着《十诗人批判书》太值得我们注意了。或许,读者对《十诗人批判书》本来可能并无特别的关注,而现在《文学报》如此安排形成的视觉强势,使读者很难不关注。另一方面,四篇文章中除了后两篇对《十诗人批判书》稍有肯定外,总

---

① 吴俊:《发现被遮蔽的东西》,《南方文坛》2000 年第 4 期。

的调子都是否定,这与本期《文学报》作为"大众论坛"的应有之意实难相符。我们不禁要问:对这本书难道就没有不同的反应了吗?说《十诗人批判书》作为酷评的典型,武断、非理性、破坏、耸人听闻是其特出的表征,是否也就意味着要采取同样的手段加以反批评——至少在气势上、在形式上是如此,否则就不能起到平衡和矫正的作用呢?但是,当我们如此指责《十诗人批判书》纯属炒作的时候,我们指责的声音是否也变成了炒作?如此循环往复,批评或者反批评的真义是难以显现的了。这样,我们或可以说,《文学报》的如此处理正奏了吸引之效,使这些反批评的文字有了广告("广告"并非仅仅是"广而告之",它的英文 advertise 的本义即"吸引注意力"的意思)的性质,而且是免费的广告。这也许不是《文学报》的本意,但《十诗人批判书》的出版商恐怕是会感谢这一期《文学报》的。这岂不是说,客观上《文学报》与出版者达成了共谋,而我们的几位或年长或年轻的学者不过与酷评者一样只是担当了一回工具?在此过程中,真正得以凸显和实现的正是轰动效应和随之可能到来的商业价值。我们的大众传媒(包括像《文学报》这样的专业媒体)似乎没有学会将自己看作公共意见交流、碰撞、商讨的平台,于是,其所提供的批评总是难脱"一面之词"的嫌疑,而成为表现权力或者谋取利益的工具。

另一方面,在大众传播的格局中,文学批评在价值判断功能遭到削弱的同时,面临的更深层次的问题是,它所持守的价值尺度陷入暧昧不明、恍惚无定的状态。这在很大程度上,是由于大众传播的发展和大众文化的兴起促生了多义、矛盾的价值空间:有的着眼于文化民主的取向,看到大众文化对过去的政治意识形态独断和文化专制的颠覆性,譬如王蒙对王朔的赞扬①;有的看到其对世俗物欲、商品经济的追逐,痛

---

① 王蒙:《躲避崇高》,《读书》1993 年第 1 期。

心于精英文化地位的动摇和文学的精神价值的丧失,譬如王晓明等对"人文精神"的呼唤①;还有的则持有双重标准,既在意识形态的纬度上肯定大众文化,但是又站在精英文化的立场上对其文学趣味和艺术性予以贬低,譬如前面提到的李泽厚对王朔作品的看法等等。应该说,这里显示出的价值多元化是历史的进步,如果每一"元"都得以坚持和贯彻,从而形成价值观的碰撞、交流、博弈,谋求尽可能大的公共空间,那将是最理想的状态。正如韩东在其《论民间》一文中所说的:"所谓文学的多元化是在历史研究的框架中谈论文学,它确认的是文学的相对价值、相对意义。在这样的谈论中,多元化本身成为绝对之物,这恰是从事文学的专业人士和真实的读者应该反对的。一个有理想的作家、诗人岂能不相信文学的绝对价值?岂能不相信它的绝对标准?不相信文学的真伪之别、优劣高下之分?一位出自心灵需要的阅读者岂能只以识别文学作品的风格差异为最终的满足?"这里明确地表现出对"绝对价值"的捍卫,而其反诘的句式却又敏锐地触及我们这个时代文化价值观的困境和痛处——一方面,多样的价值观确实存在;另一方面,不同的价值观却不能鲜明地坚持自己,不能够获得明确的表达。

这可以说是我们时代的精神难题。同样是在《论民间》里,韩东试图在历史/当下、总体/局部的框架下破解这一难题,尤其是将价值的相对性推给了历史。他指出:"在历史研究的层面,文学的相对性是前定的,一如在创造和审美的层面绝对性是前定的一样。在历史研究的层面,文学的价值意义出自它的社会功能、在文化格局中所占的份额,出自它与权力之间的互动关系以及在意识形态方面的力量对比。多元化在此是大势所趋,是自由开明社会的必要保证。在这样的层面上,我们赞成文学的多元,赞成竞争、交流、共同发展和相互制约,赞成百花齐

---

① 王晓明等:《旷野上的废墟——文学和人文精神的危机》,《上海文学》1993年第6期。

放、百家争鸣。但即便如此,即便是在此历史研究的层面,即便是在这以文学的相对性为总体前提的多元化局面中,也应该承认以文学的绝对性为前提的其中一元。总体的相对性从原则上说理应允许其局部的绝对性,否则这相对性就是虚妄的,是以相对性窃取绝对性的地位。"①这样的解决方式固然富有逻辑的力量,但是问题在于,我们面临的是逻辑遭到现实否定的尴尬。那么,是什么样的力量颠覆了逻辑? 在有些人看来,我们时代的价值观及其表达的暧昧和模糊只是不得已的妥协策略;在另一些人看来,这是文化转型必然导致的结果。这些解释都有其现实的合理性,但恰恰是这样的合理性、现实性代替了对现实的超越,并且掩盖了实际利益的争夺造成的价值虚无和真空的真相。

以历史的眼光看,充分注意价值相对性以及基于此的批评观,对独断论不言而喻是有力的冲击,为处于弱势和边缘的文化与文学形态争取到获得表达自身的权力,开掘出文学存在的丰富的可能性。然而,文学批评领域却出现了在文化价值多元化的名义下将价值相对性推向极端的价值观,当这种价值相对性被绝对化之后,它便走向了反动。它抹杀了批评的批判性和否定性特质,而一味地用肯定句描述文学的存在,从而导致了另一种独断论,即在价值论的层面认可"一切存在的即是合理的"。你只要留意就会看到这样的情形:有批评家昨天还在为小资写作摇旗呐喊,今天却大谈要为无产者写作;有批评家在一个场合痛心于文学写作没有灵魂,在另一个场合却在为物欲大声辩护;有批评家一面肯定非主流、民间性,一面又转过身去高唱主旋律……这种没有价值尺度的价值尺度,没有立场的立场,除了体现出文学批评主体精神的虚无状态,也暗合着大众传媒的商业化原则,即按照供需平衡的原则,什么好卖卖什么,什么时新走俏卖什么,名利的回报至关重要。只要有市场需求,只要能占领市场,二流、三流的作品也可

---

① 韩东:《论民间》,《芙蓉》1999 年第 5 期。

以包装成一流作品,平庸无奇之作也可以夸耀成传世杰作。反过来也如此,如果没有市场,杰作也会被视为垃圾;而为了引人注目、耸动视听,同样也可以将白璧微瑕夸大为致命硬伤。没有立场和原则的批评正可以参与到这种游戏之中,并且成为这种游戏的一个组成部分。一切都是策略,一切都是权宜,应时而动和相机而行才是不变的原则,就像在股票交易所里,随时做出抛出和买入的决定。

当我们试图厘清大众传播对当代文学批评的空间构成所产生的影响时,我们应该警惕将文学批评的危机全部推给大众传播负责,就像布尔迪厄所说的:"知识分子的批判力受到摧毁,这不能由记者这个整体来负责。如果说,约束和控制是通过记者才得以实现的话,那么,也是通过记者,通过他们中的某些人,才在这里或那里开辟了自由的空间。"①大众传播给文学批评带来新的生机的同时也带来新的制约,如此形成的抗力当是催生真正有效的批评的动力源;任何一种社会情境中都存在着类似的抗力,不同的是具体的结构形式和表现方式而已。可以说,大众传播格局中的文学批评,在以自身的健康状况检测着大众传媒在建立真正的公共空间上所达到的深度。但是,文学批评主体能否承受上述抗力而激发起批评的热情,则依赖于批评人格和批评伦理的建设,它意味着文学批评能否承担与反抗我们时代的精神困境。

第三节 大众文化的批评话语

一、新闻对批评的僭越

1990 年代的中国,可谓进入了一个盛产新闻的时代。新闻业改革

---

① 〔法〕皮埃尔·布尔迪厄、〔美〕汉斯·哈克:《自由交流》(桂裕芳译),生活·读书·新知三联书店,1996 年,第 20 页。

逐渐打破原有的模式，开始走向市场化或准市场化运作，新闻在社会生活中的作用和功能与整个社会环境、社会心理的变迁关系日益密切，并越来越凸显新闻传播业在整个社会中作为一个收集、整理、输出新闻信息的服务性组织的特点。报业扩张、电视发展、互联网出现，使新闻信息的传播能力、信息传播的规模与数量大大地发展起来。不仅如此，新闻报道也已经脱离了单一的政治宣传的状态，新闻传播的开放性使它终于取代文学及其批评，成为建构公共领域的决定性力量，甚至在很多时候文学批评的议题也由新闻的生产需求所设置。

对新闻传播来说，文学界与其他各个部门一样，是新闻的消息源系统的构成之一。文学能够给新闻机构提供什么样的新闻呢？它显然不能提供那些制作"硬""辣"型重大新闻所需要的材料，却可以成为"甜""软"型新闻的重要源泉。一篇题为《京城，流行靓女文学组合》[①]的文字，标题就是一种娱乐新闻的处理方式——将所有的"看点"集合起来，在第一时间里吸引读者的眼球。待你看完全文，你会发现：所谓"流行""文学组合"不全是那么回事，但又有一点影子，作者不过是抓住了这点影子将其放大了而已；至于"靓女"，也只能是靠想象。更重要的是，这些文字与文学本身保持的那种若即若离、似有若无的暧昧关系，使它在凸显"文学"的同时也消解了文学，它让与文学相关的某些符号在抽空内涵后转换成新闻的符号。这篇文章在正文第一、二段写道："都说漂亮的女孩不聪明、聪明的女孩不漂亮，尤其是写文章的女孩。然而最近，北京几个初出茅庐的小丫头将此论断给彻底否定。她们就是新近刚刚在京城崭露头角的文学靓女组合：王天翔、陶思璇、严虹、洛艺嘉。""几个年轻靓女都出生于1970年代，如今在北京做着白领，而她们的作品则被称为粉领一族情感系列丛书。人靓，文字也靓。

---

① 《新民晚报》1999年11月25日。

灵峻的是王天翔,温婉的是陶思璇,神秘则属于洛艺嘉,痴情的就是严虹,真是各有神采。"在接下来的四个段落里,文章将四位靓女的人物特性和作品特色分别用一两句话介绍一番,充斥着像"异域女子""前卫奇异""温婉如玉""泛黄的温馨和浪漫""甜而精致"之类的词语,都不过是关于她们的言行气质的华而不实的形容,而不是关于她们的文学作品的,甚至文中都没提及她们任何一部(篇)作品的名字。最后则是:"就是这些迥然不同的漂亮女孩,因为对美丽文字共同的痴爱和迷恋而成了好友,隔三岔五总要打打电话聚一聚,也谈谈自己最近的作品和新的构想,也谈谈文学之外的生活。"这样的文字是在报道或介绍文学,也将某些符号化的评论混入其间,主要的效果还是完成了文学向时尚的转换,让读者在阅读中完成一次虚幻的时尚消费。我们谈论的这篇报道当然不能代表所有的文学新闻,然而其所表现出的一般倾向——文学在新闻中被赋予了时尚化、娱乐化的界定和评价,却是一个普遍的事实。我们看到,在1990年代的文学中,隔一段时间,就会有像"靓女文学组合"之类的标签被发明出来,插在文学领域的某个角落,使其一下子"脱颖而出"。在很大程度上,这不是文学批评的成就,而是新闻的成就。

新闻传播对文学的介入,当然能够使文学被置于更广大的公众视野之中。在今天,即便是一个标举清高脱俗、离群索居的作家,只要这样的标举为新闻所捕获,他就在某种程度上违背了自己的意愿,或者说他就不得不"作秀"。可以说,新闻传播的发达对文学的一个非常直接的作用,便是打破文学所固有的神秘性或神话化倾向。与此相关的一种非常典型的文学新闻方式是,以文学创作或者说文学作品本身之外的东西为引导,为驱动,为目标,它往往没有兴趣将文学内在的真实状况展示在读者的面前,却又貌似权威的知情者在对文学评头论足。一篇关于作家余华的报道开头写道:"余华一直被认为是中国最好的先锋小说家,兼之他的《活着》被张艺谋改编拍成了电影,声名在普罗大众当中飙升,他应聘加盟广东青年文学院,便成了新闻中的新闻,在10月18日广东青年文学院成立典礼上,十几家新闻单位的记者对他轮番'轰炸'。"①"最好的先锋小说家""声名……飙升""新闻中的新闻"云云,将人们的视线引向哪里不言而喻。在这种引导中,最好的情形当然是,它可以诱发你走进文学的愿望和冲动,比如说,看了这篇报道后,原本对余华知之甚少、对其作品接触更少的读者,可能从此关注余华,阅读他的作品。但是,一般的情况则是,文学在新闻这里被纳入社会信息系统的阐释机制之中,新闻让公众在更为实际的层面上看待文学,譬如这个作家的影视改编、声名大小、待遇高低、生活状况、趣闻轶事等等。

于是我们看到,1990年代的新闻传播在对文学领域的新闻资源进行开掘中,建立起了一套"准明星制"式的传播机制,像金庸、余秋雨、王朔、贾平凹、余华、苏童、莫言、刘恒、王安忆、韩少功等声名响亮的作家们,成为新闻媒体热衷报道的"新闻人物"。他们之所以成为"新闻人物",当然是因为各自已经取得的文学成就。但是,当他们成为"新闻人物"的时候,他们的"文学"已经不重要,重要的是他们所代表的文学趣味以及文学秩序,他们的名声以及由此形成的市场号召力,他们身上发生的诸如得到一幢别墅、卷入一场官司、拿了多少版税之类与文学创作本身并无直接关联的事情,他们并不那么"文学"的只言片语或者即兴言说,他们的坐卧行止等等,都成为新闻媒体关注的对象。在一篇金庸访谈录里,金庸谈到"文字暴力",认为只是"文革"才导致了文字暴力的释放,"文革"之前人们内心有而不敢讲出来,古代文化传统中的文字则与暴力无缘;在回答记者问及的对当下文学的看法时,金庸说,他从朱文小说中读到了非常欧化的语言,从《废都》读到了西安青

---

① 陈朝华:《是否先锋并不重要——羊城访余华》,《南方周末》1994年10月28日。

年的性生活,读过王朔的《盗主》(记者做了一个夹注说,大概是指《顽主》)等等。这些言论可谓草率得可以,它所包含的内容也多有不实之嫌,它们与金庸的文学成就当然没有关系,更不能说它们代表了金庸的文学水平。但是,正如记者在这个报道里所称的:"重要的不是金庸说什么,而是那是金庸说的。"①

由此观之,当新闻传播以新闻的方式对文学青眼有加的时候,文学所处的真实状况及其本身的价值(诸如审美意味、语言文字、文学形式等等),在媒体的聚光灯下每每消失于无形之中。当文学界的现象、事件被媒体走马灯似的冠以各种各样时新、刺激的名号,在新闻传播的符号体系中运行的时候,文学无法以相对完整的形象显现自身,相反,它无可避免地被肢解成为大众文化的元素,参与这样的文化关系的构成:满足—消费成为文化价值实现自身的压倒一切的方式,并且"适应某种管理化的文化快乐主义价值观";而在如此形成的文化关系的另一端,"受众并不十分关心所看到的内容……实际上只是趋向于逃避、消遣和休闲。消费和休闲的导向就是绝大多数文化工业产品背后的工业驱动的精神和心灵"。②

当然,新闻传播在对文学资源进行重新编码纳入自身轨道的同时,也在实现着凸显的功能,而且在此过程中,它与整个的大众传播体系——譬如图书出版、影视改编等——有着天然的联系,由此而形成的传播效力足以改变一切。曾经作为先锋文学代表作家之一的余华,在一个访谈录中谈道:"我在文坛的地位在1987、1988年时就确立了,但那时是在小圈子里……那时候,我们的书只印两三千册,出版社赔钱

---

① 《金庸VS文字暴力》,《南方周末》2001年5月24日。
② R·沃林:《文化战争:现代和后现代的论争》(周宪译),《国外社会科学》1998年第2期。

出。后来有了'第二渠道',特别是新闻界的介入,救了我们。"①"新闻界"的如此救命之效,其实质是完成了由"文坛地位"到市场地位的转换。如果说,"文坛地位"不过是一个小圈子里很"虚"的概念,那么,市场地位则在更大的空间里意味着很"实"的内容——书的印数、销量、码洋、版税等等。在这个由"虚"而"实"的过程中,新闻传播总是自觉或不自觉地以现实的、大众认可的标准为主导选择事件。这倒不是说,新闻的选择看取的就是市场利益,而是说,它的选择天然地切合了市场的选择。一个明显的事实是,新闻界对余华之类的作家的关注,其普遍的契机来自这些作家转型时期的作品由于影视改编而引起的轰动。

在这样的时候,按理说,我们更需要文学批评以一种专业的话语进入新闻传播主导的舆论场,揭示文学的内在真实,以平衡泡沫化的文学报道。但事实却是,正如我们在上一节已经指出的那样,文学批评的功能在转换中陷入迷失的危险之中。另一方面,文学批评也在努力寻找新的话语方式,形成文学批评与文学创作之间的新型关系。

二、面对大众文化的两难

1980年代获得了某种共识的文化/文学的观念,在进入1990年代之后,置身于新的文化形态和现实语境,发生了碰撞并开始调整。比较一下1998年《读书》杂志第8期上的两篇文章——王蒙的《通俗经典与商业化》和刘东的《可怕的泰坦尼克》,可以看到某些内在的冲突无可避免地展开。

王文谈到"泰"片的成功在于它的配方完全符合一部商业大片的要求,随后写道:"最叫我感兴趣的是它的古典加通俗的价值观念,这

---

① 许晓煜:《谈话即道路——对二十一位中国艺术家的采访》,湖南美术出版社,1999年,第255页。

种价值观念有极普泛的覆盖面","这种价值观念说简单了不外乎真、善、美";不仅如此,"泰"片还表现出"终极关怀",它"包含着一种大悲哀、大教训,有警策存焉;令学问平常智商也平常的观众看过后唏嘘不已",由此王蒙进一步探讨了商业化的制作也能而且必须表达古典与终极。刘文则从历史上泰坦尼克沉没事件本身的悲剧意义——对技术的崇拜——入手,指出"泰"片实际上消解的正是历史的意义,而在此过程中,起决定作用的是商业机制,认为"电影也一向是最可怜巴巴的和最赤裸裸的'买方市场',而且越是高成本故而要求高回报的所谓'巨片',就越会在激烈的市场竞争中牺牲艺术的要求";在条陈了"泰"片"媚俗惑众地胡编乱造"而造成的艺术水准上的种种低劣之处后,作者进一步分析指出,真正导致它如此热销的主要"卖点"居然还在于对"技术神话"的一如既往的崇拜![1]

这两篇文章针对同一个对象而发,虽然不是直接的针锋相对,却无疑显示了迥然有别的立场和趣味。王蒙对大众文化产品中可能包含的某些与知识分子趣味并非相左的东西进行提升和放大,策略是从常识出发,全然拒绝莫测高深的言辞,尽管他也未必不清楚在感动芸芸众生的背后潜藏的商业动机和商业运作的策略这些非关人文价值观念的东西。而刘东言说的立场显然是属精英的,愤然之情溢于言表,精深之理入木三分。值得注意的是,刘东的批判意向是从艺术的审美价值分析中开始呈露的,在这种分析中,他毫无保留地将精英文化的趣味当作了至上的标准,与此相应的还有他对全球背景的关注,对好莱坞的文化帝国主义或者说文化霸权地位的激愤。

王蒙的"点拨"和刘东的"挑明",究竟何者更是面对大众文化应有的姿态和言说方式?对这一问题的回答,涉及如下两个基本问题:一

---

[1] 《读书》1998年第8期。

是在大众文化情境中,知识分子的批判角色是否能够获得合法性? 二是精英文化与大众文化应该构成怎样的关系? 从某种意义上来讲,这是悬而未决或正在展开的问题,其展开的方式恰恰体现了文化/文学的研究在面对大众传播、大众文化和文化市场的现实境遇时,所做出的调整,文学批评的实践也难以自外于这个情境。

在1990年代中期以前的中国大陆,面对大众文化批判的激烈与尖锐的言辞,我们听到了法兰克福学派的声音。在法兰克福学派看来,大众文化应该被称为文化工业,其特点被归纳为"商品化""技术化""齐一化""强迫化"。这样的文化工业在对大众的追逐中需要通俗,在对通俗的追逐中有意地媚俗,骨子里无非是瞄准了大众的钱袋,它所产生的影响主要是消极的,它剥夺了人的情感,巩固了陈旧的社会秩序,它实际上起到的是"社会水泥"的作用。将阿多诺、霍克海默和马尔库塞等人对现代大众文化的批判同1990年代中国的人文知识分子对大众文化的抨击对照一下,我们便不难发现,其最大的契合点在于对精英文化的捍卫。具体来说,是以经典意识、个性意识、终极价值、批判立场的捍卫,抵抗大众文化的通俗化、庸俗化、物欲化、无差别、无深度、无个性。于是我们不难理解,批判理论成为学院知识分子们面对大众文化进行批判时的首选武器。但是,毋庸讳言的是,在最初的时候,情绪的呼应与对接,远比学理的适用来得更重要,以致具体的语境差异被许多人忽视,批判理论被当作一个跨时代、跨社会的普遍性理论来运用,历史的阿多诺变成了阿多诺模式。正如学者徐贲在其《走向后现代与后殖民》中指出的,阿多诺和霍克海默的极具影响的悲观传媒文化理论,是以欧洲特定的文化环境为背景的。在欧洲,民族国家和以启蒙思想为基础的经典文化,远在文化工业出现以前就已经奠定,欧洲的现代化进程也在文化工业之前业已完成。在这种情况下,文化工业的兴起,就成为资产阶级上流文化也就是现代经典文化的威胁。而在我国,现代化是随着电视而不是启蒙运动走向民众的,以媒介文化为代表的现代大众文化和社会启蒙,与工业化和现代化是同步发展的;启蒙运动从来没能像媒介文化那么深入广泛地,把与传统生活不同的生活要求和可能,开启给民众;大众媒介文化正在广大的民众中进行着五四运动以后仅在少数知识分子中完成的现代思想冲击。可以说,大众传播及其促生的大众文化,在千千万万与精英文化无缘的人群中,起着启蒙的作用。当然,这种启蒙作用和由精英监护的启蒙是完全不同的。①

实际上,在1990年代初期,就有人从"后现代"与"后殖民"理论寻找为大众文化辩护、进行批评话语转换的资源,并将其运用于对当下文化境遇的描述和阐释中。学者张颐武是这方面的代表人物之一。他提出"后新时期"的概念,认为它"指的是一个以消费为主导的,由大众传媒支配的,以实用精神为价值取向的,多元话语构成的新的文化时代",它"结束了启蒙话语的权威性,而与'后现代性'的国际潮流有对话性的关联"②;它是"'后现代性'在第三世界文化中的独特展现",这种独特就在于"它既是文化商品化的结果,又是对'冷战后'新世界格局的一种文化反应,它象征着一种世俗日常生活意识形态的崛起,一种与消费文化相适应的新话语的崛起"。③ 他还以"他者的他者"和"后白话"来表述新的文化位置和新的写作策略:"旨在创造一种与西方的第一世界符号秩序相异的,又区别于古典性的本土形式的新的第三世界的文学。这种文学不放弃与大众文化的辩证的对话,又具有前卫性和探索性。它既接近我们的身体和无意识,又对作者/读者提出了更高的

---

① 徐贲:《走向后现代与后殖民》,中国社会科学出版社,1996年,第249页。

② 张颐武:《分裂与转移:中国"后新时期"文化转型的现实图景》,《东方》1994年第2期。

③ 张颐武:《对"现代性"的追问——90年代文学的一个趋向》,《天津社会科学》1993年第4期。

要求,使他们在既参与又反思的状态中加入无限的文化对话之中。"①张颐武对中国当下文化景观独特性的如此分析,虽然有许多陌生的学术词汇,但是其对当代文化/文学的乐观和肯定的基调、认同和弥合的意图,依然清楚。其所以能够如此,很大程度上在于其所付出的代价——对中国传媒体制的特殊性、消费文化及其与国家意识形态的错综关系的忽略。正因为如此,当时有海外学人发表文章,感到奇怪,在西方带有激进和破坏色彩的"后现代""后殖民"理论,怎么在中国大陆成为"新保守主义"文化/文学的理论根据或佐证,并因此而引起了一场"后学与新保守主义之争"②。

三、文化研究的兴起

如果说批判学派、后现代(后殖民)主义理论在围绕 1990 年代初期的中国文化/文学状况的讨论中,已经显示出学科意义上的文化研究的趋向,那么,1990 年代中期以后,对英国文化研究学派、后现代主义的社会文化理论、西方马克思主义理论的译介,以及运用这些理论对中国自身的文化/文学问题进行研究,开始成为人文学科学界一个持续的热点。

徐贲的《走向后现代与后殖民》,这部出版于 1996 年的著作,就已经呼吁"走出阿多诺模式",并为此而介绍了文化研究学派中费斯克的大众文化理论,和德国文化批判理论内部出现的以克鲁格和耐格特为代表的新电影理论,尤其是对费斯克的"生产性文本"和克鲁格、耐格

---

① 张颐武:《重估"现代性"与汉语书面语论争》,《文学评论》1994 年第 4 期。
② 这场争论中出现的主要文章有:赵毅衡的《"后学"与中国新保守主义》,郑敏的《文化政治语言三者关系之我见》,许纪霖的《比批评更重要的是理解》,赵毅衡的《文化批判与后现代主义理论》,分别见于香港中文大学《二十一世纪》1995 年 2 月号、6 月号、6 月号、10 月号。

特的"公众空间"概念的介绍①,显示出将新的研究视角引入中国的大众文化研究与批评的倾向。贯穿其中的一个基本的立场是:注意大众文化与精英文化的差异,以理解的态度面对大众文化的现实,从而做出研究和批评。《读书》杂志1997年第2期曾辟专栏讨论大众文化问题,其中李陀的文章也提示出一种面对大众文化的理性态度。文章指出:"大众文化日益在社会生活中有着越来越大的影响,并且使文化结构发生重要的变化,这也已经是明显的现实。因此,开展文化研究,特别是开展大众文化的批评和研究,有着特殊重要的作用,或许是我们认识中国今日正在发生的巨大文化变革的最有利的入手处。但是,对大众文化的轻视却相当普遍。这表现在理论界的很多讨论还都是在'高层文化'的范畴内进行。对当前文化发展关心的批评家是否也应该检讨一下,自己对大众文化是不是有偏见。"②

李陀所指出的"轻视"和"偏见",究其原因,与人文知识分子的角色身份的变化不无关联。大众文化的整个生产和运作机制是以市场经济为最基本的构成条件的,而知识分子长期以来已经习惯于计划经济的"单位人"角色,仅有极少数人(并非出于自愿和自觉地)游离在体制之外,漂泊于民间社会。而且人文知识分子一直是意识形态性极强的社会存在,他们在经典文化的浸淫与传承中确立着自身的文化精英身份,在参与意识形态的构建抑或改造中实现着自身的价值;而大众文化正是以商业原则消解意识形态、以世俗的日常经验和欲望满足抵抗高高在上的超越精神和趣味,以形而下的"形象"来删除形而上的观念,从而开辟自己的道路。因此,在某种意义上,大众文化的兴起及其所凭依的整个社会的政治、经济、文化结构,动摇了人文知识分子安身立命

---

① 徐贲:《走向后现代与后殖民》,中国社会科学出版社,1996年,第291、295页。
② 李陀:《"文化研究"研究谁?》,《读书》1997年第2期。

的根基。也因此,我们或可以说,所谓"轻视"是历史惯性下的优越感的体现,而"偏见"则源于本能的抵触和知识结构、理论资源的相对缺失。

1990年代,人文知识界对大众文化的关注及对相关问题的研究,开始由最初的单一视角和"急于义愤"的感情立场,走向更为开放的视野和更为理性的审视。"文化研究"在这方面扮演了非常重要的角色。作为一个特定的学术概念,"文化研究"(cultural studies)源于德国法兰克福学派的批判学派,成形于英国伯明翰大学当代文化研究中心(CCCS)的建立。与传统的文化/文学研究不同的是,"文化研究"表现出一种开放的、综合的、为我所用的方法论策略,具有跨学科研究和多学科融合的特点,它常常将文学/文化的文本分析与社会学、人类学的实证研究结合起来,打通文学与文化之间、精英文化与大众文化之间、文学艺术与其他学科领域之间,注重文学/文化与其他社会活动的联系,更关注文学/文化文本作为文化产品的生产、传播和消费机制,关注文学与外部社会历史条件之间的关系。在我国,从1998年开始,多家出版社就有规模地系统地着手译介域外文化研究书籍。①特别值得一提的,是陶东风等人主编的《文化研究》(最初纳入天津社会科学院出版社出版的"先锋学术论丛"),它于2000年刊出第1辑,以译介国外文化研究著述为主,兼及研究国内问题,致力于建立中国的文化研究的学术规范。随着这些译著的问世,文化研究学派中如雷蒙·威廉斯、斯图亚特·霍尔等人的经典著述,以及西方最近四十年来最活跃、最有影响的思想家们,如哈贝马斯、福柯、德里达、罗兰·巴特、布尔迪厄、波德

---

① 2000年,这些书籍陆续面世,包括李陀主编的"大众文化译丛"(中央编译出版社)、周宪、许钧主编的"现代性研究译丛"(商务印书馆)、张一兵主编的"当代学术棱镜译丛"(南京大学出版社),此外还有"视点"丛刊中的《大众文化研究》(陆扬、王毅选编,上海三联书店),"知识分子图书馆"丛书中的《文化研究读本》(罗钢、刘象愚主编)等。

里亚、麦克卢汉等人的著述,构成了中国大陆学人从事文化研究的有力资源。国内学者运用这些资源和方法,对中国自身的现实问题予以考察,逐渐形成了自身的文化研究的学术领域,它不仅限于文化/文学的范畴,而是形成了科际融合的局面,广泛涉及哲学、政治学、传播学、经济学、社会学等诸多学科。其中最为突出的成果,当推李陀主编的"当代大众文化批评丛书"(江苏人民出版社)。这套丛书于1999年下半年开始陆续出版,这些著述对大众文化关涉的各个领域,如流行文化、消费文化和文化消费、青年文化、金庸小说、广告热点、出版、电子文化、文学潮流、新意识形态、本土化与全球化等等,进行了研究。

这些研究无疑是对大众传播带来的新的文化语境的应对,为我们看待1990年代的文学批评提供了宽广的视域。就文学批评而言,文化研究也确实提供了观察和评论的视角,并且更多地将文化研究的政治学取向、跨学科方法和批判性介入带入了文学评论之中。譬如,在王晓明主编的《在新意识形态的笼罩下:90年代的文化和文学分析》里,我们可以看到,通常意义上的文学类型与广告、时尚杂志、建筑、电影、酒吧等被置于同一个研究空间,文学批评的空间联系得到拓展。其间对文学文本的批评,如《小说中的"成功人士"》《在无聊的逼视下》等,则更着意于阶层区隔、身份认同、生活场景、社会角色、个体的疏离等方面的分析,审美的批评更多地融合于日常生活实践的解剖,人物塑造、情节构成、语言手段等方面的分析评价,亦主要是围绕着社会文化变迁与个人命运的勾连展开,社会学的批评话语成为其间主导的话语模式。而所有这些或可谓文学的文化研究在中国语境下的实际操演,都十分明晰地指向了王晓明等所谓的"新意识形态"。

但是,如果文学艺术问题完全被当作文化问题来研究,文学艺术的特殊性、文学艺术自身的魅力,以及文学艺术发展与社会的独特联系,就有可能被忽略。我们不难发现,许多从文学艺术研究转向文化研究的学者,在不知不觉之中,都将文学艺术现象或文本当成了文化研究理论的注脚,成为文化研究中一个个孤立的例证。有人将这样的现象归因于文学艺术领域的批评家和理论工作者对当下文学艺术的失望。可是,一个时代只能提供属于这个时代的文学艺术,我们无法跨越这个时代去要求它,更不能因此而无视它的存在。如果一个时代的文学艺术在批评者的视野中只是零星的例证和面目模糊的存在,那将不只是文学艺术的不幸,更意味着精神活动整体的残缺。当然,我们也不能够同意那种将文学艺术及其批评和研究置于纯粹的、孤立的境地,将文学和艺术的地位放置在精神活动的至高境地的观念。

第四节　女性主义批评

一、女性主义浮出地表

"女性主义文学批评"自 20 世纪 80 年代中期出现在批评领域以来,历经了"女性文学批评"(或"妇女文学批评")、"女权主义文学批评"和"女性主义文学批评"等几次命名的变化。每一种命名的背后都蕴含着不同时段人们对于女性及女性写作的文化心理期待,而女性主义文学批评也因此在 20 世纪的后二十年以蹒跚的步履向我们展现出与西方完全不同的发展足迹。

关于女性写作的评论,早在 20 世纪 70 年代末 80 年代初就已经出现了,但是,这些评论并没有什么明确的性别意识,而只是偶然地将关注的焦点放在了某位女性作家的某篇作品上而已。在这个意义上,它没有呈现出独立于那个时期其他文学批评的任何特质。因此,这个时期的女性主义文学批评的命名也是飘摇的,带有某种不确定的意味,它有时被冠以"妇女文学批评"的头衔,有时又被封上"女性文学批评"的名号,更多的时候则是被融合在"女性文学"这样一个大的框架之内来谈论。所以,1980年代中期以前的女性主义文学批评的面目还非常模糊,它对女性写作以及由此引发的女性生存、女性解放的关注都是无意识的。

真正使得女性主义文学批评进入一个相对理性而深入的时期的,是1980年代后期西方女权主义文学理论的涌入。与1980年代初期的译介文章相比,这个时期引进的文论走向了更为深刻、博大的境地,不再是对于文学写作的一种单纯的性别观照,而是由话语表层进入内里世界,试图发掘其背后的思想根源与历史渊源。较早有意识地介绍西方女性主义批评的文章,有谭大立的《"理论风暴中的一个经验孤儿"——西方女权主义批评的产生和发展》(《南京大学学报》1986年增刊)、王逢振的《关于女权主义批评的思索》(《外国文学动态》1986年第3期)、黎慧的《谈西方女权主义文学批评》(《文学自由谈》1987年第6期)以及朱虹的《"女权主义"批评一瞥》(《外国文学动态》1987年第7期)等等。可能正是得益于这些文章的影响与启发,从1980年代末期开始,国内批评界在本土女性文学研究中开始沿用"女权主义文学批评"这一概念(例如1989年《上海文论》推出的研究专辑即名为"女权主义批评专辑"),"女性文学"或者"妇女文学"悄无声息地退到了后台——虽然并未完全停止使用,但是这两个词汇出现的频率较之1980年代中期是大大减少了。批评者们开始以相对明朗的态度和立场言说个人对于女性写作的看法——批判其中的附属意识、自我奴化心理,张扬一种反抗压迫的姿态。尽管有时候这样的"女权"立场并非来自他们的社会观念,而只是一种文学意义上的新的视角之下的解读,但是无可置疑的是,相对自觉化与体系化的女性主义文学批评正是从这个时期开始成形的。

这段时期的"女权主义文学批评"大致沿袭了西方女权主义理论在六七十年代的批评路数，不外乎从以下几个方面对现时代的女性写作进行分析与阐释：第一，是张扬女性的自我意识和在此基础上的独立与自由的要求，指出女性写作中的某些心理误区，同时批判男性中心主义和父系权威对女性生存的压抑，并对造成这一现状的历史根源进行一定程度的剖析。这方面较为代表性的批评文章有刘敏的《天使与妖女——对王安忆小说的女权主义批评》、陈志红的《童年情结：知识女性的心理误区》、王绯的《女人：在神秘巨大的性爱力面前——王安忆"三恋"的女性分析》《性扭曲：女界人生的两极剖视》等。如果说王绯在王安忆、张洁等人的小说，向娅、戴晴等的报告文学中看到的，是这个时代罩在女性头上挥之不去的性别压抑，并且在解读这种女性文本的同时，指出她们使用这种话语本身，在某种意义上即是一种女性主体意识觉醒的表现的话；那么，陈志红则从一些女性作家对童年的描写与迷恋中，发现了对于父权文化的潜意识的认同。那种"骄傲的弱者意识"使得她们在长大成人之后，仍然不愿接受现实的真相，而这种拒绝态度正是"男性中心文化氛围"塑造的结果，即"顺从、服从，无条件地接受男人们（也包括那一代又一代同样在男性中心的文化环境中长成的母亲们）为她们安排好的一切。这种服从的天性被错误地视为女性的'天性'，抑制着她们的想象力和创造力，在精神上使女性成为一群'永远长不大的孩子'"。①

第二，对某些已成定论的女性写作或女性艺术形象进行重新解读与阐述，分析其中可能被忽略的女性主义意识。正如西方女权主义文学批评家们在"重写文学史"的口号之下，发现了那曾被埋没的"文学高峰"简·奥斯丁、勃朗特姐妹、乔治·艾略特等一样，中国的女权主

---

① 《上海文论》1990 年第 1 期。

义批评家们也从一些被漠视的女性文学中,发现了可贵的女性意识。陈晓兰从世纪之初开始盛行的女性写作方式——日记体、书信体、第一人称叙述中,看到了女性"作为话语的主体"的倾诉欲望和言说自我的勇气:"在女性日记体、书信体形式中,女性以'我'的名义,以'妇女的名义和身份'讲述、言说,使女性在'幻想的秩序'中具有主体——思维主体、审美主体、话语主体——的身份,实际上否定了男性话语主体独尊的权威,打破了'女性的沉默'而一任男性讲述的历史定命,这无疑是对父系文明历史关于女性规则的'重新语义化'"。[①] 钱虹则从文学史的宏观角度指出"有必要重新认识一下那曾喧嚣过、奔腾过的山涧溪流",因为梳理文学史的结果是,你会发现一些女作家,如关露、谢冰莹、林徽因、方令孺、沉樱、罗淑等"被莫名其妙地遗忘在中国现代文学史之外"了,"即使较被重视的丁玲、冯铿、萧红、葛琴、草明等人,注意力也多放在《水》《红的日记》《生死场》《总退却》《绝地》一类直接描写阶级斗争、民族反抗的'重大题材'的作品上,而对同一时期同样出自这些女作家之手的另一些更具'个人的风格'(茅盾论葛琴语)之作,如反映女人(底层妇女或知识女性)的苦闷心理和不幸命运的《自杀日记》(丁玲)、《贩卖婴儿的妇人》(冯铿)、《牛车上》(萧红)以及《女人的故事》(草明)等,却很少予以关注"。[②] 我们很容易地从这样的批评文字中看到相较于 1980 年代初、中期更为明确的性别观念与批评立场,而这些,正表明了女性主义文学批评的进步与发展。

在这个时期出现的诸多女性主义文学批评论著中,最为成功的代表当属孟悦、戴锦华的专著《浮出历史地表》。这是一次关于现代文学史上的女性写作的系统评说。之所以说它"成功",首先是因为它不是一般意义上的"女性文学史话",而是"女性主体"(孟悦、戴锦华)站在

---

① 陈晓兰:《女性:作为话语的主体》,《上海文论》1991 年第 2 期。
② 钱虹:《关于中国现代女性文学的考察》,《上海文论》1989 年第 1 期。

女性主义立场之上，以个人的话语，对现代女性写作的言说。其必然带来的结果是，反抗父系话语、男权压迫成为贯穿全书的一个思想基调。因此在序言部分，作者即明确指出："男性社会的统治建立，不仅以经济权、政权、法律、社会结构为标志，而且还有更微妙也更深刻的标志：男性拥有话语权，拥有创造密码、附会意义之权，有说话之权与阐释之权。"①男性是"陈述的发出者"，所有的说话主体都显示为男性，"现代新女性"们正是在这样的语境之中艰难地发出了自己的声音："我是我自己的！""这短短六个字是女性向整个语言符号系统的挑战，'我'的称谓与女性存在串联为一个符号体的一瞬间，乃是子君们成为主体的话语瞬间；这一瞬间结束了女性的绵延两千年的物化客体的历史，开始了女性们主体生成阶段……"②但是，"主体"的生成与确立是一个艰难的过程，其中不乏陷入困境之后的迷茫与失落，1940年代解放区女性作家笔下的那些"女战士""女革命者"形象就是一个典型的例证。孟悦、戴锦华从这样一些"新身份"、新形象身上，一方面看到了"她"的主体身份——"第一次拥有一个巨大的事业"，"参与着对历史的选择"，但另一方面"这条道路又有着很大的机遇性，在那个尚未为女性的政治权利提供充分条件的时代，妇女如何走进政治舞台和战场，以什么性别走上战场，仍然是个问题，她们并没有作为一个社会性别群体而出现在政治舞台，军装与战场类似一幅男性的面具。她们为了反抗传统性别角色不得不忘记性别，还不得不以男性作为衡量自己能力的标准"。③如果不具备一种较为明确的女性意识，很难拥有如此鲜明的批评立场，那么上述诸种全新的对于现代女性文学的阐释与解读也就无法实现。

其次，《浮出历史地表》能够获得成功，还因为作者将一些较为新

---

① 孟悦、戴锦华：《浮出历史地表》，河北人民出版社，1989年，第5页。
② 同上，第33页。
③ 同上，第141页。

鲜的批评方法纳入了这部书的写作,使得它在话语层面具有了一种生命力与吸引力。它综合了符号学、结构主义叙事学、读者反应批评、解构主义等批评流派的批评方式和话语,第一次使用新潮术语和女性主义批评视角全面地梳理现代女性写作与男性文学传统。在这样的话语之中,历史上的女性性别成为一个"空洞的能指",一个没有任何意义的"符号",这就使得最初的觉醒者所面对的必然是一片荒原,是"自身意义的空白""自身所指的匮乏";也许正是由于这种匮乏与缺失,一些在西方作家笔下并不具备更深刻意味的艺术形象却得到了五四精神的青睐,比如"娜拉",在"'五四'再符码化的过程中",成了"新文化编码中唯一可见的女性"。[①] 尽管孟悦、戴锦华这种全新的批评方式中存在着某些牵强与语言的生涩之处,但是一个不容否认的事实是,作为女性学者的她们正是希望从话语本身出发,对既往的女性文学研究进行一次带有革命意味的置换,最初的探索创新出现漏洞在所难免,其中的不尽如人意之处并不能抹杀这本专著在女性主义文学批评史上的地位。正如林树明所说:因为有了这部著作,中国的女性主义批评才名副其实。它的一些基本观点和操作方法,至今仍为人们所注重。[②]

二、对女性批评的批评

尽管如前文所提到的,1980年代末期的"女权主义文学批评"相较于1980年代中期具备了更为自觉的意识和相对鲜明的立场,但是,同西方女权主义文学理论相比,它的捉襟见肘之处仍随处可见。一个非常明显的事实在于,批评家们更多是首先从文学的角度看到了女性的"生存困境",而不是出于社会意义上的观察,也就是说或许在并不具

[①] 孟悦、戴锦华:《浮出历史地表》,河北人民出版社,1989年,第37页。
[②] 林树明:《女性主义文学批评在中国》,贵州人民出版社,1995年,第274页。

有清楚的妇女个人解放意识的前提下,她们开始了对作品中的女性问题的发现与阐释。这一事实使得她们无法免除这样的嫌疑,即仅仅是选择了一个视角对女性写作进行一次考察而已。之所以强调这一点,是因为瑞典女权主义批评家陶丽·莫依曾就类似问题做过专门的论述,她认为女权主义批评是"一种用于反对父权制政治和性别歧视的批判和理论的实践,而并不仅仅是对文学中性别的关心,至少不是那种只不过作为另一种有趣的批判观点而对文学中的性别关心……"①

女权主义批评中存在的这样一些不成熟之处,使得一些理论批评人士对本土的这一批评流派提出质疑:中国存在不存在真正意义上的"女权主义文学批评"?这个怀疑还建立在,当批评解说女性写作中的某些反抗男权的姿态和女性意识的张扬的时候,相当一部分被阐释的女作家却否认自己的"女权主义者"身份,进而甚至对中国是否存在"女性文学"表示了个人的怀疑。因此,在 1980 年代末期 1990 年代初期的批评界,发生了一场关于"女权主义批评"在中国是否存在、以什么样的状态存在的争论。持否定态度的一派认为,中国之所以不存在真正的女权主义文学批评,是因为女性并不具备女权思想;西方女权思想是后工业社会发展的产物,而"中国的人文环境和经济基础使得刚刚还在摆脱封建传统的中国妇女目前还不可能提出'女权主义'的口号,或者说根本谈不上'女权'"②。海莹和花建在文章中,则从始至终直接使用英文"feminism"而不是有争议的"女权主义"批评,他们认为毫无疑问,在女权意识方面,中国要比西方落后一些:"这个落后是两个落差:妇女解放的意识,妇女解放的个人意识。""西方之有 feminism

---

① 陶丽·莫依:《女权主义文学批评》(陈本益译),《理论与批评》1990 年第 6 期。
② 张抗抗、刘慧英:《关于"女性文学"的对话》,《文艺评论》1990 年第 5 期。

至少经过妇女职业化的过程。大工业生产需要吸收大量妇女劳动力，而妇女在工业文明中赢得的经济独立，使她们能作为一个类，去争取与其他社会阶层的平等地位。在这个历史要求实现之后，才有可能从妇女的类解放向妇女的个体解放发展。"而中国的妇女参政与所谓妇女代表，带有很大的"形式主义也就是虚假性"。但同时他们又指出，在这个开放的时代，女性文学批评可以在"民族文化建设"和"人类文化建设"两个向度上展开，而不必追究批评家究竟选择什么样的批评模式的问题。①

另一派观点认为，女权主义文学批评在中国已经成为一股不小的力量，"否认它的存在是怎么也不可能的了"，这一观点的代表人物林树明在他的论文《评当代我国的女权主义文学批评》中，列举了如下几点女权主义批评产生的必然性和已然性：一是改革开放带来的思想解放激扬了妇女的参与意识和竞争意识，同时改革带来的新问题也使妇女对历史、现实和自身进行深刻反思；二是新时期以来涌现的大量女性写作蕴含了鲜明的女性主义意识，它们丰富和加深了女性对自身的认识，加速了她们对父权统治的抨击，内在地呼唤一种新的文学批评的诞生；三是新批评的衰落，结构主义向解构批评的转化，国外女权主义文学批评思潮的涌入，促进了新时期女权主义批评的勃兴。②

三、女性主义批评的理性趋向

与1990年代的其他文学论争相比较而言，这场发生在女权批评领域的论争相对来说和缓了许多。尽管意见对立的双方各执一词，但事

---

① 海莹、花建：《FEMINISM是什么？能是什么？将是什么？》，《上海文论》1989年第1期。
② 林树明：《女性主义文学批评在中国》，贵州人民出版社，1995年，第274页。

实上他们都不否认当下时代女性写作和关于女性写作的批评对这个时代造成的冲击力。在这样的前提之下,争论中国存在不存在真正的女权主义文学批评似乎变得不再重要,至少它不是一个非要澄清不可的问题。随着这次论争的烟消云散,关于女性写作的研究与探讨继续走向深入。

进入1990年代,一个潜在的变化在于"女权主义文学批评"在命名上发生了一次置换:1992—1993年间,致力于这一研究的批评家们不约而同地在自己的论文中将"女权主义"换成了"女性主义"。这次变换几乎可以说是悄无声息中进行的,没有什么正式的宣言和说明,并且一经转换即获得了人们的默认,"女性主义文学批评"成为1990年代初期至今的通用概念。没有人对命名本身进行追究和质问,也因此少有关于这一概念的界定。只是到了后来,在张京媛主编的《当代女性主义文学批评》一书的前言中,她才对这个概念本身和围绕这一概念的相关名称进行了一次梳理区分,她认为,英文"feminie"是"女性"的意思,加后缀"ism"("主义")自然应该是"女性主义",汉译文"女权主义"中的"权"字是人们根据feminism的政治主张和要求,尤其是根据西方妇女争取选举权的运动,而意译出来的。她的结论是"女权主义"和"女性主义"反映了妇女解放运动的两个时期,前者体现了"妇女为争取平等权利而进行的斗争"("在文学领域中,它包括为争取大众听到妇女的声音而进行的努力,使妇女作家和妇女批评家能够发表作品和受到公众的阅读"),后者则意味着进入了后结构主义性别理论时代(即强调"性别"而非权利,尽管两者并非互不包容)。[①]

"女性主义文学批评"之所以如此轻而易举地被接受,首先是因为一个显而易见的事实,即这一命名当中少了许多强权的色彩。同西方

[①] 张京媛:《当代女性主义文学批评》,北京大学出版社,1995年。

相比,中国的当事人更愿意在相对平和的氛围之中完成两性的共同解放,而非"不是东风压倒西风,就是西风压倒东风"的强权姿态。其次,进入1990年代的"女性主义文学批评"具有了更为理性的反思精神与内省倾向,这一方面包含批评对于写作的态度——在肯定女性话语权的同时提示应该警惕话语霸权的产生,另一方面也包括女性主义文学批评自我的反省。比如在1990年代中期(1995年)世界妇女代表大会召开的前后,言说女性主义文学几乎成为一种时髦的批评选择。在这样众说纷纭之时,究竟哪些是真正出于女性主义立场的言说?哪些仅仅是为了追求引人注目的批评题材?抑或无论写作还是批评都充当着对"文化媚俗十分敏感的出版人和文学者"的诱饵,为满足一般大众的窥视欲而对女性主义文学进行商业操作,使得文学创作和批评本身都走向背离它们自身的初衷的反面?①

由此可见,1990年代的女性批评较之于1980年代中后期已经理性了许多,它在很大程度上开始跳出一种性别视角的拘囿,从更高的角度对这一文学现象进行俯瞰。因此我们在女性主义文学批评中看到的不再仅仅是单纯的弘扬与认同,还有理性的审视。

第五节 1990年代文学现象批评

一、王朔现象折射的批评主体情境

1990年代最初的中国文学中,没有谁比王朔引起更多批评家的关注,引发更为热烈的讨论和争论。"王朔"可谓一个多义的词语符号,几乎出现在人文知识分子话语活动的所有场合,成为触碰人文知识分

---

① 丁帆、王彬彬、费振钟:《"女权"写作中的文化悖论》,《文艺争鸣》1997年第5期。

子敏感神经的一个重要介质,甚至在某种意义上,怎样言说王朔成为知识分子立场的标志。虽然这种情形在 1990 年代中期之后已经不再那么引人注目,但其余波仍然不绝如缕。

王朔真正意义上的写作始于 1980 年代中期——在此之前他像许多想当作家的文学青年一样苦苦奋斗,直至《空中小姐》《浮出海面》及 1986 年的《一半是火焰,一半是海水》出现在文坛的时候,人们开始发现一个个性化作家的诞生。《顽主》《一点正经没有》《千万别把我当人》《玩的就是心跳》《你不是一个俗人》最终搭建起所谓"痞子文学"的框架,使得他的写作以其人物和语言的独特性成为文坛瞩目的存在。1988 年王朔迎来了他的"第一次轰动"。在这一年,他的四部作品被四位青年导演拍成了电影,《顽主》《轮回》《一半是火焰,一半是海水》《大喘气》一齐推出,以至于有人将电影界的这一年称为"王朔年"。此后的几年中,王朔频繁地"触电",热情高涨地办公司,不断地为文坛带来新的兴奋点。1993 年《北京青年报》所进行的一项叫作"92 年十大当红人物"的读者评选中,王朔在巩俐、葛优、施拉普纳之后位居第四。由于批评活动的介入,所谓"王朔现象"成为多方观照的客体,给 1990 年代中国文学批评的世界投下斑驳的影像。

就小说而言,王朔创造的世界,其核心就是对一切传统观念、既定价值规范、社会评判尺度的不遗余力的戏谑、嘲弄和颠覆,在这样一种鲜明的姿态和立场之下,一切现存的秩序都变得可笑而多余。王朔小说笔下的人物是地地道道的"一点正经没有",彻底卸除了自己的面具,同时又在调侃中把那些故作正经的人的面具拆除下来,神圣、优雅、崇高的事物与精神追寻被放逐到了边缘地带,取而代之的是完全彻底的俗人言行。

构成王朔现象的,还有王朔自己在小说之外的言说。正是他的那些"外部动作"使所谓王朔现象凸显出来,不仅构成对写作成规的挑

战,而且成为检测知识分子心理承受能力的试剂。他说:

> 我觉得咱中国的知识分子可能是现在最找不着自己位置的一群人。商品大潮兴起后危机感最强的就是他们,比任何社会阶层都失落。他们的经济地位已然丧失了。……他们要保住尊严,唯一固守着的就是文化上的优势地位。现在在大众文化、通俗小说、流行歌曲的冲击下,文化上的优越感也荡然无存了。真有点一无所有的感觉。如果不及时调整心态,恐怕将来难有一席之地。其实有些人的卑劣跟个人利益紧紧相连。他们已经习惯于受到尊重,现在什么都没有了,体面的生活一旦丧失,人也就跟着猥琐。
>
> ……像我这种粗人,头上始终压着一座知识分子的大山。他们那无孔不入的优越感,他们控制着全部社会价值系统,以他们的价值观为标准,使我们这些粗人挣扎起来非常困难。只有给他们打掉了,才有我们的翻身之日。而且打别人咱也不敢,雷公打豆腐捡软的捏。我选择的攻击目标,必须是一触即溃,攻必克,战必胜。①

他的这番话曾经引来多少知识分子的愤慨,我们大可不必去追究。蔡翔在一篇专门谈论王朔及王朔现象的文章中指出,王朔现象对知识分子的打击"方使王朔进入学院严肃的讨论话题,并为纯文学所接纳",他感到"这是一个非常奇怪的文化现象"②。他认为王朔对知识分子的发难源于一种偏激的个人心理,却也导致了一种剥开知识分子伪装的深刻,"知识分子"成为传统的堕落的虚伪的象征;而他对"精英文化"的"全面的盲目拒绝","一方面击中了'精英文化'的弊端甚而要

---

① 《王朔自白》,《文艺争鸣》1993 年第 1 期。
② 蔡翔:《日常生活的诗性消解》,学林出版社,1994 年。

害,另一方面也导致做作、浅薄甚而狭隘,过于拘囿自己的生活经验(以及相应的民间文化形态),难以进入一个更为阔大的精神境界,也是对他所扮演的'个人角色'及其所代表的商业文化和市民阶层的不自信的表现"。尽管蔡翔的分析是在一种理性、客观的方式下进行的,并且深含作为知识分子的自省,但是正如他所说的,"商业文化(包括市民阶级)在今天仍然处于含糊其词面目不清的状态",也因此他无法或者说不愿从这种文化本身去看待王朔,他所做的实际上仍然是将王朔现象纳入知识分子话语之中。具体地说,蔡翔在注意到王朔对知识分子的嘲讽挖苦,而知识分子借之以宣泄苦闷与烦躁、摆脱思想和精神重压的时候,提供了另一种同样属于知识分子的纬度——批判和反省,拒斥和捍卫。

就关于王朔的批评而言,我们无法忽略王蒙的《躲避崇高》。这篇文章在前面铺叙部分,列数了"五四"以来中国文学书写的几种话语模式,譬如革命文学、启蒙文学、绅士淑女文学等。这里面固然有对某些假大空的东西的嘲讽和揶揄,但基本上是中性的描述。在此基础上,王蒙指出王朔的文学是属于我们以前没有想到的"另外的样子",而且王朔完全在现行的作家体制之外活动,"对于我们的仍然是很可爱的铁饭碗铁交椅体制来说,他是一个0"。王朔正是在这里显示出他的意义来。王蒙对他的"侃"、他的"玩"等等给予了宽容性的理解,突出了他对"伪崇高"的嘲弄以及他给某些人带来的尴尬:"一些不断地对新时期的文学进行惊人的反思、发出严正的警告、声称要给文艺这个重灾区救灾的自以为掌舵掌盘的人士面对小小的火火的王朔,夸也不是批也不是,轻也不是重也不是,盯着他不是闭上眼也不是。"在这当中,未必没有王蒙本人对现实的某些即时性的感应而借言说王朔表述出来,大有借他人之酒杯浇心中之块垒的意味。但是所有这些并不意味着王蒙对王朔的绝对的无条件的认同,他特别指出:"王朔为他的'过瘾'与

'玩'不是没有付出代价。"王朔对于那些假而空的精神说教极度厌倦极度反感之后的策略选择固然痛快淋漓,但问题在于,王朔在消解、嘲弄那些"骗人的""精神鸦片"的同时可能也消解了真正的精神给养,就像他笔下的人物在亵渎整个社会的同时也把自己的人格放置在了一种非常低贱的位置,声称"千万别把我当人"。这样"他多少放弃了对于文学的真诚的而不是虚伪的精神力量的追求。他似乎倾倒着旧澡盆的污水,以及孩子。不错,画虎不成反类鼠,与其做一个张牙舞爪的要吃人又吃不了的假虎,不如干脆做一只灵敏的猴子,一只千啼百啭的黄莺,一条自由而快乐的梭鱼;但是毕竟或迟或早人们仍然会想念起哪怕是受过伤的、被仿制伪劣过也被嘲笑丢份儿过的狮、虎、鲸鱼和雄鹰"。他在文章最后指出:"如果说崇高会成为一种面具,洒脱或痞子状会不会呢?你不近官,但又不免近商。商也是很厉害的。它同样对于文学有一种建设的与扭曲的力量。作为对你有热情也有宽容的读者,该怎么指望你呢?"①

因此我们看到,王蒙在对王朔的评价中表现出的心态,毋宁说同样也是复杂的,与蔡翔的文章中表现出的对精英价值观念的捍卫适成对比,在一定程度上可以说代表了一种告别了激进的1980年代之后的知识分子的心态。他们在1990年代的文化背景上,既有所持守又不乏回首反省,既坚决反对昔日的文化专制又迷茫于今日消解一切的空无。他们不愿丢弃自己曾经拥有的理想激情方式,但又不能不正视这种方式所面临的尴尬境地,那就是它往往在"非我所愿"的力量作用下导向虚假与空洞。揭示这一虚假与空洞,对他们来说非常有必要,可是在感情上却无法那么痛快淋漓,而王朔的方式正好提供了这么一种痛快淋漓。另一方面,王朔的方式又是连根铲除的方式,它无疑直接威胁着知

---

① 以上所引均见王蒙:《躲避崇高》,《读书》1993年第1期。

识分子文化传人的角色担当和精神价值的建构。所以,王朔从根本上来讲,对他们充其量起一个从旁警醒的作用,却无法取得他们真正的认同。从这个意义上来讲,当时解得王蒙文章三昧的当数李书磊。他在一篇短文中非常确当地指出:"'组织部新来的年轻人'走过时代沧桑得遇'顽主',惊异之余定多尴尬;不过王蒙谈起王朔来却颇多美言,语气也很温柔,很有几分'我是你爸爸'的风范,他有意无意地在用长辈态度来淡化蒙朔之间的文化矛盾,回避对事情的本质判断。其实,王蒙对王朔虽不动刀兵,但仍势同水火。……在文化的意义上王朔是王蒙的敌手的敌手,但同时也是王蒙的敌手。"①1980 年代中国文化领域的一些健将们差不多都从王朔现象看取解构意识形态的意义,而对它完全取消意义又表示担忧。②

王朔的小说显然有着反抗主流话语、解构僵化的意识形态的意味,但是,如果将此一味地拔高,上升到观念形态的层次,便显得有些一厢情愿、不切实际。王朔的聪明在于,他选取的攻击目标是曾经举足轻重而现在显得衰颓疲软的知识分子及其文化趣味和思想观念。他的反抗

---

① 李书磊:《历史性的聚会:王蒙与王朔相遇》,《北京青年报》1993 年 2 月 23 日。

② 在李泽厚与刘再复的一次谈话中,两人谈到王朔小说时,也表现出矛盾的或者说二分的评价。李泽厚说:"现在玩世不恭的时髦所谓痞子文学,可以满足暂时的心灵的虚空,也能撕毁一些假面具,但艺术境界不高,我不太喜欢。王朔的小说毕竟出现在中国的现实土壤上,应该说有其真实意义的一面。""它(指王朔小说——引者)恐怕属于大众文学范围。我对大陆的'大众文学'的兴趣超过对'精英文学'的兴趣,大众文学乃至大众文化,对僵化的意识形态具有很大的解构作用。""新生作家都非常走极端,反对一切意义、一切价值。""记得 1989 年以后,汪国真的短诗、王朔的小说风靡一时、风头十足,他们符合当时的社会氛围,人们心理:暂时抛开时局,以稚嫩的纯情或对一切的侮弄来慰安,来解脱。"刘再复也谈到"王朔撕毁一切价值,是极端"。以上分别引自李泽厚《世纪新梦》一书的《与刘再复对谈》和《后记》部分,安徽文艺出版社,1998 年,第 361、381、531 页。

是一种非常温和的反抗,决不触及所谓敏感问题,他嬉笑、讽刺、戏谑,但所有这一切都在一定的范围之内,仍然用王蒙的话说,就是:"敢砍敢抡,而又适当搂着——不往枪口上碰。"正如戴晴所批评的:"王朔是个最精明的当代作家,一个懂得利用智慧和语言背叛意识形态的作家,而那些东西几十年来一直强加在我们头上。但是政府不怕王朔这样的人,因为当他破坏时,他并不建设什么。同时他愿意同政府妥协。"①如果说这些主要还是从策略和方法上考虑王朔的反抗的话,那么应该说,张新颖则更多地注意到其内在的意蕴。他在《中国当代文化反抗的流变——从北岛到崔健到王朔》②中,将王朔的反抗定位于"一无承担的文化反抗","提醒我们注意消极的反社会行为进步意义的限度",因为反抗者若"只是采取一切对立的态度和行为方式,而不能另外创生新的东西,那么也只能是被反抗者的'牺牲品'……其实是对被反抗者'牵制'的认同和无能为力,只不过是以完全走向其对立面的形式来表现这种认同和无能为力。文化反抗必须不甘于被'牵制',必须具有自我创生的意识、能力和文化实践,在不自由的关系中争取自由,确立新的超越性的文化价值,实现文化反抗的意义"。

二、围绕"现实主义冲击波"的争议

从 1995 年到 1996 年间,文坛上集中出现了一批反映现实、直面生活的小说,着重描写国有大中型企业在改革中面临的困境及乡镇干部在当下时代的某些艰难选择。面对这样一个数量较大且以集束方式出现的小说写作现象,评论界开始依据其中典型的写实特点而惊呼"现实主义的回潮"或者"现实主义的冲击波"(也有人使用"新现实主义小说""社群小说"等)。所谓"现实主义冲击波"主要包括谈歌的《大厂》

---

① 转引自《王朔:大师还是痞子》,北京燕山出版社,1993 年,第 221 页。
② 张新颖:《栖居与游牧之地》,学林出版社,1995 年。

《〈大厂〉续篇》《雪崩》,刘醒龙的《分享艰难》,关仁山的《大雪无乡》《破产》《九月还乡》,何申的《年底》《前年以后》等等。

"现实主义冲击波"便成为1996—1997年中国文坛的热门话题之一。《上海文学》《北京文学》《钟山》《文学评论》《文艺报》等报刊开始以专题的方式为这一话题提供言说的场地,评论家们争相对这一"文坛新动向"发表个人的看法。单就写实手法而言,"现实主义"实际上一直存在。而进入1990年代,除了一些一贯坚持这条写作道路的作家(像阎连科、刘醒龙、李贯通等)继续着他们的写作之外,先锋作家的纷纷转向同样证实了这种写实倾向在世纪末文坛出现的必然性。无论是余华的《许三观卖血记》还是格非的《欲望的旗帜》,也无论他们的写作内核里表达了怎样个人化的东西,从文本表层来讲,它们毕竟开始了由先锋色彩的故事构置向写实的回归;在1990年代文坛上出现的所谓"新生代"或"晚生代",也都采用写实的手法。因此当有人就前面提到的这些反映改革困境的文学提出现实主义"回归"或"冲击"时,实际上关注的主要是以下两个因素:一是1980年代中后期以来,个人化写作的日益膨胀使得文学创作距离中下层读者越来越远;二是进入1990年代,变革中的复杂社会现实与现实中的人的遭遇促使一些作家留意并表现这个时代中人的现实生存问题——"有许多工人开不出工资了,有的农民很苦,我们要写他们的现状,为他们说句话……"①如果说第一个方面主要关乎文学,那么第二个方面的言说,实际上透露出批评界与创作者们面对现实的态度。

就前一个方面来说,很多评论家指出这批小说在艺术上不尽如人意。首先,一个很容易发现的事实是,不同作品的故事设置有雷同之嫌:譬如厂长或书记面临经济的困难,为缓解危机他们想方设法寻找

---

① 关仁山:《"关于当前现实主义文学创作问题座谈会"上的发言》,《作家报》1996年7月20日。

财路,并且不惜向自己所憎恶的人格做出妥协。有的作家自身的作品之间也出现了故事结构、情节的雷同。其次,作家们倾向于浓墨重彩地写各种各样的事件,而在人物塑造方面却缺乏深度,在某种意义上说,他们只写出了类型化的人物,却没有创造出典型化的人物,这样导致的结果是,读过之后没有一个人物形象是"鲜明的、突出的和个性化的。那些有趣的事件讲过之后,人物也跟着消失了,没有阿Q,没有孔乙己,甚至也没有三仙姑和李双双"。① 而造成这种局面的原因不在于作家在典型形象塑造技巧上的缺乏,而在于他们很大程度上"缺乏对特定人物心理性格的思想穿透力"。② 还有评论家指出,这些小说叙述视点和叙述方式单一,叙述语言粗糙。"不同的身份和视角往往可揭开不同层面的真实"③,而新出现的这批写实作品在这方面显然没有任何创新,"叙述方式呆板、机械,是一种'跟着写'(比如孔太平走到哪里,叙述就跟到哪里)的方法,没有剪裁,没有精心的结构,事无巨细,如流水账"④。

上述这些多为从具体的艺术层面提出的批评,而陈思和则敏锐地指出了这当中包含的理论和观念的困难:"我对围绕这一创作现象而生出的许多理论有两点怀疑:其一是有些论者又想把现实主义创作方法作为当今唯一应该提倡的创作方法,并将它与1990年代创作的多元格局对立起来,似乎现实主义于当下文学创作是一种卷土重来并且挽狂澜于既倒的救世良药;其二是有些论者对现实主义的解释充满矛盾,他们既把现实主义的创作方法与现代文学传统中的'社会问题小说'

---

① 谢冕:《一个提醒与一份清醒》,《当代文坛报》1997年2月5日。
② 张韧:《96现实主义小说的回思》,《文艺报》1997年3月25日。
③ 雷达:《关于现实主义品格》,《当代文学研究资料与信息》1998年第3期。
④ 童庆炳、陶东风:《人文关怀与历史理性的缺失——"新现实主义小说"再评价》,《文学评论》1998年第4期。

等同起来,却又主张要回避社会问题小说以'揭出病苦,引起疗救'为宗旨的灵魂,回避现实主义文学'要论证社会的诸多不合理性',反之强调小说要表现'社会的不够理想是一种常态'。"①

陈思和这里指出的第二个方面,尤其关系到知识分子在文学实践中表现出的对现实的态度。在"现实主义冲击波"以较为强劲的势头登台亮相之后,有人对这些作品中现实主义精神的高扬给予了充分的肯定,认为它不是"复归",而是在前两次现实主义创作高潮基础上的又一次进步,这个"现实主义的新景观"是水到渠成的文学选择②;还有人认为它超越了1980年代初的改革文学,同时又批判了1980年代中后期兴起的"新写实小说""粗鄙实用主义"的思想立场,而成为当前文学"最有希望、最有生命力的审美倾向",它的"批判锋芒穿透了现实世界"③。还有人试图引进"社群"这一概念,肯定这些小说的新意,尤其是肯定这些小说中出现的"当代英雄"们的塑造,认为由"社群"形成的"和而不同"的"公共领域",使不同的人在这个领域找到彼此宽容、协调、对话的可能性。"他们能够努力地在重重矛盾中寻找历史的契机……任何一点点真正的进展都需要最高度的技巧和最精明的策略。""为了社群的最高利益而做出的极度痛苦的选择。"④

也正是从现实批判的立场出发,一些论者指出这一批小说缺乏现实主义精神所应有的深度,对生活的开掘程度不够,因为"作家热情拥抱现实、描写现实并不等于现实主义。关注现实与现实主义是两个概念","把这批作家和作品当成现实主义回潮恰恰反映出我们理论认识

---

① 陈思和:《关于"现实主义冲击波"》,《二十一世纪》1997年10月号。
② 张韧:《96现实主义小说的回思》,《文艺报》1997年3月25日。
③ 熊元义、董杰英:《论当前现实主义文学》,《当代文坛》1997年第6期。
④ 张颐武:《"社群意识"与新的"公共性"的创生》,《上海文学》1997年第2期。

上的糊涂和局限"。① 现实主义精神指的并非仅仅是对现实题材的选择，更不是对生活现象的单纯罗列，如果认为现实主义就是回到那种"浅白直露、老妪能解的阶段"，"把现实主义与通俗易懂画等号，认为现实主义就意味着'人民群众喜闻乐见'，这不仅是对现实主义的曲解，更是对现实主义的侮辱"。② 这样的作品在介入当下时，"只把眼光停滞在对社会的本相和人的生存本相上，而未从更广阔的视界中将这种时代、社会和人的本相从形而下的描写中提升到形而上的哲学层面"。③

这当中所暴露出来的批判精神或者批判现实主义主体意识的缺乏，在这批所谓现实主义小说中看不到批判主体的存在，同时也看不到批判精神对现实的逼问，当批判主体缺席的时候，它带来的将是道德评判的回避、人格立场的暧昧不清、价值认识的混乱。所以在"现实主义冲击波"的一些代表性作品中，会看到一镇之长孔太平要为强奸自己表妹的、道德败坏的流氓企业家洪塔山开脱罪责，因为他是镇里的经济支柱（刘醒龙《分享艰难》）；为了工厂的经济利益（一张决定工厂生死存亡的一千万元的合同），厂长、书记就要违心地向客户献媚，陪喝酒甚至为他们找妓女，而当事情败露、嫖客被抓之后，他们又走后门、拉关系，将那吃喝嫖赌之徒从公安局放出来（谈歌《大厂》）；最终这些小说不仅没有批判权力和金钱，而且"还制造了'人治'和'金钱'不可战胜的神话"④。在"人文与经济的较量中"，人文向经济投降的确是中国的现实，但正如童庆炳、陶东风所指出的，作家不应该对这样的现实妥协，尤其是作为一个现实主义作家，"必须旗帜鲜明地站在正义与良知的

---

① 文理：《不敢苟同"回潮"论》，《文艺报》1997年4月1日。
② 王彬彬：《肤浅的现实主义》，《钟山》1997年第1期。
③ 丁帆：《介入当下：悲剧精神的阐扬》，《钟山》1997年第1期。
④ 萧夏林：《泡沫的现实和文学》，《北京文学》1998年第6期。

一边,张扬人文主义,而不是貌似理性地要求大家克制、忍耐、理解、认同,'分享艰难'。这种权宜之计也许是部分干部可疑的选择,但决不应成为作家的审美选择。作家不是施政者,不是地方官,不是镇长乡长,也不是厂长书记,他考虑问题的角度不应着眼于'可行'还是'不可行'的实用主义。他们在任何时候只能坚持人性、人道、正义和良知。几乎没有一个伟大的作家包括现实主义的作家是实用主义者或成熟的政治家,他们对于社会的批判之所以深刻、振聋发聩,闪烁着人道主义的光辉,恰恰就是因为他们的'不成熟'和不崇尚'实用',恰恰是他们具有超越精神与人文情怀"。① "现实主义冲击波"批判精神的缺失使得作品最终走向对社会现实的认同和辩护,从而成就了一种"假大空"的赞美理论模式,即"道路曲折,前途光明"的喜剧模式。这一虚假模式不仅把现实简单化,也把历史简单化,表现了作家"把握现实的无力"和"对历史发展认识的肤浅和无知"。②

特别值得我们注意的是,针对有人试图以"社群"建设来肯定这些小说中某些以一部分人(主要是底层的民众)的宽容、牺牲来达致和谐的看法,一些论者站在自由主义的立场上予以驳斥,他们指出:这些小说"回避了社会矛盾的本质,把复杂的社会问题简单化、道德化了……似乎只要把人们心中仍然残存的道德信念发扬光大,大家一起分享艰难,就可以共渡难关",而"这种艰难从根本上说是一种结构性的现象,其中有着深刻的社会制度方面的原因",因此"改革体制而不是诉诸良知才是中国社会转型的出路,是渡过难关的关键,也是克服精神与物质、信念伦理与责任伦理、价值理性与工具理性的背离与紧张的关

---

① 童庆炳、陶东风:《人文关怀与历史理性的缺失——"新现实主义小说"再评价》,《文学评论》1998年第4期。
② 萧夏林:《泡沫的现实和文学》,《北京文学》1998年第6期。

键"。① 就具体的情况来说,这些现实主义小说对当今社会中普遍存在的不公正问题确实广有涉及,但是同样较为普遍地、有意无意地表现出对权宜之计的处理方式的青睐,和认为这是改革进程必要代价的心态。对此有人强调:"面对利益纷争和冲突,如果公正不是第一原则,那么情感和良知运用多少有点夸张的效果和滑稽的面貌,或者还有欺世之嫌。……无论是刘醒龙笔下的诡计多端的乡长书记,还是谈歌笔下的哭天喊地的厂长,都无法用公正原则处理利益冲突和矛盾纠纷,他们甚至无法为老百姓真正切实地解决一点困难。"②

当然,"现实主义冲击波"的大部分作品至少从题材方面为1990年代的文坛提供了新鲜的血液,"现实主义冲击波"作家在现实生活中有着丰厚的经验积累,他们有的一直生活在工厂基层(比如谈歌),有的利用工作的便利做实地考察(何申几乎跑遍了承德地区所有的乡镇)。他们较之于一般人都更有优势把握这个时代的脉搏,他们应该能够迅速而敏感地捕捉到正在出现和将要出现在中下层的诸多问题。应该说,批评家们对"冲击波"的热情和肯定基础之上的批判立场,恰恰证明了他们对这个时代文学的较高的期望,他们审视并指正某些问题,正是希望文学写作能走向更为完美的境地。但是,从上述批评界的种种反应中,我们已经不难看到,这批现实主义小说在许多批评者们那里所激起的,更多的是对当下社会现实的看法(不管对小说本身是持肯定还是持否定态度),文学批评的身份在他们的具体言说中很快滑向了社会批评。从文学本身来看,这一方面多少说明了这批小说所呈现的文学价值有很多确实乏善可陈,另一方面则说明了文学批评对某种消失得还不太久远的方式的近乎本能的留恋和拥抱。

---

① 陶东风:《谁之社区? 为什么"分享艰难"?》,《二十一世纪》1997年10月号。
② 薛毅:《"分享艰难"的文学?》,《二十一世纪》1997年10月号。

三、"另类"写作对批评的挑战

在 1990 年代中国文学批评中,与"王朔现象""现实主义冲击波"同样无法被忽略的一个现象,是被一些批评家命名为"晚生代"或"新生代"的小说写作的出现。它们构成了文学写作的另类风景,而围绕这一风景的评论和争论,同样衬托出知识分子实际面对的一些难题。

1994 年,南京的青年作家朱文在《作品》上发表了小说《没有文化的俱乐部》。正如小说的名字所示,它通篇叙写电厂里一伙工人下班后的无聊生活——喝酒、打架、追女人、说下流话,其行为举止粗野不堪,迹近一个准流氓集团。小说的叙事人也俨然是这个团伙里的一员。他没有与故事中的人和事拉开距离,相反,他在努力地贴近和传达这一群堪称乌合之众的迷乱、喧哗、嘈杂。他在这种叙事中显得快乐不已,像一个十足的语言暴徒在精制的文学古玩店里大打出手。随着那里面不时爆发出的粗粝而野性的声响,既定文学成规所熏陶出来而留恋于此的顾客们被惊吓得四处逃散。这篇小说里不和谐的音响和粗野奔放的身影提示出朱文小说创作的一个重要的方面,这就是叙事人表现出来的对向来属于知识分子的文学表达方式的拒斥。这种拒斥不独属于朱文。在徐坤最初步入文坛时的《白话》《先锋》等小说中,那些硕士、博士、研究员、教授、艺术家们和他们的学问、科研、艺术等,被叙事人尽情调侃和敲打得体无完肤,其间固然不乏自嘲的意味,可是叙事人那掩抑不住的欢快或激愤,使那点自嘲意味的温水一不小心便达到灼人的沸点。韩东在《亡命天涯路》《假发》《西安故事》中向我们展示的是所谓知识分子充满扭曲、怪诞和虚幻感的生存境况,那里时时漂浮出抑郁惨淡的阴云,替代了曾经闪耀于知识分子头上的光环。在邱华栋、刁斗、何顿的小说中,活动其间的人物被所受教育赐予的知识分子的帽子,成为世俗生活的欲望海洋上漂浮的不明之物,他们鱼一样游动的身体只是偶然地与这不明之物触碰。李冯在《孔子》这样的小说中明显地表露出调侃中国知识分子的祖师爷的意向,但是显然又不同于世纪之初启蒙知识分子的"砸烂孔家店"……所有这些都对既定的知识分子话语体系表现出决绝的怀疑和背离。

这自然让人联想到王朔。曾经有人就以"你是流氓,谁怕你"这一"王朔牌"的句子为题,撰文批评朱文的小说《我爱美元》中对性的描写,并由此批评以"我爱美元"命名的整本小说集,进而指责所谓"新状态"小说,最后将矛头指向了出版界和文学评论界。① 还有人着力抨击这类小说中的世俗化倾向,认为这类小说格调低下,屈从于商业社会的物欲横流,丧失了理想的品格。② 也有论者在肯定这类小说对消解意识形态话语和知识分子中心话语有一定意义的同时,认为这类写作在语言上表现出"反智"的倾向,甚至流于"粗鄙",是"捣毁语言的写作";而其泛"性"主义的背后是纯粹的动物性,其间表现出的主体的丧失导致了这些作家的自我放逐和亵渎。③ 有人撰文着力批评这类小说在性描写上表现出"粗鄙的趣味",称这类小说是"小男人"的写作④……这类小说引发的批评声音,其兴奋点主要在于反知识分子和性描写,由此达到的否定性结论大体表现为三个方面:放弃理想、价值和责任,非道德化,粗俗。

这批小说家中的多数人写作的助跑阶段是在 1980 年代完成的,他们当中在 1980 年代已经名播文坛的实属极少数,1980 年代的文学阳

---

① 简平:《你是流氓,谁怕你?》,《新民晚报》1996 年 5 月 6 日。

② 参见 1996 年《文艺争鸣》第 5 期。这一期以"文学世俗化批判"为主题,刊载了余开伟、王开林、雷池月等人的笔谈,针对何顿、朱文、邱华栋等人的小说和文学观点提出批评。

③ 丁帆、费振中、王彬彬等:《解剖"晚生代"》,《南方周末》1996 年 12 月 27 日。

④ 辛岁:《粗鄙的趣味》,《中华读书报》1996 年 6 月 15 日。

光给予了他们颇为充足的刺激和营养。但是,在跨越1980年代的门槛时,他们蓦然发现,曾经作为整体诉求的知识分子话语体系不仅无法解释眼前的"变故",而且显示出自身的虚幻和脆弱;不仅不能真诚地面对现实,而且不能够无畏地反省自身,中国知识分子的品格中某些令人无法信任的东西又一次暴露出来。进入1990年代以来,小说叙述的知识分子立场由于上述原因也相应地渐趋疲惫和庸常,并且有的很快被主流文化或大众文化收容改编。批评和创作的"热点化""泡沫化""新闻化",废弛了精神活动的独特性和持久性,回避了对知识分子作为个体存在的精神困境的逼视,各种所谓论争、畅销书、"冲击波"乃至文坛诉讼所激起的阵阵硝烟往往遮掩起文学的苍白的精神面容。在这种情形下出现的悖谬是,即便是最个人化的言说,也会由于反复的"炒作"变得背离了它最初的出发点;即便是最认真的评论,也会被裹挟于弥漫开来的空洞虚浮的语言迷雾中而难见踪影;更不用说那些以关注现实的名义来缝合主流话语与欲望现实之间的裂隙、消弭由此造成的冲突,试图将分崩离析的精神图景整合到简单方便、合情合理而又可资利用的话语体系之中的写作。这种写作使"很多切肤之痛在一种虚幻不真的氛围中被淡化了,或者完全被涂上了一层保护色。你甚至没有机会感觉到你自己的真实存在"①。崛起于这样的"文学场"中,他们以反知识分子的立场选择逃离和拒绝这个"文学场",并以此建立起与它的对抗性联系同时确立自身的存在,这并非某种即时性的意气用事和策略之举,它有着"不能承受之轻"的况味。在这种立场上,"另类小说"的写作要摆脱所谓"大势所趋"对知识分子个体存在的挟持,拒绝现有的知识分子话语对他们的言说做出框范和规定的企图,同时警惕以任何形式和面目出现的强权意识和绝对命令,提防种种本质上不属于文学

---

① 林舟:《在期待之中期待——朱文访谈录》,《花城》1996年第5期。

的诱惑构成的陷阱,如此就形成了他们在一种特有的压力之下的写作。

为此,"另类小说"的写作付出了堪称沉重的代价,最为突出的是价值判断的悬置。价值的缺席给他们的写作带来一个根本性的问题,即他们的小说中叙述者凭借什么使其叙述拥有支撑自身的权力和力量?他们的小说叙事不再是对支撑知识分子言说的绝对命令和普遍性的诉求,而是将自我个体的存在作为叙述的支撑,作为叙述的最后的依据。这种选择暴露了现代以来形成的一种精神传统在当今出现的断裂。他们不是为这断裂寻求新的弥合,而是在这里尽兴游戏,体验着断裂带来的坠落,发出自己的呼喊,倾听自己的声音,从而为当代境况提供一个独特的观察视角。

与此相应的是,他们较为普遍地采取了倚重个体经验的叙事策略。譬如刁斗将自己的小说大都看作精神自传,是心理经验,认为"写小说是施虐与受虐的复合,是暴露与窥视的复合,施虐也好,受虐也好,暴露也好,窥视也好,只有与自身联系起来才有快感"[①]。鲁羊也曾经谈到:"我们的眼光到达哪里,我们就写出了什么样的小说……我们的取材相对接近自身,去观察和表现为一般的过于生活在奔忙中的人所忽略了的东西,去填补过于干硬裂纹纵横的人类世界,同时也是对自身生命的审视。"[②]很多"另类小说"文本的叙事外观都显示出"第一人称叙事"的特点,它们的取材的私人性给人以"自叙传"的印象,熟悉其生活经历和生活环境的人,往往一望而知,其中的人物、事件、地点等方面与现实生活构成了相当精确的对应关系。他们似乎抱有这样的信念:那身在其中、每分每秒都在与之相遇的现实,琐屑、尴尬、卑微的日常存

---

① 林舟:《反抗无奈的写作——对刁斗的一次书面访谈》,《花城》1997年第5期。

② 林舟:《疼痛/温柔/怀疑——鲁羊访谈录》,《花城》1995年第5期。

在,正是"同世界的锐利的'锋刃'所进行的搏斗"①。那些不被群体意识所认可和接受的经验,也就是我们一般所谓"难言之隐"和"不足为外人道"的东西,譬如性变态,难于启齿的疾病,琐屑卑微的欲念,私通,乱伦,个人癖好,猥琐、诡秘、阴暗的心理动机等等。它们受到普遍的道德伦理规范、社会共同遵守的法规纪律以及公共意义范畴的排斥、唾弃和忽略,因此通常处于压抑的隐秘的状态,②现在大量地出现于他们的文本之中。他们试图以此与当下大众传媒所构设的"虚拟现实"相对抗,裸露出喧哗与骚动、热烈而曼妙的现实表象下残酷和虚无、丑陋却真实的存在;以"身体里的声音"抗拒、穿越乃至稀释意识形态化的抒情的致幻作用;即便是涉笔离当下或远或近的历史,也是旨在传达叙事者立足当代而显示出勃勃生机的话语对历史所标示的相对封闭的时空的强行楔入,对历史真实的质疑,对主流话语构筑的历史链条的拆解和重组。

从某种意义上讲,我们甚至可以认为,"另类小说"家们是以市场机制确立为标志的社会转型时期的产儿。多元并存的文化形态形成的相对宽松的文化格局,虽然给他们以迫压,但毕竟也使他们的存在成为可能。然而,就好像那些不知感恩的不孝之子和不知守成的浪荡儿,宁愿离家出走、穿街过市、甘于无用、漂泊在没有方向和终点的旅途上一样,"另类小说"家们冷眼看待当代话语体系,不愿意在它的遮蔽和裹挟下麻木或忘却自我,他们不无偏执地将眼光落向各种体系性话语背后的急功近利和对人作为个体的真实存在的漠视与遮蔽。他们也由是感应着现代文明下人的存在境况,那是一场"系统的冲动造反",是人身上一切晦暗的、欲求的、本能的东西反抗精神诸神的革命,感性的冲

---

① 〔匈〕阿格妮丝·赫勒:《日常生活》(衣俊卿译),重庆出版社,1990年,第5页。

② 陶东风:《私人化写作:意义和误区》,《花城》1997年第1期。

动已然脱离了精神的整体。他"不再将整个情感生命视为一种富有意义的符号……而是将其视为完全盲目的事件,它们像随意的自然演变一样在我们身上进行……"①他们的小说总是呈现出关乎人的存在的一些基本价值荡然无存的局面,小说家们在传达这样的局面的同时,不能不感受到它的巨大的摧毁性力量。也正因为如此,我们在进入一些小说文本中时,时常感受到叙述者从庞然大物中抽身而出的冲动。但是,这些小说又以其叙事策略阻遏着拯救的渴望滑向对任何普遍性、绝对性观念和价值宗奉的诉求;更重要的是,它阻止了既定的价值规范对它的整合和利用,从而避免了对生命个体存在的功利化、工具化过程的发生。他们似乎提示了小说存在的理由即在于在传达拯救的渴望的同时提示出拯救的前提,那就是个体真实的、独立的、自由的存在。显然这里内在的矛盾是对作家的精神强度及其持久性的考验,"把握住自己最真切的痛感,最真实和最勇敢地面对是唯一的出路"②。陈思和就此评道:"……不难理解韩东所说的'最真切的痛感'和'最勇敢地面对',正是一种当代知识分子个人的自我确认方法,而且这种自我确定绝对不可能在与社会环境相隔绝的'自我'或者'封闭圈子'里完成。他们对主流社会和世俗社会的自觉拒绝,也应该理解为自我精神拯救的企图,以世纪末似的自我放纵来表达知识分子失落了话语中心地位以后的自负和孤傲。但我无法证明的是,他们的创作是否成功地表达了这些企图。"③陈思和在这里所说的他无法证明的东西,实际上也正是这种"另类写作"所瞩望的东西。它也许永远无法达到,但这并不重要,重要的是他们由此提供了另一种叙述这个世界的眼光。

---

① 转引自〔德〕舍勒:《中译本导言》,《资本主义的未来》(罗悌伦等译),生活·读书·新知三联书店,1997年,第15页。
② 韩东:《韩东散文》,中国广播电视出版社,1998年,第203页。
③ 陈思和:《碎片中的世界——新生代作家小说创作简论》,《花城》1996年第6期。

回望新时期以来至 1990 年代的文学批评实践，我们可以清楚地看到它所展示出的三个维度的关联：一是对社会情境和文化思潮的呼应，二是对文学理论方法和概念资源的汲取，三是对基于创作的文学现象的感应。文学批评实践与这三个维度的关联，并非始终处于均衡的、共振的状态；文学批评的介入性、独立性和话语生产能力，也在此间表现出强弱变化的轨迹。无论是就批评家与作家、作品、文学现象之间的关系而言，还是就不同而相关的刊物对批评的开放程度而言，1980 年代的文学批评呈现的繁荣，得益于思想解放的能量释放，政治文化的语境支持，文艺理论的资源奔涌，当然还有文学创作的空前兴盛。而进入 1990 年代之后，随着中国社会的激烈变化和加快转型，文学批评关联的三个维度都呈现出更为多元、更为复杂、更具压力和更富挑战的局面。文学批评不再是文学殿堂里面向众生的歌唱中一个响亮的声部，而是在一个充满各种压力和危机的空间里，变奏出的低调而多样、模糊而混杂的声音，似乎随时可能被喧嚣嘈杂的市声吞没，实际上却从未停止过从文学遭遇的现实中，从思想演进的过程中，从文化潮流的更迭中获取生存的资源，激发生命的活力。

第八章
大众文化的兴起与文艺批评领域拓展

20世纪80年代,以邓丽君的《甜蜜蜜》为代表的港台歌曲,以及各类港台影视作品风靡中国大陆,一个陌生而诱人的"他者"——大众文化在我国悄然兴起。

1990年代以后,随着我国市场经济社会形态的初步形成,商品消费已成为中国社会的主导意识形态。在社会生产力高度发展的消费社会,艺术的商品化和商品的艺术化同时进行,艺术品与消费品之间的界限变得越来越模糊,人们在日常消费的广泛性上实现了生活的艺术化。伴随这一进程,文学艺术以及整个社会文化领域的生产、传播方式也发生了巨大的改变,以数字媒介、影像符号等为主要媒介的大众文化,广泛渗入到当代社会日常生活中。自1990年代中后期以来,影视剧、通俗文学、网络文学等成为文学、艺术表现的主要载体,当代社会审美表现出强烈的消费性、视觉性和可复制性特征。

值得注意的是,大众文化的兴起看似接续了生活与审美的对应关系,但这种"接续"本身隐含了"消费法则"的篡改,美感的产生已完全被吸纳在商品生产的总体过程中,"拟像"生产、"仿真"生活模糊了生活与艺术的界限,却成为当代社会人们生活的常态。大众文化迎合了人们释放本能快感的需求,但也放弃了艺术的"救赎"和"提升"功能。大众文化审美方式的蜕变,一方面要求文艺批评工作者必须做出回应,以避免文艺批评在当代文化思潮、各种文化现象讨论中的失语、失效甚至缺席;另一方面,还必须重新调整既有的批评视野,深入大众文化内核,以人文知识分子特有的价值理性和审美批判精神担当"文化监护人"的职责。

从实践中看,大众文化的兴起确实拓展了文艺批评领域的研究范围,丰富了文艺批评的理论方法。随着通俗文学、网络文学、影视作品、城市景观建设成为当代社会审美和文化表达的重要方式,文化研究、媒介文化研究一定程度上已经内化为当代中国文学研究的基本视角。文学文本的首要意义已不仅指向"美的艺术"本身,而是指向更为广阔的社会文化领域。文艺批评研究也不只是简单地揭示审美对象的艺术特征,而是涉及社会文化生产、文化消费与政治经济之间的复杂互动。

大众文化既是一种普遍存在于当代社会生活中的文化现象,同时也建构了当代社会生活方式本身。它的兴起导致了"文学""艺术"定义的变化,文艺批评领域的拓展和扩大,也引出了文学审美价值体系的重估和重建等一系列亟待解决的问题。面对大众文化的崛起、"日常生活审美化"的风潮,我们仍有必要做出深入思考——如何立足于中国自身的文学批评传统,结合西方文化理论和当下大众文化的状况,创造性地建构中国文艺理论、文艺批评的范式体系,已成为亟须解决的现实问题。

第一节 大众文化的兴起

"大众文化",自 1980 年代后半期的文化舶来品,至 1990 年代中期以后一变而为与文艺学、文化学、传播学、社会学和哲学等学科并立的"超级显学",有关它的研究吸引了一批年富力强的学者。三十多年来,大众文化研究的成果可谓汗牛充栋,围绕它的激烈争论也属各研究领域中极为罕见的,以至于今天,倘要总结和梳理当代大众文化研究的历史沿革、论争焦点和代表性成果,正应了鲁迅先生的名言:"研究古的,恨材料太少,研究今的,材料又太多。"①

这种境况,当然与学界"一窝蜂"的浮躁心态有关,但也多少折射出"大众文化"爆炸式呈现所留给人们的众多"疑难"。不过,作为学术的大众文化研究,总不能一直停留在西方文化理论的"话语移植"与当代大众文化的"现象批评"的浅泛层面上,而必须深入当代"全球化"的思想文化潮流,把握文化嬗变的契机,澄清大众文化在我国兴起的外部环境和内在理路的相互交织关系,并借"辨章学术,考镜源流"来获得方向感,以展开这一领域的学术创建。总之,面对我们仍身处其中的当代大众文化,我们唯有坚持"话得从头说起"的学术心态,或许才能廓清笼罩其真面目的驳杂斑斓的迷雾。

一、众说纷纭的"大众文化"

有关大众文化的论争,首先一个焦点就是概念之争。按通常理解,大众文化是指多数人的文化,而非"小众"的、少数人的文化。但需要追问的是,所谓"大众文化",究竟是什么样的大众、什么样的文化?"大众文化"的中心语义又是什么?

有趣的是,恰恰是在这个本体论命题上,在引进西方大众文化理论

---

① 鲁迅:《魏晋风度及文章与药及酒之关系》,《鲁迅全集(第三卷)》,人民文学出版社,1980年,第506页。

的最初十年间,中国学者对此颇显踟蹰。① 当时,学界主流的观点偏重于阿尔都塞的意识形态说,认为"大众文化是工业时代的一种意识形态"。而这种意识形态是什么,"工业时代"又指称什么,诸家却语焉不详,因而也很快遭到了众多质疑。② 我国前期大众文化研究在对概念做界定时的捉襟见肘,深究其原因,无非是当时学者疏于考察西方大众文化所置身的文化语境,又急于"拿来"为我所用,以及大众文化理论本身歧义驳杂,难以"验证",从而为辨析其语词踪迹留下了迷阵。

据国外学者的梳理和考察,在西方,仅"文化"的定义就有 260 多种,是英语词汇中意义最丰富的两三个之一。大众文化虽多了"大众"的限定,但其定义仍然多得惊人。不难看出,"大众文化"一词,无论其内涵或外延都具有广义性;"大众文化"的界定,也必然是一个由阐释而不是答案组成的系统。这里,我们不妨列举其中较有代表性的"权威"定义:

定义一:一切来自广场而非庙堂的民间文化,威廉姆斯称之为"不登大雅之堂的文化"。这个理解,获益于苏联文艺理论家巴赫金的平民主义"狂欢"理论。他指出,艺术的很多东西,说到底就是为满足群众的狂欢心理,因此,文学艺术的生产就必须投合广场狂欢的特点,让人在一种不受特定道德规范约束的"虚置情景"下满足自己的快乐心理。

定义二:大众文化是资产阶级的国家意识形态,一种以标准化的、

---

① 在英语世界中,如何准确命名"大众文化"也颇费周折。这个名词本来有 mass culture 和 popular culture 两种拼法,但通常使用的 mass("大众")这个词,其英文含义更接近于一个聚合体,有"乌合之众"的贬义,基于这个原因,自理查·霍加特和雷蒙·威廉斯开始从"文化主义"的研究视角出发以"正面叙述"大众文化起,西方学者便建议用 popular culture(可译为通俗文化或流行文化)以替代早期的 mass culture。

② 陆扬、路喻:《大众文化研究在中国》,《天津社会科学》2003 年第 6 期。

满足浮华幻想的、受操纵的文化工业产品为标志的文化。它致力于劳动阶级的非政治化,维护社会的统治权威,制造大众的虚假需求,是欺骗群众的统治工具。法兰克福学派阿多诺等人便持这种理论。

定义三:商业消费文化,即那种用于大量消费的、为商业目的"有意迎合大众口味"而大批量生产的消费品,是"商人雇佣技术人员创造的"文化。大众文化与商品消费有着无法也毋庸避讳的关系,这从肥皂剧卖肥皂、文化明星做广告时就开始了。

定义四:葛兰西创立的文化霸权或文化领导权的理论认为,大众文化是来自上层和底层的各种力量的矛盾混合体,它既有商业色彩,又有"纯真"标示。赞同这种"葛兰西主义"霸权理论观点的人又进一步发展了他的观点,将大众文化视为被统治群体的反抗力量与社会统治集团的兼并力量之间斗争的场所,是以反抗与兼并为标志的领域,是葛兰西所称的"折中平衡"的内运动。

定义五:来自人民的文化,是人民群众积极创造的他们所需要的一种民间文化。费斯克等不同意以霍克海默和阿多诺为代表的大众文化观,认为大众文化中也隐含着一种积极能动的自主性力量。他提出重新理解大众文化,重新审视大众传媒,在某种程度上肯定了大众文化的启蒙性和独创性。他还认为,民间文化是从下面生长出来的,是人们根据自己的需要创造出来的,"几乎没有得到高雅文化的任何益处"。

定义六:伴随着城市化、工业化的出现而产生的城市工业文化。威廉姆斯认为,这是一个早在英国工业革命时期就已经进入了英国人思想的文化,因为工业化和城市化的进程从根本上改变了与大众文化有关的各种关系。

定义七:在后现代消弭了高雅文化和通俗文化的差异之后形成的当代文化形式。这是一种不再区分高雅与通俗差异的文化。原先意义上的精英文化将走向终结，代之而起的是经济、政治、科技、商业与文化的全面渗透或互相交融。

定义八：以当代电子高新科技为传播媒介的、时间和事件同步的、全球化的文化。传统的神话已经远去，今天的神话是以电子媒介传播的大众文化。①

显然，上面列举的几个定义，实际上乃是西方学者立足于大众文化的各种表征，借由不同视角、不同理论给出的解释。但是，即便罗列西方有关大众文化的全部定义，似乎仍无法从根本上解决这些"思想图式"遗留给我们的各种"疑难"。其原因便在于，大众文化是一个"共时性"的文化症候，且具有与文化空间衍变、理论话语参照等相随的"语境性"。

1990 年代后期，围绕大众文化的定义问题，我国学者也在孜孜探索，如陈刚的《精英文化的衰落与大众文化的兴起》、李凤亮的《大众文化：概念、语境与问题》、季水河的《关于大众文化概念与性质辨析》、高洪福的《精英文化与大众文化》等等，对大众文化的特点、定义、功用、影响和发展前景都有不同视角的描述。② 但当时的研究限于历史条件，仍然是借鉴（西方）多、创建少，且在思想和学术视野两方面都具有一定的局限，难以避免地陷入语境抽离性的简单思维。

陶东风教授在总结早先我国大众文化研究存在的问题时曾指出：在关于中国当代大众文化的众多著述中，普遍存在"将法兰克福大众文化批判理论的描述—评价框架机械运用到中国的大众文化批评的倾向，而没有对这个框架在中国的适用性与有效性进行认真的质疑与反省"。③

---

① 金元浦：《定义大众文化》，《中华读书报》2001 年 7 月 4 日。
② 陆扬、路喻：《大众文化研究在中国》，《天津社会与科学》2003 年第 6 期。
③ 陶东风：《批判理论与中国大众文化批评——兼论批判理论的本土化问题》，《东方文化》2000 年第 5 期。

法兰克福学派的大众文化批判理论,在很大程度上塑造了早期中国大众文化批评的"知识/话语",但问题是,西方的任何一种学术话语与分析范式,都不是存在于真空中,而是特定的社会文化语境的产物,因而无不与中国的本土问题和经验存在程度不同的错位与脱节。如果不经转换地机械套用,必将导致为了(西方)理论而牺牲(中国)效验的后果。

二、"范式"转型与重编"文化地图"

进入新世纪以后,大众文化借由中国社会的"现代化"进程、"后现代转向"、社会结构转型、"全球化"交汇等途径,全面渗透到人们的日常生活中,我国逐渐形成与西方社会相类似的文化环境,以及足以进行比照、对话的文本语境。随着研究的深入,中国学者已逐步认识到,大众文化的发生和迅猛发展,并非"孤立""自发"的文化现象,乃是发生在文化场域中的一次激变,是文化史的一次重大转折;它是这个时代的经济形态、哲学观念、主体心理结构、生活方式等整体性转型的综合显现,因而堪称一次"文化范式"的革命或转型。① 基于这一根本性认识(主要观点),一些学者意识到,倘要对大众文化的题中要义做出科学的解释,就需要引入托马斯·库恩在《科学革命的结构》中提出的概念——"范式"②,来充分阐明"后现代转向"带来的文化转型及其意义,以穿透感性认识的现实,从而发现表面现象以下的更深一层、更真实的图景。

大众文化的思想谱系异常庞杂,它紧密地和后现代主义、西方语言学、后结构主义、传播技术理论等交织在一起,构成了不同于旧时代的

---

① 〔美〕杰姆逊:《后现代主义与文化理论》(唐小兵译),北京大学出版社,1997年,第2—3页。
② 库恩的观点是,科学不是历时的,而是共时的。实际的历史是,在某一历史时刻,一位伟大的科学家发明了一个完全崭新的"范式",或者如阿尔都塞派所称的"疑难"。这种范式或疑难是共时性的,包含的是一个由疑问而不是答案组成的系统。

"群性症候"特征。显然,我们需要开辟新的分析和解读路径,在细致梳理大众文化的理论资源的基础上,紧密追踪当代文化衍变的轨辙,并借助文化理论中具有普适性的观点,来阐释我们正面临的"文化空间"的裂变,编制出大众文化的"立体"的定位地图,包括:它形成了怎样的文化表征?出现了怎样的"文化范式"转移?

(一) 大众传媒中的文本

大众文化研究有一个中心场域,就是以大众传媒为主导的文化空间。无论是法兰克福文化批判理论,还是麦克卢汉的"技术的内化"、德赛都的"拼贴"、巴赫金的"狂欢"、费斯克的"生产性文本"、波德里亚的"真实的内爆"等理论,其实都在关注一个中心事实,即大众传媒在当代文化的"激变"中所扮演的重要角色,以及由此形成的不同于传统阅读的各种文化机制。一个突出的例证是,随着影视作品的大量生产、传播,人们已经不再热衷于阅读古典文学名著,影像已经取代文字,成为大众的主要文化消费品。电影、电视剧、动漫、广告、FLASH、MV……从黑白到彩色,从平面到立体,人们的日常生活中充斥着众多光怪陆离的影像,一个读图时代已经来临。美国学者斯坦·威尔逊就认为,"大众文化"与"媒介文化"几乎同义,它是通过报刊、影视、网络等媒体传播的文化和各种消费文化。类似的看法表明:在大众文化的出场、生产、流通过程的每个环节,传媒是中心枢纽,是体制性力量,也是构成文化转型的关键性因素。

有学者指出:"如果说文化研究的中心是大众文化,那么大众文化的研究中心就是传媒。"[①]显然,以传媒为中心的大众文本确实大不同于古典传播模式,影像符号的大量制造、复制和流播,使文化实现了以形象为中心的转型,它是传播技术衍化的投影,正在改写着人们精神文

---

① 陆扬,王毅:《大众文化与传媒》,上海三联书店,2000年,第67页。

化生活的面目,也预示着必将重构出一种全新的文化生态。德国学者沃尔夫冈·韦尔施有一个看法:"传媒本体论很显然是反古典的,它比较于传统日常活动本体论及其高贵的形而上学本体论,是全不相同的另一种类型。"①"大众文化"发端于现代传媒时代,它是面向民族、国家乃至全球的"大众"传播的文化。

反之,在传统社会中,由于缺乏这种以现代传播媒介缩小时空的条件,地域文化的特征就表现得相当明显,以往的"民间文化"就显著地反映出这种"区域性""地方性"特征。麦克唐纳曾区分过这两个概念,他认为民间文化发端于下层,它是民众自然而然的经验表达,是被特定区域中的民众自享、满足自身需求的文化。大众文化则是借助媒体传播,由为商人雇佣的技师制作,它的观众是被动的消费者,其参与的程度被限制在"买"与"不买"的选择上。换言之,大众文化由于传媒的介入,划清了与民间文化的界限②。总而言之,当我们在讨论文化,特别是对文化进行划分之时,必须就所要讨论的对象进行时间、空间和内涵的严格的、仔细的界定,否则便可能陷入混淆、模糊以至无的放矢的境地。

(二)商品制度下的消费文化

法兰克福学派的代表人物阿多诺说过一句话:商品已经成为它自己的意识形态。这句话的意思是说,在资本主义商品制度下,文化也像服装、化妆品一样,被纳入市场交换的商品运行轨道,文化艺术已丧失了"个体意识"而沦为商品。杰姆逊则比较了传统、现代两个时代,揭示了这种"意识形态"的替换:"在过去的时代,人们的思想、哲学观点

---

① 〔德〕沃尔夫冈·韦尔施:《重构美学》(陆扬、张岩冰译),上海译文出版社,2002年,第246页。

② 葛兰西曾以"流行歌曲"(popular songs,或叫"大众歌曲")为例,指出"流行歌曲"的三种类型:(1)由大众谱写而且为大众谱写;(2)为大众谱写但不是由大众谱写;(3)既不由也不为大众谱写但由于表达了大众的思想和感情而为大众所接受。"民间文化"无疑应划归第一种类型。

也许很重要,但在今天的商品消费时代里,只要你需要消费,那么你有什么样的意识形态都无关宏旨了。我们现在已经没有旧式的意识形态,只有商品消费,而商品消费同时就是其自身的意识形态。现在出现的是一系列行为、实践,而不是一套信仰,也许旧式的意识形态正是信仰。"①以商品消费为主要特征,恰恰是大众文化的自我阐释。

以费斯克为代表的新一代学者基于大众文化的复杂性,深入到文化生产的资本主义"商品体制"中进行辨析。他首先承认大众文化具有商品属性,同时也指出,这种文化商品不同于一般商品,即它不仅在"财经经济体制"中流通,也在与之相平行的"文化经济体制"中流通。前者流通的是金钱,后者流通的是意义和快乐。因此他主张对大众文化的分析需要做"双重聚焦":一方面是分析它的意识形态内容,另一方面就是分析读者(观众)对它的接受特征。② 费斯克理论的有益之处在于,它打破了以往大众文化研究中"简约主义"的观点,启示我们:今天的时代已处在一个被商品化全盘笼罩的环境中,人们在认识和阐释大众文化的过程中,不能忽略文化商品化的本质及其延伸出的各种生产、传播和消费方式。

大众文化作为商品的本质,自然引出一系列争论。比如在"如何对待"这个维度上,就引发了许多社会论战(social debate),论争的"焦点"其实隐含着一种焦虑:"如果认同文化也是商品,那么我们的文化究竟往哪个方向发展?"有趣的是,基于人文主义立场,自法兰克福学派以来,尽管持传统理想的知识分子在言论上轻视大众文化或庶民文化,但矛盾的是,许多自视文化品位甚高的人士在私底下,似乎又很纵情于享受、消费大众文化。这种矛盾心态,反映出人们感情与理性的

---

① 〔美〕杰姆逊:《后现代主义与文化理论》(唐小兵译),北京大学出版社,1997年,第28页。

② 〔美〕费斯克《大众经济》,参见罗钢、刘象愚:《文化研究读本》,中国社会科学出版社,2000年,第227—249页。

"两难",这种矛盾心态可能还会一直持续下去。

(三) 作为"整体的生活方式"

自理查·霍加特和雷蒙·威廉斯以后,大众文化研究拓展了传统精英文化以"语言"和"文学"为中心的文化定义法,转而把文化看作一种"整体的生活方式"。威廉斯曾概括"文化"的三种定义:第一种是理想的文化定义,这种定义把文化界定为人类完善的一种状态或过程,因而文化是指我们称之为大传统的那些最优秀的思想和艺术经典;其次是文化的文献式定义,根据这个定义,文化是知性和想象作品的整体;第三种是文化的"社会"定义,即指一种整体的生活方式,"正是这个定义,奠定了文化研究的理论基础"。① 由传统的"经典""文献"式的文化定义转向"日常生活化"的定义,反映出西方学者鉴于"大众文化"长驱直入的现实,传统"文化"定义已无法包容其内含的"种差",而不得不采取改良之策:"对于文化这个概念,困难之处在于我们必须不断扩展它的意义,直至它与我们的日常生活几乎成为同义的。"②于是"文化"的定义范畴,由此涵盖到"日常生活"的内容,虽然"整体的生活方式"不可与"日常生活"同日而语,似乎有削弱"经典"突出"日常"的嫌疑,并在策略上嵌入了"大众"的修饰语,但其意义在于承认了这部分文化也是"文化"的有机部分。《新丰塔那现代思想辞典》把它表述为:大众文化其实是普通民众经验的、形象的、风格化的和物质的反映,从中折射出他们对自己的真实的和想象中的关系。至此,大众文化被认为是积极的过程和实践,以及对象和物品;它形形色色无所不有,包括邮购目录、汽车和其他耐用消费品设计、衣着和食品风尚、足球赛、音像制品、圣诞节,如此等等。

---

① 〔英〕雷蒙·威廉斯《文化分析》,参见罗钢、刘象愚:《文化研究读本》,中国社会科学出版社,2000 年,第 125、126 页。
② 〔英〕伯尔洛克·特隆布莱:《新丰塔那现代思想辞典》,伦敦出版社,1999 年,第 666 页。

这个新型的"文化"定义,甚至可以说标明了一次文化转向。它把以往那种经典的、文献式定义,转变为"社会"的定义,纠正了把"文化"仅仅看作文献和文学等书面记载的历史性误读,开始重视除文献和文学以外的各种知识形式,如物质文化、口头传说、制度、风俗和生活行为等。它提倡一种"泛文化"观,强调把文化看作"整体的生活方式",进而把文化分析和美学问题延伸到物质和日常生活层面。这种"泛文化"观念还暗示,人们在理解文化时,不能将它与人的生存状态割裂乃至对立起来,或者像传统精英抱持的偏见那样,把文化看作形而上,而把生活视为形而下。显然,大众文化就是人们"生活方式"的总称,它后来所一再标榜的"日常生活的审美化"理论,以及各种以"文化"名义出现的流行时尚、打"文化"牌的广告消费行为等等,都是这种"泛文化"观埋下的伏笔。

(四)"斗争性"文化场域

大众文化自它诞生之日起,就似乎是一个四面不讨好的"靶的",充满了外部的挤压和攻讦。它为旧式的民主派不容,因为它鹊巢鸠占,抢夺了"民间文化"的领地;也为保守派和传统派所厌恶,因为它冲击了"高雅艺术"和"高雅文化"(也可称为"精英文化")。更为可悲的是,大众文化对"高雅文化"还具有腐蚀力,因为一个显见的事实是,大众文化攻城拔寨、大行其道,使高雅文化在消费市场上被大众文化挤压得差不多了①,法兰克福学派及传统人文知识分子对大众文化的批判,

---

① 对此,费斯克持有不同观点,他在接受访谈时说:我不认为新的大众媒体足以摧毁古老文字所建立的文化,反而文化形式是不断累积的。我不认为大众文化严重地挑战这些高等文化,在许多方面,高等文化的地位甚至更加"巩固"(secure)。当我们的社会渐渐不再以外显的阶级来区分群我时,某些人——特别是那些受到良好教育的人——为了显示自己和其他人的不同,于是就运用不同的"文化品位"(culture taste)来表征其社会差异性。现在我们看到西洋古典音乐CD、歌剧、交响乐团等比以前更加兴盛,这就表示:只要高等文化制造更强大的社会差异的功能不变,就有自视为高人一等的人士,继续趋之若鹜。见传播学者约翰·费斯克的专访,载于紫金网。

正是基于这一认识。大众文化同样不讨左派批评家的欢心,因为它是资本主义麻痹大众、消磨大众意志的毒品,使大众无法清醒认识自己的真实处境。进而视之,大众文化还是"大众社会"(mass society)崛起的产物,后者作为工业化的结果,被认为是抹杀个性,推广平庸,导致趣味、习惯、观念甚至行为千篇一律,个人的差异、社会阶级的差异,大有给一笔勾销的趋势。①

大众文化的内部也不是一个自洽的空间,充满了各种理论和学说的派别纷争,形成了一个到处是差异性的理论场域。关涉大众文化的各种流派,包括早期的英国文化研究学派、法兰克福学派,再到后期的后现代主义大众文化研究理论,提出了各种各样的阐释,贴出各种各样的理论标签,如生产消费、霸权、殖民主义、狂欢、快感、视觉文化、再现、拼贴等等,而且其话语繁殖仍在持续。这些理论如同商品,各据山头,自立门户,汇聚在大众文化旗下。它们也构成大众文化的一部分,既成为一种生产性话语,也成为自我阐释和标榜的知识理论。

当然,我们列出上述四个方面,只是尽可能描绘出大众文化的辨识地图,更深的用意是想表明:大众文化有别于纯粹、单一的传统文学,是"文化范式"转型之后出现的复合性文本。鉴于此,我们在研究中,就既要善于以庖丁解牛之技游刃于其关节筋络,进行体贴、深入的文本和个案分析,同时又将它置于一个多维性的视野中,借助跨界性、多学科的话语,展开交叉、立体的研究,如此才能解读大众文化文本潜在的机制和"密码"。

三、"典范"转移与大众审美文化崛起

我国大众文化自经历了 1920—1930 年代发端的都市文化的滥觞

---

① 陆扬:《大众文化研究》,上海三联书店,2001 年,第 2 页。

期,到 1980 年代以至今天的全面开花,自立门户,成为堪与体制文化、精英文化三足鼎立之一端,在这个过程中,它自身的文化属性和品格、观念和样式、审美和技艺都得到了丰富和发展。尽管对于大众文化是不是像传统的精英文化那样已经形成自己的美学尚存争议,但不可否认,立足大众本位,并与各种现代文化交融的新型大众文化范式已成雏形,其审美的"自足性"亦渐趋鲜明而丰盈。

无疑,由于当代文化生态的更替与文化传播/消费方式的改变,大众文化的美学呈现也显示出不同于既往的特色。因此,当我们认识大众文化的美学品质时,也必须调整定位坐标,以"升级版"的美学思维建构一种切合于它的鉴评标准。在我看来,在考量大众文化的美学问题时,我们至少要考虑以下几个维度:

首先,审美向"民间"趋近。毋庸争议,"大众文化"与"民间文化"无法简单地画上等号,这主要是因为两者植根于迥然不同的文化环境,且它们的生产、消费和传播方式等都有明显的差异。但不可否认,"大众"身份谱系的建构既间离于统治性的权力体制,也游离于理想型的精英模式,而更倾向于在传统的"民间"找到血脉归属。另一方面,大众文化由于传播/消费的需要,一改以往"圈内流传"的小众精英的阅读/传承方式,而是按照大众趣味的原则,实现了面向"民间大众"的转变——尽管在语义学上,无论是"民间"还是"大众",已非传统固有的概念。

在美学的层面上,大众文化也显示出从传统的"精英审美"转向"民间审美"的踪迹。这包括两个方面。一是它似乎更乐于从民间底层挖掘题材,直接"呈现"被权力和精英体制边缘化的原生态的市井人物与民间生活场景,这表现出两个趋向:(1)形形色色的"城市新人类"作为故事的主人公登台表演,他或她们(概称为"新新人类")走出了权力精英式的审美范型,身份暧昧,具有鲜明的"边缘"或"另类"道德色彩;(2)当代大众文化文本共同复活了一个传统的市民社会,借一系列"小人物"的出场表演来承载市民生活理想与价值观念的"市民意识形态","假若从精神与观念的角度看,他们无论是同主流意识形态还是同知识分子的传统人文理念之间几乎都格格不入,他们是一些地地道道的个人主义者、利己主义者、现世主义者和享乐主义者,他们共同完成了一个对历史的遗忘和对现实的拥有"①。二是按照民间化的趣味原则,"再现"或营造出非常富有历史内涵的戏剧情境,通过对语言的"施虐",将正统文化和体制文化"庸常化""戏说化",同时在潜在层面上也暗合了当代文化中的解构主义倾向。这在冯小刚的贺岁片、宫廷戏说系列和周星驰的"无厘头"表演中体现得最为明显。这些大众文化文本或充斥着对于政治意识形态的"软性消解",或以"新历史主义"的市民想象性叙事颠覆正统、宏大的历史叙事,又或以"小人物"的市民狂想释放出被道德文化抑制的"自由"等等。总之,无论是"呈现"或"再现",民间都以"在场"的方式书写出一种独特的美学价值趣味,既承接传统民间精神,也迎合当下大众口味,反映出由传统审美向大众审美改弦更张的趋向。

其次,雅与俗的融会与沟通。在传统文学观念和审美判断中,雅与俗是一对矛盾,也是艺术审美活动不同等级的区隔。传统的审美标准几乎都是建立在高雅文学的基础上的,"雅"与"俗"是对立的,"俗"是贬义词,排斥于"美"的范畴之外。即便在明清以降,通俗文学、话本、曲艺、民间文学开始进入文化的殿堂,人们开始注意到大众审美活动的存在,但俗文学和雅文学仍是泾渭分明,文艺评价机制仍然对大众审美持有偏见,所谓"阳春白雪"和"下里巴人"之谓,便明显含有不同价值、品位的美学评价。

---

① 张清华:《民间理念的流变与当代文学中的三种民间美学形态》,《文艺研究》2002年第2期。

大众文化的兴起，在一定程度上弥合了"雅""俗"之间的对立性，调适了两种审美之间的差异。其中原因，一方面是大众文化建立在传播消费的基础上，极端化强调文化的"雅"与"俗"都不符合市场原则，因此也就必然在审美的两端之间寻求中间色彩，以追求"雅俗共赏"的效果；另一方面是，现代大众本身也是一个复合体，他们的文化身份、审美趣味也徘徊于"雅""俗"之间，非此即彼的单一口味并不适合于大众，两者的杂糅融会倒是一种调味。雅文化的资源被大众文化按照自身逻辑加以吸收、改造和利用，导致文化的雅俗界限日益模糊，如此，"大俗大雅""俗中见雅"成了最适合大众审美的标准。至于大众文化所标榜的所谓"日常生活审美化""诗意的栖居"，其实都隐含着把心灵求美之"雅"与肉身快适之"俗"融合于一体的倾向。其积极的意义便在于，它把精神与物质、形而上与形而下、美与生活、灵与肉统合于审美文化，体现了雅俗互见、"混"（mix）得很美的重塑美学的企图。

再次，游离"规制"的"破坏美学"。许多论者指出，大众文化具有解构规范、规制的意图和功能，它对于传承既久的文化、文明具有明显的破坏性，并试图在破坏心理的释放中呈现自身的美感。描述它的许多语词，比如自由、反文化、颠覆、消解、反叛、挑战、戏谑、游戏、反讽、捣蛋、折腾、宣泄、狂欢等等，其实已经表明，大众文化确有自身特定的指向，即针对正统和传统文明的各种"规范"和"规制"。值得关注的是，这种以"反"出现的文化姿态，已随市民草根阶层的崛起显示出自身的力量，逐渐从文化的"边缘"进入"中心"，开始浓墨书写出与重在继承、建构为主的传统精英文化不同的"破坏性"美学，拟构出一种以消解"经典"、游离规制、重返"山寨""江湖"为特征的审美文化。比如，以《西游记》为原型和母本改编拍摄的电影《大话西游》《情癫大圣》、电视剧《春光灿烂猪八戒》和网络小说《悟空传》等。文学经典遭受了大众文化逻辑的"殖民"，契合了市民草根阶层的审美心理和趣味，成了名副其实的大众文化文本。

　　须要警惕的是,当代文化中悄然形成的"破坏性"美学,既与传统文化中"三教"(儒、释、道)之外的"小说教"①汇流,那么这种"叠加效应"引发的后果将是极其严重的,"在这个过程中,严肃文化失去了原有的语境,在大众文化的新语境中演变成失去某种固有特征的模拟之物,在一定程度上也就失去了它原有的文化品格"②。也有学者指出,中国传统文化中本来就存在着轻视规范、规制的一面,尤其是"游民"意识,由于通俗文艺作品的推波助澜,对民间的影响相当深远,如《水浒》《三国》、"说唐"系列、"东西汉"故事,以及伴随"金庸热"而广受追捧的江湖侠义传奇等。这些通俗文艺作品所承载的"游民"观念,引起读者共鸣,也被社会各阶层的人接受。"不仅仅是游民社会化过程中倚靠通俗文学作品,而且整个的社会演进中也受到通俗文学作品影响,不妨称之为社会的游民化。"③"游民"意识在当代大众文化中的表现是,人们往往以追求"自由精神"的名义,游离出社会的文明规范,并且以"破坏"现存社会文化"规制"为乐。例如 2008 年流行语"山寨文化"④,它以"解构经典"和"拼凑重组"为特征,迅速向文化领域渗透,甚至还成为一种流行的思维模式。在一份关于"山寨文化"的调查中,有 40.8%的人认为"山寨文化"是一种创新,是一种 DIY 的文化。"山

---

　　①　清代学者钱大昕在《正俗》一文中指出:"古有儒、释、道三教,自明以来,又多一教曰小说。"这个"小说教"宣扬一种与儒释道三家不同的价值观,因通俗小说、戏曲、曲艺之类的教化作用,接受者众,形成一种有别于主流文化传统的传统。其特征是"专导人以恶,奸邪淫盗之事,儒释道书所不忍斥言者,彼毕尽相穷形,津津乐道,以杀人为好汉,以渔色为风流"。
　　②　周宪:《中国当代审美文化研究》,北京大学出版社,1997 年,第 85 页。
　　③　王学泰:《审视传统文化的另一个视角》,《国学》,中国友谊出版公司,2007 年,第 263 页。
　　④　"山寨"一词源于南方方言,原意为产业占山为王或者圈地,后来却变异为"作坊货"的代名词。

寨明星"给人带来快乐,"山寨"作为一种"草根文化"开始流行,就连一年一度的春节联欢晚会,也出现了"山寨版",并在策划筹备阶段就被网络媒体看重,争夺直播权。与此同时,伴随"山寨版"《纽约时报》的问世,"山寨"也在全球同步引发了对"精英文化"的挑战。有论者指出,"山寨文化"是一种复制文化和冒牌文化,其核心其实就是剽窃,在一定程度上就是对知识产权的侵犯,只不过换了一个说法,换了一种表现形式。对它的存在和流行,人们应该保持一定的警惕,"如果我们对'山寨'过于宽容,如果我们的社会成了'山寨文化'生长繁荣的土壤,那么创新文化就更难生长了"①。

大众文化审美的衍变,表明无论其美学观念还是审美方式,都已非传统的价值范畴所能对应和涵盖的。更具戏剧性的是,大众审美还恰恰颠覆、背对"传统",试图以"脱序"的方式重构美学,这尤使迄今建立在精英主义基础上的审美话语颇为不适。不过,这也提醒我们,理解和阐释大众审美文化需要从"反传统美学"的路向中寻找线索,这种"异质性"的审美基因也许正是它的"生命精灵"。

(一) 声色之美

对于新时期以来我国文化的演变和转型,有学者做出这样的描述:"中国的文化一下子大变脸,由传统的以追求理性精神、高尚情操、悦耳旋律、优美画面的雅正艺术,变而为感性体验、欲望喷发、流光溢彩、情色芬芳的快感文化。"②在传统的审美观念中,代表感性欲望的"声色"之美一直被看作审美活动的最粗浅的层次,如不赋予社会道德内涵使之"中和",那么这种弃置了"教化"功能的呈现或书

---

① 《"山寨文化"成流行模式——08 流行语解析之三》,《文汇报》2008 年 12 月 26 日。
② 冯宪光:《"文化研究"研究"文化"的什么》,《艺术广角》,2003 年第 5 期。

写、凝视或谛听,都被视为不道德的,也同时是"丑"的。这种审美道德化的倾向由来已久,形成鉴评声色之美的价值标准,如含蓄与直露、典雅与通俗,同时也规定了"台前""幕后"这两种不同的传承方式——唱和吟咏与私房阅读等等。《金瓶梅》与《红楼梦》尽管都涉及描写男女私密,但一个风月外露,一个浓情曲笔,时至今日,在审美判别上仍有高下之分。

到了现代社会,随着韦伯所谓"祛魅"的完成,现代艺术早已将声色之魅,尤其是"性"视为一种救赎力量。福柯在《性史》中更主张把"性"从自然本性、真理中心中解放出来,成为纯粹人为的、自发的游戏。特别是暧昧的"声色"与被现代神化了的"爱情"挟裹在一起,已形成超越与颠覆的双重功效,声色之美便从另一维度获得了神圣性。例如《色戒》,其实在张爱玲的笔下,王佳芝这个人物还罕是真正意义上的"欲女",所谓"性"也只是在极端利己主义的现代背景下展开的一场紧张的游戏。小说对"到女人心里的路通过阴道"也是持冷笑态度的,且与女权主义者们不同的是,那不表现为激烈的反抗,而是在屈从的姿态下的一抹淡淡的冷笑——性算什么?而到了李安的电影《色·戒》,则已有了 AV 的特征,"摄影机真正关注的是女优欲仙欲死的表情,跌宕起伏的叫床以及标志性快感的阴道分泌物……电影中错综的体位、纠结的肢体,在和易先生的性关系中,王佳芝的感官享受找到了快乐"[1]。在第一次性虐之后,镜头摇到王佳芝脸上的一丝微笑,就提示了这种归宿感。如此,王佳芝的爱国除奸的叙事合法性就值得怀疑,因为她的身份——有正义感的学生、特工、受难者,都似乎是假的,只有身体的感觉才是真的。导演恰恰用引来争议的床戏,提亮了后者,压暗了前者,把张爱玲对"性"的冷笑演绎为再现声色之美的商业大片。

---

[1] 鬼今:《王佳芝的身体与易先生的性感》,《读书》2008 年第 6 期。

（二）凡俗之美

传统审美多少具有拜神教特征，推崇理想性，鄙视世俗性；美处在精神栖息的彼岸，而现实总是泥浊、庸俗的，须经过灵魂的洗涤而"脱俗"，"化腐朽为神奇"才能成为审美的对象。大众文化则一改这种传统美学观念，它无意于提升人的精神境界，而是重视现世的价值，认为"诗意"就在人的栖居之间，用莫里斯·迪克斯坦对于大众文化的界定来说，就是"乌托邦式的宗教变成了世俗人文主义"①。随着消费文化的影响深入，"世俗性"已渗透到文化的各个方面，大众文化则更注重发掘日常生活资源，沉溺并满足于世俗人情的舒适惬意，并以此型构生活审美的意识形态。

大众审美的世俗性，大致是按照两个路向渐趋充实的：一是消除主体的"神格"特征，强调人的自在本真性，把"大写的人"改写为"小写的人"，于是把"英雄"普通化、凡俗化，或刻意张扬"小人物"的戏剧传奇，以喜剧或逗乐呈现普罗大众的"现世快乐"原则；二是剔除生活的各种"规制"（包括信仰、意识形态和传统道德等）限定，解构文化赋予的道德和人生意义，还生活以本来面目，"今日有酒今日醉"，返归世俗自美的自由、人性境界。与此同时，大众文化的策略家显然注意到审美风尚的更替，主动与传媒消费相投合，越来越暴露出"欺世媚俗"的本性，而传媒影像符号的大量制造和传播也加剧了这种审美的世俗性。尼尔·波兹曼指出："电视屏幕本身也有着很明显的现世主义倾向。屏幕上充满了世俗的记忆，电视广告和娱乐节目已经在这里深深扎根，要想把它改造成一个神圣的地方显然是很困难的。"②在收视率的驱使

---

① 〔美〕莫里斯·迪克斯坦：《伊甸园之门——六十年代美国文化》（方晓光译），上海外语教育出版社，1985 年，第 95 页。
② 〔美〕尼尔·波兹曼：《娱乐至死》（章艳译），广西师范大学出版社，2004 年，第 155 页。

下,电视传媒不得不放弃精英教化立场,而凸显其娱乐功能。以电视栏目《百家讲坛》为例,在央视收视率末位淘汰机制下,为了取悦观众,《百家讲谈》以故事化、评书化等通俗讲述方式捧红了易中天等学术明星,节目收视率持续攀升,成为央视科教频道的品牌栏目。米兰·昆德拉指出:"媚俗一词指一种人的态度,他付出一切代价同大多数人讨好。为了使人高兴,就要确认所有人想听到的,并服务于既成思想。媚俗,是把既成的思想翻译在美与激动的语言中。它使我们对我们自己,对我们思索的和感觉的平庸流下同情的眼泪。"①当大众传媒意识到必须讨人高兴,必须赢得最大多数人的注意,所谓大众文化便不可避免地变成媚俗的美学。事实上,媚俗已经成为我们日常的美学观与道德。

(三) 瞬间之美

与追求"经典"的传统文本不同,大众文化(尤其是电视娱乐文化)文本侧重在瞬间的场景里"内爆"快乐,呈现出有别于传统美学范畴的"瞬间原则"。所谓"瞬间原则",概言之有三种含义:一是强调时间的压缩,而不是延伸,借助仪式化的瞬间夺人眼球,使人在直接的情感体验中感觉它、嗅到它,并经历于其中;二是在意义层面上消解"深度",通过富有感官刺激的离奇怪异的表演,使观众在"瞬间"中领略饱和的娱乐;三是凸现"当下"价值,观众在娱乐观赏中获得快适和满足。上述"瞬间原则",把对观众的要求降到了最低点。所以不妨说,这类娱乐节目更多地借由受众的感官,而不是人的思维来传播,它与传统美感体验的差异是显而易见的。传统的美感体验所要求的静观、无功利和审美距离等,在新的流行文化面前几乎失去效力。

以电视娱乐节目为代表的审美文化所呈现的"瞬间原则"或"当下原则",深刻地反映出当代审美与日常生活相伴随的状态。因为"在传

---

① 〔捷〕米兰·昆德拉:《小说的艺术》(孟湄译),生活·读书·新知三联书店,1992年,第159页。

统的生活形态,人们有足够的时间创造艺术品或欣赏艺术品,而在今天,社会的节奏加快了,许多变化都是在'刹那间'便完成,因此现代人的时间概念,其实是大大精简压缩了;加上电视媒体的传播特性,它总是在有限的、最短的时间内完成,追求'经典'之美其实是一种奢望"①。因此,所谓"瞬间原则"或"当下之美",可以认为契合了现代人的时间感,对应着一系列美学范畴内的问题。但无疑,它以相信大众的判断力和尊重大众的趣味为前提。

(四) 动感之美

在传统的农业社会,人们的生活节奏总体上是缓慢而悠闲的,如一曲悠扬的牧歌;对应于这种生活形态,传统的审美经验也偏向于"静态",所谓"采菊东篱下,悠然见南山",清新、舒缓的画面传递出"悠然"、不疾不徐的静谧之美,应和着当时生活的情状。即便明清以后的文学,也有反映城镇市井生活的繁华与喧闹的,如《红楼梦》开宗明义第一章,描写"看花灯"的绚丽场景,呈现了庙会上人头攒动的"动"的一面,但这种"动态"与其他浓情密致、静谧安然的章回相比,显然只是一些亮丽的点缀,一笔写意山水上的浓墨,并不构成全文的主色调,或者至多只能说显现出一种"静中之动"。需要指出的是,传统审美经验通过文本经典建构了人们通常的美学话语、意识和标准,人们甚至会忽略因生活范式转型而带来的审美差异性。

大众文化现身的生活场景与传统社会迥然不同,它伴随的是现代和后现代社会,应和着工业流水线、马路上的车流、物流以及网络的信息流的高速节奏,人类生活也被置于变动不居的状态。人们的审美心态适应着生活(客体)带来的变化,既往悠然、安静的情调,无论在主体的心灵图景还是再造想象中都难以复现,因为它难以适应某一时间刻

---

① 〔韩〕朴锺玄:《电视娱乐节目的瞬间之美》,韩国国际新闻学会《2006:传媒与社会》论文集(未公开出版),第37页。

度下的变动速率。鉴于这种变化,大众文化的实践者规避了传统的审美经验,一方面在短暂的刹那间表现交错时空、"内爆"快适情感,以"特写"呈现烟花绽放的片刻美丽;另一方面借助各种新技术手段,诉诸充满动感的语言、镜头,捕捉稍纵即逝的神态、动作和细节,在表情与达意之间寻求张力,企图建构适应后现代生活律变的新型美学。"过去以艺术审美为典型代表的静态快感体验方式,已经发展为今天以人的日常生活状态为主要对象的动态化快感投入活动与实践方式。"[①]这种审美变化,特别鲜明地出现在流行文化的新词中,如"快闪""快客""一夜情""直播""e 话通"等等。它们对应着人们内心紧随生活的"紧张"状态,而在这种"紧张"中又裂变出具有后现代意味的"极致性"的审美经验。可以说,艺术审美正在走向"动态之美",尽管理论上还有待进一步研究与建构。

要言之,大众文化的出场和兴盛,其实与当下的日常生活形态紧密关联,也与"后现代"社会的文化范式的转型有关。在一个价值多元的时代,人们对于大众文化的流行,不能简单地以一种褊狭的、预设的传统价值标准加以评判,正如用大众文化的价值标准也不足以对传统经典文本做出正确评判一样。当今社会仍处于演进之中,大众文化也处在自我形塑之中,我们不必妄加断言,大众文化的炫目登场已经表明新的美学原则正在崛起。但我们可以说:一切都已开始,一切皆有可能。

第二节 文化消费的流行

如前文所述,在后现代语境中,"大众文化"与市场消费紧密联系

[①] 徐敏:《大众文化的快感理论:从美学到政治经济学》,《北京电影学院学报》2004 年第 1 期。

在一起,"文化"一词已被重新释义,文化的生产、传播也改变了自己的"密码",被"消费法则"改头换面为供人享受的"商品"。资本、传媒和后现代重新构建了知识文化,并赋予了其新的价值意义。

一、"文化"商品化及其价值偏向

在当代世界,高科技引擎与大众传媒越来越成为宰制社会的巨大力量。电子符号、信息文化、新媒介(互联网和移动通讯等)已成为生产力的重要构成要素。这一社会经济形态的重要转变,在法国文化学者布尔迪厄看来是一种"中心性"的质变,即资本通过传媒广泛行使其特权的方式,表现出一种由知识文化变为商品,转而进入消费市场的潜在逻辑。

在这一逻辑体系中,文化"商品化"是许多文化学者考察的重点问题。杰姆逊就认为,资本主义到了晚期,"商品化"不仅表现于一切物质产品,而且渗透到各个精神领域,甚至"理论"本身也成为一种商品。人们生活在无边无际的已"商品化"了的广告、电视、录像、电影所构成的"图像"的汪洋大海之中,生活本身在很大程度上也成了这些图像的仿真性复制。过去,在传统经典的文化范式中,"美(艺术)是一个纯粹的、没有任何商品形式的领域,而这一切在后现代主义中都结束了。在后现代主义中,由于广告,由于形象文化,无意识以及美学领域完全渗透了资本和资本的逻辑"。[①] 正是在这层意义上,我们说当代文化已处在一个新的历史阶段,且"文化"一词也被赋予了不同的含义。

显然,我们的时代就面临着一种新的"文化文本"。这种新型"文化",与工业生产、媒体传播、市场消费紧密联系在一起。所谓媒介文化、大众文化和法兰克福学派所称的"文化工业",难道不正是在生产

---

① 〔美〕杰姆逊:《后现代主义与文化理论》(唐小兵译),北京大学出版社,1997年,第163页。

流水线上制造出来的吗？现在必须做出解答的是：这种被"文化资本"重新释义的文化形态，即那种不同于传统经典的文化模式，究竟被赋予了怎样的价值意义？人文主义关注的视域中，又隐含着哪些值得警惕的伦理偏向？

一是"欲望/消费"模式与精神物化。传媒刺激消费的机理是，它将各种诱惑性的意图渗透进传播体系之中，借助重复性的"宣示"意象刺激和召唤人的消费欲望。人们在体验时尚、工作选举或参加社会活动中，受到传媒的鼓动和诱导，大众由此而逐渐滋生一种消费冲动。大众文化产品本来就是"情绪和感觉的表述结构"，"这种情绪和感觉不但包括个人的欲望和快乐，而且包括群体的共同经历"。① 这样，"消费"成了人们的"真实"愿望，而传媒也终于把不同文化、不同习俗、不同品味、不同阶层的人联结于"广告—消费"系统，并在多重传播与接受过程中，将不同人群整合在"消费"的观念模式和价值认同之下。

在媒体消费主义的文化中，"欲望"或"身体"的消费最值得关注。在从事现象学研究的学者中，最先注意并张扬"身体"的重要性的，是法国现代思想家梅洛·庞蒂。他认为身体世界是艺术奥秘的谜底，因为身体既是能见的又是所见的。身体的意义在于："我以我的整个存在在一种总体方法中知觉到，我把握住事物的一种独特结构，存在这种独特的方式就在瞬间向我呈现出来。"②而在法国社会学家布尔迪厄的考察中，身体是一种价值承载者的资本，积聚着社会权力和社会不平等的差异性。"身体资本"可以转化为经济资本，也可以转化为一种文化资本。正是在这种后现代文化图景中，身体是资本，也是象征的符号；

---

① 〔英〕特里·洛威尔《文化生产》，见陆扬等选编：《大众文化研究》，上海三联书店，2001年，第127页。
② Maurice Merleau-Ponty, *Sense and Non-Sense* (Evanston: Northwestern University Press, 1964), pp.17、50.

身体是工具,也是自身控制和被控制被支配的"他者";身体还是一种话语的形式。今天大众传媒中的文化艺术,几乎无不将经济资本和"身体形态"紧密地联系在一起。

布尔迪厄关于"身体资本"的阐释,直接呈现了当代人对自我身体的迷恋的问题,值得深加关注。文化学者王岳川指出,强调"身体"在现代社会的重要性,以及将身体性存在与精神性存在的界限清晰地划分出来,其造成的必然后果是"身体在现代社会当中,空前地遭遇到时间和空间的分裂,遭遇到欲望的冲击和现实社会权力的压抑,感受到边缘化情绪性体验。因此,个人身心与制度的断裂,理性与社会的断裂,造成了现代人身体的多种流动变化的踪迹"。① 于是,重生命感觉性,重灵肉分离性,重精神游戏性,成了当代审美文化和媒体文化的重心。尤其是大众传媒以其无远弗届的视听延伸,直接刺激和消费"身体"的物欲,并且使远距离的"身体"控制成为可能。这样,大众文艺节目、体育盛典和政治狂欢等大众化的节日,就变成今日全球性的欲望/消费话语的再生产。

二是"品味/区隔"模式与享乐主义。"品味"也就是一种"趣味"。布尔迪厄对"趣味"的形成有一阐释:"某种风格的艺术作品的反复感知,也就促进了控制这些产品生产的那些规则的无意识内化。就像语法规则一样,这些规则本身并不为人们所理解,它们也很少被明确指出,甚至是无法说明的。"②也就是说,"趣味"其实来自对"某种风格"的作品的反复感知,在此过程中,这类作品的规则被"无意识内化",从而形成了某种特定的"趣味"。"趣味"一经形成,便具有一定的惯性,

---

① 王岳川:《全球化消费主义中的当代传媒问题》,《文化研究》第一辑,天津社会科学院出版社,2000年,第207—220页。
② Pierre Bourdieu, "Artistic Taste and Cultural Capital," in *Culture and Society*, ed. Jeffrey C. Alexander and Steven Seidman (Cambridge: Cambridge University press, 1990), p.206.

由此会形成对特定的文化产品的特殊偏好。"趣味"是一个人所拥有的一切——包括人和物质——的基础,也是个人与他人关系的基础,人们正是依此对自己进行定位,也被别人定位。

在关于"趣味"或"品味"的传统论述中,它总是仅仅被理解为个人喜好的反映,是一种审美标准上的外现。但布尔迪厄指出了品味背后的更深层次的内容,认为高雅的或合法的趣味在表面上的客观性和公正性,背后隐藏了真正的阶层区隔。任何品味,实际上是代表着社会区隔的品味。按照甘斯的观点,现代社会以不同种类的亚群体或"品味公众"为特征,它们都有自己的一套文化偏好或者"趣味文化"。"文化并不是强加给公众的,公众根据自己的价值观和受教育程度在一系列可能性之间进行选择。因为每一项文化都具有内在的教育要求,教育预示了文化偏好。"①他还描述了五种趣味文化及其公众:高雅文化、中上等文化、中低等文化、低俗文化和准民间文化。每一种趣味文化则包括:有关不同文化可取性的价值;文化形式本身(如音乐、美术、文学、电影等);不同文化偏好的政治价值或政策含义。在社会各阶层内部,存在以族群、宗教、地域和年龄差异为基础的亚群体,这些差异也是造成各种文化偏好的原因。同时,甘斯也指出,尽管每个趣味公众都有其自身的一套偏好,但是这些偏好之间也存在某些相互重叠的地方,比如,中上等公众就经常从低俗趣味的文化中拾取精神食粮。

我们不妨以中产阶级的文化消费为例——这恰恰也是我国社会阶层区隔分化日趋显明,都市大众中正逐渐形成的一个中产阶级的文化消费群——来说明"品味/区隔"模式的文化消费特征。中产阶级,由于其敏感与暧昧的社会地位,从一开始就显示出参与时尚的巨大热情,

---

① Herbert J. Gans, *Popular Culture and High Culture: An Analysis and Evolution of Taste* (New York: Basic Books, 2008), p.81.

而参与的目的正是借此来表达其对社会地位的诉求——求同于社会上层,求异于社会下层。布尔迪厄将新中产阶级刻画为享乐主义消费气质的主要承担者,认为他们是承载消费观念变化的新阶层。在他的表述中,中产阶级的消费本身只是一个快乐的游戏,他们试图通过建立在享乐主义基础之上的新的生活方式——"品味模式",表现其阶层区隔的表征。这种"品味模式"是一种愉快的不舒适状态,而且追求乐趣的焦点并不在于拥有,而仅仅是追求。中产阶级只有生活方式,他们在"名义"上接受了知识分子最为外在和最易学来的方面,如标新立异的行为方式、化妆和服装上的反传统、不受约束的观点和姿态……但实质上,他们只有"迎合/跟从"时尚潮流的兴趣。除此之外,还有他们更深的消费精神,即:"消费文化的新主角们并不是处于传统或习惯而不自觉地接受了一种生活方式,相反,他们把生活方式变成了一个生活计划,他们将特殊商品、服装、实践经验、外表以及身体姿态设计成一种生产方式,用于展示个性和表达他们对方式的感觉。"[①]换言之,作为消费群体的中产阶级其实是将消费当作他们展示自我与个性的一个表演舞台。这样,在表演与虚饰之外,中产阶级的消费就有了另外一层含义,即消费就是他们的生活,或者说是他们建构生活意义的手段。如此,随着这个阶层的不断扩大,消费观念日趋进入生活的领域,那种享乐主义的消费伦理精神必将植入当代文化的表意结构之中,那种非精英、非草根的中产阶级的趣味也将宰制大众文化的再生产。以近年来中国电影制作为例,由于市场化的消费文化观念的侵蚀,我国最著名的电影导演如张艺谋、陈凯歌、冯小刚等人精心制作的大片,其实都是以社会中产阶级趣味为感召,包括叙事内容、方式、语言、色彩等;而真正意义上的社会反思性作品或平民风格,却被一概排斥在公众的视线之外。在我

---

① 王建平:《浪漫伦理与现实理性:中产阶级的消费伦理及其两面性》,《国外社会科学》2006年第5期。

看来,从文学艺术越来越走向市场消费的趋向来判断,艺术审美趣味的单一化足以值得警惕。更深层的问题是,当几位"领军"的优秀导演都去追求"大制作""豪华""震撼"乃至"子虚乌有"的历史巨制,以消费趣味麻醉生存反思,在快乐享受中抵消文化的自省力,那么无论对中国电影还是当代文化来说,都是令人沮丧和危险的。

三是"明星/炒作"模式与价值标准倾斜。布尔迪厄以为,后现代文化是一种"制度化"的形式。在文化生产领域,那些占据、把持文化生产机制的人便成为一种"文化资本"的拥有者。他们在其专门的领域内实施"符号的统治",获取一种文化的权力资本,实施一种符号的系统化操控活动。这些人对重大事件的反应速度、深度和广度均优于普通大众,他们高人一等的专家操作,既适应市场消费需要,也符合当代话语的"可信任性"理性规则。他们与传统知识分子不同的是,后者固守其精神领域,而与市场存在较大距离,其学术成果需要一种后知识分子的传递、推介乃至炒作,"利益"则被居间炒作者占有。而"文化资本"的拥有者(也被称为"文化明星")则是集专家身份与市场炒作者于一身的新型社会角色,他们在专业领域内或许尚不具备文化权威的地位,但他们熟悉文化市场的"机关"、传媒炒作的"窍门",懂得如何以"文化资本"获得"名利"的效应。央视《百家讲坛》推出的一系列文化讲座和学术明星,无疑可以被看作"文化资本"与传媒体制联手打造的"杰作",也不妨认为是"明星/炒作"模式在当代文化空间中的一次成功实践。

在大众文化领域,"明星制度"建立在消费社会的"稀缺性资源"的拥有之上,由此人为造成了稀缺性资源拥有者与非拥有者即一般"大众"之间的社会区隔,而这种"区隔"也被整合到一个符号运作的逻辑当中。这种稀缺性资源,实际上是一种"注意力"资源。基于这一原理,大众文化的实践者,包括演艺、文学、体育各界职业人士乃至普通大众，莫不以炫目性"表演"诠释"注意力经济"的真谛。2005年10月，著名作家王蒙在一次主题为《变化与选择——对当前文艺现象的个人感受》①的演讲中，列举了21世纪初十八个文化文学现象，即明星赚钱、选美大赛、王朔现象、先锋文学、小女子散文和报屁股文字、副刊文学、废都、女性文学、王小波、低龄写作、电视小品、历史小说与帝王戏、反腐小说与主旋律、余秋雨散文、酷评、手机文学和网络文学、超级女声与梦想中国、汉语地位与前景等。他指出这些由"明星"联动的文化现象，其隐含的原因是"市场经济带来了一种消费性通俗文化"。他还以作家的身份质疑：当今的文学产品有多少是人生况味的体现？有多少作品还对底层人物予以关注？有多少作家对虚伪丑态还进行着入木三分的嘲弄？不消说，王蒙对于传媒与消费时代的文化含量，表达了作为"精英代言人"的精神恐慌。

然而，在今天的传媒消费时代，如果那些被称为文化"专职监护人"的作家、艺术家、批评家等，也无法抵御来自孔方兄的诱惑和利益驱使，那么基于市场原则的文艺作品或文化批评，则必然会出现价值尺度的偏向。事实正是如此。恰如一些人文学者所忧虑的：如今"公众注意力"已成了媒体消费主义的发动机，所谓"吸引眼球"业已成为文艺和文化知识界的关键词，以致一些道德可疑的知识者为了追求"眼球"（无论是青眼还是白眼）的数量，可以不择手段，不惜弄虚作假，用流行的词汇叫作"作秀"。无论来自学界或公众的是吹捧还是漫骂，都有可能被利用为商业炒作；一些人甚至自爆丑闻，以向公众献丑来博得"一笑"。这种厚黑化的倾向具有强烈的传染性，因而被称为"文化口蹄疫"。它与学院腐败一起，构成当下最具摧毁性的"文化病毒"。②

---

① 《王蒙江南点睛十八个文化现象》，《现代快报》2005年10月22日。
② 朱大可等主编：《21世纪中国文化地图》，广西师范大学出版社，2003年，前言第3页。

面对当代文化空间内引爆的一个又一个"疑难"问题,中国的文艺学者似乎已经普遍感到深刻的话语危机。传统的文艺理论既成以往,早期的大众文化理论(如阿尔都塞、威廉姆斯的文化理论)也不足以解释由早期商品社会到今天的影像社会之间的文化"激变"。人们越来越注意到,这一次发生在文化场域内的变异、裂变或转型,是文化史上的一次重大转折,甚至堪称一次"文化范式"的革命性转型。

二、经典在"延异"中解构

在历史传统中,知识生产一直拥有强烈的人文主义伦理色彩,被赋予启蒙救世、完善人性的终极情怀。但随着后现代主义对人文主义的"主体性"和理性至上主义的批判,以及对言说者的"人"(主体)的概念的解构,知识生产已被"后现代"重新释义。这样,传统的人文性的知识生产在"后现代"的语境中,已经悄然改变了自己的文化"密码",出现了许多新的机制性症候。

自柏拉图以后,西方哲学始终认为声音(话语)是对思想(真理、含义)的直接表达,是思想的直接在场,因此在对真理或含义的关系中,声音相对于文字总具有一种优先性。而在后现代主义的代表福柯、德里达等人看来,那种贬低文字、强调言说主体作用的旧观点,无非是为了维护言说主体的原意,使其凝滞不变,从而把旧的传统固定下来。由此,德里达决然抛弃了"语言—意义"这个二元论老公式,反对传统的主体在语言中的主宰作用,指明书写文字具有不断"延异"意义的本质属性。他的观点,强调了"语言"和"意义"之间的差异性,而其真正的意图则是把人们的注意力引向思想文化的创造与发展。①

在《马克思的幽灵》一书中,德里达进一步阐明,像传统观点所提

---

① 〔法〕雅克·德里达:《论文字学》(汪堂家译),上海译文出版社,1999年,第37页。

倡的那样,坚持"忠实地""真实地""原原本本"地"再现"原说话主体或文本原作者当初的说话意图,其实是根本不可能的,也是不必要的。我们后人只能在阅读原文本时结合新的历史状况,对它做出新的论释,从而使之"被差异化"而获得新生,德里达把这叫作"延异"。他还进而反对那种尾随于原作者和原作品之后的"阅读法",认为创造的本质在于超越原作者和原文本,具体地说,就是在于新的诠释。"原作者和原作品不过是新的创造活动的始点,文化创造活动的生命力寓于诠释之中,诠释比原作者、原作品更具有优先地位。"①德里达对语音中心主义的批判,远非一个简单的语言学问题,而是他所代表的"后现代"文化立场的表现,是一种新的文化观。

后现代的"延异"论,在文化全球化的浪潮中也波及了中国,甚至被"二度阐释"为"历史死了""作者死了""文本死了"等极端口号,企图"踢开"经典进行自由创造。比如,传统的"国学"研究,本讲承流寻源、"知本好古",知识生产也以训诂考据、辞章品鉴、义理释解为不二途径,由此含英咀华,寻求"发现",历史经典文本具有至高的特权地位,后人的观点和阐释只是写在文本边上的注脚(如脂批红楼,即便砚脂斋的批注具有再高的权威性,但终不能代替曹雪芹原著的"白纸黑字")。而在当代文化的语境中,诠释者已从文本的边缘转向了中心,文化心态由"臣服"变成了"超越",考证原作原意只被看作起点,而言说主体的"诠释"才是真正的重点。他们的理由是:如果后人死抱住"子曰诗云"不放,而不思超越"子曰诗云",文化怎么还能创新?比如现在正提倡读"四书""五经",如果仅仅让今天的读者停留在弄懂原作原意的阶段,如果我们的国学研究工作仅仅停留在考证原作原意的范围,其结果恐怕就只能是"复古"。类似的说法一再表明,当代文化学

---

① 转引自张世英:《"后现代主义"对"现代性"的批判和超越》,《北京大学学报》2007年第1期。

者已经从以原作者主体为中心的桎梏中解脱出来,"作者"已死,而"言说"活着。

"作者死了"的命题,其实潜伏着经典权威性被解构的文化风险。学者陈晓明曾揭示过后现代读者的某种"自大"心理:"现代主义的那些经典之作,更不用说古典时代了,都有可疑之处,但我们却对它们顶礼膜拜,奉若神明……后现代的读者,一直在玩弄作者,就像现代主义时期的作者玩弄读者一样,现在历史调了个,成为读者的时代了。"①过去,传统的读者参与到文学中,参与到文学史中,而现在经由海德格尔、德里达、巴塔耶等人的"开导",读者走进了后现代"延异"的戏谑和玩弄中,所谓"经典"早已被揭穿得面目全非。罗兰·巴特曾经设想,再也没有可读性文本,都是可写性文本。那就是说,读者就是作者,读者替代了作者,作者死了,被读者替补了。

"读者时代"或"言说时代"的到来,使经典文本只剩下符号或名字的空壳,而戏谑性的"酷评"或任意妄为的"阐释"却被视为创造,并被美化为延续"经典"生命力的全面创新。在后现代的文化景观中,文艺创作中的"新编",影视剧的"戏说",学术领域的"过度阐释",无不显示出书写"延异"的勃勃生机,当然也使坚持"传统立场"的文化人瞠目结舌。如果说经典文本曾经以本真的"言说"构筑起数代乃至数十代人的想象共同体,那么现在经当代文化人的二度诠释,历史面目已经漫漶不清,"知识"在否定中被悬置,想象共同体当然也无从建立。比如,在史学界,一千多年来一直被中国人看作"鞠躬尽瘁,死而后已"的忠臣诸葛亮,到了2007年就被西安数位史学家"请下神坛",并且被冠以"不忠"的恶名,实在匪夷所思。在传统的知识传承法则中,如果各位历史学家要将诸葛亮请下神坛,就必须拿出确凿可靠的史料,做到尽可

---

① 陈晓明:《过剩、枯竭或向死而生》。http://blog.sina.com.cn/m/chenxiaoming.

能地还原历史。但在后知识传播时代,历史本身也被创造性地"延异化",用作者的话说就是"请他(诸葛亮)从神坛上回到人间,已经是商品经济在历史研究中的必然要求"①,在作者的"后现代"逻辑中,"商品经济"社会既然超越于"小农经济"社会,现代史学家当然有理由超越诸葛亮的自我"言说"或陈寿、罗贯中们的语言"言说",而成就当代文化学者的创造性"言说"了。自然古人已不会站出来说话,传统"经典"意识也被解构得差不多了,这样,所谓"诠释优先"就很可能变成"言说"游戏,而历史知识越来越让位于戏说性"仿真","经典"在诠释中被异化为自己的"他者"。

再回到德里达。尽管他一再强调自己的"延异"论,并不是想否定原作者的创造性和原作的历史价值,而是延续其生命力,使传统不断创新;但他赋予"言说者"的优先特权,其实已注定其必然挣脱传统知识生产固有的"自律"性,而成为脱缰的思想野马。后现代文化的根本问题,便在于它无根柢、无节制地"创造",因而必然是漂浮不定、进退失据的。但它对传统知识生产"生态"的破坏,以及对由人文传统孕育的"经典"意识的消解,后果却是灾难性的,必须予以高度关注。

三、知识传媒化与"趣味性"讲评

后现代社会的一个重要特征,就是知识文化生产、传播的媒体化。知识的信息化,以及被置于电子媒介的交流系统,形成了传播者和阅读者的"媒体生存",而且媒介的"技术内化",也使文化的转型迅速发生。这在传播思想家麦克卢汉的论述中便是:"媒介"作为一种认知结构塑造了一切文化现象,而在根本意义上,"媒介就是人的感性生活的总和"。②

---

① 胡觉照:《诸葛亮的原本形象》。http://blog.sina.com.cn/hujuezhao.
② 〔加〕麦克卢汉:《麦克卢汉精粹》(何道宽译),南京大学出版社,2000年,第206页。

传统的知识生产当然也需借助"媒介"传播,使其传之久远,例如书刊、典籍和其他纸质工具;但进入电子媒介时代后,新兴的电视和互联网取代了传统的纸质媒介的强势地位,并以自己的新技术特征带来了知识生产和传播的新形式。它对文化的影响是至为深远的,不仅以其特殊文本的写实性、叙事性、类型化、意识形态,潜移默化地改变了人们的思维方式,而且因其"通俗""仿真"特性培育了一种"大众性"的审美趣味,形成平民世俗性的文化习尚。如此,知识生产与大众传媒的联姻,结果就是传播者不得不考虑"大众"业已形成的趣味品位,"可受性"强化了媒体与大众的亲和力,而"真理性"则被悬置了,知识的内涵与深度也让位于传媒法则。

"知识传媒化"的第一闪念永远是最多数的大众最想了解什么,它的背后跃动的是一种消遣性趣味。于是在知识的生产与传播中便逐渐形成一种"瞬间原则",即通过几个"瞬间"的历史场景的叙述,在使人了解文化事件的同时,能够感觉它,嗅到它,并经历于其中。以中央电视台热播的于丹讲《论语》为例,追捧者认为,她紧扣21世纪人类面临的心灵困惑,以白话诠释经典,以经典诠释智慧,以智慧诠释人生,以人生诠释人性,以人性安顿人心。她对《论语》的阐释之所以受到欢迎,是因为其做到了"通俗、有趣、有用"。而反对者们则认为于丹并不深谙《论语》,过于穿凿附会、断章取义,而且在学术上有很多硬伤。甚至有网友发表了三万字的长文《〈论语〉可以乱讲吗?》,指出于丹讲解《论语》中的十四个硬性错误,并对她的七部分内容进行逐篇剖析和批评,引起众多反响。"于丹现象"被大炒热炒,其实正表明人们对当今的知识生产持有截然不同的态度。而在文化精英们看来,"知识传媒化"以通俗的方式阐释经典,就有可能消解知识的真理性和神圣性,难免使其成为"文化奶妈""心灵鸡汤"。

英国社会学者尼古拉·阿伯克龙比在《电视与社会》一书中指出,

以电视为代表的大众传播过分迷恋于"过程",而"这个过程是集实体符号化、符号图像化、符号的传播为一体的过程"。① 传媒的这一特性,使它往往以"当下"为基点,割裂时间之维,虚化深厚的历史背景和复杂的思想内涵,奉行所谓"零度写作"。于是"零度历史"几乎成为通用的时态,个人的命运遭际总是在这种停息了历史进程的乌托邦空间中展开,即使借助某个镶有时间刻度的文化场景,也只不过是为叙述方便而构成的某种事由。② 此种情形,使当代的知识生产越来越远离对经典文本、人物、事件历史价值的深入思考,也缺乏向事物本质的深度逼近。作者满足于记述轻松与浪漫,津津乐道于经典文本中富有感官刺激的离奇和怪异,陶醉于表层与假象的臆断。一些文学创作,如晚生代小说、新新人类小说,就显示出类似的症候。他们浸润在后现代文化的能指拼图和形象碎片中,把那些可能标示出社会历史厚度的生活内容置换成零度的当下性景观,由此造成了文学背景的苍白和人物形象的"扁平化"。正如卫慧在《上海宝贝》中的自白:"工业时代的文明在我们年轻的身体上感染了点点锈斑,身体生锈了,精神也没得救了。"其结果是,读者再也找不到以往文学历史中的阿Q、骆驼祥子、莎菲、方鸿渐、陈焕生等经典文学形象,艺术创造再也不可能转化为文学史传授的"知识"。

知识传媒化同样反映在当今的文化领域。今天的作家、艺术家、大学教授已蜕变为"媒体生存"的"明星"。他们是电视讲坛的演讲者,接受访问的文化传播者,甚至以"思想""观点""批评"和"著作"等知识权威形态直接成为"新闻"。知识传媒化几乎使知识爆炸,但也实质性地改变了它原来的"生态场","知识"不得不由以往的"自我言说"(由

---

① 〔英〕尼古拉斯·阿伯克龙比:《电视与社会》(张永喜等译),南京大学出版社,2000年,第44页。
② 姜华:《大众文化理论的后现代转向》,人民出版社,2006年,第218页。

历史检验)改变成"为媒体言说"(由观众检验)。知识的真理性降低了,"效验性"(轰动)彰显了。比如,易中天"品三国"等历史讲述,看起来讲的是"历史",但其实是以"讲座现场"或收看节目的"客厅"的当下效应为基准。历史寓于现场中,现场随时修正历史叙述的方向。例如,以他在 CCTV-10"百家讲坛"所做同名讲座为基础加工润色而成,由上海文艺出版社 2006 年推出的《品三国(上)》在第 107 页说:"《魏略》记载了一个故事,说曹操有个老乡叫丁斐,爱贪小便宜,居然利用职权用自家的瘦牛换公家一头肥牛,结果被罢了官。曹操……对随从说,毛玠多次要我重罚丁斐,我说丁斐就像会抓老鼠又偷东西的猫,留着还是有用的。此事如果属实,大约可以算是中国最早的'猫论'了。"易先生所说的"猫论",当然是指"白猫黑猫,抓住耗子就是好猫",是为听众巧设的一个"以今释古"。但一位历史研究者就指出:如果中国最早的"猫论"真可上溯至三国,而且真出自曹操之口,那易先生真为当今政治理论界立下大功一件了。遗憾的是,此说经不起认真推敲。易先生所说《魏略》记载的这个故事,见于《三国志·魏书·曹爽传》裴注,其实曹操并没有把他比作猫,而是比作"善捕鼠"的"盗狗"。秦汉三国时期狗拿耗子是常见事,也是正经事,不像后世当作多管闲事。因此曹操才会这样打比方,与"猫论"并无关系。① 在正统的知识生产者看来,学问尤其是历史知识,是必须有确凿证据的,且绝不能为"当下"之需而篡改历史。因此有人认为,易中天的"三国"其实是历史"新演义",或者说是大学教授表演的"评话""评书",也是当不得"真"的。

以"读者""观众"为中心的年代,知识的"真理性"本身变得不重要了,"趣味性"才是真正的标准。而现代的读者根本就没有多少时间能用来读书,于是"代人读书"的批评家就成为被追捧的"权威"。有人说

---

① 许福谦:《易中天著〈品三国〉的若干硬伤》,《文史知识》2007 年第 11 期。

"作者已死""文本已死",但以观众为中心的知识法则却根本就蔑视"皮之不存,毛将焉附"这个中国人信奉的真理。各种"批评"(包括文化的、文学的、艺术的等等)大行其道,并且按"趣味"原则转变为"酷评"。以文学批评为例,它从后结构主义那里获得法宝,"代人读书"也演变成只读前言、后记,玩的是空手道,于是"摆脱了文学作品这个永恒性的枷锁后,文学批评自以为无所不能,无所不及。在最大可能地拓展了文学批评的疆域之后,文学批评才发现自己已经侵略成性,它如果不对其他学科、其他艺术门类或文化现实进行掠夺,它就不能一展雄风"①。在这样的文学境况中,似乎"知识""话语"漫天飞,但学术本身却不再产生那种筚路蓝缕、上下求索而获得的"知识",读者在趣味性阅读中感觉一无所得。

四、"媚俗化":知识意义的消解

后现代是大众消费的时代。阅读成为消费,知识被定义为易消化的现成品,能够被"传递""分发""出售"和"享受"。对此,英国学者弗兰克·富里迪在《知识分子都到哪里去了》一书中曾强烈质疑道:"把知识转变为产品,也就剥除了它一切内在的价值和意义;而由知识分子的商人沿街叫卖的知识,事实上是知识的世俗化漫画。为什么这么说?因为缺少了与真理的联系,知识也就失去了其内在的含义。它成了一种抽象的观点,更可能被传播而不是珍视,可以在其最世俗的形式中被回收利用。"②事实上,当知识被当作产品或商品时,它与自身的文化和思想根源之间的联系就变得模糊不清了。知识越来越被视为技术性操作的产物,而不是人类智慧的结晶。

---

① 陈晓明:《文本研究:想象的精神飞地》,《大家》1997年第2期。
② 〔英〕弗兰克·富里迪:《知识分子都到哪里去了?》(戴从容译),江苏人民出版社,2005年,第7页。

知识远离真理探求,而被赋予"实用""有趣"的特性,无疑是与后现代"平民化"的社会改造潮流相一致的。在不少知识分子看来,学术走下神坛,走出象牙塔,主动向"联系现实"和"向公众开放"的文化民主进程靠拢,无可挑剔。但从这样的视角看待文化,也有两个主要的弊端:一是在具体的文化操作中,文化精英们往往放下身段,迎合公众,屈尊俯就地降低知识的难度,降低文化和学术的水准;二是由于把文化和学术看成实现民主化进程的工具,而工具主义的问题在于,它将知识文化的意义和内在标准模糊了,其结果是助长了对真理和知识的相对主义态度,表面看来人人皆有建树,实质是水准在不断下降。富里迪把这种情形称为"弱智化"过程,并把它归结为当今"媚俗文化"空前泛滥的主要原因。

　　值得警惕的是,这种"媚俗化"倾向已逐渐渗透到学术界的"游戏规则"之中。它实际上关涉学术界的价值评判,并悄然形成人文社会科学的学术伦理底线——"政治正确"。阎光才的文章《以"政治正确"的名义》在考察了西方"学院派"学术活动后认为:"政治正确"以一种人们难以察觉的方式,缓慢地衍生为一种大学学术活动和实践中的潜规则。这种潜规则的基本特征是,在涉及社会民主、性别差异、环境生态等公共议题上,永远存在一个不可逾越的伦理底线,即你要么保持缄默,要么就要迎合公众,站在"弱者"的立场上说话,否则就有"歧视"的嫌疑。① 这种学术潮流不仅直接造成多元文化主义、女性主义的泛滥,而且把大学变成了一个大众政治化的场所,严重地损伤了大学的高雅品位和学术自由的精神,导致了低俗文化对经典文化的颠覆。

　　弗兰克·富里迪则把如今大学中的大众文化、文化政治和身份政治等的研究一概斥为没有思想甚至是反民主的文化相对主义和庸人主

---

① 阎光才:《以"政治正确"的名义》,《读书》2006年第9期。

义。在这种"政治正确"的学术伦理准则引领下,人们过于关注个人的主观知识、女性的特殊知识,其结果是知识与日常洞见的界限模糊了,真正的学术知识的权威性反而受到挑衅和威胁。最终是大学成为媚俗文化的场所,教学也不再是有益于激发学生智趣、发展他们智力的教育,而是一种迎合弱者要求的心理"治疗术",大学也就此成为"医疗中心"。如此一来,普通人平庸的感官享受得到极大满足,而严肃的、创造性的思想和知识分子作为知识精英所承担的社会责任被驱逐。他甚至刻薄地指出,这表明大学正在被纳入一个"弱智化"的进程中,由此,公众被视为儿童,而学生则是极其脆弱并有着"特殊需求"的"病人"。因为对弱者的关爱有加和对"平庸"的所谓"包容",大学和学术都在自我矮化。

在全球化的语境中,我国当前的知识界和学院派似乎也难逃厄运。那种知识生产、传播领域中的"政治正确",业已构成学术界和大学校园里的某种"潜规则"。比如人文学科,在"联系现实"和"学生喜欢"原则指导下的新一轮学科调整中,传统的文学课程已经大量被传媒研究、人类学、新历史学、政治学、女性研究等等(被统称为"文化研究"这一超级学科)所取代;当今年富力强的那批教授学者把文化研究搞得如火如荼,那些最有活力的大学纷纷成立文化研究中心;在大学中文专业课堂上,似乎不谈后现代主义、女性主义、叙事学、新历史学等,或者不用"大众文化"的价值立场评判事物,就显得"落伍"而不够"主流"。所不同的是,西方学术界奉行的"政治正确"还有其特定的社会基础(这是历史演变和文化语境的产物);而我国学院派的"文化研究",则基本上停留于对西方思想话语的"仿真"性移植,某种程度上反映出学院知识分子的亦步亦趋和思想贫乏。因此,人们有理由诘问:学院知识分子醉心于"大众文化"的陈词滥调之外,是不是还该注意研究中国当下的现实和学术问题,并积极地弘扬和传播我们自身的传统文化呢?

学术界的有识之士已经断言,如果学院知识分子只是热衷于对后现代文化的论证和思辨,以及对文化传统、生活现实的激进解构,无论其言论多么具有蛊惑力,不管他们的立场在"政治"上多么"正确",其也不过是被反对者讥讽为"媚俗的""操控民意的可资利用的反面教材"。而中国的知识界,不仅要分析西方"政治正确"潜规则的特定背景和内涵,还要避免这种新的"意识形态"消解对现实学术问题的关注。

第三节　日常生活的审美化

在艺术发展史上,审美活动与日常生活的关系有着各种不同的呈现,足以折射出人的意识活动和社会文化变迁的轨辙。在后现代主义理论,尤其是英国社会学者迈克·费瑟斯通的那篇著名论文《日常生活的审美呈现》发表以来,审美与生活的关系便再次作为一个突出"问题",成为文化学者和文艺理论家热烈讨论的焦点,费氏"日常生活审美化"(一译"日常生活的审美呈现")的著名观点也引起了学术界的广泛争议。

一、后现代议程与审美文化转向

美学从它诞生之日起,就一直存在着精英化、"唯美化"的缺陷,由此也造成了审美活动与大众日常生活的疏离。后现代审美文化另辟路径,开始以大众的视角注目于长期以来被忽略的"日常生活"审美,它标榜的"日常生活审美化"口号以及各种理论诠释,标志着新的大众审美文化的崛起。在探讨费瑟斯通的观点之前,我们似乎有必要重新梳理文化视野中的"美的历程",如此才能确证"日常生活的审美呈现"的理论指涉和它与"现代性"衍变的瓜葛。

（一）审美现代性：美与生活疏离

从历史角度看，"美"（艺术）作为人类文化一个不可或缺的重要组成部分，是与社会生活密不可分地联系在一起的。艺术发生学的研究证实，艺术最基本的社会功能就是"协同"功能，即借助艺术活动来教化社会成员，协调社会关系，沟通人们之间的情感。追溯"审美"的起源，古希腊的"美"（kalon，形容词 kalos 的中性形式）含义与"善"（agathon）接近，它可以用于对言说、行为和生活等的包含肯定意义的评价。柏拉图在《斐莱布篇》中就指明"善"在"美"的性质里栖居，亚里士多德则在《形而上学》中指出"kalon"比"agathon"具有更大的涵盖面，"agathon"只修饰行为（包括行为），而"kalon"则可用于更广阔的语境。① 在古代人的观念中，美、善是始终糅化同一的。事实上，这种情形可以在原始艺术、古典艺术甚至一切前现代艺术中清楚地看到。因此我们可以说，在前现代，艺术与社会的基本功能关系是协调一致的。

如果我们把艺术和社会的这种"功能关系"看作考察审美历程的基本线索，那么不难发现：西方现代主义艺术的基本面貌，显然有别于传统艺术。现代艺术的审美活动，与其说与社会相一致，毋宁说与社会处于尖锐的对立之中。从诗集《恶之花》到小说《尤利西斯》，绘画《阿维农少女》到勋伯格的音乐，我们可以清楚地看到艺术和日常生活的对立与抵触，这种情形"不但体现在主张艺术不是生活本身，表现出对艺术是生活的模仿的古典观念的深刻反叛，而且直接把古典的模仿原则颠倒过来：不是艺术模仿生活，而是生活模仿艺术。艺术不必再跟着日常现实的脚步亦步亦趋"。②

周宪在《审美现代性与日常生活批判》一文中还追问过一个问题，即在现代主义阶段，艺术日益成为现代日常生活的颠覆力量和否定力量，

---

① 林功成：《现代性与审美主义》，《湖北师范学院学报》2004 年第 3 期。
② 周宪：《审美现代性与日常生活批判》，《哲学研究》2000 年第 11 期。

这何以可能？换言之，审美的现代性为何与审美的传统性断裂开来？这又必须追溯到"现代性"这个问题。自启蒙时代以来，现代性就一直呈现为两种不同力量的较量。拉什有一著名观点：从范式上看，存在着两种现代性，第一种现代性基于科学的假设，包括社会学的实证主义、分析哲学等谱系；另一种现代性是审美的现代性，表现为19世纪浪漫主义和现代唯美主义对第一种现代性的反思和批判。① 美国学者卡林内斯库则进一步指明，审美的现代性从一开始就是启蒙现代性的对立面，它揭示了其深刻的危机感和有别于另一种现代性的根据。如此，"现代性打开了一条通向反叛的先锋派之路，同时，现代性又反过来反对它自身，通过把自己视为颓废，进而将其内在的深刻危机感戏剧化了"。②

基于"反思"的现代性在审美领域的拓展，一种新艺术观即"唯美主义"，越来越倾向于将自身定义为"审美的"，而不再是"理性的"或"现实的"。唯美主义的艺术家率先提出了艺术的自律性原则，倡导"为艺术而艺术"，主张生活模仿艺术，把艺术和日常生活割裂开来，以此来对抗启蒙现代性的工具理性。戈蒂耶甚至断言："一件东西一旦变得有用，就不再是美的了；一旦进入实际生活，诗歌就变成了散文，自由就变成了奴役"，甚至还断言"只有毫无用处的东西才真的称得上是美的。一切有用的东西都是丑

---

① Ulrich Beck, Anthony Giddens and Scott Lash, *Reflexive Modernization: Politics, Tradition and Aesthetics in the Modern Social Order* (Cambridge: Polity Press, 1994), p.212.

② 卡林内斯库指出："在其最宽泛的意义上说，现代性乃是一系列对应的价值之间不可调和的对抗的反映……审美的现代性揭示了其深刻的危机感和有别于另一种现代性的根据，这另一种现代性因其客观性和合理性，在宗教衰亡后缺乏任何迫切的道德上的和形而上学的合法性。"这里，卡利奈斯库揭示了两种现代性之间不可调和的矛盾。(Matei Calinescu, *Five Faces of Modernity: Modernism, Avant-garde, Decadence, Kitsch, Postmodernism* (Durham: Duke University Press, 1987), p.5.)

的"。① 在这种将"生活"与"审美"对立化的表达中,唯美主义者已把人生存的世界分割成了两个世界:"人的世界"(艺术的世界)和"非人的世界"(世俗的世界)。唯美主义的"为艺术而艺术"显示了人由功利的、物化的、庸常的生存境域向艺术的、审美的、精英的生存境域的挪动和迁移。自此,不仅现代美学有了一种诗性化和审美化的趋势,而且人类的审美活动也越来越显示出抽离于现实世界的趋势。

在实现了审美中心主义转向以后,现代主义艺术更日益将审美与生活疏离化,表现为以感性主义、个性主义、神秘主义、多变和短暂,来反抗日益合理化和刻板的日常生活。正如王尔德所说:"在这动荡和纷乱的时代,纷争和绝望的可怕时刻,只有美的无忧的殿堂,可以使人忘却,使人快乐。我们不去美的殿堂还能去往何方呢?"②但问题是,这种高雅、精英的文化就真的会一劳永逸地安顿人们的存在吗?尤其是当人们看到,一些"先锋派艺术"将一种"非人化"(dehumanization)的特征倾注到审美视域,艺术和生活之间那种模仿、相似的关系,差不多已丧失殆尽,人们所熟悉的日常生活世界在艺术中已不再有生存之地。更夸张的是,现代主义艺术所采用的最基本的风格和手法——反讽,不仅改变了艺术对日常生活的"摹写"关系,相反还将其变成一种戏谑性嘲弄。针对艺术与生活关系的断裂,奥尔特加曾深刻地指出:现代艺术家不再模仿现实,相反,是与之相对立的。他们明目张胆地把现实加以变形,打碎人的形象,并使之非人化,旨在摧毁艺术和日常现实之间的"桥梁",进而把我们禁锢在一个艰深莫测的世界中。

(二)大众审美:艺术向生活回归

审美所涉及的问题,从不只是简单的艺术作品的鉴赏和审美趣味

---

① 赵澧、徐京安:《唯美主义》,中国人民大学出版社,1988 年,第 16 页。
② 〔美〕马泰·卡林内斯库:《现代性的五副面孔》(顾爱彬等译),商务印书馆,2002 年,第 100 页。

的优劣评判等问题,它还牵涉到异常复杂的文化领域,对应的是一个逻辑范畴。不同的审美逻辑范畴,构成特定的文化精神序列,以此与其他的文化精神序列相抗衡。

尽管审美现代性在对抗启蒙现代性方面自有功绩,但也不能不看到,它所创建的"艺术殿堂"无疑是"精英"的沙龙,也注定是普通民众可望而不可即的场所。人确实不应生活在理性的"铁笼"里,人应该艺术化地生存,但走出生活的"铁笼"却并不意味着走进艺术的"迷宫"。审美现代性的"症结"便在这里:首先,审美现代性在批判日常生活意识形态的工具理性和惰性时,往往夸大了其负面功能,甚至是不加区分地反对一切非艺术的生存方式和理性功能,于是不可避免地造成了极端化。正是在这一意义上,我们不难发现审美现代性自身的极端性和激进解构色彩。其次,在颠覆和否定日常生活经验的同时,审美现代性割裂了艺术与日常现实、普通民众的传统联系。艺术不再是日常现实的模仿,不再是人们熟悉的日常生活的升华,艺术与公众的纽带被割断了,于是现代主义艺术成了社会分化的催化剂,造成了少数精英和大众的分裂。再次,否定、批判和颠覆多于建设,这恐怕是审美现代性的另一局限,但"即使我们承认现代主义艺术所主张的审美现代性确有批判颠覆启蒙现代性之工具理性的功能,但由于远离普通民众,远离日常社会生活,这种批判和颠覆的作用充其量不过是小圈子里想象的游戏而已"。①

毋庸置疑,美学从它的诞生之日起,就一直存在着精英化、贵族特权化的"偏颇"。尤其当现代艺术把审美活动与日常生活分离之后,庶民大众接近"美"的权利几被剥夺,以致出现了"我们是审美文化的'主体',却不是它的创造者"的伦理困境。因此,几乎在审美现代性一路

---

① 周宪:《审美现代性与日常生活批判》,《哲学研究》2000年第11期。

高歌猛进的同时,"大众"作为从"历史形态"中被移置出来的新的文化主体,便开始击碎这种神话,孕育创造出一种"大众性的作者性文本"(费斯克),即大众审美文化。它与现代性审美文化的根本区别在于:(1)有别于现代"唯美主义"、先锋派艺术、本雅明的"韵味"艺术、巴特尔的"作者已死,读者诞生"的语言乌托邦,它既汲取尼采("酒神精神")、韦伯("救赎")、海德格尔("诗意栖居")、福柯("审美的生存")等现代思想谱系,也反对被虚无主义掏空了的现代性,最终挣脱了现代性自身的理性外壳,同时开启了新的反现代性的道路;(2)在不同于审美现代性的另一个思想维度上,反对现代主义把艺术审美与日常生活分裂开来,积极主张将早已被割裂的艺术审美与日常生活再次融合一体,真正实现大众平民的诗意生存;(3)在"酒神精神"的寻根之旅中,重新发现人的"主体"内涵,"所谓酒神精神,意味着主体性上升到彻底的自我忘却。这种自我忘却使'真正在场的欲望'得到满足,日常生活的规范全部破灭,一个审美表象的世界才会敞开"[1]。于是,艺术打开了通向酒神世界的大门,生命的感性刺激与创造潜能构成了"权力意志"的核心。显然,这种以"主体"为中心的审美文化迥然有别于现代性强调的"个体化"原则,且是与后现代主义的"大众"靠拢的。因此,从审美主体角度而论,审美现代性是为"选择的少数"(精英个体)而存在的,而后现代审美文化则是大众的"文化民主"的场所。

上述"美的历程"大致也符合中国美学发展的序列。古代暂且不说,即从我国学术界和文学艺术界真正瞩目和重视"审美文化"这一概念开始算起,它同样以西方现代"美学"观念变迁的"简化版"形式,印证了"艺术"与"生活"关系的这一演变的脉络。简单回顾当代美学研究便不难发现,我国开始重视"审美文化",大概始于1980年代后期金

---

[1] 刘擎:《哈贝马斯与现代性的思想史》,《读书》2006年第9期。

亚娜等学者对苏联美学的译介,其语义也经历了从理想到现实、从观念到生活的速变。1980年代主流美学认定,审美是精神性的甚至是形而上意义的,它指向一种不同于现实世界的"第二自然",追求一种超然于日常平庸人生之上的纯粹精神体验;同时,审美活动追求无功利,既不以满足人的实际要求为目的,更不以满足人的欲望本能为归宿。可以说这是一种传统的精英式的"纯审美"或"唯审美"观念,它强调的是审美、艺术所具有的与日常生活相对立的精神性或超验性内涵,其最适合的审美对象往往是具有强烈的终极关怀意义的、神性思考层面上的经典文化和高雅文化。

1990年代中期以后,上述"纯审美"或"唯审美"观念迅速被"泛审美"的"审美文化"话题取代。个中原因大致可以归结为四个方面:(1)中国社会向市场经济的迅速转型,使商品消费趋于活跃,文学艺术也已"祛魅"化,而与大众传媒联姻成为日常消费品,由此审美活动也在丧失了"神圣性"之后迅速走向商品化、产业化和日常生活化;(2)由于大学教育的普及,社会成员的文化水准普遍提高,而中产阶层的日益壮大,也使人们对生活质量提出了更高的要求,正是在这两种情势的聚合中,新的"大众"越来越不满足于精英式的"纯审美"或"唯审美",而是渴望美在生活、实用、通俗和商业的基础上展现自身,追求一种有品位的"诗意生活";(3)1990年代以来"政治责任感冷漠综合征"造成的从理性沉思到感性愉悦的审美趣味转向,更促使审美文化走向娱乐化、欲望化和享乐化,并形成了审美与生活的全面互渗态势。如此,以"清高"自命的精英文化和高雅文化虽仍在尽力"突围",但终难免日渐走向"边缘化"的危机,而商品化和世俗化的新型消费文化——大众文化,却不断扩大自己的地盘并迅速成为事实上的社会主流文化。因此从总体上看,当代审美文化已不再囿于"精英"式的文本典范,而是融合了日常生活的底色:"一方面,以往的纯审美被泛化到文化生活的各个层面,日常生活体验成为审美的重要资源;另一方面,日常文化生活也趋向于审美化,有意无意地将审美作为自己的标准,泛审美倾向尤其明显。"①除此以外,我们或许还可以深入到中国文化的内部,去寻找审美与生活关系的踪迹。李泽厚先生指出:

> 与西方"罪感文化"、日本"耻感文化"(从 Ruth Benedict 及某些日本学者说)相比较,以儒学为骨干的中国文化的精神是"乐感文化"。"乐感文化"的关键在于它的"一个世界"(即此世间)的设定,即不谈论、不构想超越此世间的形上世界(哲学)或天堂地狱(宗教)。它具体表现为"实用理性"(思维方式或理论习惯)和"情感本体"(以此为生活真谛或人生归宿,或曰天地境界,即道德之上的准宗教体验)。"乐感文化""实用理性"乃华夏传统的精神核心。②

李泽厚在其论述中一再强调,中国文化历来重视动物性(情)与社会性(理)的交融统一,其文化心理结构的核心是"情理结构"。换言之,中国文化实际上确认以"情"作为人性和人生的基础、实体和本源,由于"情"的作用,中国的乐感文化并不肤浅庸俗。世俗中有高远,平凡中见伟大,这就是以孔子为代表的中国文化精神。"这种文化精神以'即世间又超世间'的情感为根源、为基础、为实在、为'本体'。因人的生存意义即在此'生'的世间关系中,此道德责任所在,亦人生归依所在。儒学以此区别于其他宗教和哲学。"③李泽厚的论说,从中国文

---

① 傅守祥:《审美文化视野中的大众文化审美存在与哲学批判》,《解放军艺术学院》2007 年第 1 期。
② 李泽厚:《论语今读》,天津社会科学院出版社,2007 年,第 20 页。
③ 同上,第 21 页。

化精神的根底出发,言明审美性的"乐感文化"其实就熔铸于中国人的基本精神结构之中。精英文化如此,平民大众的世俗文化也是如此。以此观之,当我国从 1980 年代以前的"泛政治文化"一统天下的僵硬牢笼中走出,重新恢复(或部分恢复)传统固有的社会文化场景,那么一种具有原生态性的"情理结构"——审美乐感文化,就会重现它的勃勃生机。不妨断言,审美向生活回归,或诗意栖居,或众人乐乐的大众文化的勃兴,其实都可以在中国文化精神的深处找到答案,它绝不是"无中生有"之"有",而是"有"在后现代背景上的新的文化呈现。

（三）日常生活审美的理论诠释

正如人们所看到的,大众文化的崛起是以精英"唯美主义"的衰落为代价的,而其向日常生活的渗透则再次以"大众"的视角,注目于长期以来被忽略的"日常生活"审美,照亮了另外一种美的风景,包括人生的诗意化、环境的优雅化和生活的时尚化等等。接下来的问题是,对于"日常生活审美化"趋向,我们究竟该怎样把握其机理、表现和特征？一些学者试图对此做出有力解释,代表性的理论有杰姆逊的"视觉论"、威尔什的"体验论"和费瑟斯通的"表现论"。

一是"视觉论"。贝尔在其《资本主义文化矛盾》一书中指出,西方当代文化正经历着一次重大"转向",即视觉文化日益取代话语文化,形成以形象或影像为中心的感性主义形态。他断言:"当代文化正在变成一种视觉文化,而不是一种印刷文化,这是千真万确的事实。"①随着大众传媒的日趋兴盛,所谓"审美的生存"已突变成视觉或影像的生存,视觉观念、声音和影像占据主流地位,尤其是后者组织了美学,统率着大众,因而我们正处于一个如此众多的由视觉和我们自己的影像所主宰的文化中。

---

① 〔美〕丹尼尔·贝尔:《资本主义文化矛盾》(赵一凡等译),生活·读书·新知三联书店,1989 年,第 156 页。

作为后现代主义的杰出理论家,杰姆逊主要从现代主义向后现代主义演变这一历史线索,阐释"视觉转向"的新型文化模式。他认为,现代主义的主要模式是时间模式,体现为历史的深度阐释和意识;而在后现代主义阶段,文学艺术的主要模式则明显地转变为空间模式。两种模式对应的是两种不同的"语言",前者对应的是时间性的线性结构和逻辑关联,后者则对应于眼睛和视觉,直接诉诸人的感性和愉悦。当后现代主义将时间的深度模式转化为空间的平面性模式时,形象便被"物化"了,而所谓"形象",在杰姆逊看来"就是以复制与现实的关系为中心,以这种距离感为中心"①。这个界定非常重要,它揭示了两种文化模式中审美形态的根本差异,因为"形象"本来是替代了另一个不在场的神或想象中的人物。在古典文化中,形象与现实之间由于模仿关系产生了明显的距离感;但在后现代文化中,由于摄影、电视和电影的视觉表现,通过大量复制生产的形象已经取代了现实本身,距离感逐渐消失,并且以"仿真"的形式在感染现实。不妨打个比方,当读者在看一幅画时,他会说这并不是现实,这不过是一件艺术品;而在摄影照片面前,他却会说摄影中的形象就是现实。如此,后现代社会已经打破了艺术与生活的界限,视觉影像经由"商品化"而成为我们日常生活的景观。

二是"表现论"。与杰姆逊的视角不同,英国社会学者费瑟斯通关注的是后现代是如何将日常生活转化为艺术的。他的论述强调了两个方面:一是引入了后现代审美"转向"的主体——费瑟斯通称之为"文化中产阶级"。他认为,在当代文化中已涌现出一批新文化媒介人(文化中产阶级),他们是专事于"象征产品"的生产和传播的专业人士,包括从事营销、广告、公关、广播和电视的生产者、设计家、杂志记者,以及

---

① 〔美〕杰姆逊:《后现代主义与文化理论》(唐小兵译),陕西师范大学出版社,1986年,第192页。

各种服务性人士。这些人将一种"效仿"模式引入生活。他们着迷于身份、表征、外观、生活风格和对新经验的追求,是生活的"完美主义者"和"自恋的精于计算的享乐主义者"。新中产阶级与老式的中产阶级知识分子不同,他们不再追求所谓"高雅"的文化,而是以一种有利于自己的方式来模糊"高雅"和"通俗"文化之间的界限,调和大众文化和精英文化的区别,旨在培养一种特殊的"趣味"。他们创造、操纵着文化象征和媒介形象,进而在"公共领域"中培植出以"趣味"或"品味"为导向的日常审美文化,扩大了消费主义。用洛文塔尔的话来说,他们本质上是一些"消费偶像"。

另一方面,费瑟斯通在对布尔迪厄的批评中有一阐释,认为布尔迪厄所谓的小资产阶级并不是不加思考地通过传统和习惯而接受某种生活方式,相反,新的消费文化的英雄把风格作用于一种人生事业:新生的小资产阶级不是在促进风格,而是在迎合风格方面,具有天然的兴趣。更重要的是,这种理想的享乐主义消费群体除了迎合与跟从外,还有更深一层的意思,即:消费文化的新主角们并不是出于传统或习惯而不自觉地接受了一种生活方式,相反,他们把生活方式变成了一个生活计划,他们将特殊商品、服装、实践经验、外表以及身体姿态设计成一种生活方式,用于展示个性和表达他们对方式的感觉。换言之,作为新消费群体的中产阶级,其实是把消费场看作他们展示自我与个性的一个表演舞台。这样,中产阶级的日常消费活动又有了另外一层含义,即表演与虚饰,"不管这种表演是轻松自如的还是笨手笨脚的,不管是有意识的还是无意识的,不管是真诚的还是狡诈的,它仍是必须演出和饰演的事情,是必须理想化的事情"①。由此,"表演"成了后现代大众建构生活意义的手段,也成了一种审美呈现的方式。

---

① 〔美〕欧文·戈夫曼《日常生活的自我呈现》,见王建平:《浪漫伦理与现实理性:中产阶级的消费伦理及其两面性》,《国外社会科学》2006 年第 5 期。

三是"体验论"。德国当代哲学家威尔什把当下生活的审美化分成"表层的美学化"和"深层的美学化"两个层面。所谓"表层的美学化",是指现代社会从传统的"膜拜"转向了"展示",倾向于一种"外观的美"。正如人们所见,从购物中心到咖啡馆,从办公室到居家生活,物质层面的装饰和美学化已成为时尚潮流。这一切旨在使日常生活充满活力,而其实质是为满足人的"体验"需求。"在表层的审美化中,最表层的审美价值是占主导地位的没有结果的愉悦、快乐和惬意。今天这一生气勃勃的倾向已经超越了个体日常生活事项的审美范围——超越了客观的和充满体验的环境的风格化。它越来越支配着我们的整个文化形态。体验和娱乐已经成为近些年文化的指导方针。"①也就是说,"体验"已构成了当代文化的核心内容。但在威尔什看来,当代大众的"体验"通常囿于对"新奇"的感觉,而且只是为攫取视觉快感,所以它没有某种永恒不变的深刻之物的寄情体会,因而注定是短暂而易逝的。在现代中国,一些年轻家庭隔三岔五地家居装修,以及大众媒体上转瞬便制造出一个新"偶像",多少也能验证这种视觉美学的易变性。

威尔什所关心的第二个层面是深层美学化,即"美学化"深入内在结构核心的部分。这个理论主要是基于当代世界正不断被图像化或视觉化的过程,他试图进一步探讨"主体"的审美意识的转变。他指出,"由于视觉在我们的日常生活世界中不断扩张,这个由广告、电视和录像所塑造的图像的世界,将逐渐向高度非物质化的技术过渡"。他的意思是说,在电子媒介的可视性中,物质的实在性及其可信赖度将会日益降低,现实越来越趋向于失去其重力,从而使"媒介化"越来越广泛地向日常生活扩张。在威尔什看来,虚拟性的图像文化不仅具有博德

---

① 陶东风、金元浦主编:《文化研究》第一辑,天津社会科学院出版社,2000年,第149页。

里拉所说的"模拟功能",更有一种"生产功能",这样物质层面的美学化必将导致非物质层面的美学化——"我们意识的美学化和我们对现实理解的美学化"。①

从上述"美的历程"的追述中,不难发现"日常生活的审美化"命题的提出,实际上包含了两条基本线索:一是重新弥合审美与生活的关系,使审美活动回归到生活体验之中;二是走出精英化的审美视域,强调"文化的民主"和审美的"平民化",彰显"大众"的主体地位。但正如威尔什在这里遇到的一个棘手悖论:一方面,美学化确实应该走出精英化和贵族化的窠臼而重新进入人们的日常生活;但另一方面,日常生活的过度美学化又反将走向其对立面——"麻痹化"。因此他看到了后现代大众文化客观存在的一个致命症结,即"无其不美之处,也就不存在什么美",这恰恰是日常生活的美学化留给人们的另一道难题。

二、审美日常化的话语困境及人文批判

自费瑟斯通提出"日常生活审美化"的著名观点以来,该观点即刻在西方风靡并波及我国,在学术界引起了一场广泛的争议。论争的焦点是:首先,费氏把大众消费时代的"后现代"文化表征,视为全部审美文化的"金科玉律",甚至上升为人的生存哲学,这就在根本上颠覆了自审美"现代性"以来,艺术被看作现代日常生活的否定力量以抵抗资本主义文明的基本特性,解构了美学对人的救赎和提升功能;其次,由这种理论支撑的大众审美文化,无视甚至拒绝审美的"神圣性""高雅性",剔除了"精英式"审美的超验性内涵,实际上也就颠覆了以"纯美"或"唯美"为标准的经典传统。这样,费氏的所谓"日常生活审美化"理论本身,及其带来的"麻痹化""廉价化"审美的后果,就格外引起人文

---

① 姜华:《大众文化理论的后现代转向》,人民出版社,2006年,第175—182页。

学者的警惕和担忧,在哲学和各学科理论中也招致了众多的质疑和批评。

(一) 审美日常化的文化呈现

费氏最初提出所谓"日常生活审美化"理论,其本意是针对现代主义以来,审美活动日渐与日常生活分裂,艺术走向"精英化""唯美化"的倾向,强调艺术与生活重新融合,以审美照亮生活。这种理论,内含着一个双向运动过程:一方面是"生活的艺术化",也就是使"日常生活审美化",实现人的"诗意栖居";另一方面则是"艺术的生活化",即还原艺术与生活的关系,走出传统精英艺术以"唯美"为标榜的经典美学理论的狭隘圈子,逐渐向日常生活靠近,以实现"审美日常生活化"。显然,这个理论隐含着为大众文化"合法性"辩护的话语情境,也迎合了文化范式向"后现代"转型的内在逻辑。

20世纪60年代以后,西方现代的精英主义日见式微,大众文化不断掠夺高雅文化的地盘,艺术审美"泛化"为与生活同一。这种境况其实隐含着"后现代"社会的强大逻辑:其一,由于西方商品消费社会的日趋成熟,商品消费成了社会主导性意识形态,艺术审美活动也演变为一种大众消费。拉什指出:"如果现代化意味着各个'场'的分化,那么,都市现代化则至少意味着某些'场'部分地陷入另一些'场'之中。比如,审美场破裂了,并入社会场。或者说,随着商品化,审美场破裂后进入经济场之中。"①在拉什看来,在后现代社会,原先由现代性话语支配的"审美场"已经破裂,而商品社会的定律则必然将审美文化拉入"经济场"之中,并使之受到商品生产、流通和消费规律的制约。这样,所谓审美的日常生活化,也就必然伴随着商品化和世俗性,反叛的激情被文化大众制度化了,变成了广告和流行时装的符号象征。其二,大众

---

① Scott Lash, *Sociology of postmodernism* (London: Routledge, 1990), p.6.

审美文化的崛起,也是中产阶级人数倍增及其社会区隔性"趣味"日益彰显的结果。在西方社会,新崛起的中产阶级已取代了清教传统下的精英阶层,成为新崛起的文化大众,他们在文化领域渗透和传播享乐主义,倡导趣味消费。按照布尔迪厄的看法,中产阶级历来是一个特殊的群体,他们在社会区隔中具有暧昧不清的身份,善于调和上层和下层、精英与大众的口味,有"差别战略家"的色彩;它借由一种享乐主义的"趣味"模式,把高雅文化与大众文化的区分模糊化,同时把自身注重"趣味""情调"的生活审美哲学,植入他们占据的文化生产场中,如电视、广告、时尚、书刊等,并将此普泛为一种大众审美文化。

在西方大众审美文化不断趋于"弥漫"的同时,伴随着全球化文化语境和中国社会向市场经济的转型,这种新型的大众化的美学观念也悄然植入我国的文化结构中,影响了具有深厚美学传统的东方古国。特别是在1990年代以来,随着我国消费社会形态的基本确立,这种大众审美文化也在"三分格局"(体制文化、精英文化和大众文化)的文化公共空间里炫目呈现,并有日趋蔓延扩张为"主流文化"之势。无疑,文化地盘的"此消彼长",表明我国正在经历着当代"审美文化"的激变。

在学术界,不少学者基于现实审美文化的衍变,开始以"美学转型"来判定大众审美文化的发展趋势,并积极调整美学研究的路向。特别是费氏提出的"日常生活审美化"理论,日渐演变为后现代的"审美生存观",并逐渐扩散到当代文化的深层部分,其不仅在我国的美学理论界,而且在整个人文学科中备受关注。它所带来的艺术与生活、高雅与通俗、理性与感性等关系的重构,以及造成的"精英"与"大众"边界距离的消失,格外令人省思。当然,这也带来了不同的评价,有人说是"美学的转型",有人说是"美学的冒险",也有人说是"美学的堕落"。学界阐释的众说纷纭,恰恰意味着大众文化的审美之维蕴含着内在的张力,它所呈现的不同文化维度也正是我们应该关注的焦点。

首先,经典美学话语面临重组。"经典"一词,意味着永恒性,其实也标明了一种"等级序列"。在传统美学乃至审美现代性时期,经典美学抱持精英性的"纯审美"或"唯审美"的观念,突出超验性和形而上的意义,追求一种超然于日常平庸人生的纯粹精神体认;而在大众审美时代,大众美学的建构则走出了传统形而上学的模式,进入新型社会行为学范式。对它的演变轨辙,有的学者概括为"从经典艺术美的陶冶到关注身体感觉和生理欲念的快感美学,从经典艺术的'人'之代言到当代文化的大众体验,从经典艺术的文字想象到当代文化的图像复现,从经典艺术的观念幻象到大众文化的身体喜剧"①。大众审美文化的质变,要求人们重新调整文化批评视野,深入"后现代"大众文化的内层,以适应文化范式转型后的审美文化特征,避免经典美学话语的失效、审美批评的失语甚至缺席。

其次,生存论视角的转换。在我国学术界,以往的美学理论通常把"美"当作对象审视,以往关于美是"客观的""主观的"还是"主、客观的统一"的争论,尽管对于"美的呈现"各有表述,但都缺乏从人的生存论角度的观照,"美"与"生活"其实是分离的,因而美学问题始终只是纯审美问题。在现代性审美那里,美更成了超验性的存在,变成了各种"主义"和"理论"的魔幻招贴,与普通人的生活愈走愈远。后现代文化理论注意到了这个问题,转而从正在勃兴的大众审美文化发掘话语资源。由此,大众文化的理论家提出"日常生活审美化",强调人的"诗意栖居",就把审美与生活的关系转化到生存论视角,强调美学以自身可能的方式参与当代人的生存论态度的建设,其意义不可低估。即便有人说,在传统的审美文化中,士大夫文人早已

---

① 傅守祥:《审美文化视野中的大众文化审美存在与哲学批判》,《解放军艺术学院学报》2007年第1期。

践行艺术化的人生,如"采菊东篱下,悠然见南山""绿蚁新醅酒,红泥小火炉",都是将生活提升到艺术境界的范例;但也不能不看到,这些至今为人称道的传统士大夫别具情致的审美生活,毕竟与今天体现了文化民主时代的大众审美文化,不仅审美内涵迥异,而且呈现的方式也有天壤之别。

再次,文化逻辑的修改。美学观念其实对应着特定的文化范式,是更为深层的价值逻辑的显现。大卫·理斯曼曾把文化范式的演变概括为"传统导向""内在导向"和"他人导向",它们分别对应的是古典审美文化、现代审美文化和后现代大众审美文化。① 当代大众审美的日常化变革,从根本上说脱胎于"后现代"文化范式,是适应商品消费逻辑的新的审美文化。但这次变革的内在动力,并非历代启蒙主义所期待的大众的文化自觉或曰审美自觉,且在启蒙现代性所标榜的"自由解放"的理想预期与人不断被"物化"和"异化"的结果之间,也存在着巨大反差,因而"生活的审美化同时意味着文化艺术的商品化和人的内在性的消解,而自由也随之泛滥为无限制的消费——享乐欲望"②。当代"日常化"审美隐含的文化逻辑即"消费主义原则"值得人们担忧,因为它所带来的"审美物化"(本雅明)和人性"异化"(马克思),已经在"娱乐至死"的文化景观中一再呈现,并且以"大众"的名义出现还可能涤荡尽一个社会的文化自省力。

(二)审美日常化理论的内在困境

自费瑟斯通提出"日常生活审美化"理论至今,其所招致的批评几乎是全方位的。不仅是立足于不同文化视野、价值立场的人文主义批

---

① 〔美〕杰姆逊:《后现代主义与文化理论》(唐小兵译),北京大学出版社,1997年,第58—61页。
② 傅守祥:《审美文化视野中的大众文化审美存在与哲学批判》,《解放军艺术学院学报》2007年第1期。

判,即便这一理论本身的话语矛盾、"所指"含混和意义悖论,也成了人们猛烈攻讦的对象。正如它所置身的"后现代""大众文化"的语境所呈现的芜杂、多元、非理性和无中心一样,"日常生活审美化"这个命题也显示出它内在逻辑的混乱,因而在自我"释义"中始终面临无法自圆其说的内在困境,也可想而知。

在语义层面上,已有学者注意到了这一概念的暧昧性。德国学者齐美尔在《社会是如何可能的》一文中就指出:首先是"日常生活"这一概念,究竟指称的是谁的日常生活?怎样的日常生活?似乎并不清晰。其次,"日常生活"怎么就"审美化"了?"审美化"的"日常生活"所指称的是何种生活状态?在我们对当代语境中的"审美"概念做出有效反思之前,我们根本就无法理解"日常生活审美化"这一命题的具体内涵。① 因此接下来的问题是:当代大众文化语境中的"审美"概念具有怎样的内涵?它同传统的"审美"概念在何种程度上具有联系?提出"日常生活审美化"这一命题在当代语境中具有怎样的意义?对于这些问题,大众审美文化的理论家似乎都少有深入"追问",因此作为一种理论话语,"日常生活审美化"不免显示出表述上的重大疏漏。

审美日常化的内在困境,还直接表现在理论话语的悖论上。据费氏解释,"日常生活审美化"作为一个概念,含有三重意义:其一,是指20世纪在一些先锋派那里出现的纯粹艺术的日常生活化的趋向;其二,是指将生活转化为艺术作品的谋划,费瑟斯通提到的例子有唯美主义作家佩特和王尔德、倡导生活审美化的福柯等;其三,可以进而认为,对于这一类的审美化生活,应该将它们"与一般意义上的大众消费、对新品味与新感觉的追求、对标新立异的生活方式的建构联系起来,因为

---

① 〔德〕齐美尔:《社会是如何可能的:齐美尔社会学文选》(林荣远编译),广西师范大学出版社,2002年,第150页。

它构成了消费文化之核心"①。这三个方面,就是费氏所谓"日常生活审美化"的完整内涵。

但仔细分析,费瑟斯通的理论体系其实是粗糙的,隐含着内在的逻辑矛盾。在"日常生活审美化"这一短语中,"日常生活"既是审美的呈现,也是需要审美提升的对象。这个解释是费氏从历史的"趋向"上,即从20世纪20年代"先锋派",特别是20世纪60年代兴起的"后现代"艺术中,形成的"独特发现"。在他看来,这些当代大众文化的范本,表明了审美之维已出现质变,即它们完全填平了艺术与生活之历史鸿沟——前者将艺术拉近到生活,后者将生活提升为艺术。但实际情形是,即便是费氏所称举的福柯等几个范例,也非但不能支持后现代社会学的"日常生活审美化",反而每一个都在公然地反对它。对王尔德、福柯这类思想者而言,他们的人生不是表现出对日常生活的抵抗就是对它的逃离,因为"日常生活"对他们来说毫无审美价值可言,唯有将它彻底锻造成"非常"生活,它才可能是"审美生活"。恰如有的论者所指出的:"在艺术史自身的发展路线上谈论日常生活的'审美化'或'审美呈现'注定一无所获;也许更糟糕的是,如果将'日常生活'作为刻板、平庸或工具理性的同义语,那么'日常生活审美化'立刻就会一反费瑟斯通之初衷,变成该命题的反题——'审美现代性'。"②非常不幸的是,费瑟斯通在其赋予"日常生活审美化"的第二重意义上,再次跌入了"审美现代性"的陷阱。

"日常生活审美化"理论设计的另一缺陷,在于它的思想繁殖缺乏现实根基。作为后现代主义的美学宣言,费氏似乎想建立一种超越于古典、凌驾于现代之上的美学范式理论,实现"美无处不在""无

---

① 〔英〕费瑟斯通:《消费文化与后现代主义》(刘精明译),译林出版社,2000年,第98页。
② 金惠敏:《消费时代的社会美学》,《文艺研究》2006年第12期。

其不美"的大众审美理想,但"日常生活审美化"所带来的"审美泛化",并没有因此而提升审美文化的内涵和品位,反而出现了"审美疲劳"和"审美麻痹化","厌烦""麻木""郁闷"等语词,便喻指了当代审美心理的"麻痹综合征"。不仅如此,在笔者看来,当今审美文化的"泛滥",恰恰造成了现实生活中"诗意"(美)的缺失。因为在今天的大众传播时代,日益发达的文化工业信从"诗意是可以制造的"。在这种观念的支配下,它突出仪式化的情景、视觉性的冲击、感官上的刺激,而把人对生活的真正品味和深度体验,看作不符合大众审美标准的"废料",从而把真正个性化的诗意体验放逐了。于是我们看到,电影电视画面充满了那种肤浅的壮美场景,大漠孤烟、深山瀑布、竹海人家、古罗马竞技场、威尼斯水城……似乎这一切便是历史人物活动的诗意"符号"场景。至于反映现代生活的小说、影视片,也大多离不了绚丽的灯市、温馨的酒吧、浪漫的山庄别墅等等,仿佛那些常人不容易获得的高档消费享受,便构成了现代人诗意生活的全部。然而,人们阅读、观赏了这些商业杰作之后,仍然感到它们并非切近于心灵的真正诗意,反而使人感到犹如置身卡夫卡式的"城堡"或艾略特式的"荒原"的孤独。如果诗意不能给人以心灵的抚摸或慰藉,那么它多少只是一种想象性"复制"或隔靴搔痒的"赝品",真正的诗意来自对生存的体验和领悟。

  于是人们就想到,是不是对后现代生活的逃离中才有诗意?这恰恰构成了当下文学审美的一个"问题"。文学作为人类审美活动的一种古老方式,似乎更适合于纯粹的、古典的文明时代,工业文明开始后,尽管催生了现代文学艺术,但艺术家们几乎很少赞美那种"进步的"现代文明,而诗意也大多表现为对现实生活的种种"逃逸"——对政治的逃逸、对社会的逃逸、对现代文明的逃逸,最终回归那种纯粹的、散发泥土芬芳的诗意生活。这种对诗意的理解,某种程度上讲便是回归它的

"本真",即把诗意看作个人的存在体验,它与现代或后现代的文化工业的"制造"无关,它是自然的、心灵的、想象的,甚至无法用文字或图像的语言表达。因此,在现代传播手段越来越多的今天,即便人们可以用许多方式制造诗意,创造诗意的环境、诗意的生活、诗意的表达,但人们还是感到诗意的匮乏。大众传媒的出现,似乎是"人体的延伸",却走向了它的反面——人们看世界的视野宽了,却不认识自身,也感受不到现实生活的诗意。

总的来说,大众审美文化高喊审美"日常化""生活化",但并没有实现其初衷或预期,即博德里拉宣称的"意识的美学化"和"对现实理解的美学化",而是走向了它的反面——审美"麻痹化"。近年来出现的文学"经典"的回归,无疑拆解了审美日常化的浪漫神话,也显示出后现代审美理论本身存在的根本性的缺陷。正因此,即便对后现代审美转向持积极态度的威尔什也认为:日常生活的过度美学化,反倒在繁殖中产生了遮蔽本真之"美"的偏颇。审美的日常生活化试图打碎艺术与日常生活的边界,进而掩盖或削平一切差异和矛盾,最终却钝化了人们的审美趣味和辨别力,因此就难免走向其自身的悖论——日常生活的美学化变成了"反美学"。

(三)审美日常化的人文批判

尽管大众文化的理论家标榜审美化生存改变了现代主义抛弃的古典文化的"元叙事"——日常经验的参照,重新接续了生活与审美的对应关系,但是,它的"接续"其实隐含着"消费法则"的篡改,美感的产生已完全被吸纳在商品生产的总体过程中。大众审美文化的艺术创作似乎着迷于日常生活形象,但其艳俗的色彩和视觉的快感无不渗透着"欲望消费"原则,汉密尔顿解释其特征是"流行的、短暂的、消费性的、廉价的、大批量生产的、年轻的、诙谐的、性感的、巧妙的、有魅力的和大商业的"①。人们在日常生活的物品和身体中寻找富有艺术意味的东西,在日常现实的形象中发现带有诗意的东西,其结果便使审美和艺术脱去了自身的神秘外衣,成为大众通常日常生活方式的点缀装饰。大众文化也就不再承担思想家的重任,它已直接沦为生活本身。

大众审美文化摒弃"观念"和"思想",拒绝"深度"、消解"意义"的抉择,必然从"现代性"审美的理性至上主义的极端,滑向感性至上主义的另一个极端。它借助大众性的肉身欢乐与感官刺激实现新型的审美解放和本能释放,却放弃了艺术的"救赎"和"提升"功能,一味迎合庸众趣味,对本我"按摩"与"抚摸",致力于制造一种奇异轻飘、灵肉分离的形而下享受,于是艺术便难免沦为娱乐狂欢的"愚人节"。这种美学剧变连带的社会效应,尤其是以"审美疲劳"为表象的欲望亢奋以及过度娱乐导致的思想衰竭与是非泯灭等问题,值得关注。与此同时,在一个科技发达、信息泛滥的时代,由大众审美文化造成的"审美正义"的缺失似乎也值得警惕。正如美国媒体文化学者尼尔·波兹曼在《娱乐至死》一书中告诫世人的:"如果一个民族分心于繁杂琐事,如果文化生活被重新定义为娱乐的周而复始,如果严肃的公众对话变成了幼稚的婴儿语言,总而言之,如果人民蜕化为被动的受众,而一切公共事务形同杂耍,那么这个民族就会发现自己危在旦夕,文化灭亡的命运将在劫难逃。"②

进入 21 世纪以来,当代中国的社会审美风尚也发生了深刻的变异,娱乐和消费已成为这个时代最大的欲望和时尚。伴随这幅世俗生活图景的不断展开,"道德政治"的理性诉求被大众放弃,而以"快适伦

---

① 陶东风、金元浦主编:《文化研究》第一辑,天津社会科学院出版社,2000年,第 143 页。
② 〔美〕尼尔·波兹曼:《娱乐至死》(章艳译),广西师范大学出版社,2004年,第 50 页。

理"为表征的文化消费权利表达,在日常生活的层面上受到大众的追捧和张扬。不管是基于对"欢乐神话"的追求,还是对"身体解放"的迷恋,当代大众已真实地生活在一个"后情感主义"的感性语境中。但人们也不能不思考,过度的大众化审美生存也同时使人陷入"视听疲劳"和"身心疲劳"的精神虚幻之中,感性膨胀带来的道德堕落甚至人性萎靡,又使本来就缺乏审美内涵和意义深度的大众文化产品更加无聊。如此种种,足以提醒人们必须站在未来美学走向的高度,共同破解大众审美文化遗留的难题。

大众审美文化既以"日常生活"为美学基点,要力挽其偏,力戒其弊,就必须以一种维护人文精神和人性尊严的价值理性,展开对日常生活的审美批判;尤其要发挥审美特别是艺术的超越性和批判功能,对世俗的日常生活展开哲学的反思,揭穿技术媒介的光影笼罩下的"日常生活"的虚假性和无意义,从而恢复人的意识,还原人的真实存在,挽救人的理性与感性的双重"异化"。必须看到,审美是一种自由的生存方式,也是一种精神的体验方式,它虽然可以与日常生活融合,成为大众审美文化,但它本质上还具有超越现实、批判现实的功能。因此,我们可以运用阿多诺所说的"艺术是对现实世界的否定的认识"功能,洞穿日常生活审美的虚幻性和麻醉性。对此,有的学者积极主张借助精英审美文化——现代纯艺术,来实现生活的诗意栖居。因为"现代纯艺术创造了一个与日常生活疏离的世界,在这个自由的世界里,习以为常的日常生活被'陌生化'了,在审美的光照之下露出了异化的真相"①。这种观点,强调利用"现代性"审美乃至传统审美的话语资源,矫正大众文化肆虐造成的审美维度之偏。

诚如朱大可先生所言:大众文化研究的目标不是要消灭这种文

---

① 杨春时:《开展日常生活的审美批判》,《文艺争鸣》2005 年第 2 期。

化，也不是要成为它的语奴，而是要利用话语的有限功能，去识读它的秘密和修正它的偏差，并重建知识分子作为警醒的批判者的历史传统。在当今多元文化的格局中，精英文化和大众文化倘若能够摒弃"你死我活"的文化搏杀，而在对话、交流和融合中寻找当代文化的生机与出路，那么一种既切合美学的生活意义又能提升人的精神境界的审美生存态度，就可能真正实现人的"诗意的栖居"。

第四节　大众文化崛起与文艺批评的维度拓展

大众文化的崛起，使当代文艺的生产、传播和接受出现了很大的变化。文艺与大众媒介的深度"联姻"，使传媒成为信息爆炸时代推广文艺的首选路径和文艺形构的重要场域，甚至应和了麦克卢汉所说的"媒介即讯息"，传媒本身也成了文艺的一个部分。由于新兴媒介的介入，由此衍生出来的新的文艺观念、风格特征、文艺类型等也被纳入了文艺批评的对象范围。

一、文艺发展的多样性

20世纪80年代以来，现代科技推动的传播媒介迅猛发展，渐趋成为人们在生产、生活中不可分离的中介物。特别是随着无线通信技术的发展，各种新媒介逐渐融入社会生活并日益普及，在潜移默化中将人们拉进了媒介化的生存方式中，促使传媒开始在文艺发展中大幅发力。文艺的发展开始经历快速的变迁和剧烈的变化，与传统文艺相比，作品的数量大幅增加，创作的体裁形式、题材内容和艺术风格日渐多样化。

首先，文艺发展的多样性突出地表现为创作方式和类型样式的多样性。手机、电脑、数字电视、触摸媒体等各类新兴的传播媒介改变了过去纸媒传输、舞台表演的局限,它们不仅为文艺作品的展示提供了更为宽广和更为便捷的平台,同时对创作中使用的文艺符码和符码的编制过程产生了影响。譬如电脑绘图可以将平面转变成三维,将静态转变为动态;可以构造方、圆、三角、多边等常见的几何图形,还可以"画出"其他形式的点、线、面;可以使填色、色彩渐变和改变色彩变得易如反掌,还可以在一幅画上尝试不同的配色效果和进行任意的调整、修改等等。新的传播媒介和已有的各种文艺样式的有机结合,产生了诸多不同于以往的新的创作方式,改变了过去单一符码创制、单通道传递的样式格局;与此同时,这一有机的结合也带来了别样的文艺类型。这一时期除了原有的诗歌、小说、散文、音乐、舞蹈、绘画、雕塑、戏曲、电影等文艺类型外,由于传媒技术的发展和渗透,还出现了体裁形式上的"延伸"和"变异",比如电视散文、网络小说、音乐电视、视听动漫、广告大片,还有结合了视频、声音、文字的超级文本等。"传统的创作方式如手工写作、影视制作、灯光布景、音像效果等,被高新技术、数码技术、信息技术彻底改变,出现了电脑写作、特技合成、宽屏显像、激光灯火、虚拟场景、立体混声等新型创作方式及艺术效果,传统的纸质阅读被网上立体阅读(可一边看文字一边看动画一边听音乐)所丰富,传统的小说、诗歌、散文、戏剧、影视等文体被杂交文体、互渗文体、新型文体(如摄影小说、诗电影、诗报告、动画小说、散文化小说、网络艺术、动感艺术等)所改造。"①

其次,文艺发展的多样性表现为文艺风格的多样性。无处不在的传媒终端构成了巨大的泛媒介场,文艺创作者身处其中必然受到媒介的交互影响。比如余华创作《兄弟》,朱大可认为余华"很明显受网络话语的影响","网络的价值判断,包括网络的表达方式,都在《兄弟》里

---

① 王卉、李明泉:《社会全面发展与文艺全面繁荣——论全面建设小康社会中文艺发展新走势》,《西南民族大学学报(人文社科版)》2003 年第 9 期。

有非常明显的体现。这是作家个人受整个互联网时代媒体话语影响的非常有代表性的例子"。① 传媒参与形构的新的创作方式、类型样式和新的大众接收方式,在具体的创作实践中"逼着"文艺创作者改弦易辙,调整自己的创作观念,追求"与时俱进"的风格特征,致使"新概念作文""新写实""新历史主义""家族史写作""新体验""新状态""女性主义"文学等"另类"文艺层出不穷。另外还有"被评论界称为'形式大于内容'的商业性'大片';声乐上民族、美声、通俗、'原生态'等四种唱法并呈,带有某种'颠覆'式的'红色摇滚'、苍凉沙哑的'刀郎'演唱、民歌翻唱、'超女''快男'现象;声乐表演、影视表演、文学叙述言语方式的'港台腔''港台味儿';影视剧风格上的'戏说''无厘头'现象;美术界的'行为艺术'等,都给人以'异样''非正统''很另类'的感觉"。②

很多过去不为人知的文艺样式和文艺作品,也因为结缘新时期的传媒,纷纷跃入了大众的眼帘,甚至大红大紫。譬如声乐上的"原生态"唱法,其自有一套发声技巧和发声理论,是在我国各民族不同的文化背景下产生的,长久以来在文艺的大家园里只是默默地偏居一隅。大众传媒将这一唱法连带其原生态的民族文化纳入自己的传播视野,确实令更多的人认识和了解了这一独特的文化景观,在传递其文化魅力之时也展示了文艺的多元与丰富。

再次,文艺发展的多样性越来越表现为与"生活世界"的融合。"生活世界"是胡塞尔后期现象学中的一个重要概念,它主要针对的是实证主义的科学观。在胡塞尔看来,"生活世界"是一个"真正人性"的世界,它突出日常生活的本体性地位,重视人们在日常生活中的情感和体验。"生活世界"的理念使大众的休闲、消遣和娱乐得到了正名,它

---

① 李洋:《传媒与文艺:爱恨交织相融共生》,中国网。http://www.china.com.cn/culture/txt/2007-02/26/content_7868418.htm.
② 孙洪斌主编:《中国文艺发展大战略》,长春出版社,2011年,第185页。

规避了教条化、工具化的约束,追求的是忙里偷闲的完全放松和喜剧式开怀一笑的快乐体验,影视剧、微博、微信中这样的例子不胜枚举。

新媒体时代的一个特征,就显现为"生活世界"与网络世界的有机融合。微博、微信中大量存在的时尚体验、旅游摄影、"舌尖上的中国""中国好声音"等,彰显了以生活为"母体"的文化价值,同时也浓墨书写着普通人的生活美学。生活美学的出场,意味着审美理论和实践的根本变化,这表现在:(1)从"形而上"转向"形而下"(日常生活),弥合了以往艺术与生活的疏离关系,强调审美活动具有灵肉同感性;(2)从单一的艺术审美扩展到广阔的生活审美,把"美"看作无处不在、涵养性情、惠及大众的普遍性存在;(3)从少数人的"书斋案头"模式转向多数人的享受消费形态,审美由士大夫的特权专利变为普罗大众共享参与的日常活动。新媒体中生活美学的出场,应和着当代人的美好生活诉求,把过去士大夫式、精英式的优雅品味,与大众的日常生活联系起来了。

二、文艺批评领域的维度拓展

总的来看,文艺批评是随着新媒体的衍变和文艺创作的变化而改变的。文艺批评的对象是文艺作品和各类文艺现象,有时也涉及这些作品的作者。新时期与传媒"联姻"的文艺创作,不仅作品数量、作品类别大幅增加,文艺现象也日渐多样,文艺创作者也不再局限于传统的精英分子,便捷的传媒技术令更多民众投身到文艺创作中。与文艺发展多样性相呼应,新时期的文艺批评也表现出了批评领域的扩大化,接受评价的文艺创作者、文艺作品、文艺思潮和文艺运动等都不同程度地呈现出数量的增加和类别的多元化。

文艺批评领域的扩大突出地表现在批评对象范围的扩大。除了原有的文艺类型外,上文所述的由于新兴媒介的介入而衍生出来的新的文艺类型、文艺观念、风格特征等也被纳入文艺批评的对象范围。日常生活审美化的风潮也扩展了文艺批评的对象范围。这股风潮日渐渗透到大众生活中，消弭着生活与艺术之间的距离，产生了诸多泛文化现象，它们一跃而成为新时期文艺批评的对象，譬如选秀、广场舞、流行音乐、模特走步、城市景观、房屋装修等。因此，社会公共空间变成了文艺批评生成场域。

随之而来的就是文艺批评的责任和义务的扩大化、价值目标的多元化，以及文艺批评理论、方法的多样化。这是文艺批评的一个重大"战略转移"，即"走向文化研究"。它突破了过去单一学科或方法的樊篱，把政治学、经济学、历史学、语言学、心理学、人类学、社会学、民俗学、宗教学和美学等各种学科及方法，统合为一种跨学科和跨民族的文化事业，沟通和整合阐释了文艺批评的经济、政治、心理、语言和审美等复杂问题。这样的批评无疑开阔了视野，拓展了思维空间，在多维审美坐标图式中立体地观照文艺，使文艺批评走向多元和丰富。①

新时期的文艺是尊重差异、包罗万象的多样化文艺，但这并不意味着就可以对各种文艺形式和内容放任自流，令其各行其是。这就需要文艺批评的在场，在多样化的文艺发展中把握进步的文艺，找到衡量文艺作品的标准，提升新媒体时代文艺作品的质量。在当下"众声喧哗"的文艺批评时代，不乏引人注目且有实绩的批评家，他们思想更敏锐，目光更深远，对现实社会和人类世界的各种文化焦点有着深入的思考和比较切实的研究，批评观念更具个性特点也更多样化，他们的批评丰富和发展了中国的文艺批评实践。

总览目前国内文艺批评领域，学界较多关注的大众文化类型主要包括影视文化、网络文学、流行音乐、动漫文化和广告文化等。本文将

---

① 李明泉：《走向理性与繁荣的文艺批评——当代文艺批评的回顾与展望》，《当代文坛》2002 年第 6 期。

针对这些类型展开评析,借此也可一窥文艺批评领域的拓展状况。

(一) 影视文化

作为大众文化类型之一的"影视文化",是影视媒介建构的生活、技术与艺术相融合的表意符码系统,是 20 世纪人类科技发展的成果之一。电影和电视各有不同的媒介属性,"影视文化"中并称二者是基于它们共有的技术特征,其中最显著的就是二者都是运用照相和录音的手段把活动的影像和流动的声音摄录在记录装置上,再通过放映和还音手段形成活动而逼真的影像和声效,以表现一定主题内容。① 影视文化包容了绘画、摄影、音乐、舞蹈、戏剧等多种艺术元素,可以凭借运动的画面、流动的声音以及与众不同的镜头组接方法,以独特的叙事表意方式反映生活,思考人生,是高度综合的大众文化形态。

影视媒介作为传统媒介的代表,在媒介形态日新月异、新媒介层出不穷的传播环境中,依然具有老少皆宜的文化生产和传播优势,有着新媒介无法匹敌的社会影响力,是当前国内建构和传播大众文化的核心媒介。随着全球电子技术的飞速发展,影视文化正在更大范围内得到推广和普及,为大众提供了更多更新的消遣娱乐,极大地丰富了大众的文化生活。

当前国内影视文化中流行的产品形态主要包括电影故事片、电影纪录片、电视剧、音乐电视、电视纪录片、电视综艺晚会等。因为所依托的媒介属性,影视文化有着迥异于其他大众文化类型的个性特征。

1. 类型化的叙事与破坏性的模仿交替演进

类型即已经获得认可的程式。类型化的特征指的是同一形态的影视文化产品在主题拟定、情节设置、层次结构、风格情绪、场景布局、角色安排、技巧运用以及意识形态的预设等方面程式化的拍摄和制作特

---

① 许南明、富澜、崔君衍主编:《电影艺术词典》,中国电影出版社,2005年,第 1 页。

点,其甚至在宣传和营销策略上也具有较高的相似性。类型化的影视文化产品,一般都仿效已经获得市场检验的成功形式,进行局部微调和再创作,"如果一部影片一开始放映就受到普遍欢迎,那么基本的故事就会在后续拍摄的电影里不断重复,直至熟悉的人物、动作、人物关系和冲突变成一种模式……只要能满足观众的需求和期望,维持片厂的利润,保证电影的意识形态功能发挥作用,重复就能持续下去"①。类型化特征的出现是电影生产和影片消费合谋的产物,是创作者与观众达成的默契共识。观众会厌烦千篇一律的影片,但也很难在短时间内对超出经验范畴的陌生事象一见倾心。类型化的特点可以让观众在整体熟悉的情况下产生局部反类型化的陌生感,既可以使内容通俗易懂,又可以使观众获得若似若非的微妙体验。

类型化的特征突出表现在影视剧的创作方面。类型化的影视剧发轫于好莱坞,如今已在世界范围内盛行开来,是影视文化发展成熟的产物,也是当前影视文化的突出代表。类型化的影视剧指涉的是采用通俗化叙事方式的剧情类电影故事片和电视剧,根据采用形式和拍摄内容的不同,现有的影视剧类型主要有:西部片、爱情片、战争片、惊险片、武侠片、警匪片、灾难片、科幻片、家庭伦理片等。每一种类型"都包含了对观众不同欲望的挑逗、满足与规诫",一般都提供"一个包含着无法解决的社会矛盾的两难框架……然后用各种变奏去演绎、强化这种对立;并最终用一种假想方式去解决那个事实上根本无法解决的矛盾"②。类型也并非僵化、停滞、一成不变的,当一种类型在收视市场上遇冷后,破坏性的模仿就会随之出现,在遵循现有套路的基础上局部地推陈出新,即使戴着镣铐也能跳出优美的舞姿。曾经热播的电视剧《陆贞传奇》讲述了南北朝时期北齐女子陆贞的传奇故事。陆贞原是

---

① 吴琼:《中国电影的类型研究》,中国电影出版社,2005年,第3页。
② 王一川主编:《大众文化导论》,高等教育出版社,2009年,第37页。

官商世家的大小姐,因躲避追杀入宫,从一个宫女到被孝昭帝高演赏识,步步高升成为女相,并与武成帝高湛相恋。因为同是青春励志剧,都有复杂的爱情故事情节,演员也都青春靓丽,这部电视剧被网友戏称为"古装版《杜拉拉升职记》"和"中国版《大长今》"。即便桥段俗套,该剧却并未落入类型片的窠臼,剧中服饰造型精致有特色,剧情脱离了宫廷戏邪恶黑暗的宫斗套路,全剧清新明亮,因此开播第二天收视率就迅速蹿升至全国同时段电视节目的第一名。破坏性的模仿看似游离于类型化的叙事之外"另起炉灶",实则也是先在类型的局部改造;而这一获得市场认可的破坏性模仿,很有可能就是下一个叙事类型的"开山之作"。

2. 凸现视觉景观和官能性愉悦

影视文化是视觉的艺术,在沉迷影像和外表的后现代文化语境中,作为大众文化的影视文化对视觉形象和视觉效果相当重视。影视文化的视觉形象对日常生活的征服,被视为"人类文化发展的一个重要标志"[①]。王一川的"视觉凸现性美学"准确地概括了这类特征。他认为这是"视觉画面及其愉悦效果凸显于事物再现和情感表现意图之上从而体现独立审美价值的美学观念,即是视觉镜头的力量和效果远远越出事物刻画和情感表现需要而体现自主性的美学观。在这种视觉凸现性美学中,视觉的冲击和快感是第一性的,它使得事物再现和情感表现仿佛只成为它的次要陪衬、点缀或必要的影子"[②]。

电影文化的视觉凸现性尤其突出。电影是一种视觉艺术,发挥视觉形象在描绘事象、抒情表意中的作用是无须争辩的。电影先天包含语言和视觉形象两方面,可以分为以语言为中心的叙事电影和以视觉为中心的景观电影。通观电影的发展历程"似乎有一个逐渐摆脱语言

---

① 周宪:《视觉文化语境中的电影》,《电影艺术》2001年第2期。
② 王一川主编:《大众文化导论》,高等教育出版社,2009年,第144页。

中心模式影响的历程,它逐渐地找到了电影所以成为电影的根据所在——景观"①。时至当下,电影文化的主导样式已然是景观电影模式,以画面为电影的表达逻辑,视觉性的场面支配电影表达,语言成了视觉形象的陪衬。国内近些年的电影创作清晰表现出了这种景观电影凸显视觉的表达倾向。21 世纪以来,以张艺谋为代表的"第五代导演"执导的影片中,场景、动作、身体、氛围、速度等方面都凸显了视觉景观,从《英雄》开始,《无极》《夜宴》《十面埋伏》《满城尽带黄金甲》《投名状》《集结号》《云水谣》《建国大业》《画皮》《刺陵》《风云 2》《画皮 2》等,都表现出了程度不同的视觉奇观化倾向。用视觉形象壮胆、增势,表现出了导演们在全球化浪潮中谋求"合法性"地位的急迫。在票房上,这些影片全线飘红,足以表达出观众对此类影片的青睐。电视剧《陆贞传奇》亦在视觉效果上做足了功夫,在服饰设计上,男女服饰均为分层的丝质彩衣,主角陆贞随着官位品级的上升,服饰相应变化,颜色不重复;在造型上,女官、贵妃和太后的发髻、头饰也非常精致,根据身份角色的不同风格迥异。和其他宫廷剧相比,《陆贞传奇》不啻一场唯美的古装视觉盛宴。

凸现性的感性画面牵引着观众跳出故事的讲述,穿梭于零散的画面之间,在强调视觉愉悦性体验的同时,势必割裂反映现实、抒情表意的连贯性叙述方式,模糊真实事象的固有轮廓,颠覆以思想、情感为指向的理性原则,掩埋深邃思想和浓情蜜意。诸多非视觉性内容的视像化,还会消解文本解读的深沉性和可能性,使影片降格为凝固、自足的片段符码的组合。赵薇在接受记者采访谈及 1990 年代的电影时也说到了这样的意思:"那些电影没有扎根于剧情和情感,光是富丽堂皇的

---

① 周宪:《视觉文化语境中的电影》,《电影艺术》2001 年第 2 期。

场景,游泳池、酒会……没有内容和灵魂。"①这是商业运作机制形塑的结果,更直接表现为社会生活日益转向视觉文化时代的结果。视觉文化正在改变社会生活、文化形态和大众对现实的认知方式,正如居伊·德波在《景观社会》中所说:"在现代生产条件主导的环境中,社会的全部生活表现为一个巨大的景观堆积。所有曾经直接存在的都成了(景观的)表象。"②近些年一些以叙事为中心的小成本电影逆天获得高票房,如《疯狂的石头》《泰囧》等,也在一定程度上表达出了观众对于凸显视觉景观的审美疲劳。我们国内有着丰富的电影资源,但是前些年国内电影的发展相比港台和国外却出现了倒退,原因就在于"我们的文化制造者缺少对文化的认知和相应的素养",简单化地把娱乐看作纯粹的官能愉悦,"所以他们只能利用一些简单的文化符号,但是这些文化符号却不能变成一种有生命力的艺术原动力来支撑他们的创作"③。

3. 彰显日常生活的本体性意义

赫勒在《日常生活》一书中开篇就对"日常生活"的抽象概念进行了解释——那些同时使社会再生产成为可能的个体再生产要素的集合④。与日常生活相对的是政治、科学、哲学、艺术、宗教等"非日常生活"。哲学领域中,马克思和恩格斯在探讨个体物质生活的重要性时提出了日常生活的本体性意义,而现代西方哲学的一个重要理论转向

---

① 《没有妥协的青春》。http://ent.sina.com.cn/m/c/2013 - 04 - 24/23253907623.shtml。
② Guy Debord, *The Society of the Spectacle* (New York: Zone Books, 1994), p.12.
③ 肖鹰:《中国文化的问题在精英文化取向的下滑——兼论精英文化与大众文化的互动》,《探索与争鸣》2012 年第 5 期。
④ 〔匈〕阿格妮丝·赫勒:《日常生活》(衣俊卿译),重庆出版社,2010 年,第 3 页。

也正是向日常生活的回归。

哲学领域的日常生活概念是相对固定和抽象的,影视文化视野中的日常生活则相对丰富和具体。影视文化是以日常生活为母体的文化,它承认日常生活的本体性地位,把日常生活看作自身的发源地和目的地,重视表达人们在日常生活中的情感和欲望。为了强调日常生活的意义,影视文化常常用日常生活的形而下来改写非日常生活的形而上,"红色经典"改编成电视剧后对英雄人物的塑造就是一个很好的例证。譬如《林海雪原》,小说中主人公杨子荣的形象"高大全",没有缺点,也没有不符合理想型英雄的私人癖好。但是在改编之后的电视剧中,创作者将小说中"高大全"的英雄人物改造成了普通人中的一员,他甚至还"嘴里哼着小调、抿着烧酒;不受纪律约束,意气用事;搞'恶作剧',使绊子,寻求报复的快感"[①],这样的叙事策略褪去了英雄身上无瑕而神圣的光环,把英雄带到了观众的身边,得到了众多观众的认同。除了对非日常生活的解构,影视文化还强调日常生活为人们的生存和发展提供了物质的土壤,为个体自我意识的形成、人生价值和意义的实现提供了精神的土壤。在电影《卡拉是条狗》中,冯小刚将主角"老二"的精神寄托在了一条狗的身上,只要和那条狗在一起,老二就能忘记"工作的卑微、性格的懦弱、婚姻的窒息和生活的压迫"[②],就能感觉到人生有想头,这就是老二从日常生活中寻得的人生意义。

影视文化对日常生活本体性意义的肯定,使其本身的消遣娱乐属性也得到了正名。在精英文化和官方文化看来,娱乐消遣只是"非日常生活的附属品",它给人提供愉悦,帮助人们释放身体和精神的压

[①] 戴清、宋永琴:《"红色经典"改编:从"英雄崇拜"到"消费怀旧"——电视剧〈林海雪原〉的叙事分析与文化审视》,《当代电影》2004 年第 6 期。

[②] 张贞:《"日常生活"与中国大众文化研究》,华中师范大学出版社,2008 年,第 99 页。

力,为的是要使人们尽快地恢复精力以更好地投入非日常生活的建设中去。在日常生活中,消遣娱乐获得本体性的价值,不再是附属品,而是日常生活的基本需要,"从日常生活的自身特性来看,日常生活满足与'愉快'有关,这里的愉快几乎不涉及道德精神,而是指生理层面的舒适,即单纯享乐式的娱乐消遣"①。这样的消遣娱乐规避了理性社会秩序的约束,追求的是忙里偷闲的完全放松和喜剧式开怀一笑的快乐体验,影视剧中这样的例子不胜枚举。譬如周星驰的无厘头喜剧电影,无论是崇高的、平凡的,还是正义的、邪恶的,都成了影片恶搞的对象,异想天开的剧情加之滑稽可笑的人物形象,亵渎神圣远离信仰,目的只为一个,就是博观众一笑;在喜剧电影《火星没事》中,名嘴加名演员的阵容拼了命地上演狂癫痴傻,也只是为博观众一笑;冯小刚的贺岁片更是塑造了一系列笑料百出的小人物,葛优的"逗贫"令无数观众开怀大笑难以忘怀,成了冯氏喜剧的"独门秘诀"。

影视文化改变了日常生活受精英文化和官方文化"冷眼相待"的局面,肯定日常生活的本体性意义,强调对此岸生活的关怀以及平民化、喜剧式的快乐体验,令大众欢欣鼓舞;然而影视文化的这一取向却也在隐隐地抹杀彼岸理想的价值和意义,阻滞向崇高美、悲剧美和高雅情趣的理性升华。电视剧《林海雪原》受人诟病的原因之一就是"带有市民趣味的促狭、幼稚行为和人们心目中胆识过人的侦察英雄联系到一起,其英雄崇高、毫无瑕疵的神圣性被大大削弱"②。当人们置身喜剧以夸张、巧妙的手法将"人生无价值的东西撕破给人看"时,人们会屈服于感官的快乐体验,会导致身体的时空和自我的丧失,容易脱离理

---

① 张贞:《"日常生活"与中国大众文化研究》,华中师范大学出版社,2008年,第156页。
② 戴清、宋永琴:《"红色经典"改编:从"英雄崇拜"到"消费怀旧"——电视剧〈林海雪原〉的叙事分析与文化审视》,《当代电影》2004年第6期。

性的和社会体系的约束——"身体失控后那种极度兴奋的快感——即自我的丧失——是一种躲避式的快感,是从自我的控制/社会的控制中逃避出来"①。开怀一笑的快乐诱惑仿佛塞壬的歌声,最终只会将人们引向"娱乐至死"的不归路。

(二) 网络文学

这里所说的"网络"是基于互相通信的计算机而连接成的国际计算机网络"互联网"。随着网络基础的不断完善,终端接入技术的不断提高和网络运营商服务能力的不断提升,网络接入方式逐渐多样化,促进了更多网络应用的实现和网络运用的进一步普及。2013 年 1 月发布的《第 31 次中国互联网络发展状况统计报告》显示,截至 2012 年 12 月底,我国网民数已达 5.64 亿,2012 年全年新增网民 5 090 万人。技术的进步、市场的完善和用户数裂变式的增长已使互联网成长为名副其实的宏媒体,甚至逐渐呈现出"元媒介"的姿态。在这样的环境中,文学网站的签约写手已过百万,通过各种网络终端阅读网络文学作品的用户 2010 年时也已"接近 5 000 万",网络文学正在不断地发展壮大,已经"超越文学本身的影响力而成为备受关注的社会文化现象",成为新时代的大众文学。②

我国的网络文学开始于 20 世纪末,中文原创网站"榕树下"的创办和一些中文网络文学作品的诞生成为网络文学发展的核心事件,逐渐吸引了网络用户的注意。至 2013 年,盛大文学已经成为整个中国覆盖数亿读者的网络文学内容的主要生产源头,旗下拥有"起点中文网""红袖添香""小说阅读网""榕树下""言情小说吧"和"潇湘书院"等多家网站,尤其是"起点中文网",虽然成立两年多即被盛大收购,但其仍

---

① 〔美〕约翰·费斯克:《理解大众文化》(王晓珏、宋伟杰译),中央编译出版社,2001 年,第 62 页。
② 《网络文学发展的新动向(笔谈)》,《学习与探索》2010 年第 2 期。

占据中国网络文学市场的半壁江山,在各种网络文学的作品排行榜上,来自"起点"的作品占据大多数席位已经成为常态。①

网络文学是网络互联技术与文学作品的结合体,本身仍没有明确清晰的界定。从是否生成于网络来看,可以将网络文学分为两大类型:一是在电脑上创作并在网络中"发表"的"网络原创文学",这是网络特有的文学符码,其创作者的身份、创作方式等都有别于传统的线下创作,完全依赖网络,是网络文学的核心部分;二是刊载于其他媒介后又进入网络进行传播的现成的文学作品,比如"起点中文网"中"文学精品"频道中的印刷类文学作品,不仅《西游记》《三国演义》《水浒传》《红楼梦》等文学名著尽收其中,就是当代文坛的作家们新近出版的文学作品也有很多包罗在内,网站提供了这些纸媒作品的电子版,可以少许试读,亦可以低廉的价格在该网站购买全文。后一种类型是网络文学的次要部分,很多人认为是不能划归在"网络文学"中的,它更像是集合纸质文学作品的"库房",或是销售纸质文学作品的"旗舰店"。

宽泛地理解网络文学,上述的两种类型都应包含其中,但网络文学的主流是网络原创文学,狭义的网络文学仅指此一类型。作为网络文学核心部分的网络原创文学,还可以进一步细化为两类:第一类是由网站签约写手完成,虽然最初在网络中"发表",但谋篇布局、写作技巧和写作风格与印刷类文学作品相似,只要符合印刷出版的要求,也可以被采用登载,并且一旦以印刷品的方式呈现,就与印刷类的文学作品并无二致,难以区分,比如畅销网络中文小说《第一次的亲密接触》;第二类是互动文学,比如接龙小说,一般由网站确定题目,签约写手创作开头,然后由网友共同续写,也有的是由网站提供故事框架并提出若干问

---

① 夏勇峰:《盛大文学裂变:两度上市未果　网络文学江湖激战》。http://it.sohu.com/20130510/n375509203.shtml。

题,引导网友在此基础上自由创作,共同完成。后一类作品都是以超级链接的文本形式出现的,完全依赖计算机和互联网,是真正具有互联网特性的创作。这类作品与印刷类文学作品完全不同,"因为它们难以下载出版,只能在互联网上存活,其存在方式和审美模式都是网络化的,因而最具第四媒体的特色",但是由于参与互动对网络技术有一定的要求,以及参与者参与热情不高等,这类创作实践数量很少,它们"还不被人们看好"。① 目前被普遍关注的只是前一种类型。

网络原创文学基于互联网的信息全网传输和多媒体资料全网共享的技术特点,形成了独有的特质。

1. 从创作者来看,网络原创文学多出自"草根"写手

"草根"的含义非常丰富,这里意指同主流和精英阶层相对的阶层,他们遍布社会的每个角落,是普通民众。在传统的纸质和影视媒介中,话语权掌握在少数精英阶层手中,言论的发布要经过严格的过滤,文学创作的门槛较高;而互联网逆转了这种态势,它在"入口处"没有设置资质的限制,使话语权扩散到了公共领域,赋予了普通民众更多自由发声、自愿表达的权利。

除了少部分签约的专业作家外,网络文学的创作者基本都是由网友充当的"网络写手"。他们是以网络为发表平台的文学创作者,是热爱文学的普通人,网络为他们搭建了免费的展示平台。70后网络作家慕容雪村说,如果没有网络创作,他会去打工或者做别的事情,但不会走上文学的路;国内武侠奇幻市场中最受欢迎的写手之一沧月说,她在网络上写作,看中的就是网络的自由,她认为网络降低了文学的门槛,对更多人来说是机遇,如果没有网络她可能会去做建筑师而不是写作。互联网在诞生之初即被设计成不需要中心控制就

---

① 袁平夫:《网络文学的兴起与特点》,《西南民族大学学报(人文社科版)》2006年总第181期。

能工作的样式，web2.0时代的到来为用户自主创造内容提供了更加肥沃的土壤。所以在互联网中进行文学创作不会受到惩戒性凝视的束缚，没有严苛的审核环节，只需在相关网站中填写少许个人信息进行注册，十几秒的时间，普通网友就可以成为网络写手发表个人成果，创作和发表都简便易行。因此，伴随网络技术的不断发展，网络写手作为一种职业日益成长起来，并且日具规模，仅就盛大文学旗下网站就有网络写手160万之多。一大批网络写手还从"草根"成长为跻身作协的体制作家，被主流认可，成名成家，并且因为出书、作品改编为影视剧本而赚得盆满钵满。

互联网有助于打破普通人在现实世界中沉默的现象，为大众使用话语权提供了极大的可能。然而也必须正视网络文学"草根"逆袭现象可能造成的负面影响，这突出表现在创作的自发性可能造成的随意性，从而导致主体角色、主体行为的失误和传播内容的失控。互联网给普通民众的创作赋权的同时，也可能引发社会的不和谐，它将基于虚拟的人际网络建立起来的"陌生人社会"凌驾于基于真实的人际关系建立起来的"熟人社会"之上，用博取眼球、赚取点击率的不负责任的表达使传统的道德观念失效，可能使"贱文化"、黄色文化等垃圾文化泛滥，并且会突破互联网的边界延伸至现实生活中。

2. 从创作文本来看，网络原创文学题材广泛，风格自由随意

互联网是一个大熔炉，各种观点、想法在这里交流，各种文化在这里碰撞融汇，广袤无垠的存储空间、种类繁多的操作应用，以及私密性、互动性和低门槛性等突出的传播特性，为网络原创文学在题材、体裁、语言风格等方面的千汇万状和自由随意创造了条件。

在题材方面，传统线下文学的印刷出版要遵循严格的审查制度，在题材选择上有所限制。网络原创文学承继了一些线下文学的题材类型，如言情、都市、青春、军事、悬疑、历史等，同时又鲜明地表现出了

"幻想性、内在性、消费性、衍生性"等新特征①，一般只要不逾越法律和道德底线的题材都可以被选择进行创作，这就令幻想、游戏、耽美、同人、竞技等类型大放异彩。著名网络写手、作家安妮宝贝曾经说，她的文字是写给相通的灵魂看的。这一自述切中了网络原创文学注重表达内在心灵的倾向，并且这种表达更为直接率真，不造作，容易引发网络用户的情感共鸣。

在体裁方面，网络原创文学中也有线下文学的体裁，如小说、诗歌、散文，其中以小说的数量最大，是目前网络原创文学的主要形式和最大的群体。在此基础上，网络原创文学还衍生出了新的体裁类型，其中较为突出的，一是以段子、帖子、博客和微博为主的体裁形式，如微博体诗、微博体小说等；二是由小说体裁生发出来的互动小说类型，如接龙小说，由网络用户共同完成，结局具有不确定性，打破了传统的线性创作思维。无论是继承的传统体裁，还是新衍生出的类型，网络原创文学都不囿于某一体裁的限制，而是以"我手写我口"的自由心态，想到哪写到哪，更为注重内在心灵的随性表达，因此作品的篇幅往往拖沓冗长。这也是创作者多为"草根"写手造成的。网络原创文学的创作队伍较之传统的线下创作队伍有惊人的扩张，所有注册为网络写手的人都可以进行创作，其艺术资质良莠不齐，很多人未经过专业的学习和训练，不熟悉文体写作规范者大有人在，创作中不拘一格、自由随性也就在所难免了。

在语言风格方面，网络原创文学自由随意的特征最为明显。对熟悉电脑操作的网络写手来说，键盘输入为创造新语言提供了极大的便利，许多简化的表意符号只需输入几个键盘符号就可以完成，如(^^)表示"对不起啦"，(x＿＿x)表示"昏倒"。有别于传统的创作，网络写手

---

① 蓝爱国：《网络文学的题材类型》，《社会科学战线》2008年第6期。

们可以使用多种符号抒情表意,而文字只是其中的一种而已,音频、视频、图片,不同的字体、字号、颜色等等,在任何需要的地方都可以自由地使用。其实即使是文字,创作中亦可以用简单随意的方式代替约定俗成的表达,比如用单字"晕"表示"看不懂",用"拍砖"表示"提意见",用"新蚊连啵"表示"被无数蚊子咬了"等等。互联网信息的全网共享还为各种新语体的诞生创造了条件,"淘宝体""校内体""甄嬛体"等各式新的语体风格层出不穷。简略化、键盘化的书写,拼贴化、戏谑化的创造,提高了创作的速度,丰富了创作的趣味性,为语言增添了活力,也激发了大众运用语言的智慧。

互联网络是自由抒写的平台,但也并非路边的小木板可以无所顾忌地随意涂鸦,内在的心灵表达看似本色纯真,不矫情,但"同时也为滥用自由、膨胀个性、创作失范开了方便之门",这样的内容有可能造成创作者艺术责任感、社会责任感的淡化和缺失,以致许多作品可能"失去深度与厚重,消弭了文学应该有的大气、沉雄、深刻、庄严、悲壮等艺术风格和史诗成分,更抛开了文学创作者所应当担负的尊重历史、代言立心和艺术独创、张扬审美的责任"。① 自由的接龙、新语体的创造,在率性而为的同时也给网络文学烙上了"速食"与"游戏"的印记,严肃的文学创作很容易沦为符号的把玩和技术的狂欢,戏谑,肤浅,结果往往三纸无驴,佳作寥寥。

3. 从阅读行为来看,网络原创文学赋予读者更多的自主权

这一特征主要表现为读者对网络原创文学作品的批评自由和再创作的自由。以"榕树下"为例,丰富的阅读内容,读者可以自由选择、随时阅读,每部作品的每个章节下面,或可以点击"发表评论",或设有"讨论区"供读者发表看法和查看他人的评论。这些回应作品

---

① 欧阳友权:《新世纪以来网络文学研究综述》,《当代文坛》2007 年第 1 期。

的文字,既可能帮助读者交流看法、加深对作品的理解,激发继续阅读的兴趣,形成读者与创作者的良性互动,激发创作者的灵感,但也有可能起到完全相反的作用,阻碍读者对作品的正确理解,影响创作者的思路和情绪。读者还可以对网络原创文学作品进行再创作,比如在互动小说的创作中,读者的接续是作品得以连续的主要力量,原作者"已死",创作以网友为中心。接续可以使作品不拘一格、精彩纷呈,但也可能是狗尾续貂,一文不名,甚至可能不了了之。1999年新浪网曾联合《中华工商时报》举办为期一年的接力小说活动,小说题为《网上跑过斑点狗》,开篇由几位青年作家完成,其后就由网络用户续写,计划形成6万字左右的中篇小说,但最终却因为用户反应不积极等夭折了。

网络文学是网络时代新生的文学样式,是我国当代文学通俗化向度的延续和发展,对当代文学多元化是一个有益的补充,进一步强化了文学的大众化。但也要认识到,网络是一把双刃剑,它既为文学的创作和传播搭建了更大的平台,也会使文学写作泥沙俱下,引发新的问题,譬如创作的泛滥和审美的弱化,尤其是市场化的运作可能使网络文学缺失文学的意义,偏离文学的本质,成为单纯的逐利商品,对网友和文学的发展产生负面的影响。

(三) 新媒体文化

新媒体的得名源于其所依托的新技术。近些年,伴随科技的更迭进步,用于信息交流的媒介也在持续发生变革,各类新媒体层出不穷,其发展一日千里,国内新媒体产业的总体市场规模持续快速地增长。如今,新媒体已经深刻地介入了人们的生活,成为生活中不可或缺的一部分,更是成为传媒业界和学界探讨的热点和焦点。

新媒体技术出现在20世纪的中后期,它将所有人都裹挟进了嵌入生活的新媒体中,真正实现了网络化生存的预想。2010年是新媒体发展史上具有标志性意义的一年,这一年我国成了名副其实的全球新媒体用户第一大国。据 2013 年 1 月发布的《第 31 次中国互联网络发展状况统计报告》,截至 2012 年 12 月底,我国网民规模达 5.64 亿,手机网民规模为 4.2 亿,手机上网的比例保持较快增速,而微博用户规模也已达到 3.09 亿,手机微博用户规模达到 2.02 亿。在这样的背景下,文化的生产、传播和接受出现了翻天覆地的变化,载体形式、方式内容都与以往的媒体环境下大相径庭,新媒体文化的出现并日渐风靡就是其中的一个重要表现。然而,究竟什么是"新媒体",内涵怎样阐释,外延包括哪些,目前尚存在较大的分歧,没有准确的界说。尽管如此,学界在新媒体的一些基本特征的认定上还是比较一致的。一是"新媒体"中的"新"是相对的概念,在不同时期有不同的含义,是相对于之前的媒体而言的,而相对于其后出现的媒体,新意荡然无存,不存在横亘历史长河万年常新的"新媒体";二是"'新媒体'与传统媒体的根本区别,不在于出现时间的先后,而关乎传播的内容和方式"[1],它是新技术支撑的媒体形式,能给大众提供个性化的内容,使传者与受者作为对等的交流者互联在新媒体的时空里,可以将人际交流、群体交流与大众化的交流集于一身。

新媒体并不特指某一种媒体,而是不断推陈出新的媒体综合体,以至于新媒体文化也是五花八门、种类繁多,涵盖面很广,凡是以新媒体技术为载体的文化创造活动及其成果,都可以被称为"新媒体文化",是当前最时尚的文化形式。具体来看,所谓"新媒体文化"就是"依托国际互联网技术、卫星传播技术和相关高科技传播手段,借助电脑网络、移动电话、电子书籍等技术载体,反映大众日常生活实践、观念、经验、感受,在社会大众中广泛传播,为大众所广泛接受和参与的文化形

---

[1] 江宏、卢榕峰:《解读"新媒体"》,《新闻爱好者》2011 年第 3 期。

式和内容"①。新媒体文化的发展依赖强大的技术,根据所依赖的技术基础的不同,可以将新媒体文化分成三大类型:一是依托互联网技术的网络文化,它以全球最大最普及的国际计算机网络为基础和载体,可以在全网范围内自由传输和资源共享,是新媒体文化的核心内容,是新媒体产业的一个重要内容和支柱,如博客文化、网络文学、网络游戏、网络动漫、网络红人文化等;二是依托移动通信技术和便携式电话终端技术的手机文化,比如微信、彩信、彩铃、手机电台、手机电视等,是当前兴起的又一场文化风暴,已经显现出对大众生活观念和生活方式的改变;三是依托"都市型双向传播有线电视网、利用数字技术播放的广播网、图文电视、通信卫星和卫星直播系统、高清晰度电视、数字电视等电视技术"②的新电视文化,比如用户数已超过一亿的数字电视,以及面向庞大的移动受众群的移动电视等。

新媒体文化基于多种新技术的优势,在文化的创造、传播和享用等方面形成了独有的特点。

1. 新媒体文化的用户可以轻松实现平等互动,共享平权文化

新媒体是交互式的全媒体,其文化内容可以在创造者和享用者之间双向流动,双方互相作用、互相影响,对这一流动过程都具有控制的权力。互动机制为新媒体文化编织了巨大的纵横交织的互联网络,所有联网终端都被囊括其中,有来有往不分彼此,互相之间平等相向,正如美国《连线》杂志所说的,新媒体是所有人对所有人的传播。比如用电脑或手机看视频、读新闻之后,可以点击备选的表情或者进入讨论的区域,发表看法,谈谈感受。就是这种平等参与、互动交流的特性把姚

---

① 金民卿:《用社会主义核心价值体系引领新媒体文化的发展方向》,《党建》2011 年第 12 期。
② 穆艳花:《新型信息传播媒体类型分析》,《青海民族大学学报(教育科学版)》2010 年第 5 期。

晨打造成了"微博劳模""微博女王",仿佛成了天天会碰面的"邻家女孩",就连姚晨自己也坦言,微博是让偶像走下神坛的利器。"鸡肋短信"亦是在众人的互动中生成的新媒体文化现象,每逢大的节日,人们乐此不疲地互发祝福和问候短信,无节制地复制群发,同质、枯燥,越来越像鸡肋,食之无味但又弃之可惜。

电视媒体的互动传播相比网络媒体和手机媒体而言较弱,但是随着数字技术对电视制作、传输等各环节的革新,人们对电视系统交互功能的兴趣越来越强,研发生产也不断推进。比如"乐视TV"2012年推出的"超级电视",提供了全视频用户界面设计、触摸设计的遥控器、语音交互控制功能,整合了手机上的TV助手,形式多样,互动性强,是电视诞生九十多年来最大的革命。这种汇集先进技术成果的电视新品已成为电视业发展不可逆转的趋势,将从根本上改变人们的"看法",将智能交互进行到底。

2. 新媒体文化形式多样、包罗万象

当前新媒体之所以能在业界繁荣发展,成为学界探讨的热门话题,很重要的一个原因就是新媒体多样化的形式极大地满足了大众旺盛的文化需求,多类型多层次的新媒体令人目不暇接,已经形成了对大众生活的"包围"态势。新媒体以数字技术和网络传输技术为核心,既包括手机、数字电视、移动电视、交互式网络电视(IPTV)等承载信息的物质实体,也包括博客、播客、社区、微博、微信、QQ等储存、处理、呈现、传递信息的技术手段,渠道多样绝非传统媒体可以相媲美。不同的渠道有着不同的传输特性,催生出不同的传播样式,并且会给所传输的文化内容植入不同偏向的意义,从而产生形式多样、异彩纷呈的新媒体文化,比如博客文化、社区文化、段子文化、短信文化、粉丝文化、网络文学、网络神曲、网络动漫、网络流行语、网络微文化等。而这每一种类型还可以细分出形式不一的子类别来,比如网络微文化——网络微文化最吸引人之处就是它篇幅小、字数少，比如微博，用户只能用短短的 140 字进行书写，只言片语看似碎片、轻微无力、微不足道，但无数人的简单说说可以组成绵延不绝的信息流，积聚起来的力量有着由小见大、滴水穿石的功效，不经意之间就可能改变事态的发展，改变人们的生活。具体来看，网络微文化包括微博客、微百科、微小说、微情书、微副本、反向微博、人体微博、微博粉丝墙等多种形式的文化活动和文化产品，形式丰富，多姿多彩。

3. 新媒体文化的内容释放感性、张扬个性

新媒体是可以被个体控制的媒体，不管是网络、手机还是新电视媒体，都追求智能操作、简单易行，而且新媒体集合了文字、图形、图像、动画、声音和视频等多种信息载体，用它们创造的电子文本又被连接在一起组成了巨大的网状文本，允许大众从当前的文本切换到超文本链接所指向的其他文本，随意调用各种资源。基于 web2.0 技术，新媒体的核心就是"用户创造内容"，它为新媒体文化预设了感性的自由和个性的张扬，大众不需要复杂的设备，不需要繁复的操作和专门的技术，只需要点击鼠标、滑动屏幕或者控制遥控器，就可以轻松使用各种资源创造出异彩纷呈的新媒体文化，比如各种网络潮语、网络神曲、网络动漫、网络语汇，甚至恶搞、段子等。以反向微博为例，它不按照汉语阅读和书写的习惯从左向右、自上而下，而是反其道而行之地从右向左、自下而上，由作家郑渊洁首创，之后引发了网友的热议与模仿。网友认为郑老师写得舒服他们看着可难受了，甚至有网友说如果再不改回来就取消关注郑老师的微博。对于这样的"威胁"，郑渊洁回应说用取消关注威胁他效果不好，用何种文体写"围脖"是他的自由，原本他想正写了，但是见到威胁就决定坚持倒写。自由随性的创造使感性欲望得到了张扬，构筑起了精神的乌托邦，使新媒体文化成为"完全释放心灵、回归'本我'的自在体验，并在自由、狂欢中，通过对现实、传统的颠覆，进而

构筑起一种以'我'为主的新型文化空间",个性色彩极其浓郁。这种随性的创作、张扬的个性,同时也是对后现代社会"从传统的以'生产'为中心的社会向以'消费'为中心的社会的转变"的回应,是张扬感性和个性的后现代文化的重要组成部分,是一种时代文化。①

张扬个性的新媒体文化对于公共领域的建构作用不可忽视,然而当人们沉湎于"传媒打造的日常生活审美图景,沉湎在去政治化的自我想象和个性想象"的时候,真正值得关注的公共问题就可能因为进入不了传媒系统而被"放逐出'现实'"。② 而且倘若过度地张扬个性、释放感性,又可能引发自恋的病态行为,这一非理性的幽灵在个体通向自我和寻找自我的心路历程中会逐渐将个体引入自恋主义的泥潭。"传播媒介培养并强化了自恋主义者对显赫名声的梦想,鼓励芸芸众生将自己视为与影星一般的特殊人物并憎恨随'大流'",这会导致普通人越来越难以忍受平凡的日常生活,成为"厌倦一切的内心空虚者,一个难以满足的饥渴者,一个等待着去体验那只给少数幸运者保留着的丰富经历以填补内心空虚的人"。③ 有批评者甚至认为,自恋主义实则就是自私自利,且这种病态的性格特征已经大量地出现在我们这个时代的日常生活中了。

(四) 流行音乐文化

流行音乐是 19 世纪上半叶在工业化城市中发展起来的。"流行音乐"概念具有多义性,在不同时期、不同国家和地区,含义不尽相同,甚至称谓都有所不同。比如在我国国内,"流行音乐"就常被称为"通俗音乐",中央电视台全国青年歌手大奖赛中就设立了"通俗唱法"比赛

---

① 宫承波:《新媒体文化精神论析》,《山东社会科学》2010 年第 5 期。
② 陶东风:《畸变的世俗化与当代中国大众文化》,《探索与争鸣》2012 年第 5 期。
③ 〔美〕克里斯多夫·拉斯奇:《自恋主义文化》(陈红雯、吕明译),上海文化出版社,1988 年,第 23 页。

环节,演绎的就是流行音乐。现在所说的"流行音乐"有别于严肃音乐,至今已有一百多年的发展历史,是在美国大众音乐架构的基础上发展起来的音乐体系,风格多样、形态丰富,包括摇滚、爵士、灵魂乐、说唱乐、布鲁斯、迪斯科、新世纪音乐等。流行音乐是当下最受欢迎的音乐形式,以盈利为目的,一般都有便于记忆的简洁曲调、鲜明节奏、优美旋律、简明歌词和喜闻乐见的歌唱方式,"所反映的内容也以紧贴现代日常生活为主,反映大众在现代社会里的喜怒哀乐,以及他们因时代、生活变化而产生的种种情感诉求"①。流行音乐的传唱度相对于严肃音乐要高很多,"流行"意味着被众多的人喜爱、追捧,大众消费流行音乐的主要目的就是娱乐,他们不需要具有较高的文化素养,不追求艺术性和思想性,多数都生活在现代都市里,并且以青少年为主。

  国内的流行音乐产生于二十世纪二三十年代商业化高度发达的大都市上海,以男女爱情为主要表达内容,比如《何日君再来》《夜来香》等,这些当时在娱乐场所广为传唱的歌曲至今仍有不少被数度翻唱。1949 年以来第一个真正意义上的流行音乐热潮出现在 1970 年代末、1980 年代初,以台湾的邓丽君、罗大佑,香港的许冠杰、谭咏麟等人的歌曲为代表的港台歌曲蜂拥而入,成了彼时内地流行音乐的主流,独领风骚数年,促成了内地流行音乐的加速发展,直到 1990 年前后这种单向输入的状况才逐渐转变成了内地和港台的双向流动。其间,1984 年央视开播的"九州方圆"节目给予了流行歌曲一个官方的称呼——通俗歌曲。1949 年以来第二个流行音乐热潮出现在 1980 年代中期,以"西北风"为基调的流行歌曲横扫大半个中国,如《黄土高坡》《信天游》等,标志着内地原创意识的初步觉醒。其间内地流行音乐创作群体开始崛起,伴随卡拉 OK 等大众化音乐设备的引进,流行音乐逐渐渗透进

---

① 王一川主编:《大众文化导论》,高等教育出版社,2009 年,第 101 页。

大众日常生活,影响越来越大。1949年以来流行音乐的第三个热潮出现在1990年代以后,一直持续至今。这期间流行音乐开始规模化发展,市场化程度不断加强,出现了专职的音乐经理人,大众不仅可以消费流行歌曲,就连歌手也成了商品,被打造的偶像层出不穷,争奇斗艳,流行音乐的创作真正开始了服从市场的取向。这期间内地流行音乐出现了与世界流行乐坛交流、接轨的格局,Rap、Hip hop、Jazz等源起并盛行于西方的流行音乐开始在内地落地生根,周杰伦、陶喆等创作人才辈出,《双节棍》《爱很简单》等风格多样的流行歌曲也层出不穷。在这个过程中,伴随新媒体技术的不断推陈出新,内地流行音乐的创作、传播、销售、消费等也都相应地发生了巨大的变化,流行音乐的发展更加异彩纷呈。

作为大众文化的当代流行音乐是时代的产物,应和着时代的精神,表达着时代的丰富内涵,被看作时代发展的"晴雨表",从而催生出当代流行音乐文化独有的特征。

1. 题材上,以都市爱情为主,迎合了青春期的年轻人对于爱情的幻想与憧憬

无论是1980年代蜂拥而入的港台流行音乐,还是1986年《让世界充满爱》开启的直至当下的内地真正的原创流行音乐,都市爱情一直是主要的题材类型。1980年代之后,伴随我国民主化进程的不断推进,流行音乐也表现出了"百花齐放,百家争鸣"的局面,各类题材、各种主题的流行歌曲层出不穷,比如"西北风"《信天游》《黄土高坡》,"囚歌"《便衣警察》《铁窗泪》,励志公益歌曲《蜗牛》《星光》《最初的梦想》《少年中国》,同窗友情、校园生活歌曲《栀子花开》《青春纪念册》《我们的故事》,歌唱祖国歌曲《大中国》《青藏高原》等等。但在诸多的题材类型中,爱情始终是流行音乐的主要话题,大街小巷尽是表达情和爱的旋律,流行音乐如同"爱的潮水"扑面而来将大众包围。根据以前

《中国青年报》通过"民意中国网"对 4 006 人进行的相关调查,95.1%的人感觉当下流行歌曲的大部分都是爱情主题。① 之所以会出现这样的情况,一来,音乐是情感的语言,爱情一直都是音乐创作中最主要的题材内容,流行音乐承继了这样的传统;二来,流行音乐作为重要的消费文化类型,在市场经济的竞争大潮中,需要锲而不舍地跟随市场的脉搏。流行音乐是都市文化的象征,盛行于都市青年受众群落,已经成为众多年轻人文化生活中的必需品,因为爱情歌曲描绘的风花雪月的图景,契合了正处于爱情萌发期的年轻人对于青春期爱情的幻想与憧憬,容易引起共鸣,有着庞大而稳定的消费群。也有专家认为,流行歌曲以谈情说爱为主的根本原因,是社会的转型给大众带来了更大的精神压力,使大众心理失衡、情绪紧张,爱情歌曲可以给人慰藉,满足人们在情感孤独时的心理诉求。② 爱情歌曲将"爱情"这一私人的话题大声传唱,将情感倾诉的私人话语搬到了公共空间中任人品味,个人的情感记忆、认知方式、表情方式和爱情观念被放大而影响到了众多的年轻受众,参与塑造着他们对爱情的想象与理解。然而多如牛毛的谈情说爱的流行歌曲良莠不齐,出色的精品佳作寥寥无几,很多歌曲"为赋新词强说愁",内容空洞、千篇一律,无病呻吟、矫揉造作,有些甚至格调低下、粗俗色情,比如《嘻唰唰》《两只蝴蝶》《老鼠爱大米》《冲动的惩罚》等,尤其是一些网络歌曲,如《那一夜》《香水有毒》《我爱人民币》《飞向别人的床》等,歌词色情火爆,鼓吹快餐式、买卖式的生活和爱情,而这些爱情奇观背后却潜藏着商业盈利的真实意图。著名词作家阎肃认为"这样低俗、没文化的网络歌曲,就是在西方也很少见。这些低俗的歌曲简直是对音乐、对人心灵的一种亵渎和糟蹋。……每个成年人都要有责任心,要对我们的国家,对我们的下一代负责任……应该多宣传

---

①② 《85.2%的人担心低俗情歌影响青少年成长》。http://edu.youth.cn/jypzxw/201204/t20120405_2049968.htm。

优美的歌曲"①。

2. 在情感抒写上，以日常随性的小我情感为主，兼顾其他情感类型

音乐遵循的是感性的逻辑，表达的是心灵的声音，所以《礼记·乐记》有云："凡音之起，由人心生也。"在音乐中，情感始终是最活跃的因素，是音乐的血液。流行音乐也不例外，它的精髓就在于情感的自然流露，自然随性是它的本质。当前国内流行音乐所表达的情感大致可以分成五种类型：第一类是对国家、民族和家乡的热爱之情，比如张明敏《我的中国心》、王力宏《龙的传人》、腾格尔《天堂》；第二类是激励人奋进、热爱美好生活的情感，比如刘欢《从头再来》、牛奶咖啡《明天，你好》；第三类是与爱情相关的情感，如邓丽君《甜蜜蜜》、曲婉婷《我的歌声里》；第四类是有关亲情友情的情感，比如耿宁《常回家看看》、周华健《朋友》；第五类是有关社会人生的情感，如 Beyond 乐队《光辉岁月》、范玮琪《最初的梦想》。在流行音乐的创作实践中，这些情感类型并非都被重视、平分秋色，只有随性的日常情绪、小我的自然表达是一家独大。

作为典型的大众文化，流行音乐与社会生活联系紧密，已经成为现代生活的一个组成部分。普通人日常生活中的情感体验、个体的日常情绪是流行音乐创作的主要情感素材，也是当下的流行音乐着重抒发的情感内容，比如传唱大江南北的《常回家看看》："常回家看看，回家看看，哪怕给妈妈刷刷筷子洗洗碗，老人不图儿女为家做多大贡献，一辈子不容易就图个团团圆圆。"质朴的歌词散发着浓郁的生活气息，颂扬了至真至纯的人间亲情，能够引起普通大众的情感共鸣。在这些日常随性的小我情感中，又以与爱情相关的情感抒发占比最大，百分之九

---

① 刘琼：《网络音乐应如何走出低俗》，《人民日报》2007 年 10 月 26 日。

十以上的流行音乐都在谈情说爱,有的追忆曾经的美好时光,歌唱爱情的诗情画意,有的感慨爱情的无奈,表达难以割舍的思念。比如邓丽君演唱的《甜蜜蜜》,清甜圆润的歌声描绘了美好爱情的缠绵柔情,触动了万千华人的心弦,至今风靡不衰;而林忆莲演唱的《爱上一个不回家的人》所表达的情感则相反,仿佛一个活生生的女人哭诉着在爱上不安分的男人之后的深情与迷惘。当前国内流行音乐的情感内容表现出了明显的非主流意识形态的倾向,"更多地强调感官刺激功能、娱乐功能与游戏功能,相应地淡化和抑制了政治功能、教育功能甚至审美功能……那些崇高、奉献以及理性这类主流意识形态所提倡的社会本位价值追求,不是流行音乐最主要的价值定位……流行音乐更多的是从个体出发,满足个体的情感要求,体现的是非主流社会意识形态"①。

3. 演唱上,歌手时尚个性,歌唱选秀助"草根"迅速蹿红

严肃音乐起源于古代的宗教音乐和宫廷音乐,一般都包含着特定社会阶层的文化含义,高雅严肃,创作者、演奏者和欣赏者都必须要有一定的文化素养和音乐修养,所以曲高和寡。与严肃音乐相对,现代意义上的流行音乐植根于市民生活的丰厚土壤,形式短小,唱词朗朗上口,旋律晓畅明朗,是普通大众生活、情感的写实记录,通俗易懂,易于流传,所以又有人称流行音乐为"大众音乐"。流行音乐为普通大众和音乐的亲密接触提供了便利,激发了群众性的创编和演唱活动,于是众多平民出身的歌手相继走红,比如西单女孩、旭日阳刚、凤凰传奇等,他们往往是通过不同于传统艺人和明星的方式步入大众视野,他们中的多数人并非科班出身,并没有接受过正规的音乐训练,五花八门的"野路子"反倒使他们自成一派,个性十足,更接地气且更能吸引眼球。当

---

① 王思琦:《"流行音乐"的概念及其文化特征》,《音乐艺术》2003年第3期。

前众多的歌唱选秀节目为这些"草根"歌手的出场和走红提供了舞台和机遇，单是同一时期电视银屏的选秀风潮中，就有《中国好声音》《快乐男声》《中国梦之声》《最美和声》等十二档歌唱选秀节目，为普通人展示才华、成就梦想提供了广阔的平台，陈奕迅、蔡依林、李宇春、周笔畅、张靓颖等如今流行乐坛的一线歌手，也都是从这样的选秀节目中脱颖而出成为耀眼明星。其中尤以李宇春最为突出。2005年参加《超级女声》比赛时，她还只是四川音乐学院的一名普通大学生，凭借独特的浑厚嗓音和时尚的中性装扮，她获得了当年的年度总冠军，并正式步入歌坛，随后成为内地首位民选超级偶像。她曾两次登上美国《时代周刊》并获评"亚洲英雄"和"中国流行文化代表"，拥有七张冠军销量专辑，51首冠军单曲，举办过21场个人演唱会，并创立了华语乐坛个人演唱会品牌"Why Me"，如今更是开始全面发展，成为名副其实的亚洲地区最具影响力的明星之一。

不仅平民选手参加歌唱选秀需要有独特的嗓音和演绎风格，流行乐坛钟爱个性与时尚，歌手的声线、唱腔、身材、脸蛋、台风等是否独具魅力已经成为决定歌手能否在呈几何级数增加的庞大歌手群中出挑的最关键因素，这就是《中国好声音》中导师们反复强调的"辨识度"。2006年从《星光大道》走出来的李玉刚，以男儿之身塑造出了端丽、温婉的古典美人形象，嗓音甜美清亮，能歌男女双声，并能表演曼妙柔美的舞蹈，无论原创与翻唱歌曲，均能演绎出独有的韵味。有人赞扬他运用了无宗无派、异想天开的独创舞台演出形式，但也有人嘲讽他荒腔野调、不登大雅之堂，就像著名主持人张泉灵所说，一个歌手被有些人超级喜欢，同时被另一些人超级不喜欢，就叫有个性。① 从2012年《中国好声音》"一飞冲天"的吴莫愁也是典型的个性代表，她拥有一副独特

---

① 陈颖：《"莫愁女"惹争议　海清点评：妖精!》，《华西都市报》2012年9月2日。

的西式嗓音，用怪腔怪调将个性张扬得淋漓尽致。在她演唱时，关于"好声音"的发言几乎一边倒地与"鬼"有关，有人调侃说觉得像闹鬼，更有人开玩笑地管她叫"鬼见愁"。但就是这种破坏性的"怪"唱法使她令人印象深刻，迅速确立了她在"娱乐江湖"的一线地位，在比赛结束的几个月时间里，她就为《三联生活周刊》《嘉人》《ELLE》《时尚 COSMO》等知名杂志拍摄了封面或大照片，并同时获得《新周刊》"年度艺人"等重磅大奖。因为影响力和她独特的个性之美，吴莫愁也荣登了由媒体、网友投票评选出的"全球最美 50 新人"冠军宝座。吴莫愁身上表现出的自信之美，也让她引领了张扬个性年代的世界化新潮流。

　　阿多诺在《论流行音乐》中指出流行音乐采取了"伪个人化"的策略，是"标准化"的音乐，指出"一旦某种音乐或歌词风格受到欢迎，那么这种风格就会遭到商业的滥用，造成的结果就是'标准的结晶化'"。① 阿多诺所说对于当下国内的流行音乐仍然适用。细察当下的流行音乐就会发现其中蕴藏着许多既定的创作和演绎规则。在歌词方面，很多采用的就是"三三七"的句型，比如杨臣刚《老鼠爱大米》中的"我爱你，爱着你，就像老鼠爱大米"，张惠妹《哭不出来》中的"让爱来，让爱走，让你让心都受痛"，张学友《祝福》中的"不要问，不要说，一切尽在不言中"等。在演唱、声线、音色等方面，从 2012 年最火的歌唱选秀节目《中国好声音》中导师们的选择，就可以发现一定的标准。演唱方面，"具有较强技术控制力……善于表现动态性情绪特征（即歌曲情绪大开大合、具有较强戏剧性张力）的歌手"更易受到导师们的青睐；声线、音色方面，音域要"宽广、具有张力和爆发力"，音量要"较大、具有很好的共鸣"，音色要"暗、哑、厚、沙、宽"，具有中性化的特点。概括

---

① 〔英〕约翰·斯道雷：《文化理论与大众文化导论》（常江译），北京大学出版社，2010 年，第 82 页。

起来可以发现,节目中普遍被认可的歌手几乎都具有音域高、音量强、风格硬的特点,比如徐海星、吉克隽逸、张玮等,以"明、圆、细、亮、薄"的音色和音质演唱的歌手基本都无缘入选,即使入选也基本无缘比赛的最后环节,比如张玉霞、李行亮等。① 国内流行乐坛并不缺少流行歌手,各类歌唱选秀节目不断制造新星,然而他们几乎都像划过长空的流星,转瞬即逝,难怪有网友调侃说流行乐坛"新人托不起来,老人唱不起来",究其原因,关键就在于欠缺创造力,诚如阿多诺所说的"伪个人化"。当前流行音乐的词、曲和表演几乎都表现出拼贴甚至拼凑的痕迹,同质化程度较高,因为缺少"精气神"和"生命力",不少歌曲的词、曲和表演在表意能力方面都显得软弱无力,只能表现为"意义缺失"或"意义抽空"的符号或动作的机械组合,"不知所云的歌词,节奏感很强的曲调,再加上过分夸张或做作的表演,这些毫无意义的符号、声音、动作的任意组合,就是当下中国的流行音乐"。正因为如此,流行音乐和歌手们都打个性牌,试图用"为自己贴上某种虚假意义的标签"的方式弥补"不知所云"的缺憾。② 单个比较,歌手、歌曲之间确有不同,但在消费经济的大潮中,那些个性化的诉求总能归属于一定的被市场认可的时尚潮流和流行文化中,其中的潮流元素统辖着个性的生成,大众就是被这些市场标准化生产的伪个性产品包围了。长此以往,大众对这些类型化的个性兴奋减弱,难以产生较强的美感,甚至会产生厌弃的情绪。

(五)时尚文化

时尚是个地道的舶来品,现代时尚的兴起可以 20 世纪初巴黎成为

---

① 王思琦:《"谁的好声音"——由〈中国好声音〉看中国流行音乐的审美取向及其他》,《歌唱艺术》2003 年第 11 期。
② 《"快乐男声"落幕 解析中国流行乐坛的现状》。http://music.yule.sohu.com/20100903/n274688045.shtml。

世界时装中心为标志,美国则是当今各种时尚文化的核心发源地。①中国现代时尚文化萌芽于 1980 年代,在一些大城市中,随着大众传媒的迅速发展,在穿着打扮、文化艺术等领域出现了时尚的元素,如喇叭裤、爆炸头、摇滚乐、迪斯科、霹雳舞、双卡录音机等。1990 年代开始,中国现代时尚步入了成长期,持续升温至 20 世纪末得到了空前的发展,腰别 BP 机、手捧大哥大、留郭富城头、穿宽大 T 恤和破裤子、蹦迪、唱卡拉 OK 等,一度成为那段时期的时尚表达。进入 21 世纪后,中国时尚展现出了多元繁荣发展的强劲势头,吃无油餐、穿修身衣、戴黑框眼镜、说流行语、骑死飞自行车等,饮食、衣着、妆容、居住、行为,甚至情感表达、思考方式,社会各个领域里都可以感受到色彩斑斓的时尚元素,时尚文化已经像空气一样弥漫于日常生活。作为一种大众文化现象和大众文化形态,时尚植根于经济、政治和文化生活,是社会的表征符号,有着鲜明的时代特征,也是社会的镜子,映照出社会现象和时代变迁。

  时尚已是当下流行的话题,"时尚"二字中"时"泛指一段时间,"尚"取其基本释义就是尊崇。《现代汉语词典》认为"时尚"就是"当时的风尚",西美尔的解释更为详细,认为"时尚是既定模式的模仿……它提供一种把个人行为变成样板的普遍性规则,但同时它又满足了对差异性、变化、个性化的要求"②。简而言之,时尚就是一段时间里先由少数人实践而后又被相当数量的人尊崇并仿效的风气和习惯,基本内涵就是新颖脱俗、奇妙前卫,与之相对的是落后、土气。时尚不仅是对领先于当时的时髦行为方式的诠释,当时尚的内涵被广泛传播、扩散、渗透进日常生活,成为一段时间里相当数量的普通

---

  ① 王一川主编:《大众文化导论》,高等教育出版社,2009 年,第 179 页。
  ② 〔德〕齐奥尔特·西美尔:《时尚的哲学》(费勇、吴䉠译),文化艺术出版社,2001 年,第 72 页。

人共同尊崇的生活风尚、共同参与的文化过程,时尚文化也就应运而生了。

时尚文化是大众文化的风向标,跟随着时代的脉搏不断发展变化,在不同阶段、不同地域、不同人群中有着不一样的表征,展现了多元化的特征。

1. 时尚文化总是从社会较高阶层流向中下阶层,是一段时间内的流行风尚

决定时尚建构的根本因素是分化的需求和统合的欲望。时尚始于社会各阶层的分野,根据对政治资本、经济资本和文化资本等社会稀缺资源的占有和控制的不同,同时参考职业、收入、消费等指数,可以将组成社会大系统的不同人群分成不同的阶层。① 处于较高社会阶层的少数人出身显赫或者职业能力非凡,拥有较高的薪酬和大量的财产,通过对生产资料的占用和控制分配社会资源,对社会的经济控制有极强的能力,与之相匹配的行为方式、生活习惯表现出了这一阶层优越的社会生存状态,他们被看作社会成功人士,也被称为"新富阶层"。为了确证较高阶层的身份,展现与较低阶层的差异性,这一阶层也会刻意追求气质风格和生活习惯的独特性,这也就成了创造时尚的催化剂。与此同时,处于中下阶层的人群中有人开始了"赶潮流",尤其是社会中间阶层,他们有着中等收入,大部分人看重时尚,习惯向较高阶层看齐,把较高阶层作为模仿的榜样,意在通过模仿彰显个性,并以趋同的行为和习惯弥合与较高阶层的差异,模糊自身作为较低阶层的身份。中产阶层是引导社会消费的最主要的社会群体,他们对较高阶层时尚文化的模仿无疑会削弱时尚的差异性,既有的时尚在模仿达到一定规模成为全社会的流行文化时,就失去了其作为时尚的资本,并且会被较高阶层

---

① 康新贵:《当代中国四大社会阶层分析》。http://www.chinareform.org.cn/society/manage/Forward/201007/t20100712_36215.htm.

创造的新时尚所取代。不过时尚正是在这样的创造、模仿、再创造、再模仿的更迭变化中成长壮大,这同时也是时尚从社会较高阶层向下扩散至相对较低社会阶层的过程,呈现出"向下"流动的景象。

时尚文化始于少数人标新立异的目的,发展于获得越来越多普通人的共鸣和认同,在作为全社会的流行文化丧失其前卫新潮的本质之时归于沉寂。时尚文化是即时性的文化,具有当下性和暂时性,比如1980年代喇叭裤、水洗牛仔裤掀起一阵热浪,高腰的确良或纱质地的阔腿裤也是时尚人士钟爱的选择;1990年代踩脚裤让女人疯狂,几乎人腿一条;时至今日,紧身的令下半身曲线暴露无遗的打底裤、铅笔裤风头正劲,阔腿裤也依然有市场,但材质偏硬已全然不似当年的的确良和纱。

2. 时尚文化通常被以广告的方式演绎,广告也成了时尚文化的重要内容

在时尚"向下"的流动中,大众传媒连接了上下阶层,起到了桥梁作用,推动着时尚呈几何级数扩散并形成时尚文化热潮,是时尚文化的集散地和最主要的展演场,也是时尚前沿重要的"预报台"。其中,广告是时尚文化从一开始就寻求合作的传播媒体,因为"广告在对社会价值观念、消费行为的引导,以及对新的文化和文化消费群体的塑造中所发挥的强大作用,使其成了承载时尚文化最理想的一种媒介"[1],它可以把"罗曼蒂克、珍奇异宝、欲望、美、成功、共同体、科学进步与舒适生活等等各种意象附着于肥皂、洗衣机、摩托车及酒精饮品等平庸的消费品之上"[2]。

---

[1] 贺雪飞:《潮起潮落:时尚文化解读》,《黑龙江社会科学》2002年第5期。

[2] 〔英〕迈克·费瑟斯通:《消费文化与后现代主义》(刘精明译),译林出版社,2000年,第21页。

广告以创意为灵魂,是新产品、新观念有效扩散的"助推器",又总与热点相呼应,它预设理想生活图景的功能与时尚创设新颖奇妙风尚的天性不谋而合,是时尚文化的"造型师"。时尚经常以广告的方式被传播、被演绎,进而被大众化形成时尚文化,对广告有着深刻的依赖。以当前在期刊界举足轻重的三大主流时尚类杂志《时尚》《瑞丽》和《世界时装之苑》为例,这三份杂志都打着传递时尚资讯、引领时尚风潮的旗号,都以都市家庭及白领女性为主要受众对象,内容包括服饰、美容、饮食、出行、理财、心理、家居、工作、娱乐、人际关系等,都试图网罗时尚生活各个方面的潮流热点和时尚精华,是中国当前最具影响力和最富代表性的"潮流领袖"。然而这些时尚类杂志,无一例外地都将绝大多数的篇幅用于刊登定位高端的时尚产品的广告,有的是绵里藏针的软文,有的直接就是硬广告。它们用广告报道、展示、评说各个时尚产品和时尚观念,营造新颖奇妙的时尚文化环境,用琳琅满目的消费品为大众勾勒出与众不同的时尚生活的具体图景,衣食住行无所不包,既有对当下流行风的展示,也有对下一季或下一年时尚的前瞻性预测,激发大众的需求欲望,引导大众模仿时尚的行为,是时尚文化形成的重要来源。这些杂志就像广告册,以致这些打着时尚旗号的昂贵期刊实则内容空泛、同质,制作如出一辙,相似的铜版纸和精美包装,相似的美女图和商品展示,杂志就像放大的小人书,图片远多于文字,如果单看内页,难以辨认里面的内容究竟属于哪本杂志。

除去时尚类杂志外,电视中的时尚类广告也是演绎时尚文化的重要媒介,当下互联网、手机等新媒体中的广告亦成为时尚文化的宣传平台,多媒体同时投入,反复强化,几近"狂轰滥炸"似的宣传攻势,将广告倡导的时尚理念潜移默化地植入大众的心里,《武林外传》中的"白驼山壮骨粉""唐门不粘锅""鸟牌皂角粉"等戏仿广告的内容,就以古装恶搞的喜剧效果折射出了广告对现代生活的深刻影响。睡榻榻米,开私家车,穿名牌服饰,用抽取式纸巾,吃汉堡改善伙食,到咖啡馆会见友人,买保健品作礼物,用木糖醇口香糖清洁牙齿等等,这些现代人习以为常的生活方式无不是由广告创造需要,进而被效仿并在实践中扩散开来。广告俨然已经成了时尚生活的"导师",就像波德里亚所说的,消费者在广告那里"每时每刻都可以读到自己是什么想要什么——并同时实现它"①。广告产品也已成为时尚生活的代名词,深深地融入了大众的生活。

3. 时尚文化强调形式上的标新立异,与符号消费连成一气

国内市场经济的蓬勃发展、大众传媒的空前解放、文化迎来大发展大繁荣的黄金机遇期,为现代时尚文化创造了有利的条件。经济文化的发展提升了大众对生活品质的要求,1990 年代以来,享乐主义逐渐颠覆了过去那种禁欲苦行的思想,城市大众对耐用消费品的购买开始转变成对高档产品的追求,开始以名牌服饰、高档饮食、私家汽车来显示自己与众不同的档次与品味,中国社会逐步进入了消费社会,从原来的以生产为中心的社会转变成了以商品消费为中心的社会,欲壑难填的大众把消费的层次和品味看作不同文化品味、审美情趣、社会地位和身份意识的折射,甚至看作能弥合社会阶层差异的"神器"。譬如奢侈品消费。奢侈品是典型的时尚类消费品,对它的理解具有很强的主观性和相对性,不同的人有不尽相同的理解,但是它独特、稀缺、珍奇的特点是永恒不变的。② 比如私人飞机、豪华游艇、超级豪车、顶级珠宝、世界名表、时尚大牌、烈酒与葡萄酒、化妆品与香水、私属定制、度假酒店等,虽然是超出生存与发展需要的物品,价格昂贵,但是因为被认为能提升个人的品位和

---

① 〔法〕波德里亚:《消费社会》(刘成富、全志钢译),南京大学出版社,2000 年,第 229 页。

② 王劲松、刘国旺:《中国奢侈品年消费总额跃居全球第一》,《中国财经报》2012 年 1 月 19 日。

生活的品质,是时尚的代名词,所以大众趋之若鹜。截至2011年底,中国已经成为全球占有率最大的奢侈品消费国,《2013中国免税报告》指出,中国消费者撑起了欧洲本土奢侈品市场的半壁江山,普通消费者更倾向于购买香水、化妆品、皮具与服饰等初级奢侈品,而珠宝、腕表等顶级奢侈品则最受富豪消费者青睐。

时尚消费像一条捷径,为释放个性化的冲动和满足融入整体、与较高阶层相统合的需求找到了近便的出口和通道,譬如用超薄纯平彩电、智能变频空调、全自动洗衣机等以展示生活的优越,年轻人为表达对自由和无拘无束的西方精神的向往,会选择 CONVERSE 或 NIKE 的复古鞋或篮球鞋,配上 Hip hop 风格的衣服,这正应了俗语所说的"人靠衣装马靠鞍",漂亮的衣服可以使人增色,华丽的马鞍可以使马出彩。从当前的实践情况来看,时尚的消费通常都是具体化地表现为对这些新颖奇妙的物品的占有,大众追赶潮流的行为更多更直观地表现为对知名品牌的追捧、对标新立异的外形的模仿。西美尔认为"单纯的外在模仿是最易于达到的",如果和"那些要求一种金钱不能获得的个人价值的领域"相比,那么时尚"更容易借外在性与更高阶层达到一致"。① 就像大众对"苹果"产品的追捧一般,相比实用的功能,"苹果"产品带给消费者的心理价值更能帮助消费者实现自我的心理归属感,尽管这一品牌的产品配置不如小米,质量不如诺基亚,音效不如索爱,分辨率不如三星,放一首音乐都要用 iTunes 同步,十分麻烦,iPod 跟同等价位的 mp3 相比也简直没法比。但这些都不重要,重要的是"苹果"有着简洁大方、辨别度极高的时尚外形,以及特立独行的品牌特征。"苹果"产品不兼容其他任何一个系统,独一无二的身份价值引得潮人趋之若鹜,就是知名品牌的同行,亦是跟风仿效,因此"苹果"引领电子行业数

---

① 〔德〕齐奥尔特·西美尔:《时尚的哲学》(费勇、吴蓍译),文化艺术出版社,2001年,第74页。

十载。对于赶潮流的人来说,仿佛手持 iPhone,怀抱 iPad,就是站在了时尚的前沿,就是提升了生活品质。研发中国第一代智能手机的杨兴平认为中国人对"苹果"产品的追捧,盲目性很大,真正了解"苹果"核心理念和独特价值的人很少。外来时尚文化虽然进入神州大地的时间远不及本土传统文化发展的时间,却能在较短的时间内就拥有相当数量的青睐者,甚至向本土传统文化叫板,也有力地证明,并非它的内涵丰富、深远吸引了眼球,而是它通过宣传、包装、造势等多方面的努力打造出来的鲜亮形象博得了青年人的偏爱。①

诚如波德里亚在《消费社会》中所说的,消费社会里消费者不只是在消费商品本身,而是同时消费了品牌附带的社会地位:"物品都彻底地与某种明确的需求或功能失去了联系。确切地说这是因为它们对应的是另一种完全不同的东西——可以是社会逻辑。"②时尚消费体现了消费社会的典型特征,它不是单纯的经济行为,而是社会心理的表达,价值观念的表征。在对潮流物品的消费中,隐藏的是对形式上与众不同的象征意义的占有,是个体凸现社会地位、实现与他人的社会区分的行为。"原有的'自然'使用价值消失了,从而使商品变成了索绪尔意义上的记号,其意义可以任意地由它在能指的自我参考系统中的位置来确定。因此,消费就决不能理解为对使用价值、实物用途的消费,而应主要看作对记号的消费。"③甚至商品都被蒙上了一层虚假的使用价值。

时尚消费行为实际是在为身份编码,首要的目的不是享受时尚物

---

① 廖志鸿:《外来时尚文化对青年影响的调查研究》,《思想·理论·教育》2005 年第 1 期。

② 〔法〕波德里亚:《消费社会》(刘成富、全志钢译),南京大学出版社,2000 年,前言第 2 页。

③ 〔英〕迈克·费瑟斯通:《消费文化与后现代主义》(刘精明译),译林出版社,2000 年,第 124 页。

品的使用功能,而是向他人展示甚至炫耀自己的财力、地位和身份,是一种夸示性的消费。一旦时尚的风向发生变化,这种消费的价值尺度就会随之而变,时尚物品也就失去了消费的价值而被抛弃。就像头发,过去拥有乌黑的头发会令人羡慕,但如今黑头发倒成了不入时的土气发色。倘若任由这种现象自由生长,就可能引发假冒伪劣的横行泛滥和挥霍浪费的肆无忌惮,导致信仰的坍塌、价值观的扭曲,滋生消费至上、拜物主义和享乐主义,甚至发展为社会的顽疾,阻滞社会的发展。有人认为把自己弄得光鲜亮丽才是时尚,最好整形成某个大明星的模样;更有人认为,时尚就是不断地花大钱,不断地买好衣裳。这种对符号的消费已经成了时尚的内在驱动力,是后现代主义无深度的消费文化,会造成对文化内涵的分化、误读和消解,必须加以控制和疏导。

4. 时尚文化盛行于"易感人群",青少年走在了现代时尚的最前沿

时尚文化的形成不可或缺的是数量可观的拥趸,他们是时尚文化的主体。有学者恰如其分地称他们为"易感人群"①,主要包括女性消费者群体、社会富裕者群体和青少年群体。

性别心理学研究表明,女性比男性更多地表现出对美化身体的热情,对身体"自我"的迷恋植根于女性的文化历史中。古代女性以米粉敷面,用铅粉描眉,蘸丹砂涂唇,取纱布束腰;现代女性"武装"自己的时尚产品琳琅满目,造美机构铺天盖地,想怎么美就可以怎么美,头发枯了可以焗,鼻子矮了可以隆,眼睛小了可以开,眉毛少了可以种,油脂多了可以抽,只要愿意,从头到脚都可以大动干戈以时尚自己。"男才女貌"的赞美之词古已有之,它体现了社会对男女价值的评判标准。虽然在新时代里它被斥为歧视女性的男权话语,但这一刻板印象已在大众心里根深蒂固。加之女性天然地比男性更感性,在消费时更欠缺

---

① 贺雪飞:《潮起潮落:时尚文化解读》,《黑龙江社会科学》2002 年第 5 期。

理智,这使她们成了时尚文化的易感人群之一。西美尔谈到女性追求时尚时说道:"当女性表现自我、追求个性的满足在别的领域无法实现时,时尚好像是阀门,为女性找到了实现这种满足的出口。"①

社会富裕者群体收入较普通人群高,需求层面也较普通人群更深入,在生理需要和安全需要的基础上,还包含了社会需要和自我体现的需要,比如买房不只是为了自住,还包含了投资与升值的意图;买车不只是为了交通方便,还包含了身份和地位的自我体现;海外旅游不只是为了欣赏异国风光,还包含了追求生活品质和享受生活的精神需求。这一群体更在乎的是品质和形象,在乎消费产品能带给自己怎样的心理满足。② 时尚文化恰好符合他们的生活需求。这一群体目前主要包括"私营企业主和个体户、三资企业的高级雇员、金融投资者、某些有特殊专业技术的人士以及企业的一些管理者和白领"③。

青少年群体是当前时尚文化的代表和先锋,是时尚文化的核心消费群。对于相对稳定、依循既有规律运作的主流事物,青少年往往反感,非主流的甚至前卫、另类的事物可以彰显个性和创造力,更易吸引青少年的关注,比如在网络上玩虚拟同居,穿不合体的肥大 T 恤,玩滑板等街头极限运动。西美尔认为,"对那些天性不够独立但又想使自己变得有点突出不凡、引人注意的个体而言,时尚是真正的运动场"④。作为一个群体,青少年对时尚的介入是其他群体无法比拟的,时尚近乎他们的先天爱好,已经成了他们的生活态度、生活方式。譬如不顾忌世

---

① 〔德〕齐奥尔特·西美尔:《时尚的哲学》(费勇、吴蓓译),文化艺术出版社,2001 年,第 81 页。
② 《中国高收入人群三大生活特征》。http://www.chinabgao.com/freereport/23346.html.
③ 贺雪飞:《潮起潮落:时尚文化解读》,《黑龙江社会科学》2002 年第 5 期。
④ 〔德〕齐奥尔特·西美尔:《时尚的哲学》(费勇、吴蓓译),文化艺术出版社,2001 年,第 78 页。

俗的眼光另类地打扮,不在乎师长的训斥广泛地使用流行语,都成了他们相互认同的"身份证";譬如女孩穿着直筒或紧身的裤子,上面有做旧的破洞或可爱的图案,男孩要么是休闲风格,要么是酷感十足。总体来看,当下的青少年崇尚韩流,突出表现在对标新立异、设计出位的韩流服饰的喜爱,像一侧肩部裸露的设计,宽到极致的阔腿裤,瘦到极致的紧身衣等。时尚可以满足青少年尝鲜的心理,也深刻地参与了青少年社会化的过程,影响了他们的生活态度、认知方式和价值观念。时尚文化有助于青少年主体意识的增强、创新思维的发展、精神压力的缓解、审美修养的提高、现代化和全球意识的形成。然而,青少年依循变化万端的市场动向,沉溺于对绚丽多姿的时尚形象的模仿,试图从平淡无奇中摆脱出来,彰显自我,改变受压抑的状况,实则突出了感性的力量,削弱了理性的引导,亦是跟风的表现,反倒更深地陷入了以大众眼光评判自我的俗套中,陷入了受市场摆布的泥潭。

第五节　大众文化的价值重估与重建

所谓"大众文化价值",是指作为大众文化的一种属性存在和表现出来的实际价值取向,是大众文化中具有决定性力量的基本品格,是大众文化同作为主体的、有一定需要的人发生关系时所获得的具有社会意义的属性。

有学者指出,当前大众文化在塑造大众价值观方面的影响是"最大的",甚至"远远超过"主流文化和精英文化,然而不容置疑的是,大众文化自身在价值观方面存在着"一些混乱"[①]。当前中国正处于复杂

---

① 陶东风:《关于当下中国大众文化的问题——答新华社记者问》,《山花》2011 年第 21 期。

多变的社会转型期,人们面临的最大问题之一就是文化价值的困惑、危机和冲突。在此背景下倡导价值重估,加强对现有大众文化价值取向的反思,在判断大众文化价值"是什么"的基础上尝试解决大众文化价值"应该怎样"的问题,通过文艺和文化批评引领大众走出现代文化困境,具有重要的理论和现实意义。

一、描摹大众文化价值的实然图景

大众文化在本质上是一种人文文化形态,不过大众文化活动又总是伴随着文化产品的买卖关系。费斯克根据马克思主义政治经济学的商品交换价值和使用价值的理论,以电视为范例对"矛盾透顶"的大众文化进行总结,认为大众文化的商品在"两种平行的、半自主的经济"中生产和销售,即"金融经济"和"文化经济"。[①] 在金融经济领域流通的大众文化,就像我们熟知的物质商品一样具有实用的价值,流通的过程就是产品售卖、创造物质财富的过程;在文化经济领域流通的大众文化,如同其他文化形态一样具有文化的价值,流通的过程就是编制、解读、占有、享受文化意义的过程。两种经济领域中的大众文化胶着缠绵、共生共荣,但究其本质又彼此相异、各有千秋。这符合文化产品的价值一般都由多种因素综合而成的现实情况,大众文化就表现出了经济价值和社会价值的综合、物质价值和精神价值的综合等特征。

(一)倡导时尚的和宣泄物欲的消费

"倡导消费"是经济领域中流通的大众文化最基本的价值取向,这种取向又具体地表现为倡导时尚的消费和倡导宣泄物欲的消费。

"消费"是以一定的社会产品满足物质和精神生活欲求的经济行为。大众文化"倡导消费"意味着在经济领域流通的大众文化鼓励消

---

① 〔美〕约翰·费斯克:《理解大众文化》(王晓珏、宋伟杰译),中央编译出版社,2001年,第32页。

费行为,崇尚以占有、享用更多商品来满足各种欲求的生活方式,这一价值取向和当下许多人对于热议的时代话题"什么是幸福"所给出的答案是一致的。很多人认为有钱够消费才会有幸福,钱可以买来爱情、实现梦想、换来舒适。美国经济学家萨缪尔森的"幸福方程式"——"效用/欲望=幸福指数"①也印证了这一价值取向,其中的"效用"就是从消费中得到的满足程度,它和幸福指数成正比。

大众文化以"倡导消费"为最基本的价值取向,究其缘由,可以从其赖以生存的经济环境和消费社会语境中见得一斑。在以电视节目为范例进行阐释时,费斯克认为,金融经济注重的是节目的交换价值,流通的是金钱。经济领域专注于商品的生产和交换,以金钱和财富的累积为全领域运转的直接目的,以提升人们的生活质量为终极的目标。消费是经济运行链条中的起点和终点,消费的需求引发了购买的行为,在这一需求得到满足的同时,下一个欲望又会激发新的消费行为,这不是一个从起点到终点的简单的循环往复,而是一个螺旋式上升的过程,经济就在消费行为周而复始的螺旋式上升运动中得到飞跃。在经济领域流通的大众文化,秉承了一切经济活动自消费起至消费终的基本逻辑。再从社会宏观面来看,消费已经成了当代社会的主题性话语。在我国,自20世纪改革开放以来,市场经济的蓬勃发展逐渐提升了人们对生活品质的要求,90年代之后享乐主义更是逐渐颠覆了过去那种禁欲苦行的思想,中国社会逐步进入了消费社会。消费社会从原来的以生产为中心的社会转变成了以商品消费为中心的社会,它始于以消费拉动、刺激生产的企图,引发的不仅是人们对产品物理属性和实用价值的广泛消费,更是对产品的象征意义、符号价值的深入消费。社会演进中的消费文化既表明了社会经济结构的转变,同时也暗示着文化的转

---

① 梁小民:《西方经济学基础教程》,北京大学出版社,2003年,第45页。

变,包括大众文化的转变。在这一语境中,消费成了大众文化的一个基本属性,主流的意识形态。波德里亚在《消费社会》中基于消费社会理论解读大众文化,也印证了经济领域的大众文化以倡导消费为最基本价值取向的现实状况。

首先,鼓吹宣泄物欲的消费,煽动通过消费满足快乐的欲求。《现代汉语词典》中"物欲"是指"想得到物质享受的欲望"。依据马斯洛的需求层次理论,人在低层次需求得到满足后就会继而寻求更高层次需求的满足。当人们面对生存危机时,物欲表现为解决温饱的物质需求;但是从紧迫的经济束缚中解放出来、不再被吃饭问题困扰之后,物欲也就相应地提升为生存之上的衣、食、住、用、行各方面的更高层次的物质享受欲望。物欲是潜藏在意识之中隐而不露的本能欲望,宣泄物欲意即把这种潜藏的物质欲望释放出去,目的是减少或排除因为压抑欲求而引发的情绪等问题,其中消费是宣泄物欲的最重要的渠道,消费是排遣受压抑情绪的有力手段。当前我国经济快速发展,人民的生活质量发生了质的飞跃,生活水平基本达到了小康,物质享受欲望已经提升到生存之上的更高层次,诚如波德里亚所形容的"丰盛"情境:"今天,在我们的周围,存在着一种由不断增长的物、服务和物质财富所构成的惊人的消费和丰盛现象。"① 北京大学社会学系教授郑也夫认为,我国当前已经进入"后物欲时代",这个时代"温饱即将全面解决",但是"物质的供应仍加速、疯狂地推进,以至商人成了最强的社会势力,消费成了最大的社会运动,追求快乐成了与之配套的、俘获众多男女的生活哲学"。②

经济领域中的大众文化遵循的是消费逻辑,步入消费社会后,大众

---

① 〔法〕波德里亚:《消费社会》(刘成富、全志钢译),南京大学出版社,2000年,第1页。

② 郑也夫:《后物欲时代的来临》,上海人民出版社,2007年,第2页。

文化更是变成了"传播消费主义的基本载体"①,如同铁路在运输业的作用一般。大众文化注重人们的消费需求和对市场的开发,借助丰富多样的传播形式,尤其是五光十色的广告,宣扬物质的占有量与快乐生活的对等关系,激发人们的物质欲求和消费热情,勾起有关物欲的自由联想和幻象,鼓吹消费型的快感体验。譬如电影《天下无贼》,在剧情之外,豪华别墅、宝马汽车、时髦衣着、新颖手机等建构的富裕生活无不刺激着观众对物质享受的欲望。2013年受到年轻人热捧的电影《小时代》也通过各种奢侈品对物质主义生活美学做了淋漓尽致的展示,全片"虚构了一个属于未来的梦境,在这个梦境里,有名牌,有豪宅,有两三千元一只的喝水杯子,有成功之后俯瞰众生的优越感"②。影片上映后,在百度贴吧等社区中,网友们追问片中酒店、珠宝、沙发、领巾、套装、礼服、手袋、香水、茶杯等相关问题的文字不计其数,在这场"青春之歌"中,奢侈品消费欲求暗流涌动。1990年代初香港人头马酒广告中,广告词"人头马一开,好事自然来"抓住中国人好图吉利的心理,入乡随俗,向人们传递了一种希望,用文化的勾连和想象兜售价格昂贵的外国名酒。在图书《美国人的生活艺术》中,最后一章名为"花钱买欢乐",其中写道:把钱大手大脚地花在自己喜欢的事情上,无疑会大大提高生活的情趣和意义。③ 大众文化以炫目的形象刺激着人们的购买欲望,着力描摹物质消费带来的快乐,在歌曲《一无所有》中,崔健因为物质和精神的贫穷,高声"吼"出了无奈、苦闷和困惑的心境。正如我们所看到听到的,"形形色色的大众文化通过展示豪华住宅、典雅装饰、时髦衣着、高档消费,不断地诱导、开发着包括我们自己在内的各色

---

① 蒋建国:《消费时代的大众传媒与物欲症传播》,《马克思主义研究》2010年第11期。
② 韩浩月:《属于爱做梦者的童话》,《京华时报》2013年7月1日。
③ 晓丽编:《美国人的生活艺术》,专利文献出版社,1999年,第367页。

人等对物质的欲望,同时,也在不断地向人们输送着有关自我、社会的新的理解"①。正因为如此,诸多的奢侈品像私人飞机、豪华游艇、超级豪车、顶级珠宝、世界名表、度假酒店等,虽然都不是生存与发展所必需的物品,且价格昂贵,但却趋之者众。

对社会的发展、人类的进步来说,宣泄物欲既包括建设性的宣泄,也包括破坏性的宣泄,宣泄物欲的消费无疑成了一把双刃剑:"一件物品的使用或挪用,通常既是消费,又是生产;既是破坏,又是生成;既是解构,又是建构。"②当物的消费已经成为不可逆转的时代洪流时,我们所要重点关注的,是大众文化鼓吹宣泄物欲的消费可以获得快乐的理念可能导致的文化隐患。陶东风认为大众文化这种塑造好生活的理念是"畸形"的,公开传播"宁可在宝马车里哭,不愿在自行车上笑"等"歪理",在其他社会是"很少见的",是价值的误区。他认为:"蔑视劳动和生产,片面追求奢侈消费,不是把劳动和生产看作自我价值的实现,而是把奢侈品消费看作价值的实现,人生的最高目标。这就是洛文塔尔讲的生产性偶像被消费性偶像取代。"③消费偶像是大众文化的产物,洛文塔尔认为大众的偶像已经不像过去那样是生产阵地的领导人物,而是电影界、夜总会、舞厅的头面人物,他们都与娱乐有着直接或间接的联系④。以宣泄物欲的消费获得快乐的价值取向,其实是荣辱观出了问题,是不劳而获、好逸恶劳的享乐主义,是在蛊惑人们脱离自己的收入水平和收入能力超前消费高品牌、高档次的商品,是一种不顾生产

---

① 孙英春:《大众文化:全球传播的范式》,中国传媒大学出版社,2005年,第294页。
② 〔英〕西莉亚·卢瑞:《消费文化》(张萍译),南京大学出版社,2003年,第1页。
③ 陶东风:《关于当下中国大众文化的问题——答新华社记者问》,《山花》2011年第21期。
④ 黄芹:《洛文塔尔的消费偶像观》,《国外社会科学》1998年第1期。

发展的可能和家庭收入的多少而盲目攀比、不计后果的消费行为,会造成巨大的物品浪费,造就大批负债累累的"负翁",败坏社会风气,造成虚假的社会需求,妨碍市场经济的健康发展。大众文化对消费的张扬和对物欲的刺激,将人们从精神界引到了物质界,有学者认为这会引发及扩大物欲症的传播。"物欲症"指人们由于不断渴望占有更多物质,所以心理负担过大、个人债务沉重,并感到强烈的焦虑。[①] 物欲症是消费社会的普遍性社会病症,近些年在我国的蔓延相当迅速,与大众文化鼓吹物质享受和煽动消费热情有着密切的因果关系,容易导致严重的文化问题和社会问题,引起精神危机。大众文化对物欲诱惑的迎合,刺激人们向往穿名牌、住别墅、开豪车、喝 XO 的生活,还令大众文化的批判和否定功能渐趋消失,使大众文化沦为如微波炉或牛仔裤一般的物质商品,造成大众文化的贬值。

其次,鼓吹时尚性消费,煽动对形式上与众不同的象征意义的欲求。"时尚"一词,简而言之,就是一段时间里先由少数人实践,而后又被相当数量的人尊崇并仿效的风气和习惯。时尚是驱动消费的重要商业元素,消费社会中商品消费行为常常表现出追求时尚的风格,因为"商品的生产者为了实现产品被消费的目的,就必须不停地建立一种变动不居的符号象征体系,从而激发人们的消费欲望"[②]。当前,国内的时尚消费也已蔚然成风,时尚化的消费已然成了最有生命力的消费形式,作为经济领域一分子的大众文化自是紧随这股消费风潮,鼓吹时尚性的消费和时尚化的生活。关于这一点,大众化的时尚杂志最为典型,此处不再赘言。

---

① 蒋建国:《消费时代的大众传媒与物欲症传播》,《马克思主义研究》2010 年第 11 期。
② 程建军、赵硕:《转型时期中国大众文化的特征分析》,《江海学刊》2011 年第 3 期。

经济领域流通的大众文化倡导时尚消费本无可厚非,但因为其内容煽动感性消费和形式上的标新立异,所以备受诟病。这种基于直观感性欲求和情绪情感体验的感性消费行为,追求的是对商品中抽象的社会文化意义的占有和享受。大众文化顺应这股消费诉求,鼓励对物品的占有,强调占有的准则不仅仅基于物"好"与"不好"的实用价值,更多是人们对物的喜欢与否,强调对标新立异的外形、异乎寻常的气质等象征意义的感受,譬如在消费中是否得到了尊贵的身份、趣味性的体验和艳羡的目光等。就像东芝电子的广告语所说的:拥有东芝,拥有世界。某钻石戒指的广告语"钻石恒久远,一颗永流传"也似乎在劝说人们,来买钻石戒指吧,有了它爱情婚姻就可天长地久。

(二)追求现世的收益和精神收益的货币化

"收益"一词最早出现在经济学中,亚当·斯密将其解释为"财富的增加",《现代汉语词典》中的解释意思相近,认为是"生产上或商业上的收入"。但是在实际生活中,"收益"一词的含义和使用范围远比这个宽泛得多,譬如"物质收益""精神收益""科研文化收益"等。20世纪初美国著名经济学家欧文·费雪就发展了经济学中的收益理论,扩大并细化了收益的概念,提出了符合现实情况的收益的三种不同形态,即精神收益、实际收益和货币收益。其中"精神收益"指的是人的心理需求的满足,"实际收益"指的是经济财富的增加,"货币收益"指增加资产的货币价值。①

所谓"现世",佛教中指今生,是相对前世和来生而言的,现在这一词汇已经被广泛使用,意指当前、现在。有些人认为,人生在世应当踮起脚尖向前看,制定长远的规划,不拘囿于现在,奋力拼搏不断超越现在,让快乐如细水长流般伴随漫长的人生旅途。"现世收益"的观点则

---

① 王加灿:《绿色财务评价系统框架研究》,《金融经济》2005年第20期。

与之相反,它认为长远的利益是不可确定和不可估量的,主张低头看现在,抓住眼前可以立即实现的收益。如果结合欧文·费雪的观点,大众文化追求现世的收益,指的就是大众文化唯眼前利益是瞻,主张谋求眼前的、即刻就可以得到的精神享受和收入增加。在精神享受方面,大众文化吹响了"为乐当及时"的号角,消解了彼岸理想,鼓吹"人生得意须尽欢"的快乐理念,认为要不失时机地寻欢作乐,从眼前的生活中体验到快乐,就像德怀特·麦克唐纳给大众文化贴上的标签:"大众文化的花招很明显——就是要用各种手段取悦大众。"①在收入增加方面,近几年来中国电影以票房论成败就是很好的一例,影片的艺术性、价值观乃至观众的感受等难以估量的超越性收益,纷纷退居二三线,甚至可以不管不顾,影片能赚多少钱成了首席甚至是唯一的评判标准。在第二季《中国好声音》中,那英携四位爱徒共同演唱的名为《妥协之歌》的歌曲,亦表达了"勿虑将来、着眼现世"的观点,歌词唱道:"什么都别想太多,生命的尊严只是随便说说……别想得太多,别问得太多……要随波逐流,要随缘地过,这些请牢记心头。"

现世的收益是关系人们生死存亡的至关重要的问题,也是长远收益的前提和基础,追求眼前的快乐享受和金钱数额是人的本能欲求。马克斯·韦伯认为:"人们充满了获利的欲望,并希望获得最大数额的金钱……简而言之,就是任何时期的任何人,都有获利的欲望,无论他有没有可能实现这种欲望。"②所以,大众文化倡导现世的收益有其合理的一面。然而过度张扬眼前的功效,实则是浮躁的、急功近利的表现,是实用主义的世俗性对超越性精神的僭越,这种只图眼前利益,不

---

① 〔美〕丹尼尔·贝尔:《资本主义文化矛盾》(严蓓雯译),人民出版社,2010年,第46页。
② 〔德〕马克斯·韦伯:《新教伦理与资本主义精神》(郑志勇译),江西人民出版社,2010年,第6页。

作长远打算的价值取向,就如同竭泽而渔,其结果必是"明年无鱼"。所谓世俗性,一般是指"此生的尘世",是"以肉身、物质指向为主的世俗生活、情感和处世方式",而所谓超越性"可以简单概括为对肉身、物质等世俗经验的超越,指向心灵、灵魂、宇宙等另一实在的抽象"。① 大众文化以日常生活为元叙述,被认为忠实地表达了人们世俗性的收益欲求,是受到最广泛欢迎的一种文化类型。大众文化因为投其所好,赚得盆满钵满,却忽视了作为一种文化形态应当承担的超越性的精神向度,沦落为实用的日常生活的点缀,并且在看似对当下"嘘寒问暖"的表象之下隐形书写着自身的经济学,传播的过程同时成了一个超乎想象的实现自身经济收益的过程。

在当今货币经济时代,还应当警惕大众文化追求现世收益的特性,可能引发的对精神收益以货币收入的多少来衡量的误区。欧文·费雪提出的"精神收益"指的是人们心理需要的满足,包含很大程度的主观和精神因素,是一种无形的收益形态,难以计量,用货币收入的多少进行计量更是有违其意识、思维和心理的属性,是货币拜物教的表现。有学者说,拥抱了市场经济就要承受货币拜物教的"心跳",在《德意志意识形态》中,马克思、恩格斯引用了莎士比亚《雅典的泰门》中的台词,嘲讽这种货币拜物教:金子,只要一点儿,就可以使黑变成白,丑变成美,错变成对,卑贱变成高贵,懦夫变成勇士,老朽的变成朝气勃勃……②中国电影一段时间里的发展出现偏差,国产大片越来越缺乏精神层面和文化层面的艺术感,出现"烂片高票房"的怪相,很大程度上就是因为急于追求票房、以货币收入的多少衡量电影的价值,违背了

---

① 李朝阳:《"超越性"精神表达的匮乏与中国影视剧产业的深层危机》,《文艺评论》2011 年第 3 期。
② 余达淮:《马克思货币拜物教的基本观点及对和谐社会建设的启示》,《马克思主义研究》2007 年第 4 期。

电影作为一种文化艺术的发展规律。类似的还有依据专辑的销售量给流行歌曲打分,以点击率评判网络文学的优劣等。精神收益的货币化就是将精神的满足与一定数量的金钱紧密联系在一起,货币一跃而从纯粹的手段和前提条件上升为终极的目的,西美尔认为"只要达到了这个目的,就会无数次出现那种致命的无聊和失望,这在那些攒下一笔金钱后退休食利的商人身上体现得最为明显","金钱只是通向最终价值的桥梁,而人是无法栖居在桥上的"。① 货币不是万能的,它只是一种手段,精神收益的大小应当以个人精神需要获得满足的主观感受、精神发展的程度来评价,在衡量时需要联系一定的社会生产力发展水平和人们的物质生活水平,但不能简单地以获得的货币收入的多寡为衡量的标准。

(三)张扬自我气质和日常的小我情感

"自我"通俗地讲就是自己的个性和喜好,是与现实有关的个性的意识部分,强调"我"的主体性。"气质"是人的长相、穿着、性格、行为等各种生理、心理的素质综合表现出来的较为稳定的个性特点。所谓大众文化"张扬自我气质"就是说大众文化提倡公开广泛地传布特定主体的秉性,鼓吹将主体的性情张扬于外。

张扬自我气质,势必"唯我主情",释放个人的性情、需要和心境,催生出随性的小我情感。"小我"是相对于"大我"而言的,一般局限于个人利益。小我的情感一般都是与个人日常生活相关的情感体验、日常情绪,不造作不迎合,无所顾忌无拘无束。1970年代末1980年代初以市场为导向的经济体制逐渐兴起后,个体逐渐成为决策的主体,个体的利益盈亏和情感体验被提上了议事日程,个人主义的价值诉求获得了丰厚的土壤。大众文化充分肯定个体的自我意识,肯定日常生活的

---

① 〔德〕西美尔:《金钱、性别、现代生活风格》(顾仁明译),学林出版社,2000年,第10页。

价值和意义,尊重并充分表现个体在日常生活中随性的小我情感。

1980年代,我国掀起了破除迷信、解放思想的世俗化浪潮,个性逐渐觉醒,个人主义和日常生活渐趋合法化。陶东风认为"我们必须在这个世俗化的框架中思考和肯定1980年代初期出现的中国大众文化的积极意义",因为1980年代的世俗化过程并没有导致自我的凸显与公共世界的对立以及公共生活的衰退,相反,人们从大众文化中所感受到的人性的苏醒"具有深刻的公共性",张扬个性的大众文化对于公共领域的建构功不可没。① 然而1990年代及其后的时间里,人们"沉湎在传媒打造的日常生活审美图景、沉湎在去政治化的自我想象和个性想象的时候,真正值得关怀的重大公共问题由于进入不了传媒,而被放逐出'现实'",陶东风认为这是"畸变"的世俗化。②

（四）强调日常生活的意义和消遣娱乐的快乐体验

大众文化和精英文化、体制文化相区别的内在依据,在于后两者是诞生于非日常生活的文化类型,它们不承认日常生活的本体性地位。相对于追求彼岸理想、悬置日常生活的精英文化和试图改造日常生活的体制文化来说,大众文化充分肯定日常生活的意义,尊重日常生活的性质和特征,更能与人们的个体经验产生共鸣,展现各个历史时期社会生活状况的原貌。③

然而就像丹尼尔·贝尔所说的,真正的问题将出现在"革命的第二天"。大众文化鼓吹物质生存、即时享乐等日常生活元素的重要性,改写非日常生活的理性升华,其结果必然是"用世俗的物质生活消解神圣的精神启蒙,用细小的现实人生取代遥远的乌托邦理想",消解人

---

①② 陶东风:《畸变的世俗化与当代中国大众文化》,《探索与争鸣》2012年第5期。

③ 张贞:《"日常生活"与中国大众文化研究》,华中师范大学出版社,2008年,第9页。

生的"崇高感、神圣感和真理感"。① "大话文化"的戏谑、拼贴和天马行空,不仅破坏了传统的文法规则、美学和道德秩序,也遮蔽了生活中原本就存在的悲剧之思和高雅情趣。

二、规划大众文化价值的应然愿景

人类自诞生之日起就在为生存和温饱努力,这是长久以来人类最紧迫的问题,是根深蒂固的习惯和本能。但是当社会发展到人不再需要为生存而忧虑的时候,人类第一次遭遇了"真正的、永恒的问题——从紧迫的经济束缚中解放出来以后,应该怎样来利用他的自由?科学和复利的力量将为他赢得闲暇,而他又该如何来消磨这段光阴,生活得更明智而惬意呢"。凯恩斯预言,人们要想"脱胎换骨、面目一新",那是"难乎其难的",随之而来的是"另一番滋味",是道德准则的重大变化,是人们对财富贪得无厌的盲目追求,是空虚无聊,最后是"精神崩溃"。② 20世纪30年代凯恩斯所预言的人类精神图景在我国当代已经完全铺展开来,因为百无聊赖、闲散寂寞所导致的内心空虚、精神空洞,并进而引发的精神迷离、道德缺失、行为失范等现象与日俱增。

自20世纪80年代中国大陆本土大众文化孕育生长以来,我国的文化体系逐渐由原来的官方意识形态主导和控制的单一结构转向了以官文化、精英文化和大众文化为主干,多元文化并存的新局面。其中,大众文化更被人们看作"现代社会里最忠实地表达平民世俗欲求的一种文化类型",其对商业利益的追求反倒决定了它和人们之间"休戚相

---

① 张贞:《"日常生活"与中国大众文化研究》,华中师范大学出版社,2008年,第103页。
② 〔英〕J.M.凯恩斯:《预言与劝说》(赵波、包晓闻译),江苏人民出版社,1997年,第357—361页。

关的联系"，①由此成为当下对人们发挥"精神教化"作用、支配人们思维和行为方式的势力极强的文化类型。从对我国当下大众文化价值的重估中可以发现，大众文化弱化了意识形态性质的宣传教化，一味迎合大众需要，鼓吹世俗化生存，难以担负起启迪心智、陶冶性情、温润心灵、涵养人生的文化重任，上文所述的人们对当下文化的诟病实则多是指向这种隐患重重的大众文化。马斯洛指出："我们时代的根本疾患是价值的沦丧，这种危险状况比历史上任何时候都严重……关于这种状况存在着各种各样的描述，诸如颓废、道德沉沦、抑郁、失落、空虚、绝望、缺乏值得信仰和值得为之奉献的东西等等。我们还处在一个旧的价值体系已陷困境而新的价值体系尚未产生的断裂时期，或许我们要以很大的耐心来承受这一空白时期。"②长此以往，文化的生态平衡会遭到破坏，文化会丧失"以文化人"的本质属性，无法遏制精神的迷离、道德信仰的缺失和行为的失范，甚至会成为"精神崩溃"的助推器，阻滞人类的生存和发展。

中国传统向来重视文化"以文化人"的功效，《周易》中讲"观乎人文，以化成天下"，亦是在说文化的人文影响力，即将人文精神化入生活，化入人心，教化天下。文化"以文化人"虽不至于产生"过江千尺浪，入竹万竿斜"般的强劲效力，但其潜移默化、润物无声的力量亦不可小觑。我国当前文化建设的核心内容就是要建立新型的文化价值体系，要在总结当前文化体系结构和文化价值取向的基础上，冷静、理性地反思和探究，发现问题并解决问题。

首先要将社会主义核心价值体系与大众文化有机融合，发挥核心

---

① 徐辉、张贞：《中国大众文化研究的理论根基与发展现状》，《厦门大学学报（哲学社会科学版）》2005年第4期。
② 〔美〕马斯洛主编：《人类价值新论》（胡万福等译），河北人民出版社，1988年，前言第1—2页。

价值观的引领作用。党的十七大首次将建设"社会主义核心价值体系"纳入报告中,指出"社会主义核心价值体系是社会主义意识形态的本质体现",应当"切实把社会主义核心价值体系融入国民教育和精神文明建设全过程",要"积极探索用社会主义核心价值体系引领社会思潮的有效途径"。在2011年10月中国共产党第十七届中央委员会第六次全体会议上通过的《中共中央关于深化文化体制改革推动社会主义文化大发展大繁荣若干重大问题的决定》进一步指出:"社会主义核心价值体系是兴国之魂,是社会主义先进文化的精髓,决定着中国特色社会主义发展方向",应当"把社会主义核心价值体系融入国民教育、精神文明建设和党的建设全过程,贯穿改革开放和社会主义现代化建设各领域,体现到精神文化产品创作生产传播各方面,坚持用社会主义核心价值体系引领社会思潮,在全党全社会形成统一指导思想、共同理想信念、强大精神力量、基本道德规范"。当前,无论是大众文化价值观重建,还是整体的文化价值体系建构,都应当以社会主义核心价值体系为根本,发挥核心价值观的引领作用。

社会主义核心价值观是对社会主义核心价值体系的高度凝练,主要由坚持马克思主义指导地位,坚定中国特色社会主义共同理想,弘扬以爱国主义为核心的民族精神和以改革创新为核心的时代精神,以及树立和践行社会主义荣辱观组成。要真正践行社会主义核心价值体系对当代文化价值体系重建的引领作用,应当将核心价值观自然地融入各类文艺和文化中,尤其要寻找到核心价值观与大众文化的契合点,把社会主义核心价值体系与大众文化有机地融合在一起,使之"从官方文化转化为主流文化或主导文化",让大众看到、听到,进而入心、入脑,而这一转化过程离不开"大众文化的积极配合和支持"。①

---

① 陶东风:《核心价值体系与大众文化的有机融合》,《文艺研究》2012年第4期。

2012年11月,党的十八大报告首次以二十四个字概括了社会主义核心价值观,即"富强、民主、文明、和谐、自由、平等、公正、法治、爱国、敬业、诚信、友善"。这一价值观是面向普通大众的要求,是"低调的公民道德"和"世俗性价值",它不会把人变成"灭绝七情六欲的圣人",而是要使人们成为"遵纪守法的公民",代表和维护了最广大人民群众的利益。① 至于大众文化,陶东风认为,葛兰西所说的"常识哲学"的基本特征比如"大众性、基础性、广泛性",都是大众文化价值观的特征,大众文化体现了"社会的普遍价值观",是被最广大人群认可、喜欢的文化类型,是主流价值观的最佳"培育基地"。② 可见,社会主义核心价值观与大众文化之间的契合点,正是二者均面向大众、代表大众,核心价值可以借融入大众文化的契机潜移默化地影响、改变人们的价值观,抢占价值观塑造的制高点,改造大众文化和引领重构当代文化价值体系的工程,建构以社会主义核心价值观为主流价值取向的文化价值体系。这样的实践范例在当今的大众文化领域并不少见,尤其是电影,各类题材的创作中都有可圈可点的影片。譬如以重大历史事件为题材的《集结号》《唐山大地震》《建国大业》《建党伟业》《辛亥革命》等主旋律影片,"突破以往主旋律影片惯例,借鉴吸收商业电影大投资拍摄、大明星参与、大手笔宣传营销等方法,也大都不乏自己的艺术追求,真正做到思想性、艺术性和观赏性的统一,赢得票房和口碑";反映英雄模范人物生平事迹的如《张思德》《生死牛玉儒》《杨善洲》《钱学森》等主旋律影片,"从不同侧面反映他们为人民服务、鞠躬尽瘁死而后已的公仆情怀,兢兢业业、乐于奉献、献身科学、献身事业的爱国情怀,但又

---

① 陶东风:《寻找核心价值体系与大众文化的契合点》,《光明日报》2012年1月21日。
② 陶东风:《核心价值体系与大众文化的有机融合》,《文艺研究》2012年第4期。

都没有说教味"。①

其次,强化精英文化提升大众文化的积极意义,建立二者之间的良性互动。大众文化倡导紧贴普通人日常生活的世俗化生存,鼓吹现世的物欲消费和收益,煽动张扬自我快感和"娱乐至死"的消遣,被看作最忠实表达平民欲求的文化类型。然而,这究竟是全体大众的欲求还是只是少部分人的贪念?究竟是大众的全部欲求还是只是世俗化的欲求?是真实的欲求还是只是本能的冲动?这是首先需要搞清楚的问题。肖鹰教授认为,"老百姓的需要不是固定不变的",经历了四十年改革开放和现代化大发展,普通大众的欣赏情趣和文化品位在"提升、丰富",并且呈现出"多样化的趋势"。但是现在的大众文化却是"单一化地走低俗娱乐路线",这一做法是对大众欣赏水平的"低估、误解和误导"。② 在《颠覆好莱坞:大众文化与传统之战》一书中,作者麦可·米德维曾强烈抨击作为大众文化的娱乐业,认为好莱坞是"败坏人心的工厂",会使灵魂堕落:"我们不再认为流行文化可以丰富生活。我们不再视表演事业为提升娱乐、浪漫灵感,或甚至无伤大雅的乐趣来源。取而代之地,许多美国人目前视娱乐业为万能仇敌,一种可摧毁我们珍贵的价值观,并败坏孩童的反向势力。"③米德维向我们展示了大众的需要和"工厂领导人"的欲望之间相去甚远的状况,告诉我们大众的道德观和影城的"骗局"之间也是不完全相符的。可见,大众文化示范的生活方式和价值取向也并非全体大众的欲求,鼓吹宣泄物欲和对符号象征意义的消费、追求现世的收益、张扬自我气质和随性的小我情感、倡导"娱乐至死"

---

① 瞿孝军:《中国电影与社会主义核心价值观》,《电影文学》2012 年第 18 期。
② 肖鹰:《中国文化的问题在精英文化取向的下滑——兼论精英文化与大众文化的互动》,《探索与争鸣》2012 年第 5 期。
③ 〔美〕麦可·米德维:《颠覆好莱坞:大众文化与传统之战》(黄葳威译),正中书局,1995 年,第 2 页。

的消遣娱乐,无不体现出去古已远的大众文化承载了过多商业消费的功利性,无休止的欲望冲动成了大众文化不断推陈出新的动力。

亚里士多德把人定义为"理性的动物",因为人自知生存的困惑,从诞生之日起就从没有停止过对自身的反思与探索,对理性升华的形而上追求是人的本能和自然趋向。显而易见,大众文化难以承担这一重任。大众文化的根本症结就在于它所宣扬的"畸变"的世俗化生存方式,它只看眼前无视过去与未来,没有传统的维度也不追问理想和生命的意义,故意淡化甚至费力掩埋形而上的人文思索,精英文化所推崇的永恒价值和雅致趣味悉数被消解,无法释放人们追求形而上的本能冲动,难以在灵魂深处掀起"革命"。

精英文化是与大众文化完全不同的文化类型,它由人文知识分子创造和传播,预设了一种无限精神的存在,维护、推崇真理和道义,关注精神和意义,承担着社会教化使命,发挥着价值范导的作用。在我国历史发展的进程中,精英文化一直被作为社会价值理念的主要代表,它的独特品格就是一种超越大众的现世生活、对人生表达终极关怀的文化气质,是超验的美,有着为人的生存进行精神救赎的能力,对社会的进步起到了不可替代的引导和教化作用,当前它更有必要更有责任提升大众文化的人文品格,引导大众文化朝着更加健康的方向发展。但我们也不能不正视,近些年社会转型和各种思潮对精英文化的影响,冲击着我们旧有的价值观念和精神理想,传统的价值体系正在动摇,并逐渐丧失主导地位,被边缘化,精英文化"不仅不能对社会现象进行理性分析,从而形成一种价值规范引导社会的良性发展,还消解于商业化、平面化的大众文化的潮流当中,成为庸俗化的'喉舌'",难以再诠释现代文化的核心价值,逐渐远离了人们的日常生活。①

---

① 梁艳鸿:《从价值维度看当代中国文化建设新走向》,《山东行政学院学报》2013年第3期。

精英文化是高品质的文化,它弘扬民族文化精神,倡导社会优秀文化品质,继承了传统文化的衣钵,同时又具有前瞻性、开拓性。精英文化可以寄托和拓展人性,可以启迪和升华心智,更加接近真理、理想和人生魅力。精英文化的低迷和价值失落、知识分子的彷徨和自我迷失,不仅会助长大众文化一家独大,而且在面对我国文化深层价值体系建构沉沦衰落的局面和当代文化整体下滑的趋势时难以有所担当。所以当前我国文化问题的关键并不是大众文化的"过盛",而是精英文化取向的下滑,以致"缺乏好的文化价值导向,不把高雅当高雅,不以低俗为低俗,似是而非的雅俗共赏中,我们优秀的东西、健康的东西被瓦解、被践踏、被败坏了"。要想改变大众文化"一曲高歌",精英文化"虽生犹死""没有力量""没有建构能力"的局面,肖鹰认为需要建立精英文化与大众文化"相互制约"又"相互促进"的良性互动,这种互动的缺失已经造成了当前精英文化和大众文化的敌对局面和恶性循环,这对两种文化以及整个文化体系的发展都是不利的。那么如何建立二者之间的良性互动?肖鹰进一步提出,精英文化应当"对大众文化有一种共时的理解和关注",同时还应当有"立足于传统、着眼于未来的文化认知",并且要保持"独立的文化批评"。①

面对当前人文关怀淡化、人们的思想观念和价值理念缺乏共识的状况,精英文化需要重整旗鼓、重建文化理想。一方面,精英文化要坚守高雅文化的品格,祛除浮躁和重利,改变被抑制和被边缘化的现状,坚决抵制成为市场的附庸和大众文化的陪衬;另一方面,精英文化要担负起对大众文化的监督和批判,在承认大众文化存在合理性、不摧毁大众文化的基础上,为大众文化的发展提供参照,提供超验的目标,及时发现有违人文精神关怀的错误取向,促成大众文化的审美救赎。对大

---

① 肖鹰:《中国文化的问题在精英文化取向的下滑——兼论精英文化与大众文化的互动》,《探索与争鸣》2012年第5期。

众文化的批判，可以一定程度地回归到1980年代至1990年代初学界和批评界所持的精英批判立场，知识分子应当担负起精神关怀的职责，要有自己的判断、自己的主见，要批判、抵制大众文化给人们带来的思想麻醉，不能简单地理解和欣赏，但也要避免极度贬低。对于精英文化来说，大众文化这一"他者"有着开放纳新的品质，蕴藏着丰富的文化资源和传播经验，可以为精英文化的发展提供"养料"。精英文化需要吸取大众文化紧贴日常生活的实践经验，不能割裂与人的生存状态的联系，更不能像传统知识分子那样自恃清高、抱持偏见，与生活对立起来。知识分子不能把这一举动看作启蒙受挫和受到市场挤压的情况下重返庙堂的权宜之计，而是应当建立起与大众文化的对话关系，取长补短，互利双赢。譬如讲座式电视栏目《百家讲坛》中，大学教授让博大精深的传统文化飞入了寻常百姓家，将长久以来令少数特权阶层神思遐想的精英内容转变成了能服务普通百姓的文化商品，客观上使部分传统文化得以枯木逢春，陈花重放，获得了再度繁荣和发扬光大的机会，同时也繁荣了电视银屏，丰富了大众文化。不过在这一过程中，精英文化应当始终保持作为"主体"的清醒认识，警惕大众文化的"腐蚀性"，要意识到大众文化这个"他者"既可以提供新的机遇，也可能带来价值取向上的挑战：市场逻辑的叙述有可能忽视精英文化的内涵，消解精英文化的深沉思想和厚重韵味，掩埋精英文化的灵韵，使其丧失终极关怀的价值维度。

大众文化已经深深嵌入了人们的日常生活，琳琅满目的大众文化产品正在挤占主流文化和精英文化的空间，给我国传统价值观造成了巨大的冲击和挑战。就当前大众文化的现实状况而言，秉持一种开放的文化价值观，并赋予一种新型的人文理想，无疑更切合于当代文艺批评和审美文化建设。我们提出这样的观点，主要是基于这样一个判断，即大众文化的崛起自有其正面价值，"日常生活审美化"的理论也含有探求意义,既成事实的大众文化并非绝无前途,我们只是期待它在保留审美"在世性"的同时,呼唤一种深厚的人文精神,以巩固社会的伦理底线,提升人们的精神境界。

后　记

"新时期文学理论建设与文学批评研究"是我们承担的一项国家社会科学基金重点项目（批准号为12AZD012），为时四年，最终的成果便是这部接近70万字的专著：《新时期40年文学理论与批评发展史》。

我们课题组全体人员深知这一选题的意义重大，从项目申报、批准到最终成果的完工，我们始终怀着恭谨之心，勤勤恳恳、兢兢业业投入这项研究工作。我们的水平有限，能力有限，但我们尽力了。如果我们的这部著述能够为新时期中国文学理论建设、文学批评实践的发展轨迹、丰富内涵勾画出一份大致清晰、贴切的蓝图，那么我们付出的所有辛劳就已经得到足够的回报。

在申报与完成这一课题的过程中，我们得到苏州大学校领导、苏州大学文学院领导的全力支持。中国文学理论界的前辈学者张炯先生、陆贵山先生、曾繁仁先生、王先霈先生给予我们极大的关心与指教；福建省社会科学院院长、中国文艺理论学会会长南帆教授、中国人民大学张永清教授、同济大学王鸿生教授、上海交通大学夏中义教授、华中师范大学胡亚敏教授、华东师范大学殷国明与朱志荣教授、厦门大学王诺教授、山东大学程相占教授等国内文学理论批评界的专家，都曾经给予我们热诚的帮助，为我们及时完成此项课题提供了切实保证。在此，我们向他们致以深深的感谢。

本书撰写的具体分工如下：

绪　论　鲁枢元

第一章　刘锋杰　薛　雯

第二章　李　勇

第三章　常如瑜

第四章　李映冰

第五章　王　耘

第六章　马治军

第七章　陈　霖　齐　红

第八章　徐国源　荀　洁

最后统稿　鲁枢元　刘锋杰

"新时期文学理论建设与文学批评研究"课题组

2018年6月18日

主要参考文献

中文参考文献

（1）杨柄编：《马克思恩格斯论文艺和美学》，文化艺术出版社，1982年。

（2）陆贵山、王先霈主编：《中国当代文艺思潮概论》，中国人民大学出版社，1989年。

（3）赵宪章：《文艺学方法通论》，江苏文艺出版社，1990年。

（4）李衍柱等编：《马克思主义文艺理论在中国》，山东文艺出版社，1990年。

（5）谭帆：《传统文艺思想的现代阐释》，上海社会科学院出版社，1995年。

（6）曹顺庆：《文论失语症和文化病态》，《文艺争鸣》1996年第2期。

（7）夏中义：《新潮学案》，上海三联书店，1996年。

（8）周宪：《超越文学——文学的文化哲学思考》，上海三联书店，

1997年。

（9）朱寨、张炯主编：《当代文学新潮》，人民文学出版社，1997年。

（10）黄曼君：《中国近百年文学理论批评史：1895—1990》，湖北教育出版社，1997年。

（11）包忠文主编：《当代中国文艺理论史》，江苏教育出版社，1998年。

（12）马驰：《"新马克思主义"文论》，山东教育出版社，1998年。

（13）殷国明：《20世纪中西文艺理论交流史论》，华东师范大学出版社，1999年。

（14）毛崇杰：《20世纪中下叶的马克思主义美学思想》，中央编译出版社，1999年。

（15）罗钢、刘象愚：《文化研究读本》，中国社会科学出版社，2000年。

（16）王元骧：《论中西文论的对话与融合》，《浙江学刊》2000年第4期。

（17）黄霖等：《原人论》，复旦大学出版社，2000年。

（18）王宁：《全球化进程中中国文学理论的国际化》，《文学评论》2001年第6期。

（19）童庆炳：《中国古代文论的现代意义》，北京师范大学出版社，2001年。

（20）杜书瀛、钱竞主编：《中国20世纪文艺学学术史》，上海文艺出版社，2001年。

（21）陈传才：《中国20世纪后20年文学思潮》，中国人民大学出版社，2001年。

（22）马驰编著：《马克思主义美学传播史》，漓江出版社，

2001年。

（23）代迅：《断裂与延续——中国古代文论现代转换的历史回顾》，西南师范大学出版社，2002年。

（24）陈剑晖、宋剑华主编：《20世纪中国文学批评史》，海南出版社，2003年。

（25）冯宪光：《马克思主义文艺学的当代问题》，中国社会科学出版社，2005年。

（26）谭好哲主编：《艺术与人的解放：现代马克思主义美学的主题学研究》，山东大学出版社，2005年。

（27）张荣翼：《冲突与重建：全球化语境中的中国文学理论问题》，武汉大学出版社，2005年。

（28）蒋述卓等：《二十世纪中国古代文论学术研究史》，北京大学出版社，2005年。

（29）欧阳友权主编：《新时期文学理论回顾与展望》，中南大学出版社，2006年。

（30）陶东风、徐艳蕊：《当代中国的文化批评》，北京大学出版社，2006年。

（31）朱立元主编：《新时期以来文学理论和批评发展概况的调查报告》，春风文艺出版社，2006年。

（32）董学文、金永兵等：《中国当代文学理论（1978—2008）》，北京大学出版社，2008年。

（33）曾繁仁：《中国新时期文艺学史论》，北京大学出版社，2008年。

（34）陈晓明：《现代性的幻象——当代理论与文学的隐蔽转向》，福建教育出版社，2008年。

（35）陆扬主编：《文化研究概论》，复旦大学出版社，2008年。

（36）童庆炳：《走向新境：中国当代文学理论60年》，《文艺争鸣》2009年第6期。

（37）朱立元、栗立清：《新中国60年文艺演进轨迹》，《文学评论》2009年第6期。

（38）陆贵山：《新中国文艺理论研究的历史经验和发展趋势》，《中国人民大学学报》2010年第1期。

（39）钱中文、吴子林：《新中国文学理论六十年》，《社会科学战线》2010年第3—4期。

（40）范磊：《现代马克思主义文论与中国文论的建构》，《美学与艺术评论（第8辑）》，学苑出版社，2010年。

外国（文）参考文献

（1）〔英〕A.N.怀特海著，何钦译：《科学与近代世界》，商务印书馆，1959年。

（2）〔丹麦〕N·波尔著，郁韬译：《原子物理学和人类知识》，商务印书馆，1964年。

（3）〔美〕杰姆逊著，唐小兵译：《后现代主义与文化理论》，陕西师范大学出版社，1987年。

（4）〔美〕丹尼尔·贝尔著，赵一凡等译：《资本主义文化矛盾》，生活·读书·新知三联书店，1989年。

（5）〔英〕C.P.斯诺著，纪树立译：《两种文化》，生活·读书·新知三联书店，1994年。

（6）〔美〕华勒斯坦等著，刘锋译：《开放社会科学：重建社会科学报告书》，生活·读书·新知三联书店，1997年。

（7）〔加〕弗莱著,陈慧等译：《批评的剖析》,百花文艺出版社,1998年。

（8）〔法〕罗兰·巴特著,许蔷蔷等译：《神话——大众文化诠释》,上海人民出版社,1999年。

（9）〔法〕布尔迪厄著,许钧译：《关于电视》,辽宁教育出版社,2000年。

（10）〔英〕费瑟斯通著,刘精明译：《消费文化与后现代主义》,译林出版社,2000年。

（11）〔法〕莫兰著,陈一壮译：《复杂思想：自觉的科学》,北京大学出版社,2001年。

（12）〔英〕史蒂文森著,王文斌译：《认识媒介文化：社会理论与大众传播》,商务印书馆,2001年。

（13）〔美〕朱丽·汤普森·克莱恩著,姜智芹译：《跨越边界——知识、学科、学科互涉》,南京大学出版社,2005年。

（14）Joseph W. Meeker, *The Comedy of Survival: Studies in Literary Ecology*, Scribner, 1974.

（15）Hayden White, *Tropics of Discourse: Essays in Cultural Criticism*, Johns Hopkins University Press, 1978.

（16）John Sturrock, ed., *Structuralism and Since: From Lévi Strauss to Derrida*, Oxford University Press, 1979.

（17）Christopher Norris, *Deconstruction: Theory and Practice*, Routledge, 1988.

（18）Roderick F. Nash, *The Rights of Nature: A History of Environmental Ethics*, The University of Wisconsin Press, 1989.

（19）Antony Easthope, *Literary into Cultural Studies*, Routledge, 1991.

（20）Lawrence Grossberg, ed., *Cultural Studies*, Taylor & Francis

Group, 1992.

(21) Lawrence Buell, *The Environmental Imagination: Thoreau, Nature Writing, and the Formation of American Culture*, The Belknap Press of Harvard University Press, 1995.

(22) Frank Lentricchia, Thomas Mclaughlin, *Critical Terms for Literary Study*, University of Chicago Press, 1995.

(23) John Storey, *Cultural Studies and the Study of Popular Culture: Theories and Methods*, Edinburgh University Press, 1996.

(24) Paul R. Ehrlich, Anne H. Ehrlich, *Betrayal of Science and Reason: How Anti-Environmental Rhetoric Threatens Our Future*, Island Press, 1996.

(25) Marjorie Ferguson, Peter Golding, ed., *Cultural Studies in Question*, Sage Publications, 1997.

(26) Richard Harland, *Literary Theory from Plato to Barthes: An Introductory History*, 1999.

(27) Laurence Coupe, ed., *The Green Studies Reader: From Romanticism to Ecocriticism*, Routledge, 2000.

(28) Isobel Armstrony, *The Radical Aesthetic*, Wiley-Blackwell, 2000.

(29) Valentine Cunningham, *Reading after Theory*, Wiley-Blackwell, 2002.

(30) Michael P. Branch, Scott Slovic, ed., *The ISLE Reader: Ecocriticism*, 1993—2003, The University of Georgia Press, 2003.

(31) John J. Joughin, Simon Malpas, ed., *The New Aestheticism*, Manchester University Press, 2003.

(32) Joanna Gavins, Gerard Steen, ed., *Cognitive Poetics in Practice*, Routledge, 2003.

(33) Greg Garrard, *Ecocriticism*, Routledge, 2004.

(34) Raman Selden, Peter Widdowson and Peter Brooker, *A Reader's Guide to Contemporary Literary Theory*, Routledge, 2005.

(35) Chris Barker, *Cultural Studies: Theory and Practice Palgrave Macmillan*, Sage Publications, 2008.

(36) Erich Auerbach, *Mimesis: The Representation of Reality in Western Literature*, Princeton University Press, 2013.

(37) Peter Barry, *Beginning Theory: An Introduction to Literary and Cultural Theory*, Manchester University Press, 2017.

图书在版编目(CIP)数据

新时期40年文学理论与批评发展史/鲁枢元等著.—杭州：浙江文艺出版社,2018.8
ISBN 978-7-5339-5380-5

Ⅰ.①新… Ⅱ.①鲁… Ⅲ.①中国文学－当代文学－文学理论－文学史②中国文学－当代文学－文学评论－文学史 Ⅳ.①I209.7

中国版本图书馆CIP数据核字(2018)第199776号

策划统筹：曹元勇
责任编辑：吴剑文　王丽荣　周　语
文字校订：周灵逸
装帧设计：胡　斌
责任印制：吴春娟

新时期40年文学理论与批评发展史

鲁枢元　刘锋杰　等著
出版：浙江文艺出版社
地址：杭州市体育场路347号　邮编：310006
网址：www.zjwycbs.cn
经销：浙江省新华书店集团有限公司
印刷：浙江新华数码印务有限公司
开本：710毫米×1000毫米　1/16
字数：633.5千字
印张：50.5
插页：6
版次：2018年8月第1版　2018年8月第1次印刷
书号：ISBN 978-7-5339-5380-5
定价：128.00元

版权所有　侵权必究

(如有印、装质量问题,请寄承印单位调换)